大陸女性婚戀小說

——五四時期與新時期的女性意識書寫

陳碧月著

陳碧月，一九六九年生，基隆市人。

東吳大學中國文學系、中國文化大學中國文學研究所碩士、博士。

現職為崇右企業管理專科學校專任副教授；中國文化大學中國文學系文藝組兼任副教授。

碩士論文：《白先勇小說的人物及其刻劃》

博士論文：《五四時期與新時期大陸女性婚戀小說之女性意識研究》

學門專長：台灣現、當代小說；大陸當代小說；女性文學；小說創作

著有《小說選讀》一書及發表〈論張辛欣的內心視境小說裡的女性〉、〈論王安憶《小城之戀》裡的性愛與母愛意識〉、〈從新時期女作家航鷹小說看女性文學〉、〈大陸女作家張抗抗及其〈北極光〉〉、〈多情應笑我－－王安憶〈金燦燦的落葉〉〉、〈王安憶〈荒山之戀〉所呈現的性愛的女性意識〉、〈淺談琦君〈橘子紅了〉所呈現的意義〉、〈台灣之美－－評介劉秀美《五十年來的台灣通俗文學》〉、〈看大陸作家池莉為「灰色」的新寫實小說換裝〉等二十八篇論文。

留予他年說夢痕

車子開在仰德大道上，經過綠色隧道，春風掃起落葉，紅色花瓣自樹上輕舞飛揚，白雲掠過藍天，五彩繽紛，交織悸動的情，突然被一種幸福糾纏盈滿。因著一份執著，我可以寫作，可以閱讀，可以旅行，可以愛其所愛，可以忠於自己，可以站在講台上貢獻所學，盡情釋放生命的能量。

完成此書後，重新檢視我的青春，每個章節都紀錄了歲月的痕跡，了然於心的是，所有的得失都有了解答。

在本書付梓之際，特別要感謝啟蒙我「現代文學」的張曼娟老師；我的恩師——唐翼明教授，多年來的提攜與指導；雙親與家人的支持，以及所有在我生命轉彎處曾經駐足的人。

陳碧月　於雨港　二〇〇二年四月

前言

五四時期與新時期在大陸文學中有許多相似之處，特別是女性小說中的「女性意識」的追求尤為重要之共同點，由此可以窺見大陸社會與文學思潮的發展情形。本論文期待通過豐富的小說資料蒐集與研究，能彌補這方面研究的缺欠，並為後續研究開闢道路。本文的研究內容包括六個部分：

第一章「緒論」：說明研究動機、目的、範圍主題與方法，並對兩個時期的女性小說作一比較。

第二章「女性文學與女性意識概論」：說明所謂的女性文學與女性意識及其相關問題。

第三章「兩個時期的女性小說家」：介紹五四時期的八位及新時期的二十位小說家的生平背景。

第四章「兩個時期婚戀小說中的女性」：從現實處境和愛情類型兩個方面來看這兩個時期女性婚戀小說中的女性。

第五章「兩個時期婚戀小說中的女性形象類型」：分為屈從於傳統、掙扎於傳統與現代之間、走出禁錮及在情感經驗中成長的女性四大類型加以分析探討。

第六章「兩個時期婚戀小說之女性意識及其意義」：依女性的意識分為八種意識型態舉例作分析，並分五項探究其所呈現之意義。

第七章「結論」：歸納各章節的重點，總結本論文的研究發現及其成果。

目　錄

第一章　緒論

第一節　研究動機與目的

「五四」時期與「新時期」是中國現代文學的兩個高峰，也是中國女性文學的高漲期，這兩次高漲期是女性在文學上的自我解放。五四時期崛起的女作家，開始關心自身的命運及其生活感情；而新時期文學可說是對五四時期文學的繼承、發揚與超越，該時期崛起的女作家，除了關心五四時期女作家所重視的女性文學的第一世界（內在世界）外，還有所謂的第二世界（外在世界），即女作家對整個社會人生的觀照。

雖然坊間出版的文學作品中關於女性問題的探討研究資料已不少，但研究五四時期女性小說的學位論文，僅有一九九五年中國文化大學中國文學研究所李圭嬉完成的《「五四」小說中所反映的女性意識》和一九九六年政治大學中國文學研究所鄭宜芬完成的《五四時期的女性小說研究（1917—1927）》。也有僅針對某幾位作家的小說作研究的，如一九九五年輔仁大學中國文學研究所蘇麗明完成的《廬隱及其小說研究》和一九九七年中國文化大學中國文學研究所閩惠貞完成的《丁玲及其作品中女性意識之研究》以及二000年東吳大學中國文學研究所蔡佳瑩完成的《凌叔華小說藝術手法研究》。

在台灣出版的有關新時期文學的專書，有唐師翼明的《大陸新時期文學（1977—1989）：理論與批評》和《大陸「新寫實小說」》；張放的《大陸新時期小說論》；張子樟《走出傷痕——大陸新時期小說探論》和《試論大陸新時期小說》以及施淑的《大陸新時期文學概觀》；學位論文則有一九九三年中國文化大學大陸研究所劉燈鐘所撰寫的《文革時期中共文藝政策之研究》；一九九四年台灣大學中國文學研究所陳崇祺所撰寫的《傳統與原始：大陸尋根小說的批評與省思》；一九九四年中國文化大學中國文學研究所慎錫讚所撰寫的《中國大陸「傷痕文學」之研究》；一九九七年中國文化大學中國文學研究所宋如珊的《文革後十年（1976~~1985）大陸文學之研究》；一九九七年師範大學中國文學研究所陳昭吟所撰寫的《回歸與超越——大陸新時期尋根文學思潮研究》；一九九七年東海大學中國文學研究所董恕明所撰寫的《大陸新時期（1979—1989）小說中知識分子的處境與抉擇》。以上無論專說在台灣研究的不足，本書將著手探討這兩個時期的女性小說以及其對中國女性文學的影響。

女性研究，是增進女書或論文都很少涉及女性問題的探討，至於五四時期與新時期的女性小說的比較研究則尚未有人嘗試，因此，為了彌補五四時期與新時期女性小性福祉的研究，其研究主要是在凸顯女性受壓抑與迫害的事實，以糾正傳統研究中的男性偏見，從而具體地提出改善。

研究「五四」以來中國女性文學的發展，不僅有利於進一步拓寬現、當代文學的研究領域，而且對於推動目前女性文學的創作與研究有著相當重要的意義。本書即擬就五四時期與新時期女性婚戀小說所呈現的特色及意義做全面的探析，力求超越前人之僅將該兩時期女性小說作印象、推介式的讀後評論，而建立較完整的研究架構。

本書力圖通過女性作家所寫的以女性為主人公並且注重審視女性心理特徵和生存境遇的寫作，去思考「五四」新文學和新時期文學這兩個現、當代中國文學史上的輝煌時代的女性文學特徵，通過這些女性小說去發掘中國現、當代女作家特殊的女性意識；並且期待經過分析和研究這些具有時代光彩的女作家筆下的女性，對五四時期與新時期的女性文學進行宏觀的探討；此外，本書還期待能探討在特定的歷史文化背景之外，女性的創作在某種程度上所具有的共性特徵，以確立有心研究女性文學者的研究角度。

第二節　研究範圍與方法

一、研究範圍

(一)「五四時期」與「新時期」的年代界定

「五四時期」的年代界定：

這裡的「五四時期」，指的是五四運動發生的前後十餘年，約從一九一七文學革命開始直到二十年代末。

「新時期」的年代界定：

「新時期」指的是一九七七至一九八九年大陸文革結束後鄧小平掌權實行改革開放的時期。

本文關注的重點是一九七九年到一九八九年間的小說，因為一九七六年到一九七八年，這三年是療傷期。是新時期文學準備邁向深層發展的階段，其主要的創作成就，是寫出了「四人幫」對人的迫害，以「傷痕文學」為代表。一九七九以後，才從療傷期漸漸康復。特別是一九七九年十月，中共文學藝術工作者第四次代表大會於北京召開，會中說是保證了文藝創作和評論互相競賽和爭論的自由，同時列入憲法的保障；此後「新時期文學」才得以蓬勃展開（但很明顯地，說是這麼說，他們對文藝創作自由亦有干預，一九八一年「白樺事件」的發生，中共官方隨即打了自己的耳光)。至於本文以一九八九年為研究的下限，是以同年所發生的「六四」天安門事件為分水嶺。此後大陸文壇則進入所謂「後新時期」。[1]

（二）為什麼要比較該兩個時期？

「五四時代」隨著「新文學運動」和「新文化運動」的浪潮而來，那是一個中國知識份子對人權覺醒並進而爭取個性解放的時代。

一九一八年，胡適在〈美國的婦女〉一文中表示，美國婦女的特別精神，在於她們的自立心，在於她們那種「超於良妻賢母人生觀」。這種觀念是我們中國婦女所最缺乏的觀念。他說:「中國的姊妹們若能把這種『自立』的精神來補助我們的『倚賴』性質，若能把那種『超於良妻賢母人生觀』來補助我們的『良妻賢母』觀念，定可使中國女界有一點『新鮮空氣』，定可使中國產出一些真能『自立』的女子。」[2]一九一九年，一批知識新女性打破舊禮教的枷鎖，擺脫封建制度的束縛，衝決傳統包辦式的婚姻，主張女性解放，順應時代大潮的衝擊，開拓了「人」的主題，於是她們「斷之于心，筆之于書」以小說的形式第一次發出了前所未有的屬於女性自己的聲音，並在其作品中強烈表達出爭取男女平權的願望。一九二二年，李大釗在《現代的女權運動》說:「二十世紀是被壓迫階級底解放時代，亦是婦女底解放時代；是

---

[1] 唐師翼明:《大陸「新寫實小說」》,(台北：東大圖書公司，一九九六年九月)，頁三~~四。

[2] 胡適:《胡適文存》,(台北：遠東圖書公司，民國四十二年十一月)，頁六六三。

婦女尋覓伊們自己的時代，亦是男子發現婦女底意義的時代。」[3]這讓我們不得不肯定「五四」是中國女性文學具有現代意義的真正起點。女作家們忠於所身處的時代，更勇於面對自己的靈魂，她們毫不掩飾內心的矛盾與困惑，為我們展現了在歷史巨變時期覺醒了的女性的痛苦。

三0年代女性文學，與具有較完整的女性特徵的「五四」女性文學相比較，則明顯淡化了其女性意識，轉而為政治意識的強化，在戰爭生死存亡的關頭，所有關於女性特殊命運問題都退居到次要的位置。

四0年代女性創作受時代影響，中國現代文學的注意力全在民族解放、階級解放的時代主潮上，女性文學所倡導的女性解放問題，也被革命文學所替代，因此，文學中的性別意識淡薄，若真要說，其女性文學鮮明的特點是轉向對女性本體的審視。這一時期表現內審的女性文學有兩個分支：「其一是在民族革命鬥爭的大背景下，對女性及女性賴以生存的社會深層意識予以揭示；其二是對女性傳統意識中的深層痼疾予以展露。前者以身處解放區的丁玲為代表，後者非上海孤島時期的張愛玲莫屬。」[4]

五、六0年代的女性文學，也就是所謂的「十七年」女性文學，指的是一九四九年至一九六六年期間的女性文學。任一鳴說：「新中國的成立使中國婦女獲得了歷史上從未有過的解放，結束了中國婦女幾千年來被壓迫被剝削、被侮辱被損害的歷史。政治和經濟的獨立，婚姻法的制定與貫徹，使婦女第一次在人身

---

[3] 盛英主編：《二十世紀中國女性文學史》，（天津：天津人民出版社，一九九五年六月），頁一。

[4] 任一鳴：《中國女性文學的現代衍進》，（香港：青文書屋，一九九七年六月），頁四三。

和人格上有了基本的生存保證。但是，同時，我們還看到，這種解放還遠遠不是最終的和徹底的。獲得了政治經濟解放的婦女，在精神上文化上解放或覺醒的起點還比較低，或曰還缺乏一種普遍的精神、文化覺醒的自覺，一方面新中國剛剛建立時整個社會生產力還比較低下，另一方面，幾千年封建主義的沉積在社會各個細胞中還很濃厚，尤其是極『左』思潮愈演愈烈所產生的普遍歷史誤解，即認為建國後婦女已獲得了徹底解放，使五、六十年代的女性文學只擁有一個『外部世界』，而疏離和失落了女性的『內部世界』。」[5]當時的女性雖然在政治和經濟上獲得前所未有的解放，在大力提倡男女平等，鼓勵女性走出家門的呼聲中，參與社會政治生活，但實際上她們的思想是跟不上時代巨輪的轉動的，她們的自我精神意識還無法完全處於獨立的狀態，在整個社會群體性的表現中很難辨別出女性的聲音。

「十七年」的女作家的性別自我意識變得模糊，她們非但沒有自覺的性別意識，更不曾刻意營造特有的女性話語，反而為取得社會的認同，極力弱化自我的「女兒性」，甚至全力擺脫並放棄女性的特質，表面上她們是從精神上的自卑中走了出來，但是從深層的精神生活領域來看，她們還是要遵守男性所規定的傳統道德規範，並屈服於其權威之下，因為她們向男性的靠攏，以為褪除了性別特徵就是實現兩性平等，以為女性加入男性勞動的行列，就能得到平等的解放。這種所謂「男女都一樣」的平等理論，抹殺了性別差異，使女性男性化。她們雖然在當時撥亂反正、價值重建、發展經濟為主的社會現實中，和男性一樣在團體生活中找到作為勞動者的自我實現的位置，但那只是部分的平等，而實

[5] 同註四，頁四七。

際上她們所擁有的「半邊天」仍隸屬於男性的管轄範圍，她們依舊在男性的天空下掙扎，忍辱負重地在男性的陰影下生活。這樣表象的女性解放，造成女作家們努力於模擬男作家「陽剛美」的寫作風格，而塑造了文化大革命中不男不女的「雄化」的女英雄形象，其女性的失落，便可想而知。故而此時期的女性文學創作其女性意識仍較為薄弱，未能體現出鮮明的性別特徵，幾乎也無法辨識女性的聲音。唯有茹志鵑是「十七年」女性文學中對女性解放最予以深情關注和探索的女作家。

文化大革命後，七、八0年代的新時期，女性文學才在實際上又有了她的一片天，回顧中國當代文學，就會發現這是有史以來中國女作家湧現得最多，且最活躍的時期，這被比喻為是繼「五四」後的第二次思想解放運動，也是以反封建為其思想解放的起點。五四時期，因為西學東漸，西方女權運動和女性主義文學思潮催生並潤澤了中國現代女性文學的花朵；在半個多世紀之後的新時期，整個社會大環境為西方女權主義思潮的湧入提供了機遇，「五四」的女性文學有了承傳的火炬。

進入二0世紀以後，尤其是五四運動以後，一方面由於中國特殊的社會歷史條件的變化，另一方面因為美國和歐洲女性解放運動的影響，在中國具有現代意義上的女性文學終於從男性本位的文化中「浮出歷史的地表」；而由以上現、當代女性文學史的發展來看，五四時期與新時期的女性小說是最能展現其女性特徵的，因此，本書以該兩個時期並列為研究之範圍。

（三）為什麼要選擇女性作家與婚戀題材？

本書所以選擇女性作家的小說為研究的對象，大抵上來說是因為筆者身為女性，閱讀女性作家的作品比較容易感同身受。

「愛情」是中外文學中歷久彌新的主題，是自人類社會以來，社會生活中不可或缺的重要內容，不管是情竇初開的初戀，成熟的中年戀情，還是彌足珍貴的黃昏之戀，都是可歌可泣的。女作家通過愛情的悲歡離合，塑造生動豐滿的人物形象，不但表現了複雜的社會生活，也探索著人生的真善美。

女性生活的三大基本且重要的支柱是愛情、婚姻和家庭，我們要想了解社會上女性的解放程度，可從兩方面來看：一是女性可否擁有愛情和婚姻的自主權；二是在社會上和在家庭中，兩性可否享有同等的地位和權利。著名的女性主義學者許拉密斯•法爾史東(Shulamith Firestone)在她的著作《兩性辯證法》(The Dialectic of Sex)中表示：在分析女性處境或女性心理時，更應該把愛情作為問題的中心，因為愛情也許比養兒育女的任務，更加是女性受壓制的問題樞紐。[6]

愛情的描寫，向來是文學中人性表現的一個重要內容。也許女作家沒有男作家的生活範圍廣或社交機會多，她們的創作一開始僅能著眼於愛情、婚姻或家庭，因此我們見到五四時期與新時期的女性小說皆不約而同地以婚姻、戀愛為主題出發。

一九一九年，五四運動喚醒了中國女性的靈魂，同時在西方民主主義及女權主義思想注入的影響下，她們走出象牙塔，不願再受傳統勢力的擺佈，而婚姻與戀愛的問題正是她們現實生活中首當其衝的一個相當敏感的問題。五四時期的女作家因為意識到

---

[6] 吳婉茹：《八十年代台灣女作家小說中女性意識之研究》，(台北：淡江大學中國文學研究所碩士論文，民國八十三年一月)，頁二三。

女性長久以來父權對其愛情、婚姻的嚴厲控管，所以當她們一旦覺醒後，特別注重愛情及婚姻的問題，於是便很自然地以婚姻和戀愛為中心的思想來展現女性解放。

十年動亂中，林彪、「四人幫」控制文壇，愛情題材成為文學的「禁區」，那時的文學被稱為「無情文學」。當「四人幫」垮台後，無情文學很快地被有情文學所取代，反映愛情生活的作品日漸增多，「也隨即湧起了一股以愛情為題來探索人的自然本性的熱潮」。[7]

在婚戀題材的小說中，女性的生活、命運以及在婚姻生活中所扮演的角色一直是被關心的社會問題，尤其是在婚姻家庭的領域中，是能最近距離、最敏感、最全面地反映社會女性的特徵的。由於性別的差異，女性擁有截然不同於男性的生活體驗，表現在文學上，女作家展現了不同於男作家的獨特思維和表達方式。女作家基於女性等同的立場，在創作時對於女性的生活思想、情感及命運注入關懷的著墨，格外具有說服力。

（四）為什麼要研究小說？

小說最能具體地反映出人們現實的生活狀況，小說家能夠利用小說極為廣泛的題材，從不同的側面或角度反映現實的社會生活，例如兩性的婚戀、女性解放或女性的人生命運等問題，許多小說詳實地記錄了時代的烙印，真切地表現出人民的悲歡喜樂的情感。

---

[7] 黃政樞：《新時期小說的美學特徵》，（南京：南京大學出版社，一九九一年二月），頁一九三。

（五）為什麼要研析女性意識？

選擇「女性意識」這一個主題是有其意義的，五四時期與新時期的女作家的小說中明顯表現了女性特殊命運的問題，表現了女性的特質；另一個例證是，在她們的散文中，我們能見到她們充滿獨屬於女性的想法。

「五四」順應著時代潮流而來，是中國歷史上反傳統最激烈的時代，具有反封建的思想特質，而那樣一場思想啟蒙的運動中，「女性意識」的覺醒是影響最為深遠的成分之一。

在金一虹、張惜金、胡發貴所著的《女性意識新論——甦醒中的女性》中提到：女性意識在近現代中國的崛起，可以說有三個高峰——

第一次崛起是以「否定」的形式出現的，人稱是「中國『女性』的誕生期」。那是「五四」時代的女兒們最激烈的反叛，這種反叛，是對封建主義體制強加給女性的、舊的人格模式的毫不留情的破壞。它是以「我不是……」的激烈否定的形式出現的——「女人不是玩物」，「不是傳宗接代的工具」，「不是花瓶」。

第二次崛起是以「肯定」的形式出現的，是女性自我的肯定階段。一九四九年開始，「婦女是國家的主人」，「是生產建設的生力軍」，「婦女能頂半邊天」的意識，迅速地普及到數以億計的女性頭腦中，使她們充滿對平等社會地位的滿足、當家作主的自豪和建功立業的熱情。也許這一時期的女性意識缺少更深厚的內容，但畢竟是一個輝煌的時期。

第三次崛起是以「否定的否定」的形式出現的，發生在八〇年代初期，代表著女性意識的新崛起，它既有對兩性在發展機遇上的不平等的抗爭，又有對舊的人格模式以及刻板的性別角色的反抗。「女人不是月亮，不靠他人的光輝照亮」是這一時期的女性意識的精髓。與第一次崛起相類似的，女性意識的覺醒是以一個個體的自覺形式發生的。所不同的是，這一次波及的層面以及深刻程度要遠遠超過以往。同樣以「女人不是……」的形式出現，卻是主體意識在更高意義上的自覺。[8]

女性解放運動在五四時期即為整個運動的重點，在那樣的環境下產生了不少為宣揚女性解放而「寫」的小說；新時期是繼「五四」之後，女性意識的再次覺醒。

二、研究方法

本文取樣的範圍，除了台灣出版界出版的大陸當代作家作品集與相關評論外，還有台灣研究機構與大陸方面盡可能蒐集到的作家叢書、文集與相關論著評論。

本書因研究作品範圍涵蓋兩個時期，女作家為數眾多，再加以新時期的小說驚人的數量，面對這麼多題材豐富的作品，想要全面論述所有女作家的婚戀小說實非易事。本書大抵以在現、當代文學史上具有代表性，曾引起廣泛討論與評論的作品為討論對象。時間上以上述兩個已界定的時期所發表的小說為主，但對起迄兩端之前與之後的小說，如有必要，也會連帶評述。

在女作家筆下，當然也有因為種種因素所產生的同性之愛，但至於同性的戀情，則不在本書的討論之列。

---

[8] 金一虹、張惜金、胡發貴：《女性意識新論——甦醒中的女性》，（南京：南京大學出版社，一九九一年九月），頁二一〇~~二一一。

本文中所論述的小說，在五四時期原則上不拘長、中、短篇；至於新時期方面，其長篇小說較為著名的代表作如張潔的〈沈重的翅膀〉、張抗抗的〈隱形伴侶〉及鐵凝的〈玫瑰門〉，均不以婚戀為主題，涉及婚戀問題的篇幅極少，因此不在討論之列，故原則上僅以短篇和中篇為主。

首先，將兩個時期共二十八位的女作家的小說剔除非婚戀小說，共整理出一百一十四篇婚戀小說，作為本書研究基礎。

其次，對於材料中的研究對象，包括作家與作品，則是審慎地瞭解其作品的形成背景及其內容特色，並著重關注在女性解放思想的轉變。

最後，將上述的小說加以分類，以呈現女性不同的形象、意識及其意義。

透過小說的整理、分析、比較與歸納，期待能讓讀者更清晰而完整地瞭解五四時期與新時期的女性的特質，且更能突顯出該兩個時期女性婚戀小說的意義和價值，藉以充實女性文學的研究。

第三節　「五四時期」與「新時期」女性小說之比較

為便於以下篇章的研析，在此先將「五四時期」與「新時期」的女性小說作一比較，期待經由其異同及特色，能有助於讀者對當時女性小說的理解。

	五四時期的女性小說與新時期的女性小說的比較
相同點	一、有著相同的文學起點，都是從「問題小說」起步，針對當時的社會問題提出直率的控訴與關注，而後逐漸轉向表現女性自身的生活。 二、同樣受到歐美新思潮的衝擊。 三、以描寫婚姻愛情的小說佔絕大多數。 四、與女性意識緊密相連，蘊含著對傳統的強烈的批判，表現出對社會的責任感和使命感。 五、女性意識的覺醒表現在核心起點都是從封建傳統的性別差異規範中反出。[9]

	五四時期的女性小說	新時期的女性小說
相異點	從自身經驗出發，反映女性自身的生活。	從自身經驗出發，除了反映女性自身的生活外，而且越來越面向整個社會生活，創作出大量展現女性生活、探索女性命運的作品。

[9] 林亞婭：《當代中國女性文學史論》，（福建：廈門大學出版社，一九九五年八月），頁二五五~~二五六。

	表現出女性掙脫封建枷鎖，對現代性愛的最初覺醒。	表現出女性對現代性愛的追求更自然而自覺。
	其女性文學的內涵，指的是：女性的文學或女性表現自身生活的文學。其女性意識的呈現是女性對自己作為人的價值的體驗和醒悟。	其女性文學的內涵，指的是：女性作家用專屬於女性的眼光觀照人生，並以表現女性意識為主要的藝術追求，進而體現出鮮明的女性特徵的文學。
	女作家及其家人不曾受過政治上的迫害。	女作家及其家人多數曾受過政治上的迫害。
	所關心的是「女人」的命運。	所關心的是「人」的命運，而不是只有「女人」的命運。
	女性意識的覺醒是從「物質經濟」開始的。	女性意識的覺醒跳過了「物質經濟」，而直接進入「精神領域」。
	其女性解放是向社會疾呼，索回女性獨立自主的權利。	其女性解放是女性對自我提出要求，並將解放的重任放在女性自己的身上。

	為反映女性對社會的抗爭，小說中出現了社會型、革命型的女性形象。在多數小說中有著濃重的反叛、反傳統妻性的意味。	因為藝術多樣化的發展，女作家在小說中有著向傳統女性角色回歸的傾向。主要表現為對傳統女性美德——任勞任怨、逆來順受、賢妻良母型的女性形象大加褒揚，她們塑造了恪守封建倫理的傳統女性形象。
	在生命意識上的表現，以個性主義，真摯情感為中心。	在生命意識上的表現，以人性觀念，生命感覺為對象。[10]
	作家從一開始就在創作中表現個人在愛情婚姻和人生歷程中的坎坷經歷與內心痛苦。從最普遍的意義上來說，是一種心靈的、精神的文學。	作家以特殊的人物事件來張揚觀念上的人性。從最普遍的意義上來說，是一種思想的、觀念的文學。[11]

[10] 閻晶明：《十年流變——新時期文學側面觀》，（西安：陝西人民教育出版社，一九九二年九月），頁一一六。

[11] 同註十，頁一〇二~~一〇三。

	女性為了婚姻自主而革命，她們以為擺脫了封建包辦婚姻，和所愛的人結合，便是革命成功，然而她們仍然扮演著附庸的角色，只是被附庸的人物從父親轉為丈夫，因此，辛苦革命一場的女主人公，只有表象的改變，並沒有實質上的改變。	女性努力徹底改變附庸的角色，要做自己生命中的主人，企圖在事業上闖出一番成就，尋求經濟獨立，因此，女主人公有了實質上的改變。
	書寫特點是——「書寫自己」 女作家不失機遇地以新文化思想解放運動為背景，登上文壇書寫自己，以維護父權封建制秩序的書寫中的「無」中現「有」，必須寫自身以確立自身在歷史書寫中的位置。	書寫特點是——「自己的書寫」 女作家書寫的起點已不是「無」，她們是在前輩女性書寫人所努力到的位置上起點。其「自己的書寫」中——意味著女性作為歷史主體之一員的更為主動的創造，包括破壞與建設。[12]

[12] 同註九，頁一六六~~一六七。

	直接從封建秩序中的傳統女性角色位置上反出。只是在表層意義上改變了性別歧視的社會意識型態，女性的被動地位仍未得到真正的改變，女性由被動所產生的一切壓抑與不幸，不是被解除，而是被沈入表象之下。	從一種「女性解放」的表層化模式中反出，這使得她們能夠回到性別本身，以自己真實的女性身份進入社會角色，不迴避由此帶來的女性傳統角色與所賦新角色之間產生的尖銳矛盾與問題。[13]
	其女性問題之所以未能最後深化，女性的自我覺醒即女性意識之所以未發育成熟，即在於「五四」文化運動的重心由人的問題轉移到了民族的問題，因而女性的問題也隨之流失。	其解放潮流隨著社會轉型而深入並內化了，這正是女性問題獲得深層發現的機遇。女性作家對性別問題的關注、女性意識的建立，由不自覺走向自覺也是一個必然。[14]

[13] 同註九。

[14] 王光明、荒林：〈兩性對話：中國女性文學十五年〉，（北京《中國現代、當代文學研究》，一九九七年，第十一期），頁八二~~八三。

第二章　女性文學與女性意識概論

在討論本書的婚戀小說之前，必須先釐清所謂的「女性文學」和「女性意識」，本章將站在關注女性作為人的社會價值上全面探討這兩個主題。女性的存在價值除了其生命意義還有社會價值的實現，期待透過本章的研究能提升讀者對女性文學和女性意識的認識；能在確認女性身份的前提下，認真傾聽那些發自女性血肉之軀的體驗和聲音；能細心閱讀女性對自我生存的感受和覺悟。

第一節　關於「女性文學」

一、何謂「女性文學」

關於女性文學的定義，學術界有種種不同的意見，略舉其要者如下：

（一）呂晴飛主編的《中國當代青年女作家評傳》的序言中，分女性文學為廣義與狹義兩種。

廣義的女性文學指的是：從創作主體著眼，把女性作家創作出來的一切作品，包括描寫女性世界和女性世界以外的作品都納入女性文學的範疇，又包括了一切男作家描寫女性生活的作品在內。

而次廣義的女性文學有兩種理解：一種是從創作客體出發，泛指一切描寫女性生活的文學作品，不包括女作家描寫女性世界以外的作品在內；一種是從創作主體出發，泛指女性作家創作的一切文學作品，包括女性生活的內在世界和外在世界在內，卻不包括男性作家描寫女性生活的作品在內。

至於狹義的女性文學指的是：包括創作主體和創作客體都有限制，即創作主體必須是女性，創作客體必須是女性生活，要求表現女性的命運和情感世界，從而具有強烈的女性意識和女性特徵。[1]

在該書中提到：上述四種意見中，學術界較多採用次廣義的第二種意見，即從創作主體著眼。

（二）大陸女評論家吳宗蕙的《女作家筆下的女性形象》中將眾說紛紜的女性文學的意見，大致分為三種，這是較為清晰簡單且容易瞭解的分法。

第一種是所有以女性生活命運為題材的作品，包括男性作家的女性題材的創作，這是「廣義」的女性文學。

第二種是女作家寫女性的作品，即以女性的眼光，女性的切身體驗，女性的表現方式，專注於女性形象的塑造和女性命運的思索，尋求女性徹底解放的道路，這是「狹義」的女性文學。

第三種是女性作家的全部作品，包括女性作家女性題材的創作和社會歷史題材的創作，即女性作家同時面向兩個世界——自我世界和外部世界的全部創作。即使取材於社會生活和歷史事件，因為創作視角來自女性，浸滲於作品中的是女性意識，作品中的女性形象必然溶含著女性作家對其命運的特殊關注和思考。[2]

吳宗蕙認為：「只要是出自女作家手筆，就具有女性文學的

---

[1] 呂晴飛主編：《中國當代青年女作家評傳》，（北京：中國女性出版社，一九九〇年六月），頁四。

[2] 吳宗蕙：《女作家筆下的女性形象》，（北京：首都師範大學出版

特性，就會真切地表現女性的面貌與心理，表現作家的女性主體意識和對女性解放的獨立思考。」[3]的確，作家的性別差異，絕對影響作品所展現的自我意識。女人看女人和男人看女人，在主體意識上所呈現的特性就有所不同。

（三）盛英主編的《二十世紀中國女性文學史》中對於女性文學的界說，也是以女性作家的所有作品為研究的對象，意即「以女性為創造主體，呈現女性意識和性別特徵的女性文學」[4]

（四）黃重添、莊明萱、闕豐齡、徐學和朱雙一合著的《台灣新文學概觀》中對女性文學做了更詳細的說明：「女性文學是指女性作家以女性為創作中心的文學作品，這些作品著重反映女性在男權社會中的苦悶、徬徨、哀怨、抗爭；反映女性意識的覺醒，表達女性特有的同情、愛、堅忍與包容的品性。女作家因生理機能與心理結構的特殊，有著更為細微、委婉的感情體驗，使得他們的創作內容大多都以女性角色、女性體驗為主，這樣形成了富有特色的女性文學。」[5]

因此，本書將從吳宗蕙《女作家筆下的女性形象》中的第三種意見的角度，即女性作家的全部作品，作為論述的方向。

依蘭•修華特針對英國女作家的作品，將女性文學的發展分為三個階段：

第一個階段是「女性化時期」(Feminine Stage, 1840-80)，

社，一九九五年十一月)，頁一。

[3] 前引書，頁二。

[4] 盛英主編：《二十世紀中國女性文學史》，(天津：天津人民出版社，一九九五年六月)，頁一。

[5] 黃重添、莊明萱、闕豐齡、徐學、朱雙一合著：《台灣新文學概觀》，(台北：稻禾出版社，一九九二年三月)，頁五九五。

在這段時期中，女作家努力地模仿男作家或者接受他們的觀念。

第二個階段是「女性主義時期」（Feminist Stage, 1880-1920），女作家反對及攻擊男性主義的價值觀，提出女性權益。

第三個階段是「女性時期」（Female Stage, 1920-），女作家尋求自我發現（self awareness），建立屬於女性自己的風格。[6]

西方的女性解放運動與女性主義哲學並不完全存在於中國社會主義，因此，礙於中西女性文學發展的差異，依蘭•修華特的這種分法並不足以說明或涵蓋大陸的女性文學，所以，我們不妨將這三個階段當作是女性文學的三個特色來看，如此將會有助於我們瞭解現階段的女性文學。

大陸文學評論家王緋曾將當代女性文學分為兩個世界：

（一） 女性文學的第一世界——主觀型的內心視境小說

這類小說所展示的乃是純然由女性的眼光所觀照的社會生活，是女性心靈的外化，也是一位女性作家對女性自我世界的開拓，其中最大限度地負載著女界的生活和心理（包括潛意識）的信息，可以說是女性在文學上的自我表現。這是最基本意義上的女性文學。[7]王緋說，女性文學的第一世界「是以表現女性意識、女性世界為主要藝術追求的『內在世界』」、「是作家對女性自我世界的開拓，是女性在文學上的自我表現。它作為一個特殊的文化領域，發揮不可被男作家取代的女性優勢，在文壇上獲得獨特

[6] 李仕芬：《愛情與婚姻：台灣當代女作家小說研究》，（台北：文史哲出版社，民國八十五年五月），頁三。

[7] 王緋：〈張辛欣小說的內心視境與外在視界——兼論當代女性文學的兩個世界〉，（北京《文學評論》一九八六年，第三期），頁四四~~五二。

地位，表現出男性作家不可企及的創作特色。」[8]

（二）女性文學的第二世界——客觀型的外在視界小說

這類小說指的是女作家以辯證的眼光，也就是中性的眼光，觀照社會生活，在藝術表現上超越女性意識及世界，超越女性的感情和生活的作品。而所謂的「第二世界」是女作家對女性自我世界之外更廣闊的社會生活的藝術把握，是女作家與男作家站在文學的同一跑道上，不僅作為女性，而是作為一個人所創造的一種不分性別的小說文化。[9]

王緋表示：「女性文學的兩個世界既反映了女作家創作的實際狀況，又標示出女性文學的發展前景。女性文學的兩個世界具有各自的獨立意義，它們不能彼此涵蓋，也不能相互取代。但是，這兩個世界又不是兩相割據、各自為政的獨立王國，它們之間有滲透、有照應。」[10]

五四時期的女性小說家，雖然初踏上文壇，都還只是三十幾歲的大學生，生活歷練不夠，寫作取材僅是周圍的見聞，在她們不少的小說作品中，我們可以在女主人公的身上見到作者的影子，這一點是同時期的男性小說家所無法辦到的；新時期的女性小說家在經歷過文化大革命的洗禮，開闊了眼界，努力重新尋找丟失的自我，更加看重對於女性天性的追求，自覺地從女性自身引發出來。

---

[8] 王緋：〈女性氣質的積極社會實現——讀《女人的力量》兼談女性文學的開放〉，（北京《中國現代、當代文學研究》，一九八六年二月），頁一二五。

[9] 同註七，頁四九。

[10] 同註八，頁一二五~~一二六。

這兩個時期的女性小說家，都是在不利於女性的文化困境中，以切身體會來描寫女性的經歷，她們看重外部世界的直觀把握和內心體驗，更率直地表現自己，努力擴張長時間被壓抑的個性，並以屬於自己的筆，創造更新的自己，展現女性的獨特性格，她們相信唯有女性自己解放自己，才是真正徹底的解放。

二、否定與肯定的聲音

（一）否定的聲音

「五四」女性解放的聲浪，隨著女作家找不到解放的出路而困惑，潮起潮落後，自一九二八年，女作家有了性別自認，當她們群起由自身的小我走向社會的大我，有人打出了反對所謂「女性」文學的旗號。

她們認為如果要設立「女性文學」的名目，那也就要有相應的「男子文學」了。在當時有一本雜誌以《女子文學》為名，在創刊號的扉頁上還特別聲明：「文學可以分為男女麼？答曰：不能。文學就是文學，豈有城鄉之分、男女之別、工商之異。」[11]

一九二九年末，丁玲拒絕為《真善美》雜誌的「女作家專號」撰文，她說：「我賣稿子，不賣女字」；三〇年代的左翼女作家馮鏗的小說《紅的日記》，女主人公在「為人」和「為女」的選擇中，斬釘截鐵地只選做「人」的資格；記者作家楊剛自稱是：「有男人，不能作男人的女人；有孩子，不能作孩子的母親。」八〇年代新時期的女詩人李小雨說：「成為人，你自然就有了成為女

---

[11] 李小江：《夏娃的探索——女性研究論稿》，（鄭州：河南人民出

人的一切。」張潔、張辛欣和張抗抗也非常反對提什麼「女性文學」。張抗抗對於「女性文學」的提出，認為是一種深層心理結構上女性自卑感的表現。[12]她曾明確地宣稱：「嚴格說，中國當代文學的森林中尚未長出『婦女文學』這一棵大樹，中國還沒有形成『婦女文學』的主潮。」[13]這些女作家不喜歡「女作家」的稱謂，她們迴避女性的身份，不但不甘於、也不屑於「女」字，且希望能用「人」字來包容「女」字。

（二）肯定的聲音

相對於這些反對的聲浪，也有相當多的女作家重視自己身為女人的特質，冰心和陳衡哲格外鍾愛「女」字，期待「為人」和「為女」兩重人格趨於平衡的協調發展。陳衡哲在三〇年代中期，寫了一系列的女性問題專號，尤其特別強調「母職」，她把「母職」看成是「民族的命脈」。她認為男女平等不等於女性男性化，如果忽視「女」字，會帶來畸型的人生；冰心在四〇年代《關於女人》的散文集裡，特別頌揚女人的美質，把女人的人格推到了崇高的顛峰。到了「四人幫」倒台後的八〇年代，女作家在歷史的反思中，尋回長期失落了的愛和美，不願再失去女性有別於男性的天賦而男性化。王安憶與鐵凝宣稱自己不迴避「女作家」的稱謂，鐵凝說要寫出：「女性獨特的生存方式生存狀態和

版社，一九八八年五月)，頁二五二。

[12] 同註四，頁六。

[13] 殷國明、陳志紅：《中國現當代小說中的知識女性》，(廣東：廣東高等教育出版社，一九九〇年八月)，頁一八二。

生命過程。」[14]吳黛英也特別寫了一篇〈女性世界和女性文學〉以書信體的方式致張抗抗提出反對她：「中國當代文學的森林中尚未長出婦女文學這棵大樹」的說法，並進而肯定新時期大量的女性文學創作。[15]有人認為反對提「女性文學」者，「只不過是女作家們的一種『逆反心理』，即不希望人們只是從性別的意義上去注意到她們的存在，她們不承認『女性文學』的存在並不等於『女性文學』就真正的不存在了。」[16]

肯定女性文學的一派認為：大規模的女性創作是當代文學中一個引人注目的現象，追溯它的歷史，凡是出自女性之手的文學，統統可以被看作女性文學。然而，否定女性文學的一派卻認為：歷代文學總是以男性為中心的傳統文學，女性寫作是少數，這少數也不過是對傳統價值觀和男性文學的模仿，因此，根本無所謂真正的女性文學。[17]

基本上，這個反對的聲音，實在不夠站得住腳，也經不起時間的考驗。如果是以創作數量的多寡來否定女性文學，這實在是相當愚蠢的，僅以當代文學女性作家的創作數量來看，並不亞於男性作家；而且，從生物學、社會學來看，我們都肯定兩性是有所差異，既然如此，女性有女性的感性與認知，即使如上所述「是對傳統價值觀和男性文學的模仿」那種模仿也是相當有限的，因為，既然是出自女作家的手筆，其創作內容和藝術風格一定是獨具特色的。

---

[14] 同註四，頁七。

[15] 吳黛英：〈女性世界和女性文學——致張抗抗信〉，（北京《中國現代、當代文學研究》，一九八六年二月），頁一一九。

[16] 同註一三，頁一八二。

[17] 同註一一，頁二五一。

舉例來說，詩人王潤華提起與同為詩人的妻子——淡瑩的詩作的差異：「現代新女性文學批評者，關心文學作品中女性的語言、聲音與風格。我們雖然沒有做過比較，直覺上就能分辨男女聲音、視境、感覺，在我們作品裡之不同。……儘管我們所呈現的生活經驗題材相似，卻完全是兩種不同性別的聲音、視野與感覺。從山水、社會、鄉土到愛情詩，雖然我們結婚三十幾年，共同寫詩三十幾年，女人永遠是女人，男人永遠是男人，因為我們用感情與靈魂寫詩，詩不是直接呈現生活現象。」[18]

德國女作家杜薇芝（Ingeborg Drewitz）曾在介紹一九七〇以來的德國女作家的論文中指出：近年德國女作家的作品之中有一種共同趨向，即表現了女性的自覺；她們由生活的細節上、人際關係上出發，以探索女性心理，探索女性在社會上的地位。她相信女性作家的作品，在基調上與男性作家截然不同，女性的筆調比較細膩，富於感性。她肯定的確有所謂「女性文體」（feminine style）的存在。[19]

法國女性主義文學批評家向現存的大眾語言挑戰，她們認為目前社會的語言都是以男性價值觀為基礎，是男性權威、父權文化的產物。她們認為只有女性作家才能創造出女性語言與女性文學（I'ecriture feminine）。[20]

冰心在一九九0年十二月五日為《女性研究》雜誌題詞說：「一個人要先想到自己是一個人，然後想到自己是個女人或男

---

[18] 淡江大學中國文學系主編：《中國女性書寫——國際學術研討會論文集》，（台北：台灣學生書局，民國八十八年九月），頁七一。
[19] 鐘玲：《文學評論集》，（台北：時報文化出版事業有限公司，民國七十三年二月），頁一一三~~一一四。
[20] 同註一八，頁七二。

人。」[21]這句話很準確地說出了二十世紀的中國女作家已經向兩性平等邁進了一大步——統一了女人的自覺和人的自覺。

兩性關係是人類所有關係中，與歷史相始終，最悠久的基本關係，由於兩性生理與心理機制的差異，我們肯定女性作家筆下的作品絕對不同於男性作家，針對這個無法改變的客觀存在，我們不容忽視女性文學在整體文學中的重要位置與貢獻。

第二節 關於「女性意識」

一、何謂「女性意識」

任一鳴在《中國女性文學的現代衍進》中為「女性意識」下定義說：「女性意識應該是女作家的主體意識之一。首先體現為女作家明確的性別自認，即女性的自覺。在這個大前提下，女作家以其特有的經驗關注女性生活、女性生存處境、女性命運；以其特有的目光觀照社會、過濾人生，從而對人生社會，尤其是女性生活有更多的發現，更深的理解。」[22]他將女性現代意識分為兩個層面：其一是以女性眼光洞悉自我，確定自身本質、生命意義及其在社會中的地位；其二是從女性立場出發審視外部世界，並對它加以富於女性生命特色的理解體驗和把握。[23]

女性意識源於女性特有的心理和生理的反映，女性以其獨特的眼光去體驗和感受外部世界時，有著自己獨特的方式和角度，

---

[21] 同註四，頁七。

[22] 任一鳴：《中國女性文學的現代衍進》，（香港：青文書屋，一九九七年六月），頁二三~~二四。

[23] 前引書，頁二六。

而從不同的方式和角度，不同程度地映現出其內在的感情與外在環境對其生活經驗的影響或制約。

美國女權主義批評家伊蘭•修華特（Elaine Showalter）曾就「生理的」、「語言的」、「心理分析的」、「文化的」數端界定並分別女性作家和女性作品的特質，發現女作家作品有迴異於男性作家感受的文學經驗，並顯示女性特有的溫柔、細膩、感性等抒情特質[24]。正因為女作家作品中有獨特的性質，這才使大家注意到女性意識的存在與價值。

陳志紅認為女性意識：「它一方面既源於女性特有的生理和心理機制，在體驗與感受外部世界時有著自己獨特的方式和角度，這實際上是一種性別意識，這時它更多地屬於自然屬性的範疇；另一方面，它又與人類社會的發展有著不可分割的關係，不同的社會歷史階段決定著女性意識發展的不同層次和不同的歷史內容。」[25]

樂黛雲在〈中國女性意識的覺醒〉中提到：女性意識包括社會層面與文化層面：社會層面是在社會上女性所受的壓迫及其反抗的覺醒；文化層面是以男性為參照，瞭解女性在精神文化方面的處境，從女性觀點去探討以男性為中心的主流文化之外的女性所創造的「邊緣文化」。[26]

---

[24] 伊蘭•修華特（Elaine Showalter）著，張小虹譯：〈荒野中的女性主義〉（台北《中外文學》第十四卷第十期，民國七十五年三月），頁七七。

[25] 陳志紅：〈走向廣闊的人生——對新時期『女性文學』的再思考〉，（北京《中國現代、當代文學研究》一九八七年五月，第五期），頁四○。

[26] 李圭嬉：《「五四」小說中所反映的女性意識》，（台北：中國文化大學中國文學研究所碩士論文，民國八十四年六月），頁一六

女性在生活經驗中，共同體認到男權中心對女性的限制與剝削是不合理的，並且加以否定男性意識成為人類的當然意識中，女性所受到的種種不平等的對待。她們為求和男性受到同等的尊重，在身為人的層面上和男性有同等的價值，因此主張女性有權自我發展，並進而付諸行動以改變社會結構中不合理的現況，爭取和男性一樣做個真正意義上的「人」的意識。

二、傳統與現代女性意識的區別

女性意識有分為傳統與現代的女性意識。

遠古時期，母權制尚未被父系社會所取代，兩性是平等而自由的，仍可見母系社會的遺俗；周代以後，父子軸承建立，以男性父權為中心，女性的地位開始下降；往後歷代「男尊女卑」的觀念漸之愈深，女性再也抬不起頭來。

傳統的女性意識指的是，長久以來由於父系社會掌權以及私有財產制的產生，傳統的女性在這些制度的束縛與要求下完全沒有自我，她們全然為男人而活——在家從父、出嫁從夫，夫死從子，充其量只是家庭的奴隸以及傳宗接代的工具。

經過長期的歷史過程的累積，男權文化將女性物化，視為其私有財產，而女性自己也在不自覺中無怨無悔、理所當然地接受這樣不公平的使命，認為其犧牲與奉獻是與生俱來的天職，這種集體無意識讓女性沒有選擇地完全服從於封建的既定的家庭秩序，認定她們是第二性，是男性的附庸，必須依靠男性而活，加

二。

以傳統的禮教規範與貞操觀念，牢牢地約制著女性的自我認知，這種社會對女性、男性對女性，甚至女性自己對女性的傳統認識，就是所謂的「傳統的女性意識」。

任一鳴也曾提過：科學研究證明，傳統女性意識的形成和人類自身的生產及由此而來的女性的歷史境遇相關。有史以來，女性就承擔了包括撫養子女的全部勞動在內的「自身生產」的重任，而日後女性傳統地位失勢的「世界性失敗」，則又從兩方面影響女性心理的形成；一方面，父權制和私有財產的產生，使女性的自然屬性成為被奴役的對象，女性日益淪為生育的工具和家庭的奴隸，生活視野狹隘；另一方面，因為被社會活動完全排斥，能力得不到施展，精神無所依托的苦悶，也使女性自覺或不自覺地在家庭生活和感情生活中全力「拋出」與「實現」自己，從而又深化構築了女性的心理結構。[27]

辛亥革命爆發後，女權運動隨即趁勢展開，而中國女性教育的解放，也因為該運動的鼓吹與推動，而大見效果。中國女性的生活在此時有了很大的轉變，「五四」是一個相當重要的關鍵。「五四」順應著時代潮流而來，是中國歷史上反傳統最激烈的時代，具有反封建的思想特質，而那樣一場思想啟蒙的運動，影響最深的是「女性意識」的覺醒。

現代的女性意識指的是，五四時期以來，女性知識份子深受「歐風美雨」的影響，當易卜生劇中的娜拉喊出「首先我是一個人，跟你一樣的一個人」時，震醒了沈睡已久的女性，她們開始自覺到自己存在的價值，她們要擺脫傳統綱常倫理、舊式禮教和習俗的束縛以及家庭制度的壓力，要追求個性解放、人身獨立、婚姻戀愛、男女交際的自由以及兩性有同等權利的自由，以實現男女平等。

至於「現代女性意識」的形成，「首先是女作家明確的性別自認，即女性的自覺。在這前提下，女作家以其特有的經驗、體會關注女性生活、女性生存處境、女性命運；並以其特有的日光審視社會、過濾人生，從而對人生社會，尤其是女性生活有更多的發現、更深的理解。」[28]例如，廬隱藉著筆下的女性呼喊：「靈魂可以賣嗎？」，「去過人類應過的生活，不僅僅作為女人，還要作人，這就是我唯一的口號。」馮沅君也藉著筆下的女性呼喊：「人生原是要自由的！」，「自身可以犧牲，意志自由不可以犧牲，不得自由我寧死。」這些大聲疾呼維護女性的人格與尊嚴的聲音，解除了長期以來加諸在女性身上的桎梏和枷鎖，開啟了女性認識自身的社會價值，這就是所謂的「現代的女性意識」。

任一鳴也提到：「現代女性意識是女作家在創作中、在對保守的、封閉的、愚昧的傳統的女性意識的揭示否定中，體現出對變革意識、開放意識的自覺追求。」[29]

「五四」時期第一批與時代、社會同步崛起的女作家，其女性角色意識的覺醒，為中國女性文學首度增添亮麗的一頁；三十年代到六十年代，女性文學在中共混亂的政治與社會局勢中銷聲匿跡，女性的自然性徵被革命給掩蓋了，所著重的只是女性的社會價值追求；文化大革命後的「新時期」，中國女性文學再度綻放光芒，女性的聲音更加震耳欲聾，女作家以其不同於男作家

---

[27] 同註二二，頁二五。

[28] 閔惠貞：《丁玲及其作品中女性意識之研究》，（台北：中國文化大學中國文學研究所博士論文，民國八十六年六月），頁二。

的生命和生存方式，要求全面的自我發展，伸張女性的權利，並從更現代的角度顯露其獨立的品格，並散發女性所具有的情感。這是現代女性意識對傳統女性意識的顛覆。

[29] 同註二二，頁二五~~二六。

第三章　兩個時期的女性小說家

小說人物的形成與作者所處的時代、環境及作者後天學習的影響，皆息息相關。作家的養成背景有可能提供他觀察周遭人物的難得機會，成為日後寫作的素材；也有可能因為實際的參與經驗，或詳實記錄，或加以想像，讓讀者見到了栩栩如生的人物。

以下將兩個時期的女性小說家依其小說內容寫作重點的不同而分類，分別探討五四時期與新時期女性小說家之小說人物的形成背景。

第一節　五四時期

一、陳衡哲、冰心：以「問題小說」聞名

陳衡哲和冰心，是以啟蒙意識思考那個時代各種社會問題出現較早的女作家，「她們早期的作品大多是思考人生、婦女、家庭和社會等問題的『問題小說』」[1]她們利用小說去揭露社會的不良現況，從不同的側面提出各種社會問題，力求感化社會，表現了參與社會的熱情，對人生有著熱切的關注。

（一）陳衡哲（一八九一~~一九七六）

陳衡哲不僅是二十世紀第一位中國新小說的女作家，而且是第一個寫新小說的作家。因為早在她一九一七年留美期間，便已

[1]楊義：《中國現代文學流派》，（北京：人民出版社，一九九八年

寫了以〈一日〉為名的小說，發表在由胡適、任叔永所主編的《留美學生季報》上，而一直被認定是第一篇新小說的魯迅〈狂人日記〉，卻是晚它一年才發表的。[2]

陳衡哲出生於一個具有學術傳統根基的家庭，祖父和父親都是學者，也當過地方官，母親是位名門閨秀；然而在陳衡哲生命中最重要的兩個人是她的三舅舅和大姑母。

陳衡哲的三舅舅受西方科學文化的薰染，不但介紹她看許多新思想的書籍，還送她到上海愛國女校讀書。在外求學期間，為逃避父親訂婚的命令，躲到蘇州鄉下大姑母的家中，大姑母不但收留她，且支持她參加官費留學考試。

陳衡哲在美國求學期間，結識了胡適、梅光迪、朱經農、任叔永等人，當時胡適積極主張文學革新，身居海外，難逢知己，只有陳衡哲對他的主張給予鼓舞和安慰，他還稱她為「我的一個最早的同志」。[3]此時，陳衡哲也開始了她的白話文創作。學成回國後，至北大任教，成為中國現代文化史上第一位女教授。

陳衡哲從人生與社會著眼去寫愛情生活，曾表明自己的創作動機：「我不是文學家，更不是什麼小說家，我的小說不過是一種內心衝動的作品。他們既沒有師承，也沒有派別，他們是不中文學家的規矩繩墨的。他們存在的唯一理由，是真誠，是人類感情的共同與至誠。」[4]她只是站在客觀的立場，揭示女性複雜的感

十一月），頁九九。

[2] 皮師述民等著：《二十世紀中國新文學史》，（台北：駱駝出版社，一九九七年十月），頁八八~~八九。

[3] 盛英主編：《二十世紀中國女性文學史》，（天津：天津人民出版社，一九九五年六月），頁五三。

[4] 陳衡哲：《小雨點》，（台北：成文出版社，民國六十九年七月），

情，同時描寫當時社會的不合理現象。她曾對胡適表示，她無法在政治上努力，但是可以努力借文藝思想來為改造社會心理盡一份責任。

陳衡哲在她的《衡哲散文集》的「婦女編」中，體現了她的婦女觀：她竭力主張男女平等，認為女性要「從一個性奴隸的地位超升到一個主人翁的地位」，既要推翻封建禮教，又要反對希特勒要婦女「回到廚房去」的口號；她提倡女子「為人」「為女」雙全的人格建構，認為應當謹防女子男性化，「一個最好的母親也便應該是一個才能智慧超越的女子」；她重視女子自身素質的提高，認為女性解放，「參政」不是唯一的，只有自己「內心的和人格的」解放，「才能去接受參政的利刃，去增進文化。」[5]

（二）冰心（一九00~~一九九九）

冰心出身於一個海軍將校的家庭，是父母親最鍾愛的獨生女兒，從小就在家人的關愛下成長，童年的成長經驗，對她往後的文學創作，造成很大的衝擊。而父母親開明的思想對她有相當大的影響。

冰心很早就考慮到「職業」的問題，因為她的雙親都認為女孩子長大後應該有自己的工作，尤其是她的母親。母親曾痛心地對她說起發生在她十八歲時的一件事——母親的哥哥結婚前夕，長輩布置新房時，她高興地插上一句說：小桌子上是不是可以放一瓶花？一位堂伯母就看著她說：「這裡用不著女孩子插

序頁。

[5] 同註三，頁五四。

嘴，女孩子的手指頭，又當不了門閂！」這句話帶給她很大的刺激。她自問為什麼女孩子的手指頭，就當不了門閂呢？因此，母親常常提醒冰心：「現在你有機會和男孩子一樣地上學，你就一定要爭氣，將來要出去工作，有了經濟獨立的能力，你的手指頭就能和男孩子一樣，能當門閂使了！」[6]

進入教會學校貝滿女中就讀，接觸了一些新的知識，同時受到基督教義「愛世人」的影響，她發現並不是每一個人的家庭都像她一樣幸福美滿，善良的冰心對這些不幸的人產生了悲憫之心，形成了她自己的「愛的哲學」。

「五四」運動爆發，其浪潮把當時是北京協和女子大學理預科一年級生的冰心捲出了家庭和教會，她曾說：「五四運動的一聲驚雷把我『震』上了寫作道路。」[7]她參加遊行、罷課等街頭活動擔任學生會文書，並選進北京女學界聯合會宣傳股，寫了不少宣傳鼓動的文字；同時閱讀《新青年》、《新潮》等雜誌，並開始發表作品。

她在「五四」運動後的六十年回憶說：「文化革新運動，這個強烈的時代思潮，把我捲出了狹小的家庭和教會學校的門檻，使我由模糊而慢慢地看出了在我周圍的半封建半殖民地的中國社會裡的種種問題！在我們的日常生活裡，幾乎處處都有問題。這裡面有血，有淚，有凌辱和呻吟，有壓迫和吶喊……我抱著滿腔的熱情，白天上街宣傳，募捐，開會，夜裡就筆不停揮地寫"問題小說"。但是我所寫的社會問題，還不是我所從未接觸過的工

---

[6] 冰心：〈從"五四"到"四五"〉，（北京《文藝理論》，一九七九年，第一期），頁二三。

[7] 卓如：《冰心》（台北：書林出版有限公司，民國八十一年十二

人農民中的問題，而是我自己周遭社會生活中的問題。」[8]她說她寫小說的目的「是要想感化社會，所以極力描寫那舊社會舊家庭的不良現狀，好叫人看了有所警覺，方能想去改良。」[9]

二、廬隱、馮沅君、石評梅：以親身經歷寫小說

廬隱、馮沅君和石評梅三人的際遇特殊，自身就是小說故事的女主人公，她們以自己的親身經歷寫小說，她們的小說「有比較強烈的自敘傳色彩和主觀抒情色彩，大多以自己的身世透視舊禮教的殘酷和黑暗，從而產生真率強烈的感傷和反抗社會的情緒，這類小說富有叛逆性。」[10]她們取材於自身，集中體現其所熟悉的生活領域，大膽地袒露自己的追求與苦悶，著力表現了女性的命運和情感。

（一）廬隱（一八九九~~一九三四）

廬隱，茅盾說：「她是被『五四』的怒潮從封建的氛圍中掀起來的、覺醒了的一個女性：廬隱是『五四』的產兒。」[11]在「五四」的女作家中廬隱算是自覺得最徹底的一個。

廬隱出生那天，正好外婆過世，母親認定她是個不祥的小生物，可以想見廬隱童年生活的悲慘。母親對她總是冷若冰霜，沒

月），頁二三八。

[8] 同註六，頁二四。

[9] 同註三，頁六六。

[10] 同註一，頁九九。

[11] 盧啓元、徐志超編：《中國新文學大師名作賞析——蘇雪林、凌叔華、廬隱、馮沅君》，（台北：海風出版社，民國八十一年三月），

給過她幾天好臉色。

十七歲那年，認識了姨母的親戚叫林鴻俊，他把自己父母雙亡的遭遇告訴廬隱，廬隱十分同情他，而他也對廬隱產生了愛情，並極力向她求婚，廬隱的母親覺得他沒什麼前途，堅決拒絕，並要廬隱的哥哥為廬隱另尋對象，面對勢利的母親，使得還不曾想過要結婚的廬隱竟賭氣地寫了一封信給母親，表示：「我情願嫁給他，將來命運如何，我都願承受。」母親瞭解廬隱的個性，於是提出了一個條件要林鴻俊大學畢業後才能結婚，於是他們便先訂婚了。

中學畢業後，母親要求她出去工作賺錢，在母親的活動下，她進入了北京一所女子中學任教，但由於教學理念與一些思想封閉的舊教員格格不入，廬隱有著強烈的無力感，輾轉換了幾所學校後，她決心省吃儉用考大學。

廬隱考取北京國立女子高等師範學校後，在這裡受到當時所謂新學的啟迪，積極地投身到社會活動中，性格產生了很大的變化。這時未婚夫從大學畢業，要求結婚，廬隱想等她大學畢業再說，誰知未婚夫竟勸她思想不要太新，女人在外奔走是可笑的，廬隱自覺看錯了人，決心與他解除婚約；同時廬隱以對包辦婚姻的控訴作為題材，開始小說創作。

之後，廬隱結識了北京大學的郭夢良，兩人真心相愛，但郭夢良在故鄉卻已有個家庭包辦的妻子，他們兩人不顧雙方家族的斥責，毅然決然地結婚了，這種行徑無法見容於當時的社會，於是兩人開始了奔波的生活。兩年後，郭夢良病逝，廬隱含悲扶柩回其家鄉，受到郭家人的唾罵與拳足交加，如果不是為了他們的

頁四七。

女兒，她是會自殺殉夫的。

然而，李唯建的出現使得廬隱的生活出現了很大的轉折，她的愛情又死灰復燃。

廬隱和李唯建結識時，李唯建還是個清華大學的學生，年紀比廬隱小八歲，他的感情熱烈純真，有著詩人的浪漫氣質，廬隱曾掙扎地婉拒他的追求，但終究還是抵擋不了李唯建的熱情攻勢。兩人婚後有了一個女兒。然而，就在廬隱生第二胎時，因難產而死，為她三十五歲的生命劃下休止符。

從廬隱一生的際遇，我們不難看出她不但敢愛敢恨，而且是個有
膽識、敢擔當的時代女性——受到「五四」
新思潮的激奮，她積極針對社會問題發表見解，提倡男女平等、
女性解放；而從她小說中那些徘徊於情智矛
盾間的叛逆女性，也能看出其特質的反映。

（二）馮沅君（一九00~~一九七四）

馮沅君也是出生於一個書香門第，父親是位進士，曾任知縣；母親是位小學校長，文化修養很高。馮沅君受到母親親自口授四書五經和古典詩詞，給了她文學上的啟蒙興趣。

「五四」運動前夕，她閱讀兄長馮友蘭從外地帶回來的新書刊，開始接受新思想的影響，於是她不再滿足於在閨閣中讀點詩書，她立志要謀求自立，像兄長一樣外出求學。

在女子高等師範學校求學期間，馮沅君積極投身反帝、反封建勢力及舊道德觀念的鬥爭，表現出堅決的精神。「五四」運動前夕，馮沅君和同學要上街參加反對日本帝國主義侵略的遊行活動，但被思想頑固的校長給阻止，校長緊閉校門，不讓她們出

去。此時，馮沅君第一個站出來搬起石頭砸碎了校門上的鐵鎖，順利奪門而出，和其他學校的學生會合；後來，為反抗封建家庭的統治，她把漢樂府《孔雀東南飛》改編成話劇。但演出時，馮沅君親自擔綱沒人肯扮演的焦母的反面角色，演出相當成功。

在北京大學念研究所時，馮沅君就拿起了創作之筆。

這位作品數量不多的女作家，卻在當時文壇佔著相當大的地位。馮沅君，人稱她大膽敢言，是性愛的傳達者，她在當大家爭相寫著戀愛的悲歡時，她卻以熱烈而健康的筆，寫出了當時變革時期，戀愛中的女性在掙脫禮教束縛的心理過程。

（三）石評梅（一九0二~~一九二八）

石評梅是廬隱《象牙戒指》中的女主人公張沁珠的原型，她和廬隱同窗，同樣是一位早夭的作家，其詩歌、散文和小說都有相當的評價。

石評梅兒時受到父親嚴格的教育，培養了她的文學根底。因為她母親是續弦，所以和兄嫂間有著隔閡，再加上母親和父親年紀差了二十五歲，母親常因夫妻觀念不合而傷心，石評梅看在眼裡，也常跟著母親落淚。家中總是籠罩著陰雨的氣氛，這造成她憂鬱的特質。

五四時期，曾因是鬧學風潮的主力份子，差點被學校開除。

大學時期經歷了兩次戀愛。初戀對象是隱瞞已經有妻室的吳天放，結婚的事實披露後，石評梅痛苦地和他分手，可是不願離婚的他還是苦苦糾纏；就在石評梅為所付出的真情療傷時，有了第二次的戀情，誰知這個革命家高君宇也是個有婦之夫，可是高君宇真心愛著石評梅，為她離了婚，反倒是石評梅遲遲猶豫無法接受她的愛。

高君宇於西山養病時，在一片紅葉上題了「滿山秋色關不住，一片紅葉寄相思」兩句詩，寄給了石評梅。石評梅在紅葉背面題了一句話——「枯萎的花籃不敢承受這鮮紅的葉兒」，寄還給高君宇。[12]原本因革命鬥爭積勞成疾的高君宇，在此情況下，突然病逝，這對石評梅造成相當大的打擊，很長的一段時間，她都在痛苦中渡過，可惜就在她決心從傷痛中站起來不久，便以二十七歲的年輕生命死於腦膜炎，友人按照她的遺願，將她葬在高君宇的身旁。

石評梅對於爭取婚姻自主和女性解放格外關注，她曾表示：「女子由過去夢中驚覺後的活動，不是向男界『掠奪』，也不是要求『頒賜』，乃是收回取得自己應有的權利；同時謀社會進化，人類幸福。」[13]

三、蘇雪林、凌叔華：閨秀派代表

蘇雪林和凌叔華由於出身於官宦書香門第，所以她們所描繪的小說圖像，是溫婉女性與和諧家庭的素描。她們取材的範圍多集中在深閨高門的女子，「比較多地寫溫飽人家或高門大戶的女性之苦悶和憂愁，較講究藝術性，但沒有陳衡哲、謝冰心那種注視社會的開闊眼光，也缺乏廬隱、馮沅君、石評梅她們那種強烈的感情色彩和叛逆精神。」[14]她們以柔美的筆調展現了女性秀美、

---

[12] 劉思謙：《"娜拉"言說——中國現代女作家心路紀程》，（上海：上海文藝出版社，一九九三年十二月），頁七九。
[13] 同註三，頁一二六
[14] 同註一，頁九九~~一〇〇。

幽麗的一面，使作品呈現了陰柔之美。

（一）蘇雪林（一八九九~~一九九九）

蘇雪林因其祖父恨自己幼年失學，勤勉自修覓得官職後，對兒孫的教育尤其重視，然而在當時封建專制的時代，女孩子是沒有資格接受師塾教育的，還好蘇雪林生長在那樣一個叔伯兄弟姊妹眾多的大家庭中，讓她有機會聽到一些歷史故事，閱讀書房裡的各種藏書。幼時父親長年在外做官，蘇雪林跟隨母親在鄉下生活，母親是個以賢孝著稱的典型傳統女性，這在蘇雪林的小說《棘心》中便可看出其母的淑德賢良。

求知慾極強的蘇雪林，曾入師塾讀書，後來得知安慶省立第一女子師範學校招生時，便萌發了要去讀書的強烈願望，但家中掌權的祖母最後以女子讀書無用等理由拒絕了她的要求，後來還是蘇雪林幾乎「拼上了一條小命」才得到家人的同意。

師範學校畢業後，以優異的成績留在母校附小任教。後來當北京女子高等師範學校招生，為了要去報考又和家裡發生了一場激烈的衝突。

順利考入國文系後，由一名旁聽生轉為正式生，與廬隱、馮沅君等人同窗。此時新文化運動正如火如荼展開，在思想上受到授課教授如胡適、李大釗、周作人、陳衡哲、吳貽芳等人相當大的影響，他開始發表作品展現文學才華。

赴法留學後，又至里昂國立藝術學院學習西洋繪畫和文學，期間曾因婚姻問題上的波折，一度皈依天主教。一九二五年，因母病輟學回國，奉家長之命與張寶齡完婚。回國一邊教學，一邊創作，可說是她一生中的顛峰階段，而她的成名作《棘心》就是在二十年代末問世的。

（二）凌叔華（一九〇〇~~一九九〇）

凌叔華的小說以「溫婉細膩」著稱，最善於心理描寫，徐志摩與蘇雪林等曾稱譽她為「中國的曼殊菲爾」。曼殊菲爾是二十世紀初英國的女作家，屬心理寫實派，最長於細膩地刻劃富貴人家女性對於婚姻和戀愛的心態，這方面凌叔華受到曼殊菲爾相當大的啟發和影響。

沈從文在《論中國現代創作小說》中談到凌叔華：「『女作家中，有一個使人不容易忘卻的名字，有兩本使人無以忘卻的書，是叔華女士的《花之寺》同《女人》』；這位女作家『以明慧的筆，去在自己所見及的一個世界裡，發現一切，溫柔的也是誠懇地寫到那各樣人物的姿態。叔華的作品，在女作家中別走出了一條新路。』」[15]

凌叔華成長於典型的富裕的仕宦舊家庭，父親先後娶了六位夫人，她是四夫人的三女兒，這樣不同於其他作家的特殊經驗，使得凌叔華得以將生活於舊家庭中的女子的婚戀觀；處於社會習俗變換期的女子的婚姻觀；受現代文明風潮所影響的女子的婚戀觀，從不同側面描寫出來，而形成她的一種特色，這樣的特色揭示了傳統的婚姻問題、轉型期的婦女問題以及開啟了當代戀愛自由與婚姻自主的思索與探討。

由於凌叔華的成長背景是平順而幸福的，因此並未受到「五

---

[15] 凌叔華：《凌叔華小說集ＩⅡ》（台北：洪範書店，民國七十三年十一月），頁二七八。

四」那麼直接的影響，因此她筆下的女性，也不像身世坎坷的廬隱的筆下那些大膽叛逆的女性，她以其敏銳的觀察，溫婉淡雅的筆調，細膩而寫實地反映出社會不合理的婚姻問題，她筆下的女性即使在追求她們所要的婚姻生活或者是自主權時也是溫柔而保守的。

四、丁玲：女權思想強烈

丁玲（一九〇四~~一九八六）的家在祖父時代還是家大業大，但父親是個典型的世家子弟，不但無所作為，而且吸毒，剛過三十歲就染病身亡，家道也中落了，這時丁玲才四歲。父親除了留給母親一個遺腹子，還有一大堆的債務。

丁玲的母親原本就是個積極上進，有知識、有見地的女性，丈夫過世後，她決心擺脫孤兒寡母的慘況，當她得知故鄉的師範學校在招生，她說服族伯，變賣家產還債，帶著子女，回到故鄉。

六歲的丁玲跟著母親在常德女子師範學校的附設幼稚園上課。母親珍惜就學的機會，並不理會親戚對她這個年輕寡婦拋頭露臉的批評。

母親深受西方民主思想影響，常常利用課餘時間對丁玲講些西方著名的女性運動家的事蹟，例如羅蘭夫人；母親尤其力主男女平權，認為女性不可依靠男性，應該自立自強。丁玲受到母親反抗封建禮教的束縛及追求獨立自主精神的影響相當深遠。

「五四」運動爆發時，丁玲十五歲，為了強烈表示與封建傳統觀念的決裂，她二話不說剪掉辮子，積極參加演講、遊行，並閱讀當時的進步書刊——《新青年》和《新潮》。

丁玲回常德看望母親，並告訴母親，她受到友人的邀約要一起到上海的平民女校學習，決定放棄只差半年就可以得到的中學文憑。這遭到舅舅的強烈反對，他說上海是十里洋場，不准她去，要她畢業後就和他兒子結婚。母親為丁玲辯護，說她到上海是要找出路、求知識。丁玲與舅舅發生了衝突，在母親的支持下，她搬出了舅舅家，並解除了由外婆作主的和表哥的婚約。後來，她在《民國日報》上發表文章，揭發舅舅虐待傭人，借辦育嬰堂等慈善事業剝削窮人的惡劣行為，這是丁玲公開發表的第一篇文章。

一九二七年冬，丁玲發表了她早期的代表作〈莎菲女士的日記〉，大膽而深刻地揭示了「五四」以來在新思潮影響下衝出封建家庭的知識女性的精神苦悶與其對個性要求解放的強烈訴求。

這八位五四時期的女性小說家，大抵有著相同的家庭背景和學歷。她們均是出身於官宦或書香人家，從小就受過家學或私塾的基本教育，長大後因為受到新思想文化的影響，也都離家接受新式現代教育，所不同的是：冰心是在家人的鼓勵與支持下平順地成長；陳衡哲和馮沅君為抗拒家庭的包辦婚姻，和石評梅一樣從外地遠赴京滬求學；蘇雪林為外出求學和家裡抗爭；廬隱和馮沅君則是不顧家人的反對離家到學校求學；至於丁玲則是在親族的反對，但在母親的支持下，得以發展自己的理想。她們個個走出了自己的路，屬於女性的披荊斬棘的路。

五四時期的女性小說家為她們自己付出了努力，同時也為整個大時代繳出了成績，她們藉由她們的奮鬥寫出了一篇篇動人的故事，為中國現代文學史，尤其是女性文學貢獻了一己之力。

第二節　新時期

一、韋君宜、方方：強調感情體驗

（一）韋君宜（一九一七~~）

來自「解放區」的韋君宜，是個使命感極強的資深作家，她特別關注女性解放的問題。

韋君宜於一九三五年曾參加「一二　九」學生運動，成為中國共產黨黨員。一九三八年奉派到宜昌做地下工作，成為職業革命者，之後還當過編輯、記者、教員、黨校幹事、區委領導。雖然早年追隨革命，但她一直對文學情有獨鍾，三十年代便開始文學創作，至八十年代又重新活躍起來。

「四人幫」倒台後，她不但積極再版一批老作家的作品，而且幫助青年作家有機會在文壇嶄露頭角。這一位參加革命多年的老幹部，堅持寫自己熟悉的生活，並以身為女性的情感，把豐富的人生經歷，灌注在她的小說當中，表達了她對人民命運的深切關注。

（二）方方（一九五五~~）

方方是「新寫實」的代表作家。她出生於一個文化傳統濃厚的知識份子家庭。文化大革命期間，她和那些豪邁、講義氣的勞動工人整整相處了四年，實實在在、紮紮實實地感受到他們的生命力，那是她所不瞭解的一面。考入武漢大學中文系後，不僅閱讀大量中外古今的作品，還參加創作比賽，也拿到了名次。就在大學即將畢業時，她發表了短篇小說〈“大篷車”上〉受到讀者的肯定。

二、宗璞、張潔：偏重心理體驗

（一）宗璞（一九二八~~）

宗璞是個學者型的女作家，出身於書香之家，想當然受她父親馮友蘭潛移默化的影響很大，從小博覽中國群書，長大後，又研究外國文學，就學兼中外這一點看，與五四時期的女作家頗為相似，尤其是冰心，她們都是來自書香門第，生活不離校園的知識女性——除了一九四九年前，宗璞大部分時間都生活在高等學府的知識群中；她很崇敬她的姑姑馮沅君，在「五四」運動時期，姑姑勇敢且大膽地宣揚自由的愛情，歌頌人性的解放，她打心底l·服。

宗璞深受中外文化的薰陶，有著良好的文化素養，這對她的小說顯然有著潛移默化的影響。其小說大都以大學校園為背景，主要人物多是中上層的知識份子。她寫她自己熟悉的生活，表現她所摯愛的人物，這形成她自己獨特的風格。

（二）張潔（一九三七~~）

張潔是新時期女作家中獲全國獎最多的一位，也是深受海外文壇關注的女作家。

張潔出生於北京的公務員家庭，由於父母失和，從小失去父親，她好像「獨自一人在大自然裡，野生野長地摸索著長大」[16]她

---

[16] 同註三，頁七二七。

和母親相依為命，家境貧寒，靠母親給人家當保母、工廠收發員、鄉村小學教師的微薄工資維持生活。

在政治生活上，她並沒有遭到大磨難，算是幸運的；此外值得慶幸的是，在她的生活中，還感到有許多「只是給予並不索取什麼的手」[17]例如：駱賓基就曾關懷並培養她的文學創作。文化大革命結束後，恢復高考，張潔在駱賓基的鼓勵下，根據她工作中的所見所聞寫成了她的成名處女作〈從森林裡來的孩子〉。

另一方面感情道路的不順遂，也是激發她創作的泉源。「她摯誠地愛過，但更多的是失望。或許正是這些感情生活中的挫折和她內心深處不懈的追求，敦促她最終還是走上了文學創作道路。」[18]

張潔曾說：「文學對我日益不是一種消愁解悶的愛好，而是對種種尚未實現的理想的渴求：願生活更加像人們所嚮往的那個樣子。」[19]她的小說題材廣泛，除了有對女性感情經歷的抒寫外，還有對女性社會問題的抨擊針貶。

三、張抗抗、喬雪竹、池莉：突出精神特徵

（一）張抗抗（一九五0~~）

張抗抗是北大荒的知青作家，出生於杭州的一個知識份子家庭，父親是《浙江日報》政教組的負責人，母親是《浙江日報》

---

[17] 同註三，頁七二七。

[18] 李小江：《夏娃的探索——婦女研究論稿》，（鄭州：河南人民出版社，一九八八年五月），頁二九四。

[19] 同註一八。

的記者。雙親為她命名為「抗抗」，原是寄託著他們的信念和願望，他們結識於抗日戰爭，抗抗誕生又適逢抗美援朝之際，他們希望在抗抗血管裡流動的，不僅有女性的柔弱，還要有奮發抗進的精神。關於張抗抗的名字，她本人說過：「由於我的名字注定要同抵抗、抗禦、反抗等相關係，我想我的一生大概永遠不得安寧。」[20]

一個文學家往往是在困阨的環境，人性遭遇壓抑的處境下誕生，張抗抗就是一個實例。

家庭、學校與自然地域環境的啟迪薰陶，不可諱言的，是造就張抗抗成為文學家的重要因素之一；然而，還有另一個重要因素，一九五二年，張抗抗的父親蒙上了不白之冤，她不明白這個曾賣掉結婚戒指去支援革命的父親，竟被說成有「歷史問題」。張抗抗在學校受到了很大的傷害，提早結束了快樂的童年。

在成長的階段，她嘗盡了知青所有的辛酸。在北大荒八年的時間裡，她當過農工、瓦工、通訊員，種菜、壓瓦、伐木、做科學研究、寫報導，她結了婚，又離了婚，身為一個有了孩子的女人，她的苦楚又多了一層，她回憶那段生活說：「幻想的破滅，希望的消失，使我的心幾乎凍凝，這其中也包含一部分個人生活的挫折。我的內心充滿了憂鬱和痛苦。」[21]然而，也因為這八年的艱苦和磨練提供了她日後創作的泉源。

張抗抗是個有思想、有見解的新時代女性，因為在文化大革命中飽嚐人世的風霜，磨練出一股勇敢抗爭的精神，她重視自

---

[20] 呂晴飛主編：《當代青年女作家評傳》，（河北：中國婦女出版社，一九九〇年六月），頁。四八二。

[21] 同註二〇，頁四八三。

我，認真生活，所以特別關注女性與男性、與社會、與家庭的種種關係，透過她的作品相信能夠讓女性得到更多的自省，讓男性對女性有更多的瞭解。

（二）喬雪竹（一九五0~~）

喬雪竹的童年在鄉村度過，當地的風俗民情和奶媽的民間小調，無形中給了她藝術教育的啟蒙。在北京醫學院附屬中學讀書時，便立定了要當醫生、科學家、作家的志向。十六歲時的文化大革命的風暴，使她的夢想成為泡影。她的高中學業被中斷了，八年來，她置身在普通勞動群眾中，當過牧民、農民、赤腳醫生，經歷過天災——山洪、地震、狂風暴雪、森林大火。

動亂結束後，因「病退」回到北京，之後在一所中學代課。一九七七年高校招生考試制度恢復後，她考上了北京大學物理系，但因體檢複查不合格，物理學家的夢想幻滅了；所幸，中央戲劇學院招生，她馬上從物理轉向文學，以作文獲最高考分的成績錄取。大學時代便開始了她的創作之路。

（三）池莉（一九五七~~）

池莉的父親是中國共產黨的基層幹部，母親是醫生。她在機關宿舍長大，常常從父母所帶回來的報刊雜誌和文學書籍中獲取不少知識。文化大革命侵襲了她十來歲的心靈，隨著父親被打成了「走資派」，她的生活起了變化。

在「文革」中的池莉也曾下鄉務農，當過小學教師，也當過護士。這個來自武漢的女作家曾說：「武漢市是一個非常有意思的城市，我常常樂於在這個背景上建立我的想像空間。」[22]所以，她的小說被文學評論界評為「漢味小說」[23]從一九八二年發表第一篇引起關注的小說〈月兒好〉，到一九八七年的成名作〈煩惱人生〉，這期間因為一場大病，讓池莉停止了創作，就在死而復生的同時，她在最艱難的狀況下，取得了武漢大學中文系的學位，這種「脫胎換骨」的感覺，讓她覺得自己「從雲朵錦繡的半空中踏踏實實地踩到了地面上」[24]。因為這樣難得的特殊經歷，造就了池莉小說獨特的色彩與表現手法。

也許就是因為那樣「踏踏實實地踩到了地面上」，池莉經常強調的是寫實，自稱「不篡改現實」所做的「是拼板工作，而不是剪輯，不動剪刀，不添油加醋」[25]——「我的好些小說寫得實實在在，但它卻起源於從前某一次浪漫空靈的撞擊。凡是震撼過我的任何一個人，一件事，一段河流，一片山川，我都無法忘記。它們像小溪一樣伴隨著我的生命流淌，在流淌的過程中豐厚著，演變著，有一天就成了一篇或幾篇小說。」[26]

以〈太陽出世〉為例，是池莉在當實習醫生時經歷了十二小時的接生工作，一個小生命終於降臨，所記錄下來的心情；當時池莉的心情是：「護士推走了幸福的產婦，我來到陽台上，深深

---

[22] 池莉：《一冬無雪/池莉文集2》，（江蘇：江蘇文藝出版社，一九九九年四月），頁二。
[23] 同註二二。
[24] 於可訓：〈池莉的創作及其文化特色〉，（北京《中國現代、當代文學研究》，一九九六年十月，第十期），頁一二〇。
[25] 唐師翼明：《大陸「新寫實小說」》，（台北：東大圖書股份有限公司，民國八十五年九月），頁九五。
[26] 同註二四。

呼吸著清晨的空氣。我一身血污一身臭汗，疲憊不堪。突然，我看見了太陽。東方正好是一片園林，新生的太陽正在燦爛的雲霞裡冉冉上昇。我的淚水再也忍不住滾了下來。初次接出一個新生命的強烈感受與這太陽出世的景象不知怎麼就契合在一塊兒，自己被感動得不行。」[27]

在池莉〈怎麼愛你也不夠——獻給我的女兒〉的這篇散文中，池莉真實地記錄了她自己在妊娠時的種種——享受丈夫細心的呵護；噁心嘔吐的痛苦；憂心孩子出世後沒人帶，請保姆帶又沒有房子、沒有錢；買不起小孩昂貴的衣物，便找出破舊的棉衣褲，做成一塊塊的尿布；買絨面棉布親自為小孩做衣服、鞋襪——這些情緒和細節都一一出現在〈太陽出世〉中。

年輕的池莉曾經「和一群女同學成為激烈的女權主義者，經常聚會，慷慨激昂，甚至指責蒼天不公，為什麼不讓男人懷孕生小孩？」[28]但是不久，母性意識在她心中醞釀——「要事業做甚？要名利做甚？要江山做甚？——如果身為女人卻做不了孕婦生不了孩子，那豈不白做了一場女人！」[29]

池莉是八十年代崛起的新寫實小說作家，在她的婚戀小說中，我們見到了當時的社會現象——結婚的風俗、與公婆同住、一胎化、居住、工作升遷的諸多問題，她用她通俗的語言，以其小說特色，提示了讀者不少值得認真思考的問題。

---

[27] 同註二四，頁一二一。
[28] 池莉：《眞實的日子／池莉文集 4》，（江蘇：江蘇文藝出版社，一九九九年四月），頁二五五。
[29] 前引書。

四、王安憶、鐵凝、陸星兒、劉西鴻：開掘女性世界

（一）王安憶（一九五四~~）

王安憶的童年正值「左」傾思潮濫觴時期，因為劇作家父親的耿直口快，又加上僑居海外的背景，一九五七年被打成了「右」派，受到相當嚴重的處分；小學五年級的王安憶，開始經歷「文化大革命」政治動亂，但是，在那樣混亂的年代裡，王安憶的母親——也就是著名的女作家茹志鵑，她寧可「自己肩著重閘」，讓孩子們「在閘下遊戲」，送給了王安憶「一些看不見、摸不著的東西」——一種感情的陶冶和精神的鼓舞。[30]在當時無學可上的情形下，母親為保女兒的心靈不受外界動亂的污染，傾其所有為女兒買了一架舊手風琴，讓王安憶和姊姊能安心的待在家裡看書、練琴。儘管，後來，十六歲時，王安憶含淚離開了已經成為「牛鬼蛇神」和「文藝黑線的金字招牌」的母親，到安徽五河縣農村插隊，經歷了艱辛的歲月，但她的心靈仍有一塊淨地被完整地保存了下來。也許正因為是這樣的因緣，所以，王安憶在她初出茅廬的作品中所刻劃的雯雯，仍保有赤子的情懷，一點也不受外界世俗的現實感染。

王安憶受到她作家母親茹志鵑的影響很深，她說：「媽媽對我的文學影響既是自覺的又是不自覺的。我的文學修養是靠一種文學氛圍的長期薰陶。小時候，媽媽讓我背唐詩，李白的、杜甫的，寫下來貼在床頭。我也常在大人的書櫥裡翻些書看。大人聚

[30] 同註二〇，頁七五。

客，他們在一塊談論文藝創作的事，天長日久我也就耳濡目染地受了影響。」[31]

她和母親一樣正式受教育的時間很短，茹志鵑是因為出身於貧困的家庭，王安憶則是因為文革，可她們全靠艱苦自修，學習和摸索來成就自己的寫作事業。

王安憶曾表示：文化大革命使她更多地體驗了生活，也給了她一個獨立思考的機會。正是由於這些體驗和思考，她決定提起她的筆來。而她認為文學最為必要的素質，就是體驗和思考。她認為文學應該啟迪人心。

王安憶在《這七顛八倒的世界》中提到：「十年的文化大革命，是我生命中的十二歲到二十歲。我從一個不懂事的孩子長成了一個懂了點事的大人。這十年裡，我沒有受教育……連張初中畢業的證書也沒有，應該懂的一概不懂。不該懂的，懂了不少：我在馬路上拾過傳單，寫過老師的大字報，上街讀過大批判的刊物，參加過鬥爭會，喊過"打倒×××"，看過抄家，插過隊，看到過農民要飯，看到過幹部貪污，為了招工給幹部送禮……我經驗著這十年的罪惡和痛苦長大成人了。可以無視和否定這十年裡的一切。可是，我的長成，是不容否定和蔑視的。在這是非顛倒、黑白混淆的年代，我們不得已地學會了用腦袋思考。」[32]

王安憶在一次愛荷華「國際寫作計劃」的發言稿中說，「無產階級文化大革命」給予她那個世代的年輕人的重大的影響。他

---

[31] 謝海泉：〈"我喜歡把筆觸伸進人的心靈"——訪青年女作家王安憶〉，（哈爾濱《小說林》，一九八三年二月，第十七期），頁七一~~七二。

[32] 二十所高等院校《中國當代文學作品選評》，（河北：河北人民出版社，一九八五年十二月），頁六一七~~六一八。

們受了傷害，變得忿怒、灰心、感傷……。但是一點一滴地，他們勝過了個人的傷痕和悲哀。他們終於站起來，更嚴肅認真地思考、寫作和生活。[33]

（二）鐵凝（一九五七~~）

鐵凝的父親是個畫家，母親是個音樂教師。她在這樣一個藝術氣氛濃厚的家庭中成長，從幼稚園到後來的寄宿學校，所受的教育都是相當嚴格的，在老師的眼中，她是一個優秀的好學生，父母親也極力栽培她各方面的興趣。

文化大革命在她小學三年級的時候開始，她被送往外祖母家，雙親則帶著妹妹去農村幹校。後來，父親因病回到保定，十二歲的鐵凝也回到父親身邊，擔負起家庭的重任。

當時她最快樂的事就是看書，但只能偷偷地閱讀這些被說成是「封資修黑貨」的書。父親幫助她制定了讀書計畫，還告訴她要以真誠的心對待藝術和生活。高中二年級時發表了她的處女作〈會飛的鐮刀〉。

高中畢業後，她放棄了當文藝兵和留城的機會，完全志願地報名上山下鄉，當時保定的電台和報紙還報導過她的事蹟。四年的插隊生活，她認識了中國的農村社會和農民，帶給她莫大的教育和啟示，當她在一九七九年被調回保定，在一家文藝刊物當編輯時，她在插隊期間所記下了十多本日記，便成了她日後小說創作的文本。

---

[33] 陳映眞：〈想起王安憶〉，（台北《文季》，第二卷第三期），頁十。

（三）陸星兒（一九四九~~）

陸星兒，幼年喪父，母親含辛茹苦將她和哥哥撫養長大。影響陸星兒的人生和文學之路的是她的哥哥陸天明。當五〇年代在呼籲「做祖國第一代的農民」時，陸天明響應此號召到安徽插隊，後來又到新疆建設兵團。陸星兒往往在得知哥哥的行動和閱讀家書後，心靈撼動不已，因此，當一九六八年，全國掀起上山下鄉運動時，陸星兒說服了母親，勇敢地奔赴北大荒。

生活本身的經歷和經驗，也是引導陸星兒走向文學之路的重要契機——她在黑龍江生產建設兵團開過拖拉機；參加辦過油印小報；寫過大量消息和通訊；結識後來成為她丈夫的文學青年陳可雄——這些因緣使得陸星兒和哥哥一樣走上作家之路，並擁有新時期知青出身的女作家中，「抒寫中國女性心靈史和命運史的『專業戶』之稱」。[34]

（四）劉西鴻（一九六一~~）

劉西鴻於一九七八年高中畢業待業兩年後到九龍海關工作。一九八四年開始發表作品，是一個成長在商業都市的作家，身為知識份子的她身處於都市之中，很能具體地感受到現代女性在都市生活所面臨的問題與困難，敏銳地捕捉了她們在感情與事業方面的選擇。她感同身受地描繪了現代都市女性的心理和生活，真實地揭示了她們的精神氣質和生活遭遇，同時也表現了她們的獨立人格。

五、李惠薪、程乃珊、航鷹、張辛欣、劉索拉：著重時代與自我的感應

（一）李惠薪（一九三七~~）

李惠薪從小愛好文學，於一九五○年便開始利用業餘時間寫作。初中一年級時完成了處女作長篇小說《春天的花朵》，而在資深作家張天翼的協助指導下發表了其中的一章——〈棗〉，並將所得到的稿費捐贈給正在抗美援朝的朝鮮兒童，此舉受到金日成將軍的來信讚揚，為此她還發表了散文〈金日成元帥來信了〉。後來，她在她的小說集中肯定她的恩師張天翼對於她把握自己的人生方向有著決定和導航的作用。

一九六一年畢業後便回母校北京醫學院工作。她曾多次下鄉巡迴醫療，為的是能藉機深入鄉下人民的生活。

作者擅於塑造堅毅的女性形象，描述她們如何接受生活中狂風暴雨的襲擊而愈挫愈勇。

（二）程乃珊（一九四六~~）

程乃珊所以被稱為「海派」，是因為她曾長期居住在上海，而其筆下的上海灘和上海人，形成了她特有的藝術天地。

程乃珊的祖父雖然只有小學五年級的程度，但十五歲到上海學做生意，經過努力，後來竟成了一位諳熟中英文的著名銀行家，他就是後來程乃珊長篇小說〈望盡天涯路〉的主人公祝景臣

---

[34] 同註三，頁八三八。

的原型；而她的伯祖是位醫學博士，在醫藥界享有盛譽，是上海第一個經辦醫藥化驗業務的中國人。

程乃珊的父母親也都是高級知識份子，父親學理工，也喜歡文學和音樂；母親畢業於上海聖約翰大學教育系，她以她的教育方式，不管當時「雄化」的大潮以及社會輿論的非難，執意教導女兒如何成為一個有教養有文化的「淑女」。自認為受母親影響很深的程乃珊表示：母親在這裡所受到西方文化的影響，勢必因此也影響著我。[35]

倖免於「雄化」的程乃珊，當時家裡中西合璧的文化薰陶起著很大的影響，因為西方開放觀念對女性的解放，正好中和了東方封建觀念對女性的壓抑，以致屬於程乃珊的女性之美還能有展現的空間。

在這樣一個資產階級家庭長大，養尊處優的程乃珊，從小就很守本分，也軟弱害羞。大學畢業後，被分配到中學教書。平穩的家庭在文化大革命中受到強大的打擊，十年裡她的母親三次進出精神病院；改革開放後，程乃珊在《上海文學》編輯彭新祺的鼓勵下，七次修改她的處女作〈媽媽教唱的歌〉而問世，從此踏上了文學之路，她認為：「作者必須寫自己熟悉的生活，唯有熟悉了才能出情，唯有出情了，才能發揮。」[36]

（三）航鷹（一九四四～）

航鷹在戲劇和文學兩個領域各有其成就——她以編劇引人

[35] 同註三，頁九二一。
[36] 同註三，頁九二一。

注目，又以小說揚名文壇。

航鷹十五歲初中畢業後，到天津人民藝術劇院學習，並且從事舞台美術的工作，她同時還涉獵各種文藝作品，長期累積發現興趣，便改任編輯。她曾戲稱自己「從小就『泡』在藝術裡，幼年時看書看電影，青年時接近舞台熟悉話劇，所以一遇合適的氛圍，她身上的藝術細胞就能迅速裂變為藝術植株，並結出碩果。」[37]

（四）張辛欣（一九五三~~）

張辛欣曾說過：「人有兩種經歷，一種是填在履歷表裡的，另一種是心路歷程。看前一種，你可能瞭解；看後一種，才可能真知。一個作家，作品就是他或她那印滿了反叛、歸復、認同和失迷的心路。」[38]因此，我們要研究張辛欣的作品，絕對必要先瞭解她的心路歷程。

張辛欣出身於革命軍人的家庭，母親是大學文科的畢業生，父親寫過小說，是一個部隊作家，她曾說過：「我少年時代，受我父親影響最大。」；「我父親比現在某些作家更夠資格稱為一個真正的作家。」[39]

小學畢業那年，遇上「文化大革命」，參加過學校裡的紅衛兵活動，曾去過一個著名右派、民主黨派人士家抄家。

文革動亂結束後，升學和創作是她最大的兩個願望，但就在此時，剛開始不久的婚姻生活遇到了危機——「她的丈夫是年青的畫家，在事業上也很有才氣，很狂熱。兩個個性都很強的人在

---

[37] 同註三，頁九二九。
[38] 同註二〇，頁五〇三。

狹小的婚姻籠子裡不能不產生碰撞，再加上其他一些原因，他們終於分離了。這次生活中的波折對張辛欣以後的生活道路和文學道路都產生了深遠的影響。這件事不僅加強了張辛欣從事文學創作的意志和毅力，而且滲入到她很多小說、散文的題材、主題、情緒、氛圍中去。」[40]

張辛欣在一九七九年考上中央戲劇學院導演系後，便開始排戲、寫小說，然而她在一九八一與一九八二年陸續發表的〈在同一地平線上〉、〈再走一步，再走一步〉和〈我們這個年紀的夢〉先後受到批評，也影響了她大學畢業後的分配；一直到一九八四年歲末，中國作家協會第四次代表大會上，張辛欣的藝術才華才受到肯定。

張辛欣成長於一個政治氣氛相當濃厚的時代，「『不知不覺地便具備了對於大地上發生的自下而上、自上而下的一件又一件大事的積極適應性』這種積極適應性當然帶著很大的盲目性，然而卻也養成了張辛欣濃厚的社會意識和參預當代生活進展的熱情，養成了她對生活中隱伏的變動的敏感。」[41]正因為這樣的敏感，使得張辛欣不但在「女性文學的第一世界」中主觀地反映女性的感情和生活，而且還在「女性文學的第二世界」中客觀地表現出更具開放性的女性意識。

（五）劉索拉（一九五五~~）

劉索拉（一九五五~~）是文學與音樂的兩棲藝術家。出生於

---

[39] 同註二〇，頁五〇四。
[40] 同註二〇，頁五〇八。
[41] 同註二〇，頁五〇三~~五〇五。

北京，從小就與鋼琴為伴。著名的中共「烈士」劉丹志是她父親的親屬；她的母親是傳記小說《劉丹志》的作者——李建彤。

文化大革命時期劉索拉隨著保姆在江西幹校生活，回到北京後考入「五•七」藝術大學作曲系，後來，因為家庭問題而被取消錄取資格。之後，她到中學當教員。一九七七年，考入中央音樂學院作曲系，畢業後到中央民族學院任教。她的一生離不開音樂，但又酷愛文學，所以我們在她的文學創作中幾乎都可以見到音樂的影子。

六、諶容、黃蓓佳：關注社會現實

（一）諶容（一九三六~~）

和張潔被譽為新時期初女性文學的「雙峰」的諶容，生活道路並不是很平坦，因出身於國民黨政府高級官員家庭，年少時代在輾轉遷徙中度過，生活雖然富裕，但心靈卻是孤獨寂寞的。書本給了她生活的樂趣、生命的希望。[42]上中學時因家境突變而輟學。一九四九年以後，諶容就走向社會，先後在書店和報社服務，公餘自修考入北京俄語學院。畢業後當過編輯也教過書。一九六九年下放通縣插隊勞動，後來又有機會到各地接觸社會。

因為諶容的創作初期正值「文革」最後幾年，而她所受到的不利影響，反而成為她日後創作的基礎，我們可以看出她在創作上總是真實地揭示現實生活中的矛盾，提出世俗所關心的問題，特別是在關注女性的生活與命運方面，尤其以婚姻生活題材的小

[42] 同註三二，頁五八四。

說最具震撼力，這為她得來探究社會和社會心理的「書記」之美譽。[43]

（二）黃蓓佳（一九五五~~）

黃蓓佳是所有知青籍女作家中最年輕的。她出生於普通教師家庭，小時候，除了從愛好文學的父親身上得到藝術薰陶外，外祖母所講述的戲劇故事和粵劇小調，也對她造成影響。小學二三年級，便開始閱讀文學作品。高中二年級參加學校徵文比賽——〈補考〉被地區文化刊物選中，一年後又被轉載在上海一家文學雜誌的創刊號上。

在城市裡長大的黃蓓佳，雖說曾到農村插隊四年，但因她在下鄉前就已發表過文藝作品而小有名氣，因此外出開會、參加演出、借調工作就已經佔去了大半的時間，也因為這樣，所以她的心靈並未被一些灰色的事物給污染。

十年動亂結束後，黃蓓佳真正投入文學創作，在就讀北京大學中文系期間，先後寫出了幾十萬字的作品，一九八一年，出版了她的第一部小說散文集《小船，小船》。

黃蓓佳原是以兒童文學作品成名，但繼該類作品後，她的愛情短篇小說，影響著當時的大學生。在她那些充滿夢幻色彩的小說中，我們見到了八０年代大學校園裡的愛情。

---

[43] 同註三，頁七三九。

七、王小鷹：追求女性特質

王小鷹（一九四七~~）的父母因為參加革命活動長期在外，從小她便由蘇北老區的鄉親們撫養長大，在那樣大自然的藝術環境下成長，使得她的文藝氣息得以萌芽。自從九歲偷看父親的藏書《紅樓夢》後，便開始接觸中外古今的名著，有一次，甚至剪掉長髮，去購買心愛的圖書。然而，這樣的生活因為文化大革命被劃下了休止符，她幫父親寫檢討書，陪伴著當醫長的母親挨批鬥。高中畢業後，她到黃山茶林場落戶，在那裡「她既經受採茶、開荒、訪貧問苦乃至『路線鬥爭』的思想、肉體磨練，也參與了撰寫對口詞、快板和歌曲的群眾性文藝創作活動。大山給予她的生活經驗與感受，是她創作初始的主要源泉。」[44]

後來，在華東師範大學中文系就讀期間，王小鷹就已開始發表作品。

這一群新時期女作家，浩浩蕩蕩地為中國當代女性小說史留下了璀璨的一頁。她們有親身經歷過十七年左傾思想貶抑的資深老作家；有出身於黨政官員或知識份子家庭，受過正規教育的中年女作家；有上山下鄉到農村插隊的知青女作家；有歷經苦難的文化大革命之後成長的更年輕一代的女作家。她們所共有的是坎坷的身世與豐富的閱歷；所不同的是其女性意識因其年齡與資歷的理解與體現上層次的差異。她們不管是在文化大革命中直接或間接遭受屠害，或幸運逃過一劫的，她們都用自己屬於女性的筆，把曾在文化大革命中所經受的人身的摧殘、人性的禁錮或者經驗過文化大革命之後的成長歷練，寫出了自我的期許與追尋。

---

[44] 同註三，頁八三〇。

第四章　兩個時期婚戀小說中的女性

中國女性文學女性意識的第一次覺醒是在五四時期，外在的大環境牽動著女作家的意識流轉，然而，因為傳統深層的意識積浸已久，其女性意識僅限於外在的表面的覺醒；新時期文學，可說是繼承五四時期女性文學的第二次高潮期，該時期崛起的女作家，除了關心五四時期女作家所重視的女性文學的第一世界（內在世界）外，還有所謂的第二世界（外在世界），即女作家對整個社會人生的觀照。因此，這兩個時期的政治、經濟與社會的發展，對女性當時所扮演的角色有著相當重要的影響。

愛情的描寫，向來是文學中人性表現的一個重要內容，五四時期與新時期的女性小說不約而同地皆以婚姻戀愛的主題出發，集中體現女性對愛情的不同於男性的敏感，此是最能展現其處境的，當然其中也多少顯現了女性小說家對男性中心社會種種不合理情況的不滿反映。

因此，本章要分節從女性的立場出發，透過女性小說家的婚姻、戀愛小說來探討在接受西方新思潮影響的五四時期與經過十年動亂的災難後的新時期，分為現實處境與愛情類型兩方面，來檢視小說中女性在婚姻與愛情上所遭遇的問題。期待經由本章的研析能呈現：在五四時期那樣一個疾呼衝決封建藩籬的尋求解放時期裡，在新時期那樣一個歷史轉折的改革開放時期裡，身為第一代可以把女性意識提示出來，第二代可以把女性意識加以拓展的女性在面對婚姻與愛情的處理態度。

第一節　從現實處境看

五四時期，女性第一次意識到自己所處的非人的地位，她們開始要求教育自由、婚姻自主、社交公開，並希望藉由謀生能力在工作上與男性平起平坐，被壓抑的個性得以擴張，這在五四時期的女性小說中以婚戀的題材，展現了女性的處境；「四人幫」倒台後，女作家反思歷史，並在一片呼喚人性、人道主義的思潮中，去尋回女性的特質。在新時期的女性小說中最直接反映的還是婚姻和愛情——政治社會環境如何影響愛情或婚姻的結合與離異，女性在體驗愛情或婚姻生活時所扮演的角色地位。

本節將從兩時期的現實處境看女作家婚戀小說中的女性，透過女性所身處的環境，我們可以見到女性意識的文明進程、歷史的變遷以及現實社會的情狀。

一、五四時期

（一）接受教育洗禮的女性

身為現今二十一世紀的女性，的確很難想像在當時要到學校受教育是多麼地不容易。冰心〈是誰斷送了你〉裡的怡萱生於保守的舊式家庭，好不容易在叔叔的鼓吹下，父親才答應讓她去唸書，但父親說他看不慣那些浮囂輕狂的女學生，叫她不能學她們高談自由解放，而道德墮落，名譽掃地。她記取父親的教訓，在學校沒有別的，只有優異的成績表現。

誰知有一天她接到愛慕者的信，心想若是父親接到這封信，以為她在外面胡來，她不但斷了求學之路，連性命也難保。十幾天後，終於父親收到了男同學開玩笑的相約的信，父親的憤怒，讓害怕的她有口難言。不久便結束生命，以表清白。

看完這篇小說我們在一面嘆息於女主人公的愚昧的同時，也從另一個角度見到了女性渴望上學求知的強烈慾望。

長久以來「女子無才便是德」的錯誤觀念一直深植民心，傳統的婦女因為沒有機會接受教育，思想封閉，沒有自己的想法；她們無法發掘所長，在沒有一技之長的情況下，當然也無法從事生產，自然經濟就不能自主，一切都要寄生於男人，出嫁前，父親代表著權威；出嫁後，丈夫成了她的天；丈夫死後，兒子又成了她的寄託，在男系社會權威的控制下，身為從屬地位的女子是卑賤的。

鴉片戰爭以後，西風東漸，有些人開始意識到中國各方面的落後，與婦女的不受教育有直接或間接的關係。清如在〈論女學〉一文中開頭就說：「女學興廢，綜其關繫大要，約有五端：一曰體質之強弱，二曰德性之賢否，三曰家之盛衰，四曰國之存亡，五曰種族之勝敗。」[1]梁啟超先生更是語重心長地說：「推極天下積弱之本，則必自婦人不學始。」[2]這兩段話確實言之有理。女性人口佔了全國總人口的半數，怎可等閒看待！

自光緒二十年，甲午戰爭之後，才有興辦女子學校的運動；江蘇金一的《女界鐘》，在光緒二十九年出版，是一部鼓吹女權與革命的書，書中極力宣傳女子應受教育及其受教育的重要性，他列舉教育女子的宗旨有八——

一、 教成高尚純潔，完全天賦之人。
二、 教成擺脫壓制，自由自在之人。
三、 教成思想發達，具有男性之人。

[1] 李又寧、張玉法：《近代中國女權運動史料（1984--1911）》（台北：傳記文學出版社，民國六十四年十月），頁五五六。
[2] 前引書，頁五四九。

四、 教成改造風氣，女界先覺之人。
五、 教成體質強壯，誕育健兒之人。
六、 教成德性純粹，模範國民之人。
七、 教成熱心公德，悲憫眾生之人。
八、 教成堅貞節烈，提倡革命之人。[3]

辛亥革命爆發後，女權運動隨即趁勢展開，而中國女性教育的解放，也因為該運動的鼓吹與推動，而大見效果。中國女性的生活在此時有了很大的轉變，而「五四」是一個相當重大的關鍵。

受到「五四」思潮的影響，女作家筆下出現了接受教育洗禮，而正視自我存在價值意義的女性，蘇雪林《棘心》裡的杜醒秋十五歲起就離家到省城讀書，為了實現長久以來的夢想，她瞞著母親到法國留學，又在那裡接受歐風美雨的洗禮。

教育的重要性，我們可以從冰心〈兩個家庭〉中兩個家庭的對比找到答案。小說刻劃受過教育的亞茜與未受過教育的陳太太，因為不同的理家方式，對其丈夫和小孩的深遠影響。

以下將從兩位女主人公的居家環境，她們與其小孩的形象呈現，她們對小孩的教育方式以及和丈夫的相處模式四方面，以對比的形式加以探究，以證實教育對女子的重要性之立論。

陳太太的家：據敘事者所述——後院對著籬笆，是一所廚房，裏面看不清楚，只覺得牆壁被炊煙薰得很黑。外面門口，堆著許多什物，如破瓷盆之類。院子裡晾著幾件衣服。

亞茜他們家住的那條街上很是清靜，都是書店和學堂。敘事者參觀他們的家覺得到處都很潔淨規則，在她心目中，可以算是

---

[3] 陳東原：《中國婦女生活史》（台北：商務印書館，民國二十六年五月），頁三三八。

第一了。進到中間的屋子——窗外綠蔭遮滿，幾張洋式的椅桌，一座鋼琴，幾件古玩，幾盆花草，幾張圖畫和照片，錯錯落落的點綴得非常靜雅。右邊一個門開著，裏面幾張書櫥，磊著滿滿的中西書籍，坐在廊子上，微微的風，送著一陣一陣的花香……夕陽西下，一抹晚霞，映著那燦爛的花，青綠的草，這院子裏，好像一個小樂園。至於小孩的臥房——一色的小床小傢具，小玻璃櫃子裡排著各種的玩具，牆上掛著各種的圖畫，和他自己所畫的、剪的花鳥人物。

在這裡我們可以明顯看出陳太太和亞茜的理家狀況，陳太太的家給人「黯淡」的感覺；而亞茜的家則有「光明」的象徵。選擇良好的居家環境是不容忽視的，從昔者「孟母三遷」可見其重要性，亞茜受過教育深知居家環境對人的影響，所以，親自打理家務，而陳太太則是交給老媽子全權處理。

師竹曾探討女學對於種族、教育、家庭、生計、衛生、醫事、風俗、婚姻、國家各方面的關係。在探討對於衛生的關係中說：「女學使女子得識衛生學，則育兒衛生、飲食衛生、家庭環境衛生，全關係於女子。」[4]由此可見，女子如果只是知道「柴米油鹽」是絕對不夠的，在她接受教育學習之後，會了解自己的責任所在，也會更加看重自己，就算只是生活上的小細節，都會小自孩子、大至社會國家，或多或少造成影響。

在小說裡女主人公給讀者的形象是——

陳太太一出場是「挽著一把頭髮，拖著鞋子，睡眼惺忪」，敘事者覺得她容貌倒還美麗，只是帶著十分嬌惰的神氣，出門的

---

[4] 鮑家麟：《中國婦女史論集　三集》（台北：稻鄉出版社，民國八十二年三月），頁二五七。

打扮則是「珠圍翠繞」；而亞茜給敘事者的印象則是「和藹靜穆」、「態度活潑」。

兩家小孩的出場也大有不同——

敘事者是聽見隔壁陳太太家的三個小孩的哭鬧聲，才引起她對陳家的注意；而亞茜的孩子——小峻——見到敘事者則是對她笑著鞠了一躬，然後繼續玩他的積木，口中還唱著歌。

在這裡我們可看出陳太太和亞茜以及她們各自的小孩所呈現出來的氣質風度。所謂「腹有詩書氣自華」，教育能使女子變化氣質，女子的氣質經過變化，當然容光也煥發；教育能提昇女子的思想，女子的思想經過提昇，當然也自信滿滿。而容光煥發且自信滿滿的女子所教育出來的小孩子，當然有別於未受過教育的女子。這正誠如明朝呂新吾所言：「民之無良，教弗行也，教之不入，養弗豫也，教養之豫，莫毋若也。然母必能學而後能賢，必先有賢女而後有賢母，有賢母而後有賢子孫。」[5]

這兩位女主人對於小孩的教育方式也有所不同。

陳太太面對著孩子們的吵鬧，先是責怪三個老媽子不勸架，然後便抓了一把銅子給正哭得厲害的大寶說：「你拿了去跟李媽上街玩去罷，哭的我心裏不耐煩，不許哭了！」這種「給錢了事」的家長所教育出來的孩子，他們的價值觀多少會有偏差，往往也會造成不同程度的社會問題。

而亞茜照顧小孩無論是生活起居或課業上都相當用心。小峻見人會打招呼；行事之前會先經過亞茜的同意；就寢時間一到，就算小峻還聽著敘事者講故事，還是乖乖地換上睡衣，上床睡覺，可見生活之規律；小峻睡覺也不怕黑，不得不讓敘事者誇讚小峻膽子大，亞茜說：「我從來不說那些神怪悲慘的故事，去刺激他的嬌嫩的腦筋。就是天黑，他也知道那黑暗的原因，自然不懂得什麼叫做害怕了。」若遇到小峻不聽話時，亞茜也會用方法，有一次，有客來訪，亞茜還未吃完飯——

> 亞茜站起來喚著：「小招待員，有客來了！」小峻抬起頭來說：「媽媽，我不去，我正蓋塔呢！」亞茜笑著說：「這樣，我們往後就不請你當招待員了。」小峻立刻站起來說：「我去，我去。」一面抖去手上的塵土，一面跑了出去。[6]

亞茜知道怎麼去掌握小孩的心理，讓孩子心甘情願去做某一件事，而且還讓他覺得非常有成就感。

在課業方面，亞茜每天晚上還教小峻唸字片和「百家姓」，現在名片上的姓名和賬上的字，也差不多認得一半多了，這對一個幼稚園生來說是相當不容易的。

人家說：娶媳婦要先看媳婦的母親。那是因為什麼樣的母親會教養出什麼樣的孩子。在陳太太和亞茜兩人不同的教育程度下所教育出來的小孩子，我們不難想像他們長大後的差異。

「西人分教學童之事為百課，而由母教者居七十焉！孩提之童，母親於父，其性情嗜好，惟婦人能因勢而利導之，以故母教善者，其子之成立也易，不善者，其子之成立也難。」[7]由梁啟超先生的這段話可見母親對孩子的教育佔著舉足輕重的地位，特別是孩子的啟蒙教育。由於母親與孩子的相處時間遠遠超過於父

---

[5] 同註一，頁五五七。

[6] 卓如：《冰心》（台北：書林出版有限公司，民國八十一年十二月），頁七。

[7] 同註一，頁五五一。

親，所以母親的「言教」與「身教」對孩子而言就顯得更為重要。

小說裡的亞茜因為受過大學教育，所以，她才懂得教孩子唸字片和「百家姓」；倘若一個未受過教育的母親，知識水準不夠，大字也識不了幾個，孩子一問三不知，更遑論「言教」或「身教」了。這麼說來，女子接受教育重要與否，答案自然是不爭的。

在夫妻相處方面，陳太太幾乎天天打牌，小孩子們都打發著老媽子帶上街去玩，陳先生下班後見不到妻子、小孩，享受不到一點天倫之樂，常常和陳太太拌嘴，數落陳太太不像一個當家人，成天不見人影，每次兩人爭辯後，就各自走了。陳先生就曾向亞茜的丈夫三哥抱怨說：

> 我回國以前的目的和希望，都受了大打擊，已經灰了一半的心，並且在公事房終日閑坐，已經十分不耐煩。好容易回到家裏，又看見那凌亂無章的家政，兒啼女哭的聲音，眞是加上我百倍的不痛快。我內人是個宦家小姐，一切的家庭管理法都不知道，天天只出去應酬宴會，孩子們也沒有教育，下人們更是無所不至。我屢次的勸她，她總是不聽，並且說我，『不尊重女權』『不平等』『不放任』種種誤會的話。我也曾決意不去難為她，只自己獨力的整理改良。無奈我連米鹽的價錢都不知道，並且也不能終日坐在家裏，只得聽其自然。因此經濟上一天比一天困難，兒女也一天比一天放縱，更逼得我不得不出去了！既出去了，又不得不尋那劇場酒館熱鬧喧囂的地方，想以猛烈的刺激，來沖散心中的煩惱。這樣一天一天的過去，不知不覺的就成了習慣。每回到酒館的燈滅了，劇場的人散了。更深夜靜，踽踽歸來的時候，何嘗不覺得這些事不是我陳華民所應當做的。[8]

---

[8] 同註六，頁九。

相對於陳太太對家庭的忽視，亞茜不但是「教子」還「相夫」，她和三哥一起翻譯書，三哥口述，亞茜筆記，真可謂「紅袖添香對譯書」。亞茜懂得夫唱婦隨的道理，所以，三哥也頗能體貼亞茜操持家務的辛苦，堅持為她僱用了一個老媽子，好分擔她的工作。

三哥和陳先生都是千里馬遇不到伯樂，有志難伸，但三哥雖然職位沒有陳先生高，薪水也沒有陳先生多，可是因為家庭生活的融洽，讓他能在避風港中尋求安慰及快樂；但是，陳先生卻是兩方面都失意，這一點是最讓陳先生羨慕三哥的地方。

有一句諺語說：「娶壞一門親，敗壞三代德。」陳先生和三哥的婚姻生活正是一個最好的實例對比。陳太太沒有受過教育，自然無正當職業，就不可能分擔家計，無法分擔家計也罷，還天天出去應酬，家裡的經濟當然日漸困難，莫怪梁啟超先生說：「女子二萬萬，全屬分利，而無一生利者。惟其不能自養，而待養於他人也，故男子以犬馬奴隸畜之，於是婦人極苦；惟婦人待養而男子不能不養之也，故終歲勤動之所入，不足以贍其妻孥，於是男人易極苦。」[9]所以，為解決男人女人皆苦的情況，便是要使女子接受教育，一旦女子接受教育後，不但小者可以分擔家計，大者可以增加生產力，促進國家經濟成長，而且女子的經濟獨立，一方面不再是他人的附屬品，另一方面也確立了自我存在的價值，而使生命更具意義。

當敘事者的母親從三哥口中得知陳先生因失志酗酒，身體衰弱，英才早逝後，便問起陳太太和小孩的現況——

---

[9] 同註一，頁五五〇。

三哥說：「要回到南邊去了。聽說她的經濟很拮据，債務也不能清理，孩子又小，將來不知怎麼過活！」母親說：「總是她沒有受過學校的教育，否則也可以自立。不過她的娘家很有錢，她總不至於十分吃苦。」三哥微笑說：「靠弟兄總不如靠自己！」[10]

在這一段話中敘事者的母親和三哥各「畫龍點睛」地說出了一個不爭的事實——「總是她沒有受過學校的教育，否則也可以自立。」「靠弟兄總不如靠自己。」這兩句話正點出了女子受教育的重要性。

我們可以很大膽地做一個假設，假設陳太太是一個受過教育的女子，就算她在經濟上沒有辦法替先生分擔，但至少她可以在家打點好家裡的一切，親自教育三個小孩，節省掉僱用三個老媽子的人事開銷，不但小孩每天耳濡目染接受母親的家教，會懂事聽話些；而且丈夫回家後面對井然有序的家庭，一團和諧，就算外面的工作再怎麼不順心，也都還能處之泰然，那麼也不至於像小說中所寫的事業、家庭兩不順，而潦倒墮落，最後落得因肺病而亡。再者，就算陳先生過世了，如果陳太太曾接受過教育，必能有一技之長，就能夠自力更生，而不須完全仰賴他人了。

從小說中這兩個女主人公的對比，我們不難發現為什麼許多鼓吹應該重視女子教育的人會認為：「『教育』是解決『女子問題』，達到『婦女解放』的根本。」[11]冰心在關注女性命運的問題上，直接點出了封建性的根源，告訴讀者唯有「教育」才是解放

---

[10] 同註六，頁十一。

[11] 喻蓉蓉：《五四時期之中國知識婦女》，（台北：政治大學歷史研究所碩士論文，民國七十六年六月），頁五七。

女性的途徑。

（二）欲掙脫包辦婚姻困境的女性

清末以後，西方婚姻自由的觀念傳入中國，到了五四時期，知識份子接受新思潮的激盪與影響，開始對傳統的「父母之命，媒妁之言」的婚姻質疑並反抗，他們要爭取的是自由的戀愛婚姻。

在當時的女性小說中，我們見到知識女性因為受到新思潮——「戀愛自由」、「婚姻自主」的影響，越來越多的人反抗不自由的舊式婚姻，退婚、逃婚或以生命抗議的事例層出不窮，父母代定的專制或買賣式的婚姻，往往造成無愛的婚姻以及有愛情但不得結婚的痛苦，因此受到嚴重的抨擊。為彌補舊式婚姻的缺陷，戀愛自由便成為她們追求的目標。當時瑞典女作家愛倫凱（Ellen Key）所主張的戀愛理論，高唱以戀愛為主的婚姻，影響了中國的婚姻觀念：「無論怎樣的婚姻，有戀愛的便是有道德，即使經過法律手續的婚姻，沒有戀愛總是不道德的。」[12]

冰心〈秋風秋雨愁煞人〉裡的英雲是個在心中想要掙脫包辦婚姻，卻又無法付諸於行的女性，最後她以自殺作最確切的控訴。

英雲在唸中學的一個暑假回家時，便在父母的安排下嫁給了她家財萬貫的表哥。她看不慣表哥像「高等遊民」的無所事事，看不慣他們家中養尊處優的奢靡。婆婆要她入境隨俗，不能穿得太樸素，才能當個女主人；又反對她唸書，說是家裡不缺她教書賺錢。

英雲說：「我心裡比囚徒還要難受，因為我所要做的事情，

---

[12] 同註一一，頁一五九。

都要消極的摒絕，我所不要做的事，都要積極地進行。像這樣被動的生活，還有一毫人生的樂趣嗎？」[13]她忍受不了社會的壓迫和違心的生活，憤而自殺，等於是為爭婚姻自由而死的。

這些知識女性在反對強制訂婚的呼聲中抵抗社會習俗，有的奮鬥不過，就認命嫁人，或者嫁人後，在婚姻的絕境中走向自殺之路；有的是還未走進婚姻，就以死表明心跡；有的則是出走逃避。這些女性向傳統的權威抗爭，努力自傳統的束縛中解放出來。

在馮沅君〈隔絕〉中，我們見到家庭的那座高牆雖然壅隔了抗拒包辦婚姻的這對戀人，但卻阻擋不了他們對彼此的那份愛戀。這可證明他們的愛是在兩情相悦的基礎下所建立起來的，絕非逢場作戲，所以他們有共同奮鬥的決心；所以他們有目標一致的立場，他們清楚地知道自己所要追求的是什麼，要擺脫的是什麼，他們不再任隨命運擺佈，屈服認命去接受傳統所給予的不公平的待遇。

綉華在被幽禁時，寫給士軫的信中說——

> 世界原是個大牢獄，人生的途中又偏生許多荊棘，我們還留戀些什麼。況且萬一有了什麼意外的變動，你是必殉情的，那麼我怎能獨生！我所以不在我母親捉我回來的時候，就往火車軌道中一跳，只待車輪子一動我就和這個惡濁世界長別的原因，就是這樣。此刻離那可怕的日子（逼我作劉家的媳婦的日子）還有三天，劉慕漢現尚未到家，我現在方運動我的表妹和姐姐設法救我出去。假如愛神憐我們的至誠，保佑我們成功，則我們日後或逃亡這個世界的個別空間，或逕往別個世界去，仍然是相互攙扶著。不然，我怕我現在縱然消滅了，我的母親或許

[13] 冰心：《冰心文集》，（上海：文藝出版社，一九八二年十一月），頁四一九。

仍把我這副皮囊送喪在劉家墳內，那是多麼可恥的事。[14]

這裡所說的「牢獄」指的正是傳統封建桎梏思想的束縛；而「荊棘」指的是「父母之命」、「媒妁之言」長久以來即被視為「正道」。然而，他們身在「牢獄」之中，面對著重重的「荊棘」，卻不畏其苦，仍然勇往直前，那推動著他們往前的便是「真愛」，是屈服在舊式的婚姻制度下的人，所感受不到的「真愛」。

這對戀人不明白為何親情與愛情不能兩全——

綉華的姐姐覺得她不該回來見母親，要不就和士軫遠走高飛。但綉華對士軫說：「我愛你，我也愛我的媽媽，世界上的愛情都是神聖的，無論是男女之愛，母子之愛。試想想六十多歲的老母，六、七年不得見面了，現在有了親近她老人家的機會，而還是一點歸志沒有，這算人嗎？」[15]

她感慨說為何在他們眼中是神聖、高尚、純潔的愛情，在父母看來卻是卑鄙污濁的；已有妻室的士軫也曾對綉華發出相同的感慨：「我明知道對於異性的愛戀的本能不應該在你身上發展，你的問題是能解決的，我的問題是不能解決的……但是我不明白為什麼對於我不愛的人非教我親近不可，而對於我的愛人略親近，他們就視為大逆不道？……」[16]他們表達對現存婚姻制度的不滿，認知沒有愛情的婚姻是極專制且不道德的，並以奮鬥的精神及堅強的意志來反抗舊式的代訂式婚制，強調自由戀愛的可

---

[14] 盧啓元、徐志超編：《中國新文學大師名作賞析——蘇雪林、廬隱、凌叔華、馮沅君》，（台北：海風出版社，民國八十一年三月），頁二七八。

[15] 同註一四，頁二七八~~二七九。

[16] 同註一四，頁二八三。

貴。

女性的生活與地位受到傳統婚姻制度的束縛，其不幸絕大部分來自婚姻與家庭。我們要要求所謂的男女平等，就必須改變女性在婚姻生活的不合理的情況。當時的知識女性有變革自己命運的決心，婚姻自主成為女性解放的重要課題。因此，在小說中，我們見到女性面對婚姻在新舊文化下的勇敢抉擇。

（三）受騙於社交初公開，青黃不接時期的女性

中國自古以來嚴格的禮教男女之防，阻礙了兩性的社交之路，也造成無愛婚姻的種種問題。正因為沒有正當的男女社交，女性沒有選擇善良男性的機會，因而產生了一些不正當或是暗中進行的男女交際，反而受害更深的又是女性，因為她們往往是被始亂終棄的一方。在五四時期，為彌補舊式婚姻以及女性在私下與男性談戀愛被當成玩物的缺失，許多知識份子提出了男女公開交際自由的重要性。

楊濤聲在〈男女社交公開〉中提出三個問題，並說出他的看法：一、禮防是否能夠防範不貞？否定禮防，讓男女自由交往。二、女子是人還是物？肯定女性是人，人與人交往視為平常。三、禮防與道德是否為一體？肯定道德的力量，而否定禮防作用。[17]的確，社交公開提供了兩性擇偶的機會，但若以社交公開，做為自由結婚的媒介，那也將產生問題。凌叔華的〈吃茶〉便是一例。

原本深居閨房的芳影，受到新風氣的影響，開始公開參加社交活動，在一個偶然的機會和學成歸國的留學生王斌相識，王斌

---

[17] 同註一一，頁一六一。

洋式的禮貌性的對待，使得芳影自作多情起來——幻想錯覺再加上暗自期待——

淑貞的哥哥，相貌眞是不俗，舉止很是文雅……他很用神和我談話……他跟我倒茶，拿戲單，撿掉在地上的手帕，臨出戲院時，又幫我穿大氅……唔，眞殷勤……出戲院時，他扶我上車後，還摘下帽子，緊緊的望了我一會兒呢……[18]

芳影一切的坐臥難安終於在王斌的妹妹送來結婚請帖，邀請她當伴娘，才頓悟過來。王斌的妹妹對她說：

好笑的很，中國人吃飽了飯便想到婚嫁的事。自從我哥哥回國後就有許多人請茶請飯，有一天黃家——就是石坊橋的黃家——請哥哥到「來今雨軒」吃飯，我也去了。他們的二小姐，跛了一隻腳的，你大約亦看見過，坐著倒看不出來，走起來，才覺出。她在園裡走動時上山下山，過橋或是開門，我哥哥就攙扶她，她手裡拿的東西，哥哥也替她拿著。這不打緊，黃家忽然託人示意，叫哥哥去求婚。我哥哥很是好笑，不用說他已經在外國和張小姐訂了婚，就是沒有，他家那裏肯娶一個跛小姐呢？但是過後黃家的人都說既然他不屬意他們的小姐，為什麼攙扶她，服侍她，那樣賣小心呢？我哥哥知道了又是生氣，又是好笑，他說男子服侍女子，是外國最平常的規矩。芳影姐姐，你說好笑不好笑？[19]

身居深閨的芳影，好不容易有機會被時代的風尚推進了有限的社交圈，但因思想的固陋已久，不合時宜，和黃家小姐一樣陰

---

[18] 凌叔華：《凌叔華小說集 I II》（台北：洪範書店，民國七十三年十一月），頁十七。

[19] 同註一八，頁二四。

錯陽差地墜入她們以為的「情網」，造成心靈的創傷。芳影和黃家小姐的受傷，在於舊式女性守舊古板的錯誤認知，潛意識裡她以為參加社交活動，就是為了要尋覓對象，當然，歷史的發展是沒有辦法一下子就打破舊式女性的心靈枷鎖的。

張東蓀對於「男女社交公開」的看法是：社交公開是使女子取得社會地位的第一步，卻不是自由結婚的媒介，社會上一般人以為社交公開可以自由戀愛，這是一種錯誤觀念，因為抱著擇配的心思去社會交際場裡，就不是真正的社交，這種心思不但不能促進社交公開，反而妨礙了社交公開。因此，張東蓀反對以社交公開作為自由結婚的媒介。[20]

凌叔華〈女兒身世太淒涼〉裡婉蘭的表姊，她不像婉蘭認命於父母包辦的婚姻，她崇尚自由，棄絕父母安排的對象，而父親也因為毀婚，丟了差事。她在社交場上認識了幾個男子，當她發現不適合，拒絕他們後，他們居然到處造謠毀謗，受到冤枉的她又遭到父母的責備，不久就病死。

五四時期，解禁了兩性長久以來的遙遠距離，一旦距離驟然拉近，他們還無所適從，不知如何正確處理感情問題，也就產生了不少悲劇。

受到新思想的衝擊，當時的風氣，男人常拋棄他的原配，要找一個新式的女子談自由戀愛，這對兩方的女人都是很大的傷害。廬隱〈象牙戒指〉裡的沁珠就是在這樣的傷害中，斷送了她的幸福和生命。

---

[20] 張三郎：《五四時期的女權運動（一九一五~~一九二三）》，（台北：師範大學歷史研究所碩士論文，民國七十五年六月），頁一二七。

沁珠在「有了愛人是體面」的社交初公開期，開啟了她情竇初開的心，誰知讓她付出感情的伍念秋，竟是有婦之夫。因為初戀，再加以伍念秋糾纏不休，使得沁珠一直無法拿起慧劍斬斷情絲。

伍念秋的妻子來信要沁珠顧念兩個小孩，離開伍念秋。沁珠寫了一封信給伍念秋，正式分手，但卻感到心灰意冷，此時她結識了曹子卿，他給她全心的愛，誰知他也是使君有婦，後來曹子卿為表示對沁珠的誠意，和妻子離了婚。但是伍念秋帶給沁珠的傷害太大，她遲遲無法接受曹子卿的愛——

> 我太野心，我不願和一個已經同別的女人發生過關係的人結合；還有一部份是我處女潔白的心，也已印上了一層濃厚色彩，這種色彩不是時間所能使它淡褪或消滅的；因此無論以後再加上任何種的色彩，都遮不住第一次的痕跡。[21]

最後，深情的曹子卿抱憾而終；而沁珠不久也在懊悔中走完了她的一生。

廬隱〈時代的犧牲者〉裡的林雅瑜是一個醉心於自由戀愛的人，所以她很快便被有婦之夫張道懷所擄獲。

值得慶幸的是張道懷的妻子在友人的協助下，向林雅瑜揭開了張道懷的真面目。張道懷騙妻子假離婚，其實他是為了要娶對他前途有幫助的有錢又貌美的林雅瑜，再者這種不是正式提出的離婚，他還省了一筆贍養費。

---

[21] 郭俊峰、王金亭編：《廬隱小說全集》，(長春：時代文藝出版社，一九九七年三月)，頁九四九。

林雅瑜說：「我並不為不能和張道懷結婚傷心，我只恨我自己認錯人。我本來是醉心自由戀愛的，——想不到差一點被自由戀愛斷送了我！」[22]她明白張道懷和妻子十餘年的夫妻，居然能下這樣欺詐的狠心，那麼他對她所說的高尚的志趣和聖潔的愛情，更是虛假的。

廬隱〈藍田的懺悔錄〉裡的藍田的後母要她嫁給一個已經有了三個妻子的有錢人，藍田勇敢地逃走，到北京唸大學，一些青年稱讚她是奮鬥的勇將，是有志氣的女子，是女界的明燈；缺少經驗的藍田，赤裸地貢獻了她的心魂，誰知他們只是為了她的錢在誘惑利用她，而她的未婚夫也在訂婚不久，又有了新歡。

病中的藍田，只有一個女性好友去探視她，她不禁要對上帝吶喊：

> 唉！無所不知的上帝，——我當然不敢瞞你，並且是不能瞞你，當我逃避家庭專制，而求光明前途的時候，我不但是為我個人謀幸福；並且為同病的女同胞作先鋒。當時的氣概，是不容瞞無所不知的上帝，我自覺得可以貫雲穿霄。然而我被他們同情的誘惑，恐怕也只有上帝知道，那是一個沒有經驗的女子，必不可免的危險！[23]

在社交初公開時，有不少無知的女性誤解自由戀愛的意義，而上了那些拿戀愛當遊戲的青年的當，他們把情竇初開的女性當玩物，完膩了就丟。丁玲〈小火輪上〉裡的節大姐又是一例。節大姐是個認真教學，受到學生歡迎的女老師，她的初戀獻給了一

---

[22] 同註二一，頁三七五。
[23] 同註二一，頁二五一。

個叫昆山的有婦之夫。昆山向節大姐訴說他可憐的家庭歷史，一個有小腳妻子的丈夫的苦衷；他那濃情蜜意的情書，很快地征服了節大姐二十多年來從不曾為男人跳動的心。只要昆山來找她，她便請假去約會。誰知後來竟得到這個她所深愛的人反抗家庭再婚的消息，新娘是一個年紀比他大，瘦弱又不好看的女人。婚禮上，昆山還是遞給節大姐多情的眼光。後來，昆山向節大姐解釋說：有一次喝醉，把她當成是她了，之後她的父親找上門，他只好娶了她。

就在節大姐為受騙的感情痛苦不堪時，雪上加霜的消息傳來了，學校就在快開學之際，以她請假太多的理由辭退了她；其實真正的原因是過去校方早就在她之前拆閱過昆山的來信了。此時此刻，開學在即，她根本找不到其他學校任教。真愛被踐踏，又失去經濟來源，她只能乘船回去家鄉。我們不禁要為她回到保守的家鄉後，會面臨什麼樣的壓迫而堪憂！

在當時大家高喊自由戀愛，打破包辦婚姻的潮流中，出現了一些藉著革命之名，專門欺騙知識女性感情的偽君子。這些偽君子也就是當時喧騰一時的「浮蕩少年」。

在當時〈浮蕩少年與男女交際〉和〈男女社交與浮蕩少年〉兩篇文章就討論到了「浮蕩少年」玩弄女子的心理，他們假社交之名以行其私，行什麼私呢？「完全沒有懂到男女交際的意義，卻胡亂地把非常輕薄的態度，加到女青年身上去，給女青年以不堪，而且累伊受舊社會壓迫，這實在是摧折男女交際底萌芽的浮蕩少年行為了。」[24]

---

[24] 藍承菊：《五四新思潮衝擊下的婚姻觀（一九一五~~一九二三）》，（台北：師範大學歷史研究所碩士論文，民國八十二年六

那時的青年，愛慕某一位女子，都會貿然寫信要求談「自由戀愛」，不然就是藉著女朋友招搖出風頭，把女朋友當玩物，分手之際他們還可以理直氣壯地，站在兩性平等的立場說：「我們是新青年，當然不論男女都應有獨立生活的精神和能力，你離了我自然還是一樣生活。」[25]而那些初接受自由戀愛，對愛情滿懷憧憬的有謀生能力的知識女性，因為傳統根深已久的貞操觀，根本無法「還是一樣生活」，其結局還是像舊式傳統女性，陷入萬劫不復的深淵。

這就如同在十九世紀中葉美國興起的第二波被稱為「性革命」的女性運動，而「性解放」便是當時女性為反抗長期所受到的性奴役所提出的口號。但是，當時許多人卻把「性解放」誤以為是「性氾濫」，有些男人假借「性解放」的名義要女性開放地解除武裝，才能成為現代新女性，但他們的傳統觀念卻仍然是要娶一個處女之身的女子為妻，因此，「性解放」的美好理念，非但沒有為女性帶來改善，卻給男性帶來了玩弄女性的藉口。

（四）淪陷於離婚絕境的女性

五四時期的青年，有的可能在懵懂未知時就由父母安排結婚，那時根本不瞭解結婚的意義；有的可能被迫於經濟問題，不得不聽命於父母包辦的婚姻。

然而，當接觸到新思潮並受其影響後，他們感到與對方知識的差距或新舊觀念、思想性格不合，他們不再默默承受無愛的婚

月），頁一一五。

[25] 錢虹編：《廬隱選集》上冊，（福州：福建人民出版社，一九八五年五月），頁四〇四。

姻，他們大膽地提出離婚。雖說離婚的提出，不再只是男性的專利，但在理想與現實的差距下，往往提出離婚的要求者，大抵以男性居多，因為，長久以來的封建思想，不是說變就變的，女性早已在自覺與不自覺中接受了從一而終的思想影響，這是一種社會心理的刻板印象，而這種社會刻板印象對女性的心理影響是非常深刻的。況且，男性離婚再娶，司空見慣；而女性離婚再嫁，就不是那麼容易了，因為那些擺脫不掉舊式負擔的女性，單就社會的輿論與批評，就足以讓她們喘不過氣來；若再加上自己沒有經濟能力，離婚之後無法獨立生活，這些顧慮就造成女性寧願被虐待、遭到遺棄，嚴重的話飲恨自殺，她們說什麼也不願意提出離婚。

所以，在五四時期的女性小說中，我們還見不到女子離婚再嫁的。

在當時仍是封閉的社會風氣中，女子一旦被離棄，就像是犯了「七出」之條一樣，有損貞節及顏面，因此那些被休棄的女子，倘使有謀生能力的倒還好，所面對的不過是精神上的折磨；但是舊式女子通常是沒有受過教育的，沒有學問，又連謀生的能力都沒有的，離婚之後就等於是陷於絕境了。我們不難想像丁玲〈小火輪上〉裡那個被昆山離棄的「小腳妻子」的悲慘下場。

盧隱〈時代的犧牲者〉裡的李秀貞九年來苦苦守著家，等著學成歸國的包辦丈夫張道懷。誰知張道懷回國後，竟以弱者的姿態乞求李秀貞原諒他的再婚，他表示對方要起訴他再婚，所以他必須和李秀貞假離婚。張道懷得到離婚證書後，就不見人影了。李秀貞感慨地說：

在這新時代離婚和戀愛，都是很時髦的，著了魔的狂熱的青年男女，一時戀愛了，一時又離婚了，算不得什麼，富於固執感情的女子，本來只好作新時代的犧牲品……。[26]

李秀貞是個老師，在經濟上謀求獨立應該是沒有問題的，但是受創的婚姻，卻使她暗自飲恨，也陷入了絕境。

在一九二二年的《婦女雜誌》中有一篇〈中國目前之離婚難及其救濟策〉提到：「離婚後婦人的再嫁，無論怎樣正當，總稱為失節，……在社會上這種失節的女子，完全喪失人格，人家看作非常卑鄙，自己也覺得非常的恥辱。……離婚後既不能再嫁，所以一經離婚，無異於宣告死刑……」[27]這也正是倡導女性解放者，嚴厲批評所謂的貞操觀念及迫切要求女性經濟獨立的最大原因。

一九三一年三月二十五日，在《申報•自由談》裡有一位李玉瑛也是遭遇了上述兩個問題。〈離婚前後〉忠實地記錄她的心情：她在寡母含辛茹苦的撫養下，受到中等教育。十九歲時，母親答應了媒妁之言的親事。婚後，丈夫依然吃、喝、嫖、賭，花光了大筆的遺產，她受不了那種爭吵的日子，便和丈夫離婚，四歲的兒子歸她撫養。她試著和男性朋友交往，卻惹來親戚的冷嘲熱諷；她想要自立，找一個正當的職業，但是礙於她的學歷，社會哪有她插足的餘地。她曾有兩次自殺的動機，但想起母親和孩子，只能繼續她痛苦無望的日子。[28]

---

[26] 同註二一，頁七一九。

[27] 鄭宜芬：《五四時期的女性小說研究（一九一七~~一九二七）》，（台北：政治大學中國文學研究所碩士論文，民國八十五年七月），頁七一。

[28] 汪丹編：《女性潮汐》，（天津：天津人民出版社，一九九八年二月），頁二九~~三一。

我們再來看看「五四」女作家的作品所反映的這類現實問題。

廬隱〈象牙戒指〉裡的沁珠受到伍念秋的欺騙成為他婚姻中的第三者，伍念秋的妻子李秀英來信說：

> 女士是有學問，有才幹的人。自然也更明白事理，定能原諒我的苦衷，替我開一條生路！不但我此生感激你，就是我的兩個孩子，也受賜不淺！
>
> 女士你知道我的丈夫念秋，自從認識你之後，他對我就變了心。起初他在我面前贊揚你，我不明白他的意思，除了同他一般的佩服你之外，沒有想到別的。但是後來他對我冷淡發脾氣，似乎對於孩子也討厭起來了。……我常看報，知道現在的風氣，男人常要丟掉他本來的妻，再去找一個新式女子講自由戀愛……我便質問他，究竟我到他家裡六七年來，做錯了什麼事，對不起他？使他要拋棄我！但是他簡直昏了，他不承認他自己的不該，反倒百般辱罵我！說我不瞭解他，又沒有相當的學問，自然我也知道我的程度很淺，也許眞配不上他。但是我們結婚六七年了，平日並不見得有什麼不合適，怎麼現在忽然變了。他說：他從前沒有遇見好的，所以不覺得，現在既然遇見了，自然要對我不滿意。……我們都是女人，你一定能知道一個被人拋棄的妻子的苦楚！倘使我們沒有那兩個孩子，我也就不和他爭論，自己當尼姑修行去了。可是現在我又明明有這兩個不解事的孩子，他們是需要親娘的撫慰教養，如果他眞棄了我，孩子自然也要跟著受苦，所以我懇求女士，看在我母子的面上，和念秋斷絕關係，使我夫妻能和好如初，女士的恩德，來世當銜草以報。[29]

在這封信裡我們見到李秀英這個女子的悲苦，她寧願為了小

---

[29] 同註二一，頁九〇九～～九一〇。

孩，在無愛的婚姻生活中苟活，也不願意被丈夫離棄，因為她明白被離棄的女子在社會上幾乎沒有社會資格，除了自怨命苦之外，無所慰藉。她也假設如果沒有孩子，她就去當尼姑，甚至沒有考慮要去再尋幸福。儘管在當時女子已經可以和男子一樣提出離婚，但女子無法打破舊禮教的束縛，無法掃除盲目的貞操觀，其命運仍舊聽從男子的擺佈。

這正印證了紫瑚所說的，國內的離婚和別國的差別在於「感到這離婚難的苦痛者，只有男子一方面，至於女子，大多數似乎不但不覺得不能離婚的痛苦，反而覺得要離婚的痛苦，這不是婦女們都肯滿意於不幸福的結婚，實在是因受種種環境的壓迫和習慣的束縛，使她們覺得離婚後的痛苦，還不能和不幸福無愛情的不離婚相比較。」[30]

胡懷琛也鼓勵女子在不幸的婚姻中應該提出離婚，但是有三個難題要先研究：「一、現在已嫁的女子，多數沒有自立的技能，離婚以後，她怎樣渡日，難道便置之不問嗎？二、現在舊習慣沒有完全革除，譬男子對於女子，要求離婚，在男子認為不算什麼事，卻是女子於離婚以後，為習慣的束縛不能再嫁，這也是一件極不平的事。三、在兒童沒有公育機關以前，倘然有了兒女，被他牽制，卻又如何解決？」[31]

盧隱〈時代的犧牲者〉裡的李秀貞就是面臨了第二個難題；而〈象牙戒指〉裡的李秀英就是面臨了第一和第三個難題。因此，胡懷琛提出了解決的方法：第一，要養成女子有自立的技能，第二，要改移社會的習尚，承認娶再嫁之婦，第三，要組織兒童公

---

[30] 同註二四，頁一三四。
[31] 同註二四，頁一三三~~一三四。

育機關。[32]當然要避免女性淪陷於離婚的絕境，最根本的解決辦法就是：婚姻的實質一定要建立在戀愛的結合之上。

（五）「娜拉」出走後的經濟危機

易卜生的《傀儡家庭》是五四時期影響女性解放的一本重要著作。小說的女主人公娜拉覺醒之後，不願再依附丈夫，做他的傀儡，拼命想要追求個人獨立，終於離家出走。但是魯迅卻提出了「娜拉走後怎樣？」的問題——

> 但從事理上推想起來，娜拉或者實在只有兩條路：不是墮落，就是回來……。因為如果是一匹小鳥，則籠子裡固然不自由，而一出籠門，外面便又有鷹，有貓，以及別的什麼東西之類；倘使已經關得麻痺了翅子，忘卻了飛翔，也誠然是無路可走。還有一條就是餓死了。
>
> 所以為娜拉計，錢，——高雅的説吧，就是經濟，是最要緊的了。自由固不是錢所能買到的，但能夠為錢而賣掉。……為準備不做傀儡起見，在目下社會裡，經濟權就見得最要緊。[33]

這也就是茅盾所說的：「中國的社會還沒替出走後的娜拉準備好了『作一個堂堂正正的人』的環境。」[34]所以，魯迅〈傷逝〉裡走出父門的子君，迷惘地在外遊蕩一遭後，還是只好又回到原來的位置。針對這一點我們可以從丁玲筆下的夢珂得到印證。

---

[32] 同註二四，頁一三四。

[33] 陳炳良編：《中國現代文學新貌》，（台北：台灣學生書局，民國七十九年十月），頁二一一。

[34] 鄒午蓉：《丁玲創作論》，（江蘇：江蘇文藝出版社，一九九四

夢珂是一個有主見的反叛女性，為了抵抗自己所不喜歡的父母包辦婚姻，她衝破家庭的束縛，離家到上海求學；她同時是具有正義感的女性，在唸中學時，因為不滿老師非禮女模特兒，她挺身而出指責老師不法的行為，當時在一旁的男同學只敢竊竊私語，和夢珂的勇敢形成對比。後來，她憤而退學，寄居到姑媽家。

夢珂這種為女性出頭的行徑，正是受了「五四」新思潮的影響，女人的地位與人格是必須要被尊重的。

在姑媽家她對溫文儒雅的表哥產生了愛情，後來竟發現表哥不過是把她當成一件「貨物」在玩弄，於是她決心離開這個讓她已經適應的傷心地，但是她不願意回家，這時就必須靠自己謀生了。在小說裡我們見到父親總共寄了兩次錢給夢珂，而且都是在很拮据的情況下，把錢湊出來給夢珂的，因此她不可能再靠家裡的資助。

離開姑媽家時，她身上只有二、三十塊錢，她跑到劇社去當演員，她怎麼也沒料到為了錢她必須出賣自己的靈魂。導演當著她的面「像商議生意一樣」批評她的容貌。這時她不也是一件「貨物」，但沒有錢萬萬不能，她再不能像前兩次一樣，為了尊嚴，拂袖而去，因為她已無處可去了。

後來，為生活所逼，她曾幻想過的「革命」破滅了，她再也不是以前的夢珂，她只能墜入深淵，融入那樣一個虛偽而醜陋的大環境之中了。

夢醒之後，無路可走的痛苦，讓夢珂意識到作為女性的不幸和生存的艱難。所以，想不成為家庭傀儡而離家出走之前，生計問題是最迫切要解決的，否則不會有什麼好下場，這也就是提倡

年十月），頁二十。

女權的人，都把解決女性的經濟問題列為首要工作的原因。

德國崇尚社會主義的伯倍爾認為：婦女的地位是隨實際的經濟狀態而推移的；婦女地位低落的原因與經濟有關——「婦女以生產者的資格，是否為人類社會所必須的經濟因素，是直接左右其個人的獨立的重大問題。」[35]我們可以試想如果夢珂能有一份正當的職業，那麼她仍舊可以擁有她的尊嚴，徹底改變自己的附庸屬性，堅持自己的愛情理想，走出一條屬於自己的大道。

（六）面臨事業與婚姻衝突的女性

五四時期的中國知識女性，幾乎大多走出家庭，進入社會，這代表著傳統威權的式微，女性和男性一樣也擁有了社會地位，但這並不代表完全的解放，怎麼說呢？我們從以下幾篇小說來看看這些力爭上游的知識女性，受困於事業與家庭兩難的處境。

凌叔華〈綺霞〉裡婚後的高綺霞，被家務纏身，荒廢了琴藝。朋友勸她不該小看自己，把家庭看得太重要，古今有多少女子就毀在「開門七件事」上；她也感到自己性靈的墮落，以前自己也曾經唱高調，譏笑那些閨閣女子易於滿足，可是如今自己卻成了他人譏笑的對象。她幾次面臨事業與家庭兩難抉擇的困境，後來她終於拋開了枷鎖。可是，等她從歐洲學成歸國，完成了她當初的理想後，丈夫已經成了別人的丈夫。

當女性針對個人的事業付出努力時，往往就易疏忽於婚姻家庭，這樣比較起來又是得不償失的，於是又陷入另一個危機。因為女性對家庭的重視程度大於男性，所以當獨身女性錯過婚姻

---

[35] 同註二四，頁七九。

後，就算她的事業再成功，總不免有著失落和缺憾。

冰心〈西風〉裡事業有成的秋心，在船上和十年前被她所拒絕的男子邂逅。秋心在得知男子已有了幸福的家庭後，欲以擬演講稿——「婦女兩大問題——職業與婚姻」來排解紛亂的心緒，但她卻恨起自己十年勞碌的生涯，她詛咒著自己：在決定婚姻和事業之前，原已理會到這一切的。可是，她不得不想像，假使十年前她做的是另一個決定……。

在傳統的觀念中，女人是毫無事業可言的，一切都要以家庭為主，然而隨著女性解放思想的高漲，當事業與家庭兩者產生衝突時，矛盾的心理掙扎便隨之而來。

陳衡哲〈洛綺思的問題〉裡和瓦德教授訂婚不久的哲學博士洛綺思，心裡便起了迷惘。

洛綺思認為：「我若是結了婚，我的前途便將生出無數阻力了。」

解除婚約在當時是需要極大的勇氣的，但瓦德還是成全了洛綺思。洛綺思一方面感謝瓦德讓她重獲自由；另一方面卻又欽佩把撫養子女看做人生唯一目的的馬德夫人——「像她這樣的女子，也是不易多得的。你看他的子女，何等聰明，何等可愛；我常常自想，若使每個女子都能做一個澈底的賢母，那麼，世界上還有什麼別的問題呢？」在洛綺思的心裡還是有著相當的矛盾。

自此以後，他倆常常書信往來，交情或愈淡也愈深。

朋友們見瓦德不再提起結婚之事，不免感到怪異，有人揶揄問說：打算到何處度蜜月，情急之下瓦德答道：「洛綺思是一個百世不一見的奇女子，誰能忍心把結婚的俗事，去毀敗她的前途呢？」

三個月不到，瓦德與一位中學教員訂婚，並立刻結了婚。

洛綺思聞此，心中不免有些不舒服，但卻把對瓦德怨懟失望和思念的心情轉移到工作上。

在洛綺思四十多歲時，已是一所女子大學的哲學系主任了，在國際上享有其學術地位，她終於成就了自己年少時的夢想。但她往後的日子卻被一場「甜蜜的家」的美夢所煩擾——夢中她是瓦德的妻，有兩個可愛的孩子，過著和樂的家居生活——夢醒後她忽然感到現在生活的孤寂。

從陳衡哲這篇小說我們可以看出中國職業婦女的悲哀。陳東原在《中國婦女生活史》中探討到「職業上的解放與其痛苦」提到中國今日從事職業的女子——

> 女教員們，一週擔任二三十小時功課，回家還要帶小孩子，燒飯，洗衣，晚上還要改卷子，預備功課，一有閒暇，還想打毛繩衣， 做小孩鞋襪，即使雇有女僕，有許多事還是要親自做的：這生活該是有多苦，但這是平時的現象，如果又懷了孕，便不得不為生育著急了。差不多的時候，便得暫停職業，一個孩子出了世，精神衰頹了一大半，對於職業，就要發生厭倦了。所以那結過婚的女子，從事職業總是站不長久的。[36]

這便是洛綺思所擔憂的，所以她毅然決然向瓦德提出了解除婚約的要求 。

陳東原還提到因為上述的原因，便發生了兩種現象：(一)從事職業底未婚女子，認結婚是一件可怕的事，為衣食的原故，不得不犧牲那可愛的青春。晚之又晚，到頭來往往失卻了結婚的機會。感受晚婚——甚至不婚底痛苦的女子，現在中國智識階級

---

[36] 同註三，頁三九七~~三九八。

裏多極了。(二)晚婚既痛苦,一般未婚的女子,遂不能不認職業為不愉快的事情了,於是還恢復她們的舊觀念,以為只有作家主婦是她們自然的職業,很急切地要找一個有家產的男子去嫁了。如果因經濟壓迫,一時不得不從事職業,她覺得那種職業也不過是大海中無聊的航行,一旦得駛入結婚的港口裏,她便要立刻棄去她所憎惡的職業活動的。因為如此,女子還是不能「自立」婚姻的習慣,還是沒有改進,多數解放的女子、戀愛結婚的,自以為打破了一切,誰知結婚不久,纔曉得自己還沒有解放,還要受男子的保護。數千年來的鎖鍊,仍舊套在她們的項上。[37]

這兩種現象所造成的「不婚單身貴族」和「找尋長期飯票」的女性,於今將邁入二十一世紀之際仍是可見一斑,而且為數不少。就洛綺思這位高級知識份子來說,她當然是屬於第一種現象。

傳統的父系文化——父權為上,夫權為尊,無論中西對女性的要求十分嚴苛,不但要無才無能,還要溫柔順從,一生以服侍男人為職責,無法有自我的意見和想法,一切都要仰賴男人。

沙文主義的大男人對自我總有一份自豪,一方面他想找一個與他志同道合的伴侶,在事業上有能力輔佐他,在家庭中又能扮演好賢妻良母的角色;但另一方面,又不希望妻子的能力或成就超越他,儘管他所要求的是那樣一個幾近完美的女子。

美國作家勞頓在一九五六年發表〈妻子的心理成熟〉一文中說:「為了使她的婚姻成功,一個心理成熟的妻子必須是一個女演員,能在舞台上扮演大約二十五種角色,並且能一瞬間就變換過來。……他必須是一個貞潔的動物,帶著驚奇的神情從她丈夫那兒了解生活。她也必須是一個誘人、有魅力的女人,和其他女

[37] 同註三,頁三九八。

性競爭，還要是事業的好幫手，必要時能幫助家庭經濟，然而在沒有必要時，她又需完全放棄自己的事業和賺錢的好機會。她必須是一個室內設計專家、管家、餐廳老闆、廚師、女侍，所有職務集於一身……她又要是家庭討論或辯論的一員，但最好多聽少講。她是一個觀眾，只能問發表演講的丈夫回答得出來的問題。她還要是一個熟練的護士、心理治療家、善解人意者、女大使。她又須是一個好舞伴，橋牌的好搭檔，但不能打得太好……而且是永遠讓丈夫感覺新鮮的情婦。」[38]其實在下意識裡瓦德也希望他的妻子能成為這樣一個女子，可惜洛綺思不願做一個無法擁有自我的女性；當瓦德理解到事業心強的洛綺思不可能成為他心目中理想的妻子時，於是他選擇了另類的女子。

且看他是如何形容他的妻子——「是一個爽直而快樂的女子，雖然略有點粗鹵。她當能於我有益，因為我太喜歡用腦了，正需她這樣一個人來調調口味。」、「她自己雖不是一個學者，但卻是學者的好伴侶。」[39]

瓦德既然是這樣描述他的妻子，但在原本預備寄給洛綺思的信中又說：「有許多我的朋友們，以為我應該找一個志同道合的人，來做終身的伴侶。我豈有不願如此，但是，洛綺思，天上的天鵝，是輕易不到人間來的。這一層不用我說了，你當能比我更為明白。我不願對於我的妻子有不滿意的說話，但我又怎能欺騙自己，說我的夢想是實現了呢？我既娶了妻子，自當盡我丈夫的

[38] 陳淑珍：〈她往何處去——文學作品中的女性形象及地位〉，（台北《傳習》，民國八十二年六月，第十一期），頁二四九~~二五〇。
[39] 陳衡哲：《小雨點》，（台北：成文出版社，民國六十九年七月），頁八十四。

責任，但我心中總有一角之地，是不能給她的。」[40]後來，雖然瓦德認為該段話不合交情並未列入，但在寄出的信上卻又說:「你是獨身的，我是結了婚的，該受憐憫的，似乎不該是我罷。但是洛綺思，我仍是該受你的憐憫的。你是慧心人，我又何用多說呢？求你可憐我，不要把我拋棄罷。」[41]

瓦德分明是有腳踏兩條船的意味，不但不忠於他的妻子，也對不起洛綺思的感情，因為這給洛綺思留下了一個想像的空間。一方面洛綺思覺得因她決定解除婚約，而讓瓦德在急不擇偶的情況下，選擇了一個志行不相類的女子結婚，心中不免有些許的罪惡；另一方面，也在心中留下了很大的一個位置給瓦德，所以才會日有所思，夜有所夢地在她功成名就時，做了那一場有瓦德，有他們的愛的結晶的美夢。

在新舊時代交替的過渡時期，我們從洛綺思身上見到了當時女性知識份子在事業與婚姻無法兩全兼顧的艱難處境。對於洛綺思這樣一個理智重於感情的人物，她做出了「超女性」的選擇。對於女性的感覺，女性的智慧，女性的事業心與家庭觀，還有種種加諸在她們身上的不公平的對待，在洛綺思的身上得到了正視，藉此也可看出五四時期兩性關係的變遷。

在中國現代文學史的長河中，我們可將這篇小說視為女性文學中女性正視自我事業的啟蒙代表作之一。

再來看廬隱〈前塵〉裡的女主人公是個還在新婚蜜月期的知識女性，可是她卻沒有該有的喜悅，反而有著淡淡的憂愁和哀傷，因為她覺得婚姻束縛了她的靈魂——「什麼服務社會？什麼

---

[40] 同註三九，頁八十五。
[41] 同註三九，頁八十七。

經濟獨立？不都要為了愛情的果而拋棄嗎？」[42]

她記得表哥曾勸她：女孩子何必讀書，學煮飯、帶小孩就夠了，當時她十分氣憤，可是目前這種地步，她是不是能爭一口氣，把事業和家庭兼顧好呢？

她想起朋友曾勉勵她：「努力你前途的事業！許多人都為愛情而征服的。都不免逆於安樂，日陷於墮落的境地。朋友啊！你是人間的奮鬥者。萬望不要使我失望，使你含苞未放的紅花萎落！……」[43]

廬隱另一篇〈何處是歸程〉裡的有夫有子的沙侶，羨慕她獨身的好友和妹妹「一別四年的玲素呵！她現在學成歸國，正好施展她平生的抱負。她彷彿是光芒閃爍的北辰，可以為黑暗沉沉的夜景放一線的光明，為一切迷路者指引前程。哦，這是怎樣的偉大和有意義！唉，我真太怯弱，為什麼要結婚？妹妹一向抱獨身主義，她的見識要比我高超呢！現在只有看人家奮飛，我已是時代的落伍者。十餘年來所求知識，現在只好分付波臣，把一切都深埋海底吧。」[44]

沙侶對婚姻抱持著悲觀的態度，婚後家務的操勞、子女的教養，使得她無法貢獻社會，發揮所學，她不禁排除了感情的因素說，男人「是為了家務的管理，和欲性的發洩而娶妻。」[45]

但是，婚姻像圍城，在外面的人想進去，在裡面的人想出來。她們談起不婚的姑姑，想起她的落寞與消極，覺得她一定後悔沒有及時結婚，所以，究竟何處是女人的歸程呢？就像〈勝利以後〉

---

[42] 同註二一，頁一四四。
[43] 同註二一，頁一四四~~一四五。
[44] 同註二一，頁二五七。

裡的肖玉抱著滿月的女兒紅著眼睛對瓊芳說：「還是獨身主義好，我們都走錯了路！」[46]

為什麼這麼說呢？當她們和家庭奮鬥，一定要為愛情犧牲一切時，是何等的氣概，而今總算都得到勝利後，原來依舊是苦多於樂——「冷岫是深山的自由鳥，為了情愛陷溺於人間愁海裡，這也是她奮鬥所得的勝利以後呵！——只贏得滿懷淒楚，壯志雄心，都為此消磨殆盡呵！說到這裡，由不得我不嘆息，現在中國的女子實在太可憐了。」[47]

的確是，這些女性好不容易可以受教育，有了謀生的能力，也想努力在婚姻中兼顧家庭和事業，但並不是容易如願的。擔任教職工作的瓊芳說：「我覺得女子入了家庭，對於社會事業，固然有多少阻礙，然而不是絕對沒有顧及社會事業的可能。」[48]可是她現在所愁的不是家庭放不開，而是社會沒有事業可作：

> 按中國現在的情形，剝削小百姓脂膏的官僚，自不足道，便是神聖的教育事業，也何嘗不是江河日下之勢？
>
> 至於除了教育以外，可作的事業更少了，——簡直說吧，現在的中國，一切都是提不起來，用不著說女子沒事作，那閒著的男子——也曾受過高等教育的，還不知有多少呢？這其中固然有許多生成懶惰，但是要想作而無可作的份子居多吧？[49]

五四時期已有不少女性走出家庭進入社會，謀求經濟獨立，

---

[45] 同註二一，頁二五九。
[46] 同註二一，頁二三五。
[47] 同註二一，頁二三四。
[48] 同註二一，頁二三一。
[49] 同註二一，頁二三二。

其職業領域有擴大的趨勢。但因為舊傳統觀念，再加上當時社會腐敗的影響，女性無論是在謀職或職業的待遇上，多少都會受到歧視，這也是當時婦女問題中所迫切解決的。

五四時期以來，接受過教育洗禮的女性，發現長輩代訂婚姻的弊病，她們強烈掙脫包辦婚姻，期待在公開的社交場合中，能找到合意的另一半，但有的因為認知不清，感情遭到欺騙，受傷更深；而有的無法掙脫包辦婚姻的女性，一旦面臨婚姻危機，又可能因為傳統的貞操觀以及經濟獨立的問題，面臨痛苦的境地；有的在事業上有所成就的女性，便會衡量愛情與事業的取捨，但無論選擇哪一方對女性而言都是一種缺憾。

二、新時期

（一）結婚的輿論壓力——起點於不幸婚姻的女性

一樁婚姻的結合應該是在兩情相悅的情況下成就的，若非如此，假若僅僅只是為了利用對方的關係來成全自己的利益，或者礙於他人的言論批評而結婚，那麼這樁婚姻的失敗似乎是可預期的。

在新時期的小說中就反映了因為政治因素而不得不結合的婚姻的不幸。

在徐安琪所主編的號稱是：中國歷史上首次對愛情的系統調查，最新最權威的婚姻質量的研究報告——《世紀之交中國人的愛情和婚姻》中提到政治對中國人婚姻的影響時說：政治對中國人婚戀的影響既有直接的也有間接的，既有顯性的也有隱性的。不少人雖未受到組織的直接干涉，但卻在政治和道德的雙重潛網下，壓抑了自己的正常欲望和天然人性，犧牲了自己的愛情和幸福，例如一些因父母或自己在政治運動中身份驟降的當事人，為了不影響心上人的前途而忍痛割愛，主動與戀人或配偶分手；有的出於生存需要為了擺脫孤寂而飢不擇食、急於跳入愛河，或為了尋求庇護、改善自己的境遇而與自己所不愛的人結合，以致留下終身遺憾。[50]

在黃蓓佳〈在那個炎熱的夏天〉裡就有上述的狀況。怡月就是被男主人公當成是事業跳板，而留下終身遺憾的女子。

他和女友怡月算是穩定的，但又邂逅了女主人公。女主人公在和他相戀後，問他為什麼都不邀請她到宿舍去呢？他說：「如果你想去，當然可以。可是你覺得有必要把我們的關係公開嗎？我快要畢業了，你是知道的。我想分回去。沒有比我們那個電影廠更好的地方了。人人都知道我有女朋友在那兒，他們會照顧我的。你不希望我分到一個滿意的地方嗎？」[51]

後來，他騙女主人公說：「我去找了怡月。我跟她說：『我們當初是一場誤會，這是根本不可能的事。』她卻什麼也不說，這真叫人討厭。她哪怕哭一場也好！可是她什麼也不表示。她會鬧到學校裡來。她會做出來的。」[52]

畢業在即，他對女主人公說：「有一天，院長走過我跟前，忽然說：『小伙子，你學得不錯，畢業論文也不錯，我看了。注意別在某些事情上跌跟頭呀！』我嚇得心裡怦怦直跳。不知道是

---

[50] 徐安琪主編：《世紀之交中國人的愛情和婚姻》，（北京：中國社會科學出版社，一九九七年九月），頁五五。

[51] 馬漢茂編：《掙不斷的紅絲線——中國大陸的愛情、婚姻與性》，（台北：敦理出版社，民國七十六年十月），頁一一八。

[52] 同註五一，頁一二〇。

不是有什麼風言風語傳到他耳朵裡了。你要知道，我們這位院長可是個正統馬克思主義者。我真害怕，真是怕。快畢業了，關鍵時刻，想分到那個電影廠的同學多著呢，僧多粥少，總會有甩下來的，我真害怕。」[53]

他希望女主人公能夠理解，他在分配志願表上的「愛人」一欄，填上了「怡月」的名字。他向她承諾：結婚後盡快離婚，再和她結婚。

他和怡月結婚兩年，從來沒有碰過她；離婚後他沒有去找女主人公，因為她太強勢了；他又交了個女朋友，她是電影廠裡一個二十歲的演員。

而黃蓓佳的另一篇小說〈冬之旅〉裡的卉所以和小應的婚姻有了著落，小應單位組織的干預的影響力也不容忽視。

卉為了成名，找上一位知名的詩人幫她引薦。在兩廂情願下發生了關係。卉的男朋友——小應陪卉去做了人工流產後，兩人的感情起了變化。

兩人先後畢業後，小應被分配到北京的理工大學；卉則回到家鄉教書。卉還是不間斷地給小應寫信，詢問對婚事的打算；小應不願答覆，連信也給不肯多寫。

和小應同單位的有一位來自音樂學院的女孩小紀，她和小應一起負責文藝大匯演的工作，後來他們的藝術團拿走了好幾個大獎。卉到北京找小應，見到了小紀。

小應招待卉到處去玩，卻閉口不提結婚這個詞。

卉的狡猾也在這裡。小應既然忌諱這個詞，卉就絕不把話題往

---

[53] 同註五一，頁一二三。

> 這方面靠。她高高興興跟著小應去見識北京城的壯美，一切聽從他的安排，又幸福又滿足，完全是一副把終生交給小應的模樣。她相當出色地扮演了一個“小鳥依人”的角色。[54]

後來，卉向學校請了長假，搬到小應的住處，名義上說是養病。搬到辦公室的小應不再招待她，而且對她不理不睬。卉很清楚她必須使出渾身解數來得到這段婚姻。

> 卉對小應一直是情意綿綿。她三天兩頭到學校去看小應，給他帶去吃的，又拿回去該換洗的。把這份情意充分表露在小應的領導和同事面前。[55]

不知情的領導和同事紛紛勸說小應不必過於堅持晚婚。連團委書記也關切地詢問小應是不是因為沒有房子所以還未考慮結婚。小應應付地胡亂點頭。團委書記對他說，夫妻分居兩地你還指望分到個什麼單位之類？因此不結婚就有點迂了。

從這裡我們不難看出「戀愛和婚姻在中國並不完全是個人的私事，而常常是家庭、單位和社區齊抓共管的社會公事。」[56]

半年後的寒假，小應服務的大學的副校長組成一考察團往大西北，他和小紀也帶著藝術團去表演。他們在結束表演的前一晚，小紀提供了一個和小應獨處的機會，但終究小應還是沒有對小紀表示什麼。

回北京後，小應以迅雷不及掩耳的速度和卉結了婚。小應對

---

[54] 黃蓓佳：《午夜雞尾酒》，（江蘇：江蘇文藝出版社，一九九八年八月），頁二八。

[55] 前引書，頁二九。

[56] 同註五〇，頁五二。

來祝賀的朋友說：他並不守舊，卉苦等了這麼幾年，他決心讓過去的事付諸流水。

可是這樣得來的婚姻怎有幸福可言，小應在婚後心裡因疙瘩，引發爭端；卉與詩人重逢，愛火再度點燃。小應失手殺死了卉。

在中國大陸，「政治」是左右兩性愛情、婚姻的黑手，家庭出身、個人成份、社會關係和政治面貌都是擇偶時必須考慮的標準，這當然造成了不少不幸的婚姻；再者，大抵上說來，女性比男性對愛情的依賴與需求較為強烈，所以女性常常會蒙蔽自我地做出錯誤的決定。在以上所舉例的小說中的女性，他們在婚姻的起步就明知是錯誤，卻又無知地試圖遮掩錯誤，想以愛融化一切的不協調。在這裡我們見到了逃不過情關的女性，受制於整個大環境的被動無奈的處境。

（二）離婚過程的繁難——在婚姻中載浮載沉的女性

面對於西方離婚觀的自由開通，婚姻的穩定性一直是保守含蓄的中國人所自豪的。特別是在中國大陸「高離婚率曾被視作資本主義腐朽性的標誌，是家庭崩潰、社會不穩定的危險信號」[57]所以，他們在為求經濟穩定、社會發展的情況下，會用政治的力量，不管婚姻的質量，而去抑制離婚率的上揚。

在諶容〈懶得離婚〉中，我們見到這樣的統計數字：在一百對提出離婚的夫妻中，一年內辦成離婚手續的僅占百分之二；二年到三年辦成的占百分之八；三年到五年辦成的占百分之十二；

---

[57] 同註五〇，頁九四。

十年尚未辦成的占百分之六十。有一位工程師，二十五歲時提出離婚，現在年過半百，兩鬢斑白，還沒有離成。

小說就描述了自從他們夫妻提出離婚後，家裡就沒安寧過。先是街坊鄰居來勸解，接著是親戚家族。親戚家族可不像街坊鄰居一杯水好打發，張羅起吃喝，洗鍋刷碗，精疲力盡，勞民傷財；好不容易等狀子遞到法院，卻不見斷案，見到的是來調解的一男一女——「單位和社區對婚戀當事人的行政控制除了在其違規時的組織處理外，還具有其他多種功能，諸如幫助調解情侶或夫妻糾紛、維護當事人的合法權益、為大齡男女或業務骨幹當『紅娘』以及對其未婚夫（妻）的家庭出身、社會關係進行政治審查等。」[58]

這對幫助調解夫妻糾紛的男女在問過他們姓名、婚史後，便把婚姻法宣講一遍又一遍。說是他們的婚姻符合婚姻法第四條的規定，是有基礎的。還是人民內部矛盾。依據婚姻法第二十五條規定，認為他們的感情還沒有「確已破裂」，應該進行調解。

家裡高朋滿座的人群，勸告著他們夫妻倆別自找麻煩。

他們也知道離婚是不容易的：要調解，要調查，要上法院。要把好多私事公諸於眾，弄得身敗名裂。所以，劉述懷說：「我佩服那些離婚的人，他們有勇氣，他們活得認真，他們對婚姻也認真。我嘛，雖說家庭不理想……咳，看透了，離不離都一樣，懶得離！」[59]

當一對夫妻提出離婚，原因不外有二：一是，愛情流逝，婚

---

[58] 同註五〇，頁五六。

[59] 諶容：《諶容》，（北京：人民文學出版社，一九九三年五月），頁三五二。

姻經營不善；二是，第三者介入。而這兩點正是劉述懷夫婦提出離婚的原因。

劉述懷和張鳳蘭是透過別人介紹才結婚，婚後，雙方的缺點漸漸暴露，原來的優點也成了缺點，雙方越來越難以容忍對方的生活習慣。

劉述懷埋怨張鳳蘭不再懂得打扮自己——以前她會為了隔天約會要穿什麼衣服折騰到半夜；她會花費一個月工資，去買一件新衣服；而張鳳蘭則埋怨劉述懷不再像以前那樣讚美她、關心她、照顧她——她穿上新衣服和他約會，他誇說：外套很漂亮，真協調，協調就是美。他們坐在湖邊，他會拿乾乾淨淨的手絹給她墊在石凳子上。

如今，他看不慣她整天為家事忙碌，看不慣她為家事操煩而發出的嘮叨；她討厭他整天胡侃神聊；討厭他就只會躺在床上遐想，而不與她分享。

他們頭一次大吵是在張鳳蘭懷孕七個月時，那天下班回家車擠，等了四五輛車才上去，又沒人讓座，折騰地回到家後，劉述懷不在，廚房連一點吃的也沒有，其實不用說要叫她做飯，她連吃飯的勁兒都沒有。丈夫九點才回家，說是遇見老同學一起去吃飯了，還喝了點酒。張鳳蘭一聽就火冒三丈吵了起來，從那以後就越吵越兇。

劉述懷找到可以聽他說話的「第三者」，後來因輿論的壓力，劉述懷和她斷了線。劉述懷多少會顧慮「因私生活行為出軌（如『三角戀』、未婚先孕、婚外戀）而被上綱為“資產階級戀愛觀”、“作風不正”、“生活腐化”、“道德敗壞”等受批評、處分，影響了事業前程。」[60]

張鳳蘭也知道離婚是不可能的了，只好繼續在她不滿意的婚姻中，找尋寄託。

經歷過文化大革命的人，心理受到的創傷遠遠大於身體的傷害——無所作為的一顆心處於「慵懶和疲軟」的狀態，連離婚也懶。「小說通過對劉述懷家庭生活的探究，揭示了婚姻和家庭中存在的問題及其複雜性。從『湊合著過』的想法中，作者揭示出現代家庭和社會中人的慵懶心理和疲軟狀態。」[61]在徐安琪所主編的《世紀之交中國人的愛情和婚姻》探討「中國人的婚姻是湊合型的嗎？」提到：我們常聽到一些人在談到自己的夫妻關係時，把「就那麼回事，湊合著過吧」掛在嘴邊。他們之所以用「湊合著過」來打哈哈，是因為中國人在外人面前尤其在大庭廣眾之下不習慣於誇獎自己的配偶（尤其是男人不輕易讚譽自己的妻子），也羞於公開夫妻間的恩愛和親密，因此「湊合著過」只是一句玩笑話、擋箭牌，自然不能當真。[62]

的確，我們也不能說他們夫妻對彼此沒有感情。有一天，劉述懷仍舊翹著二郎腿在看報紙，見到妻子穿了件家常的舊褂子在拖地，他對妻子說在印度和美國，妻子都是打扮一番才出現在丈夫面前的。於是兩人又抬槓了起來。後來，他提議要陪她去買件好看的睡衣。他知道她捨不得花錢，便又加了一句說：「我看了，小攤兒上的也不貴」其實，婚姻就是這樣「她覺得溫暖，又覺得

---

[60] 同註五〇，頁五五。

[61] 余樹森、牛運清：《中國當代文學作品辭典》，（北京：北京大學出版社，一九九二年十月），頁五三〇。

[62] 同註五〇，頁五八。

彆扭。他想著她，可又嫌她不懂得美。」[63]

天下沒有不吵架的夫妻，夫妻之間除了情分之外，究竟還存在著道義。如何在婚後的現實生活取代了浪漫之後，還能去保有浪漫、製造浪漫，就要靠夫妻兩人的用心經營。特別是女性的辛勞，是很需要丈夫的肯定的，她們除了工作，回家還要處理家務，她們尋求平等並不一定是要丈夫也分擔一半的家務，但至少丈夫要給予安慰與理解讓她們得到精神上的平等，有了這樣的心理補償，女性就算苦死累死，也心甘情願。

正因為中國離婚手續的繁瑣、困難，所以凡是介入別人婚姻的第三者，往往落入情網中，不但難逃自我道德和社會輿論的譴責，而且往往也無法劃下圓滿的休止符。

中國的「離婚難」還可以在張潔〈方舟〉裡找到線索。

柳泉為了要擺脫把她當作性工具的丈夫而要求離婚，可是僅僅為了爭奪兒子的撫養權，那離婚案就拖了五年之久。兒子成了丈夫的人質，他說要離婚就別想要孩子，要孩子就別想離婚，她幾乎快被折磨成神經病了。

小說中另外兩位女主人公——梁倩和丈夫分居，丈夫料定梁倩家庭的社會地位不允許她離婚，她的父親和父親的老戰友絕不允許她為離婚的事鬧得滿城風雨，這不但會敗壞梁家的門風，似乎也敗壞他們每一家的門風；荊華是順利離了婚，但也不敢再有結婚的奢望——

只要想起離婚這件事，她們到現在還心有餘悸，膽戰心驚。難怪一般人都要在離婚這一個詞彙前面，加上一個「鬧」字或「打」

---

[63] 同註五九，頁三三三。

字。對嘍！「鬧離婚」，「打離婚」。哪一樁離婚案不是鬧得死去活來，打得人仰馬翻？兩個人如不鬧到恨不得一口把對方咬成兩半兒的仇人，那就算不得離婚。[64]

因為她們是那樣地走過，所以感受得到切膚之痛，她們認為離婚是一場身敗名裂，死去活來的搏鬥，怎麼說呢？

> 誰要想離婚，那就得有十足的勇氣，丟掉一切做人的尊嚴，把自己頂隱秘的、頂不好意思說出口的，甚至像自己突然間失去了某種生理上的功能，夫婦生活已經成為一種恐怖和災難這樣的理由，對形形色色陌生的，有權干預你的婚姻的人們，重複、申訴個上百遍，以求他們理解，以求他們恩准。這理由對他們也許荒誕無稽，對你卻是生命攸關。這景況如同把衣服扒個精光，赤身裸體地站在千百人的面前。[65]

透過以上文字敘述的歷歷在目，我們更不難想像在中國離婚的困難重重。此外，在中國往往婚姻家庭的完滿，還影響著當事人的前途遠景。

池莉〈不談愛情〉裡的吉玲因為丈夫對她的疏忽，她向莊建非提出離婚。就在此時，莊建非醫院裡，到美國觀摩心臟移植手術的名額下來了。

醫院裡一位很欣賞莊建非的的主任——華茹芬說：知識份子市儈得很，他們不是要去學習先進技術，他們認為美國是阿里巴巴的山洞。她和莊建非有了這樣的對話：

---

[64] 張潔：《方舟》，（台北：新地出版社，民國七十九年四月），頁二九。

[65] 同註六四，頁三〇。

「你也想撈冰箱彩電？」
「我最想看看心臟移植。」
「那就好。外科你最有希望。但我似乎聽說你和妻子在鬧矛盾。」
「這有關係嗎？」
「當然。沒結婚的和婚後關係不好的一律不予考慮。」
「為什麼？」
「怕出去了不回來。」
「笑話。」
「不是笑話，有先例的。你們是在鬧嗎？」
「是的。她跑回娘家了。」
華茹芬這才抬起眼睛搜索了房間，說：「這事你告訴誰了？」
「曾大夫。」
「幼稚！這個時候誰都可能為了自己而殺別人一刀，曾大夫，他——你太幼稚了！」
「曾大夫會殺我嗎？」
「你現在應該考慮的是盡快與妻子和好。三天之內，你們倆要笑嘻嘻出現在醫院，哪怕幾分鐘。」
「可是她媽媽的條件太苛刻了。」
「你全答應。」
「但這——」
「宰相肚裡能撐船，一切都咽下去，照我說的做！」[66]

華茹芬說完便起身告辭，她怕待久了讓熟人遇上。離開前又反覆叮嚀莊建非在三天之內要辦成事，她認為觀摩心臟移植手術是千載難逢的好機會。他將來的成功與此次觀摩密切相聯。她

---

[66] 池莉：《一冬無雪／池莉文集２》，（江蘇：江蘇文藝出版社，一九九五年八月），頁八七~~八八。

說：我們要有點良心，要讓真正能有收獲的人材出去，一為祖國，二為人民，三也為了自己的事業。

通常知識女性面對背叛自己的丈夫都是決心離婚的，可是那念頭往往如曇花一現。航鷹〈東方女性〉裡的女醫生林清芬對於丈夫的出軌，相當憤怒——

> 我的丈夫，我癡愛的丈夫，我侍候了大半輩子的丈夫，兩個大學生的父親，受人尊重的外科醫生，竟然做出了這種丟臉的事情！竟然如此絕情地背叛了我們！……我不是封建時代的小腳女人，是個知識婦女，怎麼能夠忍受這種屈辱？[67]

可是林清芬最終還是沒有和丈夫離婚，也許因為「在因襲文化的浸染下，她們的離異觀也更保守、對離婚的後顧之憂也較男子甚」[68]比如，孩子的前途，就是最大的考慮因素，單就這一點來說，母親比起父親更會有所顧慮；再者，也許因為「傳統觀念的根深蒂固，離異女子在婚姻市場上往往更具劣勢，她們因生理上已『失貞』（結過婚就不是「黃花閨女」了）和名譽上的『失分』（離異女性常被疑為行為不檢點或缺乏溫順、賢淑的傳統美德）而自身價值被貶，再婚前景往往不如離異男子樂觀。」[69]這一點在張潔〈方舟〉裡也可以見到。

「四人幫」橫行的那幾年實行半夜三更清查戶口，離過婚的荊華和柳泉的單元沒有一次不被查的，好像她們那裡藏著好幾個野男人似的。起先她還以為家家都得查，後來才知道人家是有重

---

[67] 同註五一，頁一四二。
[68] 同註五〇，頁一〇一。
[69] 同註五〇，頁一〇一。

點的。在一般人眼裡——離過婚的女人，都是不正經的女人。

黑格爾認為：「婚姻本身應視為不能離異的，因為婚姻的目的是倫理性的，它是那樣的崇高……婚姻含有感覺的環節，所以它不是絕對的，而是不穩定的，且其自身就含有離異的可能性。但是立法必須儘量使這一離異可能性難以實現，以維護倫理的法來反對任性。」[70]這種觀點更是符合中國的保守社會。

因為離婚過程的繁難，使得當時在中國大陸的婚姻表面上看起來是屬於高穩定性的，其實骨子裡卻是低質量的，感覺像是湊合型的婚姻，和所謂的浪漫愛完全無緣。再加上中國人是個講面子的民族，就拿張抗抗〈北極光〉裡的陸岑岑要和未婚夫解除婚約來說，未婚夫的第一個反應是：他該怎麼樣去面對他的親朋好友。更何況是跳進了婚姻陷阱裡的人，想要逃出來更是難上加難了。

（三）不滿於現狀的婚外戀情——婚姻出軌的女性

基於以上所述結婚或離婚的政治或多或少的干預，也因此有無愛的婚姻或者離婚不成而造成的婚外戀情；再加以女性經濟地位的提高和獨立意識的增強，她們不再仰賴男性，而是積極地投身社會，因此她們的生活層面擴大了，對精神層次的要求也嚴格許多，一旦因為種種因素無法結束婚姻，她們與傳統女性相形之下便容易出軌。

由於兩性對愛情認知的差異，那些婚姻出軌的女性，常常是

---

[70] 黑格爾著、范揚・張企泰譯：《法哲學原理》，（台北：里仁書局，民國七十四年四月），頁二一〇。

受到傷害的，例如：韋君宜〈飛灰〉裡的嚴芬，她在遺書結尾對婚外戀的對象陳植說：「我總覺得你殘酷，我可憐。」她說她不得不埋怨他。

這埋怨應該包括：一、陳植冷峻地為了他們兩人的前途，拒絕了相愛過的嚴芬，結束了他們的關係，讓嚴芬的下半輩子在回憶中苟活。二、他們兩人的配偶相繼過世，在法律已無障礙，但是陳植的身邊總是圍繞著他所謂「並不愛」的年輕女子，面對這樣的狀況，她是能夠完全明白，就算他們能突破「重圍」，他們的結合也無意義了。

大陸學者吳宗蕙女士評論這篇小說時說：「抒寫了兩位卓有成就的老科學家之間高尚深摯、生死不渝的愛情。」[71]其實這句話是大有問題的，陳植並沒有和嚴芬一樣為這段戀情「守節」，所以，怎麼稱得上是「高尚深摯、生死不渝的愛情」呢？不過，吳宗蕙女士另外提到：「嚴芬和陳植的愛情悲劇告訴人們：社會習俗、現實環境和所謂傳統風範曾壓抑、束縛以致扼殺了多少高尚真誠的愛，摧殘了多少人的幸福和青春。」[72]這句話若在他們還沒分手之前來看，倒是言之有理；但若從他們分手後，陳植的感情發展來看，這句話就有待商榷了。怎麼說呢？因為彼此對對方的愛差距太大。

嚴芬的大媳婦是唯一看過婆婆所留給陳植的遺書的人，她十分同情婆婆。一向對保守派鄙夷不屑的她，送信去給陳植（陳植當時在醫院表明沒有敗壞嚴芬的名譽，並把還未拆封的信交還給

---

[71] 吳宗蕙：《女作家筆下的女性世界》，（北京：首都師範大學出版社，一九九五年十一月），頁八一。
[72] 前引書。

他們)。她一見到陳植，便毫不客氣地當面唾棄他沒有勇氣去打破一切顧慮和障礙，去爭取幸福快樂。

陳植和嚴芬的大媳婦長談後，他交給了她一本他隨意記下的記事本。他說他是過了時的人，不過還是希望能被年輕人瞭解。

大媳婦回到家看了一遍，除了幾段劇評，沒有一句是記載她和婆婆之間的事，倒是最後一部分是陳植伺候妻子臥病的記事——他跑遍全市買不著妻子需要的藥，最後寫信到香港託人買藥；妻子下床上廁所，上不去床了，他如何費盡氣力抱她上床；在醫院伺病時「坐守終夜」「夜視妻眠甚安」；甚至決定為妻子輸血——大媳婦感動著當時已六十五歲的陳植還為妻子輸血，但另一方面，她不禁懷疑婆婆和陳植的這段情，是不是只是婆婆的一廂情願，因為在記事本裡，陳植只要有提到婆婆的，都是關於學術會議，所用的稱呼不是嚴教授，就是嚴芬同志。

這樣一本私人的記事本，應該是最能看出其真情流露的。我們從嚴芬的一封信看到了嚴芬對陳植的愛，但從陳植的這本記事本，卻教人懷疑這段感情。

這問題應該出在陳植身上，我們看到陳植在照顧他的妻子時是那樣地有情有義，如果他和妻子沒有感情，妻子不曾對他有所付出，他大可找個看護照顧妻子。可是他又是那麼「博愛」的人——我們怎麼能想像得到，他的另一面竟是同時和嚴芬發生了戀情，而且也是付出了真情，只是在結束愛情後，又和年輕女子來往。恐怕這就是性別差異的問題，這種狀況基本上發生在女性的身上不多，在當時是如此，就算今日即將邁入二十一世紀，我們也可以這樣說——女性比較可能在一段時間內只和一個男性交往，而較不可能同時交往好幾個男性，她們通常是在結束一段失敗的戀情後，再開始另一段戀情。

傳統的文化體制所傳達的意識型態的訊息是——女性必須要付出，男性則理所當然地接收女性的付出，而不需有任何作為。男性自認有權得到女性的情感支持，但缺乏給予女性情感上的支持，在這種不平等的狀態下，女性當然會在男女關係中感到寂寞，而漸之疏離，而一旦有這樣一個男人出現——願意平等付出，願意聽她的心聲，願意給她久婚丈夫所不再能給她的熱情，那麼原本忠於愛情的誓願將迅即背棄、瓦解。

王安憶〈錦繡谷之戀〉裡的女主人公便是一例。她受困於疲乏的婚姻生活，卻在一場邂逅中，重新發現了男人，也重新意識到自己是女人。

在雪兒　海蒂所著的《海蒂報告》一書中有這樣的統計資料：「大多數有外遇的女人說，她們覺得夫妻之間很疏遠，在情感上被丈夫摒拒在外，或者受到騷擾：有 60%的女人覺得外遇是享受生活、追尋自我的方式，雖然丈夫不重視自己的價值，但還有別人重視。」[73]

儘管女主人公在結束了短暫的邂逅後，又神不知、鬼不覺地回到了丈夫身邊，但是在兩性關係的發展中，如果女主人公的丈夫無法用心去瞭解妻子內心的想法，去滿足她所需要的性愛和感情，那麼將會有更多的「錦繡谷」的愛情，發生在女主人公身上。

〈飛灰〉裡的嚴芬和〈錦繡谷之戀〉裡的女主人公都是經濟獨立的現代女性，她們不像傳統「嫁雞隨雞，嫁狗隨狗」的女性，只求生活溫飽；她們更多地是要求婚姻精神層面的提升。

---

[73]雪兒　海蒂著，林淑貞譯：《海蒂報告》，（台北：張老師文化事業有限公司，民國八十三年十一月），頁五九六~~五九七。

無可諱言的，隨著時間的累積，戀愛的感覺會漸漸消逝，但是只要夫妻雙方彼此學習更加尊重對方、了解對方的感受，隨時製造機會給對方一點驚喜，愛情就會越之茁壯，也較容易找到在婚姻的海洋裡航行的指南針，而這種愛情才是歷久彌堅，才是具有其內在光輝的價值的。

（四）女人何苦為難女人——成為婚姻第三者的女性

在強調兩性貞操觀平等，男性要對婚姻忠實的同時，很遺憾地成為他人婚姻第三者的幾乎都是女性，這些女性有的是玩票性質；有的是缺乏倫理觀只求曾經擁有；有的則是被對方欺騙，認真付出感情，才知愛上有婦之夫。儘管有這幾種不同的出發點，但相同的是她們不但傷害了自己，也對另一個女人造成了傷害。

在王安憶〈金燦燦的落葉〉裡出現了一位能夠和已婚的男主人公一起談論課業的第三者；而諶容〈懶得離婚〉裡的劉述懷則是在朋友家認識了孟雅平，兩人在交談中得到了樂趣。

孟雅平是教語文的，有時會去請教劉述懷問題，她覺得——「他熱心，他還能給我解釋許多我不懂得的，對我很有吸引力。至於我去找他，是不是有一種見不得人的感情，我覺得沒有。我確實沒有想到別的。我見過他愛人，也見過他的孩子，我根本沒有想到別的。」[74]

後來，越來越多關於他倆的議論，孟雅平寫信約劉述懷出來談一談，劉述懷沒有回音，大概是屈服於輿論的壓力。這教她不明白，「都八十年代了，男女之間有一點交往，為什麼就不能允

[74] 同註五九，頁三三七。

許？難道，難道，難道就不能有朋友，除了愛情就不能有友情？」[75]

當採訪劉家的記者——方芳從別人口中得知，原本這家子還算不錯，但因第三者介入起了風波時，作者透過方芳，表達了她對第三者的看法「看來，人生並不都是灰色，家庭並不都是墳墓，只要沒有第三者插足，和睦家庭還是有的。」[76]

在這裡我們可以見到「離婚難」，成為享齊人之福的男性的冠冕堂皇的有利藉口；也讓那些甘為愛情不拘形式名分的女性，陷入不合法、不被負責的痛苦深淵。

航鷹有著很濃重的家庭倫理觀念，她的〈東方女性〉這篇小說不僅告誡已婚者要用心經營婚姻，而且還從側面去批判婚外戀情。她藉著方我素的口，讓她在走過那樣一段婚外戀後，勸誡也同樣成為他人婚姻第三者的小朵說：

> 「不管多麼濃烈的感情，都不可能沒有思維和理智的成分。這也就是幹什麼事情都要考慮後果，比如說孩子……」
> 「愛情是排他性的，但不應是害他性的。如果是以傷害別人為前提，何談純潔、美好呢？」
> 「你想過沒有，在別人的東西中，什麼是最寶貴的？不是金銀珠寶，是感情，是家庭的和諧與幸福。難道這不是人類視為最珍貴的東西嗎？」
> 「我並不片面地反對離婚，如果夫妻之間確實失去了愛情，硬把他們拴在一起是不道德的。你是否清楚你所愛的人在和你認識之前的生活情況？」[77]

---

[75] 同註五九，頁三三八。
[76] 同註五九，頁三三一。
[77] 同註五一，頁一三六~~一三七。

以上這些小說中介入他人婚姻的第三者，還不至於像台灣女性小說中「情婦」角色的豐滿——有的是寂寞難耐，為求性慾上的滿足；有的是以功利取向，甚至會反客為主地上門爭取名分——但是小說中男女主人公那種精神上的交流，其實反而是更細水長流的，更令家中的妻子感到威脅的。

（五）時勢造英「雌」——「雄化」的女性

在初期的女性解放運動中，其基本特徵除了否定自己的性別角色外，還在於淡化自身的性別意識。女性無法滿足於舊有生活方式所規定的性別角色，於是在她們覺醒的意識中與整個根深蒂固的舊思想觀念產生了無法同步的衝突與矛盾，而誤將男女兩性平權認為是男女兩性功能平等。

李小江在《夏娃的探索》中探討「女性雄化」的問題：

> 「女性雄化」問題其實是一種社會現象，它是「性別氣質轉換」現象的一個方面。婦女走上社會以後，一方面是女性對「眞正男子漢」的心理呼喚，即「男性雌化」所引起的情感缺憾；另一方面則是社會對女子及女子自身形象扭曲所產生的潛在疑惑。[78]

李小江提到在六 0 年代初美國女權主義作家的作品中就有「女性雄化」的藝術形象表現。它作為女子反抗傳統角色、在社

---

[78] 李小江：《夏娃的探索——婦女研究論稿》，（鄭州：河南人民出版社，一九八八年五月），頁二八五。

會上奮鬥自強的一個重要組成部分，是為女權主義者所推崇的，並沒有當作一個真正的社會問題提出。在文學中較早提出這個問題的，是蘇聯男作家，著名的社會問題小說家維利•利帕托夫(一九二七——一九七九)。他在一九七八年發表中篇小說《沒有標題、情節和結尾的故事……》中，第一次公開提出「性別氣質轉換」問題。小說的女主人公原想做一個溫柔體貼的妻子，但她在社會上所承擔的責任，不允許她這樣；相對地她的丈夫不得不表現出「雌化」的傾向。作者遺憾地提出：女性解放達到目前的水平是不是一件好事？女性解放有沒有界線？在女性的自然使命和她在社會裡所擔負的某些職責這兩者之間，是否會發生衝突？而在中國大陸，女性雄化的問題則是由女作家自己最早提出的。

> 經歷了十年動亂和一度出現的「無女性」時代以後，「女性雄化」成為一個潛在的婦女問題，影響著當代知識——職業婦女的愛情生活。它在文學作品中出現，是女作家對自身情感歷程和女性生活歷程所作的嚴肅反思的結果。與在蘇聯文學中的源起不同，它在中國的提出，是和大齡未婚女青年的戀愛、婚姻問題緊緊聯繫在一起的，無形中成為對扭曲的時代中自我形象扭曲的歷史控訴。[79]

李惠薪〈老處女〉裡的盛小妍原是個嫵媚秀麗的醫學院學生，然而，十年動亂的政治風暴殘酷地掩蓋了她的女性魅力。她的愛情無法正常發展，沒有任何的著落，終於也加入了「老處女」的行列，但她堅持寧缺勿濫。

快四十歲時，盛小妍得了乳腺癌，人們說這種病是對沒有結

---

[79] 同註七八　，頁二八六。

婚的老姑娘的一種懲罰，因為她們不婚、不育，不肯承擔社會義務。她覺得這種說法，真是太不公平了，她何嘗不願意有一段美好的姻緣，因此她的內心有了深刻的裂紋，那是一道永遠無法治癒的創傷。

為了擴大自己的聲音，女性武裝起自己，反抗男性，但卻在不知不覺中向男性靠攏，漸而培養出男性的特質以成為自己的保護色，認同男性，相對地減弱了女性的柔美特質，造成女性自身的失落，這是極致雄化的反效果。張辛欣〈我在哪兒錯過了你〉裡的女主人公又是一例。

女售票員為了能在工作上和男人一較長短，不知不覺地在她的氣質裡滲入了男性的強悍的性格——

> 如果拋開為了對付社會生活的壓力，防禦窺視私人秘密的好奇心和嫉妒心，我不得不常常戴起的中性、甚至男性的面具，我會不會變得可愛一點兒呢？會的！我並非生來如此……假如有上帝的話，上帝會把我造成女人，而社會生活，要求我像男人一樣！我常常寧願有意隱去女性的特點，為了生存，為了往前闖！不知不覺，我便成了這樣！[80]

她的行為逾越了傳統社會所加諸女性的要求，然而，當她遇上她所心儀的對象時，她那沈睡許久的女性的一面，便被喚醒了。

那位男主人公原本是航海系的畢業生，文革時期，因政治上被陷害而入獄，一直無法實現他到海上的理想，不久前，他受朋友之託，讀了她在業餘所寫的劇本，便操起大學時做話劇隊長的

---

[80] 呂晴飛主編：《當代青年女作家評傳》，（河北：中國婦女出版社，一九九〇年六月），頁五二三。

本領，「導演」便成了他臨時的職業。

導演帶著他男性的原始魅力，闖進了她平靜如水的生活，她被這個嚮往著海洋又帶著藝術氣質的導演給深深吸引。為了能得到所愛，她用心融化自己冰封已久的女性氣質，她用原本規範女性言行和舉止的標準來約束檢點自己，用心展現女性的魅力；可是只要一接觸到工作——為著他的導演構思和她的最初設想，爭執不下——她便又無法克制地把她「男性」的一面顯露了出來——

> 我的人物應該是那樣！一說起來，興奮了，節奏快了，聲音漸漸響了。我急不擇話，拍了下桌子。演員們都停下來，一起朝我們這邊看，並竊竊私語。
> 「你這樣固執沒有道理！」你低聲急促地說，一邊寬解地輕輕拍了一下我放在桌上的手，又回頭說：「誰叫停了？繼續聯排！」
> 見鬼！難道把我們之間的默契、信任當做我無條件的投降？
> 「少來這套！」[81]

話才一說完，她便後悔了，她氣自己幹什麼為了劇本中虛幻的人物，損傷自己的形象。和導演爭吵，那並不是她的本意啊！她十分感傷地想：「我以為那只是一件男式外衣，哪想到已經深深滲入我的氣質中，想脫也脫不下來！」[82]

這是女性男性特質的展現。我們可以想像她們要在男性主導的社會體制中佔有一席之地並非易事，除非她們努力把自己化身為男性，展現其等同於男性的能力，長期下來，雄性的作風淹沒

---

[81] 同註八〇，頁五二四。
[82] 同註八〇，頁五二三。

了雌性的特質，當然習慣站在統治地位的男性，對於這些要站到他們頭頂上的女性，一定是望之怯步的。

她對愛情的要求，是相當執著的，她有一個較為親密的朋友，但卻不是她所喜歡的對象，她是這樣形容和李克的差異：「他像一隻聽話的兔子，為了社會需要的文憑，在劃好的白線內順從地跑；而我，卻是一隻固執的烏龜，憑著自己的感覺和信念，在另一條路的起點處慢慢往前爬。」

李克在小說中僅僅只是一個從屬人物，但這個不起眼的從屬人物卻也決定了她的愛情。

在一場舞會中，她婉拒了其他人的邀約共舞，後來，她終於等到導演的邀請，但是就在那一刻，音樂停止了，她突然想起導演對她的評價，滲入她天性中不肯輕易低頭的血性冒上來，她故意用玩世不恭的口氣說：「看來，我們無緣呢！」她在笑，心卻在顫抖。這時，李克向她跑來，她報復性的向導演介紹李克：「我的朋友！」然後，逃避似的抓著李克主動地說要跳舞。稍後，她得到消息：導演要上遠洋輪了。

在愛情上，她實在是個徹底的悲劇人物，她甚至不允許自己為失戀而傷感過久——

> 因為我太明白我自己！不論失望一會兒、三刻、十天、半月，都一樣！我還得靠自己站起來……。在感情上，不敢再全心全意地依靠，一旦抽空了，實在太慘！在職業上，在電車上，要和男人用一樣的氣力；在事業上，更沒有可依賴、指望的餘地，只有自己面對失敗，重新幹起！在政治上，在生活道路上，在危急關頭，在一切選擇上只有憑自己決斷！這能全怪我嗎？[83]

---

[83] 殷國明、陳志紅：《中國現當代小說中的知識女性》，（廣東：

透過女主人公的內心自省，我們不難發現整個大環境是造成「她」特殊性格的重要原因之一。當時的社會對女性的要求比以往要高，對家庭和工作的義務和責任，使她們承擔了高於男性的社會壓力，迫使她們不得不和男人一樣的強壯。

但是不管她再怎麼樣學習像男人一樣的強悍，畢竟骨子裡還是個女人，還是有她柔軟、纖細的一面，當她面對生活的重擔與壓力，她也希望能夠有一個堅實而有力的臂膀可以依靠——「說實話，每當我在生活和事業中感到自己的軟弱無力，我很想依在一個可信賴的肩膀上掉幾滴淚，說一說心中的苦惱……」[84]儘管女主人公將她所錯失的愛情歸罪於社會現實，但到頭來還是不得不承認：「我們彼此相隔的，不是重重山水，不是大海大洋，而是我自己！」[85]

這實在是覺醒了的女性的悲哀。她們原是要反傳統男性的，她們從反性別歧視為出發點，顛覆屬於女性原始的本色，以剛毅、堅強的外在行為，作為在社會上與男性一較長短的裝備，在無形中她們卻以傳統男性的原型，重新塑造自己。這對女性而言無疑是一大諷刺。

社會主義制度的建立，為女性創造了與男性同等的工作條件，在兩性平等觀念的導引下，與男性並駕齊驅的目標成了女性往前的力量，新時期的「男女都一樣」的政治意識時代，造就了女性的充分自信，她們和男性一樣有著獨立的生存和思考能力，

廣東高等教育出版社，一九九〇年八月），頁二五〇~~二五一。

[84] 同註八三，頁二四九。

[85] 同註八三，頁二五四。

而所謂的「女強人」就在這種情況下產生了。

外部環境造就張潔〈方舟〉裡的荊華成為女強人，她總覺得「男人的雌化和女人的雄化，將是一個不可避免的、世界性的問題。也許宇宙裡一切事物的發展，不過都是周而復始地運動。那麼，再回到母系社會也未必是不可能的。」[86]另一個在婚姻中受創的女主人公柳泉則把希望放在她兒子身上，期待等他們「這一代人長大，等他們成為真正的男子漢的時候，但願他們能夠懂得：做一個女人，真難！」[87]

愛情與婚姻對女人來說似乎是生命中最重要的全部，但她們總是在當這兩者不如意時，才會與事業連在一起。我們看到韋君宜〈飛灰〉裡的嚴芬因為被動地犧牲了她的愛情，而換來事業、名譽、社會地位的成就——「成就壓倒男同事，堪為婦女界的楷模」[88]在新時期的小說中，很多作品裡的女主人公都是因為感情受創，轉而往事業發展，例如：張潔〈方舟〉裡那三個中年寡居走出不幸婚姻的知識女性，生活的歷練使她們和男性一樣抽煙、喝酒，遮蔽了女性柔美的一面，其中蘊含了多少的無奈。然而，說真的就算她們事業再成功，在情感寄託上，難免還是有遺憾，只是程度不同罷了。就像嚴芬對陳植所說的：

> 你我都已「完節全名」，沒有什麼損失。很可能如果沒有你當年那個十分明智的決定，我倆沈溺不已，事情終必暴露，真的一切都完了。連我的研究工作，我一生微薄貢獻將都不可能實

---

86 同註六四，頁一六。

87 同註六四，頁一八二。

88 韋君宜：《韋君宜》，（北京：人民文學出版社，一九九五年十二月），頁二八七。

現。只從一個人的生活上說，我已無愧於《列女傳》中人物。……唯一的損失是我一生內心的缺憾，永遠不能彌補。你勝利了。而我這個付出重大犧牲的人，也被迫走上領獎台拿到了金杯。[89]

程乃珊〈當我們不再年輕的時候〉裡的秦韻佳有著知識女性的高貴氣質，中學時正逢革命的年代，因為她的美麗，被視為和普通民眾不同類，在政治上她積極要求進步，現在是中學裡的領導。

秦韻佳傾慕他的同事翁豪威的瀟灑；翁豪威也被她的魅力所吸引，但是卻不欣賞她過分的理性與成熟。領導對秦韻佳表示：翁豪威不求上進，配不上她，不應該和他接觸。

秦韻佳欣賞翁豪威生動活潑的教學，可是在老師會上又不得不違背心意地批評他一番。她無力地感受到愛情的絕緣，只求努力地往上爬，因為只有這條路才有可能彌補她愛情的缺憾。

因為政治和社會的迫害，讓這些女性在生活的歷練中，不敢愛美、不敢表現溫柔，人格形象的扭曲，造成她們的愛情與婚姻的缺憾，這在她們的內心深處是絕對難以癒合的傷口。所以，女性雄化所產生問題，在「男女都一樣」的口號下，還是得不到解決，性別歧視依然存在。

在七0年代的文學作品中出現了不少只談革命，不談愛情；不愛紅裝，愛武裝的「男性化的女人」；八〇年代則出現了過份在事業上與男性較勁的「大女人」。

同樣身為新時期的女作家——張抗抗並不贊同這種被「雄化」的女性形象，她認為這樣的形象被當成女性解放的標誌，其

---

[89] 同註八八，頁二八七。

實是更大的倒退，是對人性的嚴重歪曲。她說——

> 如果扼殺大自然賦予我們的女性美和女人柔韌溫婉的天性，無異於扼殺我們的生命。中國幾乎經歷了一個沒有女人的時代。教訓沉重而慘痛。而生活在今天這樣一個開放的時代的婦女，她們比任何時候都更珍視自己的女性特質，她們並不一定非要和男子做同樣的事情，而是要以與男子同樣的自信和才能，去做適合她們做的事情。她們絕不僅僅希望同男子一樣，而是要更像女人，與男子有更大的不同，比男子們更富魅力。她們需要事業、成功和榮譽；也需要愛情、孩子和友誼。她們同一切陳規陋習的抗爭將曠日持久。[90]

的確，女性除了要能善於展現自我天生不同於男性的優點外，還必須要對其角色有所認同與認知，如此才能爭取與男性平等的決策權，進而發揮自我的能力，肯定其存在價值。女性唯有自身下定追求平等的決心，方能消除性別角色的障礙，才有資格強調兩性關係的相互與對等，才有條件去展現所長及潛力，與男性並駕齊驅。誠如美國的女評論家瑪格麗特　富勒也曾說過：「婦女所需要的，不是作為女人去行動、去主宰什麼，而是作為一種本性在發展，作為一種理智在辯解，作為一種靈魂在自由自在的生活中無拘無束地發揮她天生的能力。」[91]

十年的文化大革命帶給中國大陸無法估量的嚴重災難，其中最深沈的是對人的漠視與摧殘，於是我們間接見到了在新時期女性婚戀小說中，社會政治因素影響兩性結婚、離婚；因為婚姻發

---

[90] 張抗抗：《女人的極地》，（台北：業強出版社，民國八十七年四月），頁一〇四~~一〇五。

[91] 同註八三，頁二四八。

生問題，而出現脫序的現象；或者環境造就女強人，女強人因性格的缺憾而在婚姻愛情中缺席。透過以上的分析，我們見到了在婚姻「圍城」裡外品嚐愛恨嗔癡的女性，也見到了在文化大革命之後，女性小說家重拾原本被列為文學禁區的愛情婚姻題材，設身處地地再次尋回失落的女性意識，以全面盡可能實現人的價值，為人生的終極目標，努力使得女性文學得以再度飛揚。

第二節　從愛情類型看

愛情足以激發各種力量，尤其是對女性而言。黑格爾在《美學》中曾說過：「女子把全部精神生活和現實生活都集中在愛情和推廣為愛情。」[92]的確，不可諱言地，「愛情」之於女性的確有著不容忽視的重要意義。

在本節中將從四種愛情類型——相知相許、志同道合、物質功利、愛情至上，透過小說內容的介紹，來探討女性在面對愛情時的處境，此外還會針對相關評論者的論述，提出看法。

一、相知相許

所謂「相知相許」，指的是男女彼此心靈的交融與契合，有時無須言語表達，僅僅只是一個眼神的流轉，便能體會對方的所思所想。這種愛有一種精神上的鼓舞，他們經過交心的生死相許的允諾，以嚴肅的態度面對愛情，可以為對方無私地奉獻，犧牲

---

[92] 李華珍：《中國新時期女性散文研究》，（合肥：安徽大學出版社，一九九六年十二月），頁十四。

成全，不求任何報酬。

陳衡哲〈一支扣針的故事〉裡才華洋溢的西克夫人為了兒女的前途，寡居十多年，忍痛拒絕戀人的追求，但至死無論她穿什麼衣服，戀人所送的扣針永遠不曾離開過她。西克夫人的一個兒子和戀人同名，那是經過她丈夫同意的，可以想見西克夫人對這段感情的認定；戀人也能體會她的用心，不曾讓他的愛情，去妨害他們的友誼，但他卻羨妒他所送給她的扣針，因為牠雖然與西克夫人親近，卻不致妨害到她子女的前途。

戀人在臨終留下遺囑，將他的龐大遺產全數留給西克夫人，西克夫人又將這筆錢全數捐給了醫院。

這段相知相許的精神相戀，並不因為一方生命的結束而告終，反而更是意義深長。因為往往中年人一旦動了春心，比起年輕人的熱情將燃燒得更熱烈。所以他們可以忠心地為愛苦守，直到生命劃下休止符。

廬隱〈海濱故人〉裡的露沙和戀人梓青有一段相知相許的戀情。但是梓青有著家庭包辦的婚姻，儘管兩人在生活上相互得到安慰與溫暖，但成熟的情愛，卻迫於傳統封建思想的壓抑，一直陷於理性與感性的矛盾交戰中。

梓青寫了一封信給露沙，說她拒絕他的邀約，令他感到孤零，他只要露沙明白地告訴他，前頭沒有路了，他就不再往前走一步，就讓他的軀殼墜入深淵。

露沙看完信後，一方面恨自己的怯弱，另一方面又覺得對不起梓青，於是她提筆寫了一封信給梓青——

梓青：

你的信來，使我不忍卒讀！我自己已是世界上最不幸的人了！何忍再拉你同入漩渦？所以我幾次三番，想使你覺悟，捨了這九死一生的前途，另找生路，誰知你竟誤會我的意思，說出那些痛心話來！哎！我眞無以對你呵！

我也知道世界最可寶貴，就是能彼此諒解的知己，我在世上混了二十餘年，不遇見你，固然是遺憾千古，既遇見你，也未嘗不是夙孽呢？……其實我生平是講精神生活的，形跡的關係有無，都不成問題，不過世人太苛毒了！對於我們這種的行徑，排斥不遺餘力，以為這便是大逆不道，含沙射影使人難堪，而我們又都是好強的人，誰能忍此？因而我的態度常常若離若即，並非對你信不過，誰知竟使你增無限苦楚。唉！我除向你誠懇的求恕外，還有什麼話可說！願你自己保重吧！……祝你精神愉快

露沙[93]

從他們處於新舊衝突現況的無奈，更可感到相知相許的愛情的可貴。

丁玲〈夢珂〉裡的夢珂雖然她是受過新式教育的現代女性，但也不完全盲目的反對舊式婚姻，她的婚姻理想不在舊式、新式，而是男女雙方是不是能夠相知相許。

有一次表嫂提到：「講到舊式婚姻中的女子，嫁人也等於賣淫，只不過是賤價而又整個的……」夢珂則說：「那也不盡然。我看只要兩情相悅。新式戀愛，如若只為了金錢，名位，不也是一樣嗎？並且還是自己出賣自己，不好橫賴給父母了。」[94]正因為夢珂這樣的婚戀觀，所以對於表哥虛偽地欺騙她的情感時，她毅然決然離開了姑媽家。

---

[93] 同註二一，頁九〇。

[94] 丁玲：《丁玲女性小說全作（下）》，（長沙：湖南文藝出版社，一九九五年十二月），頁三九七。

新時期的資深作家宗璞在接受施叔青訪談時，施叔青問到：愛情在生命裡所占的比重？宗璞回答說：「愛情可以給人很大的力量，也可以有很大的傷害，要看當事者本身是強還是弱。我覺得生活、生命裡愛情不是最重要的。必須給它恰當的位置，感情總應該受理性約束。如果感情滿足又不需約束，那就是幸福了。」[95]

宗璞〈三生石〉裡的梅菩提是個教學鑽研的大學教授，兼任總支委員，這樣的人，在五十年代屬於又紅又專的類型，頗受重視。她也相當努力，對未來充滿信心。她是個感情豐富的人，時常憧憬著完美的愛情。一九五六年在「百花齊放」的熱潮中，她偶然發表了一篇題為「三生石」[96]的小說，寫的是：一對年輕人的忠貞愛情，生死不渝，希望能生生世世在一起。

小說發表不久後就遭到批判，「人性論」、「愛情至上」、「挖社會主義牆腳」等大棒輪番打來。文化大革命開始不久，由於她的父親是「反動學術權威」而被抄家出門，在「牛棚」待了七個月，現在，雖然父親已過世，但是那「餘威」，還足夠把她的餘

---

[95] 施叔青：《對談錄——面對當代大陸文學心靈》，（台北：時報文化出版企業有限公司，民國七十八年五月），頁三〇三。

[96] 「三生石」是我國古代一個動人的傳說，最初見於唐朝文學家袁郊的傳奇小說集《甘澤謠》。唐代一個叫李源的人與惠林寺和尚圓觀十分友善，二人同游三峽，圓觀對李源說：「是某托身之所。更后二十年中秋月夜，杭州天竺寺外，與君相見。」後來李源如期相訪，果然遇見一個牧童，正唱著一首《竹枝詞》：「三生石上舊精魂，賞月吟風不要論，慚愧情人遠相訪，此身雖異性常存。」這個牧童就是圓觀和尚的再生，他死後轉世為人，不昧前因，到杭州一塊大石旁見他。後人因此附會說杭州天竺寺後山上有一塊三生石，乃李源與圓觀相會之所。參見滕云主編：《新時期小說百篇評析》，（天津：南開大學出版社，一九八五年十月），

生籠罩上一層陰影。

得了乳腺癌的菩提在醫院初遇方知大夫，從他不經意的關懷，便可輕易地感到溫暖——「她好像已經忘記真正的笑容是什麼樣的了。在那瘋狂的日子裡，絕大部分的熟人互相咬噬，互相提防，互相害怕；倒是在陌生人中，還可以感到一點人與人之間的溫暖。」[97]她幾乎慶幸自己得了重病，因為在病中，她可以信賴醫生。

宗璞在〈三生石〉中首度提出了「心硬化」三個字，說的是當時的大環境，片面強調人們之間的鬥爭與階級對立，使得人失去了基本的人道和人性，而整個社會也因為這樣的痼疾，而陷入一種荒誕的瘋狂。我們再來看看小說裡的描述。

當菩提在動手術時，幾個人衝進了菩提的病房，拿著大字報說要向黑書《三生石》的作者討命，原來是一個學生寫下了絕命書，他說他看不出人生的意義何在，還不如像小說中的男主人公一樣，到來生去尋找生命的價值。而正巧這個學生的母親——齊大嫂，就和菩提在同一間病房。

菩提從手術房被推進了亂轟轟的病房，方知弄清楚狀況後，交待說想辦法替菩提換房，虛弱的菩提在方知的照料下感到平安，連方知的一滴熱淚落在她手上，她也不覺得。

方知為何落淚？也許有感而發想起他的成長——他自幼喪母，在父親粗暴的壓迫下成長。父親並不贊成他念大學，覺得唸書無用。但解放後，他當上了醫生，父親在自豪滿足中死去。他

頁一五四。

[97] 宗璞：《弦上的夢》，（台北：新地出版社，民國七十九年三月），頁四六。

在畢業前夕才被批准入黨，一心想到西藏去，貢獻所學。宣布分配時，他萬萬沒想到自己被分到北京著名的醫院。但他的政治生命很短促，在反右鬥爭中，「他看到許多人只因言論而成為罪犯，或勞改，或還鄉，心中很覺不忍，便向支部書記老吳，彙報思想，還說某些右派想法他也有的，只不過沒有說出來罷了。」[98]就因為這樣他被披上了「同情右派」的罪名，取消了預備黨員的資格。

方知認真地為菩提治療，關心她的生活，當他知道她是《三生石》的作者時，更加尊重她，因為當年他讀了《三生石》治癒了他受創的心靈。

醫院裡的另一位醫生要方知為齊大嫂那自殺的兒子開證明書，因為方知在別人的心目中是比較客觀的，方知不肯，他為菩提感到不值，她把堅貞美好的精神送給了讀者，卻被指控為劊子手，況且她的手術並不徹底，復發的可能性要大得多。

在小說中作者設計了一段富有浪漫色彩的神話情節——在菩提十八歲那年，她和幾個同學去旅行，在溪邊看見一塊石頭很美，便感嘆說能拿上來就好了。忽然間一個十一、二歲的男孩跳下水去，把石頭抱了上來，站在菩提面前，菩提摸摸他的頭，向他道謝，他跟著她們跑到山下，把石頭交給她，便又跑上山了。而他就是方知。

> 「是你麼？」方知輕聲問，「我找了你二十年。」
> 「是你麼？」菩提也不覺回問。如果她還是十八歲，她會投在他手臂中說，我等了你二十年。她已是三十八歲的中年人，她只能感動地看著他，隨即用手掩住了臉，淚水順著手腕流下

---

[98] 同註九七，頁一一八。

來。[99]

有了這樣一段機緣，菩提對方知的感情又更進了一層——

> 在診室裡初次見到他時，不是就把性命交託給他了麼？那一晚在死亡旁邊，他們窺見了對方的靈魂。這些日子在勺院，他們實在已經滲入對方的精神，生根在那裡了。如果拒絕方知，就像在沙漠中堵住清泉的源頭。她的癌症有可能不會復發，但她的「硬死病」永遠不會治癒了。她會乾死、渴死，「那才眞會死的！」菩提想，「可是我要活。」要活！這不是天經地義的事麼？每個人生下來，是為了活，不是為了死；是為了愛，不是為了恨。[100]

在交心的交往中，歷經波折的他們建立了生死不渝的愛情，那種感覺是足以託付終身的，這和韓儀在一起的感覺不同，那只稱得上是感情上的消遣。

韓儀是一位結構工程師，他的父親是位名醫，和菩提應該可說是門當戶對，很多人勸菩提別錯失了這段姻緣，但是菩提和他在一起時，「總感到他在衡量她的價值，持著一種挑選的態度。他那白皙文雅的臉上的神氣是高傲的，似乎在說：『你麼，黨員，業務，相貌都可以得分數，加在一起還合格。』如同在運用什麼數學公式一般。」[101]

愛是一種精神上的鼓勵，菩提尋求的正是著重感覺的真愛，她不會為了結婚，而犧牲愛情，否則，她早早嫁給韓儀，也許下半輩子可以在沒有愛情的婚姻生活中找到安定，但是，她沒有；

---

[99] 同註九七，頁一七九。
[100] 同註九七，頁一八一。

然而，事實證明她並沒有看錯人，當韓儀得知她患了癌症，只是來了兩行字的一封短信：說他感到遺憾，他的處境也不妙，可能會給她惹事，以後不能來看她了，希望她保重。

相對於認識了兩年的韓儀急於撇清關係，初識的方知則顯得情深義重多了。

齊大嫂忍受不了身心的折磨，也隨著兒子自殺了。這對菩提打擊很大，脆弱的她感嘆著生在這樣的時代，雖然方知在身邊陪著她，但她擔憂的是：作為「殺人犯」、癌病患者的她，會帶給他怎樣的牽連。事情果然在菩提的預料中，上面開始找方知「訓話」、「提審」，不但審查漏網右派的問題，還說有人反映他最近常出去，是搞什麼串聯？

他們限制了方知的自由，可是這天他和菩提約好要動手術，為著強烈的反抗和要見菩提的願望，他跳樓了。

動完手術的菩提得知消息後，在紙上寫了「三生石」三個字，託人送給一樣躺在病床上的方知；方知回信說：見到「三生石」三字，我於人生已無所求。但他深知以他目前的狀況，是無法給菩提幸福的。

出院後，有一天菩提主動地鄭重地提出了結婚的決定——

> 「你要我考慮，我告訴你我的決定。我認為當前最要緊的事，就是咱們盡快結婚。」
> 「結婚？」方知慢慢坐起來，菩提忙把被子塞在他身後。「可我沒有全好——會拖累你。」
> 「正因為你沒有全好，我們在一起便於照顧。我們應該廝守在一起，不再分別，不再忍受思念的痛苦。」

---

[101] 同註九七，頁七四。

「是麼？」方知注視著菩提那被感情照得光采煥發的臉兒。她發窘地脫下眼鏡擦著，眼睛垂下了，彎彎的弧線上掛著一滴淚珠。眼角邊的皺紋那樣纖細精緻，他很想伸手去撫摸。

「而且說不定什麼時候，你或我就被隔離審查，這可能太大了。是麼？我們應該盡早使我們的幸福合法化。」[102]

菩提和方知，一個是年近四十的癌症病人，一個是年輕的外科醫生；一個是共產黨員，一個是漏網右派。在這樣艱難的背景下，他們光明正大地申請結婚了——

他們知道，從今以後，每人負擔的愁苦，不是兩人所有的一半，因為愁苦有人分擔，苦杯會因親人的眼淚而稀薄得多。他們知道，每人享有的歡樂，也不是兩人所有的一半，因為有著相互扶持的旅伴，那歡樂之杯的濃醇，會變得無與倫比。兩個正常細胞的力量結合在一起，不是加法，而是數字的無窮次方。[103]

在當時，男女雙方在相愛之前要考慮並比較現實條件的利害得失，小說中描述一個失戀的女青年提起和她過去的男友談戀愛時也是一條條比過的——她爸爸自殺，他媽媽是反革命，她媽媽是革命群眾，他爸爸是國民黨——愛情不是單純自然的，是受階級劃分，極權統治的影響的。若要邁入結婚的準備，也要經過上級的批准，衡量是否違反人民利益。

為此，我們更可以看出菩提和方知的愛情的可貴與艱辛。

盛英在探討新時期女作家的愛情文學的論文中提到〈三生石〉:「所描摹的超越色空、跨越生死的愛情，也是我國傳統愛情

---

[102] 同註九七，頁二五三。

[103] 同註九七，頁二六四。

文學裡所少見的……他們從相知到相愛，由心靈的傾慕到心靈的碰撞，最後終於激動人心地給合在一起。其間，不乏真實的細節，但充溢著令人神往的浪漫氣息。那裡，愛情是善與美的幻化；那裡，愛情被視為對死亡的否定；那裡，愛情還是戰勝茫茫黑夜的光明。在政治暴虐的威脅下，真正的愛情給男女主人公帶來了人生的慰藉與幸福。」[104]的確，在那樣的艱難環境中所產生的生死相依的愛情，是最能撼動人心的。

在宗璞的〈紅豆〉中，愛情雖然帶給江玫「傷害」，相對地，也帶給她「力量」，那是一種勇於面對現實的力量；而在〈三生石〉中，菩提讓愛情在她的生命中得到了「理性」昇華，她看清過去自已遭受非人的待遇是無辜的，決心要做一個忠於自己的光明磊落的人，這個陷於愛情中的女子，成為了勇敢的兵士，有著進取精神和高尚的品格。

張潔的〈愛，是不能忘記的〉裡的女主人公也是有著相同的高尚品格，這篇小說「可說是中國大陸近幾年文學創作中第一篇提出婚姻與感情分離的社會現象，呼籲要執著追求理想中的愛人的作品」[105]寫的是一位離婚的女作家和已婚的老幹部之間相知相許的精神相戀，但礙於老幹部對其婚姻的道德和責任的限制，以致不能結合的故事。作者不僅強調婚姻要有愛情作基礎，還強調了婚後夫妻對家庭所必須擔負的義務。

女作家鍾雨年輕時遇人不淑，離婚後帶著女兒珊珊過了二十多年的獨身生活；而老幹部三十年代在上海做特殊工作時，一位

---

[104] 盛英：〈愛的權利　理想　困惑——試論新時期女作家的愛情文學〉，（北京《中國現代、當代文學研究》，一九八七年，第三期），頁一四九～一五〇。

老工人為了掩護他而被捕犧牲，留下了無依無靠的妻女，為了道義責任，他毫不猶豫地娶了他的女兒，一起度過幾十年的風風雨雨，成為患難夫妻。至於，男女主人公則相遇於五十年代，他在鍾雨的機關裡擔任領導。

且讓我們來看看老幹部和鍾雨兩人是怎樣的一種柏拉圖式的精神相戀。

老幹部——

他會為了看她一眼，每天從他所乘坐的小車的小窗裡，眼巴巴地瞧著自行車道上的自行車，鬧得眼花繚亂，然後擔心著她的自行車的閘靈不靈，會不會出車禍；遇上不開會的夜晚，他會故意不乘小車，自己費了周折到她家附近，祇是為了從她家的大院門口走那麼一趟；他記得她曾說過她喜好契訶夫（連她都忘了曾對他說過），便記在心上，然後買了一套契訶夫全集（共二十七本）送給她；他會在百忙中注意各種報刊，為的是看一看有沒有她所發表的作品。

至於鍾雨——

她曾煞費苦心地計算他上下班可能經過那條馬路的時間，只為了看一眼他乘坐的小車，或是從汽車的後窗裡看一眼他的後腦勺；每次從外地出差回來，總不讓女兒去接她，寧願孤零零地站在月台上，享受他去接她的那種幻覺；對於他所送的契訶夫全集，不論她出差到哪裡必定帶上一本，而且不准女兒去碰那一套書，為防女兒動她的契訶夫，她還為女兒買了一套。有一次，她不在家，朋友拿走了她那套裡的一本，她急得如同火燒眉毛，立刻拿了她女兒的一本去換回來；每當他在台上做報告，遇到他咳

---

[105] 同註五一，前言。

嗽得講不下去時，在台下的她就會揪心地想著為什麼沒有人阻止他吸煙？她實在擔心他的氣管炎又犯；每當她寫作累了，她會沿著家裡窗後的那條小路踱步，在小路上流連徘徊，想像他還在她的身邊——因為那是他們唯一一次走過的小路；他在文化大革命中死於非命，那年她剛近五十歲，一下子頭髮全白了，而且為他在手臂上纏了一道黑紗，為了這條黑紗，她挨了好一頓批鬥。

謝冕、陳素琰在〈在新的生活中思考〉中充分肯定這篇小說：現今社會中沒有愛情，而只有金錢與權勢的婚姻的泛濫，引起了作家的憂慮。該文讚揚張潔執拗地宣傳一種似乎是「傻里傻氣」的愛，它超越了婚姻，但卻是真正的愛，這是一個嚴肅的命題，而且，凡是從生活實際出發，走在生活前面思考的努力，都應得到支持。[106]

相對於以上正面的肯定外，有些研評者撰文指責張潔在小說中宣揚了一種不正確、不健康的愛情觀，甚至還宣揚了一種在當時極不合時宜又非常超前的「獨身主義」。[107]

這些研評者看這篇小說的著眼角度的偏頗和表面，不免對小說造成了曲解。基本上，以所謂的「道德標準」來看這篇小說，其實是不公平的，或許用心去體會會較為恰當，因為作者是把筆觸伸進了人的靈魂深處的情感世界的最最隱密處。我們並不是要讚頌老幹部背棄妻子的這段婚外戀是何其的偉大，我們所要說的是作者提出了這樣的一個社會現象給讀者思考和反省。

張潔曾表示：「不能從普通意義上的道德觀念去譴責他們應

---

[106] 陶然、常晶等編：《當代中國文學名作鑑賞辭典》，（瀋陽：遼寧人民出版社，一九九二年八月），頁八一二。

[107] 黎風：《新時期爭鳴小說縱橫談》，（成都：四川大學出版社，

該或不應該相愛。」[108]作者是有意透過這篇小說揭露深藏在現實表象底下，造成無愛婚姻的種種社會現象。

評論家李希凡也對這篇小說持否定意見，他在〈倘若真的有這樣的天國〉一文中指出：「幾十年來，他和她既然生活得那麼『和睦、融洽』，能說相互間沒有愛情嗎？（否則，這位男主人公就是一個虛與周旋的偽君子）可是，忽然有人來『呼喊』他的『愛情』了，他本來也可以用像解放初期有一些幹部那樣，『按照自己的理想和意願去安排自己的生活』，用這位『呼喚自己』而又能『相互答應』的知識婦女代替那工人的女兒，可他卻考慮到不應當這樣背棄患難夫妻，而寧願痛苦地『割捨了自己的愛情』。這樣的『道德』，就是『精神枷鎖』嗎？就是沒有『合理的成分』嗎？那要讓這位革命者怎麼辦呢？是不是要他完全摒棄『道義，責任，階級情誼和對死者的感念』，去聽從那個愛情的『呼喚』，離開這個多年來肯定是十分愛她的妻子，去重新安排自己的生活，才算做『合理』呢？」[109]很明顯地小幹部李希凡是有意為老幹部背書的。

筆者對這篇小說是持肯定的意見，所以在此要針對李希凡所提的觀點，提出兩點反駁：

一、 關於老幹部與其妻子有否「愛情」問題

我們先來看一段小說原文：

逢到他看見那些由於「愛情」而結合的夫婦又因為「愛情」而

一九九五年九月），頁一八。

[108] 同註九六，頁七六。

[109] 中國作家協會創研室編：《黑玫瑰》，（長春：時代文藝出版社，一九八六年十月），頁三七七~~三七八。

生出無限的煩惱，他便會想：「謝天謝地，我雖然不是因為愛情而結婚，可是我們生活得和睦、融洽，就像一個人的左膀右臂。」幾十年風裡來、雨裡去，他們可以說是患難夫妻。[110]

老幹部說這話時，是他在婚姻生活中幾十年來的感觸，可見當初他和妻子的結合不是因為「愛情」，而婚後也沒有產生「愛情」，有的大概就是一份平靜安詳，有如親人或朋友般的具有道義性的「親情」。

李希凡說：「老幹部和他的妻子既然生活得那麼『和睦、融洽』，能說互相間沒有愛情嗎？」其實這句話是大有問題的。就算是因愛情而結合的夫妻，他們的相處如果單就「和睦、融洽」，就想要維繫原有的愛情，那是不夠的，也是不可能的，更何況是老幹部和她妻子的婚姻基礎並不是建立在愛情之上。不是有人說過，不吵架的夫妻，其婚姻才是最危險的。這大概和此情況是相同的。

二、 關於老幹部對妻子與情人的取捨問題

就老幹部為成全「道義」到底，不願為了追求真愛而犧牲妻子一事，當然，我們不能「完全說」這樣的道德就是「精神枷鎖」，就是沒有「合理的成分」，但是，就老幹部的精神層面來說，這樣的婚姻的確拘禁了她的身心，我們不能說他留在妻子的身邊是不合理，但是，因為他過重的道義感（當初「毫不猶豫」地娶了他的救命恩人的女兒），其實，犧牲了他和兩個女人的幸福，這算是合理的嗎？我們假設，當初如果他沒有娶她的妻子，而是用其他的方式補償，也許他的妻子會找到一個能夠給她愛情的男人

---

[110] 張潔等著：《愛，是不能忘記的》，（台北：新地出版社，民國

結婚；如今，他和妻子已結了婚，只能給她完整的軀體，而不能給她完整的靈魂，試問這能說是「合理」嗎？

張潔是一位特別關注性女命運的女作家，其創作「著重對現實、人生、婦女、婚姻、倫理觀念、社會變革等等廣泛的勇敢的探索和批評」[111]這篇小說除了提醒我們應該以更慎重嚴肅、更謹慎細心的態度去面對婚姻問題；還傳達了在社會變革中人們的愛情婚姻觀與是非道德觀也必須是要與時俱進的。

航鷹的〈紅絲帶〉講的則是一個在破碎家庭中長大的女孩，原本抱定獨身主義，但後來還是融化在相知相許的愛情中。

三十四歲的雪妮是個美術編輯，小時撞見父親婚禮上新娘子頭上的紅絲帶，紅色變成了她的夢魘；母親被父親離棄後再婚，有了和新爸爸的小孩後，她便被忽略了。她孤僻地成長，長久以來，對婚姻總是望之怯步。

韓秋實用心為學生們設計課外大自然教學，令雪妮感到訝異，他那赤子之心更令她欣賞，雪妮初戀的喜悅被喚醒了；透過學生們的無邪，雪妮母性的柔情也受到撼動。她凍結的冰層開始融化。

在他們交往的一年裡，他不但開啟了她的心扉，也和她原本保持距離的同事打成一片，為她重建人際關係的信心。她覺得很快樂。可是她總是在韓秋實要向她表示時，驚慌地把話題岔開。她心裡掙扎著：

幼年時代的陰影竟是那樣頑固，我如同站在懸崖上，不敢向前

七十八年三月），頁二二～～二三。

[111] 同註五一，前言。

邁進一步。未來，誰能說得準呢？男人在結婚前都是完美、乖巧的……我知道，清清楚楚地知道，他，是我一生中第一個，也是最後一個所愛的人了。但是，一旦日後失掉他，不如現在不得到……我咬緊牙關，默默地忍受著，忍受著強烈到怕失掉而不敢去愛的愛情。[112]

韓秋實不明白雪妮的過往與壓抑，自認配不上她，對她提出分手，這教雪妮慌了，她不顧尊嚴留住了他，悲苦地說：

「我怕……怕得厲害。」
「怕什麼？我不會欺負你的。」
「我脾氣古怪。」
「我可以改變你。」
「我身體不好。」
「我可以照顧你，我什麼都會幹。我學會了那麼多家務活，就是為了找到一個我願意伺候的女人。結婚以後，除了生孩子，什麼都由我來。你只管畫你的畫，多作些……嘛，《藍色的夢》！」他熱情洋溢地說著，捧起我的臉，讓我看牆上的畫。孩子？他在說我們會有孩子！我顧不上害羞，直瞪瞪地盯著他的眼睛問：「這麼說，你想要孩子？」
「當然！我都三十六歲了。」
「那……你會和我離婚嗎？」
「哈哈哈！哪個男人結婚是為了離婚的？」他好笑地反問。
我卻鄭重其事地說：「可是，結婚前熱烈地愛一個女人的男人，日後拋棄妻子的有的是！」
「我不是那種人，你知道我不是。我們為什麼要討論這個無法印證的問題？」
「正因為無法印證，所以才不能要孩子。」我難過地表示：「孩

[112] 航鷹：《東方女性》，（台北：新未來出版社，民國八〇年二月），頁一二四。

子是無辜的，萬一……我受夠了，小時候，受夠了……」

他沈默了，但把我的肩膀摟得更緊了。一串涼津津的水滴落到我的額頭上，是他的眼淚。他喃喃地說：「明白了……沒有想到因為這個……你放心，結了婚，有了自己的家，就好了。你會重新獲得一個完整的家。放心，我們會有孩子，最好是個兒子，我的孩子的童年，不會和他可憐的媽媽一樣……你答應我麼？」[113]

婚後，韓秋實的確幫助雪妮走出了陰霾，他們有了自己的女兒，雪妮在女兒身上彌補了自己從小的缺憾。

如果不是這段相知相許的愛情，雪妮可能永遠也走不出黑暗，她將淒苦地度過餘生，永遠無法體味愛情的美好。

愛情的道路是崎嶇坎坷的，我們特別可以在相知相許的這一類愛情中看出，也許就因為只能默默遙望，無法結合，所以更增加了感情的厚度與深度，像陳衡哲的〈一支扣針的故事〉、盧隱的〈海濱故人〉和張潔的〈愛，是不能忘記的〉；也許就因為不是那麼平順，所以得來不易，反而會格外珍惜，所謂「離亂識真情」，像宗璞的〈三生石〉、航鷹的〈紅絲帶〉。

二、志同道合

所謂的「志同道合」指的是：人生目標一致，志趣相同，或者所從事的事業相同。男女雙方唯有在生活信念、價值觀、人生觀方面基本相同，才能使心理相容，才有幸福可言。在以下所討論的小說中，有的是從反面提出，因為不是志同道合所結合的婚姻，而造成的悲劇；有的則是從正面強調唯有志同道合的愛情，才能邁入真正的幸福的婚姻。

韋君宜的〈飛灰〉寫的是兩位已婚的科學家陳植和嚴芬，中年相知相惜，陳植為了雙方的家庭、事業和聲譽，提出結束愛情的要求；嚴芬默認了陳植的決定，忍痛埋葬愛情，即使在雙方的配偶相繼過世，他們仍然因為一些個人與社會因素無法結合，嚴芬終於還是葬送在這場黃昏之戀中。

嚴芬臨終留下一封信給陳植，道盡他對這段戀情的愛恨交織。

> 別人說，做「第三者」是可恥的。但從內心說，我作為一個有人格的人，永遠為我這愛情感到驕傲，不覺得羞愧。我和你是在同甘共苦中產生的感情。我們兩個一起挨批鬥，一塊串口供，一起在你那小小的臥室兼書房裡發牢騷……我們越談越深，從談科學到談政治，從談黨的傳統到談民主……互相交了心。……這種無話不談的親密無間，使我倆都覺得世界上沒有比我們更相親相近的人了，於是我們互相吸引了。[114]

作者有意讚揚志同道合的愛情，這無疑標誌著愛情觀與婚姻觀的一大進步。婚姻的幸福已不再是門當戶對或郎才女貌，而是建立在志趣相投的基礎上。

他們兩人的另一半在夫妻關係上都沒有什麼對不起他們的地方，但是，嚴芬說：「那不是那種性命相關、肝膽相照的愛情啊！」他們都覺得在沒有找到這樣合適的值得終生相守的人之前，就匆匆結了婚，實在是極大的遺憾，他們常念著那「恨不相

---

[113] 同註一一二，頁一二六~~一二八。
[114] 同註八八，頁二九一。

逢未嫁時」的詩句。

志趣不合的婚姻其實是一大危機——嚴芬在她丈夫死於意外後發現他也曾移情於別人，並不完全忠於她——為此，嚴芬感到他們相互間的精神負擔得到了解除。

> 大抵中年的知識婦女，如果婚姻不大順心，是很容易被中年的甚至上了年紀的男子所吸引的。她們或出於崇拜英雄，或由於同情弱者，或出於自己的極端寂寞感，極容易向肯於相憐的男子袒露她們乾涸而需要潤澤的心靈，傾倒她們全部的熱意。常比年輕姑娘還要真誠。[115]

嚴芬用這樣的理解，去理解她的丈夫——丈夫在晚期的朋友多半是女性，她們在他不幸時同情他、愛護他，遠勝於她。她完全原諒了她們。

嚴芬對陳植的愛從一開始就有著犧牲和保護的意味。陳植曾承認嚴芬的愛情救過他的命。有一次，他被批鬥完回家，沮喪萬分，說了一些生命毫無意義的話，嚴芬偽裝起受傷的自己，努力傾出她全部的溫情和耐心，握著他的手說：

> 你的生命對我有決定性的意義，我生存的希望就是你。你千萬不能死，咬牙硬活下去吧。活下去看看這種世道究竟要發展到哪裡去？世界上難道會有當皇帝的希望把他的老百姓餓死嗎？睜大兩眼看吧……[116]

嚴芬對於陳植的愛是那麼地堅決而不盲目，此時此刻她是絕

---

[115] 同註八八，頁二九五~~二九六。

[116] 同註八八，頁二九二。

對冷靜而清醒的，在烈焰的情愛中，她說——「如果別人都不要我們了，咱們倆就一起逃出去過苦日子也行。我放棄生平所學，跟你洗盤刷碗也行」[117]這是絕大多數的男性所做不到的，但卻可能發生在絕大多數的女性身上。

嚴芬甚至曾幻想，如果她的思想言論都被揭露，那麼她的丈夫將不會再愛她這個在政治上一無可取的人，丈夫會自動離棄她，那他們就可以在一起生活了，那時她對陳植的迷戀幾乎到了崇拜的程度，她曾說:「願意讓你的腳踏在我臉上。名譽、地位，其他一切算得什麼！」[118]

嚴芬對陳植的愛幾乎已經到昇華的地步，和他「分手」幾年，他們在工作上無法避開，到對方的住處去也都恪守前約，謹慎小心地不敢提及舊事，甚至連交換一個眼神也沒有——「我遵守我的諾言，按照你的要求，既已答應，決不失信，決不連累你。讓你的家庭保持安寧，不要受我影響吧。甚至別的事，凡你所願，我都努力支持。以此來安慰自己感情的乾渴」[119]

很多事情說的容易，做起來很難，但是，嚴芬為了所愛，她還是辦到了。尤其是在她守寡的空虛時期，她收藏起對陳植的癡心鍾情，把她對他的愛的渴望、期待和哀怨、纏綿與幻想、追求深埋在心底。

大抵上，女性較男性又更為感性，因此，一個妳所愛的人就站在妳面前，而妳卻必須強忍住情感的流洩，這在精神上實在是一大考驗。嚴芬對陳植的愛，在愛情類型中是屬於「奉獻愛」

---

[117] 同註八八，頁二九二。
[118] 同註八八，頁二九三。
[119] 同註八八，頁二九四。

（Agape）——是一種自我犧牲的愛。雙方深深關切彼此的福祉，但是是以溫和且低調的方式表達。這種型式的愛不求回報，對方的幸福就是首要關切。[120]

宗璞〈紅豆〉裡的男女主人公所以造成愛情悲劇，是家庭背景和政治立場的差異所造成，我們先來看看因為家庭背景的不同，所造成他們兩人的性格差異。

江玫生長於小康家庭，父親做過大學教授，也當了幾年官。在她五歲時，有一天父親到辦公室去，就再也沒有回來。她只記得被送到舅舅家住了一個月，回到家見到的是瘦如柴骨的母親，據說父親是得了急性腸炎過世的。

母親十分嫌惡那些做官和有錢的人，江玫也承襲了母親清高的氣息。往後她的求學過程在母親的保護下，過著與世隔絕的生活——不參加活動、只認識與她同房的室友。

齊虹出身於大資產階級家庭，從小過著養尊處優的生活，唯我獨尊，一切只以自己為重。

當江玫和齊虹相識，正展開熱戀時，室友肖素對江玫批評齊虹——這個和她四年的同學：自私自利，什麼事都默不關心；憎恨人，認為人與人之間彼此都是互相利用，他有的是瘋狂的佔有的愛，事實上他愛的還是自己。

江玫聽了肖素對她戀人的批評，當然很不以為然，很生氣地對她說：「你怎麼能這樣說他！我愛他！我告訴你我愛他！」

他們無話不談，談時間，空間，也談論人生的道理，但是由

---

[120] 諾曼・古德曼（Norman Goodman）著；陽琪、陽琬譯：《婚姻與家庭》，（台北：桂冠圖書股份有限公司，民國八十四年九月），頁四九。

於見解的不同，總教他們的愛情蒙上一層灰色的隱憂——

齊虹說：「人活著就是為了自由。自由，這兩個字實在好極了。自就是自己，自由就是什麼都由自己，自己愛做什麼就做什麼。這解釋好嗎？」
他的語氣有些像開玩笑，其實他是認真的。
「可是我在書裡看見，認識必然才是自由。」江玫那幾天正在看《大眾哲學》。「人也不能只為自己，一個人怎麼活？」[121]

其實江玫早已隱約覺得，在某些方面，她和齊虹的思想是分歧的。他們的政治立場更是對立，齊虹根本反對她去搞一些民主活動。終於事情還是發生了——

肖素是個先進份子，她把自己的青春生命獻給中國人民解放事業；此外，她還常常勸誘江玫走出自我的象牙塔，灌輸要為追求新的生活——真正的豐衣足食，真正的自由而奮鬥。所以，在齊虹眼裡，肖素是阻隔他和江玫感情發展的絆腳石，他非常反對江玫和她來往。

有一天，江玫答應要幫肖素他們社會活動要用的壁報稿子，做文字修改和抄寫。可是正巧齊虹來找她出遊——

「肖素！又是肖素！你怎麼這麼聽她的話！」齊虹不耐煩地說。
「她的話對麼！」
「可是你知道我多麼想和你在一起，去聽那新生的小蟬的叫喚，去看那新長出來的荷葉——我想要怎樣，就要做到！」齊

[121] 同註九七，頁二七六。

虹臉上溫柔的笑意不見了，好像江玫是他的一本書，或者一件儀器。

江玫驚詫地望著他。

「也許，你還會去參加遊行罷！你眞傻透了！就知道一個肖素！」忿怒的陰雲使他的臉變得很兇惡。但他馬上又換上一副溫和的腔調：「跟我去罷，我的小姑娘。」[122]

從這裡我們見到齊虹這樣一個情緒不穩定的大男人，是具有暴力傾向的。他為了要阻止江玫去應肖素的門，在兩人的推擠中，江玫的紅豆髮夾落在地上，馬上被齊虹的腳給踩碎了，江玫覺得自己整個的靈魂正像那個髮夾一樣給壓碎了。她哭了起來，而這樣的眼淚，正是把女人看成是物品的齊虹所需要的。

齊虹向江玫商談要一起到美國時，從皮夾裡拿出了一張照片，那照片是他從她家裡偷去的，他跟她說，他已經拿了她的照片，向他的家人介紹了，他說，到了美國，她一樣可以接著念大學，他要和她永遠在一起，不讓任何東西分開。

江玫幾乎要融化了，所以她一直叫他「不要說了。」我們再從他們戀愛時情絲縷縷的甜蜜情懷，就能看出江玫要割捨這段初戀是多麼地腸斷心碎——

不知從什麼時候起，從圖書館到西樓的路就無限度地延長了。走啊，走啊，總是走不到宿舍。江玫並不追究路為什麼這樣長，她甚至希望路更長一些，好讓她和齊虹無止境地談著貝多芬和蕭邦，談著蘇東坡和李商隱，談著濟慈和勃郎寧。他們都很喜歡蘇東坡的那首《江城子》：「十年生死兩茫茫，不思量，自難忘，千里孤墳、無處話淒涼。」他們幻想著十年的時間會在他

---

[122] 同註九七，頁二八四。

們身上留下怎樣的痕跡。[123]

江玫當初對齊虹的愛是那樣地深，但是當愛情的熱度稍退，經過冷靜的醒察與理性的分析，她明白這種志趣與理念不合，勉為其難的愛情，是不會有幸福可言的。因此她鼓起極大的勇氣去面對現實，忍痛割捨了這段「道不同，不相為謀」的愛情。

在韋君宜的〈飛灰〉和宗璞的〈紅豆〉中，她們皆不約而同地以側筆肯定愛情須建立在雙方志同道合之上。而張抗抗的〈北極光〉則是從正面提示了志同道合的愛情的重要。

在女主人公陸岑岑的愛情生命中出現了三個男人——

傅雲祥和陸岑岑是經由他人介紹認識的，傅家的條件令陸岑岑的媽媽相當滿意——傅雲祥的父親是處長，他則是個三級木匠，人長得高大英俊。但是，對於這個功利主義的未婚夫，每天忙著交際應酬，到處拉關係，陸岑岑總嫌他市儈、無大志，她尤其受不了他與那群朋友庸俗的聊天和烏煙瘴氣的麻將聲。

費淵和陸岑岑是同一所大學的同學，一次，他們不期而遇，閒聊起來。在暢談中，陸岑岑被他的談吐所吸引，同時也發現費淵是個悲觀主義者，他覺得人性是自私的，現實是黑暗的，理想是虛偽的，年輕人的唯一出路只能是自救。

曾儲和陸岑岑在費淵的宿舍相識，他是學校裡的水暖工，老師為他說了一些好話，才得以進入業餘大學日語系插班進修。他有著不幸的身世。從小是個孤兒，和陸岑岑一樣當過知青，後來進廠當管理員，因為揭露廠領導的不法行為，遭到報復，同時又因為與天安門事件有牽連，被捕入獄，女朋友也因此離開了他。

---

[123] 同註九七，頁二七六。

然而，雖然如此，他對人生的看法，卻和費淵正好極端，是個樂觀主義者，他認為個人想要得到幸福，必須先以實現社會的共同幸福為前提。他對生活的熱情，使陸岑岑對他產生了很大的興趣。

作者利用陸岑岑對「北極光」的嚮往——小時舅舅告訴過她，北極光的神奇美麗，誰要是能見到它，誰就會得到幸福——陸岑岑先後對三位男主人公提起北極光，而他們的不同看法，呈現了不同的人生觀，決定了陸岑岑的選擇。

傅雲祥——

「那全是胡謅八咧，什麼北極光，如何如何美，有啥用？要是菩薩的靈光，說不定還給它磕幾個頭，讓它保佑我早點返城找個好工作……」[124]

費淵——

「出現過？也許吧，就算是出現過，那只是極其偶然的現象。」「可你為什麼要對它感興趣？北極光，也許很美，很動人，但是我們誰能見到它呢？就算它是環繞在我們頭頂，煙囪照樣噴吐黑煙，農民照樣面對黃土……不要再去相信地球上會有什麼理想的聖光，我就什麼都不相信……」[125]

曾儲——

「十年前，我也曾經對這神奇而美麗的北極光入迷過……我是喜歡天文的，記得我剛到農場的第一天，就一個人偷偷跑到原

---

[124] 中國作家協會創研室編：《公開的"內参"》，（長春：時代文藝出版社，一九八九年三月），頁二十。

[125] 前引書，頁五二。

野上去觀測這宏偉的天空奇觀，結果當然是什麼也沒有看到……我問了許多當地人，他們也都說沒見過，不知道……我曾經很失望，甚至很沮喪……但是無論我們多麼失望，科學證明北極光確實是出現過的，我看過圖片資料，簡直比我們所見到過的任何天空現象都要美……無論你見沒見過它，承認不承認它，它總是存在的。在我們的一生中，也許能見到，也許見不到，但它總是會出現的……」[126]

陸岑岑忠於自我，最後選擇了曾儲。

在那樣的社會背景下，陸岑岑不禁要對傅雲祥說：

我記得你給過我的所有關心，可是我卻不能不能愛你……假如社會能早些像現在這樣關心我們，不僅給我們打開眼界和思路，而且為我們打開社交的大門，假如這一切變化早些來到我們心上，假如我早些知道自己應該怎樣去生活，也許這樣的事就不會發生了……[127]

在當時有限的社交環境中，陸岑岑當然無法為自己設計一個擇偶的標準，她只能透過與對方的交往，隨著時間的累積，漸漸地瞭解對方是怎麼樣的一個人，是否適合她。一些評論家如果只是失之偏頗地站在另一個角度去看陸岑岑，而忘了人在婚前還是有選擇的餘地，甚至也忘了人在婚後還是有追求幸福的權利，那在他們眼中的陸岑岑當然不是什麼三貞九烈的女子了。

張抗抗說：「我寫北極光，內心深處抱著一種美好的祝願，願青年們能在理想的召喚下，看到希望，加強自信力，從而由徬

[126] 同註一二四，頁一二〇。
[127] 同註一二四，頁一一三。

徨、猶豫、朦朧走向光明。」[128]

〈北極光〉發表後，曾在評論界引起爭議，中心議題是圍繞著作品所反映出的愛情婚姻方面的倫理道德觀展示的。有一種看法認為：岑岑所缺少的不是以愛情為基礎的婚姻，而是以自我犧牲為基礎的愛情。岑岑那種一個稍稍中意的情人就會使她遺棄原來的愛人的做法，說明她自私自利的算計。評論者認為要使婚姻保持長久幸福，就必須雙方保持忠誠，互為對方犧牲，在犧牲中體現幸福。[129]

這種說法有欠妥當。當然，要使婚姻保持長久幸福，必須雙方保持忠誠，但這「雙方」必須是真心相愛的雙方。陸岑岑並不是一個水性楊花、朝三暮四的女人，表面上看來，她已和傅雲祥「登記」，卻又能在那麼短的時間內喜歡上別人，顯然對感情不忠實；但事實上，這正是因為她和傅雲祥所建立的並不是愛情，或者，勉強說是愛情，但也是脆弱的、不堪一擊的愛情。我們來看當陸岑岑決定逃婚時，傅雲祥第一個反應是：他要怎麼向家人、向大伙兒交代；而不是檢討為什麼會讓陸岑岑有逃婚的念頭。由此，可以想像他們之間愛情的「深度」。

如果要說陸岑岑有過錯的話，那就是她未能妥善處理她的愛情。她既然不欣賞傅雲祥的性格和生活，就該慧劍斬情絲，在沒有約束的單身狀況下，去「比較」、「選擇」出她理想的伴侶，而不是在和傅雲祥有了婚姻約定後，才又猶豫不決，背著傅雲祥精神出軌，這當然是不忠實的。

但是，我們試著換一個角度來看，就陸岑岑當時所處的現實

---

128 同註九六，頁二四八。
129 同註九六，頁二五二。

處境，傅雲祥對她來說，確實是她最好的選擇，我們可以見到小說中當傅雲祥請求她回頭時，她也曾動過回去的念頭。愛情與麵包，是很難取捨的，此乃人性的弱點，基於這一點，我們便不好過於苛責陸岑岑了。

張志國在〈對美好理想的追求〉一文中指出：作者是通過小說主人公陸岑岑對愛人的選擇，來表現她對生活的選擇，對美好理想的追求。……陸岑岑同傅雲祥決裂，與費淵分道揚鑣，而最終選擇曾儲，並不說明她在愛情問題上不嚴肅，只能表明她是把愛情的選擇同人生道路結合在一起的，並且把後者看作是締結婚姻的基礎。[130]

相較於〈北極光〉裡的陸岑岑，諶容〈人到中年〉裡的陸文婷則是幸福多了，和傅家杰結婚後，他倆住在一間小屋，粗茶淡飯，也教這兩個書呆子過得愜意。每天晚上，是兩人用功的時刻，陸文婷佔據了唯一的一張三屜桌，傅家杰則在床邊的一疊箱子上做研究。但是，隨著兩個小生命的到來，不僅剝削了他們的空間，也分割了他們的時間。

其實，陸文婷還是幸運的，因為她有一個一直在事業上支持她，能在家事上為她分擔，體貼她所有努力與付出的好丈夫。

傅家杰能夠了解一個眼科大夫，是不能停止研究的，必須掌握各國醫學的新成果，結合自己的臨床經驗，做出新的貢獻。因此，他為妻子把三屜桌搬離奶瓶尿布，用布幔隔開，讓她能夠在那塊綠地中，像以前一樣夜夜攻讀。

---

[130] 秋泉：〈《關於北極光》的討論綜述〉，（北京《作品與爭鳴》，一九八二年四月，第四期），頁六四。

男女雙方同樣在事業上奮鬥，似乎約定俗成，女方總還是得承擔家裡的一切，也許是傳統以來的理所當然，使得男性不知主動地去分擔家務和照顧小孩的責任，總覺得女人承擔家務，做牛做馬是理所當然的。甚至，有時在必要時，男人會要求女人要自動犧牲，退居幕後，支持他在事業上往前。

但是，小說裡的傅家杰卻不是如此，傅家杰見到疲累的妻子說：「都是我不好，讓家務把你拖垮了。都怪我！」這樣的體貼，當然教陸文婷感動，陸文婷見到禿頂且額前皺紋滿布的丈夫說：「我有家，可是我的心思不在家裡。不論我幹什麼家務事，纏在我腦子裡的都是病人的眼睛，走到哪兒，都好像有幾百雙眼睛跟著我。真的，我只想我的病人，我沒有盡到做妻子的責任……」[131]他們夫妻之間能夠相互體諒，是十分難得的。

文化大革命那幾年，傅家杰的實驗室被造反的人們封閉了，他研究的專題也被取消了，他把全部精力和聰明才智都用在家務上——煮三餐、做棉褲、織毛衣，這使得陸文婷免去了後顧之憂，輕鬆不少。

朋友對傅家杰說：「如果我是趙院長，我首先給你發勳章，還要給圓圓、佳佳發勳章！是你們作出了犧牲，才使我們醫院有了這麼好的大夫……」[132]傅家杰對朋友調侃自己說：他被文化大革命改造成了家庭婦男，沒有什麼能難得倒他的。的確，如果不是傅家杰在背後支持著陸文婷讓她沒有後顧之憂，她又怎麼能夠全心全力在工作上衝刺，為大眾服務呢！

當然夫妻之間是要互相體諒的。

---

[131] 同註五九，頁三一。
[132] 同註五九，頁三八。

「四人幫」垮台以後，傅家杰被視為支柱，他的科研項目被列為重點，他加倍努力，想要補回損失的十年，無奈家中連張桌子都沒有。深明大義的陸文婷安排傅家杰搬到研究所去住，好讓他把八個小時變成十六個小時去善用，闖出一番作為。

「夫妻之情的肯定，顯然也是〈人到中年〉不可忽視的重要主題。在窘困的物質條件與兇險的政治運動中，陸文婷夫婦那種『相濡以沫』的摯愛，使我們充分體會到身處狂暴悖亂的時代裡，渺小的個人之所以能夠苟延殘喘度越劫難，最主要的原因絕對與夫妻之間生死相許的恩義扶持有關。」[133]的確，傅家杰與陸文婷這對患難夫妻，就像是對方的左右手，如果沒有彼此的相互扶持，傅家杰絕沒有辦法專心做研究；而陸文婷也無法全心懸壺濟世，而他們能夠彼此互相體諒配合的因素，在於他們都是研究工作者，志趣相投，所以可以人同此心地去體會對方的處境為對方設想。

在王安憶〈金燦燦的落葉〉裡也隱約傳達了夫妻間若無法「志同道合」，將會對婚姻產生危機的訊息。

無可諱言的是，在婚姻生活中，在原地踏步的人是沒有資格要求一直在往前的人也和他一樣停下腳步的，就這一點來說王安憶〈金燦燦的落葉〉裡的莫愁的丈夫是沒有錯的，錯只錯在那個和他「討論功課」有共同話題的對象是個女生，他給了這個喊他妻子「莫愁姐姐」的女孩介入他家庭的機會。這是他可以預防避免的，可是他沒有，那當然是他的錯，這是無庸置疑的。

表面上看來，莫愁的丈夫儼然是現代的陳世美——忘恩負

---

[133] 吳達芸：《女性閱讀與小說評論》，(台南：台南市立文化中心，民國八十五年五月)，頁五二。

義、喜新厭舊，但若深入些，從另一個角度來看，他不也是整個大環境下的悲劇人物。因為文革耽誤了他十年，又因為現實環境莫愁無法和她一起前進，以致於，他前進了，莫愁卻後退了，莫愁再也走不進他的領域中。他在別人的身上去尋找莫愁過去的影子——

那個年輕的第三者是丈夫班上的同學，她來和丈夫討論過功課，總是喊她莫愁姐姐。莫愁記得有一次丈夫對她說：

「這女孩像你——年輕的時候。」
莫愁開玩笑說：「嫌我老了。」
「不，」他說，「你還是你，只不過——」他沒說下去。[134]

他一心把課業擺第一，犧牲了親情和婚姻——以兒子太吵，無法準備畢業論文為由，搬到宿舍去住。莫愁接到匿名信，暗中到學校，果然證實了她不得不接受的事實。他走進了新的領域，她仍舊停留在舊的生活中，他們找不到共同的話題——雖然他利用課業找到了志趣相合，可以暢談所學的對象，但面對莫愁時的罪惡感想必是深重的，尤其是莫愁不哭也不鬧，沒有任何的責備。

就是基於這一點，鍾金龍則是嚴厲地指出這篇小說的思想基調是不健康的，它是在為喜新厭舊的人張目，為敗壞道德鳴鑼開道。「她要在一年的時間內，努力爭得和丈夫相當的地位、相等的知識，但並不是為了四化建設，為了人民的事業，而是為了獲得和那個姑娘爭風吃醋的資本，使丈夫回到身邊而已。不難看出，作品所宣揚的還是那種婚姻必須地位相同、知識對等的『門

---

[134] 王安憶：〈金燦燦的落葉〉，（北京《作品與爭鳴》，一九八二年六月，第六期），頁二八。

戶當對』的偏見。」[135]其實鍾金龍這樣說可能才是一種偏見，他並未能見到這篇小說的全面。

當然婚姻裡的兩位主角並不一定是要地位相同、知識對等，但是如果雙方能夠達到這樣的境界不也是美事一樁，誠如恩格斯所說的：「如果說只有以愛情為基礎的婚姻才是合乎道德的，那麼也只有繼續保持愛情的婚姻才合乎道德。」[136]莫愁正在為追求這種「繼續保持愛情的婚姻」而努力，不管結局如何，至少她決心要付出努力。

他還認為該篇小說所宣揚的觀點很荒謬——「我們不禁要問：難道沒有考上大學（而莫愁本來可以考上去的，只是為了他才沒有去考）做其他工作就沒有了自己的『一份人生』了嗎？就沒有盡到一份責任嗎？」[137] 沒錯，當然這個答案是否定的，所以，莫愁要走出她的象牙塔——作者在結尾並沒有說莫愁是要利用一年的時間去考大學，也許她去找工作，也許走出家庭，擴展生活領域，希望能先和丈夫站在同一地平線上，可以和他像過去一樣暢談著李白、杜甫與屠格涅夫，如此才有挽回婚姻的條件。

其實作者留下了一個開放式的結局讓讀者去想像，小說的結尾是這樣寫的——

「你給我一年時間好嗎？」她輕輕地說。
他微微一震，沒回答，卻似乎是聽懂了。

---

[135] 鍾金龍：〈為敗壞道德鳴鑼開道——評小說〈金燦燦的落葉〉〉，（北京《作品與爭鳴》，一九八二年六月，第六期），頁三三。
[136] 戴翊：《文學的發現》，（上海：學林出版社，一九九五年五月），頁三〇八。
[137] 同註一三五。

「我努力，努力使你回來。」她壓抑住哽咽，輕輕地推開了他，「去吧！」

屋外，秋葉在飄落，幽然而安祥，在陽光下翻著金，翻著銀。生命在進行更新。[138]

我們不妨試著想像：這片飄落的秋葉，代表著的是莫愁「昨日種種譬如昨日死」；而在進行更新的生命，代表著的是莫愁「今日種種譬如今日生」。

陸星兒在〈美的結構〉中似乎也有意宣揚志同道合的愛情——

在大學時期婷蘭拒絕了所有的追求者，獨獨欣賞鄭濤聲這個富有才華的高材生，她大膽地以書信征服了這個出國留學的重點培養對象。這對才子佳人的結合，博得了多少人的羨慕。但是，文革開始，粉碎了他們所有的夢。

為了圓夢，婷蘭四處為鄭濤聲拉關係，希望他還有出人頭地的一天，但是，鄭濤聲堅持他的設計理念，不願苟同錯誤的設計。從此，婷蘭的抱怨，便漸漸磨損他們的感情。

林楠是鄭濤聲在婚後偶然結識的女子，由於她的興趣所在，她能欣賞鄭濤聲的才能。

對於鄭濤聲的事業，林楠和婷蘭有著不同的態度——

林楠說她到工程建築隊工作，參加第一批女吊車司機的集訓。每當坐上駕駛座，看著一幢幢樓房平地而起，就覺得建築事業真了不起，她用美好的感情理解著鄭濤聲所酷愛的建築事業。當她見到鄭濤聲隨手記下的對住宅設計的想法時，她鼓勵他參加比賽。

我們再來看看當鄭濤聲興致勃勃地把他決定要參賽的想法，在婷蘭生日這天，在氣氛絕佳的餐廳，告訴她時，她第一個反應是：「『算了吧！』婷蘭一撇嘴：『好事還能輪到你？』」[139]鄭濤聲繼續說明他的想法；但婷蘭根本沒在聽，她的心在鄰座夫妻所使用的漂亮鴨嘴暖瓶上。她插嘴問鄭濤聲說：

> 「濤聲，你看這暖瓶多好！」婷蘭回過頭，「吃了飯，我們也去買一對。」
> 鄭濤聲沒有說話，也沒有任何表情。
> 「同意不同意？」婷蘭又微微皺起了眉頭，「又不捨得花那幾個錢了？」
> 鄭濤聲還是不說話，他只覺得心裡什麼話也沒有了。[140]

程乃珊〈女兒經〉裡的蓓瓊便有所認知，她知道唯有找到人生目標一致的伴侶，婚姻才有幸福可言。在插隊期間與初中同學小唐相戀，回城畢業後，她當了中學教員。小唐因家產被發還，辭掉了剪票員的工作，和同學做起生意，但蓓瓊一心希望小唐有上進心，能繼續念大學。後來，蓓瓊終因志趣不合和小唐分手，並搬到宿舍準備研究所考試。

在過去有太多因為長輩代訂、政治因素、利益輸送、甚至關乎工作分配而結成的夫妻，這種婚姻不是痛苦，就是離異，女作家敏感地見到了這樣的不幸，所以在新時期的女性婚戀小說中，有不少就直接或間接在宣揚志同道合的愛情的重要性——唯有

---

[138] 同註一三四，頁三〇。
[139] 陸星兒：〈美的結構〉，（北京《作品與爭鳴》，一九八二年四月，第四期），頁八。
[140] 前引書。

有著共同語言的終身伴侶，才能在生活與事業上創造出絕對融洽的情感，相互扶持，同甘共苦地走完一生。

三、物質至上

因為愛情，使男女結合；假若他們的結合是以經濟為全然的考量因素，就完全失去了相愛的本意。以金錢為婚姻締結的條件，是危機四伏的，一旦經濟拮据，婚姻關係必然惡化，因為物質化的夫妻關係是無法滿足彼此精神上的需要的。當然，一樁幸福的婚姻最好是愛情和麵包同時兼顧的，在婚姻生活中愛情如果沒有經濟條件做後盾，那也是會有危機的，不可諱言地，這是相當現實的問題。然而，在五四時期政治局勢動盪，物質經濟缺乏，女性在生活上無法獨立自主；在新時期剛剛經過文化大革命的身心摧殘的背景下，便有很多愛情的產生或婚姻的結合，是以物質功利為首要的考慮因素。

在廬隱的〈前途〉中寫出了金錢對女性生存的巨大腐蝕。

茜芳有三個英俊的男朋友，可是他們三個人的經濟能力都非常薄弱，這是茜芳不願委身的原因。後來她哥哥為她介紹了一個家裡很有錢的留學生——申禾。茜芳覺得「留學生的頭銜很可以在國內耀武揚威，有錢——呀！有錢那就好了！我現在正需要一個有錢的朋友呢，……嫁了這樣一個金龜婿，也不枉我茜芳這一生了。她悄悄的笑著，傲耀著，桃色的前途，使她好像吃醉酒昏昏沈沈的倒在床上，織了許多美麗的幻想。」[141]於是，茜芳一方面熱絡地和申禾通信，另一方面還是和她的帥哥男朋友輪流約

---

[141] 同註二一，頁三九一。

會。

茜芳原本十分期待和拿到碩士學位的申禾見面，但見了面後，大失所望，她無法接受眼前這個矮小萎瑣的男人，竟會是她的未婚夫。耀眼的金鑽戒在她手上發著光，碩士的文憑也在她眼前擺著，這一年來他曾從美國寄給她三千塊錢零用。這些現實問題使得她答應了哥哥安排好的婚期，不過她要申禾答應婚後允許她自由的交朋友。

婚後她那美貌豐姿的青年男人，問她為什麼不和申禾離婚，要金錢也要愛情，一點都不肯犧牲？茜芳說暫時利用申禾也不壞：「我為什麼要犧牲？女人除了憑藉青春，抓住享樂，還有什麼偉大的前途嗎？」[142]

在這裡作者呈現了一個勢利庸俗的女性形象，她把婚姻當成交易，把自己的幸福寄託在男人的金錢上，這種金錢婚姻，簡直使女性徹底的物化、俗化，而這也一直是中國長期封建社會婚姻的主要特徵。

廬隱〈漂泊的女兒〉裡被男人玩弄感情的畏如，最後礙於現實——身為家中長女，要擔起家庭的重任，當時失業的男人比比皆是，女人勢必爭不過男人，於是再也不敢有「平生只想作一個奇女子」的奢望，她失望地說：「戀愛這種雋永美妙的字眼在我已成過去，從今以後我再不想戀愛了，找個有錢的，不管老頭也好，商人也好，嫁個男人告個歸宿，同時也可養我堂上兩老。」[143]

在當時為著經濟利益而結婚的女性還算不少，當然女性依賴

---

[142] 同註二一，頁三九五。
[143] 同註二一，頁六七七。

男性的傳統性的社會心理，和女性無法在經濟上獨立有著直接的關係。然而，這些只求通過婚姻去解決生活困難，而不肯靠自己努力的女人，通常無法享受和另一半相濡以沫的滋味。

丁玲〈阿毛姑娘〉裡阿毛的父親為了使女兒擺脫貧苦的命運，把女兒從鄉下嫁到了城市。阿毛雖很天真，卻好用心思，她受到城市生活和思想的影響——

> 她懂得了是什麼東西把同樣的人分成許多階級。本是一樣的人，竟有人肯在街上拉著別人坐的車跑，而也竟有人肯讓別人為自己流著汗來跑的。自然，他們不以這為羞的，都是因了錢的緣故。譬如三姐近來很享福，不就是因為她丈夫有錢嗎？再譬如那些來逛山的太太們，不也是因為他們丈夫或者爸爸有錢，才能打扮得那麼美嗎？那麼，自己之所以醜陋，之所以吃苦，自然是因為自己爸爸自己丈夫沒有錢的緣故了。從前還能把這不平歸之於天，覺得生來如此，便該一生如此，這把命運看為天定，還可以消極的壓制住那欲望。然而現在阿毛不信命了。現在她把女人的一生，好和歹一概認為繫之於丈夫。她想，若是阿招嫂不是嫁給阿招哥，而嫁給另外一個有錢人，那她自然不必懷著孕還要終日操作許多事。……再譬如自己不是嫁給種田的小二，那總也該不至於像這樣為逛山的太太們所不睬，連三姐也瞧不起的窮人了。[144]

於是，當阿毛懂得都是為了錢時，她更加辛勤做事，想替丈夫多幫些忙。後來，當她發覺建築在丈夫身上的夢想不可能實現時，她對這個甘於種田的丈夫起了反感，她灰心於所有的一切，不再努力幫忙工作，為此受到婆婆的惡言相向，丈夫的拳打腳踢。

白天，她常常背著家人跑到山上遊人多的地方去，她希望有一個可愛的男人愛了他，把他從夫家帶走，她就可以重新做人，享受她一切的夢；終於，那個人出現了，而且到婆婆面前，說她是教畫的教授，學校想請一個姑娘給學生當模特兒畫畫，每個月有五十幾塊錢，不知道阿毛肯不肯？

婆婆以阿毛是有丈夫的人婉拒了教授的請求；但阿毛什麼也不懂，只以為那男人一定是愛她，才如此說，而且聽說又有錢，更是願意。當她見到教授受到拒絕，準備離去時，忍不住叫了起來說，她要去，為什麼不准她去？這換來婆婆的一巴掌，她見到教授投給她一個抱歉的眼光。

阿毛也受到丈夫咆哮地毒打，不過她再也不覺得痛了，她恨丈夫，覺得是她有夫之婦的身份阻礙了她。

後來，沈默許久的阿毛得了重病，她仍然得不到丈夫的理解，她實在需要他用心呵護與珍惜，但她丈夫畢竟是個種田的粗人，在傳統的見解上，他怎麼會去體會或在乎阿毛的心思或感受。終於，阿毛自殺了。

一個鄉下非知識女性，無從選擇她的婚姻，但婚後有心主宰自己的命運，改變自己的生活，追求自己的幸福，可是封建社會並不允許她這麼做，同時也造成她認知的錯誤，於是悲劇就這樣產生了。

在鐵凝的〈棉花垛〉這篇側重表現性愛的小說中，我們見到「性」是支配男女關係的關鍵，小說裡的女性利用美色，換取長期飯票或一時溫飽，甘願成為男性的玩物的命運悲劇。

米子家裡有花，可是她不種花，也不摘花。她有理由不摘花，因為她長得美麗，身材又突出。冷靜駕馭肉體的她以她的美色和

---

144 同註九四，頁四三一。

她的劣質棉花一起賣給了花壇主——明喜，這種以女性的身體商品化的變相賣淫，使她得到了溫飽，但卻失去了性愛的意義，也鞏固不了她永遠的地位。

明喜要去看花，那是祖輩傳下來的習俗。他期待花地今年比往年好，他就會有一個看花的窩棚。他們還在新婚，但米子知道花地的嬌貴，知道這件事不能擋，索性就不擋，還為明喜拿出娘家陪嫁的新被褥，以為備用。明喜八月抱走被褥，十月才抱回家，那時米子「看看手下這套讓人搓揉了兩個月的被褥，想著發生在褥子上面、被子底下的事，不嫌寒磣，便埋頭拆洗，拆洗乾淨等明年。」[145]米子也曾是和花主共同使用被褥的女子，如今成了洗被褥的新婦。

那些和米子一樣不摘花的女子，除了本地人，還有外路人，她們一起結伴來到百舍，來到下處，晝伏夜出。

後來，米子又嫁給了一個鰥夫，從一個男人性發洩的工具，轉為生產的工具。

在這裡我們見到了屈從於以貌取勝的文化傳統中的女性，在男性經濟支配下的悲哀，這是第一層的悲哀；更深層的悲哀是，女性安於這樣的位置，渾然不自覺地又落入父權社會物化女性的機制中，甚至是主動接受這樣的安排。

程乃珊的〈女兒經〉則是準確而深刻地揭示了上海市民的思想和生活風貌。

小說中的母親迫切希望三個女兒們都能找到有錢人結婚，以彌補她的遺憾——年輕時她家裡為了怕攀上大戶陪嫁太花錢，回

---

[145] 中國作家協會創研室編：《棉花垛》，（長春：時代文藝出版社，一九九二年二月），頁五。

掉了好幾個大戶，最後給她找了一個聖約翰大學的畢業生，她極羨慕那些嫁給資本家作太太的同學——同時，女兒們若嫁到好人家，還能抵制她身邊一些有錢人對她的傲氣。

三十五歲的蓓沁是個醫生，設計師乜唯平是她的病人。乜唯平在他們第一次約會就讓她知道他是個有家室的人，妻子現在帶著兒子在美國。蓓沁知道她早已過了玩愛情遊戲的年紀，她告訴自己：「並不是很容易能碰上乜唯平這樣一個，可以很輕鬆地供養一個像她這樣很能花費的妻子的男人的。用如此冷靜的態度來分析自己的愛情，這實在有點令她心寒，不過，那愛得如癡如醉的年華，在她，已是過去了！」[146]

她希望有朝一日能成為乜唯平豪華公寓的女主人——「她太喜歡這種高貴的場合了！媽媽說得對，她天生是一個享受這一切的夫人，和媽媽一樣！只是媽媽不幸喪失了機會，而她，可不能讓自己錯過機會！」[147]

乜唯平需要緊急動手術，蓓沁在眾目睽睽下代表他的家屬簽名。乜唯平感激於蓓沁對他的細心照顧，承諾準備和妻子離婚。誰知，當乜唯平的妻子回國後，他不敢得罪這位有錢的妻子，便把蓓沁給甩了。

王安憶〈當長笛 SOLO 的時候〉道出了愛情與麵包的問題。

桑桑愛上向明的笛聲，也愛上他的靈魂；向明雖然愛桑桑，但他深知愛情不能當飯吃，他不得不忍痛拒絕她的愛，原因是：他只是一個沒有戶口，沒有固定工作，一切都沒有保障的臨時工。

---

[146] 程乃珊：《藍屋》，（台北：新地出版社，民國七十七年二月），頁三五。

[147] 前引書。

我們可以試著假設桑桑嫁給了一個有戶口、有固定工作，可以給她保障的男人，但是那種用物質所供奉的愛情，當停止物質給予時，愛情便很快地消失無蹤。

「五四」之後與四人幫時期，同樣有著黑暗政治和經濟危機的惡性循環。生產力的衰竭，使得不少舊社會貧苦的女子為了家計，不得不委身於男人；或者一些上流女子，害怕貧窮，把「物質功利」擺中間。盛英特別提出「新時期女作家大膽寫出飢餓狀態中的愛情，寫出將婚姻當作謀生手段的悲劇式作品，正是無情地為文明史上的倒退情狀刻下印記。這類作品從唯物史觀揭示出物質生活對於愛情的限制的命題。」[148]這些作品提示了愛情若取決於世俗的利益經濟，還有種種利害關係考量，那將是一種悲劇。

四、愛情至上

所謂的「愛情至上」，指的是在戀愛時先把「愛情」擺在第一位去衡量，再去考慮其他的現實因素；或者根本不顧慮其他的因素，只要有愛情就好，這種「愛情至上論」較易發生在女性身上，是女性對愛的最崇高的表現，只管愛這個「人」，不管他的家世、背景或條件；當然因愛而結合的愛情是美好的；但若把愛情視為絕對，就易於產生悲劇了，尤其是從浪漫的愛情步入現實的婚姻生活後，那又是一個新的階段的開始，實際的狀況是要考量的。前者我們舉程乃珊的〈女兒經〉；後者則舉諶容的〈錯，錯，錯！〉來加以研析。

程乃珊〈女兒經〉裡的蓓菁和念夜大的簡雄相戀。有一次，

---

[148] 同註一〇四，頁一四八。

蓓菁帶簡雄到家裡修理燈鎖。姐姐對他冷嘲熱諷，因為他家沒有現代化的基本設備，同時還勸妹妹不要和他來往。

別人給蓓菁介紹了一個澳大利亞人，經過再三考慮，蓓菁拒絕了他，決定嫁給什麼都沒有，但是能夠給她愛情的簡雄。就愛情的方面而言，女性是一個勇敢的賭徒，她們總有這樣的勇氣——傾注自己所有的全部的愛作為賭注。

諶容的〈錯，錯，錯！〉裡的惠蓮是一個以完全「愛情至上」的女性，因為如此，當婚姻遇上了現實，她便喪身於其中。

身為文學編輯的汝青在舞會中被惠蓮的美給征服，惠蓮為了汝青，拒絕了他人的追求。兩人度過了熱戀和蜜月的甜蜜時光。但是這樣的日子很快地過去了，惠蓮常常憂鬱，甚至莫名其妙地抽泣，起初，汝青還以為是閨房情趣，但是久而久之，他也疲於安慰她了。她說：「反正結婚以後，不是我想像中的愛情了。」[149]又說：「丈夫的熱誠所達到的最長時期，不會超過六個月。六個月之後就會變成泡影。」[150]

他曾竭力想使她明白：「婚後的夫妻生活絕不同於婚前的戀人生活。它不再是月下的漫步，花間的依偎，而是實實在在地在人生的道路上並行。」[151]

其實，汝青並沒有消退他的熱誠，惠蓮也承認他是一個好丈夫——他知道身為一個話劇演員，身體的每一部份都是藝術的需要；他也同意列寧所說的：「家務勞動是使人愚蠢的。」於是他承擔所有的家務，為她洗衣、煮飯、買菜。她為了節食總是吃得

---

[149] 諶容：《懶得離婚》，（北京：華藝出版社，一九九三年三月），頁一〇九。

[150] 前引書。

很少，他怕她營養不夠，為她用心烹調她愛吃的魚。但是任性的她似乎無法體會他的用心。

有一次，汝青從菜場買菜回來和惠蓮提起排隊「奮鬥」的經歷，她打斷他的話說：「我喜歡你在我身邊，睜開眼就看見你。」[152]又有一次，相同的經驗，惠蓮則堵住耳朵說她不要聽，又說：「誰讓你去的？」。汝青覺得她踐踏了他的赤誠。

終於汝青覺悟到他們之間的悲劇所在——

> 在對待愛情的看法上，你和我是完全不同的。你是不食人間煙火的霓裳仙女，你生活在夢幻之中。你的愛情，就是你的夢幻。或悲或喜，忽暗忽明，隨心所欲，任其自然。你所需要的，是一個配合默契、能夠跟隨你感情的脈搏一起跳動的舞伴。你所需要的，是一個愛你、憐你、嬌你、寵你的天宮中的王子。可惜，我是地上的一個常人，不能超凡，不能脫俗，永遠演不了天上「王子」的角色。
> 惠蓮，讓我坦率地說，你的愛是虛幻的，也是自私的。你只需要別人愛你，你並不愛任何人。這就是我們的悲劇。[153]

汝青曾委婉地想跟惠蓮談，但才一提，便以相吵告終。每吵一次架，傷一次心，彼此的距離就遠了一分。

惠蓮懷孕了，但她拒絕孕育這一個小生命，她吃藥、做劇烈的運動都甩不掉這個頑強的小生命。汝青感謝惠蓮九個月來為她所做的犧牲與辛苦。孩子落地後，惠蓮捨不得孩子全天讓保母帶，堅持只能日托，因此，接送女兒，照顧女兒又成了汝青的責

---

[151] 同註一四九。
[152] 同註一四九，頁一一一。
[153] 同註一四九，頁一一二。

任。女兒生病了，惠蓮把責任怪在汝青身上；女兒每病一次，惠蓮就要求換一個保母。女兒沒有成為他們夫妻的潤滑劑，反而成了他們的爭端。

惠蓮的工作不順利，未能擔任女主角，情緒極為不穩。汝青發現惠蓮缺乏天賦和才氣，勸她要多交朋友，熟悉他們的內心世界，從中去汲取表演的營養，無奈忠言逆耳，惠蓮根本聽不進去。

女兒上了大學，他們進入不惑之年，沈默代替了爭吵，連日常的對話，都是小心翼翼的，簡直教人窒息。惠蓮常常對著貓咪喋喋不休，這教汝青感到悲哀。

就在惠蓮患了不治之症過世後，汝青懊悔著，有一次，惠蓮做惡夢驚醒，暗自泣引，他並沒有轉過身去安慰她，因為彼此間已經冷得太久了，已經不習慣這種親密，他只是問她怎麼了？她說她夢見自己掉見河裡，沒有人來救她，汝青的小船從她的身邊划過……。汝青沒等她把夢說完，覺得是她編造的夢，就說：「行了，行了，睡吧！」現在想起來，汝青才覺得就算是惠蓮編造的「它不也是一種愛的呼喚嗎？」

汝青覺得自己很冷靜，在惠蓮已經過世後，竟能這樣剖析自己；可是又怪自己當初太衝動，如果能有現在一半的冷靜，在相識後，多考慮一下彼此的性格、氣質、志趣是否相投，也許就不會有這一段錯誤的婚姻，讓彼此痛苦。

看到這裡，可能很多人都會十分同情汝青，覺得惠蓮怎麼不懂得好好去珍惜汝青這個好好先生。然而，如果試著從另一個角度來看，惠蓮由於性格使然，除了在和汝青的戀愛階段和六個月的蜜月期是快樂的之外，其餘的時間，由於自我的意識過於強烈與對於愛情的認知和現實處境不符而無法調適，她的生活是極不快樂的，甚至連女人專有的權力——享受母愛的天性賦予，她都沒有讓自己得到。

我們來看看造成惠蓮性格養成的成長背景。她生長在江南一個古老的小城裡，有一個變賣祖產過著寄生蟲生活的父親，有兩個明爭暗鬥的母親。家裡相當熱鬧，賓客川流不息，牌聲盡夜未停。在這個熱鬧而敗落的家庭裡，她像條多餘的小狗，在肅殺的庭院裡長大。

在這種環境長大的小孩，必定缺乏安全感，她必須在每一次的爭吵中，去肯定汝青對她的愛；她口口聲聲喊著要離婚，等到汝青受不了了，同意離婚，從此她再也沒提過了；在汝青對她冷戰的日子，她抽泣、取鬧、哀求，只為引起他的注意，以肯定他對她的愛情是否不曾改變。

惠蓮對愛情的看法和態度，我們可從兩個地方看出。

他們劇院準備排演《家》，惠蓮想演梅表姐，她很自信地說：「過去演梅表姐，大多著重於表演他的壓抑、悲痛和絕望。我要演出她對愛情忠貞不渝地追求。不是這種痛苦的愛折磨著她，加速了她的死亡；而是這種對愛的追求，給了她力量，延續了她的生命。」[154]

婚前一次約會，遇上下雪，她不願躲雪，邀汝青和她玩「雪葬」的遊戲，她問汝青是否願意和她一起埋葬在雪裡？汝青依偎著她說：「埋吧，埋吧，讓雪把我們倆埋起來。明天早上，人們會發現，啊，這裡埋葬著兩個年輕人。他們的身軀已化作堅冰，他們的心還是熱的。」可惜，雪停了。在惠蓮發病前，有一次他們為了小事爭吵，惠蓮在寒夜中，冒著紛紛的大雪跑了出去，獨自重演著「雪葬」的遊戲。

凡是過於重視愛情的人，往往就會喪失掉他的理性。惠蓮的悲劇在於找不到婚姻與戀愛的平衡點，把愛情看得過於超然，一直在現實的婚姻生活中想要去追回她所失去的理想的浪漫愛情，其實真正的愛情乃是建築在實際的行為上的。但她完全忘了愛情除了浪漫外，還有現實的生活要面對。

大多數女人的靈魂是為愛情而活的，她們可以為了達到愛，甚至犧牲自己也在所不惜。黃蓓佳〈冬之旅〉裡的卉，為了一段錯誤的愛情，付出了她的生命。

婚後的卉，自從和婚前所愛的詩人不期而遇後，一連度過了幾個不眠的夜晚，終於在給學生補習後，去敲了詩人的門。當夜，她沒有回家。面對小應的詢問，她推說家教學生的家長出差，央求她和學生陪夜。幾天後，事情又重演。小應覺察出卉的反常；卉推說小應是在學校裡碰灰，便回家找妻子麻煩。

小應在城裡奔走，對一位又一位的家長詢問，懷疑是卉和其中一位男家長搞鬼，一直到發現詩人的一本詩集，他才恍然大悟。卉並不否認：

> 「是的，就是他。你猜對了，就是他。」卉哆嗦著嘴唇，挑戰地對他說，雙手簌簌地發抖。[155]

卉和小應的婚姻根本就是一場錯誤，卉為求成名，在預知的情況下失身於詩人，後來詩人無消無息，男友小應陪她拿掉了詩人的孩子，在無從選擇的情況下，她盡力挽回和小應的感情，以小應為結婚的目標；婚後，過去的傷痕的陰影，他們的婚姻布滿

---

[154] 同註一四九，頁一二一。

危機。

愛與恨是相依相存的，如果卉不是愛過或愛著詩人，她怎麼會明明嘴裡說恨他，心裡卻早已飛到他身邊，而且在東窗事發後，冷靜地等著小應對她判刑。女人常常明知是單方面的付出，但還是執迷不悔，義無反顧，把愛情視為一切所有，甚至寧願背棄婚姻道德。所以，最後卉才會犯下錯誤，死於非命。

在女人纖柔的心思中，再強的女人還是會被愛情左右，黃蓓佳的另一篇小說〈在那個炎熱的夏天〉裡的「她」也不例外——

> 「我這是怎麼了？我不是曾經把事業看得高於一切的嗎？」她絕望地撕碎了幾張速寫草圖。可是，當她讀著他寫來的長信的時候，她又覺得非常滿足了。不管怎麼樣，除了畫畫，她總還是一個女人，她有權利為她所愛的人擔憂、焦慮，成夜不得安眠。至於少畫了幾張素描，這沒什麼，她會補上來的。工作效率與情緒向來就成正比。[156]

女性還有一種為所愛的人犧牲成全的韌性與傻勁——

男主人公騙「她」說，他向女友怡月提出分手，但怡月什麼也沒表示，怕會鬧到學校來；接著又說他怎麼厭煩怡月：

> 她坐在他身後，把他的一綹頭髮纏繞在指間。「別說了，我不想聽這些。你想怎麼處理你們的關係，我不一定要知道，對嗎？」
> 「也好。」他說。「總之，我不想鬧得滿城風雨。」
> 「我也不想。」
> 「那會對我將來的事業不利。」

---

[155] 同註五四，頁四〇。

[156] 同註五一，頁一一九。

「我知道。」她停了一停，忽然放下手，慢慢地站起來，一字一句地說：「我也要讓你知道，萬一你分到天南海北哪個鬼地方，我是會跟你去的。無論如何，請你相信。」[157]

當女性沈湎於愛情當中時，總有一股超出男性的堅決的勇氣，儘管那不免涵蓋了盲目的成分——感情與理智模稜兩可的呈現。袁瓊瓊有一段話在這裡很適用：「愛情對男人當然不像對女人那麼重要——就一般情況而言。……談戀愛，女人是天生的專業人才，可以廢寢忘食，死去活來，男人好像做不到這一點，除非是你觸動了他與愛情不大相干的別的心情，比如說虛榮心、進取心、報復心。」[158]

鐵凝〈麥秸垛〉裡的沈小鳳為她一廂情願的陸野明，不惜付出身體、付出名譽，當大芝娘還擔心著她這樣一個二十歲的大閨女讓人家審問時，沈小鳳說她不怕：「只要以後我是他的人，我不怕人家審問我。」沈小鳳寫了一封信給陸野明：「發生了那樣的事，我並不後悔。我愛你，這你最知道。我有時表現不好，喜好和人們打鬧，但我是乾淨的，這你最知道。平時你不愛搭理我，我不怪你。都怪我不穩重。」[159]沈小鳳對陸野明的迷戀，已經到了如痴如醉的地步，那種偏執，因愛而叢生，她癡狂地為著他的一舉一動，一顰一笑而起伏心緒，仰望著他如一座巨山。女性可以為了愛情義無反顧，也可以為了愛情，迷失自我，甚至改變原本既定要追求的。

---

[157] 同註五一，頁一二〇。

[158] 袁瓊瓊：〈鍾愛——男人的愛（代序）〉，《鍾愛》（台北：林白出版社，民國七十四年十二月），頁三。

[159] 鐵凝：《沒有鈕釦的紅襯衫》，（台北：新地出版社，民國七十七年二月），頁二五〇。

王小鷹〈失重〉裡的陶枝是個具有現代化氣息的女研究生，她自信愛情可以創造奇蹟，她按照自己的理想要去改造她的男朋友，可是當她的理想破滅，情場失意時，她完全失卻了自我，她不再堅持自己的理想，她對男朋友屈服退讓，只求他的寬恕和原諒。女性是感性的動物，在情場上不堪一擊，就算是再強勢的女性，也可能有此通病。

方方〈船的沉沒〉裡自尊心極強的楚楚，當她面臨愛情時，也難逃情網。

楚楚意識到：「我原以為我有了他就有了一切，而實際是我把他當成了一切，又把除他以外的一切都遺棄了。」[160]——吳早晨不喜歡聚少離多，楚楚便為了他放棄考大學；吳早晨答應她考大學，楚楚便考上了大學；吳早晨的母親諷刺說他們家養不起大學生，楚楚便想到學校去辦退學——這一切只因楚楚死心塌地地愛著他。

楚楚的母親覺得吳早晨是一個不完美的人。楚楚說：「我不要他的完美，我只要他的愛。」[161]儘管女性也有她們理性的一面，在受挫的愛情中也可能捫心自問對方是不是真的值得她們這樣付出，但是愛情的力量往往總是大到足以遮蓋所有的疑惑和對未來的不確定的恐懼。

楚楚是一個以愛為至尊的女性，所以當楚楚的父親因公殉職兩年了。母親和她的同事產生了愛情，問她能不能結婚；楚楚說：

---

[160] 方方：《白夢》，（江蘇：江蘇文藝出版社，一九九五年十二月），頁二一八。

[161] 前引書，頁二二五。

「只要你們彼此愛著，用不著考慮我的意見。」[162]

丁玲〈莎菲女士的日記〉裡的莎菲也是懷抱著「愛情至上」的觀念的女性，正因為如此所以她在面對凌吉士時有過一番掙扎。她很清楚她所心儀的凌吉士的需要——「是金錢，是在客廳中能應酬他買賣中朋友們的年輕太太，是幾個穿得很標緻的白胖兒子。他的愛情是什麼？是拿金錢在妓院中，去揮霍而得來的一時肉感的享受，和坐在軟軟的沙發上，擁著香噴噴的肉體，嘴抽著煙捲，同朋友們任意談笑，還把左腿跌壓在右膝上；不高興時，便拉倒，回到家裡老婆那裡去。熱心於演講辯論會，網球比賽，留學哈佛，做外交官，公使大臣，或繼承父親的職業，做橡樹生意，成資本家……這便是他的志趣！」[163]

當莎菲漸漸了解到凌吉士只是個庸俗不堪的紈　子弟後，她開始動搖凌吉士在她心目中的地位。因為在他的眼中只有「金錢」、「地位」和「逢場作戲」，那和莎菲心中理想的男人，是背道而馳的，但莎菲卻又甘心被凌吉士那「高貴的美型」所誘惑。她思念他、愛慕他，一心期望他能接近她，慾望和理智的衝突在她心中起了相當大的交戰。

莎菲一直希望在保有她的矜持之餘，還能得到凌吉士的臣服，莎菲常在想，假如有那麼一天，她和凌吉士的雙唇合攏，那她的身體就從她心的狂笑中瓦解去，她也願意。

然而，當莎菲的這個夢想現實時——

---

[162] 同註一六〇，頁二二四。

[163] 郭成、陳宗敏合編：《中國新文學大師名作賞析——丁玲》，(台北：海風出版社，民國八十三年三月)，頁五〇。

我想：「我勝利了！我勝利了！」因為他所以使我迷戀的那東西，在吻我時，我已知道是如何的滋味——我同時鄙夷我自己了！於是我忽然傷心起來，我把他用力推開，我哭了。[164]

由此我們可以見到莎菲的空虛和絕望，是由她的戀愛至上的主義而來的。

男人把愛情看成生命中的一部份，但卻是女人生命的全部，愛情之于兩性在生命中的比重是有很大的差異的，也就因為這樣的差異，我們見到了小說中苦多於甜的愛情以及現實生活愛情婚姻中的悲劇。

透過本節的分析，我們見到女性在不同的愛情類型中找到了精神的依託。在「相知相許」的愛情中，我們見到屬於女性的難能可貴的堅持；在「志同道合」的愛情中，我們見到女性理性而智慧的抉擇；在「物質功利」的愛情中，我們見到長期受父系文化壓抑的女性的虛榮；在「愛情至上」的愛情中，我們見到女性的執著，同時也見識到她們的盲目。

曾有人懷疑女作家寫作的狹隘，但由上面的小說分析，我們不得不肯定李元貞所說的：「就文學題材來說，女作家寫身邊瑣事、家庭婚姻、與兩性的愛情關係，並不必然輕軟或狹窄，端看女作家詮釋角度的深淺與形構經驗的表現力而定。」[165]

從以上「現實處境」與「愛情類型」兩方面來看五四時期與新時期婚戀小說中的女性，是很能展現女性的性別特質的，即使是有意抹去自己的性別特徵的「雄化」女性。因為這兩次女性文

---

[164] 前引書。
[165] 許津橋等編：《1986台灣年度評論》，（台北：圓神出版社，民國七十六年五月），頁二三六~~二三七。

學強而有力的發展都是在思想大解放的基礎上實現的，因此，女性的思維特性和性格氣質，特別容易被開掘，我們見到在社會轉型下，女性現代意識的覺醒弘揚，其中凸顯了女性在男權文化中的性別歧視所產生的女性壓抑及其困擾，還有女性受壓迫的經驗，及其造成此壓迫的社會現象；此外，在超越女性壓抑之外，女作家剖析女性的精神世界，讓筆下的女性從性別差異去審視自身並觀察其所處的環境。獨特的女性心理和生理體驗，讓我們見到了女性在愛情與婚姻中的自我發現與認識，以及她們勇敢面對兩性共同的生存世界的事實。

第五章　兩個時期婚戀小說中的女性形象類型

二0世紀初葉，在西方人道和民主主義的影響以及反封建鬥爭的直接催生下，「五四」這個新舊思想激烈交戰的時代，推動了現代意義上的中國女性文學創作。隨著思想解放運動中「女性」的發現，我們見到女作家在其作品中大量融入了個人生活及體驗，自發地對自我角色進行思考和探索，同時也折射出當時代的社會現象。它讓我們見到了女性長久以來被忽略的痛苦，也體會到幾千年來的父權封建制所形成的思想觀念，便是產生這痛苦的深層原因；經歷了半個世紀後的「新時期」，那些遭受過政治迫害的女作家，追隨著「五四」的女性文學精神，同樣以突破男性父權的中心文化為主，隨著其女性意識的加強，將女性的覺醒和解放放到更廣闊、更宏觀的時空背景中去考量，促使中國女性文學有了令人矚目的發展。

這兩個時期的女性文學的代表作，幾乎都是從與女性最切身相關的婚姻愛情為探討的主線，她們以專屬於女性的直覺判斷，展現女性獨特的精神氣質和生命歷程，因此這些女作家筆下的女性，其形象是具有其時代意義的。有的展現傳統女性的婦德，有的寫自主女性甩不掉傳統的悲情，有的寫職業女性面臨婚姻困境的兩難抉擇，有的寫現代女性的主動積極。

本章將從五四時期與新時期的女性婚戀小說，依其女性所展現的女性形象分為：屈從於傳統的女性、掙扎於傳統與現代的女性、走出禁錮的現代女性以及在情感經驗中成長的女性等四種形象類型加以探討，在其探討中，還會針對許多批評的聲音，提出看法。此外，要先提出來說明的是，因為涉及小說篇幅的長短以及作者對某些人物的加強刻劃，在討論時　有的小說可能一筆帶過，有的小說則會分析得較為詳盡；至於有的小說篇章在前一章已經談過了，而在本章又再度提出來，那是因為小說本身所牽涉到的問題面較廣，而在本章所討論的女性形象的主題也有突出的表現，因此，加強著墨。

期待經由本章的分析，能呈現在那樣兩個啟發女性意識的重要歷史進程，把如水一般的女性的特有氣質，隨著她們在舞台上的伸展，她們內心的情感、慾念和想像，將她們所意識到自己的價值及其處境和命運，面對外界作有聲或無聲的表達和申述。

第一節　屈從於傳統

本節所要分析的這一類型的女性，有認命於現實傳統的安排的女性；也有在職場上叱吒風雲，面對婚姻則委曲求全的現代女性。在五四時期女性小說裡的女性大抵多屬此類型。當時的環境雖然覺醒於包辦婚姻的缺失，但傳統的觀念浸染已久，並不是所有的女子都有辦法馬上從三從四德的牢籠中走出來的，即使到了新時期，我們還是可以見到小說裡的女性仍然有著從屬於男性的宿命觀。

一、五四時期

五四時期的女性，雖然處於反傳統的時代潮流中，但在傳統婚姻觀念的束縛下，她們有的還是寧願安於現狀。

盧隱〈一個著作家〉裡的沁芬雖然受過新式教育，但仍屈從於父母所安排的婚姻，割捨了對貧窮的情人浮塵的愛。婚後她對浮塵的思念與日俱增，最後在優渥的物質環境中，鬱鬱而終。

盧隱的另一篇〈父親〉裡的女主人公也是一個聽命於長輩安排的女子。她的丈夫隱瞞年紀，還有結過婚的事實，入贅到她家，待她雙親過世，丈夫露出了真面目——既嫖又賭。她過著苦悶的生活，好在丈夫前妻的兒子帶給她溫暖，他們有了感情，可是礙於輿論和身份，她不敢面對她的愛情，雖然她受到中學教育，但是她依舊活在傳統之中，就在她負載不了內心煎熬，而重病在床時，她對丈夫前妻的兒子說：「我的一生就要完了，我和你父親本沒有愛情，我雖然嫁了十年，我也明白，但是我是女子，嫁給他了，什麼都定了，還有我活動的餘地嗎？有人也勸我和他離婚，——這個也說不定是與我有益的，但是世界上男人有幾個靠得住的，再嫁也難保不一樣的痛苦，我一直忍到現在！——我覺得是個不幸的人。你不應當自己害自己，照我冷眼看來，你們一家也只有你一個是人，我希望你自己努力你的前途。」[1]

女主人公的悲劇在於她不自覺地認同了男性中心意識對女性的價值期待，所以她苦痛徹心，儘管她對於封建包辦婚姻產生了質疑，她仍舊沒有勇氣提出反擊，甩脫傳統包袱。

儘管五四時期的女性高舉著反傳統、反封建的大旗，其自我意識逐漸被鼓吹、被喚醒，但是她們仍舊有著共同的普遍重視傳

---

[1] 盧隱：《盧隱小說全集》，（長春：時代文藝出版社，一九九七年三月），頁二一三。

統的時代特性，宿命地把愛情和婚姻視為生活的重心，可以想見她們在開闢這條女性解放的道路時，是何等地艱難和狹窄。

在凌叔華筆下也塑造了這樣一群忠於傳統的女性，這一類的小說，反映在傳統禮教與封建制度下，女性對其婚姻戀愛的不自主性及其弊病，其意義長遠，頗值得深思。

〈女兒身世太淒涼〉裡的婉蘭，明知父母為她所安排的包辦婚姻的丈夫是個行為放蕩的人，但由於她出身於舊式家庭，個性保守，雖然表姊勸她不要順從父母的安排，以免毀了自己的一身，但是她卻順從認命地說她命不如人，她這一生也不想有什麼快樂了。

當時女性的實際困境是：自我的壓抑造成自我設限的嚴重狀況以及認定父權傳統對女性角色的定位，這應該也是作者要控訴的重點。

〈繡枕〉中女性被「物化」得更嚴重了。一位名門望族的大小姐為了繡好一對靠枕的煞費苦心。「用了半天功夫繡了一對靠墊，光是那隻鳥已經用了三四十樣線」、「白天天熱，拿不得針，常常留到晚上繡，完了工，還害了十多天眼病」、「做那鳥冠子曾拆了又繡，足足三次」、「那荷花瓣上的嫩粉色的線她洗完手都不敢拿，還得用爽身粉擦了手，再繡......荷葉太大塊，更難繡，用一樣綠色太板滯，足足配了十二色線」。

為什麼大小姐要對這對繡枕費那麼大的心血呢？因為這對繡枕對她來說是意義非凡的。繡枕是要送給豪門巨族的白總長，白總長有個二少爺還沒找到合適的親事，而算命的說大小姐今年正遇到紅鸞星照命主。

大小姐有她的心思，她認為把用心繡好的靠枕送給白總長後，也許二少爺會因物及人而愛上繡枕的主人，成就一門好姻緣；若二少爺不成，大小姐還考慮到繡枕被擺在終日高朋滿座的白家客廳，定會有人欣賞這對繡枕，一傳十，十傳百，那麼上門來求親的人必是門庭若市了。

> 做完那對靠墊以後，送給了白家，不少親戚朋友對她的父母進了許多諛詞，她的閨中女伴，取笑了許多話，她聽到常常自己紅著臉微笑，還有，她夜裡也曾夢到她從來未經歷過的嬌羞傲氣，穿戴著此生未有過的衣飾，許多小姑娘追她看，很羨慕她，許多女伴面上顯出嫉妒顏色。[2]

在這裡我們見到了在傳統婚姻角色扮演下，喪失自我的女性，她受到傳統觀念的捆束，甘願淪為男性的附庸，為男性的需求去調整自己，充滿了無法掌握自己命運的不確定感。她在父權制下的傳統期許，將自己的命運交託給自己所創作的「藝術品」，出售推銷自己。然而，欣賞並珍惜這件「藝術品」的竟是同性的女人。

當年大小姐在繡這對靠枕時，張媽的女兒小妞兒得了消息，興沖沖要來欣賞大小姐的這對繡枕，誰知——

> 大小姐抬頭望望小妞兒，見她的衣服很髒，拿住一條灰色毛巾不住的擦臉上的汗，大張著嘴，露出兩排黃板牙，瞪直了眼望裡看，她不覺皺眉答：
> 「叫她先出去，等會兒再說吧。」

---

[2] 凌叔華：《凌叔華小說集 I II》（台北：洪範書店，民國七十三年十一月），頁十五 。

張媽會意這因為嫌她的女兒髒，不願使她看的話。[3]

由此又見大小姐對這靠枕的重視；然而，相當諷刺的是：兩年後，小妞兒長大了，有一回幫大小姐捶腿時，聊起天來，說她乾媽送了她一對枕頭頂兒，是從兩個弄髒了的大靠墊子上剪下來的。「新的時候好看極哪。一個繡的是荷花和翠鳥，另一個繡的是一隻鳳凰站在石山上。頭一天，人家送給他們老爺，就放在客廳的椅子上，當晚便被吃醉了的客人吐髒了一大片，另一個給打牌的人擠掉在地上，便有人拿來當做腳踏墊子用，好好的緞墊子，滿是泥腳印。少爺看見就叫王二嫂撿了去。」[4]

大小姐聽了後「忽然心中一動」；經證明確是她所繡的靠枕後，她在小妞兒面前也不能失了她小姐的身份，只能「默默不言，直著眼」保持鎮定。

雖是寥寥數語，我們卻彷彿能看見大小姐心靈的顫抖；然而，從另一個角度來看，這些內心空寂騷亂的女性，她們無法更易的傳統角色地位，決定了自己和外部世界的隔膜。正如喬以鋼所說的：「繡枕不僅成為女主角的象徵，而且成為女性命運的一個暗示。受到輕辱而被人上吐下踏的，不是那刺繡精品，也不只是女主人公自己，它同時喻指了被男性主宰、任男權踐踏的舊時代女人們的共同的生存實況。」[5]

在〈一件喜事〉和〈八月節〉中則出現了生活在男尊女卑的

---

[3] 前引書，頁十二~~十三 。
[4] 同註二，頁十四 。
[5] 喬以鋼：《中國女性的文學世界》（武漢：湖北教育出版社，一九九三年十月）， 頁二八〇~~二八一。

大家庭中的悲情女子。

〈一件喜事〉是以一個六歲小女孩鳳兒的觀點來寫。鳳兒為著自己穿了一身新衣裳喜悅不已，以為是又要過年，後來張媽才告訴她今天是新姨太太進門。但鳳兒不明白的是家裡要擺酒席請客，應是喜事一件，為什麼五娘卻哭了一整天？晚上五娘告訴鳳兒：「我只想死，死了什麼都忘記了。」

五娘生在這樣一個時代環境中，她無力也無法去改變現狀。新姨娘進門，她成了「舊人」，其實成為「舊人」的又豈止是五娘一人，還有在她前面的四位太太，當年何嘗不也曾因五娘的入門而傷心欲絕；然而，也許終有一日新姨娘也將成為「舊人」，但她們還是不得不在傳統的婚姻觀念下過著暗自飲泣的日子。

鳳兒是個「女」孩，她以專屬於女性的同情的眼光，來看被男權機構的統治壓在社會底層的命運悲慘的女性，她們沈淪在性別的壓迫中，永不得超生。

〈八月節〉寫的是在一個大家庭裡，妻妾爭寵的故事。在傳統的舊社會裡爭寵的條件之一，就在於──「母以子貴」，不僅母親的地位崇高，連丫頭也會仗勢欺人。

娶三姨太進門那年，老爺正要到北京趕考。太太為三姨太起名「桂花」圖的是「月中攀桂中狀元」的吉利。三姨太進門後，老爺中了翰林，她的地位馬上扶搖直上；接著又生了一個「傳宗接代」的兒子後，地位更是穩如泰山。

相較之下，鳳兒的母親生了七個千金，其地位可想而知。

家中大大小小無不敬畏三姨太三分，比如因著三姨太「桂花」之名，張媽告誡鳳兒不能唱「八月桂花香，好做桂花糖」的歌。

有一回，鳳兒和五姨太的女兒──珍兒，在後園假做月餅，玩開舖子賣月餅的遊戲，幾個老媽子、當差的也和她們玩成一團。此時，三姨太的丫環秋菊來了，氣說沒找她一起玩，便找人拆了棚子，還把月餅散了一地。

鳳兒和珍兒跑去告訴三姨太，誰料秋菊大聲道：「你們別怕沒有餅吃，再過十年八年你們自己長大了，成千成萬的各式各樣的真餅子，都可以換得回來，且吃不完呢。」

鳳兒和珍兒雖聽不懂秋菊說的是什麼，但她們知道一定不是什麼好話，便哭了起來。

張媽趕了過來，三姨太忽然正色對她說：「都是秋菊那長不大的丫頭，好心好意的說笑話哄她們開心，倒引得她們哭咧咧的。那一天我氣了，一定打斷她的腿。鳳兒過來，給你擦擦眼，哭壞了好一雙單鳳眼，怪可惜的，長大了就不好找婆家，連累我們都沒有好餅子吃了。」

接著三姨太又對提起腳要跑的珍兒說：「珍兒別走，回去告訴你媽媽說別因為這一包假月餅今晚就不來打牌湊腳，三缺一是缺德的。再過個十年八載什麼講究餅子她都有得吃，且吃不完呢。」

凌叔華利用對話，相當諷刺地把在傳統「重男輕女」的觀念下的那些沒能生出兒子的女人的悲哀與委屈，表達得相當透澈，當然我們也隱然見到了父權傳統潛藏的「物化」女性的企圖。

從小說裡的女主人公，我們見到待嫁的女子，僅能以被動去等待姻緣，就算是主動積極的製造機會，也未必能心想事成；已婚的婦女在艱困的環境中，不管丈夫的對待如何，一心忠於婚姻；處於大家庭中失勢的太太只能忍氣吞聲地背起傳統的包袱，而就算是得寵的太太以「兒子」來鞏固自身的地位，那何嘗不也是一種病態的悲哀。

凌叔華還從日常生活的平凡瑣事去取材，把當時未能走出傳統陋習，而活在迷信與認命的象牙塔中的女性，對婚姻迂腐迷信觀念含蓄而有力地揭示。

〈中秋晚〉寫的是舊式未覺悟的愚昧女子，被迷信所害的故事。

敬仁和妻子婚後過第一次的中秋節，正準備吃象徵團圓的「團鴨」時，敬仁突然接到乾姐垂危的電話，敬仁急著要趕去前，妻子堅持要敬仁先吃一口「團鴨」應景，結果竟誤了時間，未能見到乾姐姐的最後一面，敬仁怪罪於妻子，口角之時，打碎了供過神的花瓶，妻子把這一切視為凶兆，於是回娘家；敬仁則終日和酒肉朋友聽戲、逛窯子。

隔年，敬仁典押了雜貨舖；妻子流產；敬仁的母親來訪，說不動兒子，便埋怨媳婦的不是；第三個中秋過後，妻子又流產了六個月的男胎，醫生檢查胎兒發現染有梅毒；到了第四年，這個家已經破敗到要賣房產，妻子在準備搬家時，向她娘哭訴說：「都是命中注定受罪。」

敬仁的妻子因為迷信，而把自己的婚姻推向死胡同，又宿命地認定一切都是命中注定。這個為男性而存在的女人，沒有屬於自己的生命位置，是她自己把自己推向可悲的境地去的。

〈旅途〉裡的女主人公同樣也是一個宿命的女子。

敘事者和這位帶著一雙兒女的邋遢婦人共用快車上的車廂，虛弱的婦人不但暈車嘔吐，而且還要照顧小娃兒，敘事者只好勉為其難地照料那個六、七歲的小男孩，男孩說他們是要到石家莊去見他生病的父親，他生的病和父親一樣，都是耳朵長瘡，他父親爛掉了一隻耳朵，可是還聽得見。

敘事者和婦人聊過後，證實原來這男孩遺傳了他父親的花柳病，婦人說她共生了七胎，有三胎夭折了，現在她肚子還有一個。敘事者故意問她以後打算還生幾個？婦人臉上露出鄭重的神情說：「命裡有幾個生幾個吧。有人勸我們用新法子節一節育。我就不贊成。他們張家這一代人口可不多，沒有得生也罷了，像時髦的女人，特意要截回去，也對不住祖宗不是。」

這使得敘事者不能再插入什麼話，她原有許多理由要勸告她節育的。

這樣一個認命的女子面對自己沒有明天的婚姻，她還是要繼續熬下去，她不怨怪患病的丈夫，還忍受丈夫犯病時的大脾氣，宿命地在為了生存已焦頭爛額的窘境下，還認定不能對不住祖宗，命裡該有幾個孩子就生幾個。

這兩篇小說裡的女主人公有共同的「至痛不哀」的時代通病，她們無法去主宰自己的命運，只能宿命地默默承受時代與環境所賦予她們的「責任」與「使命」，並且任重道遠地接受她們的「責任」與「使命」毫無怨尤。

在凌叔華的小說裡女主人公所表現的對婚姻戀愛的觀念-----積極主動者，代表了「反封建、反傳統」的意義；軟弱迷信者，則提供給讀者更深一層的省思，讓讀者從另一個角度瞭解破除封建思想與禮教的重要性，這正是凌叔華作品所揭露的特殊意義及其價值所在。

傳統的貞操觀造就為人妻的女性對丈夫有一種休戚與共的關愛，不管丈夫如何對待，特別是在困境中，更能顯出她們在婚姻生活中求其安身立命的憑藉的女性特質。試舉馮沅君的〈貞婦〉和石評梅的〈棄婦〉來看看小說中懷著三貞九烈的烈女意識的女子。

我們可以見到在當時離婚的女子是沒有任何退路的，外人歧視的眼光不說，就連自己的親人也會落井下石；不像身為現代的女性，如果不幸遇人不淑，還有娘家這個避風港可以依靠，家人還會為妳挺身而出。由此一比較更可見當時婚姻不幸的女子的悲哀。

馮沅君〈貞婦〉裡那個父母雙亡的何姑娘，認命地恪守妻子的本分，但還是被留洋的丈夫看不起，最後被他棄之如遺。她回到了娘家，受到哥哥嫂嫂的冷落歧視。年方二十出頭的她，本可選擇另尋良緣的，可是她自甘忍辱負重一心為丈夫苦守節操。她認命地說，生是夫家的人，死是夫家的鬼，只要丈夫讓她死在他家，就算他有良心了，像她這樣沒福的人不敢奢望什麼名利。五年後，因為身心的困頓，重病而死，終於歸喪夫門，得到「貞婦」的美名。

石評梅〈棄婦〉裡的女主人公是個賢德的媳婦，完成父母所包辦的婚姻後，丈夫便離家。十年後丈夫回家了，誰知一回家便表示，在外面愛上了時髦的女學生，他要求離婚，離開這個她沒有任何感情的妻子。最後那個「俯仰隨人」的女子竟選擇服毒，結束自己悲劇的一生。可悲的是她並不是以這種方式來為自己討回尊嚴，而可能是因為經濟發生了問題，情感也找不到寄託，才決定毀滅自己。

在這兩篇小說中，作者並不迴避女性自身的怯弱與困窘，尤其突顯了性別角色的刻板認知，還傳達了在傳統的婚姻定位下，沒有自我的女性永遠只是他人的工具，終會逼自己走上絕路的。

二、新時期

就某一部份的女性來說，她們的傳統認知，並不會隨著時代的發展而有大的變動。在半個多世紀後的「新時期」的王小鷹〈星河〉裡的素素也走上了和上述小說的女主人公相同的道路，也是個屈服於環境安排的傳統女性。

素素希望能發揮所長，當個歌星；但哥哥要她安安份份地等上調。這就是那種男性中心社會有形無形的束縛和壓抑。

素素回到農場後，認識了一位相當優秀的青年，可是想到媽媽會反對，便拒絕了他；廠裡的事情繁瑣，使得她報考業餘大學的夢想落空；她按照母親的標準，找到了對象；婚後，在婆婆的壓迫下，從早忙到晚，完全失去了自我。

而王小鷹的另一篇〈前巷深，後巷深〉裡的川兒從來沒有想過自己，她以丈夫的事業為榮，她認為能夠得到他人嫉妒和羨慕的眼光，就是最大的幸福。

這種人格依附的觀念，認同社會性別角色的刻板印象，就是影響中國兩性始終無法獲得平等的主觀因素。

中國傳統女性的美德——堅強貞節、刻苦耐勞、慈愛寬厚，一直是女性作家處裡的題材。文化大革命並沒有摧折掉女性傳統的溫柔，隨著新時期的到來，我們在不少的女性小說中，見到了許多為男性無悔付出的深情女性。

諶容的〈永遠是春天〉表面上沒有愛情描寫，但實際上卻處處是愛情。韓臘梅和李夢雨的愛情是經過革命的考驗，在艱困的環境背景下發展鞏固起來的。

在抗日戰爭時期，李夢雨把韓臘梅從地主的追捕和皮鞭下救出。韓臘梅被李夢雨帶上革命之路，她對革命事業的忠誠、對逆境的頑強抗爭，都深深撼動了李夢雨的心。

婚後不久，李夢雨加入大部隊，懷著擔憂離開懷孕的韓臘梅，臨走，韓臘梅捨棄兒女私情，明理且深情地對李夢雨表示：只要心裡想著對方，就算千山萬水，也阻隔不了。

韓臘梅須臾不離代表著他們愛情的信物——半條軍毯，就像忠貞地守著他們的愛情一般。她獨自領著襁褓中的女兒，面對革命的風雨。她不相信關於李夢雨為國捐軀的傳言，仍然堅貞不渝地等待著李夢雨。經過十多年的思念與期待，韓臘梅得到的竟是李夢雨已經另組新家，也有了小孩的消息。

這正符合了叔本華所說的：「就本性上看，男人的愛情易於改變，而女性則傾向於從一而終。」[6]韓臘梅憑藉著對愛情的使命感，在漫長的等待中，用愛來照亮和充實她的生命，可是卻換來不等同的對待，但是，女性對愛情總是有著一股不計犧牲的專注，她對李夢雨的愛已經是一種超越世俗的愛了，她不去打擾他只是默默地在一旁關心他——為他染了官僚氣息而擔憂；為他在文化大革命中遭到誣陷而悲憤；當他消沈不起時，在他身邊鼓勵他振作起來。

女人對愛情的態度比起男人總是較為無怨無悔、死心塌地。純潔善良的韓臘梅集中體現了中國女性的傳統美德——勤勞勇敢、堅貞剛強。我們透過韓臘梅對待愛情的態度，看出了她的性格、思想與情操，也揭示了她內心世界的靈魂。

愛情，是人類的基本需求之一，它是具有自然本性的。當我們在評價任何一部愛情小說時，都應該把該國的歷史文化背景與社會生活給考慮進去，因為在愛情這個極其敏感又複雜的領域

---

[6] 叔本華著，陳小南等譯：《情愛與性愛》，（北京：大眾文藝出版社，一九九九年四月），頁二四六。

中，是具有社會屬性的，它在實際生活中「往往擺脫不了諸如政治上的、道德上的、宗教上的種種糾葛」。[7]盛英在〈愛的權利、理想、困惑——試論新時期女作家的愛情文學〉中提到：「愛情，從整體性去考察，它確實既是社會的又是自然的，既是心理的又是生理的，既是理性的又是非理性的。」[8]問彬的〈心祭〉卻是一種偏離軌道的愛情——它在社會因素的約制下扼殺了「自然的」本性，它所要求的僅僅只是「心理的」，卻又因現實壓力，造成過於「理性」，遲來的幸福終於還是被埋葬了。

在韋君宜的〈飛灰〉裡，我們見到嚴芬的兒子為了母親的名節，不惜犧牲她尋求第二春的幸福，而在問彬的〈心祭〉中反對的聲浪更大了。

問彬的〈心祭〉是一篇把人道主義精神和寡婦的愛的權利聯繫在一起的小說。

小說的女主人公——母親，十五歲時便被作為傳宗接代的工具賣入王家當二房。然而，天不從人願，她連生了八個女兒，其中三個，不是被塞到水盆裡溺死，就是被提著腿扔到荒郊野外去了。作妾的本就低人三等，再加上她專生女孩子，天地間更沒有她立足之地了，長年累月低頭進低頭出。

丈夫不到四十歲就暴病身亡了，她送走了這段沒有愛情的婚姻的男主角。就在此時，一個抽大麻的遠房本家，在她們孤兒寡母的身上打主意，想把她們一起賣掉，母親抵死捍衛著她的女兒

---

[7] 黃政樞：《新時期小說的美學特徵》，（南京：南京大學出版社，一九九一年二月），頁一九五。

[8] 盛英：〈愛的權利、理想、困惑——試論新時期女作家的愛情文學〉，（《中國現代、當代文學研究》，一九八七年三月），頁一五三。

們。

母親含辛茹苦地獨立撫養五個女兒，替人磨麵、做女紅，日以繼夜只為了換得溫飽，而她的青春年華就在那樣艱困的生活中流逝了，她從來也不敢奢望真正的愛情會降臨在她身上，但它確實發生了。

就在她們鬧著飢荒的農曆年，善良忠厚的表舅舅出現了，這個穩實的莊家漢，是母親娘家村裡的人，不但帶來了家鄉的土產，也為她們家帶來了生氣，他們一起度過了一個快樂的新年。

表舅舅晚上借住在別人家，一大早就過來分擔所有的家務，給毛驢治病、修房補牆、扛糧椿子。後來他決定暫住下來，找個工作，幫她們度過春荒難關。

不久，那個抽大麻的遠房本家衝到她們家指著母親罵她辱門喪德，守寡沒有守寡的樣子，竟然找了個野男人。鄰居都來圍觀，母親氣得臉色發白。表舅舅回來後，他又揪住表舅舅的衣領罵了一頓，表舅舅怒火衝天，但看在母親的份上，才沒有對他動粗。當晚表舅舅便被借住的鄰居給攆了出去，還有人對他砸了一塊石頭。母親為保表舅舅的命，含淚送走了他。

解放後，五個姊妹才得以和母親重聚。新時代使得向來閉塞、憂愁的母親開闊了心胸——她參加街道居民的會議，學習文化——她的氣色隨著充實的生活而有了光澤，喚起了年輕時的信心和熱情。

有一天，妹妹提及在火車站遇到表舅舅，他還是單身，妹妹向他要地址以便日後聯絡。他說媽媽知道他的地址，並要媽媽多保重。這件事讓母親塵封已久的心泛起了漣漪，強烈的感情在她心裡湧動。

新生活造就了她勇於追求真愛，她對女兒暗示說：「媽這一輩子沒人疼沒人愛，像個獨魂兒一樣，孤孤單單……」[9]並提出：「媽遲早是你們的累贅。我琢磨，一個人這樣過下去也不是個長遠的法子……」[10]尋求愛情的精神慰藉，是女性再婚的心理動機之一。女性在喪夫、兒女長大成人之後，會格外感到孤單寂寞，所以尋求感情的歸宿，以為生活上的伴侶，相互照顧。

我們來看看這群由母親咬著牙、含著淚所帶大的女兒們七嘴八舌的想法：

「到底要幹什麼！這麼好的生活條件，偏要找個不知底細的人來插在大家中間，咱們還得像侍奉老人那樣侍奉他。你們想，那夠多彆扭呀！」

「唉！我也想，有這個必要嗎？都好幾十歲的人啦！」

「這麼一大群女兒圍在身邊，還能說沒人疼愛，我看是身在福中不知福。」

「唉！我看窮有窮的難處；生活好了也有好了的麻煩，太舒服了人就容易——」

「我把話說在前頭，如果媽媽要找個老頭兒給咱們來當老子，我是絕不進這個門的。」

「唉，眞為難！好端端的憑空來了這件『天要下雨，娘要嫁人』的事兒。我思量，這件事讓咱們那地方的鄉下人知道了，還不知怎麼笑話哩！」[11]

---

9 馬漢茂編：《掙不斷的紅絲線——中國大陸的婚姻•愛情與性》，（台北：敦理出版社，民國七十六年十月），頁七三。

10 前引書，頁七三。

11 同註九，頁七五~~七六。

母親無意中聽到了她們的「裁決」，見女兒向她走來，她趕緊找事做，以遮掩內心的煩亂。對於她們的「裁決」，她不僅沒有提出異議，反而「感到很羞慚，像作了一件不光彩的對不起子女的事情似的。」[12]

在這裡我們見到「封建禮教和封建倫理道德觀念不僅猖獗於舊中國，也遺毒於新社會；不僅盤踞在不少老一輩人的頭腦中，也侵蝕到新一代人的腦髓裡；不僅主宰著舊時代婦女的命運，也影響新時代婦女的命運。」[13]

每個人都有追求個人幸福的權利，然而，當有苦難言的母親提出這個合情合理的要求時，卻活生生地被剝奪了；那珍貴而難得的愛情火花，立刻被輕率地熄滅了，而剝奪母親的愛的權利的，竟是她那群享受著幸福的愛情和自主的婚姻，自認為比無知的母親，有知識文化、有見地的共產黨員女兒們。她們並不關心母親的感情問題，關心的只是她們的感受、生活的改變和所謂的「面子」問題，這實在教人不寒而慄。

愛情是具有其自然本性的，在馬克思看來，人類的男女之間的愛情關係應該是人與人之間的最自然的關係。這種關係既不是純「生物性」的關係，也不是純「階級性」的關係，而是「真正意義上的人」的關係。[14]為什麼這群女兒滿嘴說著敬愛母親，但卻又對母親那「真正意義上的人」的關係的愛情，並不給予起碼的尊重？

---

[12] 同註九，頁七七。

[13] 滕云主編：《新時期小說百篇評析》，（天津：南開大學出版社，一九八五年十月），頁三一〇。

[14] 同註七，頁一九五。

舊社會的寡婦愛情悲劇的造成，往往子女態度的影響和制約、親人的反對，比起外界的歧視更加成為她們追求第二春的難以逾越的障礙。

母親終於成了新舊兩個時代的犧牲者，她的命運在某種程度上概括了中國老一代婦女的共同遭際。陳舊的道德觀念，讓善良的母親不敢理直氣壯地進行抗爭、不敢正視自己的人生，從她身上我們見到女性慑服於傳統的強權，以致不敢去爭取的弱者本質。

我們從寡婦追求愛的權利被傳統封建觀念所壓榨，而帶給她們難以言喻的痛苦，可知：寡婦一個人要面對生活已經是夠辛苦的了，如果連她們的愛情都被剝奪、摧殘，那真是人間最大的迫害。

至於鐵凝〈麥稭垛〉裡的大芝娘則是個活寡婦。大芝娘結婚才三天，丈夫就到外地參軍去了，幾年來連一封信也沒有，村裡的人暗地裡嘀咕：一定是在外頭當了幹部，變了心。果然不出所料，丈夫一回家就對大芝娘提說：

> 「就目前來講，幹部回家離婚的居多。包辦的婚姻缺少感情，咱們也是包辦，也離了吧。」
> 大芝娘總算弄懂了丈夫的話，想了想說：「要是外邊興那個。你提出來也不是什麼新鮮。可離了誰給你做鞋做襪？」[15]

事情發生在大芝娘的身上，她第一個想到的不是自己往後的

---

[15] 鐵凝：《沒有鈕釦的紅襯衫》，（台北：新地出版社，民國七十七年二月），頁一九四。

處境，而是離婚後誰給丈夫做鞋做襪；當然這點用心，無情的丈夫是不會體會的。

> 丈夫說：「做鞋做襪是小事，在外頭的人重的是感情。」
> 大芝娘說：「莫非你和我就沒有這一層？」
> 丈夫說：「可以這麼說。」
> 大芝娘不再說話，背過臉就去和麵。只在和好麵後，又對著麵盆說：「你在外邊兒找吧，什麼時候你尋上人，再提也不遲。尋不上，我就還是你的人。」[16]

丈夫馬上從口袋裡拿出一張照片給大芝娘，大芝娘端詳了照片一陣，誇她「挺俊」，丈夫說她在當護士，大芝娘的眼光突然畏縮起來，將照片擺在迎門櫥上。

第二天，丈夫帶大芝娘去辦了離婚。當晚大芝娘睡不著，想起照片裡的護士，她想那一定是個好脾氣的人，想必能好好替她照顧丈夫。隔天一早，丈夫離開回省城。

大芝娘跟著去找丈夫，堅持要他給她一個孩子。

皇天不負苦心人，大芝娘懷孕生下了一個女孩叫大芝，母女相依為命地過日子。在家裡牆上的鏡框照樣掛著大芝爹的照片，連那位護士的照片，她也把她擺在裡面。

六〇年，大芝娘聽說城裡人吃不飽，就託人寫信，把丈夫一家四口接了過來，他們住東頭，她和大芝住西頭。直把糧食甕吃得見底，臨走時，護士看著牆上的照片不停地流淚，還給她留下兩個孩子的照片，大芝娘又把他們裝進鏡框裡。

---

[16] 前引書，頁一九四~~一九五。

女性似乎有一種為了所愛的人犧牲成全的勇氣，尤其在艱困的環境中掙扎圖存，把她們的韌性表露無遺，航鷹的〈前妻〉又是一例。

〈前妻〉寫的是一個剛強的農村老婦的慈善。解放初期，王春花那結婚才兩天的丈夫，因不滿綑綁式的夫妻關係跟上了隊伍，進城後，在城裡組了新家。恪守著傳統觀念的王春花被丈夫離異後，在老家守寡，堅持「離婚不離家」。她含辛茹苦地把兩個女兒撫養長大，抱持著從一而終的觀念，豁達地過著日子。當丈夫城裡的獨生子為了留在城裡，需要一張證明時，她坦率地把兩家看成一家，絲毫沒有把握這個上天給她的報復的機會，反而成全了他們的要求。

王春花顧念的是那個背棄她的丈夫——快六十歲了，身邊如果沒有兒女照顧怎麼行？同樣身為母親，她想到的是——不能傷了那位「城裡的媽媽」的心；她又想到九泉之下的公婆，如果她不深明大義地顧慮董家唯一命脈的前途，怎麼對得起董家的列祖列宗？

於是我們在王春花身上見到了寬容，見到了仁厚。

航鷹利用王春花的形象，宣揚了中國傳統婦女執著堅毅的美德。此外，在航鷹筆下還塑造了另一類在事業上有其成就的現代女性，不過相同的是，這樣的女性仍有著顧全大局的委曲求全的女性特質。

航鷹〈東方女性〉這篇小說的故事發生在八○年代。二十歲的余小朵愛上了一個有婦之夫，她的母親林清芬接到對方妻子的來信，要到她家和林清芬談談。林清芬找來方我素一起勸阻余小朵。兩個長輩接續說起了一段往事——

身為婦產科主任的林清芬和他的外科主任丈夫老余，結婚已二十多年，兒女在家時，有他們「作為感情的紐帶」，婚姻生活還算過得去；如今孩子先後離家念大學，老余感到寂寞孤單，平靜的婚姻生活，因為年輕的方我素介入，而起了大變化，方我素的人生也因此而改變。

老余因為婚外戀而犯了「生活錯誤」，要被下放農村。

懷著身孕的方我素求助無門，上余家找不到老余，失去活下去的勇氣，在河邊徘徊。林清芬將她救起，發現她有早產的跡象，將她送進了醫院。她在產台上出現了難產，林清芬經過內心交戰之後，為她接生。後來，她遠走他鄉，林清芬將她的小孩視為己出。

聽完了故事，余小朵才發現原來那個小女孩就是她。

乍看小說的內容簡介，讀者可能會很詫異林清芬竟有如此的寬容大度，簡直不可思議，不合常理，按常理說，中年女性是最容易表現出女性的狹隘性與依賴感的。

這篇小說展示的是東方女性特有的美德——寬容，但是大陸方面的評論界有人質疑林清芬的寬容是否體現了美，他們認為她這種不分是非、包攬錯誤的寬容，就很難使人接受。[17]

林清芬的寬容表現在對丈夫和情婦的身上。以下我們經由小說中林清芬的內心表白，來分析看看她為什麼會對丈夫和情敵表現如此「不分是非，包攬錯誤」的寬容？

當老余向林清芬坦承他的婚外戀時，林清芬覺得她全身所有

---

[17] 胡若定：《新時期小說論評》，（南京：南京大學出版社，一九九〇年六月），頁八八~~八九。

的神經都壞死了，唯一還活著的感覺是惱怒和羞憤，她狠狠地把他罵了一頓。

老余跟在林清芬身後像個做錯事情的孩子，請求她先不要去辦離婚手續，否則會影響女兒大學畢業後的分配；正在入黨準備期的兒子，可能會無法轉正。

原本院長是要將老余記大過處分，在醫院勞動兩年，然後再回外科。但老余情願下放到農村，免得鬧得人人皆知。他向院長提出請求：不要向孩子所在的大學透露他下放農村的真實原因，組織考慮到林清芬的處境和他的一貫表現，答應了對外只說他是因醫療事故才受處分的。

林清芬聽老余提起孩子，像個洩了氣的皮球。接著她固執地要問出個他所以背叛她的原因；他低著頭，結巴地不知從何說起。林清芬氣得不願再抬頭看他。可是他卻忽然抓住她的手央求說：「再看我一眼吧！哪怕還用那種仇恨的目光！這麼多年來，你一直沒有好好望過我……明天，我就要走了……」[18]

林清芬聽了驚異萬分。的確，自從有了孩子後，她再也沒有擁有像戀愛和新婚時，和他眼眸相對的閒情逸緻了。

基本上，林清芬和老余兩人的性格差異頗大，林清芬是個「性格內向」，理性重於感性的人；而老余年輕時想當演員，曾考上過戲劇專校，他是個「熱情奔放」，感性重於理性的人，孩子離家後，生活沒有了熱情，他一直渴望生活中有更多的樂趣和享受。過去他常向林清芬抱怨：你太冷了。

老余對林清芬說：

---

[18] 同註九，頁一四四。

你是一塊恆溫的玉石，和你碰撞在一起沒有失火的危險。而我和她都是一塊燧石，稍一磨擦就會成為火種。誰知道這麼一來就不可收拾了，我像被點燃的爆竹似地把蘊藏多年的熱力一股腦兒迸發出來，把自己炸了個粉碎……。[19]

婚姻亮起紅燈，夫妻兩人都要負責任。所以對於老余這段婚外戀的錯誤，身為知識份子的林清芬也會去自我檢討。當然，我們不能為老余開脫，為他的婚外戀找藉口。已婚的人本應對婚姻忠實，這是無庸置疑的。然而，誠如老余所說的，他這一走不知何時才能回來。我們設想如果老余不愛這個家，何須顧慮孩子的前途，何須誠懇地向妻子認錯，乞求原諒。

接著，我們再來分析林清芬何以會對方我素表現出那樣非比尋常的「寬容」。

其實面對方有素，林清芬的內心一直被「善」與「惡」兩面掙扎糾纏著。而這「善」的一面正代表著傳統婦德的呈現。

當林清芬想到她的家已名存實亡，而方我素卻「逍遙法外」時，她迫不及待地跑到她的劇團去，把她的醜事公佈於眾，她要她名譽掃地。

處理事情的科長是個女幹部，相當同情林清芬的遭遇，答應會嚴辦，而且告訴她民憤極大，大家都很同情她。她氣喘吁吁跑上三樓，看見走廊上掛滿了大字報，方我素被稱為「狐狸精」、「現代潘金蓮」、「糖衣炮彈」，而老余則被稱作「老流氓」、「老色鬼」之類的——那是主持正義的群眾對她的支持。

她又看到了一張彩色漫畫，方我素被畫成了人頭蛇身，蛇身

[19] 同註九，頁一四六。

纏繞著一個行將就木的老人，那當然指的是老余。此時此刻，我們來看看林清芬的反應——「幸災樂禍的感覺也被嚇跑了，剩下的只是驚慌、憂慮，甚至厭惡。我暫時忘記了自己是受害的妻子，竟為那位沒有看過面的情敵默默擔心起來，她看見這些大字報精神上受得了嗎？她今後還怎麼在劇團裡立身呢？……」[20]

這是林清芬第一次的內心掙扎；第二次掙扎則在方我素要自尋短見時。

方我素的母親知道她成為人家婚姻的第三者，一氣之下心肌梗塞復發去世了，家人把她趕出了家門，工作單位嚴厲地批判她。

懷著身孕的方我素上門找不到老余後離去，林清芬頓時意識到她就是那個第三者——「她竟敢跑到家裡來找老余！竟敢當著我的面問老余！竟敢向我打聽他的地址！熊熊怒火湧上心頭，使我恨得咬牙切齒，看大字報時的憐憫之心一掃而光。」[21]

方我素在河邊徘徊，林清芬跟著她，腦中升起一個疑問：「她別是要自殺吧？這麼一想，我又得到了復仇的快意，她這是自作自受，只有一死才能洗去自己的恥辱！」[22]

林清芬實在不想管方我素的死活，但是「理智的分析戰勝了感情的憎惡：如果讓她死了，尤其是死在自己家門口，老余就要承擔法律責任！那……她和我的孩子們……我似乎清晰地看見了老余被人戴上手銬，啷噹入獄的形象，一下子兩腿癱軟，身子無力地倚在了窗台上。母性的愛和女人的恨，像兩把鈍齒鋸子交替鋸著我的心，撕著肉，滴著血。最後，無以匹敵的母愛戰勝了

[20] 同註九，頁一五一。
[21] 同註九，頁一五五。
[22] 同註九，頁一五五。

嫉妒心。不能讓她死！」[23]

林清芬內心的第三次掙扎，發生在她把想尋短見的方我素帶回家照顧時。

林清芬用著自己都認不得的聲音去勸著方我素不可輕生，她明白「只有用人間的友愛和溫暖，才能召回她生存的勇氣。」[24]她捧著曾為老余端的臉盆，擰了熱手巾，讓她擦臉。此時，她「心裡狠狠地罵著自己：你怎麼能這樣沒有尊嚴？難道可以原諒她嗎？」[25]可是她同時又拿起了梳子，為她梳頭。

方我素對於林清芬的照顧感到愧疚。此時，她突然尖叫起來，是子宮在收縮；林清芬看著她的痛苦，突然感性馬上向她的理性打了一個回馬槍——「這時我完全陷入了感官上的憎惡，剛才的熱情全然消失了。她這是自作自受！我冷眼站在一旁，望著她那痛苦的情狀。」[26]

林清芬判定是早產。三更半夜，根本叫不到車子，最後，是林清芬用自行車推她去醫院。這是林清芬內心的第四次掙扎。

方我素被送進產房，出現了難產的徵兆，值班醫生請林清芬去會診。她拖延著時間，自認已經仁至義盡，怎麼可能還親手去接生他們的孩子？真是滑稽。

護士又來催促，說是孩子的胎心音變弱。她以頭痛的理由拖延著，心裡暗暗地升起一個念頭：「胎心音變弱，是很危險的徵兆。如果孩子死了，無論是對她，對老余，還是對我，都是一種解脫。不然，這個孩子怎麼辦呢？只要再拖延二十分鐘，一刻鐘，

---

[23] 同註九，頁一五五~~一五六。
[24] 同註九，頁一五七。
[25] 同註九，頁一五七。
[26] 同註九，頁一五九。

哪怕是十分鐘，那不應該出生的孩子都可能發生意外……」[27]

這次是醫生出馬，說是產婦出現休克，胎心音也沒有了。此時，窒息空白的林清芬的腦細胞又有了一些活動，方才自私的想法又被刪除了，「而首先復活的是一個理智的信號——生命攸關的此時此刻，職責，醫生的職責……」[28]她覺得她的白大褂一穿上身，就發揮了神奇的作用，她「女人的靈魂被壓抑了，女醫生的靈魂顯現了」[29]她走進手術室，忘記了七情六慾，「甚至忘卻了躺在手術台上的是她。這時的我，只感到寧靜、堅定、自信、專注，只知道面前是病人，我是醫生，救死扶傷的醫生……」[30]這是林清芬內心的第五次掙扎。

在大家的搶救下，方我素醒來了，小孩也被生下來，可是那女孩沒有哭，是個死嬰！此時的林清芬又是怎麼樣的呢？她「沒有一點遺憾和憐憫，而是一陣驚喜湧上心頭：孩子死了，醫生們盡了最大的努力，責任不在我們。這是天意，蒼天助我！」[31]

方我素呼叫著要看小孩，喚醒了林清芬的職責感——一個醫生應該做出最大的努力。她抓起嬰兒的雙腳倒提起來，做拍背呼吸法——「我狠命地朝著嬰兒的背脊打去……我打的是他倆的孩子……說也奇怪，儘管我覺得使出了平生最大的力氣，但我的動作卻始終沒有超過這一搶救法的規範，並且發出了神妙的效果……」[32]終於，林清芬親手把她的丈夫和方我素的小孩帶到了

---

[27] 同註九，頁一六三~~一六四。
[28] 同註九，頁一六四。
[29] 同註九，頁一六四。
[30] 同註九，頁一六五。
[31] 同註九，頁一六五。
[32] 同註九，頁一六六。

這個世界。

人道主義精神終於戰勝了林清芬對情敵的仇恨心理，這是林清芬內心的第六次掙扎。

有人認為，林清芬對方我素表現了過份的同情與寬宏；但胡若定以為：「如果從小說的情節實際考察，我以為這種同情與寬宏是值得肯定的。」[33]

的確，經由以上的分析，我們不難理解林清芬對他們兩人的「寬容」並不是那種「不分是非，包攬錯誤」的寬容。林清芬不是聖人，她也有凡人自私陰險的一面，特別是在她對方我素「寬容」的過程中，內心有過幾次強烈的掙扎。

至於林清芬的「善」終究還是戰勝了她的「惡」，有三點是不容忽視的。第一點是她的職業使然。醫生是救世濟人的，總比其他人更具有善心。當老余和方我素誠懇地對她坦承錯誤時，她又怎麼忍心再對在她面前乞求原諒的罪人落井下石呢？第二點是，我們別忘了林清芬和老余都是具有社會地位的人，誠如諶容〈錯，錯，錯！〉裡的汝青所說的，知識份子都有一個通病——愛面子。而這所謂的「面子」問題，在林清芬幾次的內心掙扎中也起了相當的決定作用。還有一點是，林清芬雖然在事業上有她自己的一片天空，稱得上是現代女性，她扮演的是不同於傳統女性的角色，但這並不表示她的人格特質也是不同於傳統的，怎麼說呢？因為一個人的人格特質的養成並非一朝一夕，而是經過漫長而複雜的塑造的，因此，我們見到外表現代，內心傳統的林清芬在面臨衝突時的妥協。透過以上三點我們可見到身處婚姻與事業之間兩難的林清芬的豐滿形象，她雖然身為現代女性，但卻無

---

[33] 同註十七，頁九〇。

法也不能擺脫傳統的家庭角色，不但要做好現代的社會角色，還要兼顧傳統的婦德、婦功、婦容、婦言，可以想見現代女性更加沈重於傳統女性的生活重擔。

我們可以再從「道德觀」的觀點來看林清芬。自女性主義興起後，各方面的研究也都受到相當的挑戰與衝擊，在西方研究「道德發展」的領域中，吉利根（Gilligan Debate）的論辯是相當著名的。針對她所提出的「女人特有的倫理觀點」，她認為：「女人有一種特別強調關心別人、不傷害別人的倫理觀——她叫它做『關心倫理』，相對於男人強調權利、公平的『正義倫理』。」[34]在林清芬的身上我們的確見到了這樣的「關心倫理」，她能認清丈夫道德觀的缺失，又不失掉自我地檢討事件發生的前後關連，以女性陰柔的道德判斷，去體諒關心對方，這正是吉利根所說的成熟的女性道德觀。

林清芬把無家可歸的方我素和小孩接回家照顧，並寫信要老余回來一趟。老余回來那天，正好是孩子滿月。方我素準備抱著小孩離去前，承認成為第三者的錯誤，並祝他們夫妻幸福。林清芬主動接受了方我素的小孩。

這是一個受過教育的高級知識份子處理事情的態度，林清芬的理性，在此時發揮了作用。對於妻子對方有素和他們的小孩的付出，老余注定是幾輩子也還不起了。林清芬的寬容不僅挽回了她的婚姻，重要的是也挽回丈夫對她的愛與尊重。

方我素到外地奮鬥，不再去看望他們。她從演員成為編劇，組織了家庭。一直到老余過世，她才出現。

---

[34] 吳瑞媛：〈吉利根「不同的話音」讀後感〉，（台北《女性人》，一九九〇年九月，第四期），頁一四八。

所以，與其說林清芬是對丈夫和情敵「寬容」，不如說她是對自己「寬容」。因為，如果說老余並不愛她，這段婚姻並不值得她留戀，那麼她還對丈夫和情敵「寬容」，那就是她的愚昧。但是，她既承認她在婚姻經營上的疏失，而且承認錯誤的老余，是她仍舊愛著的、在乎的，那麼她給這段婚姻一個機會，無非是讓自己釋懷，「寬容」自己。

同樣是面對婚外戀，陸星兒筆下的宋秀珍就沒有林清芬幸運。

陸星兒〈同一片屋頂下〉裡的宋秀珍與丈夫都是教師。丈夫愛上他的學生，提出離婚；宋秀珍說什麼也不同意，她不吵不鬧忍耐著丈夫的冷漠，期待他能回頭。她用獎金買書櫥給丈夫，半年來，書櫥一直是空的；一直到丈夫自己買了書櫥，便把書櫥搬還給她。宋秀珍依然不放棄這段形同陌路的婚姻，她要「耐住這場持久戰，看誰拼得過誰？」[35]

這一類俯仰隨人的女性，在新時期的女性小說中仍可見一斑。

中國女性處於漫長的封建傳統重壓中，其權利受到直接侵犯，她們辛苦地生存著，經由她們在尋找女性自我的過程中所遭遇的危機與坎坷歷程，我們見到了傳統婚姻的弊病，以及在父權體系下的女性所遭受的扭曲。在這些女性小說中呈現了顛覆父權傳統的意義，也提示了兩性必須共同面對人生問題的重要性。

第二節　掙扎於傳統與現代之間

[35] 殷國明、陳志紅：《中國現當代小說中的知識女性》，（廣東：

本節所要分析的這一類型的女性，有在愛情或婚姻中得不到滿足而喪失自我的女性；也有為了成全傳統道德，處於新舊衝突中，在精神上陷於情感與理智矛盾的現代女性。這一類型的女性，處於新舊交替時期，經常為著思想上的衝突和矛盾而困擾，她們勇敢地走出封建家門和傳統戰鬥，可是又在家門內外徘徊。這些內心失衡的脆弱女性，一方面希望能忠於自己理想中的情愛，可是一方面又被世俗所迫，必須努力去達到合乎社會傳統的規範，因此，痛苦纏身，掙脫不得。

一、五四時期

五四時期的女性開始接受新思潮的洗禮，有人在盛行的自由戀愛中受傷，像廬隱〈藍田的懺悔錄〉裡的藍田逃離不自由的包辦婚姻，往北京念大學，初接受新思潮，她整個人馬上陷溺了，在學校裡受到男同學感情的欺騙，她沮喪地說：「一個沒有品行的墮落女子，誰能為她原諒是萬惡的環境迫成的呢！啊！我哭，我盡情地哭，我妄想我懺悔的眼淚，或能洗淨我對於舊禮教的恥辱，甚至於新學理的玷污。」[36]

她的未婚夫何仁，在她床頭金盡後，逃得無影無蹤，人們對她指指點點談論著她的污點，有人甚至當面給她難堪。她覺得是被理性和智識所誤，要不然在舊社會中隨便的嫁了，也比在新社會中飄零要好得多，她感慨：

廣東高等教育出版社，一九九〇年八月），頁二九四。

[36] 同註一，頁二五〇。

> 本來男子們可以不講貞操的，同時也可以狡兔三窟式的講戀愛。這是社會上予他們的特權，他們樂得東食西宿。然而我若不是因愛情同時不能容第三者的信念，我也不至於逃婚——甚至於受舊社會的排斥，——然而何仁欺弄了我，不諒人的人類有幾個有眞曲直的，於是我便成了新舊所不容的墮落人了。[37]

從藍田的懊悔我們見到了娜拉出走以後的悲劇的一面。此外也有人發現自由戀愛所產生的諸多的問題，便抱定獨身主義，但下場依然是懊悔。像廬隱〈跳舞場歸來〉裡的美櫻，在大學裡是眾人矚目的焦點，也受到不少男孩子的追求，但當她宣布抱獨身主義的消息後，追她的人就各自另尋幸福了。五年後，美櫻從美國歸國，當時追她的人，都兒女成群了，她才後悔於當初的愚蠢：「這自然的壓抑自己！難道結婚就不能再為上帝和社會工作嗎？」[38]

在馮沅君筆下也出現了幾個接受教育改造、新思潮洗禮在新舊衝突躊躇的女性。在當時為了自由戀愛，和家庭衝突的結局，除了家長的態度軟化外，是喜劇收場的，例如〈慈母〉裡的「我」因為逃避家裡安排的婚姻，求學期間六年不曾回家，後來母親最後通牒必須回家，也是事先做好了反抗不成便求死的準備，而回到家後，沒想到母親是掛念「我」在外的生活，而不是要「我」回來結婚。「我」以拖延戰術得到了母親的諒解，讓「我」可以自由地選擇婚姻。除此而外，幾乎見不到在接觸新思潮的洗禮

---

[37] 同註一，頁二五三。
[38] 同註一，頁六六一。

後，想要改變包辦婚姻的女性有什麼好下場的，不是主人公逃家、家中斷絕經濟來源、嚴重者殉情，就是對抗無效，只能屈服。

這些掙扎於傳統與現代兩難抉擇的女性有著強烈的矛盾。

馮沅君〈誤點〉裡的繼之在情人和母親的愛中交戰。母親不願她在外面自由戀愛，稱病騙她回家，她痛苦地表示：「我不能壓制我的個性，我不能違背我的良心，拋棄我的摯愛者，去歸依那志趣不合的財奴！我寧作禮教的叛徒，我不作良心的叛徒！」因為此時情人決心從軍，她只好回家，母親的愛幾乎融化了她。但就在情人於戰場上受傷被送回時，她一心北上陪伴，但因為誤點的火車，讓她在一念之間對母親有了眷念，決定暫緩北上，母親見她返家，欣喜萬分以為她再不離開了，這教她心煩意亂。

馮沅君的另一篇〈寫於母親走後〉則因為外在的因素讓男女主人公更是掙扎。

「我」愛上了志倫，因此不願答應母親所安排的婚約，就在傷心的母親因事離家時，「我」感到對七十老母的眷戀與愧疚；同時志倫也因為和「我」相愛，造成父親過世，母親重病的下場。就為了要成就愛情，付出了如此慘痛的代價，因此，他們懷疑是否該繼續走下去。

劉思謙曾評說：「馮沅君小說的歷史價值，便是塑造了『五四』女兒們這種無所適從的徘徊猶疑的心理形象。她們對家庭的反叛是勇敢的，然而並不是決絕的。她們邁出了這一步，然而又頻頻回首，徘徊於家門內外。」[39]

而廬隱〈女人的心〉裡的素璞，原本有機會得到幸福的，可

---

[39] 劉思謙：《"娜拉"言說——中國現代女作家心路紀程》，（上海：上海文藝出版社，一九九三年十二月），頁三八。

是就因為進退兩難的她，在傳統和現代的觀念中徘徊，所以葬送了幸福。

素璞在丈夫賀士出國期間，於大學進修時認識了純士，她一直克制著對純士的愛，但是當她得知賀士有了婚外戀時，她覺得是賀士先對不起她，便提筆寫信回應純士的愛，並約他見面，可是信才送出去，她又想起賀士，覺得對不起他，她後悔明天的約會，決定藉故推辭，可是才下這樣的決定，內心又感到空虛。後來，她怨恨自己的怯懦，決定為自己打算，「我應當做個獨立人格的女人，我並不屬於任何人，除非對方也一樣的屬於我。」[40]

素璞向純士表明態度：「我們不幸要做過渡的犧牲者，但是純士，請你諒解我；我雖然有著江南人的血統，柔韌的性情，而同時我也是一匹不受羈勒的天馬，我有熱情，我有夢想，我要做時代的先鋒……」[41]可是面對著不利於他們的謠言，素璞又傷心起來，她覺得她一面欺瞞著賀士，去愛純士，就算只是精神上的，在道德上也已背叛了賀士，而她拿殘缺的愛去換取純士的初戀，覺得更是罪孽深重。

素璞的勇氣不夠，所以她的行動就讓人感覺捉摸不定了，這是中國傳統社會加諸在女人身上的嚴苛的壓力，畢竟女人再嫁，比起男人再娶要難上好幾倍。且看當素璞和純士論及婚嫁後，當她回到家鄉，見到她的女兒，她那衝破舊傳統的心，又動搖了，她在信中對純士說：「我是一個過渡時代的女人，我腦子裡還有封建時代的餘毒，我不能忍受那些冷嘲熱罵，我不能貫徹我自己的夢想，我是弱者，是一個沒有勇氣的弱女子。這麼一個時代下

---

[40] 同註一，頁七〇八~~七〇九。
[41] 同註一，頁七一九。

的犧牲者，結果，竟連累了你，連累了那無罪的孩子！」[42]

故事最後，她陪在女兒身邊，但懺悔與哀傷也終日相伴。

這種情感與理智的交戰，以弗洛依德的精神分析學來說，便是「快樂原則」與「現實原則」，或者說是「本我」與「超我」的矛盾鬥爭。

在廬隱的另一篇〈歸雁〉裡也有這樣一個受到情智交戰，不敢排除萬難，追求幸福的女子。

紉青是個新寡的婦人，她在最脆弱時遇見了「願將赤子純潔的心去愛護她，使她在寂寞的世上，得到一點安慰」的劍塵。紉青雖然心裡很在乎這段感情，但她一直覺得自己是個心靈殘破的人，不配接受劍塵無瑕的愛。於是，她在日記裡有了這樣的矛盾：

> 他要是希望從我這裡得到人生的幸福，那麼我更是對不起他，我是不幸的人，我所能給人的，只有缺陷悲哀……唉！天啊你太播弄我了！……我自己把持不住，不定什麼時候，我將讓他看到我赤裸裸的心——那是一顆可怕的足以誘惑他的心，然而天知道，這不是我故意造成的罪孽，只是我抗不過命運的狡獪，我們彼此都是命運的俘虜。[43]

紉青故意遲些回劍塵的信，希望因為她的冷淡讓他死心，可是另一方面每天又因為他的來信與否左右她的心情。她幾次鼓起勇氣決心不再寫信給他，但最後還是又提筆。

終於就在劍塵老邁的雙親和紉青談起他拒絕作媒成婚，感到

---

[42] 同註一，頁七七二。
[43] 同註一，頁八〇五。

憂傷不已時，紉青覺得她是他母親的罪人，於是寫信給劍塵說「如果你想使我的靈魂被赦免的話，你趕快順從母親的意思結婚罷！」[44]

紉青對劍塵說她不再悲觀消極，思想有進步了，也希望劍塵好好追逐他光明的前途。但是當得知劍塵有了好的對象，將在兩年內結婚時，紉青自恨過去的愚鈍，最後決心離開那個傷心地。

紉青用她長久以來所接受的禁令和戒律，去壓抑自己對性愛的渴望和衝動，陷溺於情智兩難抉擇的苦戰，她永遠找不到出路。

在凌叔華筆下也有一群在傳統與現代掙扎的女性，她利用這一類的小說所反映的婚戀觀，表現出在新舊社會接替與其道德衝突中，女性對自己的婚姻與戀愛不自主的無奈。

〈春天〉裡的霄音是個已婚女子，雖然丈夫對她多有關心，但她心中卻感到空虛。

有一天，霄音在無意中聽到遠處傳來一段淒惻動人的琴聲，感觸良多的她不禁憶及那個曾被自己拒絕的情人，如今的他住在醫院裡，憔悴而潦倒。想著想著流下了淚，忽然一股衝動想提筆回他一星期前的來信，誰料才寫了一行，家中的貓為了捉一隻麻雀，碰倒了花瓶，從花瓶流出來的水浸濕了信紙，丈夫進房關心地問是怎麼回事？霄音把信紙搓成團子，拿來擦桌子，說是：「我要打貓，牠舀了一桌水。」

在小說裡我們無法得知霄音和丈夫是自由戀愛還是媒妁之言，但可以確定的是：霄音和丈夫之間的婚姻亮起了黃燈，才使霄音在刻板的婚姻生活中，會輕易地被過去的一段感情所牽動，而引發其內心矛盾的契機。「『第三者』作為丈夫之外的因素插入

---

[44] 同註一，頁八三一。

故事之中，只是提供一個非常態的契機，從而透露出在妻子這一角色壓抑下女性主體價值的匱乏。也就是說，即使在新式婚姻裡，在也許是甜蜜美滿的夫妻關係中，仍然掩蓋著事實上的不平等，掩蓋著女性的隸屬的、被動的和被創造的地位。」[45]霄音應該是意識到了這一點，才會感到婚姻生活的缺陷，但終究在傳統倫理觀的約制下，相信矛盾的她永遠也寄不出那一封信。

提到蘇雪林，我們在第三章就談過她本身就是一個活在傳統與現代之間的女性。

《棘心》是蘇雪林自傳體的小說，所以從女主人公杜醒秋的身上便可想見作者的影子。

杜醒秋出生於舊式家庭，父親長年在外作官，母親是個賢妻良母。醒秋從十五歲起就離開家在省城讀書，為了實現自己數年來乘長風破萬浪的夢想，她瞞著她最愛的母親，飄洋過海到法國留學。到了法國後，在一個叫秦風的青年的熱烈追求下陷入了情網，但是她不忍違背母親從小就為她訂下的婚約，經過一場自我內心的掙扎，她拒絕了秦風的追求，開始和素未謀面的未婚夫——叔健通信。經過幾次書信往來後，發現兩人性格上的差異，她想解除婚約卻遭到父母強烈的反對，在萬念俱灰之下，她皈依了天主教，但並不是出於敬愛耶穌基督的誠心，而是為了要彌補愛情的缺憾，想利用宗教找一個安身立命之地，為此有人罵她是五四的叛徒。最後，她回到了病重的母親的身邊，乖乖地和叔健結婚。母親過世後，她和叔健從此過著「和和睦睦」的生活。

就「五四」思潮而言，杜醒秋是一個徹徹底底的悲劇人物，而她的悲劇性在於她性格上的多重矛盾——她自命是樂天派，但

---

[45] 同註三九，頁一三五。

其宇宙觀與人生觀又悲觀到極點；她具有強烈的理性，同時感情也極為豐富；她贊成唯物派哲學，同時對精神生活又有相當的要求；她傾向科學原理，同時又富有文藝的情感——她的內心時常處於「傳統與現代」的交戰狀態。

在小說中描述說——

> 醒秋的性格，本來有些特別，一面稟受她母親的遺傳，道德觀念頗強，嚴于利義之辨；一面又有她自己浪漫不羈的本色，做事敷衍隨便，缺乏責任心。有時逞起偏執的性情，什麼都不顧。她很明白地覺得自己心裡有一個美善的天神，也有一個醜惡的魔鬼，勢均力敵的對峙著。[46]

在留學期間，杜醒秋的母親每次寫信勸她回國，她回信總宣布要留學十年，其實她一直這麼說不過是怕母親過於懸掛，要逼她回國結婚，才故意拿這話傷她母親；她為了婚姻問題幾次寫信和家裡大鬧，甚至希望母親早些兒去世。為此，她有過結束生命或出家的念頭，但她表示：

> 我的想自殺，不是輕生，我的想出家，也不完全為愛天主，只是和家裡賭氣，故意說這些話使他們為我難受，我才暢快。[47]

---

[46] 沈暉編：《蘇雪林文集》，（合肥：安徽文藝出版社，一九九六年四月），頁一六八。
[47] 前引書，頁二一〇。

這是處於「現代」的杜醒秋。

我們知道最後教杜醒秋妥協於家庭包辦婚姻的關鍵人物還是她的母親，我們透過小說中杜醒秋對她母親的眷戀和感佩之情，便可感受到她母親在她心中的重要地位——

> 醒秋想到母親一生勞苦和不自由的生活，每深為痛心，但對於母親的盛德懿行，則又感服不已。她常說大家庭一個好媳婦，等於衰世的一位賢相。她每讀諸葛孔明、謝安、史可法等人的傳記，便感覺到母親臉影隱現於字裡行間。[48]

杜醒秋若不是基於她母親的因素，否則以她當時在法國所處的自由文明環境，她大可拋卻所有的傳統禮教及婚約的束縛，去過獨立的生活，但「她一點『孝心』卻像一隻鐵錨般極力將船抓住，不然，早已隨波逐流去了。」她知道如果她選擇秦風，母親勢必憂死、氣死、愧死，母親終日面對專制的祖母必無好日子可過，所以，經過天人交戰之後，她還是屈服於母愛之下，她無法在家中噩耗連連的情況下，又增添母親的痛苦，於是開始和未婚夫通信——

> 叔健信裡的話，只是恰如其分，但這恰如其分卻使醒秋悶氣。她願意他同她很激烈的辯論，不願意他永遠這一副冷冷淡淡的神氣。他既不愛討論問題，醒秋寫信覺得沒有材料，只好轉一方向，同他談娛樂問題：如看電影、跳舞、茶會等事，叔健卻

[48] 同註四六，頁一六。

說他對於這些娛樂，一樣不愛。[49]

杜醒秋漸漸發覺和叔健通信愈來愈沒趣味，叔健的冷淡有時令她不耐煩，隔幾個禮拜不和他通信，他又很關切地寫信來問；她實在搞不清楚他究竟是什麼樣的人。

以秦風和叔健作比較，當然杜醒秋是對熱情的秦風較有好感的，但是杜醒秋仍有著一份傳統的道義觀，她認為——

> 戀愛，無論肉體和精神，都應當有一種貞操；而精神貞操之重要，更在肉體之上。她已經有一個未婚夫了，她將來是不免要和他結婚的，她是應當將全部的愛情交給他的。如果她現在將心給了他人，將來拿什麼給她的丈夫呢？她若心裡愛了他人，對於她的丈夫不過是一種制度的結合，那麼，她欺騙丈夫了；若到結婚時將給了他人的心收回來給丈夫，不但這顆心是殘缺不全的，她對於那從前的朋友又是欺騙了。[50]

這是處於「傳統」的杜醒秋。

杜醒秋既然決定要接受和叔健的這段婚姻，便想好好與他培養一下感情，她再次寫信邀請叔健到歐洲旅行。

在添購新衣時，隨口向同學扯了一個謊，說叔健自己來信說要來歐一遊，她已幾次去信推托，但推辭不掉。

杜醒秋幻想著叔健到歐洲後，他倆將在各地留下愛的蹤跡。

誰知過了二十多天，叔健才來一封信說，他對旅行絲毫不感

---

[49] 同註四六，頁七三。
[50] 同註四六，頁五二。

興趣，到歐洲去做什麼？至於結婚，他也不急，她想在法國繼續留學，他還可再等幾年。

這是第二回被叔健拒絕了，杜醒秋覺得叔健損傷了她的氣節，還蹂躪了她的感情。她本想有一天鄭重地將她無玷的心，贈予叔健，作為定情時珍貴的禮物，但如今叔健竟是如此相待。

杜醒秋決意不再和叔健通信，不久叔健回國，家中來信要她回去，她想趁此機會解除婚約。於是她寫了一封信將叔健冷酷不近人情之處，詳細報告於父親，並表明離婚的意見；父親回信把她嚴厲訓飭了一頓，並說離婚一事，有辱門楣，還說就算她死了，還是要將她的屍骨，歸于夫家的隴墓。杜醒秋看完父親的回信後，氣得快發瘋，她說：婚姻自由，天經地義，她就是要實行家庭革命；最後還是母親的苦苦哀求才平復了她的心。

杜醒秋在婚後能和叔健「和和睦睦」的相處，她母親是主要的因素。

在小說結尾，杜醒秋給叔健的一封信中，我們可看出她對叔健的感激之情——

> 去年我們在鄉下度著蜜月，那時我對於你的誤解沒有完全消釋，你對我也還是一副冷淡的神氣——這是你的特性，我現在明白了——但在母親面前我們卻很親睦，出乎中心的親睦，母親看了，心裡每有說不出的歡喜。更感謝你的，你居然會在她病榻旁邊，一坐半天，趕著她親親熱熱地叫「媽。」母親一看見你，那枯瘦的頰邊便漾出笑紋，便喊醒兒，快些上樓拿徽州大雪梨和風乾棗子，給你的健吃。[51]

[51] 同註四六，頁二〇三。

人在失去最親愛的人，是最脆弱至極的，而在他身邊陪伴他的，往往就像是塊大海中的浮木，而杜醒秋對這塊「浮木」有著感恩之情，因為這塊「浮木」很識大體，他能捐棄先前之間的嫌隙，和杜醒秋充分的配合，讓她母親安心的離去，完成她母親的心願，讓她甘於平凡地和這塊「浮木」走完下半輩子。

這是「妥協於傳統」的杜醒秋。

杜醒秋曾經是那樣愛戀著法國，但最後妥協於傳統的壓力之後，她卻對叔建說：「從前的事，我雖然有些怨你，但是，健，我到底不能怨，因為你原是一個冷心腸的人；也不必怨我家庭，假如不是舊婚約羈束著我，像我這樣熱情奔放的人，早不知上了哪個輕薄兒郎的當。也不能怨我自己，我所有的惱恨，是真真實實的惱恨，我曾盡我所能的忍耐，但終於忍耐不下。我只有怨命運吧，那無情的命運真太顛播了我，太虐弄了我；或者我當悔不該去法國，不去，就沒有這些事了。」[52]

說這些話的杜醒秋是真的接受命運的安排了，她一昧地怪罪不該到法國，不到法國就不會認識秦風，就不會大鬧家庭革命；但她絲毫沒有考慮到，如果革命成功了，能夠和一個情投意合的人相守一輩子，那才是真正的幸福；也或者她考慮到了，只是她無法擺脫傳統的沉重包袱，在下意識裡抹去了這段現實。

杜醒秋默然接受了男性中心社會的性別秩序，她不像丁玲筆下的「莎菲」是個個性主義者，以「享受生活」為目標；也不像馮沅君筆下的綉華，雖然愛她的母親，但更愛她的意識自由，無法選擇自己所愛，便寧願選擇以結束生命來作為反抗的手段。

---

[52] 同註四六，頁二一一。

在五四時期呼籲解放的進程中，有不少部分的知識份子處於新思潮與舊觀念相爭的衝突中，他們一方面努力想要創造新的生活；但另一方面又受到傳統根深蒂固的觀念的壓迫，到最後承受不了其迫害後，終於降服於封建的舊勢力之中，杜醒秋就是這樣的一個典型人物，蘇雪林賦予她的形象塑造，真實地保留了在「五四」新思潮的大聲疾呼下的另類人物，頗具有其歷史意義。

「五四」女作家們以自己身為女性的生存體驗，展現了筆下女性矛盾的痛苦——「“五四”女兒們是吮吸傳統的乳汁長大的，當新的歷史運動提出的一些新的歷史要求同她們自身的要求相一致時，她們便會順應歷史潮流而行動，但同時傳統的力量又時時限制、牽制著她們，一身經受兩種力量的撕扯，常常表現為內心的分裂或生命的二重性。」[53]

二、新時期

隨著新時期社會思潮的更迭，當時的女性小說中也有很多女性人物是在傳統與現代的觀念中游移的。

鐵凝〈麥稭垛〉裡的沈小鳳，是個處於青黃不接的尷尬時期——在「傳統與現代」的夾縫中爭取所愛的女性，她也想學大芝娘，留下一個所愛的人的種。沈小鳳不同於大芝娘的是：她是受過教育的年輕知識女性，但是，同樣面對愛情，其意識的呈現就無關教育程度或時代背景了。

當沈小鳳到端村插隊時，陸野明和楊青就是一對了。

---

[53] 同註三九，頁三四。

陸野明和楊青戀愛後，她開始駕馭他，使他對她不敢有非份的要求或舉動，這使得他更愛她了，她能使他激動，也能使他安靜。

沈小鳳也很愛陸野明，可陸野明卻很厭煩她。但所謂「女追男，隔層紗」，有一種默契在陸野明和沈小鳳的心中翻騰，他們似乎無法逃脫那深淵的誘惑。

終於，他倆發生關係的事爆發了，被審問時，沈小鳳承認說是她一人的錯。

沈小鳳執著大方地勇於追求所愛，這是她「現代」的一面，可是她也有「傳統」的一面，就在她和陸野明發生關係被詢問後——

有一次割麥收工後，沈小鳳截住了陸野明，陸野明想繞過去，沈小鳳又換了個地方擋住他的去路，追問他是否愛她？以後是不是還是他的人？陸野明給了她無情的否定的答案後，準備疾步逃開，沈小鳳馬上撲到他的腳下，用胳膊死死抱住他的雙腿，哆嗦著只是抽泣。陸野明沒有立即從她的胳膊裡掙扎出去，他問她還有什麼話說？

「我想……得跟你生個孩子。」

「那怎麼可能！」陸野明渾身一激靈。

「可能。我要你再跟我好一回，哪怕一回也行。」

「你！」陸野明又開始在沈小鳳胳膊裡掙扎，但沈小鳳將他抱得更死。

「我願意自作自受。到時候我不連累你，孩子也不用你管。」

沈小鳳使勁朝陸野明仰著頭。[54]

沈小鳳當然遭到陸野明的堅決拒絕。

這是沈小鳳「傳統」的一面——她想，既然得不到陸野明，又和他有了夫妻之實，那麼不如向他要一個孩子，留下和他有牽連的一點「關係」，至少，她是曾經愛過的了。

這可說是另類的「守貞」，應該也是作者所要表達的女性意識。

新時期的女性小說隨著生活內容的複雜而豐富，對愛情與人生的追尋和理解也在不斷充實中，然而，女作家筆下的一些女強人形象，並不是完全現代的，她們也有其相當傳統的一面。

諶容〈人到中年〉裡的女醫師陸文婷是那麼地無私，無私到自己的女兒發燒，她還是把眼前的病人看完，才去幼稚園接女兒看醫生，醫生診斷是肺炎，但是，她沒有辦法留在女兒身邊照顧她，因為她下午還有病人要診療，女兒還是得想辦法託人照顧。

從這裡我們不難想像女性兼顧事業與家庭的辛苦與艱難。

陸文婷高尚的女性特質，除了表現在工作事業上，也表現在家庭生活中。我們透過作者的描述，便可輕易感受到陸文婷家務的忙碌——

每天中午，不論酷暑和嚴寒，陸文婷往返奔波在醫院和家庭之間，放下手術刀拿起切菜刀，脫下白大褂繫上藍圍裙。可以毫不誇張地說，這是分秒必爭的戰鬥。從捅開爐子，到飯菜上桌，這一切必須在五十分鐘內完成。這樣，圓圓才能按時上學，家

[54] 同註一五，頁二六一。

杰才能蹬車趕回研究所，她也才能準時到醫院，穿上白大褂坐在診室裡，迎接第一個病人。[55]

陸文婷為了讓丈夫能一展長才，她安排傅家杰搬到研究所去住，好充分利用時間。

就在傅家杰把行李打包好，搬進研究所的那天，他原本不打算回家，可是又想起陸文婷今天要連做三個手術，回到家一定很疲累，於是又趕回家做飯。

人身畢竟不是鐵打的，陸文婷終於還是倒下了。傅家杰回到家才發現陸文婷在床上呻吟，他到處叫不到車子，連陸文婷醫院的汽車隊也回答：沒有領導批的條子，不准派車。最後，他攔住過路的小卡車把妻子送進了醫院，當時她已昏迷，醫院診斷是「心肌梗塞」。

在瀕臨死亡邊緣的昏迷，陸文婷還牽掛著：女兒要她幫她梳小辮兒；兒子要她幫他買白球鞋。她看到傅家杰追著她叫她不能走；醫院裡的同事、病人都在大聲喊她。

葉穉英在《大陸當代文學掃瞄》一書中論到大陸當代女性文學裡的女性意識說：「諶容是五〇年代的大學生，她身上難免有著較濃厚的傳統意識。她筆下女主人公陸文婷所展現的女性意識於是只能是傳統意識上的點點星火，它的新舊雜揉、過渡性特質毋乃是極其自然的。」[56]她又說：「陸文婷融合了醫生、妻子、母親三重角色於一身，既要追求自我價值的實現，也想把家庭兼顧

---

[55] 諶容：《諶容》，（北京：人民文學出版社，一九九三年五月），頁三一。

[56] 葉　英：《大陸當代文學掃描》，（台北：東大圖書公司，民國七十九年五月），頁一二二。

好。於是，她只有以中國婦女堅忍、犧牲的傳統品質把事業、家庭一肩挑起，表現了傳統女性意識與現代因素的融合。」[57]

因為女性堅強的不妥協於環境的韌性，被外部世界「逼上梁山」後，是很有機會變成女強人的，只是在此過程中難免受到傳統與現代的衝擊，張辛欣的〈在同一地平線上〉裡的「她」便是一例。

男女主人公經歷十年文革的磨難，在雲南插隊時相識。回到城市後，他們結婚了。他忙碌地追求他的繪畫事業，為了成名而奔波，每晚她估算著他回家的時間，為他準備熱水，當他在享受熱水澡時，卻一句窩心的感謝都沒有。漸漸地，她發現了他們婚姻的危機；而他當然還是不自覺，因為他仍忙著為他的事業交際應酬。

導致夫妻婚姻關係的疏離，其成長步調的不一，是一個重要因素。夫妻之間沒有維繫兩者的共通點，沒有共同的話題，就像是活在兩個世界的人，女主人公應該也意識到了這一點。

在孤獨的煎熬下，她把生活重心寄託在寫作上，即使退稿也不灰心。她不再為他等待，迎接他的是一個專注於寫作的背脊，他們開始有了爭執——他希望她是個體貼溫柔的妻子，在家操持家務，扮演著過去照顧者、犧牲者的角色；但小說裡的她甚至不願意做一個表面臣服於男性的女性。

她曾為了他放棄報考普通大學的機會，結婚後，她才醒悟到要真正保持家庭關係上的平衡，非得和他在事業上和精神上取得等同的一席之地不可。因此，她報考電影學院導演系，此時她發現自己懷孕了，為了能專心準備考試，她自作主張去做了人工流

---

[57] 前引書，頁一二二。

產，這造成他們夫妻分居。

她通過了考試，但是高教部突然宣布：已婚者一律不能參加大學考試，為了爭取入學的機會，她找他協議離婚，他同意了，便往辦事處先行登記。

他為了名利雙收，在生存競賽場中賣力；她則時時自惕：不能在競爭中失去自己的位置。但他們有時還是會升起對愛情的渴望，他們對彼此還是有情，還是思念著對方、掛心著對方，只是理念不合，一見面又是爭執。

有一次他想起她，到學校找她，她大為感動，但他卻說是要請她弄畫冊的文字，她大失所望，兩人不歡而散。

她聽了關於他不好的傳言——不擇手段、作風不好、鬧離婚和別的女人來往，她立即趕到出版社為他辯駁，接著她趕到車站為他送行，並告誡他，結果他卻怪她干涉他的事情。

為了畫到野生的孟加拉虎，他隨著一幫哈尼族獵手進入深山老林，結果負傷被送回北京。她在宿舍裡找到他，他纏著繃帶在起草畫冊的前言，她幫助他完成前言和技法文字。兩人在談「虎」的過程中找到了共同的感受和溫暖，她用她在事業奮鬥過程中的探索和苦惱，心同此理地去理解他。

她邀請他去看她的導演小品，他說他忙，等她拍出一部電影，他答應會去看的，他對她說：「你呀，就是太要強！要不然……」她不作聲地拼命反抗。又回到這樣一個分手的起點，她認為她根本不是要強，而是他把她推到不得不依靠自己的路上。她再次傷心，決心離婚。

有心自動脫離隔膜的夫妻關係、尋求經濟自立的新女性，其實是格外艱辛的，在她們意圖掙脫兩性權力關係格局的同時，她們的內心仍有其空虛的一面。她們一方面意識到自己與傳統婦女的差異，努力要把命運「操之在我」，可是一方面又無法真正全然地放下傳統的包袱，看起來是要全力反叛的，但是骨子裡卻又似乎認同著無法割捨的父權權威，因此，總是陷於傳統與現代的角力賽中，並在此二者的夾縫中，與徬徨、矛盾相伴。

辦事處通知他們去辦離婚，在辦離婚前他們一起用餐，互相祝福：他祝她能遇上一個體貼的丈夫；她願他能碰上一個溫順的妻子。

對於〈在同一地平線上〉的創作初衷，據張辛欣說：「是一個很具體的情感需要，只需要被理解。」[58]所以我們看這篇小說的著眼點就從女主人公走向離婚的複雜心理的歷程去集中焦點，至於其他讀者和評論家的看法與作者的創作初衷相距甚遠，就不在討論之列。

其實她是很有機會成為丈夫心中的理想妻子的，首先在婚前她就有所認知和準備——

> 還是在婚前，我知道了這一句話，不管雙方以為怎樣了解了，結了婚，也是在重新認識。我有了精神準備，可還是感到許許多多的不習慣。我並不固執啊，我默默地改變了許多想法和做法。兩個人在家庭中的位置，像大自然中一物降一物的生態平衡，也有一種一開始就自然形成的狀態。那時候，聽一些女人誇耀，在家裡都是她的丈夫做飯、洗衣服，我一點不羨慕，我不希望我的丈夫比我弱，捧著我，沒有事業心。不過，我懂得

---

[58] 呂晴飛主編：《當代青年女作家評傳》，（河北：中國婦女出版社，一九九〇年六月），頁五〇四。

了諸如在客人面前，盡量閉起嘴，把家庭主宰的地位留給他等等小道理……。[59]

在小說中還有這樣一個細節描寫。那是他們第一次鬧彆扭——她第一次回婆家，在人來人往之後，她希望得到他一點溫存，可是忽然來了一個人和他說了幾句話，他便撇下她走了，一直到深夜才回來。她因被冷落而落淚，他解釋說是為了已經敲定的小說插圖去「奮鬥」；於是「歉意」代替了她所有的「委屈和埋怨」；他十分滿意眼前的這個「小女人」，他要她別莫名其妙地哭，說是生存競爭，自然界和人與人之間都是這樣。她回應他的是：點點頭。這點頭的舉動表示她是贊同他的說法的。女人都是需要被愛的，我們設想如果他懂得把他在職場上運用的手段或伎倆，耍出十分之一在她身上，給她她所需要的愛與溫暖，那怕是甜言蜜語，她可能仍舊安於穩穩當當地繼續做她的小女人，情願被他所「物化」，那麼怎麼會有爭執？怎麼會離婚？可惜的是，他全心放在事業上，完全忽略了她是個活生生的人。

她是相當平凡的，她羨慕友人大平的婚姻生活——婚前大平還有幾分風流，娶了個管廠裡工會的老婆，就一塊被老婆管起來了，但大平安於那樣的家庭生活，連看小孩的功課都是他負責的。她覺得大平這種平淡的生活裡，潛著十分誘人的東西，是一種真切，說不出的體會。

她其實是個性情中人。即使在等待辦理離婚期間，她對他仍保有女性的纖柔。去探望受傷的他，擔心得淚水直流，後來，忍

---

[59] 中國作家協會創研室編：《公開的『內參』》，（長春：時代文藝出版社，一九八九年三月），頁二四七。

不住便把頭埋在他的手臂裡，放聲大哭起來，她對他仍舊有情，那樣曾經擁有的感情，不是說斷就斷的。其實她一直在給他機會，也給自己機會。但是，基本上他們兩人的性格迥異。每個個體的性格塑造，不斷受到他成長的背景、教育環境、社會生活的影響，因為這樣的差異，他們就算勉強挽留住婚姻，問題依然存在，婚姻仍然是岌岌可危的。我們舉例來看看他們的性格差異。

他是個藝術家，但是辦起事來卻有商人的市儈氣息。他作畫的第一個考量是：市場需求；他懂得利用關係，創造條件和名聲。連他自己也感覺他是改變了，是被扭曲了；他的這種利己主義是最教她所不齒的，她是那種仗義直言，是非分明的女子。可見這樣的一個男子怎麼會去關心他的妻子的內心感受？

他和她談「虎」，她在研究之後，有了這樣的感覺：

> 我突然覺得，我和他有什麼相像的地方。
> ……也許，正是這個相像的地方，使我們相識了，結合了，又將分手。[60]

她在錯誤的婚姻中有了深度的體認，因此，勇敢接受婚姻失敗的現實。

新興的都市造就尋求經濟獨立的都會女性，她們可以自給自足後，便能決定要不要僵化的婚姻關係，只是「因誤解而結合，因瞭解而分離」，難免有著些許的感傷和無奈。

「新寫實小說」作家池莉也將女性所處的大環境，所產生的自身的矛盾，以及加諸在她們身上的傳統與現代的包袱，藉著〈長

---

[60] 前引書，頁三五八。

夜〉這篇小說表現出來。

〈長夜〉裡婦產科醫生楊維敏為了報答養父的養育之恩，她割捨了對情人的愛戀，和養父的兒子結婚，她並不愛這個從小所喚的哥哥，尤其他在新婚之夜對楊維敏說:「你是我的。」這句話讓多愁善感的楊維敏大為反感，她覺得她的人格受了污辱。

楊維敏會對「你是我的」這句話反感，表示她認定:女性也是一個獨立的個體，並不屬於任何一個人，夫妻是站在同一地平線上，一起同行的。如果照這樣看來，她應該是不會做出為報恩而結婚的舉動才是，可是她的的確確斬斷了她的真愛。

「她的所謂報答養父之恩，實際上是沒有擺脫傳統的道德觀念的束縛，她陷進一種古老並且惰性的藩籬而不能自拔。」[61]這表現了女性懾服於親情道義，以致放棄自我的妥協性格。池莉在這裡寫出了在傳統與現代夾縫中掙扎的悲劇女性的痛苦。

雖說女人較感性，可是往往一些較為成熟的女性在尋求真愛時，並不會不理智到眼中只有愛情，而不會有其他的考慮，而也正因為這樣的顧前顧後，又使女人陷入了另一種悲哀。

張潔〈愛，是不能忘記的〉裡的鍾雨毅然決然斬斷她遇人不淑的婚姻，二十年來獨立撫養女兒長大成人，這是「現代」的她；但是，當鍾雨遇到了與她相知相許的戀人，卻因他的婚姻，她留在原地，默默地為他守候，這是「傳統」的她。

鍾雨用文字和老幹部傾心交談，寫成了「愛，是不能忘記的」。

我們曾淡淡地、心不在焉地微笑著，像兩個沒有什麼深交的

---

[61] 同註五八，頁一三二。

人，為的是盡力地掩飾我們心裡那鏤骨銘心的愛情。……你因為長年害著氣管炎，微微地喘息著。我心疼你，想要走得慢一點。可不知為什麼卻不能。我們走得飛快，好像有什麼重要的事情在等著我們去做，我們非得趕快走完這段路不可。我們多麼珍惜這一生中唯一的一次「散步」，我們可分明害怕，怕我們把持不住自己，會說出那可怕的、折磨了我們許多年的那三個字：「我愛你」。除了我們自己，大概這個世界上沒有一個活著的人會相信我們連手也沒有握過一次！[62]

在這本筆記本中，我們見到鍾雨毫無保留坦承地揭露了這段感情所帶給她的痛苦——

我們曾經相約：讓我們互相忘記。可是我欺騙了你，我沒有忘記。我想，你也同樣沒有忘記。我們不過是在互相欺騙著，把我們的苦楚深深地隱藏著。不過我並不是有意要欺騙你，我曾經多麼努力地去實行它。有多少次我有意地滯留在遠離北京的地方，把希望寄託在時間和空間上，我甚至覺得我似乎忘記了。可是等到我出差回來，火車離北京越來越近的時候，我簡直承受不了衝擊得使我頭暈眼花的心跳。我是怎樣急切地站在月台上張望，好像有什麼人在等著我似地。不，當然不會有。我明白了，什麼也沒有忘記，一切都還留在原來的地方。年復一年，就跟一棵大樹一樣，它的根卻越來越深地紮下去，想要

---

[62] 張潔等著：《愛，是不能忘記的》，（台北：新地出版社，民國七十八年三月），頁二二~~二三。

拔掉這生了根的東西實在太困難了，我無能為力。[63]

我們見到鍾雨的愛情在傳統觀念的束縛下的無法解脫的痛苦，她不願以兩個家庭的破裂去換取自己的幸福，而且這種婚姻之外的愛情是社會所不允許的。然而，老幹部夾在妻子和情人之間，地位更是艱辛。有一次，他對鍾雨提起她的新作說——

您不該在作品裡非難那位女主人公……要知道，一個人對另一個人產生感情原沒有什麼可以非議的地方，她並沒有傷害另一個人的生活……其實，那男主人公對她也會有感情的。不過為了另一個人的快樂，他們不得不割捨自己的愛情……。[64]

有人說結婚如同鑄一把剪刀，雙方只要結合就不可能分開，而且只能向著相對的方向行動，因此，插足於夫妻之間的第三者必將自食其果。也許鍾雨深知這一點，所以她默默待在老幹部內心深處的一個角落。一直到鍾雨臨終前，她才在筆記本的最後一頁寫著——

我是一個信仰理性主義的人。現在我卻希冀著天國，倘若真有所謂天國，我知道，你一定在那裡等待著我。我就要到那裡去和你相會，我們將永遠在一起，再也不會分離。再也不必怕影響另一個人的生活而割捨我們自己。親愛的，等著我，我就要

---

[63] 前引書，頁一七～一八。
[64] 同註六二，頁一四。

來了——[65]

我們從鍾雨對她女兒珊珊的婚姻問題所提出的意見，可看出鍾雨的婚姻觀——

「珊珊，要是你吃不準自己究竟要的是什麼，我看你就是獨身生活下去，也比糊裏糊塗地嫁出去要好得多！」

「要是遇見合適的，還是應該結婚。我說的是合適的！」

「有還是有，不過難一點——因為世界是這麼大，我擔心的是你會不會遇上就是了！」[66]

鍾雨並不關心珊珊嫁不嫁得出去，她關心的倒是婚姻的實質，這應該與她自己感同身受的經歷有關。

黃秋耘在〈關於張潔作品斷想〉中指出：「〈愛，是不能忘記的〉並不是一般的愛情故事，它所寫的是人類在感情生活上一種難以彌補的缺陷，作者企圖探討和提出的，並不是什麼戀愛觀的問題，而是社會學的問題，它能讓我們思索一下：為什麼我們的道德、法律、輿論、社會風習等等加于我們身上和心靈上的枷鎖是那麼多，把我們束縛得那麼痛苦？而這當中又究竟有多少合理的成分？等到什麼時候，人們才有可能按照自己的理想和意願去

---

[65] 同註六二，頁二四。
[66] 同註六二，頁五~~六。

安排自己的生活？」[67]

黑格爾認為：婚姻僅僅建立在愛的基礎上的觀念是應該受到唾棄的。他說：「愛既是感覺，所以在一切方面都容許偶然性，而這正是倫理性的東西所不應採取的型態。所以，應該對婚姻作更精確的規定如下：婚姻是具有法的意義的倫理性的愛，這樣就可以消除愛中一切倏忽即逝的、反覆無常的和赤裸裸主觀的因素。」[68]黑格爾在這裡所說的所謂倫理性的愛，實際上就是包含義務和社會責任的愛，是受義務和社會責任制約的愛。因此，這篇小說所呈現的婚戀觀，除了宣揚婚姻必須結合在兩情相悅的愛情的基礎上，還說明了當男女雙方有了婚約後，必須要效忠並擔負其婚姻的道義責任與義務。這一點應該也是鍾雨所認同的，所以她才會在傳統與現代的道德觀中糾葛而痛苦。

航鷹的〈楓林晚〉則是一個有結局的黃昏之戀。

老花匠杜芒種年輕時就愛伺弄鮮花，解放後調到小香山主管整座花房。早上，小香山有來自四方的老人聚集，有的唱歌跳舞、有的運動聊天，老人們在這裡找到了歡樂。

郭奶奶是杜芒種每天所等待的人兒，大家都知道杜芒種在等郭奶奶點頭，他們才能攜手走完餘生。

杜芒種永遠忘不掉他和郭奶奶的初遇，那是一個大雪紛飛的冬天，一個年近四旬的婦女在哀哀低泣，同時撥弄一堆點燃的紙錢，嘴裡還念念有詞，原來今天是她的亡夫的忌日，他生前愛花，她便到這兒來祭奠他。杜芒種引她進花房和她聊了起來，聽說她

---

[67] 陶然、常晶等編：《當代中國文學名作鑑賞辭典》，（瀋陽：遼寧人民出版社，一九九二年八月），頁八一二。
[68] 黑格爾著、范揚‧張企泰譯：《法哲學原理》（台北：里仁書局，民國七十四年四月），頁二〇七。

出身於養花世家，分外覺得親熱。

她二十四歲守寡，獨自拉拔著四個小孩長大，為了多賺一點錢，先後共幫人家帶過五個小孩。現在兒女成婚了，她還沒辦法享清福，要帶一個接一個出世的孫子。

後來，早上她都會推著孫子到花房和大家話家常。

當杜芒種托人跟她說親時，她的答覆是：「年輕時沒打這個主意，現在歲數大了，又有了隔輩人，教人笑話。」隔年，她似乎有些動心了，說：「二兒媳婦剛生了孩子，要人照顧。兒女們都是雙職工，工資低，孩子小，我不管誰管呢？等孫子大些，能離開人了再說罷！」[69]這話給了不怕等待的杜芒種打了一劑強心劑，他的生活燃起了希望。

就在杜芒種五十八歲那年，他終於等到不再推嬰兒車到花房的郭奶奶了。但是這次她竟堅決拒絕，沒有多加解釋，只說了一句：「都六十歲的人了……」

人們發現郭奶奶越來越瘦，臉色很差，依舊坐在長椅盡頭，目光呆滯地想心事。杜芒種一切看在眼裡，心裡擔憂，卻不好過問。後來，便不見她的蹤影了。一直到一位護士長到花園散步，才有了郭奶奶的消息。

郭奶奶因為心率過速暈倒，她的心功能不好，是長期缺乏營養、疲勞過度造成的，只要經過調養就能恢復健康。可是她的一幫兒孫，為了輪流值班照顧的「派班不公平」吵起架來，便作鳥獸散不見探望的人影；後來，又怕負擔過多的醫藥費，便急著要她出院；出院後，大家又推托敷衍著，誰也不願她住到他家去。

---

[69] 航鷹：《東方女性》，（台北：新未來出版社，民國八〇年二月），頁一八一。

醫護人員聯名給報社寫信，批評她的子孫。當郭奶奶再度病重住院，她放棄了求生的意志，拒絕進食、拒絕打針。

杜芒種急忙趕到醫院。他喊著她的名字，以丈夫指揮妻子般的權威，命令把她牛奶喝下去；她竟溫順地喝了下去。

他再度向她求婚；她感傷地說：「我已經不行了……從前沒有伺候你，老了，不中用了，怎麼能讓你伺候我？白白累贅你幾年，走在你前頭……」[70]他聽了喜淚縱橫，緊握著她的手，說：「原來你是為了這個才回絕我！快別這麼想，大夫說你的病不重。我等了你二十年，你得跟我過二十年日子！」[71]

在人們的祝福聲中，他們終於結成了夫妻。

過去的郭奶奶有一個熱鬧而寂寞的家，她的內心是寂寞的，因為「她的感情衝不出心扉的鐵鎖，那把大鐵鎖鎖了幾千年了，已經生鏽了，砸都砸不開了……」[72]現在的郭奶奶砸開了那把鎖了她幾千年的大鐵鎖，她可以在小香山的花房裡和杜芒種組成一個彼此惺惺相惜的溫暖小窩。

郭奶奶對下一代無悔的付出；在病中怕成為杜芒種的負擔，而拒絕他的求婚，這反映了中國傳統的婦德。至於杜芒種在逆境中，仍義無反顧不避棄郭奶奶，反而為她守候，這展現了他的有情有義。所以，他們的最終結合，代表了完美的愛情。真誠的愛情可以使人成為充分真正意義上的人。這主要是指人的靈魂和力量的盡可能充分的實現。他們的這段黃昏之戀只能用最單純的愛情自然本性的心靈去領悟，無須以政治的、法律的、道德的或者

---

[70] 前引書，二二八。
[71] 同註六九，二二八。
[72] 同註六九，頁一八四。

世俗的眼光去看待，這應該也是作者在小說中所要表達的愛情觀。

若以兩性相比較，女性是較男性具有易於妥協的性格的，從女性的一生來看，當她們面對衝突，必須作抉擇與取捨時，她們先是從心理要求自己，調整自我的性格，以適應外在環境的需求，以便解決衝突，針對這一點我們可以從這一類型的女性身上找到答案。

這些處於新舊時代過渡時期的女性，因為外在環境的變化，其精神氣質起了反叛，她們半自發性地認識到自我受到的蠶食與剝削，反思其生命歷程，一反純為「附屬品」的姿態，其角色有了從傳統女性步入現代女性的轉換。然而，改革的步調並不是一下子就有辦法扭轉的，所以，有的現代女性會在女強人和賢妻良母的二重身份中掙扎，會在堅持自我與放棄自我的精神摧折中，調整自己的個性與作風，以符合傳統的習慣。

第三節　走出禁錮

本節所要分析的這一類型的女性，有努力掙脫長輩包辦的姻緣和品質不良的婚姻的女性；也有主動追求所愛，走出屬於自己的一片天地的女性。她們在五四時期還在受千年封建傳統觀念壓迫下；在新時期經歷文化大革命的荼毒之後，勇敢地迎接生命中的挑戰和考驗，尋求身為一個女人在社會生活的參與中實現人的價值。

一、五四時期

馮沅君〈隔絕〉裡的　華說她一生可說是被愛情撥弄夠了。為了母親的愛，所以不敢和劉家解除婚約，於是她冒險回鄉，卻自投羅網；為了愛人的愛，寧願犧牲名譽。這悲劇的作者是愛情，演員是她，於是她決定要和上帝交涉，以後假如他不能使愛情在各方面都是調和的，就不要讓「愛」這個字，在世界上再被發現一次。她說，她什麼也不怕，只是怕連死在一處的希望也沒有。這樣的愛是何等的忠實啊！

思想上的衝突勢必造成悲劇，在　華留給她母親的遺書中說：「我愛你，我也愛我的家人，我更愛我的意志自由。」她認為這兩個不相容的思想衝突如果不消失，那麼和他們相同的悲劇，早晚還是會再上演的。於是當生活在她面前關起了大門，她以死去控訴社會，以死去維護她的人格。

　華勇敢地走出禁錮，但卻以悲劇收場，從現在的眼光來看，不但是不被鼓勵，而且是傻得可以；但這在「五四」時期，卻有著特殊的意義，這一對戀人雖然犧牲了，卻不同程度地影響了當時的年輕人，特別是女性同胞發現了自己存在的價值與生命的尊嚴。

可能有人會懷疑為何在同一時代會出現有女性屈從於命運的安排；有女性在傳統與現代的界限中遊走；更有女性勇敢地走出傳統的約制，原因應該在於其性格上的差異。當我們把這些性格窘異的女性放在當時新舊交替的時代裡，有的性格較為逆來順受的女性，當然她們還是選擇留在原本的象牙塔中，繼續扮演傳統賦予她們的角色；而有的骨子裡有著反叛性格的女性，便會想對生存的現況，有所突破，而她們也採取了某些行動，可是卻又可能因為傳統的觀念在她們的思想中蠱惑已久，不是一朝一夕便能拔除，因此她們便在兩者中交戰；而有的性格較為剛烈的女性則有著壯士斷腕的作風，她們努力排除萬難，不願做消極認命的弱者，她們已懂得去解決戀愛或婚姻問題，去爭取自己的幸福，而不會心甘情願地放棄自我。

凌叔華在她的〈女人〉裡是這樣處理女性「翻身」的題材的。太太發現丈夫彬文有了外遇瑪麗後，心裡琢磨著該何去何從----

> 若是那邊是個妓女或蕩婦也還罷了，我倒樂得暫時裝賢慧，不管不問，等他們鬧過一些時，新鮮味兒一過自然就算完了；可是現在這個女的，看她信上寫的，倒是很認眞，這種事，衹要有一個認眞，就不好辦......看他們的口氣呢，倒不像認識了多久的樣子，還是剛起頭吧。女的倒還拿身分，不是那路朝三暮四滿口戀愛神聖的時髦女子......可是，愈不是那路不三不四的，倒愈不容易想法子......鬧一鬧，勸一勸吧，是不中用的，若是把這事說破，他老了臉皮，說出心事來，倒弄糟了......隨他遷延下去吧，他們的感情，必定一天比一天深起來，深了，更難......，結果鬧到什麼離婚，若不離呢，算把她害苦了，離了呢，他既然這樣，我還有什麼不捨得，不過，我們有了這三個孩子，為了三個寶寶，我應當好好打一打主意......。[73]

太太特別安排自己的兄嫂讓他們在彬文和瑪麗約會的茶座不期而遇，彬文不得不暫時撇下瑪麗去和他們招呼幾句。此時她便利用這個空檔領著手裡拿著皮球的孩子，故意讓球滑到瑪麗的

[73] 同註二，頁二三三。

椅子底下，便開始打開了話匣子，趁機聊了起來。閒談中她故意引出一些話題讓瑪麗知道他們婚姻生活的美滿，親子關係的和樂，最後，她一邊掏出名片，一邊說明地址，邀請瑪麗有空到他們家玩。

太太離去後，懊惱的瑪麗傷心起來，開始收拾東西準備離去，彬文正好回來，瑪麗向他提出分手，一直到瑪麗離去，彬文還是一頭霧水。

太太就這樣挽住了一樁婚姻。

就當時的女人而言，婚姻和孩子就是她們所有的一切，她們要的袛是一份穩定而平凡的婚姻生活，那便是一種幸福。

女主人公對於其婚姻積極主動的表現，代表著中國女性意識的覺醒，她已經能夠正視自我存在的價值與意義，把身為女人的自己和男人等同看待，拒絕接受傳統婚姻制度的戕害和男性權威，重視自我的生存能力與生活目標的爭取，所以，她們能夠開始活出自我，掌握命運。

丁玲〈莎菲女士的日記〉裡的莎菲也是一個把自己的命運握在手上的女子。她鍾情於紈　子弟凌吉士，但深知凌吉士見過太多女人了，要想得到他，必須善用方法——主動出擊，又不著痕跡。我們來看看在養病當中的莎菲，還能夠盡力地愛我所愛：

> 我是把所有的心計都放在這上面用，好像同著什麼東西搏鬥一樣。我要著那樣東西，我還不願意去取得，我務必想方設計的讓他自己送來。是的，我了解我自己，不過是一個女性十足的女人，女人是只把心思放到她要征服的男人們身上。我要占有

他，我要他無條件的獻上他的愛，跪著求我賜給他的吻呢。[74]

莎菲對凌吉士欲擒故縱，寫信要他不要再來打擾她養病，她故意造成幾天的離別，看是放鬆了他，其實是把他捏得更緊；然而當她真的得到了凌吉士的吻，她的理智戰勝了愛情，凌吉士那外在「高貴的美型」還是掩蓋不了他內在「卑劣的靈魂」，莎菲對於凌吉士的甜言蜜語，反覺得是醜陋的誓言，她體認到自己要的是具有愛情品質的感情，莎菲覺得她勝利了，她的勝利是因為她戰勝了她自己，通過她的反思，肯定自己獨立探求光明的能力。

二、新時期

五四時期的女作家在小說中一方面揭示新女性的「自尊」，同時也把她們傳統以來無法跳脫的「自卑」的心理困境加以展示，因為當時她們仍置身於整個父系霸權所主導的社會中；到了新時期，女性的地位和男性拉近了，我們見到女作家筆下的女性，減弱了「自卑」，取而代之的是以「自信」來掌握自己的命運。

喬雪竹〈北國紅豆也相思〉裡的魯曉芝為了所愛，不惜以死掙脫包辦婚姻，後來又為了實現理想，毅然離開貧瘠的農村來到大森林，艱辛地為她的事業而奮鬥。

王小鷹〈翠綠色的信箋〉裡嫻靜內向的小靜，面對愛情一點

[74] 郭成、陳宗敏合編：《中國新文學大師名作賞析——丁玲》，(台北：海風出版社，民國八十三年三月，頁三四。

也不做作，反倒熱情有自信：

> 我，該怎麼回答呢？是不是要像電影裡，常見的那樣害羞地跑開，讓他來追呢？我不喜歡那樣矯揉做作……為什麼要迴避、羞怯呢？我呀，就大聲地回答他：「星明，我也愛你！」[75]

小靜對愛情是那樣的勇敢表達，但卻一點也不強求。

當小靜發現她最親近的女友，在追求星明時，她不吵也不鬧，因為她心裡清楚：「他若是個負心人，哪值得我愛？他若對愛情矢志不變，那……我將用生命愛他！」[76]

鐵凝〈麥稭垛〉裡的楊青也是以自信來掌握她的愛情。比較起小說裡那段三角戀情的兩位女主人公，相對於沈小鳳的直率，楊青就顯得別具心機。她是個聰明的「現代」女性，遇到問題，會用頭腦去解決，而不是大吵大鬧，因為她知道，那只會把陸野明更推向沈小鳳的身邊。

楊青利用多情的沈小鳳，她知道唯有犧牲沈小鳳，才能完完全全地佔有陸野明，怎麼說呢？因為經過了沈小鳳引誘陸野明，兩人發生關係的事情爆發後，在他們這條愛情婚姻的路上，陸野明一定會更加安分守己，不敢再輕舉妄動，也許對外在的誘惑也將不為所動，可以說是對外遇免疫了。

當知青們都抽調回城後，楊青被分配在一個造紙廠，用來造紙的原料便是麥稭，這使她有著仍在端村的感覺。經過了那段三

---

[75] 戴翊：《新時期的上海小說》，（上海：社會科學院，一九九二年六月），頁七〇。

[76] 前引書，頁七〇。

角戀情，她失卻了駕馭誰的慾望，而陸野明也不再得到那種激動和安靜，但是他倆每次見面都能給對方留下恰如其份的印象，似乎都想對得起在端村的日子。

我們來看小說的最後部分，楊青有著很耐人尋味的舉動——

> 他們還是如約見面，聽音樂會，看話劇，游泳，划船，連飛車走壁都看。每次，陸野明總是把一包什麼吃的舉到楊青眼前。陸野明托著，楊青便在那紙包裡摸索著，嚼著，手觸著食物，觸著包裝紙。那包裝紙總是分散著楊青的注意力。她想，她觸及的正是她們廠生產的那種紙，淡黃，很脆。那種紙的原料便是麥稭　。[77]

作者在小說結尾設計這段情節是頗具用心的——如果不是有端村的麥稭垛，沈小鳳和陸野明怎麼會有「地方」去造成「錯誤」；如果沒有這段「錯誤」的發生，又怎麼會讓陸野明更「堅定」他對楊青的感情。所以，「麥稭」對楊青來說是具有特殊意義的。

張抗抗〈北極光〉裡的陸岑岑雖不如楊青面對感情的沈著，但卻有著和楊青一樣的理性。

陸岑岑在家長的安排下和理念不合的傅雲祥訂婚，在走過的痕跡中，勇敢地承認過去那段感情的錯誤，並且把她所認識的男性朋友費淵以前對她說過的話，拿來作為讓自己更站得住腳的理由：「你說過，人生的目的就是追求現世的幸福。而從戀愛的角度談幸福，就是獲得他所愛的人的愛。每個人都應該珍惜自己的

---

[77] 同註一五，頁二七四。

存在，努力擺脫舊的傳統觀念的束縛，人應當自救！」[78]她表示她不要再錯下去了，她要找尋她的真愛，無論付出多大的代價，她要費淵告訴她該怎麼辦？

這時陸岑岑的表現比起那個教她欣賞的有思想、有學識的費淵，更具有膽識。我們來看看費淵給她什麼樣的答案——「生活很複雜，人生，虛幻無望……我們能改變多少？即使你下決心離開他，生活難道會變得多麼有意思嗎？……我沒法回答你……你想想，別人如果知道我支持你和你的……未婚夫決裂，會……」[79]當然，陸岑岑希望得到的是鼓舞的肯定，而費淵的這個答案教陸岑岑愛情的金字塔徹底倒塌了。相較於陸岑岑勇於面對現實挑戰的精神，費淵則在前後矛盾不一的言論中，顯得更為怯懦，毫無擔當。但陸岑岑自己很快地爬起來，忍著淚向費淵道別，並自問：「我會愛他這樣的人嗎？」。

如果不是陸岑岑遇上了費淵，遇上了曾儲，改變了她的想法，給了她出走的力量和支柱，也許她還是會在無愛的婚姻中，遺憾地度過一生；但是，陸岑岑還是做出了改變她一生的選擇，勇敢地面對父母的責罵，鄰居、朋友的斜眼和奚落，她拋棄了名聲、尊嚴和榮譽，忠心地面對自己的決定，那的確是需要相當大的勇氣的。

當中國的知識女性受了教育，有了經濟能力，男尊女卑的社會格局已經改變。當她們不再為生活的溫飽發愁，便開始要求精神層次的提升。她們懂得去追求心靈的滿足，特別是情感心靈的滿足。張抗抗在〈女人的極地〉文末期許：「假若每個女人都能

---

[78] 同註五九，頁七九。
[79] 同註五九，頁八〇。

按自己心中理想男人的標準去選擇男人，女人才能走出寒冷的南極圈，在情愛的赤道地帶，大聲呼喚被困於北極的男人。」[80]因此，我們見到勇敢的陸岑岑淘汰了志不同的傅雲祥，淘汰了道不合的費淵，在這樣的過程中，她重新確立了價值觀，有了足夠的自信與認知，並且得到了做為人的價值肯定，最後，選擇了志同道合的曾儲。

處於改革社會背景下的現代女性，其自我解放的衝動，要比別人來得強。叔本華認為女人因為不能勝任肉體上的劇烈勞動，所以造物者特別安排一些受苦受難的事情加諸在女人身上，以求補償，例如分娩的痛苦、子女的照顧，對丈夫的服從。他說：「女人對丈夫往往有一種高度的忍耐力。女人很少表現強烈的悲哀、歡喜和其他強烈的力量，所以她們的生活在本質上來說，無所謂比男人幸福或不幸，她們只是冀求恬靜、平穩地度其一生。」[81]這段話對傳統的女性而言，可能還適用；但如果想要用在現代女性身上想必是經不起考驗的。

女人的確有著「高度的忍耐力」，比如：航鷹〈東方女性〉裡的女醫生林清芬對於丈夫的出軌，起初相當憤怒，後來丈夫誠懇地向她認錯，並說明犯錯的緣由，使得她理智地檢討自己對婚姻的疏忽，她以中國傳統女性的寬容原諒了丈夫。倘若今天角色互換，男人是不太可能有這樣的忍耐力的，因為傳統封建對女性貞操觀的苛刻，使得男性集體無意識地無法接受女性出軌。

女性是極需要安全感的，的確她們「冀求恬靜、平穩地度其

[80] 張抗抗：《女人的極地》，（台北：業強出版社，民國八十七年四月），頁八。
[81] 同註六，頁六三。

一生」，然而，當她們的另一半無法給她們恬靜、平穩的生活時，當她們失望於婚姻或愛情生活時，她們對婚姻或愛情就不會再有「高度的忍耐力」，她們會走出傳統對女性的禁錮，尋求自己成為自己的依靠。

針對這一點，我們更可以在張潔的〈方舟〉中得到印證。

張潔的〈方舟〉寫的是在婚姻中不幸的三個知識女性，處於理想與現實的衝突，為爭取女性獨立人格，面對生活和事業的坎坷遭遇和奮鬥歷程。

小說裡的三位女主人公曾是同學，大學畢業後，各自先後離婚，然後，一起住進梁倩的家，她們把這裡稱是「寡婦俱樂部」。

梁倩是個電影導演，她的父親是位高幹，為了被社會承認，她不靠父親的關係，在事業上努力地想要闖出一片天空。她的丈夫要她當女人，不要她有自己的事業。他們貌不合，神也離，但是他不願意離婚，因為他還要利用她父親的關係謀取利益。他和她協定：各行其事，互不干涉。他料準了梁倩的家庭關係讓她不得不放棄離婚的念頭，離婚會敗壞他們梁家的家風，會喪失她父親的尊嚴和形象。

他不顧梁倩的感受，當著她的面和女人鬼混；還在背地裡破壞梁倩的事業。梁倩在艱難的環境中獨當一面導了一部片子，作品完成後，竟然無故被封殺、禁演。然而，梁倩並沒有因此而倒下。梁倩面對事業的挫折仍然不氣餒：

> 不論是為了女人已經得到和尚未得到的權利；不論是為了女人所做出的貢獻和犧牲；不論是為了女人所受過的、種種不能言說或可以言說的苦楚；不論是為了女人已經實現或尚未實現的追求……每個女人都可以當之無愧地接受這一句祝辭，為自己

乾上一杯！[82]

荊華是一位學有專精的理論工作者。文革時她被發配到林區，為了養活被打成反動權威的父親和因此失去生活保障的妹妹，她嫁給了一個森林工人。婚後，她成了丈夫傳宗接代的工具。在十年劫難的艱苦歲月和丈夫長期的摧殘下罹患殘疾。當她懷孕，去做人工流產（她覺得在那樣的年月，再送一個生命到世上，真是一樁罪惡）被丈夫發現後，丈夫和她離婚。她在林區學校遭到大字報圍攻和拳頭毒打。

她有一篇有關馬克思主義的論文發表後，引起強烈反響，一年後，該論文遭到指責，但卻得到黨支部書記老安的支持而「過關」，老安在生活上關照她，為此她遭到了一些蜚短流長的男女關係的議論。

柳泉畢業於外語學院，做的是翻譯的工作。她原指望丈夫寬大的肩膀能為她遮風擋雨，但她失望了。文革初期她為了要洗清父親被冤枉的罪名，在奔波了一天徒勞無功回到家後，面對的竟是滿嘴酒氣強迫她履行夫妻義務的丈夫，丈夫從來也沒有把她當成妻子，僅僅當她是「性」的化身，她再也無法忍受每個夜晚成為他的性奴隸。為了爭取兒子的撫養權，他們的離婚拖了五年，最後因為她沒有房子，母子只能一個禮拜見一次面。

她的上司仗著權勢，老是想占她便宜，在梁倩的幫助下，借調到外貿局，她在工作上稱職的表現，受到一位有後台的同事的

[82] 張潔：《方舟》，（台北：新地出版社，民國七十九年四月，頁一八一。

排擠，人家要她回到原單位，並造謠中傷。她感到萬分沮喪，怎麼連離婚、找房子、調工作都要去尋求關係。梁倩為她出頭，鼓勵她要反擊，不要一直處於被動；荊華陪她到局長家反映情況，她終於正式調到外貿局。她再不怕上級與周圍惡勢力的欺壓與批判，勇敢堅持她的真理，必要時加以反擊。

這三個覺醒程度不同的女性，卻都相同地向男權提出回擊。她們在逆境中屢撲屢起，不再安命於舊有，也不再受宿命觀擺弄，她們不堪在不正常的婚姻中，耗損生命，便勇敢出走。挫折在她們身上激勵出前所未有的堅韌意志，體現了女性的希望。

尤其在這裡作者提示了這樣一個重點：女性也有權利決定自己的性生活，當她們面對任何一個人乃至於是她的丈夫都應該有性的自主權，即使就算是進入婚姻生活對於性也應該有說「要」或「不要」的自主權。而這也正是女性主義者對社會的雙重「性道德」標準所提出的抗議，她們要求將婚姻內的強暴及性行為也應該置於法律的罰則之下。

她們經過婚變後的心理建設，更加清醒而堅強，轉化成長為自信且經濟自立的新女性，決心戰勝軟弱和孤獨。當然她們在對父權傳統提出控訴，追求人格獨立時，付出了相當的代價，不過這也從另一個角度顯示了女性在追求新生時的頑強。

在黃蓓佳的〈請與我同行〉裡的修莎，則能夠在認清愛情的錯誤時，及時抽身，這也算是走出禁錮的現代女性的具體表現。

修莎和戀人向松濤因熱情於建築藝術而相識、相戀。她覺得：建築學是連接他們兩個靈魂的紅線，是他們一輩子為之獻身的事業。她欣賞向松濤的才氣，儘管他們在學術上的見解有所歧異，但她還是愛他愛得癡狂。

但漸漸地修莎感受到向松濤在主宰牽制著她。雖然他不會以賢妻良母的封建標準來要求她，但總是把她對事業上的追求，考慮到自己事業所需要的軌道中。

處於熱戀中的修莎漸漸感到她和向松濤之間觀念的差異。例如她協助向松濤一起編《建築學辭典》，她發現他的功利主義太強，有他的私心在，動機不純——「修莎，畢業之前搞出來是不成問題的，有這麼一樣資本，往後什麼事情都好辦了。」修莎卻說：「濤，這是給我們的後代做一件好事，別把美好的事情沾上很多俗氣。」[83]

修莎有了參加「園林建築」設計賽的機會，這是她從小以來一直在努力追求的理想，她期待著向松濤能給她支持和鼓勵。然而，就在此時，他們的愛情亮起了紅燈。向松濤要修莎放棄參加比賽，原因是他要盡快編好《建築學辭典》，因為這本書關係著他畢業後的分配。

不願放棄的修莎，代表著她已經從一個可有可無的人，成為受到社會認同的主體。她對向松濤表示要暫時離開，她說：「我也有我自己的專業，自己的興趣和理想。」[84]由此我們見到了修莎徹底否定了自我的限定，並企圖發展她的成就需要。當修莎得獎後，找到向松濤要和他分享喜悅時，向松濤卻說他要的是她這個人，而不是什麼三等獎。由此我們也見到了向松濤還停留在過去——男性是經濟的提供者與主導者，女性則是接納者與消費者的心態。

---

[83] 黃蓓佳：《雨巷同行》，（江蘇：江蘇文藝出版社，一九九八年八月），頁四〇八。

[84] 前引書，頁四一一。

修莎輕易地體會到向松濤以個人為中心的大男人主義。她終於明白她不過是向松濤眼中陪襯他這朵紅花的綠葉罷了，在他的理解中，她根本不可能擁有自己的事業。修莎勇敢地離開了這個她曾經那麼熱愛過的人。

王安憶〈金燦燦的落葉〉裡的莫愁相較於修莎那又是不同的勇敢，她也是一個認清現實，走出自我桎梏的現代女性。

〈金燦燦的落葉〉說的是這樣的一個故事：

莫愁和丈夫原本是一對感情深厚的夫妻，但是他們的婚姻隨著丈夫考上大學後，起了變化。因為經濟考量，莫愁放棄了和丈夫一起考大學的理想，全力支持丈夫，擔負起所有的家務和教育小孩的責任，但也因為這樣和丈夫漸行漸遠，沒有了共同的話題。就在第三者介入他們婚姻生活的同時，莫愁在徬徨悔恨之餘，警覺到自己必須前進，才能填補和丈夫的鴻溝，才能和丈夫的真心重逢。

李昂在〈外遇〉一文中，談到「外遇」也有它的正面意義，她說：「好的外遇可能像潤滑劑，使得已疲倦、厭煩、公式化的婚姻生活，因第三者的介入和外在的刺激，重新又回復生氣。」[85]王安憶應該也注意到了小說中潛藏在他們夫妻間的問題，相當公允地利用外遇問題，讓女主人公去改善她的婚姻。

大陸評論家邵中義肯定這篇小說的主題——「莫愁掙脫痛苦，立志自強的形象告訴人們：愛情的生命須要不斷更新，愛情的獲得不能消極等待而要積極進取。」但是，他認為莫愁的形象寫得不真實、不典型——「從氣昏到自怨，由自怨到奮飛，這對

---

[85] 李昂：《外遇》，（台北：時報文化出版公司，民國七十四年九月），頁四五。

莫愁來講是了不起的飛躍。她是怎樣完成這一思想轉變的？是一種什麼精神力量支配著她？……仔細揣摩，原來是愛情的力量。愛情可以阻止她與丈夫醜行鬥爭，可以驅使她『憐憫』自己的『情敵』，可以促使她自責自問，壓抑住哽咽說出：『我努力，努力使你回來』的話，這種愛豈不更奇怪。」[86]

當然，愛情的力量是不容忽視的——他們夫妻的感情是在惺惺相惜的命運中建立起來的，他們本來是同學，文革時，由於兩人都不是紅五類，都沒有資格參加紅衛兵，在學校只能坐在角落裡，就在這樣的氛圍下，他們建立了比一見鍾情更加牢固的感情。一直到小說結尾我們都還可以肯定，莫愁是愛他丈夫的——不過這只是其中一個因素。

女人可以為了愛一個人而接納並包容他的錯誤，這是性別上的差異。男性評論家可能未能理解到這一點，而單單只是從「理」的角度去看，忽略了「情」這一點；另外一個因素，應該是莫愁本身的性格使然。

邵中義認為應當讓莫愁的丈夫承擔點責任[87]；另一位大陸評論家鍾金龍也認為作品應該批判莫愁的丈夫，而不是把雙方感情分裂的原因全部歸於莫愁。[88]

這可能牽涉到小說敘述角度的問題，作者是站在第三人稱主角的觀點去敘述，所以她的要求僅限於莫愁自己，並未涉及到莫愁丈夫的內心，但在小說的一些細節我們可以見到莫愁丈夫的

---

[86] 邵中義：〈一個不眞實的藝術形象——淺析〈金燦燦的落葉〉中的莫愁〉，(《作品與爭鳴》，一九八二年六月，第六期)，頁六五。
[87] 前引書，頁六五。
[88] 鍾金龍：〈為敗壞道德鳴鑼開道——評小說〈金燦燦的落葉〉〉，(《作品與爭鳴》，一九八二年六月，第六期)，頁三二。

愧疚表現。只是作者的重心表現在莫愁，而不在於她的丈夫，因此對於丈夫所要承擔的責任，可以讓讀者自己去評斷。

邵中義擔心說：「莫愁經過一番努力趕上甚至超過丈夫，但誰又敢保證他再不會找另外的博士姑娘呢？」[89]

當然，莫愁給他們一年的時間努力去挽救婚姻，希望能夠和丈夫得到精神層次的交流；但如果丈夫依然如故，不顧夫妻的情份，想必在一年中有所成長的莫愁，定會有自我的主見去決定未來該走的路。我們如何要求長期待在樊籠裡，沒見過世面，甚至沒有經濟能力的她，能對丈夫作出什麼鞭笞。而且我們別忘了，他們還有一個小孩，這也有可能是莫愁要努力挽回婚姻的原因之一。

因此，作者這種開放式的結局，反而帶給讀者更大的想像和思索的空間。少數男性評論家以其性別角色的差異的角度，去看女作家王安憶所塑造出來的女主人公的想法，未免有失偏頗。

大陸評論家鄭彬寫了一篇〈深刻的哲理　生動的人物——讀〈金燦燦的落葉〉〉肯定這篇小說，他說：「真正的愛情應當建立在情趣相投、志同道合的基礎上，並且還需要進行不斷的充實。」「莫愁的身上既有中國婦女勤勞、樸實、任勞任怨、勇於犧牲自己的傳統美德，又閃爍著新時代女性的光芒。」[90]

事情發生，先問自己，再去要求別人的莫愁，其「中國婦女形象」就像是航鷹筆下〈東方女性〉裡的林清芬——身為醫生的她以理性的態度檢討自己對婚姻的疏忽，並原諒有了婚外情的丈

---

[89] 同註八六，頁六五。

[90] 鄭彬：〈深刻的哲理　生動的人物——讀〈金燦燦的落葉〉〉，（《作品與爭鳴》，一九八二年六月，第六期），頁三一。

夫，且撫養第三者和丈夫所生的小孩，長大成人；其「新時代女性形象」就像是陸星兒筆下〈啊，青鳥〉裡的榕榕——當榕榕發現和丈夫有了隔閡，她並沒有自怨自艾，反而在困惑迷惘中尋求人生真理。她理解到女性要自立自強，才能擁有與男性平等的條件，因此她雖然身為母親，還是艱辛地完成了大學的學業，並在事業上有自己的一片天，後來不得不教丈夫佩服並自責，終於還是換得婚姻的和諧。

所以，王安憶的〈金燦燦的落葉〉在女性文學的進程中，是佔有值得肯定的地位的。

王安憶的另一篇小說〈崗上的世紀〉裡的李小琴則比莫愁更勝一籌，是個把命運完全掌握在自己手裡的女性。

她為達目的不擇手段——

就在知識青年上山下鄉時，莊裡來了三個女知青，有一個被招工走了，另一個姓楊，因為和本村人同姓，便被接納為家族成員，而毫無背景的李小琴為了上調，只好對小隊長楊緒國下手，希望他能放行。

每當楊緒國帶著婦女收工回家，李小琴就會利用同路，百般製造機會，讓楊緒國注意她、關心她。有一次，在回村的路上，李小琴故意拿一包東海煙逗弄楊緒國——

「餓不餓，楊緒國？」李小琴問道。

「餓了又怎樣，李小琴？」楊緒國反問。

「餓了和我說，我有果子給你吃。」她說。

「我不吃果子，我要吸煙卷。」他說。

她聽他把「煙」說成「煙卷」，鄙夷地撇了一下嘴，卻笑道：「沒有煙，哪有煙？」

他聽她這話，知道又一個回合開始了，心中暗喜，就問道，「剛才的呢？」

「丟了。」她簡潔地說。

「回頭找去。」說著，他眞的掉轉了車頭，騎了回去。

「你瘋了，死楊緒國！」她在車後架上叫著，扭著身子，車子便一搖一搖的。

……

「給不給煙？」男的笑道。

「不給不行嗎？」女的討饒了。

「誰讓你撩我！」男的說。

「誰撩你，誰撩你！」女的不休不饒。[91]

李小琴把煙給他說：

「怎麼謝我？」

「你說怎麼謝？」男的說，不望女的眼睛。

「你知道怎麼謝。」女的卻盯住了男的眼睛。

「不知道。」男的說，躲著女的眼睛。

「知道。」女的堅持，硬是捉住了男的眼睛。[92]

在這裡我們完全見不到傳統所謂女子三貞九烈的含蓄和矜持，有的只是一個沒有背景，只能把命運掌握在自己手裡，不願

---

[91] 陳思和、楊斌華編選：《禁果難嘗》，（台北：業強出版社，民國七十九年四月），頁一五二~~一五三。

[92] 前引書，頁一五三~~一五四。

聽任別人擺佈的女子。

她喚醒他沈睡的肉體——

禁不起李小琴的打情罵俏和強烈性暗示，他們很有默契地一起滾進了路邊的一條大乾溝。可是此時楊緒國竟然束手無策，所有的傳宗接代的經驗全不管用了，李小琴等了許久還不見他動手，便以肢體「鼓動」著他。

> 他力大無窮，如困獸一般聲聲咆哮，而她白玉無瑕，堅韌異常。……她像一個初生的嬰兒一樣，天眞地朝他抬起了手，潔白的手臂蛇一般環在他枯黑的軀體上。他戰慄著虛弱下來，喃喃地說道：「我不行了，我不行了。」她鼓勵道：「再試一次，再試一次。」他像個孩子一樣軟弱喃喃道：「我不行了，我不行了。」她像母親一般撫慰道：「再試一次，再試一次。」他蜷伏在她身體上，哀哀地哭道：「空了，全空了。」她豐盈的手臂盤住他枯枝般的頸，微微笑道：「來啊，你來啊！」……他又開始第二次的衝鋒陷陣，她則第二次沈入地底，泥土溫柔地淹過她的頸脖，要將她活埋。她的體內燃起了一座火山，岩漿找不到出口，她被火焰灼燒得無法忍耐，左右扭動著，緊緊地拖住他的身體，將他一起墮入深淵。他已經失去意志，無力地喘息，被她拖來拖去。[93]

「女主角一時竟成了男人眼裡的英雄，她正以一股無窮的力量向男性世界證明著女人的偉大魅力和勇敢。」[94]的確，是李小

---

[93] 同註九一，頁一五七。
[94] 同註六七，頁六六二。

琴讓楊緒國整個人又重新活了起來。

透過李小琴所給予的性愛經驗，楊緒國得到了前所未有的滿足和歡愉，所以，當李小琴幾近鄙視的玩笑戲謔說他：是男人嗎？娶過媳婦嗎？孩子是別人替你生的吧？楊緒國這樣一個大男人便絕望地在她面前哭了起來，他害羞不已，卻也無話可說，不過，被李小琴一激，反而振振有詞地說：「我就像一眼好井，淘空了，又會蓄滿的！」

在這裡我們見到李小琴正視暗流中的女性情慾以及自主於情慾的解放，也見到了她掌握著下意識活動和情慾對人的主宰作用，去駕馭雙方的肉體，操控萬般慾念，完全不從道德教條去看性，她對於性的坦然，可以說是對於男性的控制提出反抗。她認真地傾聽自我的對性的感受，把女性的身體從被男性的控制之中解放出來，這實在是一個了不起的突破，充滿著對傳統性別角色扮演的顛覆。

王小鷹〈歲月悠悠〉裡的胡梅莉也是個不屈從於命運安排的女性，生活的磨難無法打倒她，因為她有著一顆不安於現狀的心。

胡梅莉從小就有著能當中國居里夫人的夢想。她為著能升到工業局電視大學去任教而奮鬥，她主動出擊，因為意識到：「只有不斷地鞏固自己的社會地位，方能改變自己在家庭中的境遇。」[95]

我們可以肯定的是，胡梅莉必定相信成功不只屬於男性，她要打破的是以往男性所習慣的小鳥依人的女性的概念，要同時實現做為人和女人的價值。當然，她在尋求成功時的壓力一定遠遠大於男性，因為在她們的潛意識中翻騰的是他人的承認與出類拔

---

[95] 同註七六，頁七五。

萃的榮耀。

在新時期的新寫實小說中，也有這一類走出禁錮的現代女性。

大陸著名的評論家張韌曾提出：「新寫實小說在取材和主題方面有一個共同性的現象，它往往從飲食男女即『食色，性也』（《禮記‧禮運》）來展露人之生存狀態，卻常常迴避或消解了人生社會的主題……充塞著小市民意識。……新時期有些小說從細節和情節寫了飲食男女，但將人之生存內容又往往歸結為飲食男女；凸顯了性、本能、生命慾望的自然屬性，卻疏淡了社會時代和人生內涵。」[96]針對張韌的這個說法，我們試舉池莉題為〈不談愛情〉的這篇愛情小說，來看它具有上述的前一種現象，卻迴避了後一種現象，並從中來看看吉玲這個現代女性是怎麼去掌握她的「人生內涵」。

首先先來看看這篇小說的故事內容。

我們從出身於知識份子家庭的莊建非說起，莊建非從小就是個優等生，但他的缺陷在不為人所見的陰暗處——長期的自慰，讓他有很深的罪惡感。婚後，在一次和吉玲爭吵後，他冷靜找出自己結婚的根本原因，就是：性慾，他「一直克制著對女性的渴念，忍饑挨餓挑選到二十九歲半才和吉玲結婚，現在看來二十九歲半辦事也不牢靠。問題在於他處於忍饑挨餓狀態。這種狀態總會使人饑不擇食的。」[97]莊建非的問題在於對「婚姻」認知的錯

---

[96] 張韌：《新時期文學現象》，北京：文化藝術出版社，一九九八年二月），頁一一〇~一一一。

文中「食色，性也」註明出自《禮記‧禮運》，其實應該是引自《孟子‧告子上》。

[97] 池莉：《一冬無雪／池莉文集２》，（江蘇：江蘇文藝出版社，一

誤，黑格爾在論到「婚姻的神聖」時提到：「婚姻和蓄妾不同。蓄妾主要是滿足衝動，而這在婚姻卻是次要的。」[98]

婚前，莊建非和另一所醫院的醫生——梅瑩，在學術會議上認識，這個年紀大得可以當莊建非的母親的韻味十足的女人，和莊建非在性事上相互得到了滿足。莊建非說要和她結婚；梅瑩說她在等到美國講學的丈夫和唸書的兒子回家，她送走了眼中的孩子，叫莊建非不要再來了。

從這一點我們更可以確定莊建非的因「性」而「婚」的錯誤觀念。作者確實「凸顯了性、本能、生命慾望的自然屬性」，但她卻沒有「疏淡了社會時代和人生內涵」，我們可以從吉玲身上來證實這一點。

吉玲——這個生長於漢口有名的瀰漫破落風騷花樓街的女孩，立志靠自己找尋幸福，她調換了幾次工作，最後在充滿知識的新華書店找到位置，父母和鄰居因她而感到驕傲。至於對象，她不像四個姐姐隨便找個普通人，她「說什麼也要沖出去。她的家將是一個具有現代文明，像外國影片中的那種漂亮整潔的家。她要堅定不移地努力奮鬥。」[99]

我們試著從弗洛依德(Freud, S.)和艾里克森(Erikson, E.)的學說來看莊建非和吉玲的人格發展。弗洛依德 (Freud, S.) 強調「早期經驗對人格發展的影響和對成年人格特徵的決定性作用。」[100]這一點可以在莊建非身上找到印證；而艾里克森(Erikson,

---

九九九年四月)，頁六一。

[98] 同註六八，頁二一〇。

[99] 同註九七，頁六七。

[100] 陳仲庚、張雨新：《人格心理學》，(台北：五南圖書出版公司，民國七十八年八月)，頁一九九。

E.）則強調「人格特徵的可變性，認為人格在整個一生都在發生變化著。」[101]吉玲正是如此，環境的磨練，讓她人格產生變化。艾里克森（Erikson, E.）「把社會看作一種潛在的力量源泉。個人在環境中受到挑戰，如果他勝利了，他就會更有力量。個人可以透過奮鬥而主宰自己的命運。」[102]

在淘汰了六個男孩後，吉玲選中了家世背景都不錯的郭進，可惜他個子矮了些，吉玲想到若和郭進確定後，一輩子就和高跟鞋無緣，那真是終生遺憾。就在要答覆郭進的最後一天期限，莊建非出現了。他們在武漢大學的櫻花樹下擦撞而識。

莊建非並不計較什麼家庭層次，他覺得吉玲比起王珞這個高級知識家庭的女孩樸實可愛多了。

一天，莊建非突襲吉玲的家。那是吉玲的母親唯一不打牌的一天，所有的女兒女婿都會回來，所以母親會有乾淨的打扮。莊建非對於他們全家人的熱絡招待感到溫暖；吉玲也對全家人沒有露出「原貌」感到滿意。

穿著漸而暴露的吉玲耐心等待著莊建非家人的邀請，在這之前，她是堅決把持最後一道防線的。莊家對知識結構太低的吉玲當然是不滿意的。

吉玲抽泣著對莊建非提出分手——「為你。為我。也為我們兩家的父母。將來我不幸福也還說得過去，我本來就貧賤。可我不願意看到你不幸福，你是應該得到一切的。」「我怎麼能恨你父母？他們畢竟生了你養了你。」[103]就因為這幾句話，莊建非決

---

[101] 前引書，頁一九九。
[102] 同註一〇〇，頁一九九。
[103] 同註九七，頁七七。

定馬上和吉玲結婚。

醫院支持自由戀愛，提供了單身宿舍。莊建非的父母一直保持沈默，後來經人調解，莊建非的妹妹送來一千元的存款單。

婚後，莊建非的性慾得到了名正言順的滿足，卻忽略了吉玲精神上的需要，他關心任何一場球賽勝過她。吵架那天清晨，幾乎可以確定自己懷孕的吉玲想給莊建非一個意外的驚喜。她留了晨尿，準備送醫院化驗，她故意把瓶子放在莊建非拿手紙的附近。莊建非從廁所出來後滿臉喜色，說今天是個好日子，晚上要好好高興高興。晚上他回家，吉玲才發現原來他是為了尤伯盃女子羽毛球賽而欣喜。冰凍三尺，非一日之寒，吉玲有了「離婚」的導火線。

但是小說並沒有以「灰色」作結，因為作者塑造了吉玲這樣一個懂得在逆境中爭取幸福的女孩。

我們可以從小說的兩個地方，看出作者所要呈現的「人生內涵」。作者把吉玲塑造成一個有目標、有理想的女子，她早就為自己做好了人生設計——

> 她設計弄一份比較合意的工作，好好地幹活，討領導和同事們喜歡，爭取多拿點獎金。
> 她設計找個社會地位較高的丈夫，你恩我愛，生個兒子，兩人一心一意過日子。
> 她設計節假日和星期天輪番去兩邊的父母家，與兩邊的父母都親親熱熱，共享天倫之樂。[104]

---

[104] 同註九七，頁九三。

吉玲懷著積極的意識，在天時地利人和的情況下——莊建非必須要在正常家庭的情況下，才能取得國外進修的資格——莊建非上門道歉，吉玲終於爭取到她所要的生活。而經歷了這樣一場婚姻危機，相信他們夫妻二人更加認識了自己與對方，也更能珍視屬於他們的那一份實實在在的真感情。

另外一處「人生內涵」的呈現，是作者在小說中所說的：「婚姻不是個人的，是大家的。你不可能獨立自主，不可以粗心大意。你不滲透別人別人要滲透你。婚姻不是單純性的意思，遠遠不是。妻子也不只是性的對象，而是過日子的伴侶。過日子你就要負起丈夫的職責，注意妻子的喜怒哀樂，關懷她，遷就她，接受周圍所有人的注視。與她攙攙扶扶，磕磕絆絆走向人生的終點。」[105]愛情本身是複雜的，基本上它是性本能與美麗幻想的結合，可見要長保愛情專一並不是一件容易的事，因為，愛情一旦步入婚姻，性得到合理的滿足，吸引力大減；而現實生活中開門七件事就足以讓美麗的幻想破滅。因此，愛情單單要靠結婚來作為保障是絕對不夠的。我們可以想見吉玲和莊建非在經歷這次事件後的成長。人類兩性的結合之所以不同於其他動物，就是因為他們有著崇高的情操，他們能夠去學著理解：婚姻生活除了愛情，還有道義；除了肉慾，還有靈魂。

還有另一個佐證是——池莉對於其「漢味」小說的經營，唐師翼明認為：「其用心當然不是一般地使作品帶有地方色彩，而是因為此類武漢人的那種粗俗、瑣碎的生命形態對於她研究和展示普通人的生存本相，探討生存的價值和意義的目的是非常適合

[105] 同註九七，頁一〇七。

的。」[106]由此可證，池莉善於透過市井百姓日常生活細膩真實的呈現，讓讀者瞭解到他們的生存環境，而沒有「迴避或消解了人生社會的主題」，反而對生存的價值和意義多有探討。這正是作者透過小說讓現代女性能接受現實的挫折並堅持理想的表現。

中國知識女性在兩個不同的歷史時期，尋求解放的生存狀態以及其心靈的成長。她們在屬於女性日益擴大的新天地中，努力去發掘自我的優勢，儘管在角色衝突的雙重擠壓下身心交瘁，她們仍能逐漸適應這種秩序，期待為自己找到可以停泊的碼頭。此外，透過女作家們對於這一類型女性的塑造，同時在感情方面也提示了男性不應置身事外，而是要和女性一起解決性別困境，打破長久以來視為理所當然的框架，透過互動，讓兩性能夠平等的互賴。

當然對於這些走出禁錮的女性，我們不難想像其在逆境中堅強往前的勇敢，她們必須理性地審視並批判其外部世界，切實把握自身生命，不再無聲地承受社會對女性進步的不理解。她們正視社會現實，擁有以自己為思考中心的自我意識及各方面的獨立的條件後，找到了新生活的啟示。

女性除了要在經濟和政治上爭得與男性同等的權利，更重要的是在其精神領域中求得徹底的解放。

早在文化大革命以前，韋君宜就有幾篇小說是在宣揚女性解放的。例如：〈阿姨的心事〉寫的就是勞動婦女反抗家庭、爭取人格獨立與自由的故事。

女主人公是一個中年喪夫的勞動婦女，為了爭取獨立的人

[106] 唐師翼明：《大陸「新寫實小說」》，（台北：東大圖書股份有限公司，民國八十五年九月），頁九五。

格，她奮力反抗婆家兄嫂的奴役與控制。利用保育員的工作獨自養大小孩，把全副的精神和愛心奉獻給小孩，從中追求人生價值與意義。

宗璞〈三生石〉裡的慧韻的生活道路才是坎坷。她出身於大資產階級家庭，母親因生她而死，從小由保姆帶大。她的丈夫是國民黨時期資源委員會的一個地質工作人員，在一次冰山考察中墜入了萬丈深淵，那時她還不到三十歲，半年後，生下丈夫的遺腹子，堅持要把他撫養成人。

丈夫除了留給她一個兒子外，還留給她「特嫌家屬」的身份。寡居後一年，不少人慫恿她再嫁，說是不但可以減少生活上的困難，還可以改變政治地位。但她聲稱要守節。中年的她又遭飛來橫禍，因為說了幾句真話，又因為雙親於文革前兩年定居瑞士，便說她是「特務」、「裡通外國」而被關了起來，最後成了「現行反革命份子」，連她含辛茹苦帶大的兒子也造反了，和她劃清界限。在這樣身心的折磨下，「只有中國婦女具有的柔軟到極點又堅韌到極點的一點特殊精神支持她堅持下來。」[107]而慧韻想的仍是幫助他人。

鐵凝〈麥稭垛〉裡的大芝娘也是一個「老吾老以及人之老，幼吾幼以及人之幼」的女性。她獨立撫養的女兒——大芝長大了，長得很醜，但她仗著她引以為豪的兩條辮子，去吸引她的心上人的注意。那年過麥收，隊長派大芝的心上人在她身邊摟麥，大芝的心又開始狂跳，她放下盤起的辮子，散落他愛著的兩條辮子，結果，辮子和頭一起絞進了脫粒機，大芝的頭碎了。

---

[107] 宗璞：《弦上的夢》，(台北：新地出版社，民國七十九年三月)，頁一三六。

大芝娘把自己關在家裡，關了一集才出來做活兒，沒見她露出更大的哀傷。

女性對挫折的容忍度總是大於男性，她們不畏艱難，總能在困厄的環境中掙扎求生存，所以大芝娘能把母性轉移昇華到需要她幫助的人身上，把她的愛去照顧村裡其他需要她伸出援手的人。

航鷹〈明姑娘〉裡的女主人公，不但接受現實的考驗，還去協助他人。大二的高材生趙燦，突然雙目失明，被迫離開學校，就在他對生命失望的時候，他遇到了明姑娘。明姑娘熱誠的幫助他、安慰他，帶給他生活的希望。在公車上，趙燦十分詫異地發現這個主動接送他上下班的明姑娘竟也是個盲人。

明姑娘是一位電工，製造電門開關導電柱，為明眼人提供光明。所以，她告訴趙燦正常人能做的事，我們盲人也能做。她還教他料理家務，訓練他生活上自我照顧的能力；她利用各種愉快的樂曲驅散趙燦煩悶的心靈；鼓勵他報名參加業大學習，兩人成了班上僅有的盲人學生。

明姑娘親手編織了一件毛衣送給趙燦，愛情在他們之間萌生，明姑娘對生命的熱情、對生活的熱烈渴望，深深感染了趙燦。

明姑娘明知自己沒有復明的希望，但為了讓趙燦重見光明，便藉口要他陪她到醫院就醫。她堅持要趙燦治療眼睛，奇蹟出現了，趙燦復明了，在盲人運動會上，上台領獎時，他見到了自己擲鐵餅的照片。

一九八〇年，是大陸粉碎四人幫，積極推動「四個現代化」的時期。科技現代化是「四化」的基礎，而科技人才的充實又是科技現代化最迫切需要的，至於人才的來源——無庸置疑地，在老中青三代中，年老的一代已經衰老，年輕的一代尚待栽培，因此那些在歷經了文化大革命浩劫下存活過來的中年高級知識份子，必須義無反顧地接替老一輩的重任，於是他們便成了整個「四化」的骨幹。[108]而出身於工人階級，卻對知識份子極為關懷的諶容，在此時所發表的中篇小說〈人到中年〉所探討的正是這類中年高級知識份子的命運，女主人公也是勇於接受現實生活的考驗。

陸文婷從小就是個孤苦伶仃的女孩子，幼年父親出走，母親獨自在困苦中把她撫養長大。醫學院畢業後，她和她最要好的同學被分配到一所具有一百多年歷史的著名大醫院，院方宣布：要先當四年住院醫，必須二十四小時待在醫院，並且不能結婚。

每週約會不斷的同學在背後咒罵著：簡直就是修道院；但陸文婷卻不以為然，她恨不得一天有四十八小時獻給醫院，她以為在醫學上有成就的人，不是晚婚就是獨身，她把全身的精力投入了工作。但是，誰也沒有想到，結束了四年住院醫的獨身生活後，她是第一個舉行婚禮的。新郎——傅家杰眼睛受傷來就醫，是她負責的病人，在那段認真為他治療的過程中，愛情在他倆之間蔓延燃燒著。他是學冶金的，在冶金研究所裡專攻金屬力學。那年，陸文婷二十八歲。

陸文婷二十四歲到醫院，如今四十二歲了，她還只是個住院大夫，工資五十六塊半，一家四口仍然擠在一間十二平方米的小屋中。文化大革命砍斷了她的升遷。按規定，如果憑考試晉升，她早就是主任級的大夫了。

---

[108] 吳達芸：《女性閱讀與小說評論》，（台南：台南市立文化中心，民國八十五年五月），頁四一。

儘管如此，陸文婷還是一個有醫德的醫生，她總是為病人犧牲奉獻，毫無怨言。她會體諒張大爺從外地來，花了那麼多路費跑到北京，就盡快為他安排手術；撫慰著害怕開刀的小女孩，耐心地勸慰她要動手術。她對病人是一視同仁的，沒有階級尊卑的觀念——焦成思以前被打成叛徒，右眼看不見了，跑來找陸文婷做手術。後來，造反派闖進手術房要陸文婷中斷手術，陸文婷沈著冷靜，立刻把切口縫上，避免了意外。最後又把造反派趕了出去，才把手術做完；現在身為部長的焦成思又再次到醫院動手術，陸文婷還是視他為一般人——她一心一意只求為病人解除痛苦。

大抵說來，中年女性的意志力表現多是堅強的，年紀的增長使得她們展現出以強大的耐力去克服困難的沈著精神。若說要見中國女性勤勞善良的傳統美德的話，最能在中年女性的身上見到這樣的光輝。王安憶筆下的端麗也是一個勇於接受磨練的中年女性。

王安憶曾表示文革十年，讓她成長不少。在提到〈流逝〉中的端麗時，王安憶說：

> 端麗也過了十年，長了十歲，我不願意讓她白白長十歲，白白地老了，白白地吃那麼多無端的苦。世界上的事情很古怪，大的合理中存著小的不合理，大的不合理中存著小的合理。文化大革命以前，端麗生活於大的合理中的小的不合理，文化大革命時，她則生活於大的不合理中的小的合理。
>
> 解放以後，我國確實還存在著貧富的差異。這種差異的暫時存在有它的合理性和必要性，而端麗跟著丈夫，不勞而獲地享用榮華富貴，這確有點不公平。……妄圖以一場意識型態的革命

來消除這物質的差異，實在有點蠢。……歷史注定要走一次回頭路，端麗一家淪為平民，只能自食其力了，這倒並沒什麼說不過去的。而端麗在這時尚能眞正體味到一點人生的甜酸苦辣。[109]

我們從以下的對比，來看看端麗在文革前的生活以及經過文革風暴的政治動亂的明顯改變。

當端麗仍是富家少奶奶時，生活就像在吃一隻奶油話梅，含在嘴裡，輕輕地咬一點兒，再含上半天，細細地品味，每一分鐘，都有很多的味道，很多的愉快。她的頭髮又黑又長，經過冷燙，就像黑色的天鵝絨。披在肩上也好，盤在腦後也好，都顯得漂亮而高貴。她在這上頭花時間是在所不惜的。為參加一場婚禮，兩個月前就開始準備，特地去做了條連衣裙，取衣時間正是婚禮那天的早上，她以為很合身，誰料裁剪師傅把胸圍的尺寸量大了一寸。喜宴一整晚，她都無精打采，只盼宴席早散。她的三個孩子都是請奶媽帶的。她雖然有奶，自己卻不餵，因為餵奶會影響形體的美觀。從前她的孩子總是和奶媽親，和她較疏遠，她視為正常。她從來沒對誰負過責任，孩子生病了，只須找奶媽問罪，心靈上是沒有一點負擔的。從不曾以為早起出門是什麼難事。以前佣人沒買到時鮮菜，她會怪說：「你不能起早一點嗎？」她習慣了碗櫥裡必定要存著蝦米、紫菜、香菇等調味的東西，她習慣每頓飯都要有一只像樣的湯。

當端麗被貶為平凡勞動婦女後，她的生活就像她正吃著的這

---

[109] 二十所高等院校《中國當代文學作品選評》，（河北：河北人民出版社，一九八五年十二月），頁六一八。

碗冷泡飯，她大口大口嚥下去，不去體味，只求肚子不餓，只求把這一頓趕緊打發過去，把這一天，這一月，這一年，甚至這一輩子都盡快地打發過去。好些事，她不能細想，細細起來，她會哭。現在的她為趕著早起買菜，迅速套上毛衣、棉襖、毛褲，把圍巾沒頭沒腦地包裹起來，只露出兩隻眼睛，活像個北方老大嫂。她披頭散髮地在菜場上走了一個早晨，從沒想到上海會有這麼料峭的北風。因為她從來不曾起這麼早並且出門趕著上菜場排隊買菜。為了賺錢，她這位大學畢業生當起了褓姆，這時，她從孩子身上嘗到各種滋味。因為帶孩子的經歷，她和自己的孩子有了更多的互動。她找出自己半新的旗袍，親自為女兒改作衣服，母女倆人為此興奮不已。她要擔憂為什麼她帶的小孩不吃飯，她不知道其實她的孩子小時候比現在這個還難伺候。她不再要求美食，她在剝好的光滑的雞蛋上淺淺劃了三刀，放進肉鍋，味道才能燒進去。這種菜是鄉下粗菜，過去很少有人動筷子，她看了就發膩，可是現在居然覺得真香。

端麗並沒有在逆境中被打倒，反而在逆境中活出了自我，肯定了自我的存在價值，點出了擁有自我與自立的必要性。我們見到了端麗這個中年女性冷靜地應付客觀環境，她具有彈性的適應能力，能在順境與逆境中保持心理平衡，相當理智地在新環境中應付自如，有著兵來將擋的擔當，有著不畏困難的樂觀向上的精神。

環境的轉變，迫使端麗不得不省吃儉用、精打細算。炒菜時，發現味精沒有了，正要女兒去買，但轉念一想：鮮與不鮮之間，本來就沒有一道絕對的界線；上街買牙膏，也捨棄了慣用的牌子，買了較為便宜的牙膏。

端麗在節約中找到了樂趣。除了節省家用外，她還必須找門路賺錢，貼補家用。她幫人家帶的小孩要上幼稚園，被家長接回去後，她又託人留意工作。也許是工場間為了好好改造端麗這位「資產階級少奶奶」，很快她的工作就有了下落，雖是個臨時手工業員，但她看見從自己手裡繞出的一個個零件，既興奮又得意。

端麗在工作中所得到的滿足，不僅是經濟上的滿足，還有精神上的滿足。

由於端麗操持家務，地位提升，也有了發言決定權。

小叔報名參加黑龍江的戰鬥隊，婆婆知道後十分生氣，端麗是這樣開解婆婆的——

「報名也不要緊。現在都興這樣，動員大家統統報名，但批准起來只有很少一部分人。」

「說不定就因為我們成份不好，人家不批准呢！雖是去黑龍江，也是戰鬥隊，政治上的要求一定很嚴。」[110]

小叔被批准後，婆婆萬分傷心，端麗又這樣安慰婆婆：

「姆媽，你不要太傷心，你聽我講。弟弟這次被批准，說不定是好事體。說明領導上對他另眼看待，會有前途的。」

「這些就不要去想了，文光是有出息的，出去或許能幹一番事業。」[111]

---

[110] 王安憶：《雨，沙沙沙》，（台北：新地出版社，民國七十七年二月），頁四三。

[111] 前引書，頁六一~~六二。

小姑因為失戀，精神不正常，不能受刺激，婆婆擔心送去看病，事情若傳開會影響小姑的將來，於是決定為她找個可靠的人嫁了，對方是婆婆娘家的遠親，書信聯絡及事情安排由端麗負責。

相親那天，當婆婆避重就輕地回答小姑的病情時，對方悶悶不樂地說：「我又不是一帖藥。」婆婆表示等小姑毛病好了，以他們張家來說，有他可享福的。對方卻說：「現在還有什麼，不都靠勞動吃飯。」端麗聽了，不由分說地拉著婆婆到廚房，關起門說：

> 「這門親算了吧！嫁過去，對誰也不會有好處。」端麗壓低聲音急急地說，「且不說結了婚，妹妹的病不一定能好。那裡雖是姆媽你的老家，可那麼多年不走動，人生地疏，妹妹在那裡舉目無親。萬一婆家再有閒言閒語，只怕她的病只會加重。再說，人家好端端一個小伙子，為何要到上海來找媳婦，恐怕也有別的方面的貪圖。」[112]

以前的端麗可能是不食人間煙火，不管閒事的；但隨著端麗總攬了家中的大小事務後，她實際參與了家務，在家中的地位就非比往昔了。

文革爆發後，掃蕩了他們所有的一切，公婆無法接受事實，仍舊沈迷於往日光采。

以前，公公婆婆也並不是那麼照顧他們，那年，端麗想買一套家具，婆婆說沒錢，等明年吧！可是不久卻給小姑買了一架鋼琴。

---

[112] 同註一一〇，頁一〇六。

端麗對婆婆原是有些「敬畏」的。有一次，正值發育期的兒子吵著肚子餓，端麗要他自己泡一碗飯吃。此時，端麗立刻察覺到婆婆極不高興地看了她一眼，她便改口說給兒子一角錢，兒子是長孫，是婆婆的命根子。

隨著環境的轉變，端麗在逆境中成長，我們也看得出端麗在公婆心中的地位亦直線成長。小叔參加報名戰鬥隊，要到黑龍江去開荒種地，婆婆有意要端麗去勸解；小姑感情受挫，精神不穩定，婆婆找端麗商量解決之道。

也許是環境的歷練，端麗操持一家的經濟和家務，變得懂事成熟許多，變賣東西，要孩子保密，怕公婆知道了擔心；每月把從工場間的工作所得，補貼婆婆十五元，充作小姑的生活費；小姑被迫分配往江西，公公去送行，難過地表示要是當年他不做老板，只老老實實當一生夥計，小姑就不會這樣了。公公自責地說是他作孽，拖累了全家人。端麗安慰他老人家說：「爹爹，你不要說這個話，我們都享過你很多福。」

公公面對在患難中扛起責任的媳婦，十分感慨地說：「端麗，我看你這兩年倒有些鍛鍊出來了。我這幾個孩子不知怎麼，一個也不像我。許是我的錢害了他們。他們什麼都不會，只會花鈔票。以前，我有個工商界的老朋友，把錢都拿到浙江家鄉去建設，鋪路、造橋、開學堂、造工廠，加上被鄉下人敲竹槓，一百萬美金用得精光。我們笑他憨，他說鈔票留給子孫才是憨。果然還是他有遠見。」

端麗的孩子也因為母親的轉變，受到她耳濡目染的影響。

端麗打包了以前還算新的衣服，要大女兒送到寄售商店去賣。她連對女兒都羞於承認目前的貧困，她對女兒說：這都是沒用的東西，放在家裡也佔地方，賣掉算了！大女兒也覺得害羞不願去；後來，在端麗的軟硬兼施下，才邊走邊掉淚離去；苦日子過慣了，孩子們也懂事不少。大女兒不再為跑寄售商店掉眼淚了，放學以後常常和幾個要好的小朋友一起到寄售店逛逛，看寄賣的東西賣出去了沒有。如果已經賣出，她就極高興地回來報告。

小姑被迫分配到江西，家裡傾其所有，為她準備行裝，如果沒有錢滿足她的需要，她就哭。後來，只得賣東西。端麗把錢包裡攢的錢也奉獻出來，大女兒把為了買鬆緊鞋的存錢撲滿交給端麗，對端麗說：「你摔好了，鬆緊鞋我不買了，現在反正已經不興了。」

大女兒下鄉參加三秋勞動，寫信回家報平安，信的起頭就寫：「親愛的媽媽、爸爸、弟弟、妹妹：你們好」然後又問候爺爺奶奶；接著寫他們的生活；最後，要媽媽保重身體，不要太勞累。

讀者應該都注意到在她的信中，把媽媽排在爸爸的前面，可見端麗在她心中的地位。

動亂過去，家產失而復得後，端麗一家又回到從前富裕的生活。

端麗發現小女兒並不是讀書的料，端麗可憐她，認為她大可不必費那麼大勁讀書。

「你跟著爸爸媽媽吃不少苦，現在有條件了，好好玩玩吧！」
咪咪抬起頭，認真地看著媽媽：「媽媽，我們怎麼一下子變得這麼有錢了？」
「爺爺落實政策了嘛！」
「那全都是爺爺的錢？」
「爺爺的錢，就是爸爸的錢……」端麗支吾了。

「是爺爺賺來的？」

「是的，是爺爺賺來的。但是爺爺一個人用不完，將來你如果沒有合適的工作，可以靠這錢過一輩子。」

「不工作，過日子有什麼意思？」咪咪反問道。她從小苦慣了，是真的不習慣悠閒的生活。[113]

這句「不工作，過日子有什麼意思？」畫龍點睛地才讓端麗發覺自己的轉變以及小女兒的成長在潛移默化中受到她極大的影響。

在張潔的〈祖母綠〉則出現了一個勇敢的單親媽媽。

左葳在一九五七年「鳴放」時期，寫了一份言詞激烈的意見書，由曾令兒抄成大字報，不久，風雲變色，曾令兒擔起罪名，說是一人所為。左葳為報答曾令兒，決定與她結婚。不久，左葳考慮到自己的前途便反悔了。

曾令兒北上接受勞改，此時發現懷了左葳的孩子，她的生命又燃起了希望。在眾人的欺負和羞辱之下，小孩終於出世了，她獨自艱辛地撫養兒子長大，誰知在兒子十五歲那年，游泳出事了。

她勇敢地走過傷痛，某家學報上出現了她的名字，她的研究在國際上引起注意；左葳的妻子，深知左葳的能力不夠，想盡辦法邀請曾令兒幫忙，此時，曾令兒已走出愛情的傷痛，已能坦然面對逝去的那一段愛情。

由於社會約定俗成的期待，使得男性的責任義務大過女性，然而，女性面對困難與挫折，其化解與調適的能力卻遠遠大於男性。

---

[113] 同註一一〇，頁一三七~~一三八。

像常常用美好的眼光看世界的池莉，她的〈月兒好〉裡的月好，並沒有因為人生旅途的坎坷而失志。她迎接乘船回鄉的尚賓，十九年前她送他去復旦大學念書，後來他變了心，十九年來，他的工作和生活都不順心，長久以來他對月好懷著愧疚，也擔心她和他一樣過得不好；誰知完全相反，月好不但沒有失志消沈，反而工作與生活都很順利，身為幼稚園園長的她，教育出兩個懂事的雙胞胎兒子，他們立志要實現母親的願望——考上復旦大學。尚賓默默離去，他也受到了月好的感染，精神為之一振，重新鼓起面對生活的勇氣。

透過本節的分析，我們見到現代女性不再和傳統女性一樣執著於盲目的愛情，她們總有一股始終無畏的坦然，當與男性的情感無法交流之際，她們勇敢地面對不協調的感情，拋棄被選擇的角色，自立堅毅地揮別過往，絕不含糊地重新出發，像是作了一場自我的獨立宣言，誠實地面對自己生命中艱鉅的淬礪，表現了女性的社會價值觀，有著自力更生的意義。

第四節　在情感經驗中成長

本節所要分析的這一類型的女性，有在失敗的愛情或錯誤的婚姻中汲取經驗的女性；也有在此經驗中更新人生觀念，進而拓展生活與思維空間的女性。儘管她們在愛情或婚姻的路上跌跌撞撞，但她們仍能以其屬於女性氣息的情感和思維方式，去關注自我定位的問題。

一、五四時期

雖然在五四時期的女性小說中，這一類型的女性不多，但卻能明白地展現其對於走過來時路的經驗的增加與領悟。

盧隱在〈玫瑰的刺〉這篇自傳性的小說中傳達了女性為求獨立而離婚的訊息。女主人公嫁了一個人人誇獎的丈夫，可是在丈夫的保護下，她有著沒有自由的痛苦，她感受到愛情絕不是金錢和權勢所能代替的，他決定飛出鳥籠，以行動來證明自己可以是和男性平起平坐的。

丁玲〈莎菲女士的日記〉裡的莎菲經過了對凌吉士的從希望期待到失望看透，想必內心也經歷了一番扎，她必定成長了，也相信未來若她會在遇上像凌吉士這一類型的人，她再不會讓自己又跳進去。

二、新時期

韋君宜〈舊夢難溫〉裡的林喬在「反右」時期，輕信謠言和丈夫離異，後來勇敢承認錯誤。

林喬想想當時的自己「實在並沒有那種攀富貴棄糟糠的壞動機。自問和別的某些勢利眼婦女確是兩樣，所作所為無愧於心。頂多認識上不對，有點拉車不認路，過左。不過，那可不是自己一個人的問題。法不責眾嘛。自己原想的是做個正派人，聽黨的話。連領導都說他壞，我怎麼捨不得也不能不狠一狠心哪。然而，聽說他很苦，總覺自己心上忽然放不下。」[114]

林喬突然明白對他應負很大的責任——

> 少年同學，自己是跟著他才參加「反飢餓」運動的，是他勸說自己決不可參加反共遊行的，是他寫詩編詩刊，自己晚上特為跑到學生會，幫他刻鋼板的。還把名字改成了兩人同字顛倒，以示不二。這一件件，忽然疊印成扇形，驟然展開又驟然合攏。最了解喬林的，當然就是林喬，沒有別人。[115]

當喬林講述起她的妻子——不但尊重他，並且從一開始就不信那些流言，努力要了解他。林喬自認錯誤，心想：「我也是一樣的，從剛認識他就尊重他呀，也談得來呀。但是，我沒有努力去了解他。連他到底是怎麼受冤枉的，我都沒弄清楚，就相信了流言。我覺得我是純潔無辜的，其實我所做的事情最好的解釋恐怕就是無知，無知的人似乎並無資格自命為純潔！」[116]

在小說中我們見到了十年動亂所帶給林喬的精神災難，而她在這次付出了慘重的代價後深刻覺醒，不但感受到自己的蒙昧，也在痛苦後得到思想的解放。

在新時期的小說中有不少這樣的女性，從浪漫走向現實，曾對婚姻有逃離的欲望，但理智又叫她們要適應婚姻，夫妻生活本需要彼此妥協。原以為在精神上無家可歸，在生活上孤立無援的她們，也在婚姻的遭遇中成長。

---

[114] 韋君宜：《中國當代作家選集叢書——韋君宜》，（北京：人民文學出版社，一九九五年十二月），頁二七六。

[115] 前引書，頁二七八。

[116] 同註一一四，頁二七九。

張辛欣〈我們這個年紀的夢〉裡的女主人公曾因快樂的童年而懷有夢想，但她的夢想卻隨著婚姻的現實生活，一點一滴地打碎，當她為了生活而盤算，為了菜價每天在市場和人討價還價，什麼白馬王子簡直就離她越來越遠——

> 你幾乎察覺不到，為一樣一樣東西的捕獲，為這些沒完沒了的盤算，每天、每天，你懷著持續的稍許緊張。只有到夫妻之間為什麼事兒吵起來時，這些連成一條線的瑣事才一股腦兒翻上來，捲成一大團理不清的煩亂，有時候委屈得直掉眼淚。可是，待到眞要張嘴數數的時候，唉，簡直沒有一樣是可以提出來作為鄭重其事的悲劇素材的！於是，哭完了，又不知道究竟為什麼要哭。[117]

經由他人介紹，她和大為結婚了，大為是個老實、膽怯的傢伙，他不壞，但是她總嫌他不夠體貼，只會與人聊天、下棋，一點也不知道疼惜她，家務、小孩他都不會主動分擔。

在這裡我們可以肯定女性進入婚姻後，轉變成為人妻、人母的社會位置，是會剝奪她們的自主行動的，她們不再能擁有身為小姐時的來去自如的自由，她們會在家務、小孩中一點一滴地妥協原本自我的堅持；倘若她們不願意自動放棄自我，必然會在價值觀念的衝突中，自我糾結。

小說中描述女主人公不甘心被庸碌無為的生活給淹沒，朱曉的出現，曾喚起她有了改變自己目前生活窘境的想法。

---

[117] 張辛欣：《我們這個年紀的夢》，(台北：新地出版社，民國七十七年二月，頁三~~四。

朱曉是個童話作家，他的愛人上班的地點遠，所以他分擔了大多的家務，他和她一樣每天要到市場買菜，要到幼稚園接孩子；和她所不同的是，朱曉認真地過生活，把他那才八平方米的小屋子，布置得相當舒適而美麗。朱曉對她說「要是不做夢，生活有什麼意思」。她也想改變生活現狀，但是一回家，見到他們的周圍環境，她又打退堂鼓了。

從另一個角度來說，雖然她活在夢想中，但其實她還是蠻能接受現實的，雖然吵吵鬧鬧地過日子，但她已經接受了大為。

> 她習慣於身邊這樣一個人了。習慣於身邊有一個聽她嘮叨煩人瑣事的耳朵，也習慣於那張逗她笑、惹她煩、跟她吵架的嘴。她習慣於這個人身上所有細微的東西，全不在當初介紹時所說的特長、條件之列的眞實的東西。他的懷抱和他所有的生活習慣，喜歡的，不喜歡的。[118]

我們不能說她消極接受，因為她是活在現實的婚姻生活中的女人，她不像諶容筆下〈錯，錯，錯！〉裡的惠蓮——無法在浪漫愛情和現實婚姻中找到平衡點，當她在婚姻現實和愛情浪漫的想像中發現落差後，強烈的失落感便由此而生，儘管她的丈夫盡了最大的努力，她還是無法融入現實的婚姻生活中，而甘願為了她所謂的愛情作繭自縛。

她的心中一直藏著童年時的「他」。儘管美麗的王子在現實生活中離她越來越遠，但是在她心中卻有著一定的地位——在童年時代，他們一群人曾到一個山洞去「探險」，在她遇到危險時，

---

[118] 前引書，頁五二。

「他」挺身而出保護、照顧著她——每當現在生活不順心，她總是不自覺地隱約想起在她內心最深處供著的「他」：

> 她有時覺著，他其實就在她的背後，在同一個地方，不過是在跟另一群人說話而已。不用回頭，當然不會有。但每當這種時候，她會在寂寞和越發的淡然中，突然湧出一股近似柔情的哀怨。
>
> 他為什麼不來呢！假如是他，不管他變成了什麼模樣，不管他是在做什麼工作，不管他是由什麼樣的條件組合成的，不管怎麼樣，她也會跟他的。[119]

作者深入女主人公的內心，很真實地呈現她的內心想法——當大為抱著她時，她如何渴望是她夢中的「他」；在她心中拿「他」和大為比較，我們見到了她的妄想，也見到了她內心的罪惡感。

在婚姻生活中，如果夫妻一方感到缺少了什麼，婚姻的整體性就相當容易受到破壞。尤其從心理學上來說，身處於沈悶的婚姻中的女性，心中若出現想像的對象，那是一種心理補償的幻想作用。然而，當這個幻想一旦破滅，她將會為此而成長。

人算不如天算，她萬萬也想不到，那個她所心心念念的人兒，竟是她所厭惡的鄰居倪鵬——在一次無意中，她聽見倪鵬對大為說起他小時候和朋友去山洞探險的事——那個自私、傲慢、城府深、心機重的倪鵬，竟是她心中的王子，她的夢——碎了。

幻夢的覺醒，代表一種成長，也許日後她將克服自身的障礙，開始適應對方的生活方式或者溝通她的想法。成長後的她發

---

[119] 同註一一七，頁四二。

出這樣的感嘆——

> 也許，生活離你心裡的夢總是非常地遠，那些夢不一定會有一個結果，而有結果的，又可能是偏差極大的。但，你還是要做夢。只要能做夢呵！誰又知道呢，在那些無形的夢和實在的生活之間，是不是有著一座橋呢？是不是夢變形地延伸到生活裡，而生活又向前延伸？……[120]

作者在主觀的敘述中還加入了她的客觀理解，她讓女主人公真真實實地活在婚姻裡——有悲歡喜樂，有愛恨嗔癡—由此，我們見到了女主人公精神上的提升，也確定了女性對環境的順服；而在王小鷹〈霧重重〉裡的善良的宋佩琴先是順服環境安排，接著再全力反擊。

迫於命運作弄，宋佩琴不得不和沒有愛情的丈夫在深山裡生活；然而，她並沒有因此而絕望，尤其當她發現過去的情人，和她最要好的朋友是那麼地自私庸俗時，她決心要和自己性格裡的軟弱永遠告別，並且絕不放棄對生命真諦的追尋：

> 她狠狠地向著大山起誓：一定要把小仙養成……人！怎樣的人呢？決不像她爺爺奶奶般地愚昧，更不能像車站上那兩位般地庸俗、自私……也許，也不能像自己這般地軟弱吧？[121]

宋佩琴有著獨立的主體意識，她在婚姻生活的歷練中學習讓

---

[120] 同註一一七，頁八〇。
[121] 同註七五，頁七一。

情感與人格獨立，努力改變生活現狀；然而，並不是所有的女性在處理婚姻問題時，都能夠理性地思考兩性間奇詭的關係，且合宜適切地得到理想的結局，池莉〈少婦的沙灘〉（又名〈錦繡沙灘〉）中的立雪就是這樣一個悲劇人物。

懷有浪漫夢想的立雪，以為他的美夢在結婚那天實現了，結果誰知那才是惡夢的開始。住在公婆的家裡，房間是不興上鎖的，誰都可以隨便進來，沒有任何的隱私權。為人妻、為人母、為人媳，匆忙上班下班，在忙碌家事之餘，不但要堆著笑臉和家人周旋，還要忍受幫忙帶小孩的婆婆的冷言冷語，這就是她全部的生活內容。

每當和家人有了摩擦，立雪就會到沙灘上散步，這天，她遇到了夜大的同學趙如岳，趙如岳對她訴說自己不幸的愛情，引起她的同情。後來，他們便常常在沙灘上遇到了。

婆婆聽到了流言，罵她是個不知羞恥的娼婦。海天相信立雪，他知道婆媳間的摩擦是難免的，他先是聽了立雪細數多年來的委屈，並安慰她；後來她說起海天對她的忽視，不願傾聽她的心聲，她說：他們母子是冷血動物，不是人。海天失了耐性，兩人起了爭執，海天動了手。海天追上了出走的立雪，溫柔地請求她原諒——「只要男人真的愛她，女人是多麼容易動心，容易寬恕——女人到底是脆弱的。」[122]

趙如岳謊稱生日，對立雪表示他原邀請立雪和另一個同學為他慶生，但那同學不能來。立雪以為男女之間是有友誼存在的，便爽快赴約。立雪本有意告訴海天的，但是，海天的第一個反應卻是：誰接讀幼稚園的兒子放學。於是，立雪用了「加班」的理

---

[122] 同註九七，頁三一八。

由捷塞。

海天對刻意打扮的立雪起了疑心，決定晚飯時到她單位去看看她。

立雪如約到飯店用餐，趙如岳以為立雪也默認了他對她的勾引，便露出了真面目，立雪握了雙拳，警惕地面對趙如岳，卻得來趙如岳的不堪入耳的羞辱。

逃離了趙如岳的立雪頓悟：「原來竟是她錯了！是的，趙如岳的氣憤沒有錯，她這是引誘，只不過她一直在自欺欺人罷了。結了婚的女人，難道還不明白男女之間的關係就是那麼實際、簡單？立雪立雪，你是一個多麼矯揉造作的女人！」[123]

逃回家後的立雪對海天坦承所有，結果又招來海天的一頓羞辱，海天說：他忘不了她和情夫在一起的樣子，他感到羞恥，如果不是為了兒子，他才不會要她。他要她本本份份地過日子，否則就向單位全盤托出。

在小說中我們見到立雪幾次試著要和海天溝通，但海天總不試著傾聽，演變到最後事情終於還是發生了。夫妻之間必須認知的是：沒有共同語言的婚姻，是衰弱的；除了性生活以外，耐心地傾聽對方的心聲，相互分享內心的感受，是相當重要的，尤其需要學習正面有建設性地向對方表達不滿，以免雙方產生隔閡，這才稱得上是有生命力的婚姻。立雪與海天的婚姻悲劇產生的癥結就在於此。

海天為了面子問題和立雪維繫著婚姻；立雪天真浪漫的心受到了洗禮，凡事不計較了，也不在乎兒女情長了，她必定是成長了，不管是積極還是消極，她從「女兒」變成「女人」了，相信

[123] 同註九七，頁三二八。

她對婚姻的本質顯然也應該有了另一番新的體悟。

池莉在這篇小說中描繪了婚後女子面對婚姻的無奈。女性嫁入一個新環境，面對新生活，丈夫如果無法扮演好橋樑的角色，將衍生諸多問題；妻子如果無法拿捏所扮演的角色的尺度，也將產生婚姻危機。黃蓓佳〈冬之旅〉裡的卉，也是因未能認清妻子的角色，而造成更嚴重的婚姻悲劇。要談她的婚姻悲劇，就要從她對愛情的錯誤期待講起。

卉在師範學院就讀。有一年系上邀請了一位詩人來演講，卉為了請詩人推薦她的作品，和詩人發生了關係。不幸懷孕後，她把事情的始末告訴她的男朋友——小應。小應陪她去把孩子拿掉後，兩人的感情起了變化。畢業後，兩人分配到不同的工作單位，由於卉對小應的等待，小應截斷了和同事小紀可能發生的戀情，不計較過去地和卉結婚。卉努力賺錢，在工作上一帆風順；但小應的工作卻因為主管的關係，從顛峰落到谷底。後來，卉和詩人不期而遇，兩人又發生了幾次關係。卉所編造的謊言被小應揭穿，在爭執中小應失手拿花瓶砸死了卉。

乍看這篇小說可能會覺得卉自作自受，不知惜福；但深入來看，從頭到尾，她在每個階段一直都很清楚自己要的是什麼，正因為如此，她也一直在她的情感中成長，只是到最後處理問題過於自我、過於感情用事。我們從以下五個階段來分析。

第一個階段——與詩人的戀情

卉喜歡寫詩，在學校常有作品發表，但是作品只要投到雜誌社，便石沈大海。有一年冬天，他們系裡僥倖請到一位途經此地的名詩人來演講。這位已經進入不惑之年的詩人，那熱情洋溢的聲音，有一種難以言說的魅力。當晚，卉和幾位女同學，怯怯地敲響了詩人賓館的房門，她們受到了出乎意料的熱情招待。第二天，卉懷著嶄露頭角的心情，帶著她的作品，希望詩人能推薦其中幾首給一些刊物。詩人隨意翻了一下，答應了她的請求，便和她閒聊起來，後來，冷不防在她面頰上吻了一下，她吃了一驚，倉皇離去。

幾天後，詩人以要帶她去見編輯的理由，和她發生了關係，這發生的一切卉都是清楚的。

第二階段——對小應坦承無諱

我們還可以從一個地方肯定卉是對詩人有感情的。

就在卉和詩人的那麼一次關係中，她懷孕了。她無法也不想再向小應隱瞞，便寫了一封信給小應。

照理卉應該有能力在小應不知情的情況下，把問題解決，或者在小應趕來要為她解決麻煩時，找出各種為她所犯的錯誤開脫的理由——詩人的魅力一時誘惑了她或上當受騙，騎虎難下。但她並沒有這樣做。她向小應訴說她和詩人的一切，教小應聽了覺得她好像還在重溫舊夢。

第三階段——爭取小應對婚姻的點頭

第二階段是卉對詩人的內心的真情流露，但當小應帶她去做了人工流產後，卉又活到現實裡了。

壞事傳千里，認識他們的人，彼此心照不宣。之後，他倆的關係就變得異常微妙了，小應對卉的態度從沸點迅速地降至冰點。

在大學裡很少有人是初戀就結婚的，如果卉沒有發生這件事，大學畢業後，誰知她會不會跟小應到底。卉是個成熟、有城府的女孩，她比小應年輕，但並不比他幼稚。發生了這件事，她被同學打入了另冊，勢必別無選擇地要抱住小應這棵樹不放。

畢業後，卉除了不斷地寫信，還請了長假，千里迢迢去找小應，鍥而不捨，她用等待，用溫柔，讓小應的領導和同事看在眼裡，最後終於爭取到這段婚姻。

第四階段——努力工作，提高生活品質

「卉這個人看上去嬌嬌嫩嫩，其實倒是比男人更有主見，更說得出做得出。結婚後她竟然回家鄉去辭了職，準備就這麼沒有戶口常住北京了。」[124]她知道要小應調回家鄉是不可能的，更別指望她能調進北京。

卉主動登報，給小學生補習功課，當家庭教師，她在北京如魚得水，生活忙碌而充實；但此時小應的工作則起了變化，一方面是每天面對小紀的苦惱，另一方面是換了一個漠視藝術的副校長。

卉害怕在此時懷孕，「事業才剛剛開始。她要拼命工作，攢起一筆可觀的錢作家底，那時才可以玩樂享受生孩子。」[125]小應無法明白卉的用心，他氣卉總在他享受性愛之歡時，遞來避孕套，他不明白卉能懷上詩人的野種，就偏不肯懷他的孩子。他們之間除了言語，還有肢體上的的衝突。

第五階段——與詩人的外遇及下場

卉在路上見到詩人，她追上詩人，對他說：

「沒想到還能再見面。」卉的聲音有些酸楚。一瞬間裡她想起了許多，想到她的懷孕，她為此所受的恐懼和痛苦，她和小應之間微妙複雜的關係，甚至她的辭職和眼下的境況。她想把這

---

[124] 黃蓓佳：《午夜雞尾酒》，江蘇文藝出版社，一九九八年八月，頁三二。

[125] 前引書，頁三四。

一切原原本本告訴他，不知怎麼又噎住了。她抬起頭，哽咽地說：「知道嗎？我曾經恨過你。」[126]

愛與恨其實是一體兩面的，如果卉不是還愛著詩人，她就不會去追上詩人和他相認。詩人留下地址說他會在北京待兩個月。

卉在與詩人重逢後，又喚起她對感情純粹「愛情至上」的信仰模式，致使她在婚姻路上跌得頭破血流，最後竟喪身在小應失手砸出去的花瓶中。

在卉的身上，我們見到女性為求自我發展所做出的不計代價的努力，卉自主於她生命中的每一個階段與決定，相信當她投入詩人的懷抱中時，便已有心理準備承擔玩火的後果。

基本上女性有著犧牲自己，照顧別人的熱情特質，她們所期待的愛情關係是雙向付出的。婚姻是愛情的延伸，她們當然希望這種關係能夠永遠繼續，一旦已婚男性疏忽了這一層，婚姻將會蒙上陰影。王安憶的〈錦繡谷之戀〉寫的是一個知識女性面對貧瘠的婚姻生活與婚外戀的心理狀態與經過，儘管後來她還是神不知鬼不覺地又回到原本的生活軌道，但可以想像她已非原來的自己了。

女主人公是個雜誌社的文學編輯，但她文人的稟賦在平淡乏味的婚姻生活中逐漸消磨殆盡。她和丈夫並不留意對方，因為太瞭解對方，便難以再互相仰慕。

她的家是再不能激起好奇和興趣，家裡猶如是她演出的後台，她在家是不修邊幅的——頭上捲了捲髮筒，猶如一頂奇怪的帽盔；但出門則是光鮮亮麗——烏黑的頭髮挽在耳後，鬈曲的髮

---

[126] 同註一二四，頁三六。

梢卻又從耳垂下邊繞到光潔的腮上，自然得猶如天生。

從女主人公形貌「裡」「外」的對比，可以想見丈夫對她的漠然。所謂「女為悅己者容」，既然丈夫漠視她的存在，她只好把她窈窕的一面，展現給欣賞她的人，所以，只有走出家門，她的生活才開始。

他們的婚姻平淡疲乏到需要透過爭吵來引發交談，來尋求刺激，甚至連爭吵她都要伺機等待其藉口，可悲的是她的丈夫居然無動於衷，只是平和地忍讓，用三言兩語就打發了她，教她啞口無言，她是那麼需要他的撫慰和溫暖啊！

女性在脫離家庭之後，自然而然地將依戀的對象轉到丈夫身上，加以精神與肉體的緊密結合，其依戀的程度就更高了；當浪漫被現實生活所取代，男性若不適時地向敏感多情的妻子表達愛意，妻子勢必感覺空虛，因為她們所需要的情感是要不斷地豐富和增長的，它不像某個容器，裝滿了就不再需要了。

在雪兒•海蒂的：《海蒂報告》一書中說：男人和女人不同之處是，男人從小生長的環境教導他們把感情放在一邊，而女人從小生長的環境卻鼓勵她們嘗試感情，表達感情。這樣的女人在決心放棄這種愛情之前，所吃的苦頭可能比大多數男人都多；男人從一開始就儘量避免這類的經驗——或者，至少儘量把這類的經驗輕描淡寫帶過去。[127]

造成男女文化的差異，一方面是生理因素，另一方面是傳統歷史使然。女主人公的丈夫似乎因為「習慣」，而未能好好用心經營他們的婚姻，所以，多年來的婚姻生活令女主人公感到無比

---

[127] 雪兒　海蒂著　林淑貞譯：《海蒂報告》，（台北：張老師文化事業有限公司，民國八十三年十一月），頁七三五。

的疏遠與冷漠。然而，這就是兩性的差異，男性似乎在得到女性的愛情之後，便再也吝於對女性付出感情與關心；而女性則是永遠需要被愛、被關心的，她們期待愛情那份恆久的感覺。

其實，女人是很容易感動與滿足的動物，舉例來說：她要到廬山參加筆會，他送她到車站，火車啟動，他看見她嘴角牽動，以為她有話要說，追著火車跑；她感到辛酸，淚珠在眼眶打轉。僅僅只是這樣的一個小動作，就足以教女主人公感動萬分。

女主人公盼望生活在「愛情」之中——愛就是互相為伴和親密感。但是岌岌可危的婚姻卻無法提供給她愛的溫暖，無法享受被愛的感覺，只有憤怒沮喪、悲哀難過交雜於心。結束「錦繡谷之戀」後，她又回到原本的生活軌道，有一天早上，她和丈夫先後醒來，「他們的眼睛茫茫地走過半個幽暗的房間，茫茫地相對著，什麼也沒看見地看著，猶如路兩邊的兩座對峙了百年的老屋。他們過於性急的探究，早已將對方拆得瓦無全瓦，磚無整磚，他們互相拆除得太過徹底又太過迅速，早已成了兩處廢墟斷垣，而他們既沒有重建的勇敢與精神，也沒有棄下它走出去的決斷，便只有空漠漠地相對著，或者就是更甚的互相糟賤。」[128]較男性為感性的女性能夠更強烈地意識到這一個點的危機，女主人公如何去突破現狀還是得靠她自己。

我們相信女主人公可能原本希望能在外遇的對象身上找到精神寄託，沒想到對方不但輕描淡寫地結束了關係，後來也音訊全無，因此，在這次的婚外出軌，她一定能從中得到或多或少的教訓。

---

[128] 王安憶：《小城之戀》，（台北：林白出版社，民國七十七年二月），頁九九。

有些具有較開放的道德意識的女性是不同於〈錦繡谷之戀〉裡的女主人公的，她們會不耐於兩性無法用心對話的婚姻生活，主動出擊去改變，而不再處於處處挨打的社會或傳統賦予的角色，即使在體會過乏味的婚姻生活後，或許沮喪沈淪而陷溺，但也及時意識到不能再掉進重複的陷阱，反而彷彿重生般，更清明地面對未來的路。

人世間最攝人心魂的是愛情，它曾激起多少世間男女的憧憬和想像。如果將人類的感情以等級來區分，那麼愛情應該是更勝於親情，屬於最高的一級。正是因為這樣最高一級的感情，所以充滿了五味雜陳的難解，身陷其中或已經走出來的人們，必須學習如何安頓與調適。

下面就先來討論宗璞的成名愛情作品〈紅豆〉。

宗璞在接受施叔青的訪談時，談她發表於一九五六年的〈紅豆〉時說：

> 五〇年代作品青一色的寫工農兵，我在『紅豆』中寫愛情，寫知識份子，在題材和寫法上都比較新鮮，才會引起那麼大的注意。受批判的原因是「愛情被革命迫害」，「挖社會主義牆角」、「在感情的細流裡不健康」等等。正如你所說，我寫的其實是為了革命而捨棄愛情，通過女主角江玫的經歷，表現了一個小資產階級的知識份子怎樣在革命中成長。那個時代確實有很多這樣的愛情，我不過寫得比較眞實。七八年上海文藝出版社出版了《重放的鮮花》，把五七年發表的「毒草」收在一起，包括〈紅豆〉。[129]

---

[129] 施叔青：《對談錄——面對當代大陸文學心靈》，（台北：時報

在文化大革命時，〈紅豆〉被打成了大毒草，歷經十年劫難，〈紅豆〉獲得重生，不難想見其小說的藝術價值。

〈紅豆〉寫的是四九年在北京解放前夕，北京教會大學裡的一對情侶，彼此因為生活背景和政治立場的根本差異，再加上女主人公受友人的影響，漸漸從溫室中甦醒，終於忍痛面對「貌合神離」的愛情與一心要飛往異國的男友分手，而走向為新生活奮鬥之路。

真摯的愛情必須是要建築在互相尊敬的基礎上的。齊虹那種將江玫「物化」，要她順從他的安排的利己主義的愛，完全不顧慮對方也是一個獨立的個體，而給予起碼的尊重，當然這種愛情的危機就會漸漸浮出檯面了。

小說中作者設計了一個情節來闡揚友情有時比愛情更經得起考驗。

江玫的母親貧血症越來越嚴重，她必須籌一筆醫藥費讓母親長期打針，江玫不願向齊虹求救，反而在肖素的盤問下把情形告訴了她。肖素說要輸血給她母親；可是江玫與她的血型都和母親不合。隔了三天，肖素與高采烈地籌來了一大筆錢，結果江玫居然發現那是肖素和幾個伙伴賣血得來的錢。後來，母親的精神漸有起色，江玫和肖素在她的床邊享受著天倫之樂。此刻江玫想起了齊虹，她想：「這種生活和感情是齊虹永遠不會懂的。」[130]

宗璞善於從女性觀點來處理題材，她在描寫兩性關係時，當女性呈現其弱勢與困境時，總有其他的女性關係加以對照，如〈三

文化出版企業有限公司，民國七十八年五月），頁二九五。

[130] 同註一〇七，頁二八九。

生石〉和本篇中兩段難能可貴的同性友情。

為什麼江玫沒有想到要向齊虹求救或傾訴呢？在正常的男女關係中，人在最無助時，第一個想到的應該是與他最親密的，無事不談，無話不說的人。所以，如果齊虹在江玫的心中有著一定的地位，江玫遇到任何困難，首先想到的應該是他才對，尤其是他可以給她經濟上的援助，那對他來說，只是九牛一毛，可是，她居然「也沒有一點告訴他的慾望」。

經過這件事，江玫更確定了她和肖素的友誼，而且也比以前更關心當前的政治局勢。後來，又歷經肖素被捕；母親告之隱藏已久的秘密——父親是屈死的，她終於決心要留下來完成肖素的心願，不跟齊虹遠走高飛到美國去。

割捨一段感情對女性來說是相當不容易的，相信江玫在送走這段愛情後，定更能透視兩性關係的微妙，學習用另一個角度去觀察生命。在諶容筆下也有這樣一個理性面對愛情的女子。

諶容〈褪色的信〉裡的童小娟是個知識女青年，因為她的父親是「反革命修正主義分子」，所以，人人對她避之無恐不及。她和同學們一起下放到農村，想努力改造自己，她實際參加農村工作，在生活上遇到種種困難，易碎的感情十分柔弱。人在離鄉背井時感情是最脆弱的，只要有人願意多付出一點關懷，用愛去聊慰寂寞的心靈，那顆心馬上會降服在他面前。此時，有一個當地青年溫思哲出現了，他幫助她，尤其在精神上給她慰藉。

童小娟的父親官復原職了，各方的人物對她的態度有了一百八十度的大轉變——領導利用她要各種器具；男同學為了能調回省城，紛紛要求和她建立「革命友誼」。

童小娟不顧父母的強烈反對，愛上了對她無所求的溫思哲，但是，溫思哲沒有和她站在一起，他退卻了。

文化大革命結束後，童小娟回北京唸大學，在新的環境中有了新的體會，方才驚覺她是在十年浩劫的噩夢環境中，才和溫思哲產生了感情。她下決心結束了這段如夢一般的愛情。在求知的環境中，她才深刻地體會到：共產主義光靠知識青年下鄉去實現，實在是很荒謬；唯有靠現代化的科學技術，才有實現的可能。因此，她下決心要認真踏實地在醫學上下功夫，讓自己有一技之長，將來才能服務民眾。

童小娟可以說是一個追尋個人精神自由的現代女性，走出壓抑的愛情後，她決定活出自己的新主張。女性往往透過男性，或者說是透過愛情，找到獨立生活的可能，並且不再用男性的眼光去要求自己，而在自己事業的舞台上找到自己的定位，所謂的女強人往往因此而生。張辛欣〈最後的停泊地〉裡的女主人公便是一例。

她是個女話劇演員，執著追求於藝術事業，也執著追求情感的歸宿。但是，經過了一場又一場的愛情迷航後，她絕望地頓悟到她的愛之船在現實生活中是找不到停泊地的，而「最後的停泊地」應該是那個戲劇人生的「舞台」。

僅管她的事業順遂，卻始終無法完全填補心靈的寂寞，於是我們見到這個情感豐厚的女性內心，還是有著這樣的理解——

> 不管一個婦女怎樣清醒地認識和承擔著自身在社會、家庭關係中的全部義務；不管我們怎樣竭盡全力地爭取著那一點點獨立的權力，要求和男人一樣掌握自己生活的命運。然而，說到底

我們在感情生活裡，從本質上永遠不可能完全「獨立」；永遠渴望和要求著一個歸宿。[131]

怎奈她的愛情一波三折，總找不到一個合適的歸宿。

她的初戀，愛得又苦又澀。他的回信稀少、簡短，漸漸地有了他變心的傳言。見面時，他說，如果和他的表妹結婚，可以爭取自費留學。而她除了給他她的熱情，其他什麼也給不起。她哭過、鬧過，分手後，他把她寫給他的信，兩大袋，全數寄還給她，她突然明白，那些信是她自己給自己編織的夢，並不是寫給誰的信。

在這裡我們見到：愛情對於兩性而言，是不具有完全相同意義的。

設想一段破裂的愛情往往女性所受到的傷害是高於男性的，因為就精神與肉體來做比較，男性較著重於肉體的滿足；而女性則偏重於精神層次的追求與投入。

針對這一點，我們再繼續來看故事的發展。一位年輕的編劇出現在她的生命，她喜歡靜靜聽他談藝術，他似乎也願意單獨和她聊天。她以為愛情在他們之間滋長。他要回家探親前的晚上，他被別人請去吃飯，他要她等他。她清楚知道將發生什麼事情。在狂熱的呻吟中，他喃喃地、反覆地說：我愛你。也承諾回家後會來信。但她終究沒有等到任何消息。待她幫他抄好他交代的劇本寄到他家，終於收到了一封家人代筆的信，說是他和「朋友」一起去旅遊了。

他回來看排好的戲，她直截了當地問他：為什麼不能來一封

---

[131] 同註一一七，頁一六八。

信明明白白地說清楚？他突然紅了臉，喃喃地嘟噥著：「媽媽說……」

她的愛情被門當戶對的觀念給封殺了。

在她的心裡還埋藏著一個連對方都不知道的邂逅，她愛上了一個有家室的數理邏輯研究者。

在一次活動中，他們碰巧同坐一艘船，其實她以前就認識他，不過是那種點頭之交。他們在湖中划船，情感在交流滑動著。活動結束後，她陪他坐地鐵回家，他到站了，她也跟著下車，他不能再堅持陪她等往回開的車。後來，在恍惚中，她錯過了末班車，便往他家走去，在他家窗前，聽見他妻子和小孩的對話。

經過了幾次令她挫敗的愛情，她不禁反覆自問並假設——

> 假如你不是那麼動情地、寧願捨棄自己的一次次去愛；假如你第一次就能碰上一個好人，假如你能夠平靜地活著，平靜地嫁一個隨便什麼人，不管怎麼樣，廝守到底，心靈也許會乾枯，也許呢，就會保持平衡和眞正應該相遇時的熱情和勇敢。而這樣，每一次、每一次地，「全心全意」地愛，得到了什麼呢？是的，不錯，得到了人生的經驗，理解力，進入各種戲劇角色的能力。而失掉的呢？……心，又有一個耐受的限度，它儘管什麼都能承受，但到一定時候，那彈性就可能發生變化！但是，你又怎麼能知道你該在什麼時候，什麼地方，遇上一個什麼樣的人才是唯一正確的呢？像鬧鐘，對好了，上好弦，到時候，正好響。命運總不能給你一個絕對可靠的信號，告訴你，這裡，是眞正的能夠停靠的地方……。[132]

---

[132] 同註一一七，頁一七九～一八〇。

她期望成為一個真正的女人，能夠找到一個真心給她愛情的男人，可是她在她的愛情裡始終找不到理想的停泊地，因此，她只能無奈地把事業當成是她最後的停泊地，然而，愛情的連續失望對一個女人而言，可能是一生中難以彌補的創傷與遺憾。

因為真愛難覓，所以才會有那麼多的癡情女，甘心情願付出所有，往往總是要等到發現愛情或婚姻生活的粗糙面後，才從付出的代價中得到教訓。在黃蓓佳的〈在那個炎熱的夏天〉中就有一個單方面付出的女人，在自以為是的愛情裡苦等了三年。

在他們相遇的那一年，「她」是個美術界的新星，而比「她」年長的他，卻還是個攝影系的學生。講座結束後，他在門口攔住「她」，要求「她」當他的模特兒。之後，「她」便成了他的專屬模特兒了。後來，「她」知道他已經有了個女朋友。他說她叫怡月，雖然全校師生都認識她，但是他們已經不再相愛。他向「她」承諾要和怡月斷絕關係。他一心一意期待畢業後能分配到電影廠，而怡月就在那兒，當地人會照顧他。為了這個夢想，他犧牲了「她」，說是和怡月結婚後再離婚。因此，為了這個承諾，在「她」的心中一直保留著他的位置。一直到三年後，「她」遇到了已經和他離婚的怡月，怡月揭開了他的真面目，「她」才恍然頓悟。

首先覺醒的怡月對「她」說，她們都是受騙者。

怡月說結婚兩年，他從來沒有碰過她，他不僅殘忍地折磨她的感情，甚至也不隱瞞他和「她」的種種，還有他那些卑劣的念頭——他也對怡月說一結婚就要和她離婚——怡月以為他一離婚後會去和「她」結婚，但是他說「她」太強了，會把他那點男子漢的自尊心全都擠跑。結果他和電影廠的一個二十歲的演員結婚了。

怡月對「她」說，他向朋友炫耀說：「你是他見過最纏綿的人，你會不顧一切地為他死。他還伸出手，把頭髮往腦後那麼一掠，就那麼一掠，然後說，只要他願意，任何時候，你都會同意跟他重續舊情。你會同意跟他結婚。你會的吧？對不對？你這個傻瓜。」[133]

驀然回首昔日種種，就在「她」看清了他的真面目後，同時也看清了自己的感情。也許以後當「她」再遇上愛情，絕不會明明知道對方「他只是希望自己成功，卻並不看重她的努力」[134]而還是一廂情願地認定她所謂的愛情，而重蹈覆轍。

熱戀中的男女，總有為對方成全，互相放棄自我的心態，為的是博取對方的歡心。但當他們步入婚姻後，往往以為對方變了，其實他們在互相評價或自我評價時，並未意識到原來是自己變了。作者安排曾為情敵的兩個女人碰面，開誠布公地坦白過去，可以見得她在面對性別議題時，頗具有女性自覺。方方的「第一部純粹的愛情小說」——〈船的沉沒〉，[135]不但也同樣寫出了女性自覺，還展現了愛情對女性一生的重大影響。

楚楚和大她八歲的吳早晨在船上萍水相逢，但卻沒有留下地址聯絡。

三年後不期而遇，這時楚楚是個工人領導階級；吳早晨是個教物理的老師。兩人在交往的過程漸漸有了感情。

吳早晨的母親是個莊重典雅的知識婦女，喜歡沈穩安靜的女孩，可偏偏楚楚不是那樣的女孩，她很憤怒他母親對她的批評，

---

[133] 同註九，頁一二七。
[134] 同註九，頁一一七。
[135] 方方：《白夢》，（江蘇：江蘇文藝出版社，一九九五年十二月），頁二。

便不再去他家。

後來兩人也曾鬧了一些意見，但卻更堅定彼此的感情。

吳早晨的母親不喜歡楚楚，一直在為吳早晨留意對象，也刻意讓楚楚知道；吳早晨對楚楚說起他母親早年守寡的辛苦，希望她能為他多包容。

楚楚幾次想要獻身給吳早晨，都被他拒絕了，他希望等到新婚之夜。

沒想到他母親在聽到他們要結婚的消息後，裝病了半年，在這段期間，楚楚除了工作，還用心照顧他母親，希望能讓她對她有所改觀。誰知他母親不但故意找碴，還在吳早晨面前數落楚楚的不是；楚楚的母親捨不得女兒，便找了一個看護——余心蘭。她是個離過婚的人；然而，楚楚怎麼也沒有料到余心蘭竟會是終結她的愛情的第三者。

吳早晨對楚楚表示：她母親和余心蘭處得不錯，余心蘭也說愛他。他說他成分不好，又有先天性心臟病，而且近來發病的週期越來越短了，他只能和她做朋友，他實在不配擁有她；無論楚楚承諾以後會對他母親更有耐心，或做什麼樣的讓步，都挽不回這四年來的感情。

幾天後，楚楚接到余心蘭的電話，說她丈夫死了。

吳早晨留下了一張紙條給楚楚：你美好地活著才能使我死去的靈魂得以安寧。此外，還有一個夾子，夾子裡有兩張撕得粉碎又復原得極為完整的《魂斷藍橋》的電影票——那是當初楚楚費心買到電影票，但吳早晨不肯失約於學生，楚楚一氣之下，分屍了那兩張電影票。

楚楚的母親說他應該是一個高尚的人。

經歷過這段愛情，楚楚成長了，三十歲未婚的她回想起以前說：

> 我那時是一個自尊心很強的女孩。一點點傷害都不能忍受。現在，任何傷害對於我來說都無濟於事了。我不在乎。但我仍是一個自尊心很強的女人。我從不無端地結交名流雅士，也從不在領導面前唯唯諾諾，我不想通過什麼途徑改變自己的地位，亦不想寫一些充滿溢美之詞的文章來博得許多人的好感。我只想憑我自己的本事去走完我的人生。它能成什麼樣子就是什麼樣子。這樣在我死的時候我面無愧色。我能說我盡到的是我自己的力量。我的這些想法是很多人難以接受或難以實施的。或許我並不很對。但我只能這麼說。我珍惜我的自尊。我的尊嚴。[136]

作者似乎有意安排讓楚楚從愛情的不順遂中，逐漸看清人生的真相。

在方方的另一篇〈桃花燦爛〉中我們見到了愛情是女人生命中不可承受之重。

粞與星子對彼此都有感覺，但是粞因為父親的政治問題，讓他覺得很自卑，他覺得配不上星子；星子對粞一往情深，不以為那是問題，但「星子也覺出自己太矜持太自尊，非要等著粞明目張膽地追求才肯認賬。星子一直認為，既是暗示，便有可能是別的意思。星子不想要暗示，星子只想要一句大白話。」[137]

---

[136] 前引書，頁一八七。

[137] 方方：《埋伏》，(江蘇：江蘇文藝出版社，一九九五年十二月)，頁二三〇。

糆的性格是矛盾的，他愛著星子，卻不敢表達，同時又受不了美女和功名的誘惑。他和星子的鄰居水香發生了關係。從水香口中得知此關係的星子，下定決心永遠也不原諒糆。就算糆瞭解到星子在她心中的位置，而對她表達愛意，星子也無法接受他了。

一個有點神經質的老姑娘看上了糆，糆也沒有回絕，兩人便結婚了；星子也結了婚，只是和糆一樣，婚後在和另一半睡覺時都喊著對方的名字。

當女性在成長過程中遭遇困難或想從現存的生活困境中尋求解脫時，往往她們的第一個選擇，便是以婚姻作為避難所。

在糆得癌症過世前星子曾去探望他，兩人發生了關係。

糆過世後的九個月，星子產下一子，猛然發覺那眼神像極了糆，連前來拜訪星子的糆的母親，也感到訝異，糆的母親在星子的要求下，為她兒子取名為——暘。

我們可以想像星子的後半生在精神上是充滿高難度的挑戰的，但相信經過了前一段逝去的愛情，那將帶給她不同的視野，因為對自己過去的生活作出反省，才是成熟的女性自我意識的一個重要前提。

這一類型的女性為了成全她們的愛情或婚姻，創造了生命裡自己所看不見的力量，在經歷萬般折騰後，她們沒有走向死亡的絕境，她們有的掙脫命運，有的感謝命運，為此她們或多或少付出了最起碼的代價，而這代價卻教她們得到應有的成長，雖然她們因愛情的苦痛歷練而成長，但那成長卻讓她們成為完全的女人，對往後的行事經驗有著絕對的影響。

在這兩個時期初期的女性小說裡，有的女性懷抱著「尋找男人」的浪漫夢想，她們把所鍾情的男人塑造成心中理想的人格，期待與他們共築美夢，可惜後來夢想破滅，而在破滅的夢想中成長；有的女性則是以追求自己獨立的人格為目標，她們以傳統女性的堅韌努力提升其素質，以彰顯其女性價值。

如果說五四時期的女作家已從象牙塔中探出頭，發出聲音；那麼新時期的女作家們則便是從象牙塔中走了出來，與男權不合理的社會秩序展開對峙。五四時期的女性小說清楚呈現了女性自我向封建主義的抗爭；經過歷史的磨礪，新時期的女性小說，無論是對傳統角色的反叛，或者是對獨立、平等的渴望與追求，又更超越「五四」之上。

如果說五四時期的女作家，用鑰匙打開了女性心房的門，喚起她們在認識自己的過程中的自省的心智；那麼新時期的女作家則是推開了那扇門，以更真實切近人生的方式揭示了女性既複雜又豐富的內心世界。五四時期的女作家不再困守於家庭和儒教，她們試圖打破過去文化傳統的承襲——女性是無聲的——而要發掘女性自身最熟悉又陌生的心理體驗，讓女性開始意識到它的存在；新時期的女性自覺，隨著人性的復甦而復甦，女作家們努力擺脫過去男性思維對她們寫作的拘囿，而要開拓自己的天空，她們為不同生存空間的女性執著書寫，紀錄她們內心的困惑、迷惘、堅持和勇敢，並試圖通過自己的小說建構一種兩性平等的新文化，確立現代女性的人生追求，並重建其現代人格。

兩個時期的女作家們在女性精神自由層面的拓展，都付出了相當大的努力，她們雖然在不同程度上反映女性命運，並以呈現女性價值為己任，但她們對於尋回失落的女性氣質的努力卻是相同的，尤其是她們在挑戰社會既成的道德觀規範時表現了難能可貴的勇氣。

第六章　兩個時期婚戀小說的女性意識及其意義

經由上一章婚戀小說女性形象類型的分類研析，我們可以見到女性意識大概的發展階段。今再以顧燕翎將女性意識發展所劃分的五個階段，充實說明：

一、　不知期：一切以男性價值為標準，女性意識尚未形成。

二、　認同期：試圖提供女性「上進」的機會，加入原屬男性的高階層社會或團體。

三、　抗議期：體會到女性所遭遇的阻礙是群體性、結構性的問題，女性意識自此覺醒，開始就種族、階級、性別、宗教等等角度來從事系統性的思考，所關注的也擴大至大多數婦女的問題。往往也帶動了婦運的開端。

四、　女性中心期：相信女性是文明與生命的基石，強調女性經驗和女性文化的真實性與重要性，力圖以此來改進男性的缺失。

五、　兩性合作期：是未來百年內的理想，兩性刻板印象消失，在個體人格發展或社會價值方面，都注重整體性與包容性，並不是兩極對立。[1]

---

[1] 顧燕翎：〈女性意識與婦女運動的發展〉，《女性知識份子與台灣發展》（台北《中國論壇雜誌》，民國七十八年），頁一二五~~一二七。

在本章所要討論的內容中，我們可以見到女性意識的發展在五四時期的女性小說中已經到了第三階段；而在新時期的女性小說中則隱約已經到了第四個階段。女性意識不但是社會文化的概念，也屬於歷史範疇，因此，細密地體察女性的生存體驗和生命存在的真實，對於整個歷史、文化和社會有相當大的價值。

在愛情和婚姻中，女性的自我最高程度地受到了威脅與考驗，五四時期和新時期的女作家們，以公開或隱蔽的方式將當時女性所處的「收支」不平衡的環境，向不公平的歷史訴苦；女作家們以其對女性議題的獨特觀照，以其特屬於女性的眼睛去看，特別看得見女性所受到的性別壓迫；以其特屬於女性的耳朵去聽，特別聽得見女性所發出的痛苦呻吟。她們要把一直以來被遺棄在黑暗角落的女性意識給喚醒，不再處於邊緣的弱勢位置，而是要和男性一起平等共享這個世界。

本章分為兩節來探討五四時期與新時期女性婚戀小說的女性意識及其所呈現的意義。期待經由本章對女性自身本質和生存意義的探討，所反映出的女性內心的慾望、情感和想像，能呈現女性不同程度或方式的自省能力及其掙扎圖存的迷惘與選擇；能審視女性深層的傳統意識以及其對所生存的社會的反思。

第一節　女性意識

政治經濟與社會歷史的發展進程，對文學的發展有著相當大的制約與影響，「五四」與新時期的文學命運正是如此。這兩個時期出現的女作家尤其具有劃時代的意義。五四時期的文學，屬於由外而內的文化變革，女作家筆下反封建的主題，表現了女性角色意識的覺醒，有著替受壓迫女性申冤的色彩；新時期的文學，則屬於由內而外的文化變革，女作家懷抱著相同於「文藝復興」的決心，尋求個性解放。

女作家以其特有的方式進行創作，在其作品中，往往融進了作家自身的生活情感，具有相當獨特的性別特徵，她們擔負起表現女性的任務，去體現女性意識。在特定的社會發展背景下，她們的精神世界有所騷動，日益自覺到自己的性別身份，發現自己的情感需求。女性意識是根植於經驗的，那是屬於她們自身的特殊經驗，當她們在生活中覺察到有著受到壓抑、威脅和冒犯的意識，其女性意識便產生變化，漸而增強著自我感，同時對於大家所認同的社會現實，大家所以為理所當然的，提出質疑和挑戰。這兩個時期的女作家筆下的女性人物的湧現，對於女性意識的發展貢獻頗大。

中共在一九八八年，中國婦女第六次全國代表大會工作報告指出：當代婦女要爭取自身的進一步解放，必須努力提高思想道德素質和科學文化素質，樹立自尊、自信、自立、自強的新女性意識。[2]這「四自」的精神，是要女性從精神上擺脫依附狀態，發展獨立健全的人格。我們不妨試著追溯「五四」的女性婚戀小說，其實在其女性意識中也已經多少有著這「四自」精神。

葉穉英曾將大陸當前最活躍的女作家的代表作，概括地歸納出其中含蘊著朦朧的女性意識、覺醒的女性意識、自強的女性意識、性愛意識，乃至客觀、成熟的女性意識五種意識型態。[3]本節

[2] 周裕新主編：《現代女性心理》，（上海：上海社會科學院出版社，一九九八年一月），頁三九。

[3] 葉穉英：《大陸當代文學掃瞄》，（台北：東大出版社，民國七十九年五月），頁一二〇。

則在葉穉英的五種分法的基礎上，更細分為八種意識型態：朦朧、自覺、自尊、自主、自強、性愛、母愛與成熟的女性意識，加以研析，並從中呈現女性意識對女性的內心和行為與兩性的互動方式的直接而全面的影響。

一、朦朧

「五四」新文學運動，讓那群因著歷史的機遇和條件而出現的女作家從狹小的自我中超越出來，走進時代思潮的隊伍中，所以，廬隱的〈海濱故人〉裡的少女們有了徬徨；丁玲筆下的莎菲有了迷惘。當時身處於二十年代初的中國的女作家藉由小說中的女性對愛情既期待又怕受傷害的心理，開始對自身的生存價值有了思考，真正對自我角色提出質疑，那是她們第一次把女性的問題作為「人」的問題宣告出來，然而，那是一個「舊」的已經崩潰，「新」的尚未完備的過渡期，因此，小說中閃爍著模糊朦朧的女性意識。

凌叔華的〈小英〉是以一個小女孩的觀點表達出對她三姑姑出嫁前後的心情轉折。讀者透過小英充滿困惑的眼睛見到了一個寡婦婆婆病態地統治著兒子且極盡虐待新媳婦，置身於這樣黑暗的畸形家庭，三姑姑的矛盾與無奈充分地表現了出來。

小英為著三姑姑婚期的逼近而興奮，且期待著直問張媽：「你想我還有多少日子才做新娘子？」然而，在三姑姑婚後三天，小英跟著爸爸去接三姑姑回門，發現三姑姑受到婆婆的嚴厲對待，日子過得很苦，全家人為此相當煩心，小英的新娘夢垮台了，反而天真地問張媽說：「三姑姑不做新娘子行嗎？」

這是小孩子天真的想法，答案當然是不行，雖然三姑姑和她的家人無力改變她已成婚的事實，日子再苦，還是要她過下去。但是，三姑姑不似傳統的女子逆來順受，她會向家人抱怨，把心中的矛盾表達出來。這雖然只是一個小小的舉動，但是就女性意識的進展上來說就是大大的開竅了。

〈酒後〉是凌叔華早期的作品，是她正式走向文壇的標幟。這篇作品的難得在於女性自我意識的勇敢表達，那代表著女性意識的探索的起步。

在一次家庭宴席後，男主人永璋深情地訴說著對妻子采苕的愛戀；但采苕的心卻在醉臥客廳的友人子儀身上，她幫子儀脫鞋子、蓋毯子，並對子儀剛才說他不回家的話耿耿於懷，采苕對子儀產生了同情，子儀的家庭之所以「也真沒味兒」在於他那媒妁之言的舊式婚姻，夫妻之間身份懸殊，無話可說。采苕注視著子儀溫潤優美的儀態，就在永璋提出大後天新年問她要什麼禮物時，她向永璋提出了想要吻一下子儀的願望，且傾吐了平日對子儀的好感，永璋起初不允許，她請永璋信任她，並解釋那只是單純的憐惜之舉；永璋勉強答應後，她又要永璋陪著她不能走開。

誰知當她愈走近子儀，心跳的速度愈增，此時臉上奇熱，怔怔的看著子儀，一會兒臉上熱退了，回到永璋身邊，說是不要Kiss他了。

凌叔華在這裡把采苕的心理變化過程自然呈現——她受酒精的影響而大膽表達心中對異性美的欣賞的情感，待要受感情支配付諸行動時，又及時「發乎情，止乎禮」，以理智控制自己的行為。就采苕這個勇於表達傾慕與追求的新女性而言，已經把自己當作是一個獨立的主體，有權表達心中的意念，要從依附、接受給予的地位中徹底翻身。當然言論思想上的解放並不等同於或導致行為上的解放，但這雖然是起點的一小步，卻是女性解放意義上的一大步。

而在廬隱的小說中，則寫出了女性開始意識到在男性中心社會下所遭受的不平。

〈何處是歸程〉裡的沙侶表面上看來有個穩定幸福的家庭，但她卻不滿足，反倒有一絲絲的遺憾，她羨慕未婚的好友有機會施展抱負；抱獨身主義的妹妹有資格在事業上衝刺，她覺得家務的繁瑣，束縛著她：

> 這是怎麼一回事呢？結婚，生子，作母親。……一切平淡的收束了，事業志趣都成了生命史上的陳跡……女人，……這原來就是女人的天職。但誰能死心塌地的相信女人是這麼簡單的動物呢？……[4]

另外一篇〈勝利以後〉裡的沁芝不甘心於「料理家務，也是一件事，且是結婚後的女子唯一的責任，照歷來人的說法自然是如此。」[5]只要想到女子不僅為整理家務而生，便不免考慮未來的方向。

沁芝有心突破現況解決她的自我衝突，其女性意識便有了向父系社會挑戰的徵兆。

文化大革命之後，女性的靈魂更加覺悟，其自我意識的萌發，是與整個外部世界對其個性的要求相呼應的，她們不願再被壓抑、被扼殺，所以不但在其內部世界進行審視，也對外部世界

---

[4] 郭俊峰、王金亭編：《廬隱小說全集》，（長春：時代文藝出版社，一九九七年三月），頁二五七。

[5] 前引書，頁二二六。

勇敢抗衡，這使得新時期的女性文學在恢復「五四」的精神時也超越了歷史。

王安憶〈雨，沙沙沙〉裡的雯雯不願被動地被剝奪愛的現實權利，而是主動地對愛情展開執著的尋覓，她不願退而求其次，為結婚而結婚。這樣的理念，就算只是一個夢想；然而，在當時「四人幫」剛倒台的現實條件下，女性們從無望的愛情中，再燃起希望，可說是在朦朧中為女性權利提示了開端。

這讓我們見到了這個擁有傳統美德的現代女性，在追求其價值實現時，便已隱約閃爍著朦朧的女性意識。

在整個社會對女性的認知仍多少被傳統觀念的濃霧所屏障時，雖然這些女性僅僅意識到要怎樣才能在充分的意義上成為與男性平起平坐的人，而尚未覺悟到要怎樣才能使自己成為充分意義上的女人，但她們仍能勇敢地從沈重的鐐銬中努力掙脫，要把被意識型態所藏匿的自己給找出來。這在整個女性意識的歷史進程中是頗具意義的。凡事起步總是艱難，然而，只要邁出了第一步，便將永無回頭之路了。

二、自覺

在「五四」新文化運動中，女性作家開始有了警覺，宗法觀念有了動搖，她們大多親身體會到封建制度的迫害，所以她們從親身的經歷出發，她們不願再去扮演父權制所要求的「第二性」的角色，也不願再去服從該角色所強制規定的行為規範和價值心理，在她們的心中一直保留著作為人的理性覺醒，於是，在她們的筆下我們則見到了覺醒中的女性的複雜情緒和心理，見到了社會整體性的女性自覺的提昇。

魯迅曾對馮沅君的小說評以「大膽」、「敢言」而作為其藝術風格並加以肯定。[6]在馮沅君的代表作〈隔絕〉與〈隔絕之後〉中，我們可看出作者利用小說人物反映出傳統舊禮教所造成的悲劇，而且從另一個角度表現女性意識的覺醒——女性解放、人格獨立、婚姻自主。

〈隔絕〉講的是對父母包辦婚姻的抗爭。

纗華在北京讀書時，一方面受到民主思想的影響，同時又認識了與自己情投意合的士軫，並陷入情網。可惜當時的現實，並不允許他們相戀，士軫在中學畢業後，便和一位素不相識的女子結婚了；而纗華則是一心一意要掙脫父母為她安排的門當戶對的少爺。

就在纗華從外地回家探親時，被母親幽禁，母親說她和士軫的愛情是大逆不道的。在被高牆隔絕的三天裡，她哀求表妹為她偷偷送來紙筆，她在信中對士軫傾訴自己的思念和苦悶。表妹為著這樣的愛情而感動，不但答應為她送信，還告訴她這間房只隔一道牆就是一條僻巷。於是她在信中和士軫相約當晚十二點在牆外碰面。

纗華在信中說：「生命可以犧牲，意志自由不可以犧牲，不得自由我寧死。人們要不知道爭戀愛自由，則所有的一切都不必提了。這是我的宣言，也是你常常聽見的。我又屢次說道，我們的愛情是絕對的，無限的，萬一我們不抵抗外來的阻力時，我們就同走去看海去。」[7]

---

[6] 盧啓元、徐志超編：《中國新文學大師名作賞析——蘇雪林、廬隱、凌叔華、馮沅君》，（台北：海風出版社，民國八十一年三月），頁二九四。

[7] 前引書，頁二七八。

這篇小說展現了「五四」新思潮帶給中國知識女性的愛情意識的覺醒。從綉華這樣堅決的心志，可知她已自覺要勇於向禮教挑戰，勇於追求個性解放，這個為自由戀愛開血路的殉情之舉，更是為了反抗對婚姻自由的侵犯。當然在女性尋求解放的崎嶇路程中，很多因素是難以征服的，然而，即使她們抵擋不了家庭與社會的阻力，而必須屈服時，這些阻力卻抵擋不了她們內心的覺醒，凌叔華〈女兒身世太淒涼〉裡的婉蘭便是一例。

婉蘭順從父母的心意，嫁給她早就知道行為放蕩的丈夫，婚後丈夫變本加厲，吃喝嫖賭，婆婆和小妾把責任都推給她，她回娘家向父親的第三房——三姨娘訴苦，後悔當初沒有退婚，並覺悟：

> 總而言之，女子沒有法律地保護，女子已經叫男人當作玩物看待幾千年了。我和你都是見識太晚，早知這家庭是永遠黑暗的，我們從少學了本事，從少立志不嫁這樣傴促男人，也不至於有今天了。
> 人為萬物之靈，女人不是人嗎？為什麼自甘比落花飛絮呢？[8]

從婉蘭在殘酷的現實面前掙扎來看，標誌了一種人格上的自覺，同時也提示了女性內心深處的自我欲求是必須要被重視的。

廬隱〈女人的心〉裡的素璞當她收到在歐洲唸書的丈夫的來信，信中表明他和一名女看護有了感情時，她徹底絕望於這段包

---

[8] 鄭宜芬：《五四時期的女性小說研究（一九一七~~一九二七）》，（台北：政治大學中國文學研究所碩士論文，民國八十五年七月），頁七二~~七三。

辦婚姻，坦然接受自己的婚外戀情，她寫了一封信給追求者純士，對他說：「在我不曾認識你以前，我似乎已習慣了自我束縛的生活，我不回憶什麼，也不夢想什麼，只是安靜的讓命運宰割，誰知見了你之後，你偉大的靈光，啟迪了我的愚昧，你強有力的告訴我，命運是我們手中的泥，由我們自己創造什麼便是什麼，從此我對於我的生活，發覺了錯誤之點，我對於我的苦悶感到有解除的必要。」[9]女性意識逐漸自覺的素璞，對婚姻有了質疑，對愛情有了勇氣，努力嘗試要在生活中緊抓住些東西，終於不畏世俗地和純士結為伴侶。

在這些女性自覺的過程中，我們不難看出這些雖說是已經覺醒的女性，在背負著傳統思想重壓前進的猶豫與苦悶。其實女性必須排除的最大阻力，便是自己內心深處所認定的女性是弱者的意識。陳衡哲筆下〈洛綺思的問題〉裡的女主人公洛綺思便是一個排除弱者意識的女性，她在覺醒，在急切地尋找並證明自身。

洛綺思是一位哲學博士與志同道合的瓦德教授相戀而訂婚；但訂婚後不到一個月，洛綺思的心裡開始產生了矛盾，她對瓦德提出了三層質疑——

> 第一層，你說必須大家同在一處，纔可以互相助長學業，這話我是不承認的。在我認識你以前，你已經是那麼大名鼎鼎的了，難道你也能歸功於我嗎？
> 第二層，你說我們若不永遠在一處，就恐怕他日有人要跑到我們中間來，這也未免過慮了。這件事，在我這一方面，我是完全靠得住的。在你的一方面呢，想來也沒有什麼靠不住，你不

[9] 同註四，頁七〇六。

是已經過了四十年的獨身生活嗎？

第三層，你應該知道，結婚的一件事，實在是女子的一個大問題。你們男子結了婚，至多不過加上一點經濟上的擔負，於你們的學問事業，是沒有什麼妨害的。至於女子結婚之後，情形便不同了：家務的主持，兒童的保護及教育，那一樣是別人能夠代勞的？[10]

二十世紀初，「五四」新文化運動的歷史契機，喚醒了知識女性的思想革命，那是「人」的意識的覺醒。我們在洛綺思的身上見到了強烈的女性的覺醒意識，有著獨立的女性個體魅力的豐滿形象，她要把男權文化強加在女性身上的手銬腳鐐，靠自已的力量砸碎，她知道儘管女性的社會地位和權利已經有了改善，但女性解放的真正的精神內涵，是要靠女性的自覺，否則還是會再度陷入「娜拉走後怎樣」的循環。

但是在此必須要知道的是，雖然「五四」的女兒們在思想境界上受到現實環境的影響，已有明顯的突破，但是，這些女性僅限於知識女性，只是中國女性的一部份，在當時因為覺醒而投入女性解放運動的女性並非全部，而且她們的覺醒雖說是受到西方外來理論的影響，但由於中西民族文化意識的差異，還是有所限制，所以，雖說是號稱到了「五四」新文學運動時期，女作家們受到新思潮的激盪，中國才開始具有獨立意義的女性文學時代，但在當時女性的覺醒僅限於表層。

到了新時期，女性的覺醒在人文發達的氣象下逐漸加深，我

---

[10] 陳衡哲：《小雨點》，（台北：成文出版社，民國六十九年七月），頁七五~~七六。

們首先來看看，在文化大革命後，這些女作家的創作背景。

滕云在其主編的《新時期小說百篇評析》中提到說，許多作家「他們根據自己的生活實踐和藝術實踐，對曾給我國歷史帶來沈重災難十年動亂，以不同的題材和角度，作了廣泛的、真實的反映，進行了深刻的回顧和反思，表達了人民的意志、願望、痛苦和憤怒的思想感情。這些作品，儘管達到的思想深度和藝術質量並不相同，無疑，對於人們正確地總結經驗教訓，認識歷史，認識生活，具有重大的社會意義。」[11]

因此，我們可以在新時期的女性小說中見到現代女性對社會的要求和不滿，而對於所處的外部困境，其女性意識的覺醒不同於五四時期表層外在的覺醒，而是深層內在的覺醒，她們努力要尋出自己在社會中的角色和定位。

試舉王小鷹的〈春無蹤跡〉為例。

寡婦邵心如原是個悲劇女性，因為她缺乏追求自身幸福的理性認知，在她的內心深處嚮往追求幸福，可是另一方面她又想從一而終，她對比她小十來歲的留美學生——曉岱，產生了愛情，可是在婆婆阻撓她再嫁的壓迫下，以及自認對不起亡夫的罪惡感下，她無法正常面對自然合理的感情。後來，讀了曉岱的來信，邵心如的心靈得到了撼動——

> 生活得高尚還是萎瑣，全靠你自己了。你只有努力使自己成為生活的強者，你才能使你的蔚蔚（女兒）幸福，你才能使你的

[11] 滕云主編：《新時期小說百篇評析》，（天津：南開大學出版社，一九八五年十月），頁二七九。

婆婆尊重你的人格。[12]

這個曾經抹殺自己個性的邵心如在愛情的支撐下，決心打破心理的那座貞節牌坊，解開來自自己的束縛，這表露了女性追求真愛的靈魂是不該被輕忽的。

于青在探討女性文學女性意識的歷史發展軌跡時說：「如果說，五•四時期的女性意識更多的還帶有狹隘的女子氣的『女性中心意識』更多的是為了滿足女性的虛榮，那麼新時期女性文學中女性的自我意識則是女性的『人』的意識的深化和拓展。女性在自審意識的契機下，調動女性的主觀能動性，從而在生活的傷痛面前，依靠自身的信心和勇氣，勇敢地面對現實並戰勝現實。女性自審意識使女性在自我發現和自我現實上邁出了關鍵的一步，從而湧現出一批具有這種自審意識的覺醒女性的形象。」[13]在張潔〈愛，是不能忘記的〉裡我們不僅見到女主人公鍾雨在她所堅持的愛情裡，有了自覺意識；也見到鍾雨的婚姻和愛情，深深影響了她的女兒珊珊對她的愛情的自覺。

珊珊和喬林相處了近兩年，可是她還是摸不透他那緘默的習慣，到底是因為不愛講話，還是因為講不出話來。

有一次，珊珊問喬林，為什麼愛她；喬林回答說：「因為你好！」珊珊的心被一種深刻的寂寞填滿，不禁懷疑，當他們成為夫妻，是否能夠將妻子和丈夫的責任和義務承擔到底呢？「因為

---

[12] 戴翊：《新時期的上海小說》，（上海：社會科學院，一九九二年六月），頁七七。

[13] 于青：〈苦難的昇華——論女性文學女性意識的歷史發展軌跡〉（北京《中國現代、當代文學研究》，一九八八年，第一期），頁一一〇。

法律和道義已經緊緊地把我們拴在一起。而如果我們僅僅是遵從著法律和道義來承擔彼此的責任和義務，那又是多麼悲哀啊！那麼，有沒有比法律和道義更牢固、更堅實的東西把我們聯繫在一起呢？」[14]

珊珊面對她的愛情與婚姻，有了這樣的疑惑，這展示了生命意識的覺醒，雖是小小的一個問號，但卻是女性意識覺醒上的一個大大的起步。

珊珊自問：既然許多人都是這麼過來的：生兒育女，廝守在一起，絕對地保持著法律所規定的忠誠……雖說人類社會已經進入了二十世紀七十年代，可在這點上，倒也不妨像幾千年來人們所做過的那樣，把婚姻當成一種傳宗接代的工具，一種交換、買賣，而婚姻和愛情也可以是分離著的。為什麼我就偏偏不可以照這樣過下去呢？

珊珊對自己提出這樣的疑惑，那表示她不願受傳統魔咒召喚，而不得動彈，她已有所自覺。她先是確認女性的身份，在女性人格的層面上提出對其權利的要求。因此，可以確定的是，她不可能會出賣靈魂，往錯誤的路上走。

雖然在行動上鍾雨不敢「超越」傳統道德標準，但是她對愛情仍懷有熱情，並執著地追求著，這無非是對沒有愛情的婚姻生活提出了控訴；鍾雨的婚姻觀影響了她的下一代，珊珊不願為結婚而結婚，她提出大聲疾呼：「別管人家的閒事吧，讓我們耐心地等待著，等著那呼喚我們的人。即使等不到也不要糊里糊塗地結婚！不要擔心這麼一來獨身生活會成為一種可怕的災難。要知

---

[14] 張潔等著：《愛，是不能忘記的》，（台北：新地出版社，民國七十八年三月），頁三。

道，這或許正是社會生活在文化、教養、趣味……等等方面進化的一種表現！」[15]雖然這樣的呼喊，面對當時的現實環境簡直是起不了什麼作用，但是這卻是爭取女性最基本的人的權利的要求。

于青在〈苦難的昇華——論女性文學女性意識的歷史發展軌跡〉一文中肯定這篇小說的歷史意義：「女性若在精神上爭取解放和新生，就一定得先從對愛的婚姻的追求和使無愛婚姻告終起步。新時期的女性文學一嶄新姿便提出這個最基本的實際上是恢復和獲得女性的最起碼的人的權利的要求。這是女性意識的恢復和覺醒，是女性維護自身尊嚴的宣告。僅這一點，這篇小說的歷史意義便是不可低估的。」[16]

雖然鍾雨的愛情成就了道德上的圓滿，但在精神上卻有著一份缺憾，然而，比起那些一輩子都不懂得愛為何物的人，鍾雨應該算是幸運的了，因為她能愛，能正視自己的感覺去愛，這也影響了珊珊重新正視愛情的感覺。

珊珊對於當時的許多未婚者，面對傳統的舊意識，最後「只好屈從這種意識的壓力，草草地結婚了事。把那不堪忍受的婚姻和愛情分離著的鐐銬套到自己的脖子上去，來日又會為這不能擺脫的鐐銬而受苦終身。」[17]她為此感到不屑而痛心。

真正合乎道德的婚姻，是建立在以愛情為基礎之上的。或許，珊珊了悟了這一點，不願重蹈前人的覆轍，她明白無愛的婚姻等於是拘禁了人們在愛情生活上的自由。

---

[15] 前引書，頁二六。
[16] 同註一三，頁一〇八。
[17] 同註一四，頁二六。

李小江曾回顧新時期中國女性文學的創作歷程，將其分為兩個階段，第一階段是七〇年代末到八〇年代中期，女性文學創作主題集中在女人的覺醒；第二階段出現在八〇年代中後期，作品集中表現了「覺醒了的女人」自我形象的重新塑造。李小江將張潔的這一篇〈愛，是不能忘記的〉（一九七九）視為第一階段的開篇，「突出表現了解放三〇年來特別是文化大革命中女人不同於男人的生活體驗，從而揭示出女人不得不覺醒的心理歷程。」[18]

王安憶〈金燦燦的落葉〉裡的莫愁也是一個在理性中不得不覺醒的女子。丈夫有封神秘的信，信封上的落款是北京，但郵戳卻是本市，莫愁原封未動把信交給紅了臉的丈夫。

換作是一般的女人，不是把信給封殺，就是先行拆閱，然後和對方大吵一架。莫愁沒有這麼做，這反倒教丈夫更覺理虧，當然這的確是相當不容易的，可見莫愁仍有心維繫婚姻，她要以理性的作風，把迷失的丈夫拉回來。所以，她「嚴以律己，寬以待人」地自我反省過去的生活——

> 她忙得不亦樂乎，一家三口的衣食住行充滿了腦子，把原先她喜愛的希金、屠格涅夫、李白、杜甫的位置全侵略占領了。她再沒空閒和興趣去關心別的了……
>
> 他走進了新的領域，她仍然留在舊的生活中，他們很難有共同

---

[18] 李小江：〈背負著傳統的反抗——新時期婦女文學創作中的權利要求〉，（北京《中國現代、當代文學研究》，一九九六年，第八期），頁七九。

的話題了。然而，她所以留在舊生活中，全是為了他，為了能把他送進新生活。……她以為「我就是你，你就是我」。可是，現實卻再清楚不過了——「我就是我，你就是你！」她的犧牲結果是在他們之間築了一道牆，掘了條溝。[19]

在這裡我們可以想見女性兩難的處境，男人往往需要的是一個能夠安靜地在他身後，作為他事業的後盾的支持者，而不要像張辛欣〈在同一地平線上〉為追求事業而犧牲家庭的那位女主人公；然而，社會雖然褒揚「賢妻良母」，但是家務卻被視為女性的天職，是無關緊要的，且不被認為是生產性的工作，而女人為所愛的家人犧牲奉獻，甚至抹殺自我，到頭來卻面臨和丈夫產生精神上的距離，這確實是相當大的悲哀。由這一點我們更加肯定了莫愁的高尚氣質。

假若莫愁恨她的丈夫或採取任何非理性的行動，對事情有所幫助，那麼她當然必須恨他，必須採取行動；但那對他們的婚姻根本沒有任何的轉機啊！她既是那麼愛他，就從自己去作改變。在此我們看得出她是以冷靜與客觀的態度去進行自我的認識，她知道唯有清楚地認識過去，才有可能更自覺地面對未來。

當莫愁輕輕地推開了他，對他說：「去吧！」那需要多大的勇氣，也許那是一種欲擒故縱，是莫愁為了讓自己擁有活得更有尊嚴的條件，是莫愁為了能真正得到他的心。她明白：

就算他回心轉意。可憑著感激來維持的愛情終究能給人多少幸

---

[19] 王安憶：〈金燦燦的落葉〉，（北京《作品與爭鳴》，一九八二年六月，第六期），頁二八~~二九。

福呢？莫愁苦笑了一下。也許她太愛他了，她不恨他，一點不。奇怪的是，也並不恨她，她還很小，卻要擔負起這麼沈重的感情。

莫愁只怨自己，她知道愛情是不能勉強的。她相信，如果沒有了這個女孩子，他還是會對她淡漠。[20]

所謂「女性解放」不僅僅只是反叛封建家庭，爭取婚姻自主，而是要在自主自己的婚姻之後，還能主宰自己的婚姻。莫愁的覺醒在於她認知到如西蒙•波娃所說的：「夫妻不應被看成一個單位，一個與外界隔絕的細胞；每一個人都應該是社會的一部分，可以獨立自由發展；然後同樣能適應社會的兩個人，才能大大方方地聯合，男女的結合才能建立於互相認清對方的自由之上。」[21]除此之外，莫愁的覺醒也在於她不願欺騙自己，她知道單有婚姻的表殼，而沒有愛情的內裡，只會對不起自己。

張抗抗〈北極光〉裡的陸岑岑也是一個要對得起自己的女子，她不再讓男性去決定她所應該扮演和不應該扮演的角色。

隨著婚期的逼近，陸岑岑內心的困惑更加強烈，終於就在她那市儈的未婚夫——傅雲祥強拉著她去拍結婚照，在即將穿上婚紗的剎那，她逃出了照相館，決心去找尋她理想中的愛情，她「寧可死在回來了的愛情的懷抱中，而不是活在那種正在死去的生活裡」[22] 陸岑岑對於再度尋求復合的傅雲祥說：「你沒有對不起我，

---

[20] 前引書，頁三〇。

[21] 西蒙•波娃著、楊美惠譯：《第二性》，（台北：志文出版社，民國八十一年九月），頁七五。

[22] 中國作家協會創研室編：《公開的"內參"》，（長春：時代文

我只是怕對不起你也對不起自己……」[23]此時，陸岑岑才正視到自己的存在，才注意到自己的看法與感覺。從那一刻起，她才是真正為自己活著的，因為她怕會對不起「自己」。我們從陸岑岑對愛情的堅持，看到了她女性意識的覺醒，而這種覺醒代表的是女性可以在人格與經濟獨立的條件下，擺脫對男性的依附。

對於這段婚姻她也掙扎過，她在心中對傅雲祥坦白說——

> 這樣結合的婚姻只能是加快走向墳墓的速度。原諒我這樣說，我一直無法擺脱這個感覺。我和你在一起並不快活，我從來沒有嘗過愛情的甜蜜，這是事實。我不愛你，我也不知道你是否眞的愛我，或許你的愛就是那樣的罷。我欺騙了自己很久，強迫自己相信那只是我的錯覺，結果也欺騙了你。雖然我從沒想過要欺騙人，可是這種感覺卻一天比一天更強烈地籠罩了我。人是不應該自欺欺人的，無論眞實多麼令人痛苦……[24]

我們見到此時此刻的陸岑岑有著最清明的具有思考的心，她正視內心的感覺，不再逃避現實。

她不在乎朋友的斜眼和奚落，她拋棄了名聲、尊嚴和榮譽，忠心地面對自己的決定。當陸岑岑覺醒後，她的思想有了很大的成長，且看她逃離傅雲祥後的心理活動——

> 人活著到底是為什麼呢？人生的意義又到底是什麼？我想得

藝出版社，一九八九年三月)，頁八九。

[23] 前引書，頁一一一。

[24] 同註二二，頁一一二。

頭疼、發昏、發炸。可是我沒有找到回答。也許永遠也找不到。但是我不願像現在這樣活著，我想活得更有意義些，這需要吃苦，需要去做許許多多實際的努力，而在事先又不可能得到成功的保證，我知道這在你是決不願意的。可是我看到了在你和我的生活之外，還有另一種生活，在你以外，還有另一種人。假如你看見過，你就會對自己發生懷疑，你就會覺得羞愧，會覺得生活完全不應是現在這個樣子……[25]

基本上，陸岑岑和傅雲祥交往後，漸漸發現無法接受這個人，所以，他們的「愛情」根本經不起考驗，以致當她遇上了費淵後，被他的才智和信仰所吸引，她甚至不明白自己會不由自己地多次找藉口，製造和費淵見面的機會，她原以為可以在費淵身上找到她理想中的愛情。我們再來看看當她鼓起勇氣拒絕了已經和她辦過「登記」的未婚夫，而走向她所心儀的費淵時，她說：「無論如何，我不應向命運妥協。過去，是無知，是軟弱，自己在製造著枷鎖，像許多人那樣，津津有味地把鎖鍊的聲音當作音樂……可是突然你明白了，生活不會總是這樣，它是可以改變的。在那枷鎖套上脖子前的最後一分鐘裡，為什麼不掙脫？不逃走？我想，這是來得及，來得及的……」[26]然而，當她見識到費淵自私的真面目而失望後，她又更進一層的覺醒，在她的愛情選擇中再度更新自己的精神境界，最後終於在曾儲的世界裡找到自己心中那片美麗的「北極光」，給了實現自己價值觀和人生理想的新方向。

[25] 同註二二，頁一一二。
[26] 同註二二，頁七八~~七九。

張抗抗在一九八二年第四期的《文匯》月刊，發表了〈我寫〈北極光〉〉一文，針對小說的主題思想、人物塑造、愛情表現及小說的創作手法等問題，暢談自己的意見。

張抗抗說：「《北極光》是一部反映當代青年對人生、理想的思索、追求為主題的小說，通過岑岑對三個抱不同人生態度的青年的選擇，體現她對生活道路的選擇。岑岑對三個青年逐步的認識過程，也是岑岑的思想演變、發展、完善的過程。因此從朦朧到清晰、從徬徨到覺醒、從尋求到投身，這就是岑岑的性格基調，也是《北極光》的性格基調。」[27]由這段話很能體現作者賦予陸岑岑女性意識的覺醒。

人性，是新時期文學一個共同的主題，張抗抗利用〈北極光〉這篇愛情小說去呼籲：女性的個性、尊嚴和權利，是必須從長期被壓抑的環境中給開掘出來，並加以重視的。

女人像水，既柔弱又有韌性，她們似乎很能接受外部環境的磨練，就算大禍臨頭，也有正面與惡勢力抗爭的勇氣，這也是女性的一種覺醒。例如：王安憶〈流逝〉裡養尊處優、不問世事的端麗，經過文革，她不再不經世事，由政治因素所帶來的苦難已經淡化轉變為寶貴的人生經驗。

女兒剛升中學，在學校受到別的孩子的欺負，端麗跑到學校，據理力爭，迫使老師和工宣隊師傅要那孩子來向她女兒道歉。端麗深覺「今日之我，已非昨日之我」——

她感覺到自己的力量，這股力量在過去的三十八年裡似乎一直

---

[27] 艾維：〈張抗抗就《北極光》的反批評〉，（北京《作品與爭鳴》，一九八二年九月，第九期），頁六七。

沈睡著，現在醒來了。這力量使她勇敢了許多。[28]

隨著政策的落實，端麗回復過去的生活——逛街、舞會、宴客、晚睡晚起，當興奮消失後，她開始適應不良——

> 她不再感到重新開始生活的幸福。這一切都給了她一種陳舊感，有時她恍惚覺得退回了十幾年，可鏡子裡的自己卻分明老了許多，於是，她惆悵，她憂鬱。……人生輕鬆過了頭反會沈重起來；生活容易過了頭又會艱難起來。[29]

這是端麗女性意識的覺醒，她不再覺得無所事事是一種幸福。時空改變所帶給她的成長，使得她開始重新思索生活的目的和意義。

長久以來的社會期望要求男性要剛強、獨立、主動；女性要柔順、依賴、被動，端麗在她原本的環境中是照著這樣的性別角色去走的；可是遭逢逆境，她的丈夫未能剛強、獨立、主動，她只得讓自己變成丈夫的角色。「人格主要是指個體的身心系統與所處的社會環境的互動中所形成的獨特行為特徵。」[30]我們從這話更可以肯定端麗人格的轉變與成長與當時社會環境緊密聯繫。

余向學在〈引人思索的意境——讀〈流逝〉〉一文中說：「歐

---

[28] 王安憶：《雨，沙沙沙》，（台北：新地出版社，民國七十七年二月），頁四三。

[29] 前引書，頁一三五~~一三六。

[30] 劉惠琴：《從心理學看女人》，（台北：張老師出版社，民國八〇年五月），頁八六。

陽端麗在『文革』中的變化，完全是由於外部條件所迫，並非對主觀世界有什麼觸動。」[31]這話說得過於決斷，十年的困頓生活應該對端麗有所醒悟，而且是起了相當大的影響的，不能說對她的主觀世界沒有任何觸動，否則她可以依舊故我的活在她原本的生活中，而不會有銷假回去繼續工作的念頭。

在小說結尾文耀要端麗辭職，雖然作者並未告訴我們端麗的最後決定，但我們相信：人的行為起源於遺傳，而發展於社會環境，端麗經過了十年的歲月洗禮，而有了一番自覺，她應該會做出慎重的抉擇，選定一條她未來所該走的路。

航鷹〈東方女性〉裡的林清芬也是受到外部環境的刺激，而對婚姻有所覺醒並改進。

當林清芬親手在產房救活丈夫外遇的小孩後，從醫院逃回家中，一下子撲倒在床上，想起這一切都不是出於她的本意，可是她又對一切都執扭不過，她覺得，這件棘手的事情，如同一根堅硬棗木杖，在它跟前她成了個軟麵團兒，接著她又恨自己想起棗木杖，因為老余喜歡吃自己擀的家常麵，她就經常用那根棗木杖擀麵給他吃。她十分感慨地想著：

> 我，現代的知識婦女，大學畢業生，婦產科主任，仍然在家裡繫上圍裙給丈夫擀麵條兒！我眞像封建社會舊式婦女那樣，是一堆軟麵團兒麼？不是，絕對不是！但是，現在這是怎麼啦？我被那棗木杖捲起擀呀擀，舒展成平面又捲起來，捲起來再舒展成平面……我的心被一把鋒利的刀切成了一條條兒，分別給

---

[31] 二十所高等院校《中國當代文學作品選評》，（河北：河北人民出版社，一九八五年十二月），頁六一九。

> 了工作，給了事業，給了那些產婦，給了那些新生兒，給社會，給職責，……還有呢！給女兒，給兒子，給……給那負心的丈夫！甚至還要給她和她的嬰兒……那麼我自己呢？原來的自我呢？[32]

林清芬對自己發出了這樣的疑問，但其實從這樣的自問中，她自己也獲得了成長。對於整個事件的處理，表面上看，她幾乎是放棄了女性存在價值的追求，但實際上她是有了更超然的自覺。

女作家們賦予筆下的女性較強的自覺意識和個性魅力，這些覺醒的女性，她們審視權衡自己的情感、婚姻、家庭與事業，對於社會以往約定俗成的不公平，作了有聲或無聲的抗爭或申訴，由此，我們見到了在社會變革中所建立的新的女性形象，以及這些女性對自己的價值與角色的諸多關懷。

三、自尊

「五四」運動以後，女性隨著社會、政治和經濟等因素的變動而漸獲解放，在教育、婚姻、職業與參政等各方面的權益都有了明顯的改善。當女性覺醒之後，她們當然不再服氣於過去社會的壓抑，她們首先重視的是自我的尊嚴——尊重自己，愛護自己的尊嚴、名譽，維護自己人格的純正。「五四」女作家為將失落

---

[32] 馬漢茂（H. Martin）編：《掙不斷的紅絲線》，（台北：敦理出版社，民國七十六年十月），頁一六七。

的女性自我給尋回，往往在其作品中強調「自尊」，而這些具有自尊意識的女性，為徹底擺脫傳統對男人仰承鼻息的舊習，她們確立了自尊的人格基調，努力學習依靠自己的力量與命運周旋，表現了對兩性平等的追求。

盧隱〈雨夜〉裡的俠影受到一位軍官的情書攻勢，但是因為他不懂得尊重女性，所以俠影退回了所有的情書。大學畢業後，俠影結婚了，但後來當軍官得知俠影的丈夫過世的消息，他又使出渾身解數想要得到她。

軍官約俠影到他住的飯店吃飯，並且有意留她過夜，俠影非常生氣並和他翻臉。軍官對她說，很後悔當初不敢擁抱她，給她一吻，要不然也許現在她就是他的人了:「對付女子非如此不可，他們是要人強迫才有趣味的……」[33]俠影聽了十分憤怒——

> 一切的男人沒有不蔑視女性的，但是面子上還能尊女性如皇后，骨子裡是什麼？不過玩具罷了。這位少年軍官蔑視女性的色彩更濃厚，當面竟敢說這種無禮的話，不覺發狠道:「野蠻的東西！……像你這種淺薄的人，也配講戀愛，可惜了神聖的名辭，被你們糟蹋得可憐！……你要知道，戀愛是雙方靈感上的交融，難道是擁抱著一吻，就算成功了嗎？虧你還自誇，你很能交際，連女子的心理都不懂。」[34]

這是一段表現濃厚女性意識的文字。身為寡婦的俠影清醒地掌控著自己的命運——俠影莊嚴地對軍官說，不要以對待一般女

---

[33] 同註四，頁二六七。
[34] 同註四，頁二六八。

子的花樣去對待她，而且他若不願和她只維持朋友的關係，那麼就絕交——這比起傳統哀嘆命運，被動順從的女性意識，是相當值得讚揚的了。在這裡我們見到了一個心理健康的肯定自己的女性，給予自我恰當的有自信的評價，企圖打破過去由於社會和歷史的原因，使得女性不被尊重的錯誤觀念。在馮沅君的〈我已在愛神面前犯罪了〉也有這樣一個懷著自尊意識不受傳統觀念影響的女子。

女子接到因愛情而結合的丈夫的來信，在信中他表白了一段婚外戀情；女子並未責怪他，反而回信說：「只要她也愛你，你要同她親密下子也可以。我相信你不會因她忘棄了我們當年患難中結合的盟誓。其實就忘了，又有什麼要緊的？雙方的絕對自由，是愛情的重要的屬性。萬一有此事發生，也只能說是我的不幸，道德上絕不發生問題。」[35]

女性往往在愛情的名義下，把自己個人的自由及尊嚴給剝奪了。不可諱言地，事實的確是如此，因為，愛情在女性的生命價值中佔著相當大的比重。因此，我們不難想見，在「五四」前後，當女性捧著這份由長期自卑所產生的強烈自尊，站在愛情面前時，其內心世界是分裂而矛盾的。一直被視為具有強烈女性意識的丁玲筆下的莎菲便是一例。

〈莎菲女士的日記〉裡的莎菲二十歲離家到外地求學，可是一場肺病使她中止了學業，她窮困孤寂地待在北京的公寓裡養病，毫不眷戀封建家庭。在孤寂的病中，仍嚮往追求真愛與知音。

[35] 盛英主編：《二十世紀中國女性文學史》，（天津：天津人民出版社，一九九五年六月），頁一一六。

後來在找不到正確的感情出路後，她決定搭車南下到沒有人認識她的地方。

莎菲是一個個性主義者，所以，她以「享受生活」為目標，她在日記中有這樣的告白——

> 我是更為了我這短促的不久的生，所以我越求生的厲害；不是我怕死，是我總覺得我還沒有享有我生的一切。我要，我要使我快樂。無論在白天，在夜晚，我都是在夢想可以使我沒有什麼遺憾在我死的時候的一些事情。我想我能睡在一間極精緻的臥房的睡榻上，有我的姐姐們跪在榻前的熊皮毯子上為我祈禱，父親悄悄的朝著窗外嘆息，我讀著許多封從那些愛我的人兒們寄來的長信，朋友們都紀念我流著忠實的眼淚……我迫切的需要這人間的感情，想占有許多不可能的東西。[36]

長久以來，莎菲所一直追求的是一種靈肉合一，相愛相知的愛情，可惜的是小說裡那個愛她的葦弟和她所愛的凌吉士，都無法給她那種她所要的性情相投、心靈契合的愛情。

葦弟比莎菲大四歲，但卻喊莎菲「姐姐」，他無怨無悔，癡情地守在莎菲身邊，給她安慰與溫暖，還不時給她送信紙、雞蛋和罐頭；莎菲並不接受他的愛，但也不遠離他，在莎菲的心裡又依賴他得緊；然而，莎菲對於葦弟的懦弱委瑣，不懂得愛的技巧是打心底同情的。

在一般女性，尤其是最脆弱的時刻，可能會感動於葦弟的愛

---

[36] 郭成、陳宗敏合編：《丁玲》，（台北：海風出版社，民國八十三年三月），頁三〇。

情，但那卻不是莎菲理想中情投意合的愛情。

有一次葦弟買了許多信封、信紙去找莎菲，莎菲故意捉弄他，見他哭了——

> 我卻快意起來，並且說：「請珍重點你的眼淚吧，不要以為姐姐是像別的女人一樣脆弱得受不起一顆眼淚……」「還要哭，請你轉家去哭，我看見眼淚就討厭…」自然，他不走，不分辯，不負氣，只踡在椅角邊老老實實無聲的去流那不知從那裡得來的那麼多眼淚。我，自然，得意夠了，是又會慚愧起來，於是用著姐姐的態度去喊他洗臉，撫摩他的頭髮。他鑲著淚珠又笑了。
>
> 在一個老實人面前，我是已盡自己的殘酷天性去磨折了他，但當他走後，我真又想能抓回他來，只請求他一句：「我知道自己的罪過，請不要再愛這樣一個不配承受那真摯的愛的女人了吧！」[37]

莎菲是一個自尊心極強的女性，這不單在她和其他朋友的交往，在她對葦弟的身上也可以見出。莎菲今天如果是在沒得選擇的情況下接受了葦弟的好意，難免她的自尊心會站不住腳；但在葦弟一廂情願地對她逆來順受的付出的情形下，那就又不同了——莎菲不會感到自卑，她依舊高高在上。

莎菲所鍾愛的凌吉士，是個新加坡資本家的兒子。莎菲為了不要凌吉士「看得我太容易」，她時常告誡自己要保持一定的矜持。有一次，莎菲為了讓凌吉士也嚐嚐她的倨傲和侮弄，她寫了

---

[37] 前引書，頁二七。

一張字條給凌吉士:「我有病，請不要再來擾我。」凌吉士果真幾日都沒來了。為凌吉士患相思的莎菲託朋友向他問好。後來，凌吉士便來找她了——

> 誰都可以體會得出來，假使他這時敢於擁抱住我，狂亂的吻我，我一定會倒在他手腕上哭了出來:「我愛你啊！我愛你啊！」但他卻如此的冷淡，冷淡得使我又恨他了。然而我心裡又在想:「來啊，抱我，我要接吻在你臉上咧！」自然，他依舊還握著我的手，把眼光緊盯在我臉上，然而我搜遍了，在他的各種表示中，我得不著我所等待於他的賜與。為什麼他僅僅只懂得我的無用，我的可輕侮，而不夠了解他之在我心中所占的是一種怎樣的地位！[38]

莎菲對凌吉士有滿腔的期待，但又恨他不懂得真愛。當莎菲終於征服了凌吉士後，又一腳踢開了他，她明白自己要的是一個真正理解她的男人。

盛英在《二十世紀中國女性文學史》中說:「丁玲的創作，起步之初便表現出強烈的女性自尊意識以及探求女性生存價值的執著。」[39]莎菲便是這樣一個高度肯定其自尊的女性。丁玲所體現的女性意識比較起廬隱、馮沅君或凌叔華算是成熟多了。

到了新時期，女作家不僅以「五四」精神為其標竿，表現女性自尊，擺脫對男性的精神依附，揭露傳統文化積澱；並且進一步試圖以女性獨立的認知與感受，去克服本身的自卑畏縮的心

---

[38] 同註三六，頁五五。
[39] 同註三五，頁二〇九。

理。

在婚姻生活中最能看出女性為捍衛女性的尊嚴所做的努力。韋君宜的〈女人〉寫的是具有自我尊嚴的知識女性，不隨便與婚姻妥協，她努力擺脫夫權束縛，爭取獨立作主的莊嚴宣言，「它顯示出作家對新時代女性地位、前途、命運的密切關注和嚴肅思考。」[40]

女主人公是某單位的副科長。她的丈夫請求上級調她到他身邊當秘書，因為那是一個可有可無的職位，所以，她嚴拒上級的調派，十分鄭重地寫了一份報告給領導，表明她的願望和決心。她要靠自己的實力，在事業上闖出一片天空，而不要作丈夫的附庸，過著舒適安逸的寄生蟲的日子。

由此，我們見到這樣一種強烈的力度，那就是已掙脫對男性的依附的女性，為了一份女性自我的價值尊嚴，不惜接受挑戰，艱苦奮鬥。再來看看宗璞藉著〈三生石〉裡的兩位女主人公提出了對人的命運的關注。

在不堪忍受的逆境中，種種的磨難摧折的是她們的肉體，卻不能對她們的靈魂濫施淫威，因為十年浩劫對人性的蹂躪，驚醒了人與命運的意識。

菩提自認對得起國家、人民，所以她不覺得有什麼應該羞愧的。別人高喊著要按她的頭，她一點也不害怕，只想盡量彎下腰，為的是不願別人的手碰到她。菩提那善良的父親在回光返照時說：「人——真脆弱。」但菩提卻不以為然，她認為：「人，應該是堅強的。」她覺得無論發生任何事情，都不能剝奪她的人的尊

---

[40] 吳宗蕙：《女作家筆下的女性世界》，（北京：首都師範大學出版社，一九九五年十一月），頁七五。

嚴，都不能毀滅她的精神，她對未來永遠抱著一線希望，因此，她會覺得：「人，總是要死的——不過，如果死於癌症，可算得輕於鴻毛。」[41]她不願意作命運的奴隸，要完全掌握自己的命運。

這種「人性美」還表現在菩提的好友慧韻的身上，慧韻不但承受自己身為寡母的痛苦和煎熬，還去分擔他人的苦難，她絕不向命運低頭，絕不為悲哀所壓倒，有著強烈的女性自尊，尤其把人與人之間惺惺相惜的深切同情充分展現。

王安憶〈流逝〉裡的端麗也是一例。被抄家後，端麗第一次鼓起勇氣上菜市場買魚時，賣魚的營業員為了防止插隊，用粉筆在人們的胳膊上寫號碼，一邊寫一邊喊著號碼。端麗覺得在衣服上寫號碼，像是犯人的囚衣。於是向營業員商量把號碼寫在她夾襖前襟的一角。誰知輪到她買魚時，她的號碼因人擠人和毛線衣的磨蹭給擦掉了。她急得快哭了，一句話也說不出來。後來，是鄰居為她作證，才順利買到魚；不再是少奶奶身份的端麗，在菜市場上敢和人爭辯了。有一次排隊買魚，幾個野孩子在她跟前插隊，反而還賴說她插隊。端麗二話不說，奪過他們的籃子，扔得遠遠的。端麗不再畏縮，她獲得了與過去所不同的自尊感，那是在貧窮中才有的自尊。

透過劉索拉的〈藍天綠海〉更能看出作者護衛女性權益和尊嚴的女性意識。

文革結束後，外來文化源源而入，使人對傳統文化感到置疑，大陸青年嚴重不滿當時的生活，對未來也沒有信心，因此頹廢的這一代，思想偏激、不滿現實，思維方式也與一般常人不同。

---

[41] 宗璞：《弦上的夢》，（台北：新地出版社，民國七十九年三月），頁八六。

中學生鑾子不愛上學，老師派「我」去動員她來上學，她們都愛唱歌，便成了好朋友。

有人準備給「我」和鑾子錄磁帶。她們在唱時，那男人並沒有認真在聽；她們停住了，鑾子說：「你根本沒有聽。」那男人評論說她們的歌好，但不合大多數人的口味，現在正宣傳計畫生育，應該唱關於這一類的歌。鑾子說：「如果你看不上就算了，我看我們沒必要談下去。」之後，談判幾次不歡而散，鑾子堅持是「人格上的原因」。

雖然鑾子老愛說：「虛著吧。」但其實她活得比誰都認真。

鑾子有了男朋友。不久那個男人和另一個女人走了，可是她懷孕了。唱歌時，淚流滿面，好幾次都出不來聲音。她不打扮自己，臉色難看，拼命抽煙，還老說自己老了。

鑾子去醫院檢查，騙醫生說她三十歲，醫生根本不信，把她喝斥了一頓。此後，她就不敢再去醫院了。她老愛唱「幫助我，幫助我！」要不就是「別讓我沈淪」。

鑾子去爬山，拼命往山上跑；她用力跳舞，想讓自己流產。

後來，她又自己吃藥打胎，「我」送她去醫院，親眼見到她的生命從她身上慢慢消失掉。鑾子臨終前想聽「我」唱那首「我的心屬於我」；「我」領悟到：「其實我們誰也沒法讓心完全不屬於別人。」[42]

在女性探求自我的過程中，其意識的覺悟是多層次的，當女性發覺到自己不同於男性的獨特價值與優勢時，便是在更深層的自我意識中獲得了自尊。女性意識發展至此，其最大的意義在於

---

[42] 劉索拉：《你別無選擇》，（台北：新地出版社，民國七十七年二月），頁一六五。

女性對自尊的維護是出於女性參與生活與事業所產生的自身的價值存在，而不再需要藉著外界的眼光去得到滿足。

四、自主

女性想要主宰自己的生命，必須在他的生活的道路上懷抱自信，充分認識自己的價值，認定自己對家庭社會的價值與貢獻，並以極大的魄力與勇氣面對人生，向不合理的社會現實提出自己要主宰生命的決心，以抗衡的勇氣面對男性的道德規範與世俗偏見。

肖鷹曾表示：「如果說，新時期文學對真實性追求的第一階段是對極『左』路線專制的政治——社會的揭露和批判，那麼，它的第二階段就是對主體自我的情感——心靈的內在反思。自我反思在對極『左』路線專制下的個人盲從和迷信的懷疑與否定中，發現了個體自我不可被社會整體替代和消解的情感、意志及感覺的存在——個性的獨立價值。」[43]正是因為這樣「個性的獨立價值」的追求，讓新時期女作家筆下的女性在面對生活的困難與壓力時，仍然能夠勇往直前地成長自己，發揮自我本位的主宰意識。

誠如前面所提過的：婚姻與愛情在女性生活中的重要地位和意義，所以，女人最容易在婚姻與愛情中受傷。因此，經過「五四」的女兒們提供了開啟婚姻自主的那扇門的鑰匙後，新時期的女作家們便拿起鑰匙，打開了那扇門，更強烈地對男權中心秩序

---

[43] 陳信元著、欒梅健編選：《大陸新時期文學概論》，（嘉義：南華管理學院，民國八十八年六月），頁一二一。

加以顛覆，塑造了一群要自主其婚姻與愛情的獨具光彩的人物。

韋君宜的〈洗禮〉曾獲大陸第二屆優秀中篇小說獎。故事是說：王輝凡和劉麗文這對夫妻，因為政見不合，自此兩人的思想越之分歧，感情越之疏遠，劉麗文簡直無法理解，在她眼前那個冷酷無情的人，居然是她當初所崇拜的。

記者祁原來找王輝凡，他向王輝凡匯報工作，流露出對社會現實的覺醒，他堅決要求報導農村嚴重的災情，那股制止欺騙的正義之氣，深深撼動了劉麗文的心。劉麗文不顧王輝凡的苦苦挽留，毅然捨棄首長夫人的身份地位和祁原結婚，過著只羡鴛鴦不羡仙的婚姻生活。

痛苦的王輝凡和與他沒有感情的賈漪重組新家。

文化大革命開始，由於祁原不願替造反派當筆桿公然造謠，在一次採訪中不明不白地死在外地；而王輝凡成了當然的「走資派」，受盡身心的折磨。賈漪和他劃清界線，不但拋下劉麗文和王輝凡的小孩，連自己的親生骨肉也丟給劉麗文。劉麗文可憐小孩，同情王輝凡，不畏流言，又照管起這個被抄過的家。

王輝凡從迷惘中覺醒，劉麗文又尋回昔日的他。正當兩人的感覺再度契合時，賈漪又從中攪局，最終劉麗文還是被王輝凡的深情所感動，答應與他復婚。

愛情的那把尺，丈量出劉麗文的品格和情操，在她的愛情婚姻路上，她一直扮演著反抗傳統的叛逆角色，她不接受命運的安排，在每一個階段做出改變自己命運的種種努力，從她身上我們見識到女性不屈不撓的韌性，她的自覺與勇氣，讓她理直氣壯地忠於自己的感覺，勇敢地擁抱，屬於自己的福份。法國作家約瑟夫•朱伯特（Joseph Joubert）所說的：「女人認為，凡是她們敢於去做的事，都是無罪的。」[44]女人通常在要做違背世俗常態的事情前都是猶豫不定，反覆考量的，可當她一旦排除了心理障礙，而付諸於行，便很少在事後感到後悔，反而是頑強抗逆，自覺無罪，王安憶〈荒山之戀〉裡的金谷巷的女孩也是一例；而男人在行事上往往不具疑慮地去做日後可能會產生後悔的事，之後才感到悔恨與罪過，這可從航鷹〈東方女性〉裡的男主人公身上見到。

劉麗文這個具有歷史深度的知識女性，認為女性的愛情尊嚴和價值是必須受到重視的，唯有自由的意志和思想，堅持人格獨立，才是女性解放的起點，這一點應該是作者集中體現在劉麗文身上所要表達的意念。劉麗文鮮明的形象，出現在八〇年代初期是具有開拓與先鋒的意義的，在她身上我們不但見到了當代婚戀觀的進步與擴展；也見到了當代女性普遍的自主意識——她們不再等待別人來決定她們的命運、不再處於等待被愛、被尋找的位置，她們主動決定自己的婚姻與愛情，這在傳統教條看似離經叛道的違反常規的作風，就女性意識而言，卻有其進步意義。

王小鷹〈新嫁娘的鏡子〉裡的霞娣在出嫁那天，對未來的婚姻生活懷抱著美好的憧憬。儘管哥哥告誡她說：到夫家要爭氣，不要女人沒有女人樣！爸爸也附議著說：他和妻子結婚四十年來從來沒有吵過架，這才叫夫妻恩愛。

有主見、有理想的霞娣絕不被傳統觀念所打敗，她不要像母親一樣過著忍氣吞聲的奴隸生活，還要笑嘻嘻地贊成父親的恩愛

---

[44] 狄奧多•芮克著，孟祥森譯：《感情世界的性別差異》，（台北：圓神出版社，民國八十七年十月），頁一九三。

之說。霞娣儘管憂心於她的願望，但對於婚後和丈夫相互尊重與理解，仍然有著一份期待。不管結果如何，至少霞娣對傳統觀念提出了質疑，並且對未來有了新的期許。

喬雪竹〈北國紅豆也相思〉裡從內地到林區的村姑魯曉芝，在勞動中和伐木工宋玉柱建立了感情；姐夫為了自己的利益要她嫁給一個幹部，她不惜以死表明尋求自主的決心。

這三位女性的形象，表現了當代女性對自主婚姻勇敢追求的獨立意志。

當代女性除了自主「婚姻」外，還要自主「愛情」。

王安憶的成名作〈雨，沙沙沙〉寫的是一個普通少女面對愛情現實問題的價值觀呈現。她塑造了雯雯這個不論環境帶給她多少挫折，仍懷有夢想且積極尋夢的純情少女。王安憶在這裡把她自己從插隊到回城期間的生活和心緒，通過雯雯的形象展示出來。王安憶曾說過，雯雯是她心愛的姑娘，在雯雯身上，寄寓了她「最好的心願」。[45]因此，透過雯雯我們可看出王安憶對真愛的嚮往與理想婚姻的期待。

〈雨，沙沙沙〉是以第三人稱，從主人公的角度去敘事的，讀者可以透過女主人公雯雯的眼睛去觀看，通過其思維去想像，通過其感覺去感受她少女主動掌握愛情的純真情懷。

在小說中王安憶為雯雯設計了兩段戀情。

雯雯的初戀發生在「復課鬧革命」的時候，雯雯重回久違的學校，在校園裡邂逅了一位男同學，男同學說曾在夢裡見過她，他倆相識、相愛，用深邃的眼睛代替無謂的言語，而互相瞭解。

---

[45] 呂晴飛主編：《當代青年女作家評傳》，（河北：中國婦女出版社，一九九〇年六月），頁七九~~八〇。

雯雯全心沈浸在愛情中，甚至忘了時間的存在，他們畢業了。他先是焦躁不安，後來接到工礦通知，則欣喜若狂，雯雯也為他的不再焦愁而高興；而雯雯呢？一片紅，全部插隊。

雯雯原天真地以為堅貞的愛情可以彌補他們分隔兩地的不幸，但他卻告訴她：「我們不合適。」愛情，就這樣被戶口和生計問題砸個垮台。雯雯不禁感嘆愛情的脆弱。但她來不及哭泣，便搭了北上的火車，一片「荒漠」取代了所有的「浪漫」。

然而，雯雯並沒有因此而失掉她心中那份純真的情感，她給自己機會，讓荒漠變成沃土——她認真的生活，用心尋找理想的知音。

第二次戀情出現在十年之後。

一天深夜，雯雯下班，沒追上開跑的末班車，在絕望中她呼喊著「等等！」的同時，汽車是越跑越遠，而有一輛自行車卻轉回了頭。自行車在雯雯身邊停下，雯雯解釋不是叫他，男子表示他可以送她回家，雯雯在別無選擇的情況下，答應了他那雙誠懇的眼睛。

雯雯坐在男子寬肩膀後頭，在避雨的同時還擔心著他是否有歹心？但是當男子對路過的橙黃色的路燈發出讚美，並問雯雯是否也喜歡？雯雯才發現他是個性情中人，而對他產生了好感。

「誰能不喜歡呢？」雯雯眞心地說。

「嗯，不喜歡的可多了，現在的人都愛錢。錢能買吃的，買穿的，多美啊！這燈光，摸不到，撈不著。可我就老是想，要是沒有它，這馬路會是什麼樣兒的呢？」[46]

---

[46] 同註二八，頁九。

後來，自行車突然停了下來，男子動作快速地解下雨衣，雯雯還沒會意過來，雨衣已經披在她身上了。

雯雯把她家的地址完整地告訴了他。

接著經過的那條馬路路燈全是天藍色，男子說他每天經過這裡，總是放慢車速。

自行車在雯雯家門前停住了，雯雯歸還雨衣並致上謝意，男子要雯雯別放在心上，換成是別人也會這麼做的。原來男子在農村插隊時，也曾遇難，結果被一群割豬草的小孩，硬給抬到了公社醫院。男子告訴雯雯：

> 「眞的。只要你遇上難處，比如下雨，沒車子，一定會有個人出現在你面前。」[47]

男子的生活態度和人生觀，對雯雯產生了極大的影響，儘管雯雯一直懷著再見的期待，甚至幻想已經和他相戀了。雖然從此以後她再也沒有見過他，但雯雯的心中仍然有夢，這種夢代表的是對於美好生活的期待。

雯雯的車間主任為雯雯介紹了一位男朋友——小嚴先生，母親說可以互相先瞭解，雯雯認為真正的愛情不是這樣的，她總覺得有介紹人的愛情有點滑稽，彼此事先作好起跑準備，只聽一聲信號槍：接觸——瞭解——結婚。雯雯覺得愛情在她心中是至高無上、無邊無際又不可缺少的美，沒有它生活將是不完全的，那絕不是一聲信號槍可以代替的。

---

[47] 同註二八，頁一二。

王安憶在小說中藉著雯雯透露著三點訊息：一、婚姻必須以自由的愛情為基礎。二、愛情應該是兩心相印的交心之愛。三、愛情體驗必須經過兩性的心靈接觸。

小嚴先生並沒有死纏爛打，這雖然博得了雯雯的好感，但整整三個月雯雯終究沒給他一個答覆。後來，雯雯對難得上門的小嚴表示她已經有朋友了。為此她被哥哥罵是瘋了，雯雯堅說她是有了，她又想起在橙黃的燈光下，男子說：「只要你遇上難處，比如下雨，沒車子，一定會有個人出現在你面前。」

雯雯堅持對自己的婚姻要有絕對的自主權。

王安憶在《雨，沙沙沙》一書的後記寫著：「生活中有很多陰暗、醜陋，可美好的東西終是存在。我總是這麼相信著，總是懷著這樣的心情看待生活。」[48]正因為王安憶有著這樣開放的人生觀，對生活抱著一種樂天知命的現實主義態度，所以，在她的小說中我們見到她所寄託的人物，也是那樣去觀照生命、評價生命，因此，我們總是可以從小說的發展見到絕處逢生的希望，而這正是一種自主生命的希望。我們相信「像男人一樣獨立的女人能夠很幸運地結交獨立自主的男人，通常他們不會成為她生活中的寄生蟲，也不會因為他們的缺點和苛求而將她束縛住。」[49]

在鐵凝〈麥稭垛〉裡的那段三角戀情中，楊青也是一直處於自主其愛情的地位的女性，她扮演著超然的角色，為的是要得到她所要的愛情。

---

[48] 余樹森、牛運清主編：《中國當代文學作品辭典》，（北京：北京大學出版社，一九九〇年十二月），頁二八六。

[49] 西蒙•波娃著、楊翠屏譯：《第二性》，（台北：志文出版社，民國八十一年九月），頁一〇八~~一〇九。

沈小鳳纏著楊青的男朋友——陸野明，被楊青撞見，陸野明突然紅了臉，臉不紅的沈小鳳解圍說他們正在商量淘麥子。楊青說隊長要她來找她。

「我不想去了，我想在家幫廚。」沈小鳳說。
「行，那我跟隊長說一聲。」楊青像不假思索似地答應下來，轉身就走。
「楊青，你回來！」陸野明在後邊叫。
「有事？」楊青轉回頭。
「統共沒幾個人吃飯，幫什麼廚！我用不著幫，麥子也不用淘。」陸野明說得很急。
楊青遲疑了一下，沒再說什麼，只對他們安慰、信任地笑了笑。陸野明從來沒見過她那樣的笑，那笑使他一陣心酸，那笑使他加倍地討厭起緊挨在身邊的沈小鳳。
楊青鎮靜著自己走出院子，一出院子就亂了腳步。她滿意自己剛才的雍容大度。可是他面前畢竟是沈小鳳。[50]

楊青採取的是「欲擒故縱」的策略，明明心裡很介意，但還是表現得落落大方，她不僅要表現女性的「被動、矜持」的特質，還要利用她的「被動、矜持」的特質，去顛覆沈小鳳的「主動、開放」。

沈小鳳依然用著她火熱的眼花去挑逗陸野明，在背後提起陸野明總用「他」來表示，村裡開始流言四起。有一次，陸野明趁

[50] 鐵凝：《沒有鈕釦的紅襯衫》，（台北：新地出版社，民國七十七年年二月），頁一九二。

機找楊青說話，憤憤地用「她」來數落沈小鳳。楊青機警地問：「她是誰？」陸野明愣住了，這才發現自己也用「她」稱呼起沈小鳳了。

此時的陸野明是極其尷尬的，但是，我們來看看楊青的反應——

楊青不再追問，只是淡淡一笑，對陸野明輕描淡寫地談著自己的看法：「她比我們小，我們比她大。人人都有缺點，是不是？」[51]

就這樣輕描淡寫的「我們」兩個字感動了陸野明，讓他這個犯錯的人，有了台階可下，而從楊青口中的「我們」，又驗證了她對他的信任。於是「他的心又靜下來，只有楊青能使他的心安寧，佔據他內心的還是楊青。」[52]

楊青善於運籌帷幄地用各種方法，讓陸野明去肯定她在他心中的地位——陸野明很確定他愛楊青，愛得不敢碰她。其實，這種想要又要不到的心情是最為微妙的。

在這場愛情遊戲中，其實真正的主動者是楊青。表面上，她好像一直處在暗地裡，但是卻對沈小鳳和陸野明的一切瞭若指掌，她似乎在等著他們發生事情，然後再出來收拾殘局，否則其實她是大有能力去抓住陸野明的，但是她沒有這麼做，也許是為了證明陸野明對她的愛，也許是為了讓心緒紛亂的陸野明遭到懲罰後，才能更堅定她在他心中的地位。

---

[51] 前引書，頁二〇一。
[52] 同註五〇，頁二〇一。

秋收以後，村裡放電影，電影散場後，陸野明和沈小鳳落後於人群，楊青感覺到沈小鳳對陸野明的緊逼與陸野明的讓步，於是停在前面等他們。等到他們後，她躲開陸野明的輪廓，只對沈小鳳一個人說，她知道她落在後面，就在這兒等她。

楊青的內心其實很煩亂——

> 有時她突然覺得，那緊逼者本應是自己；有時卻又覺得，她應該是個寬容者，只有寬容才是她和沈小鳳最大的區別，那才是對陸野明愛的最高形式。她懼怕他們親近，又企望他們親近；她提心吊膽地害怕發生什麼，又無時不再等待著發生什麼。也許，發生點什麼才是對沈小鳳最好的報復。[53]

沈小鳳和陸野明在麥秸垛下野合的事情爆發，經過審訊後，楊青仔細觀察陸野明對沈小鳳那張沒有表情的臉，使得楊青「獲得了前所未有的舒暢。她明悉那沒有表情的表情，那分明是對沈小鳳永遠的嫌惡。她忽然覺得，陸野明就像替她去完成過一次最艱辛的遠征。望著他那深陷的兩頰，她更加心疼他。她深信，駕馭陸野明的權利回歸了。」[54]

女人的堅韌很容易讓她們在逆水中前進奮鬥，而且是以一種作自己的主人的心態前進。李惠薪〈老處女〉裡的「我」是一個才華出眾，工作能力很強的女性，三十八歲未婚，不幸得了乳腺癌，還遭人指點說是不按常規「女大當嫁」的報應。但是「我」仍然堅強地說：我最了解我自己，也深知自己的價值，到現在，

---

[53] 同註五〇，頁二二九~~二三〇。

[54] 同註五〇，頁二三九。

我也不想廉價出售。「我」昂首闊步，目不旁視，繼續走自己的路。

王安憶〈流逝〉裡的端麗在經歷過磨難後，其意識由過去的依賴轉為現今對生活的自主。她感到過去的富裕生活雖然過得舒服無憂慮、無責任，可是似乎沒有眼下的窮日子有著甜酸苦辣的滋味，她不但心裡充滿了做母親的幸福，也深覺自己是丈夫和孩子的保護人，很驕傲，很幸福，這充滿了自主的意識。

端麗的辛勞，公婆是看在眼裡的，所以，當公公拿到了十年強制儲蓄起來的一大筆錢，他除了分給每個子女一份，另外，又給了端麗一份。公公誇她在這十年裡，很辛苦。這個家全靠她撐持著，在小叔和小姑身上花的心血是不可用錢計算的。

當端麗謝絕了公公對她的犒賞，回到房間，文耀便和她爭執起來——

「你的主意真大，當場就回脫爹爹的鈔票。」

「是爹爹給我的，當然由我作主。」

「我是你的什麼人啊？是你丈夫，是一家之主，總要聽聽我的意見。」當家難的時候，他引退，如今倒要索回家長的權利了。

「那麼現在我對你講，我不要那錢，要這麼多錢幹嗎？」

「你別發傻好嗎？這錢又不是我們去討來的，有什麼好客氣的？」

「我不想……」

「為啥不想要？你的那個工作倒可以辭掉了，好好享福吧！」

「不工作了？」端麗沒想過這個，有點茫然。

「好像你已經工作過幾十年似的。」文耀譏諷地笑道。端麗光火了：

「是沒有幾十年，只有幾年。不過要不是這個工作，把家當光了也過不來。」

「是的是的，」文耀歉疚地說，「你變得多麼厲害呀！過去你那麼溫柔，小鳥依人似的，過馬路都不敢一個人……」

他那惋惜的神氣使得端麗不由地難過起來，她惆悵地喃喃自語道：「我是變了。這麼樣過十年，誰能不變？」[55]

端麗開始意識到她自己，開始去正視她自己的問題，發掘了過去她所未發覺的自我潛能，生命的本質就是不斷的成長與改變。在不知不覺中她成了一個懂得經營自我實現領域的女人。在艱辛的生活中，她用自己的汗水和勞力，換取微薄的收入，領略到「自食其力」的喜悅；她忍辱負重，含辛茹苦地支撐著這個從闊綽變為貧困的家，毅然決然挑起家庭的重擔，體驗到「自立自強」四個字並不專屬於男人。將近十年的磨練，她在逆境中肯定了自己存在的價值，所以，她當然不再「小鳥依人」，不再「不敢一個人過馬路」，她意識到自己有決定要或不要的權利與主見，這些都拜環境給予她的磨練所賜。

人類學的實徵研究證實，男女的角色行為與特質是具可塑性的。[56]針對這一點我們便在端麗的身上得到了答案。我們可以肯定的說，無論在生存層面或精神層面，她都遠遠超越她的丈夫。

「人應該自己掌握自己的命運」。[57]這是王安憶一貫主張的積極、主動的人生態度。我們從〈流逝〉中透過端麗的自主意識，

---

[55] 同註二八，頁一一三~~一一四。

[56] 同註三〇，頁一一七。

[57] 嚴綱主編：《當代文學研究叢刊》第六輯，（北京：中國社會科學出版社，一九八五年五月），頁一五五。

可以見到作者的寄託，也可以見到她所昭示的社會人生的問題，那是頗值得深思的。

二十世紀初以來的社會變革，特別是經濟關係的變動，女性漸而企圖在家庭與事業中找尋平衡點，充分反映出女性對自我信心的增強，她們不再為了男性而順從地自願放棄自我，她們開始向男性中心社會規範提出挑戰，以爭取自主的靈魂。這不但展現了那個時代的面影，同時透過女性自主意識的張揚，我們彷彿見到了女性頭頂上那片原本狹窄的天空烏雲漸散。

五、自強

五四時期的女性有了內審的自覺，在當時她們所首要要求的是經濟獨立，她們以為經濟獨立便代表了完全的獨立；而新時期的女性則超越於此，她們理解到經濟獨立並不能代表完全的女性獨立，除了經濟自立，還要努力在其價值觀上重建，達到自我意識的自立自強。這代表著女性對自我的認識又攀越了另一個高度。

女性要想獲得真正的解放，必須要戰勝的頭號敵人是自己，是那來自她們內心的重大壓力，而不是外界的偏見，外界的保守勢力只是次要的敵人，因此，她們為了自己的自立自強，必須全副武裝與其外部環境抗爭，與其內心世界搏鬥，可以想見在她們要成為真正站起來的人之前的艱辛歷程。

宗璞〈紅豆〉裡的江玫決心和「不同道」的男朋友分手後，從矛盾的感情中又一次地「成長」，這時的她已不復從前——

江玫的夢現在已不是那種透明的、顏色非常鮮亮的少女的夢

> 了。局勢的變化，肖素的被捕，齊虹的愛，以及自己的複雜的感情，使她多懂了許多事。在抗議「七五」事件（國民黨屠殺東北來的青年學生）的遊行裡，她已經不再當救護隊，而打著「反剿民，要活命，要請願」的大標語走在隊伍的前列了。她領頭喊著「為死者申冤，為生者請命」的口號，她奇怪自己的聲音竟會這樣響。她想到，在死者裡面有她的父親；在生者裡面有她的母親、肖素和她自己。她渴望著把青春獻給為了整個人類解放的事業，她渴望著生活來一次翻天覆地的變動。[58]

江玫的理性戰勝了感情，女人常常盲目地認為愛情可以改變一切，江玫認知這一點的錯誤，她不願為了一段海市蜃樓的愛情，而犧牲自我的獨立性格，並以集體的利益為前提，放棄愛情；而肖素則證明了兩性之間沒有任何差別，只是有所為，有所不為，男人能做的，只要女人願意，女人也能做。從接受現實的磨難而堅持理想，她們的人格得到了提升。

江玫面對著出現在她人生路上的十字路口，她慎重而勇敢地做出理性的抉擇，這標誌著中國女性自立自強的人生追求的新覺醒。評論家李子雲稱讚宗璞作品有淨化人心的作用，其筆下的人物有一種「蘭氣息、玉精神」。[59]的確，我們見到宗璞筆下的人物在苦難的環境中，仍能保有崇高的精神與不懈的追求。

另外，張辛欣的〈在同一地平線上〉和張潔的〈方舟〉寫的也是女性知識份子面對婚姻危機，離婚的心情轉折與艱辛生活的調適，其間展現了女性自強的意識。

---

[58] 同註四一，頁三〇四~~三〇五。
[59] 同註三五，頁六六一。

五四時期，女性解放的目的是要走出「封建圍城」，找到一位理想的丈夫，取得終身依靠；而在新時期，女性則是要走出「婚姻圍城」，努力在事業上闖出一片天。

從〈在同一地平線上〉的這個小說標題，顧名思義：是女主人公面對婚姻生活所發出的呼喊。她是一個少見的知識女性，面對那樣的婚姻生活，她並沒有失去生活理想，仍具有強烈的事業心和進取精神。她在爭取和堅持自己的進修權利時，來自家庭的壓力是沈重的，丈夫要的是沒有事業心的溫順女子，她不甘於此，便不惜與不支持自己的丈夫離異。

她為自己爭取了生存自主、張揚生命的女性權利。

她面對婚姻的瓶頸，一方面，期待能發展自己的抱負，努力成為全方位的女性，和丈夫站在同一地平線上；另一方面，等她有一番作為時，她才漸能體諒丈夫所以冷漠無情的原因，這也可算是女性自覺意識上的一個成長，在小說結尾她反求諸己，自我反省：

> 我們曾經結合在一起，我曾經想，他是世界上唯一的這樣一個人，我把全部感情和思想的依托放在他那兒。我們在身體上彼此再沒有保留的，隱蔽的地方。但是，我也許並沒有弄清他，我甚至並不知道，他，究竟是一個什麼樣的人。也許，我們都忙於應付自己的事情，越來越沒有充分地交流許許多多想法？是的，結婚以後，我對他說的，比結婚前通過信件所說的，要少得多了。也許，戀愛的時候，雙方都本能地急急忙忙地表達自己，生怕錯過。而捆在一起了，自己或對方，以為在精神上互相依存了，反而使我們誤認為一步可以走向任何默契。我們交談的太少了！可我們根本無法在不斷靜止的交流，細微的互

相體察中過日子呀！就是彼此廝守著，也未必能夠弄清對方的意念。因為，說到底，自己是否弄清楚自己了呢？[60]

讓我們反個方向來看，如果不是他對於事業的「義無反顧」，造成他們婚姻生活的危機，她也不可能有所警覺，而走出婚姻，追求自己的理想，所以，如果不是他，她也不可能有機會在電影學院裡進修，因此，假若未來她在電影藝術上有所成就還得感謝他當初的「激勵」。在這裡我們見到她在整個外部環境的催逼下擺脫其既定命運，進入社會角色之中，當然，女人並不像男人一樣生來追求的便是事業上的成就，因為還有愛，所以她身置其社會角色必有其前進的困難，她必須在舒展情慾之餘，對自身的處境和目的保持清醒，還必須在蛻變中尋求角色的新定位。

張辛欣的這篇小說並非有意宣傳離婚，她所反對的是沒有愛情的婚姻；所肯定的是女性走出愛情流逝的婚姻的自立自強。在張潔的〈方舟〉裡也有三個具有獨立的精神與能力，力圖改善婚姻處境的女性。

〈方舟〉的副標題是──「你將格外地不幸，因為你是女人」[61]但是在這篇小說中我們見到這三個不幸的女人的成長，她們正視作為一個「人」所應有的權利──要保有自己的生活和世界；正視要尋求解放，所將面臨的困難與衝突。她們不願在貧瘠的婚姻生活中苟延殘存，她們有著獨立的人格和意識，毅然走出婚姻後，雖然在工作上面對女性職能與個人抱負的衝突，但她們仍舊

---

[60] 同註二二，頁三五八。

[61] 張潔：《方舟》，（台北：新地出版社，民國七十九年四月），頁一五。

為自己的事業理想而奮鬥。她們「執著於自己超現實的能力，於是不趨附於現成的價值認同，不屈從傳統的公眾輿論，甚至不屑於世俗的安逸。她們以無性的姿態面對事業與人生，卻無時無刻不為男性宇宙中傳統的價值觀所排斥，落入孤獨、困窘的境遇中。」[62]的確，她們所感受的現實壓力，主要來自生活中陳腐的氣息，然而，一個尋求自主的女性可能面臨生存的孤獨，但事業上的成就卻可以為孤獨的女性帶來生活的力量。〈方舟〉裡的女主人公有著不妥協的進取精神，企圖闖出屬於自己的一片天空，儘管結局並非「一分耕耘，一分收穫」；儘管外部世界無法與她們的覺醒相對應，但她們終究是邁開了步伐，為人生中的挫敗走向自我拯救之路，並勇於發展、塑造自我。

西方心理學家發現女性的心理上都存在「避免成功」的動機。美國學者哈莉艾特•B•布萊克博士曾這樣分析這種動機：「首先，在婦女所接受的教育中，女性魅力是與聽從、依靠和被動等特徵相聯繫的。然而，在當今的事業中若想取得成就，婦女就必須果斷、獨立、有競爭力和志向遠大。這兩個特徵——一組是取得成功所必須的特徵，一組是在傳統意義上作為女性能被人接受所需要的特徵——顯然會產生矛盾。」因而女性「害怕被拋棄；害怕被她們戰勝者的報復；害怕自己所愛的人拒絕和蔑視自己；害怕失去女性魅力和對男子的性吸引力。」[63]然而，這種「避免成功」的動機在〈方舟〉的三位女主人公身上是不存在的，因

---

[62] 王緋：《女性與閱讀期待》，（西安：陝西人民教育出版社，一九九八年九月），頁八九。

[63] 王琳：〈走出女性心靈的藩籬——新時期女性文學若干心理癥結的梳理〉，（北京《中國現代、當代文學研究》，一九九七年二月，第二期），頁二九。

為她們已經勇敢地走出殘敗的婚姻，有著豁出去的膽識，因此，她們有的只是「追求成功」的動機，甚至也沒有恐懼「雄性化」的心理。

張潔的另一篇代表作〈愛，是不能忘記的〉寫的也是理想與現實的衝突，但是它的衝突僅僅限於女主人公的精神和感情生活不和諧的狀態——兩個相愛的人礙於家庭因素無法結合；但到了〈方舟〉這種不和諧狀態的衝突更是強烈，已經擴充到女主人公們的社會生活中。比如：她們好不容易掙脫了家庭中小範圍的男權壓制，誰知又掉入另一個更強大的男權勢力當中——梁倩在導戲過程，受到男性的百般刁難與歧視，戲殺青後，又無故被封殺、禁演；荊華發表的論文遭指責，受到書記的支持，卻又捲入情色風暴中；柳泉在工作上一直受到排擠，上司也仗著權勢，想吃她豆腐。然而，難能可貴的是，她們相互砥礪、扶持，對於現實的打擊，她們往往以一種絕不服輸的進取精神，忍受克制著，有著共同的自強意識，她們絕不願按照社會上所約定俗成的女性的角色規定去走，她們要走出一條屬於自己的理想之路，要打破在父權體制下，女人是被創造的傳統觀念。

她們要在社會上和男人一較長短，付出的代價是慘痛的，承載的苦難是沈重的——當她們決心為了尋求精神上的解脫、擺脫肉體上的痛苦、維護女性的尊嚴和獨立的人格而離婚時，想必就已經考慮到了這一層。這三個曾經懷著美麗幻想的小姑娘，搖身變成愛抽煙、會罵三字經的婦人，在她們身上已經找不到女性「理想」中的柔美，取而代之的是男性「現實」中的強悍。她們不願扮演女性角色，有著想要參與男性角色的企圖，她們建構屬於她們自己的事業王國，為的是要證明她們等同於男性的價值。當然，她們必是有著矛盾與痛苦的，這種矛盾與痛苦乃「在於女性獨立意識的覺醒以及這種覺醒不能與外部世界對應和接受」[64]但是身為這一代為婦女解放承先啟後的知識女性，她們「並未放棄自己的人生追求，她們已經開始正視女性要獲得自身的解放將要遇到的種種困難，理想與現實的衝突作為人類生活中的一種常態，當然會不可避免地存在於她們通向真正自由的大道上。」[65]

當女性角色多元化引起人生衝突時，梁倩「才更加意識到自己駕馭生活的能力。覺得自己很有一些頂天立地的氣概，這種自由感並不是每個女人都可以得到。女人，女人，這依舊懦弱的姐妹，要爭得女性的解放，決不僅僅是政治地位和經濟地位的平等，它要靠婦女的自強不息，靠對自身存在價值的認識和實現。」[66]這種自強不息的奮鬥，代表的是一種女性歷史的進步，怎麼說呢？在五四時期女性小說裡的女性解放，是向社會呼喊要回女性獨立自主的權利；但在新時期女性小說裡的女性解放，則是女性對自我要求，將此重任放在女性自己的身上。

儘管生命中愛情的缺憾和對於自我的獨立的自豪，同時並存，但她們在對男性的普遍失望之餘，仍能自強地為自我認同的事業奮鬥不懈，她們洋溢著強烈的時代氣息，展現著現代女性意識的新內涵。

張潔大抵賦予她筆下女性以美好的才智與勇氣，她們總能在逆境中愈挫愈勇地去追逐理想，她往往透過已婚和離異女性的婚姻悲劇或獨身女性的遭遇，去表達她的女性主義觀——女性應自重自強。

---

[64] 殷國明、陳志紅合著：《中國現當代小說中的知識女性》，（廣東：廣東高等教育出版社，一九九〇年八月），頁一九四。
[65] 前引書，頁一九五。
[66] 同註六一，頁一〇六。

當女性決定離開對男人的人身依附，自立自強地尋求人格與經濟的獨立後，她們便不可能再走回頭路了，誠如張辛欣所說的：「已經變成人，就不可能再變成猴。矛盾、痛苦迫使你追求新的平衡，新的自我完善、新的社會位置，也使你更充分、更深刻地感受，擁有這個豐富的世界。」[67]這反映出當代中國女性要求全面發展的願望。的確，女性一旦擁有自強的意識便能與男性在同一地平線上呼吸、思考，便能樹立有別於舊傳統女性人格的新女性形象。

六、性愛

二十世紀，是中國文化由傳統的封閉走向開放的時代。中國傳統文化長久以來強調著女性的性道德，也就是壓抑女性的性慾望，「五四」之後才有了現代性愛的初步覺醒，女作家不再排除或壓抑女性原有的性愛需求；新時期的女作家更是肯定性愛是兩性溝通的橋樑，她們不但重視女性意識與慾望的存在，並以開放的意識重視抒寫「性文化」在她們生命中的不可忽視的位置。

盛英在其主編的《二十世紀中國女性文學史》中提到馮沅君的作品中的女主人公是現代性愛的體現者，而其所謂的現代性愛和古代的愛的不同之處在於：「它是由所愛者的互愛所構成，並且在感情上能夠強烈和持久」[68]喬以鋼在評論馮沅君的小說時也說：「小說突出表現了『五四』新潮給中國男女青年帶來的現代

---

[67] 金一虹、張惜金、胡發貴：《女性意識新論——甦醒中的女性》，（南京：南京大學出版社，一九九一年九月），頁一四〇。

[68] 同註三五，頁一〇七。

性愛的覺醒。這一覺醒是同人的價值的發現、自我意識的生長緊緊連在一起的。」[69]這裡所提到的「性愛的覺醒」其實在〈旅行〉中就已見倪端。

已有包辦婚姻的男女主人公，為愛情展開一段旅行，十天的旅行，他們同床共枕，但沒有發生任何的關係，她為此感到自豪——

> 我們的愛情在肉體方面的表現，也只是限於相偎倚時的微笑，喁喁的細語，甜蜜熱烈的接吻罷。我知道別的人，無論是誰都不會相信。飲食男女原是人類的本能，大家都稱柳下惠坐懷不亂為難能，但自坐懷比較夜夜同衾共枕，擁抱睡眠怎樣？[70]

而在〈隔絕〉中表現得更是特別真實而大膽，毫不諱言，女性長久以來的性壓抑，終於漸露解放的開端——

> 試想以兩個愛到生命可以為他們的愛情犧牲的男女青年，相處十幾天而除了擁抱和接吻密談外，沒有絲毫其他的關係，算不算古今中外愛史中所僅見的？愛的人兒，我願我們永久別忘了╳╳旅館中的最神聖的夜約！我們倆第一次上最甜蜜的愛的功課的一夜。啊！它的神秘和美妙！我含羞的默默的挨坐在床沿上不肯去睡，你來給我解衣服解到最裡的一層，你代我把已解開的衣服掩了起來，低低的説道，「請你自己解吧……」説

---

[69] 喬以鋼：《中國女性的文學世界》，（武漢：湖北教育出版社，一九九三年十月），頁一九〇。

[70] 同註六，頁二〇六。

罷就遠遠的站在一邊，像有什麼尊嚴的什麼監督著似的……。當你抱我在你的懷裡的時候，我雖說曾想到將來家庭會用再強橫沒有的手段壓迫我們，破壞我們，社會上會怎樣非難我們，伏在你懷裡哭，可是我覺得置身在個四無人煙，荊棘塞路，豺虎咆哮的山谷中一樣，只有你是可依託的，你真愛我，能救我。……由此我深深永久的承認人們的靈魂確是純潔的。這種純潔只在絕對的無限的實用時方才表現出來。[71]

「愛情」是「人類的靈性」（精神）再加上「性關係」，不可諱言的是：性慾是驅使男女雙方尋求愛情的原始動力，然而，「愛」唯有建築在「性愛合一」之上，才會結出堅實的果子；但這在五四時期並不是件容易的事。五四時期是個新舊交際的時代，因此，當時的女性意識也是新舊交替的觀念，當然，性愛的觀念更還在探索當中。丁玲〈阿毛姑娘〉裡的阿毛便是在性愛摸索中的悲劇人物。

十六歲的阿毛在父親的安排下嫁給了一個大她八歲，家裡種田的陸小二。新婚期只要阿毛單獨在房間裡，陸小二就會溜進房，起初阿毛很怕他，不久就柔順的承受而且感到動心興奮，她也愛慕起陸小二來了，她努力幫忙家務，決心和陸小二共創更好的生活。

陸小二日出而作，日落而息，完全忽略了阿毛的需要；而阿毛經驗到性愛的美好，相對地漸漸學習壓制她焦躁的慾念。

一天夜晚，陸小二倒頭就睡熟了。阿毛「在黑暗中張著兩眼，許多美滿的好夢，紛亂的擠著她的心。有時想得太完全了，太幸

---

[71] 同註六，頁二七八。

福了，忍不住便抱著小二的臉亂吻，或者還吻他身上！覺得那身體異常熱，自己也就發起燒來，希望小二醒來同她玩一下，就緊緊用力抱他一下，她不就像真的已嘗著那福樂了嗎？有一次，她實在忍不住了，推了幾下他都不醒，她就去撥那眼皮。」[72]小二醒了，立刻在她赤裸的身上打一下，並罵她：「不要臉的東西，你這小淫婦！」

阿毛不明白為什麼當陸小二需要時，她就必須迎合他；而當她也需要性的安慰時，卻遭到他的辱罵。

且不管受封建思想荼毒的人們的看法，單就阿毛能夠正視自己情感的需要、性愛的慾望，而且採取行動，在她的理解中，女性應該同男性一樣也有表達自己情感的自由權利，這在當時就算是難得的了。

「五四」時期，多數的女作家們塑造了各種不同程度自覺的新女性形象，她們開始為自己而活，企圖找出一條屬於她們自己的自由之路，有一種寧死也不屈服的決絕態度。她們為追求純潔高尚的愛情與婚姻，不惜與封建家庭決裂，在這些作品裡「性」是被避諱的，她們強調的是柏拉圖式，相知相惜的精神戀愛，所以這時中國女性的「性」是處於被壓抑、被禁制的狀態。

然而，因為丁玲筆下「莎菲」的出現，長久以來被囚禁的女性，才開始自覺「性」是與生俱來、天經地義的，在她們的生命中有著不容忽視的位置。女性原有的性愛需求，在此時不再被掩蓋，而是以開放的意識來描寫女性的「性文化」。

「五四」初期的女性要求的是「婚戀自主」；而到了丁玲則

---

[72] 丁玲：《丁玲女性小說全作（下）》，（長沙：湖南文藝出版社，一九九五年十二月），頁四三二~~四三三。

是要求「情慾自主」了。丁玲的「情慾解放」不僅在當時算是大膽的了，就算是從五、六〇年代的台灣小說來看也是夠開放的了，我們別忘了在五〇年代的台灣，女作家郭良蕙的〈心鎖〉都還受到圍剿呢！

「莎菲」的出現，在當時社會引起了強烈反響，因為「五四」以後解放的女性對「莎菲」的形象產生了巨大的共鳴，「莎菲」成為她們生命中某一部份的代言人，「莎菲」說出了她們以往所羞於示人的、所不敢表達的，那來自於生命本能騷動的心事。莎菲不再按照過去社會所規定的倫理規範，去尋找女性性別在社會模式中的歸屬；也不再自居於傳統賦予女性被動的社會角色。

丁玲利用日記體的表現特色，緊緊抓住莎菲的心理特點，充分表現出作者所賦予莎菲的性愛意識。

這個在當時難得一見的情慾自主的女子，在日記中真誠赤裸地宣洩她的情感需求，那放任無忌的內心獨白正代表了所有長期被禁錮、被封閉、被壓抑的女性衝破傳統的封建觀念所發出的心底深處的吶喊。

先來看看當莎菲第一次見到凌吉士，是怎樣被他吸引——

他，這生人，我將怎樣去形容他的美呢？固然，他的頎長的身軀，白嫩的面龐，薄薄的小嘴唇，柔軟的頭髮，都足以閃耀人的眼睛，但他卻還另外有一種說不出，捉不到的豐儀來煽動你的心。如同，當我請問他的名字時，他是會用那種我想不到的不急遽的態度遞過那隻擎有名片的手來。我抬起頭去，呀，我看見那兩個鮮紅的，嫩膩的，深深凹進的嘴角了。我能告訴人嗎？我是用一種小兒要糖果的心情在望著那惹人的兩個小東西。但我知道在這個社會裡面是不會准許任我去取得我所要的

來滿足我的衝動、我的欲望，無論這是於人並不損害的事……[73]

莎菲打破了長久以來男人擁有性的權利的觀念，在她的意識裡覺得女人不應該再處於受男人支配的被動的地位，對於性，她們也有主宰的權利，因此所謂的性壓抑與性苦悶，在莎菲身上是找不到的。且看以下這一段的莎菲坦率大膽地表露對性的需求——

> 當他單獨在我面前時，我覷著那臉龐，聆著那音樂般的聲音，我心便在忍受那感情的鞭打！為什麼不撲過去吻住他的嘴唇，他的眉梢，他的……無論什麼地方？眞的，有時話都到口邊了：「我的王！准許我親一下吧！」但又受理智，不，我就從沒有過理智，是受另一種自尊的情感所裁制而又咽住了。唉！無論他的思想是怎樣壞，而他使我如此癲狂的動情，是曾有過而無疑，那我為什麼不承認我是愛上了他咧？而且，我敢斷定，假使他能把我緊緊的擁抱著，讓我吻遍他全身，然後他把我丟下海去，丟下火去，我都會快樂的閉著眼等待那可以永久保藏我那愛情的死的到來。[74]

在莎菲的觀念裡，性慾是由愛而生的，是自然不造作的，因此她嘲笑她的一對刻意壓制性發展的男女朋友：「這禁欲主義者！為什麼會不需要擁抱那愛人的裸露的身體？為什麼要壓制住這愛的表現？為什麼在兩人還沒睡在一個被窩裡以前，會想到

[73] 同註三六，頁二九。
[74] 同註三六，頁六一。

那些不相干足以擔心的事？我不相信戀愛是如此的理智，如此的科學！」[75]

在中國現代史上，丁玲是第一個以女性的角度陳述女性為性的「主體」，而非「客體」。過去的女性往往只是男性性慾的對象，她們對性是被動的、壓抑的，而到了莎菲，則一反常態。茅盾在《女作家丁玲》中說：「莎菲女士是心靈負著時代的苦悶的叛逆者；她要求一些熱烈的痛快的生活；她熱愛著而又蔑視她的怯弱的矛盾的灰色的求愛者……莎菲是『五四』以後解放的青年女子在性愛上的矛盾心理的代表者。」[76]

莎菲這個人物形象具有特定的時代意義。丁玲不但透過莎菲的形象向舊社會的封建禮教挑戰，而且還揭示女性對性愛意識的覺醒，那代表的是一種更高層次、更成熟的愛情。她在尋找男性的過程，已超越了「性」的範圍，她要的是一種理解的愛，這種理解包括對女性的尊重、不把女性「物化」。當她對於追求不到「靈肉一致」的愛情而失望，並發出叛逆的絕叫時，這代表著現代女性文學女性意識的覺醒已經形成了最初的階段，同時「莎菲」也為女性文學的第一個時代作了結束。

八〇年代中期後，新一代的女作家將愛情題材引向「性愛」的境界，女作家不但超越了女性文學第一個時代掙脫封建枷鎖的最初覺醒，而且對於現代性愛的追求，在精神上更為提升，在行動上更為大膽，從對性的迴避、性的關注到對女性性心理的揭示，展現了完全女性化的自覺，她們從長期以來的性壓迫以及性

---

[75] 同註三六，頁三五。
[76] 楊桂欣編：《中國現代作家選集——丁玲》，（台北：書林出版社，民國八十一年十二月），頁二四七。

壓抑的禁欲文化中掙脫，男性在性活動中不再居主導地位，女性也不甘於只能默默承受，她們開始意識到心底深處性愛意識的確實存在，主動地要求在性活動中享有其權利。女作家們所正視的「性愛」領域不但貼近了女性生命本身，更重要的是張揚了其女性意識。

談到新時期的性愛小說，第一個想到的是王安憶後期發表的「三戀」——〈荒山之戀〉、〈小城之戀〉和〈錦繡谷之戀〉。這三篇小說對兩性加以辨別，試圖透過兩性關係去探索人性的複雜面，已經能夠敏感地注意到性別的差異問題，可說是很明顯地脫離了五〇年代到七〇年代末的「無性別」意識了，尤其值得一提的是，小說中對兩性心理的探究，在女性文學發展的推動上是相當重要的。所以，我想以多一點的篇幅來介紹這三篇小說。

大陸有名的評論家王緋從「兩性試探之險境」去評介王安憶〈荒山之戀〉這篇小說，她說：「女人的某些奉獻與犧牲是十分可悲。王安憶就是在這樣的可悲裡，塑造了兩種能夠揭示性愛力之於女界人生某些奧秘的心理類型，使作品有別於一般的言情小說。」[77]這段話不但說出了這篇小說的特色，也有助於我們認識女性面對愛情的幽微心理。

她和金谷巷的女孩是〈荒山之戀〉裡的兩位女主人公，她們一個是內向、柔弱的男主人公的妻子，一個是他婚外戀的情人，這兩個女人為了成就她們的母愛意識和性愛意識，在男主人公的身上耗盡了她們的青春和生命。

一個人的性格養成與小時候父母親的教育、家庭的成長環境有著相當密切的關係。〈荒山之戀〉裡的男主人公和金谷巷的女

---

[77] 同註六二，頁三五。

孩兩人同樣成長於動亂之秋，他們的身心未能得到正常的發展，而其人格也因此而扭曲。

他生長於一個舊式的家庭，一家之主是手裡有一根枴杖，除了拄地，還打人的爺爺。爺爺不打兒子，因為兒子是繼他之後的一家之主，不能壞了尊嚴；爺爺專打媳婦，是為了給孫兒們作榜樣，也給兒子無言的警告。他就在這樣一棟高大陰森的宅子裡長大，他一邊面對著有著一雙鷹隼般灼亮的眼睛的爺爺，心理脆弱又膽怯；一邊面對著被爺爺虐待的母親，心中產生了一份同情，於是對女性的認同高於其他正常人，而其女性特質也就超出於他的男性特質。

他有音樂天賦，所以年少的時候，在城裡工作的大哥帶他到城市裡求學，他考上了音樂學院附中，大提琴專業，跟了一位有著男人般嗓音、男人般的手的女老師；和老師比起來，他倒更像是女的。

他和大哥是作者刻意安排的對比人物，他覺得「沒有人能阻擋大哥，卻永遠有人碰撞他」。他總是畏縮不敢為——對大哥有滿心的感激想說，最終卻一句也沒說；真心想為大嫂作一些家事，卻在心裡掙扎了很久，還是不敢動手。在兄嫂的家裡，他拘謹而窘迫，明明等了一週才能到大哥家裡，可卻又急急趕回宿舍，才又在心裡懊悔。

在飢荒的歲月，他飢餓得顧不了尊嚴和羞恥，第一次從學校裡拿電線去換錢時，被抓住了，他被開除回家，在恥辱的伴隨之下，比昔日更需要黑暗的保護。他報名下鄉，在大隊裡當了小學老師，學校裡有一架手風琴，他又沈浸在音樂中，眼前又出現了一線曙光。

他們家挨了造反派的陷害，爺爺遭到批鬥，在子孫面前失去了尊嚴，於是放了一把火自焚，把房子燒了。他自覺是世上最不幸的人。

在城東金谷巷裡有個女孩長得非常漂亮，她的媽媽既迷人又風流，她從媽媽那裡學來捉弄和迷惑男人的方法，而且從這些手段中獲取快樂。

班上的男同學在人前罵他「騷樣兒」，「資產階級樣兒」，私底下卻送她東西，她先是嚴拒，等男生憤憤說不要算了，她卻又帶著不盡的笑意問說：「怎麼惱了？」他便不好意思生氣了。

這是從她媽媽那裡看來的。她媽媽對叔叔就是這樣。她深知「好臉兒是寶貝兒，不能輕易拿出來，可也不能太過了，到了時候就得亮出來，否則，寶就變了草，一文不值了。」[78]

金谷巷的女孩曾經親眼從門縫裡覷著叔叔給媽媽下跪，叔叔送給媽媽的奇珍異寶，媽媽把它用手撕，用腳踹；她還見過叔叔在媽媽面前哭泣，堂堂的大男人在綿綿的女人跟前沒了氣性。所以，她對於宣傳隊裡給她遞紙條的扭捏的大男生，根本不看在眼裡。

金谷巷的女孩把貞操看成是女人最珍貴的寶，是女人的價值和尊嚴，她認為一個女人要得用這個才拿得住男人，那便是最無用的女人了。她自認為自己不是那種沒輒的女人，不拿出這個，她照樣叫男人離不開她。這一點也是受到她媽媽的影響，她見到媽媽對叔叔好，叔叔也對媽媽好，可叔叔不敢對媽媽輕薄。

因為成長的環境背景，金谷巷的女孩對模仿對象的錯誤「取材」，造成對愛情觀念的誤解與脫軌，她無法明白「愛的真正價值在於它能高度地體認到自我，同時又能高度地專心於他人，在

---

[78] 同註二八，頁一七三。

一種自由的境界裡達到兩性合一」[79]她只是透過對男人的駕馭，去肯定自我的價值，在征服男人的過程中，利用其所扮演的自主的角色，去滿足內心的虛榮。

而他呢？長期處於父權勢力的壓抑下，對女性產生同情，漸而造成性別取向的混淆和心理的偏差，他無法顯露他的男性本色，喪失了男性角色原有的自覺與自信。然而，他的外表特徵和戀母情結卻是成就其婚姻的重要因素之一。

他和他的妻子當初是因報考縣劇團招生，一起錄取而相識，但是她第一次見到他是在考試當天，當天演奏完他的曲子，離開試場，為著自己的演奏感動地哭了；她在樹叢後見到了這一幕，他的哭泣教她柔腸寸斷。

佛洛姆（Erich Fromm）提過，女性對男性有「母性愛」（motherly love）的傾向；而男性對女性，則像小孩對母親一樣，索求著一種無條件的愛。這是佛洛姆所謂的「神經紊亂性愛情」的說法，他認為「有時戀愛的一方或雙方會把孩童時代對父母的感覺、期望或恐懼等轉移為對愛人的態度。」[80]我們可以從這篇小說的男女主人公身上得到印證。

他的憂鬱打動了她二十四歲的青春柔情，他如女性般纖弱的氣質，「喚醒了她沈睡著的母性。她是那樣一種女人，表面柔弱文靜，而內心卻很強大，有著廣博的胸懷，可以庇護一切軟弱的靈魂。」[81]他的靈魂正是軟弱的，從小他就很依賴母親，他也愛大哥，可是強壯又高大的大哥總令他畏懼，他從未察覺就在冥冥

---

[79] 同註六二，頁三七。
[80] 李仕芬：《愛情與婚姻：臺灣當代女作家小說研究》，（台北：文史哲出版社，民國八十五年五月），頁十六。
[81] 同註二八，頁一七三。

中他的本能和男人產生了排斥。

就他而言——

> 對女人他有無法克服的害羞，所以他總是孤獨一人，而內心裡卻傾向了女人。他需要的是那種強大的女人，能夠幫助他克服羞怯，足以使他倚靠的，不僅要有溫暖柔軟的胸懷，還要有強壯的有力的臂膀，那才是他的休棲地，才能叫他安心。[82]

就她而言——

> 為了他的纖弱，她更愛他了。女人實際上有超過男人的力量與智慧，可是因為沒有她們的戰場，她們便只能寄於自己的愛情了。她願意被他依賴，他的依賴給她一種愉快的驕傲的重負，有了這重負，她的愛情和人生才充實。他的依賴也使她深厚的柔情和愛心有了出路。因此，軟弱的他於她卻成了強大的依賴。她要他，她自信一定能使他幸福，而自己也一定會幸福。可她十分明白，她不能太多地流露眞情，更不能將這眞情表達得太熱烈。那會將他嚇跑的。[83]

因此，他找到了他的「第二個母親」；而她也能恣意地在他身上發揮她的「母愛的光輝」。

男人渴望被愛，被憐憫；而這正是女性在本質上所具有的母性的愛，所能給予的。

---

[82] 同註二八，頁一九三~~一九四。

[83] 同註二八，頁一九四。

在他們交往的過程，他是被動而膽怯的，而他越是膽怯，她對他越是心疼，越有想要好好保護他、細心對待他的「責任」。但是隨著他人說她主動的閒言閒語，她開始氣他麻木不仁、沒有男子氣概，便有意「以退為進」。待他前進一步後，她才有可以理直氣壯去愛他的理由，她知道他是個灰心不起的男人。

她母性的溫柔融化了他，所以，他在她面前沒有任何的不安與羞怯，拿吃東西來說，在她面前吃著她為他做的食物，他沒有任何的壓力，這和以前他在哥哥家裡，嫂嫂為他夾菜，他明明餓得厲害，卻又拘謹的噁心起來，簡直是判若兩人。

> 這是除母親以外，在她面前不必羞怯的唯一的女性。和她在一起，他全部地卸了武裝，竟也有說有笑，像是換了一個人，又像是還原了本性。她周身散發出的那一股溫靜的氣息，包裹住了他，他竟有了極其和平安逸的心境。[84]

當那一夜他向她吐露了他所有的點點滴滴，她溫暖的愛心，藉著眼神流露出深厚的憐惜——

> 他明明看見了她眼睛裡熱切的等待，卻走不前去。她明明看出了他的膽怯，卻不肯讓步。他們相持著，最後，因為她目光的鼓勵，也因為他的軟弱，還是他屈服了，抱住了她的肩膀。她這才伸出雙手，勾住他的脖子，用力將他的頭彎下來，用手捧著，撫摸著他的頭髮，嘴裡喃喃地說：「眞是的，你，眞是的，你啊！」這愛撫是他從來不敢企望的，卻又是他與生俱來就等

---

[84] 同註二八，頁一九六。

著的。他嗚咽起來，加倍地覺出自己的痛楚，也加倍地覺著了幸福。[85]

外界的輿論，促使他們的關係飛快發展，他們結婚後，他沈浸在她的「母性」中，連同飢渴的身體也得到了滿足，在床第之間，他承諾要對她好。有了他們自己的家之後，他在避風港中，更勇敢、更開朗了，甚至敢於作一點點進取的努力了。

她的母愛由於女兒的誕生，更是發揮得淋漓盡致；但是「他還沒嚐夠母愛，所以並不急於做父親。」[86]然而憑著他溫柔善良的天性，他還是接納了這個小東西，因為她努力地不讓他覺得小東西正和他分享著她的愛，所以他認為「從此有兩個女人在一起愛他，他更富有了。」[87]

待第二個女兒出世後，他才真正體驗到了父愛——

他像是一個體質與精神都過於孱弱的孩子，需要比別人多出一倍或數倍的母愛才能長大成熟。他如同孩子吮吸乳汁似的，吸吮著他的融入母性的愛情，這才漸漸的強壯了，男人的意識開始加強，父愛也隨之甦醒。[88]

他在她「母性的愛情」中成長。隨著孩子的出世，生活雖然艱鉅，但精神生活卻很充實。他是個懶散又淡泊的人，與世不願有一點爭取，不到山窮水盡，絕不邁步，她心裡很清楚他是個什

---

85 同註二八，頁一九八。
86 同註二八，頁二一五。
87 同註二八，頁二一五。
88 同註二八，頁二二三。

麼樣的人，對他實在是又可笑又憐愛，她並不戳穿他，因為知道他雖是懦弱，卻格外的敏感和自尊，需格外細心地對待。

她用母親開導小孩的方法，一步步誘導並鼓勵他到城市發展，於是他從歌舞團，進到文化局工作。

她「心中洋溢的那股激情，是愛情還是母愛，永遠也分不清，那股愛幾乎稱得上是博愛，有著自我犧牲的偉大，這偉大有時由於叫人羞愧和自卑，反給了人莫大的痛苦。」他在她「母性的愛情」中長大成「男人」後，要脫離「母親」，便開始接受他所不知的屬於兩性的愛情。他發現妻子原本偉大的「博愛」，竟成了他的負擔，才驚覺那不是愛情，他「羞愧」又「自卑」，於是在「痛苦」的折磨中接受另一個「她」的安排——結束生命。

「她」就是金谷巷的女孩，喜歡和男孩周旋，她把那看成是好玩的遊戲——

> 她不是存心要刺傷男孩兒的心，只是為了樂。刺痛了，看著他們難過，自己也不好受，甚至會落下淚來。那傷心落淚也叫她快樂，就好像一個人吃夠了甜的，有時也要嚐嚐苦的、辣的和酸的一樣。……有時候，也會遇到不那麼好對付的男人，那就像科學家遇到了難題似的，更令她興奮和激動。怎麼不順手她也要將這個項目攻克下來，而幾乎沒有她不成的。因為她深知男人的本性，連男人自己不知道的地方，都被她認得清清楚楚，憑著她的聰敏，更憑著她的天性。[89]

金谷巷的女孩想找一個人讓自己使勁兒地愛，看自己究竟能

---

[89] 同註二八，頁二〇一。

愛到什麼程度。她覺得——

> 盡是被人愛也是膩味，她很想好好的愛別人，愛得要死要活的。於是，她便要死要活地去愛，愛到末了，又覺著怪累人的，還有些好笑，做戲似的，就撒手不愛了。[90]

她終於遇上了對手，他是她早年的同學，他愛她，可是因為她的高傲，便裝作不在乎她，後來，他們相遇了。

經過兩人來回的較勁，彼此終於在自己認知的觀念裡征服了對方。婚後兩人充分享受雨水之歡，但他的頭腦仍是冷靜的。

> 他要拴住女人。他深知拴住她有多麼不易。然而，太易拴住的女人又多麼無味，激不起熱情，激不起智慧。他愛就愛這不容易拴住的秉性。他是那種不安分的男人，身上有著過多的精力和才分。一個頗費心計的女人便是這精力與才分極好的出路。

> 他知道，將她放得太鬆，她要跑；勒得太緊了，她不自在也會掙著跑，唯有不鬆不緊，既由著她撒撒性兒，卻又跑不脫，才是正好。他在心裡暗暗給她畫了個地界，時刻掌握著尺度。[91]

第二年，他們有了一個小男孩。丈夫利用關係把她從百貨公司的櫃臺員調到文化局工作，為的是杜絕她對其他男人所產生的誘惑。誰知，她卻在這裡和男主人公展開了一場婚外戀，同時也

---

[90] 同註二八，頁二一一。

[91] 同註二八，頁二三六~~二三七。

發現，過去那種「征服男性」的心態，根本不是愛情。

她先是被他的琴聲所吸引，然後主動去聽他彈琴，聊天。當天快下班時——

> 她搶在他面前出了門，在他前邊快快地走，知道他在她不遠的後面，知道他在看她，也知道他有點喜歡她，心裡便十分的快活。故意走得煞有介事，像有什麼緊要的任務等著，不再與他搭話，逕直上了樓去。她那小小的天真的做作，並沒逃過他的眼睛；她活活潑潑的樣子一直留在心裡，使他很隱秘的有一點愉快。[92]

之後，她就常到他辦公室聽他彈琴、找他聊天；可能是其他男同事嫉妒她獨獨對他的青睞，便開始有了一些傳聞，還有同事特地來找他，說了一些她過去的風流史，並警告他離她遠一點。

他回家後把她找他聊天、用保溫杯裝冰糕請他吃的事告訴妻子。

他心中感到罪惡，回家便主動幫忙家事；敏感的「母親」，寬慰著犯錯的「孩子」。他雖是羞愧，卻仍為著每天上班能見到她而興奮。叔本華曾提過：「就本性上看，男人的愛情易於改變，而女性則傾向於從一而終。男人在愛情獲得滿足後，便精神萎靡不振，同時，總覺得妻子是別人的好，覺得其他女人比其妻子更富魅力。簡而言之，男人渴望的是見異思遷。而女人若得愛情滿足，則情感日篤，這實質上是自然本身的目的使然。自然的根本原則是維繫種族延綿，盡可能地生兒育女。如果男人可以隨意與

---

[92] 同註二八，頁二四七。

不同的女子交合，一年內造出百來個子嗣不成問題。但女人無論如何，一年只生育一子（雙胞胎除外）。所以，男人需要更多的女人，而女人則必須廝守住一個男人。」[93]更何況妻子給他的是母愛，而不是他在金谷巷的女孩身上所發現的愛情，因此，老實靦腆的他，自認為對金谷巷的女孩是逢場作戲，卻還是不自主地被引動了心。

而金谷巷的女孩則彷彿抱著一個十字架，且內心懷抱著一股自我投入、自我毀滅的強烈慾望——

> 如若給她一個機會，讓她逕直到他跟前，向他胡言亂語一番，倆人摟抱親熱一番，柔情蜜意，海誓山盟，痛痛快快地享受一番這無常的情愛。或許那尚未成熟的情感便可發洩盡了。可是周圍的緘默，他的怯懦，她自己的驚惶，都不給這個機會，反還促成一層神秘的氛圍，這氛圍於這情感的成長是極有利的。她從來是個任性的女人，越是不讓做的事對她越有吸引力，越是愛做。[94]

這兩個被喚醒了的成熟男女，正蓄勢待發地等待機會到來。機會終於來了，這天，整棟小樓，空無一人，他們像是大河決了堤，滿足了長久以來的等待。

王緋說：「她和他都是已經得到人生受戒的成熟的人，各自都有著曾為之心蕩神怡、自足自樂的婚姻，一旦在具有毀滅力量

---

[93] 叔本華：《情愛與性愛》（北京：大眾文藝出版社，一九九九年四月），頁二四六。

[94] 同註二八，頁二六五。

的性愛力面前斗膽進行兩性試探時，便身不由己地解除了將夫妻關係規範起來的文化禁忌。」[95]尤其這兩個玩火的人，都是屬於身心障礙的人，成長經驗的不順遂、不合常理，造成他們長久以來性格上的缺失。

他們沈溺在性愛之中，白天在辦公室裡；晚飯後，找了藉口，往更遠的地方去，甚至蹤在樹叢裡，狂熱地抱成一團。

他面對著緘默的妻子，滿心感激；而金谷巷的女孩追求著「除去愛情的一切激動與快樂以外，還有冒險的快樂，悲劇的高尚的快樂，叛逆的偉大的快樂……」[96]面對丈夫的詢問，她索性挑釁地對丈夫說她是去找野男人。

他們的姦情終於被發現了，金谷巷的女孩掩護他逃離現場，她則換來丈夫的巴掌，在這頓巴掌裡，她覺得還清了對丈夫的債。

大陸學者戴翊認為：「這不是膚淺的男女偷情，也絕非自然主義的情愛描摩，透過這淋漓盡致的心理和行為敘述，人們不難窺察到他們那燃燒到白熾的心靈世界。不這樣描寫，就無法展現那可以燒毀一切的激情……」[97]的確，這篇小說所闡揚的情愛與性愛，並不是表面的、單純的婚外戀，它不但具有深刻的社會意義，也在愛情中賦予強烈的道德觀念。

他被調離文化局，妻子以「母性」融化他、勸慰他，他要妻子再給他一次機會，可是他心裡想的還是給他「愛情」的金谷巷的女孩，他覺得這世界上，他和她是平等的，他們是兩個同病相憐的罪犯，周圍的外在壓力與痛苦的隔離反而將他們拉攏得更近

---

[95] 同註六二，頁三八。

[96] 同註二八，頁二七一。

[97] 戴翊：《文學的發現》，（上海：學林出版社，一九九五年五月），頁一六〇。

了，從逢場作戲到弄假成真，他們忽然體會到這才是真正的愛情。

他們又開始約會，沒有道德與廉恥，理智的力量終究敵不過洶湧而來的情感浪濤。

金谷巷的女孩堅持和丈夫離婚，丈夫不肯，揚言要殺了他；金谷巷的女孩鼓動他離婚，但他又捨棄不下妻子和女兒。於是，在金谷巷的女孩的安排下，到了他們曾經躺過的草叢，服毒殉情，這似乎是眼前無可選擇的解脫。

以愛情為基礎的婚姻，才是真正幸福的婚姻，而且，我們不得不承認：性愛是婚姻結合的基本因素。小說裡的這兩段錯誤婚姻的結合，一是建立在母性需求與給予的互補中；一是建立在互為對強悍個性、對征服理念的認同。因此，這樣的婚姻關係的建立，基本上是問題重重，岌岌可危的。所以，當他不再需要母愛，當她已乏於沈溺歡樂刺激的享受與被愛的拉拒戰中，他們便跳脫原本的樊籠，尋找真正符合他們的愛情。

他和妻子的婚姻與和情人的外遇，這兩段戀情皆因女方製造機會、因輿論而撮合。由於他的性格使然，他不敢擔當，他搖擺不定，既不能恨，也不敢愛，一直處於被動的角色去完成兩個女人的愛情理想。

在她的愛情理想中，她想找一個能夠全然依賴她，被她照顧，讓她有機會發揮她的母性的人，讓她在扮演母親的角色中找到肯定，而他正是符合這個條件的人。他在她的關愛下成長，從她身上他所渴望的母愛得到了彌補，那是他早年離家無法從母親身上獲得的遺憾。然而，儘管她用心呵護，苦心教導的他，長成了成熟的男人後，帶著他豐滿的羽翼去感受、去尋找真正的愛情，她還是寬容地等他回頭，就算到最後殉情的死訊傳來，她還奇怪自己一點也不恨那金谷巷的女孩，而且「也不恨他，這幾年，這幾十年，他夠苦的了，心疼都來不及了。」[98]

至於金谷巷的女孩，她的死去是那樣地積極堅決，沒有怨言和痛苦，「性」讓她從中得到了自證——她以「生不能同時，死同日」的意志，去完成她的愛情理想。唯有終止生命才能將他們的性愛保留在最顛峰的狀態，永不流逝。金谷巷的女孩把她的情慾昇華，將愛的永恆利用死的永恆得以保存。以下來看看作者在小說中如何利用死亡，來凸顯性愛的力量——

她扶著他坐下，像抱嬰兒似的抱著他。用臉頰撫摩著他的臉頰。溫存了一會兒，便從白色的女式手提包裡取出一個小瓶，敲開封口，餵給他喝。他聽話地喝了下去，再不問喝的是什麼。她丟了空瓶，鼓勵地撫摩了一下他的臉頰。又取出一瓶，餵給他，一直餵了七瓶。然後自己開始喝了，她有些急切似的沒了耐心，直接用牙齒咬開了封口，連同碎玻璃渣一起灌了下去，也喝了七瓶。她從包裡又掏出一團繩子，是用各色毛線擰成的繩子。

「抱住我的脖子。」她溫柔地在他耳邊說。

他抱住了她的脖子，軟軟的胳膊，緊緊地圍住她的頸項。他覺得好像是很早很早的幼年，抱住母親的脖子似的。

她將他倆的身子纏了起來。她一道一道地纏著毛線繩子，溫存地問道：「疼不疼？」

他無力地搖搖頭。她便吻他。

繩子終於到了盡頭，她用嘴幫著打了牢牢的死結，然後輕輕地

[98] 同註二八，頁二九五。

說道：「乖，躺下來吧。」[99]

從這一段描述，我們透過男主人公的懦弱被動，更能顯出金谷巷女孩堅決不悔的意念，而其女性意識也由此展現。雖然她為生命劃下了句點，但卻成就了她的愛情理想，連她的母親都為她慶幸：「女孩兒在一輩子裡，能找著自己的，唯一的男人，不僅是照了面，還說了話，交代了心思，又一處兒去了，是福分也難說了。」[100]這話出自金谷巷的女孩的母親，她應該算是最瞭解女兒的，因此，我們可以更加肯定這是一場具有理想性質的超脫的性愛，因為這段性愛，金谷巷的女孩的生命有了被充實的積極意義。

可能有人會存疑：為了男主人公這樣的一個人，值得嗎？然而，值得與否全賴金谷巷的女孩的感受。基本上來說，男人較理性，女人較感性，女人常會為了所愛執迷不悔，也在所不惜，這是無法用筆墨去言喻的。

葉穉英在〈論大陸當代「女性文學」裡的「女性意識」〉中論及〈荒山之戀〉時說：「這篇小說戳破了許多女人為並不值得她們那麼去愛的男人去犧牲、奉獻的心理奧秘——女人愛男人，往往並不是為了那男人本身的價值，而僅僅是因為自己的愛情理想，母性意識特別強的女人於是每每要遭逢這類性格悲劇了！」[101]

如果要說真有悲劇的話：那麼這個「母性意識特別強」的「她」

[99] 同註二八，頁二九二。
[100] 同註二八，頁二九五。
[101] 同註三，頁一三三。

的悲劇就在於對男主人公認識不夠深，因為男主人公對愛情理解度的「無知」——他一開始便誤以為妻子所給予的母愛便是愛情，所以，當他真正發現愛情時，為時已晚，而又沒有面對現實的道德勇氣，所以才自誤誤人；其實還是有很多這樣的男性——期待尋找一位能替代他母親細心溫柔照料他生活的女人成為伴侶的。但是小說裡的男主人公並不是這樣的男性，他和妻子在以「母性」的接受和給予的互補關係中結合，西蒙•波娃說：「兩個人若為了互相彌補缺陷才結合，則注定是要受折磨的；婚姻是要聯合兩個完整的獨立個體，不是一個附和，不是一個退路，不是一種逃避或一項彌補。」[102]他們未能在婚前認知到這一點，所以悲劇便發生了。

至於原本遊戲愛情的金谷巷的女孩，一直到婚後才找到她長久以來在潛意識裡所期待的愛情，而也因為丈夫「寧為玉碎，不為瓦全」的強烈佔有欲，她得不到寬容和理解，而造成悲劇結局。

這篇小說以兩位女主人公的不同的對愛情的堅決——金谷巷女孩對愛不計後果與代價；「她」為愛一再地寬容與犧牲——反襯出男性虛有其表的堅強，讓我們見識到他們自私、虛榮與搖擺不定的一面。

王安憶的第二篇性愛小說是〈小城之戀〉，在這篇小說中充斥著一股灼熱的慾望，我們見到男女主人公在不可抑制的性愛驅使下，展開一場野性的肉搏戰，從迷亂焦灼的性渴求，到沮喪疲憊的性消蝕，他們利用痛苦的互毆發洩其性苦悶。但是，基本上，王安憶和勞倫斯一樣都是從人性的角度開掘性愛的意義，她是把「性」作為人性的核心來探索和描寫的。所謂「人性」，顧名思

---

[102] 同註二一，頁七四~~七五。

義，「人」與「性」兩者是息息相關，分割不得的，唯有寫人同時寫性，才能全面表現「人」。王安憶所寫的人性，是包含性愛在內的人性，她也在言外之意強調兩性的和諧才是人性的和諧。

早在弗洛依德時便已注意到錯誤的性觀念對女性的傷害：「在女人方面，婚前嚴格的禁慾所導致的害處，更加明顯。無疑地，教育傾其所能地壓制未婚少女的性慾，無所不用其極。它不但禁止性交，盡力吹捧性的貞操，而且還使成長中的少女對她日後的職責一無所知。」[103]在王安憶的〈小城之戀〉中便能見到作者對於這種性無知的關注。故事發生在動亂時代，小城劇團裡的一對正處於青春期性意識萌動時期的男女演員，他們蒙昧無知，不但發生了關係，把對方當作發洩的對象，而且日漸耽溺其中，一面在罪惡感中沈淪，一面又對於彼此需索無度。渾渾噩噩地聽憑自然衝動的主宰，無可自拔的宣洩，終於釀成一齣青春悲劇。

在這篇小說中作者提出了很多問題值得讀者深思，而最重要的就是對中國長久以來性壓抑以及性知識貧瘠的控訴。

單單從「性」就可看出中西文化的差異。西方有所謂的「性學」，成為一獨立、專門的學問在研究。「性」原本跟「愛」應該是息息相關的，但在中國社會長期以來卻被公認為一種禁忌，凡是要談論這個被劃入「禁區」範圍的——「性問題」，就必須牽扯到「道德」的議題，否則就會淪為「色情」，這是傳統意識制約的結果，我們幾乎很少見到把「性」與「愛」連接起來討論其關係的，即使到了風氣漸開的八〇年代，「性」還是不免和「道德」配對。當然，「性」本身具有許多複雜的層面，「道德」就是其中一項，可是如果僅僅關注在「道德」上面，而忽略了生理、

[103] 同註八〇，頁七七。

心理、社會與權力關係的種種層面，那麼諸多問題將會由此衍生，比如：性教育的欠缺，造成不健康的性愛觀念，接受外在對於性愛不正常的暗示和刺激，愈是壓抑不准談論，愈是想去摸索，這在王安憶〈小城之戀〉裡可以見到這種對於性的反常的無理性的脫序現象。

外貌的吸引——直接訴諸感官美感的外在美，是兩性相吸的重要特質之一。但是，〈小城之戀〉裡男女主人公對彼此的愛悅，並不是因為外在形貌的相互吸引。她十二歲——腿粗、臀闊、膀大、腰圓、豐胸——為此她感到羞恥；他大她四歲，卻孱弱不堪，發育不良。因為練舞時肌膚的接觸，他們對彼此產生了性渴求。

青春期的少女隨著性的成熟，開始注意到異性，她們對於與異性間的接觸相當敏感，表面上看是排斥而厭惡，但這種打是情、罵是愛的矛盾，其實代表了想要進一步的探索的意念。然而，社會文化根源與心理根源對人的性的壓抑，產生了人格變異，這種違反自然生理的規律，造成禁慾者性格的扭曲。

當他們開始意識到男女本質差異的存在後，他們在練舞時就越來越不自然，只好逃避，各練各的。然而性的衝動隨著不良的種子的發芽愈之發達。

在小說中男女主人公肉體上的結合，並不是以雙方感情的相互吸引和愉悅作為前題，其情欲僅僅是內在本能的原始衝動，因此，可以想見其悲劇結局。性關係乃是由男女兩方相互愛慕而發生的。唯有情與欲及靈與肉兩者達到和諧統一，才是自然且健康的性結合。

當他們練完功，他讓她先沖澡，他聽到洗澡房裡潑水的聲響，眼前現出這樣的畫面——

> 水從她光滑、豐碩的背脊上洩下，分為兩泓，順著兩根決不勻稱的象腿似的腿，直流到底，洇進水泥地裡的情景。[104]

她長成如早熟的果子，依然如小時那樣要他幫她開胯，他克服不了內心的騷亂，替她開胯時，決心要弄痛她，她痛得開罵，罵了一些她所不懂的粗話，比如：「我操你。」這啟發了他的想像，便也罵了回去，有著更確切的實用含義。對於他的粗暴，他感到抱歉，便溫柔以待，因為他的安慰，她哭得更傷心，但心中充斥了一股溫暖，像是被人親愛地撫摸。從此他們成了仇人，不再說話。練功時極盡折磨自己的身體，像是有意要懲罰它似的。

隊友不明究理，其實連他們自己也不清楚。隊長要他們握手言和——

> 他們互相觸到了手，心裡忽然地都有些感動似的，掙扎明顯軟弱了。兩隻手終於被隊長強行握到一起，手心貼著手心。他再沒像現在這樣感覺到她的肉體了，她也再沒像現在這樣感覺到他的肉體了。手的相握只是觸電似的極短促的一瞬，在大家的轟笑中，兩人驟然甩開手逃脫了。可這一瞬卻如此漫長，漫長得足夠他們體驗和學習一生。似乎就在這閃電般急促的一觸裡，他意識到了這是個女人的手，她則意識到了這是個男人的手。[105]

---

[104] 王安憶：《小城之戀》，（台北：林白出版社，民國七十七年二月），頁一〇八。

[105] 前引書，頁一一七。

他們仍舊沒有說話，在原始情慾的折磨下，利用練功自我展示，為的是引起對方的注意，他們以自虐式的練功來排解慾火焚身的煎熬，肉體的疼痛帶給他們一種奇妙的快感。在一次練功時，他們協議要互相幫助，於是兩人又說話了，不過，昔日明澈的心情已不復存在，他們互相躲著對方，也不再互相幫著練功了。

這種處於青春期的青少年，是最容易受到動物式生理需求的支配，而爆發無法抑制的性衝動的；再加上小說裡的兩位主人公性知識的貧乏，產生了心理學上所謂的「性異常」。「性異常」（sexual disorders）可區分為二大類別，一是「性功能障礙」（sexual dysfunction），指那些因心理生理因素而引起的性慾抑制，及某種性生理功能的障礙；二是「性偏差」（sexual variant or sexual deviations），是指那些不屬於社會可接受的性行為方式。即有某些持續引起性興奮的儀式是一些不尋常的物體，或是某些特殊的性環境，運用特殊的性形式，而個人也必須有以上的特殊情境才能獲得性滿足。[106]顯而易見，小說裡的兩位主人公是屬於後者。

在青春期的發育期間，沒有人給予他們性教育，所以對於自己身體的結構和變化感到疑惑。她面對著自己豐碩的乳房，既詫異又發愁，她以為得了什麼病，不明白它究竟還會怎麼下去；而對他來說，心靈的成熟是他的累贅，他的心充滿了那麼多無恥的慾念，那慾念卑鄙得叫他膽戰心驚，他想不知道這些慾念來自身體的哪一部份，如果知道，定要將它毀滅，一天夜裡，他才發現那罪惡的來源，但要毀滅那部位卻是不可能的。

---

[106] 黃天中・洪英正：《心理學》，（台北：桂冠圖書股份有限公司，民國八十一年十月），頁三六五。

有一次，他和藹地請求她幫助他排練托舉的一段，在肌膚相觸中，慾望侵蝕了他們的每一條神經。在練習當中，突然有人扳動了電閘，燈滅了，音樂停止了，他正負在她的背上，足足有半分鐘，他從她背上落下來，兩人沒說一句話便逃開了。自此，兩人雖是不見面，但整顆心卻被對方全部佔據了。越是得不到的，越渴望得到，這是人之常情，所以，當他們越是禁忍著情慾，情慾就越是高漲。

且看小說是怎麼描寫的——

> 他的想像自由而大膽，那一夜的情景在心裡已經溫習了成千上萬遍，溫故而知新，這情景忽然間有了極多的涵義，叫他自己都吃驚了。她是不懂想像的，她從來不懂得怎麼使用頭腦和思想，那一夜晚的感覺倒是常常在溫習她的身體，使她身體生出了無窮的渴望。她不知道那渴望是何物，只覺得身體遭了冷遇，周圍是一片沙漠般的寂寥，從裡向外都空洞了。[107]

正式演出時，他倆在後台照管服裝和道具，當那一夜排演時的音樂響起，他倆的目光相視，她退進一間營房，他隨即也追了進去，在漆黑中他感覺到她的閃躲——

> 她笨拙的躲閃攪動了平穩的氣流，他分明聽見了聲響，如潮如湧的聲響。然後，他又向前去了半步，伸手抓住了她的手，她的手在向後縮，他卻緊了，並且擰了一下。她似乎「哎喲」了一下，隨即她的背便貼到了他的胸前。他使勁擰著她的胳膊，

---

[107] 同註一〇四，頁一三一。

她只能將一整個上身倚靠在他的身上。他是力大無窮，無人能掙脫得了。他的另一隻手，便扳過她的頭，將她的臉扳過來。他的嘴找到了她的嘴，幾乎是凶狠的咬住了，她再不掙扎了。[108]

他們在人前相互躲避，在人後則如膠似漆。「他們並不懂得什麼叫愛情，只知道互相是無法克制的需要。」[109]

他們又開始練功，互相照顧對方的生活。可是因為愛得過於狂熱而拼命，消耗了過多的精力，也漸失神秘感，減了興趣，不過他們還是欲罷不能，只是不明白似乎再怎麼拼命也達不到最初的境界。

他們自我摸索的錯誤的性觀念，把「性」看成是罪大惡極的——

身體那麼狂熱地撲向對方，在接觸的那一瞬間，卻冷漠了，一切感覺都早已不陌生，沒有一點點的好奇、驚慌與疼痛。如同過場似的走了一遍，心裡只是沮喪。得不著一點快樂，倒弄了一身的污穢，他們再不能做個純潔的人了。這時方才感到了悲哀與悔恨，可是，一切早已晚了。[110]

小說裡的男女主人公的交往程序，因為直接跳過「愛」，而進入「性」，因此一直沈浸在肉流慾海之中，他們憑著本能發洩

---

[108] 同註一〇四，頁一三三。
[109] 同註一〇四，頁一三四。
[110] 同註一〇四，頁一三八。

著動物共通的慾求——性慾。然而，儘管性可以藉著短暫的放蕩得到官能上的滿足，但是因為他們並未經過相愛的階段，而是受到性的牽引才發生關聯的，因此，當他們在每一次結束性行為後，在精神上會更感到虛脫，尤其是對自己的自慚形穢與對對方的陌生冷落會更為強烈，如此循環不已，永遠也無法達到靈肉一致的狀態。由於這樣的苦惱，他們相互懷恨，相罵開打，在一次又是廝打又是親熱中，他們達到了久已未有的滿足，可是接踵而來的是：

> 他們又覺出了身上的骯髒，好像兩條從泥淖中爬出來的野狗似的，互相都在對方面前丟盡了臉，彼此都記載了對方的醜陋的歷史，都希望對方能遠走高飛，或者乾脆離開這世界，帶走彼此的恥辱，方能夠重新地乾乾淨淨地做人。那仇恨重又滋長出來，再也撲不滅了。
> 那樣的罪惡，就好比是種子，一旦落了土，就不可能指望它從此滅亡。[111]

想要維持婚姻，男女間一定要有「戀愛」的感覺，而且要「深愛著」對方，「所謂「『戀愛』的感覺，指的是重新發掘對方種種想法和習性，這一來，無論你們共渡多少個年頭，兩人之間的關係仍能長保新鮮；『深愛著對方』表示另一個人在心理、生理、精神和情感各方面都能使你感到滿足。在一開始的時候，兩人一定要互相尊敬愛慕，才能融入對方的生活之中。」[112]小說裡的男

---

[111] 同註一〇四，頁一四〇~~一四一。

[112] 雪兒•海蒂著　林淑貞譯：《海蒂報告》，（台北：張老師文化

女主人公就是缺乏了這種戀愛的感覺，他們彼此並不相愛，加以暴力性的變態行為，簡直扭曲了男女之間的正常關係。要說他們有關係，則只是建立在「性慾」之上，所以，他們並不快樂，真正的愛情是令人感到興奮歡愉且自在閒適的，而不是像他們那樣充滿污穢、罪惡。因此，可以確定的是他們的性行為是屬於心理學上所說的「變態性行為」，其性的滿足是依賴某些物體，而非是因成熟的兩性彼此願意的性行為。[113]這裡所說的「依賴某些物體」，在這篇小說中我們不妨把它看成是男女主人公不願正常地公開其關係，而寧願在眾人背後以閃躲的方式解決性飢渴的變態心理。

男女主人公不正常的性關係發展使得他們無法擁有平靜的生活，就算是一絲絲的引誘也能有所牽動——

就在他們不好也不壞地相處，平和到他們懷疑兩人曾有過那樣的關係時，劇團出發，往南邊演出。不知是有心，還是無意，他們竟坐在一起，緊緊地擠在一起，他們幾乎是睡著了，只留有一線知覺還悠悠的醒著——

> 這醒著的一線知覺縈繞著他們徹底鬆弛、沒有戒備的身體，漫不經心似的撩撥，好比暖洋洋的太陽下，涼沁沁的草地上，一隻小蟲慢慢地在熟睡的孩子的小手臂上愛撫似的爬行；好比嬰兒的時候，從母親乳房裡細絲般噴出的奶汁輕輕掃射著嬌嫩的咽喉；好比春日的雨，無聲無息地浸潤了乾枯的土地；好比酷暑的夜晚，樹葉裡滲進的涼風，拂過汗津津的身體。他們睡得

事業股份有限公司，民國八十三年十一月），頁七五四。

[113] 同註一〇六，頁三六五。

越是深沉，那知覺動得越是活潑和大膽，並且越來越深入，深入向他們身體內最最敏感與隱秘的處所。它終於走遍了他們的全身，將他們全身都觸摸了，愛撫了。他們感到從未有過的舒適，幾乎是醉了般的睡著，甚至響起了輕輕的鼾聲。那知覺似乎是完成了任務，也疲倦了，便漸漸地老實了，休息了，也入睡了。這時，他們卻像是被什麼猛然推動了一下，陡的一驚，醒了。心在迅速地跳著，鐘擺般地晃悠，渾身的血液熱了起來，順著血管飛快卻沉著地奔騰。他們覺著身體裡面，有什麼東西醒了，活了，動了。是的，什麼東西醒了，活了，動了。他們不敢動一動，不敢對視一眼，緊貼著的胳膊與腿都僵硬了似的，不能動彈了。彼此的半邊身體，由於緊貼著，便忽地火熱起來，一會兒又冰涼了。他們臉紅了，都想掙脫，卻都下不了決心，就只怔怔地坐著。[114]

在外地演出時，他們緊緊抓住演員換裝的十分鐘暫時止住了飢渴；但是，由於匆忙緊張而不能盡興，卻更令他們神往了。他們期待下一個台口，能有一處清靜的地方供他們消磨灼人的慾念。可是希望愈大，失望就愈大。他們慾求不滿，將旺盛的精力轉為暴力，公開地將怒氣向彼此發洩，兩個身體交織在一起，劇烈地磨擦著，猶如狂熱的愛撫。簡直就是以公然的打鬥，代替私底下的性愛。

他們所以愛得如此痛苦，全在於他們是因性而愛，而不是因愛而性，那是一種由神秘與好奇所造成的誘惑；假如真愛一個人時，心裡會掛念著對方，會在乎對方的感覺，會尊重對方，重視

---

[114] 同註一〇四，頁一四五~~一四六。

對方的意見，快樂興奮時與之分享，悲傷難過時尋求其安慰，所以心裡想的絕對不僅僅只是性的感覺；如果僅僅只是性的感覺，那麼勢必他們的生活會隨著情緒化的性，而弄得起伏不定，無法平衡。

作者企圖通過靈肉讓他們去體認愛情，可以讓她們對於情的另一面——慾，加以體驗，而有不同的理解，因為「情慾」是最能表達人類深邃的情感的。所謂「情慾」，是指「對異性的強烈慾望和精神需求，它既是生理活動，也是心理活動；既獲得肉體上的滿足，也獲得精神上的滿足。因此人與人之間彼此相愛的情慾，是人類實現愛情的幸福之路。」[115]

劉再復在論及「情慾」時分析說：情慾是人類心靈世界和性格世界的重要組成部分。包括狹義與廣義兩種。所謂狹義情慾，就是指兩性之間的性愛。所謂廣義情慾，則是指從內心深處中迸射出來的各種慾求、慾望、情緒、情感的總和。[116]他把「情慾」的結構分為三個層次——

情感的最低層次就是我們通常所說的「慾」，即感性慾望。這是人的生物生理本性的表現，它包括食慾性慾；情慾的中間層次則主要不是慾，而是情了。它已不是單純的生物生理需要，還包括著精神需要。這一層次的情感是「情中有慾」。真正的情感，包含著精神追求的情感，在追求中包含著對人的尊重，對人的愛，所以這種情感有時自然而然地會抑制某種生物性的粗鄙慾望；情慾的最高層次就是社會性情感，它在「情」中滲入了「理」。

---

115 鄭明娳：《當代台灣女性文學論》，（台北：時報文化出版公司，民國八十二年五月），頁二一五。

116 劉再復：《性格組合論（下）》，（台北：新地出版社，民國七十七年九月），頁一九〇。

[117]

這篇小說中的男女主角便是處於最低層次。

在最低層次中，「情慾作為一種生命的內驅力，它的運動形式是極不確定和極不穩定的，它追求的是合自然目的，它往往顯得很粗鄙，但是它說不上善也說不上惡。」[118]

比如：在一個燠熱的深夜，他倆很有默契地偷溜下頂樓，進了一間房間。

> 他們靜靜地站立著，只聽見對方急急的呼吸。站了一會兒，他抓住了她的胳膊，將她搡進了一座不知誰的蚊帳裡，蚊子也跟隨進來了，轟炸般的在耳邊鳴響。頓時，身上幾十處地方火燎似的刺癢了，可是，顧不得許多了。他們一身的大汗，在骯髒腥臭的汗水裡滾著，揭了席子的，粗糙木板拼成的床板，硌痛了他們的骨頭，擦破了他們的皮膚，將幾十幾百根刺扎進了他們的身體，可，他們什麼也覺不出了。[119]

完事後，他們沒有絲毫的喜悅與解脫，接踵而來的是懊惱，直問是否得了不治之症？

在他們的理解中，「性」代表了一切，對性狂熱、迷亂的義無反顧的渴求，不計一切代價的渴求，他們的「思想確實被捲走了，情慾表現出一種狂亂的、凶狠的特徵，這是沒有意識控制的感性慾望的實現。」[120]所以，狂亂的野合的羞恥也抵擋不了他們

---

117 前引書，頁一九三、一九五、一九六。

118 同註一一八，頁二〇六。

119 同註一〇六，頁一六一。

120 同註一一八，頁二〇六。

對性的飢渴，可看出他們的心智人格的發展只停留在低階層次的生理需要。

在外三個月，終於回家了，他們熟門熟路，可以知道哪一處是僻靜的地方。他們幾乎是很有默契地夜夜外出，深夜才歸，可是快樂是越來越少，就只那麼短促的一瞬，有時連那一瞬都沒了。他們若有所失，急躁地要尋回，他們實在不明白：「人活著是為了什麼？難道就是為了這等下作的行事，又以痛苦與悔恨作為懲治。」[121]

人的愛情在與某種理智結合起來之後，仍然帶著感性慾望的自然特性，即人在愛的時候，不僅僅有靈與靈的交流，還有肉與肉的交流。因此，一個真正的人，他的愛情過程，往往是一種靈與肉的矛盾統一過程，兩者互相補充、互相推進的過程。[122]的確，有慾不能無情，這才是人的生活，從這個意義上說〈小城之戀〉是以另一種方式在呼喚「愛」的歸來，並剖心托出了一種感情的慾求，特別是傳遞了兩性靈性結合的重要。

如果他們的關係是建立在愛情之上，是從感情試探開始的，他們便大可隨著劇團裡出現幾對情侶時，就讓戀情公開化，任其正常發展，他們就無須苦苦等待機會。

為了找尋合適的地點，以抒解沈睡已久的渴望。他們總找不到一個安全的地點——有一次在河岸，就在他們最如火如荼的時刻，被一輛駛過的手扶，大吼一聲，那沮喪與羞辱，使得他們再不敢到河岸，甚至連提到河岸都會自卑和難堪。所以他們只得在劇場裡硬捱著。

---

[121] 同註一〇四，頁一六五。
[122] 同註一一六，頁一九九。

他們覺著這一整個世界裡都是痛苦，都是艱苦的忍耐。他們覺著這麼無望的忍耐下去，人生，生命，簡直是個累贅。他們簡直是苟延著沒有價值沒有快樂的生命，生命於他們，究竟有何用呢？可是，年輕的他們又不甘心。他們便費盡心機尋找單獨相處的機會。[123]

如果他們有正確的性觀念，就不會深覺慚愧、深覺別人比自己純潔，就不會有自己不夠資格的想法。這樣的變態心理的催折，他們不禁要問：

究竟是什麼東西，在冥冥之中，要將他們推下骯髒黑暗的深淵。他們如同墜入了一個陷阱，一個陰謀，一個圈套，他們無力自拔，他們又沒有一點援救與幫助，沒有人。
幫助他們。沒有人能夠幫助他們！
他們只有以自己痛苦的經驗拯救自己，他們只能自助！[124]

馬斯洛的人格心理理論指出：需要（Needs）計有五個階層：第一層屬於生理的需要（physiological needs），第二層是安全的需要（safety needs），第三層是歸屬和愛的需要（belonging and love needs），第四層是尊重的需要（esteem needs），第五層是自我實現的需要（self actualization needs）。人在生活上當低階層的需要得到滿足，才會有較高階層的需要，比如第一

---

[123] 同註一〇四，頁一五三。
[124] 同註一〇四，頁一五九。

層的衣食住所是人類的基本需要，如果這最基本的生理要求都得不到滿足，其他階層的需要是不可能出現的。馬斯洛的研究指出，需要的滿足與性格的形成，兩者之間有密切的關係。比如說歸屬、愛、尊重和自尊的需要的滿足，引發了諸如深情、自尊、自信、可靠等個性。[125]

就以上的理論來說，我們可以看得出來，小說裡的男女主人公僅停留在第一階層的需要，所以根本談不上有安全感、歸屬感或被尊重，甚至是自我實現了。因此，他們的關係注定是悲劇收場的。

一次，他們在野外尋歡，醒來時已是清晨，在路人的注視下，匆忙回到劇場，劇場裡的人按步就班地做著自己的事，像是向他們展示著幸福，就在這天晚上，她決定結束生命。

她整理舊衣；洗淨身體；和大家一起快活地吃飯、說笑，心中有了平等的感覺，才驚覺自己可以抑止渴望，她決定好好活下去。可是他呢？他認為她無情無義，他們本該一起受苦的，她怎麼能就這樣撇下他？

她一直努力克制著，但就在那一次他強行地撲向她時，她知道她又前功盡棄了。

戴翊評王安憶的這篇小說時說：「王安憶同其他有些寫性題材的作家的不同之處，在於她在主觀上不是停留在通過寫"性"來反映社會歷史文化內容的審美層次，而是真正通過創作對作為人的生理本能的"性"進行探索。」[126]的確，王安憶的〈小城之戀〉

---

[125] 鍾慧玲主編：《女性主義與中國文學》，（台北：里仁書局，民國八十六年四月），頁三〇三。

[126] 同註九七，頁一六五。

從人的性本能的角度去洞察人物，透過作者集中地刻劃人物性飢渴以及性苦悶的心理流程，把社會環境背景對青春生命的壓抑鮮明地展示。

我們必須承認，是性愛這個婚姻結合的原始力量，把男女聯結成最最緊密的關係，但是，男女結合如果缺乏情感，必然更加醜化赤裸裸的慾，而隨著不健全的性愛，不幸的人生也將伴之而來。

當一個人陷入愛情時，總想把自身完全融化，甚至與對方融為一體。而兩性愛情失敗的原因，往往是女性追求愛情強調精神上的結合，達到靈肉一致的境界，而這正是男性所忽略的，這一點我們可以從小說中女主人公先於男主人公的覺悟得到證明。然而也正因為如此，女性往往所承受的精神上的困苦遠遠大於男性，因為她們天生對性的羞澀，因為她們在尚未和男性建立起愛情關係時，應該對其肉體有較強的克制力才是。但是女主人公的掙扎與焦慮卻無法驅遣性的衝動，這使得她有著不健全的感覺，因此，我們不難理解女主人公在承受不了那種心靈煎熬與困苦的情況下，決定要選擇死亡，以尋求解脫的情狀。後來還好因為懷孕，她能在自身母性所散發的光輝中找到情感的依歸；而男主人公卻在他的婚姻中墜入尋找不到依歸的痛苦。

呂正惠在〈王安憶小說中的女性意識〉中提到：「這篇小說在情節設計上不能說沒有缺點。首先，實在看不出兩人為什麼不能以結婚來結束不正常的性關係。王安憶雖然有些說明，但顯然不能令人信服。其次，在男主角發現女主角懷孕並生產後，王安憶並沒有足夠的機會來讓男主角當丈夫或父親，就很快的『宣判』

他失敗『出局』，反過來說，這正足以說明，王安憶恰恰是要以這樣的設計來證明，女人在人性上超越男人。」[127]呂教授的說法很有道理。女人幸而有機會當母親，因此她們生命力的強韌，似乎比男人更甚一籌，這是她們能夠在人性上超越男人的原因之一。況且，小說中的男女主人公原本的關係就不是建築在愛情之上，所以，當女主人公因為擺脫他，而不再感到罪惡時；當女主人公發現自己可以獨立扮演好母親的角色，而不再需要他時，當然就無所留戀的宣判他出局。由此，我們可以更加肯定的是：因性而愛的愛，並不是真愛；因愛而性的愛，才是真愛。唯有「性」與「愛」結合的愛情，才是健康而建全的。我們設想男女主人公如果具有正常的性知識、性觀念，讓「性」伴隨著「愛」而成長，那麼小說結局可能就會改變了，因為，性愛的熱情會隨著時間的流逝而消逝，但是，如果善於經營愛情，那麼彼比間對於愛情的需要與熱情，卻是會與日俱增的。

隨著科學的發展，我們必須揭開性的神秘面紗，所有性抑制的心理都該破除。此外，這篇小說還提示了一個重點：為使男女雙方的愛情能夠和諧發展，精神世界是必須不斷充實和拓展的。王安憶的第三篇性愛小說也講到了這個主題。

〈錦繡谷之戀〉裡的女主人公長期受到丈夫的忽略，當她到廬山參加筆會，她負責接待知名的男作家，男作家「重視」到她的存在，於是，彼此的愛意就在無言中產生——

她與他相隔了兩個人站著，互相竟沒有看上一眼，在興奮的喧

---

127 文訊雜誌社編：《苦難與超越——當前大陸文學二輯》，（台北：文訊雜誌社，民國八〇年十二月），頁一〇三。

> 嚷中靜默，以他們彼此共同的靜默而注意到了對方，以及對方無言中的體察。這時候，他們覺得他們開始對話了，不，他們原本就一直在對話。他們在不企圖傳遞的時候，反倒傳遞了消息……在這一堆爭相對話的人群中，恰恰只有這兩個無語的人對上了話。[128]

在這場筆會的鮮明對照下，她才發現她平常的工作和生活是多麼的乏味，她覺得自己身體裡和頭腦裡，有著什麼東西被喚醒了，如一股活水，像是換了一個人似的——「她覺得心在體內懸起，懸起，她能感覺到心從頭頂出去了，甚至能用手捉住似的，可她沒動。她木木的，什麼心情也沒了，心，自由自在地去遊逛了，撇下了她。」[129]

這場戀愛似乎讓她重新活了過來，她又接觸到「活」的東西：「她竟想到了『感情』這兩個字了。這是許久許久以前的事了，早已陌生了的面目，此時提起，她頓感到心潮激盪。」[130]女人是用心靈去感受這個世界的。在心情的滿足中，她重新建立自己，成為完全的人，發展出自我的認同：

> 他的目光與她同在，她時刻感覺到這目光的照耀，她便愉快地心甘情願地努力著，努力使自己做得好一些。生命呈現出新的意義，她如再生了一般，感到世界很新鮮，充滿了好奇和活力。[131]

---

[128] 同註一〇四，頁四〇~~四一。
[129] 同註一〇四，頁五八~~五九。
[130] 同註一〇四，頁五五~~五六。
[131] 同註一〇四，頁五五。

她以她嶄新的陌生的自己，竟能體驗到許多嶄新的陌生的情感，或是說以她嶄新的陌生的情感，而發現創造了嶄新的陌生的自己。她從她新的自己裡發現了無窮的想像力與創造力，她能洞察到他的心底深處了，她能給他慰藉，給他影響。她運用著新的自己，新的自己指導著她，她像是脫胎換骨了，她多麼幸福啊！[132]

從戀愛步向婚姻，男女雙方應從角色的改變得到認知，如何在婚姻生活中，還能去保有戀愛時期對對方的用心探索與保持距離的美感，那是很重要的，但是小說裡的男主人公並沒有體認這一點，所以，當女主人公離開了她原本的既定角色而與男作家初相識時，便重獲了初戀的感覺——

她是結了婚的人，正因為她是結了婚的人，她對男性稔熟到了已經覺不到性別的差異與相對性了。她與一個男性終日生活在一個狹窄的屋頂下，互相早已沒了隱諱，彼此坦白了一切，再沒有秘密可言。她與他，早已消失了性別的差異，隨之便也消失了這差異都將帶給雙方的神奇的戰慄。她對那神奇的戰慄早已忘懷到了陌生，這戰慄再次來臨，她竟有了一種初戀的感覺。[133]

男人用柔情征服了女人，而女人也甘於被征服。遇見了他

---

[132] 同註一〇四，頁五九。
[133] 同註一〇四，頁六七。

後，她才發現——

> 夫妻間的一切是太裸露了，太不要費力了，也太不須害羞了，而有多多少少令人心曠神怡的感覺是與害羞同在，一旦沒了害羞，便都變得平淡無奇了。……這個男人似乎是同她與生俱來，一胞所出。她不覺得他是個男人，同時也不覺得自己是個女人了。現在，她遠遠地，穿過了大半個屋子，望著他夾了香菸，撥弄著煙盒的手，她重新發現了男人，也重新意識到了，自己是個女人，她重新獲得了性別。呵，他昨天是如何地激情洋溢地抱吻她啊！一個女人被一個男人所愛，是極樂！[134]

在這裡我們見到了女主人公感受愛情的喜悅，但那種喜悅並不在「性」，而在「靈」。大陸學者王緋認為：「女人在性愛力面前比男性更注重、更強烈需要的，不在於性本身，而在於一種關係。她們對於性愛中自然的接受性、持久的親密性、充實完滿的自我肯定性格外重視。」[135]針對這一點我們來看看他們即將結束十天筆會的別離前的一幕。

女主人公焦急萬分，一切都將結束，她覺得總該再做些什麼吧！可是「該說的都說過了，該做的也都做了，可她覺著已經說過，已經做過的都那麼不可靠，不真實，她是信賴不得一點，依傍不得一點。她還須有個更切實具體的東西，可供她緊緊握住。可她又不知道這個切實具體的東西應該是什麼，是一句話，是一

---

[134] 同註一〇四，頁六八。

[135] 同註六二，頁三九~~四〇。

個誓約，還是一件信物，這些似乎都太輕薄了。」[136]作家終於走向她了，他在她身邊說：「走吧，時間到了，要回去了。」——作家的這句話竟成了女主人公日後回想起這一刻的咒語。

造物主賦予兩性不同的心理和生理的特徵，並讓他們以不同的社會分工去共同擁有這個世界，這決定了他們認識外在視界的各自的獨特視角，這也是兩性代溝的產生原因之一。兩性面對愛情的感覺和經驗是有相當大的差異的。男性的慾望善變而急切，猶如曇花一現，一旦得到滿足後，便消失得無影無蹤；而女人則常常在自以為奉獻之後，成為愛情的俘虜。小說中的作家輕鬆地結束了這段戀情，如蜉蝣般離去；但女主人公卻是真實而深刻地付出了所有，我們甚至可以大膽地假設，如果作家敢開口，她可能會不顧一切地隨他而去，因為女人一旦付出了真感情，便成為愛情不折不扣的俘虜了，所以，她會在回到丈夫身邊後，還在心裡反覆重演著和作家在一起的每一刻；每天早晨給自己希望，希望能夠收到他的來信；然而，他卻像是在世上憑空消失了。

當女主人公結束了這場角色游離規範的脫序行為的外遇，回到原本的常規的生活，扮演過去的理性角色，她將重新審視自己、整理自己。

王安憶站在女性主義的立場，相當突出地表現了女性的視角，把女性對生命的熱情，豐滿地呈現。到了一九八九年，王安憶發表了〈崗上的世紀〉更是極致發揮了女性本位主義。

女主人公李小琴為了能上調，以美色誘惑小隊長楊緒國。楊緒國因故未能達成她的心願，李小琴到上頭告了楊緒國一狀，楊緒國被釋放後，找到了他所擔心的李小琴，在愛恨的矛盾中，他

---

[136] 同註一〇四，頁八〇~~八一。

們再度重溫舊夢，她勸他離開，整整又纏綿了七天。

其實在這場兩性的性愛競爭中最大的贏家是李小琴，她具有強烈的性自由意識，她自由地支配著自己的身體，不受任何道德觀念約束，也不壓抑自己本能的衝動，其視野並不侷限於表現女人的慾望，她一直在為本身的立場作打算。她原本以「性」來作為達到目的的手段，雖然目的未能達成，但多少帶給她一些教訓，且不管楊緒國對她是因性而愛或是因性而性，畢竟他們都在性愛中獲得了成長。我們見到他們開始時是各具心機的——李小琴使出了渾身解數，時時憂慮弄巧成拙；楊緒國則在接受試探中，擔心：吃不著羊肉，反惹一身腥。另外關於他們的成長還可以從這篇小說的第一次和最後一次做愛的描寫中找到答案。

在第一次做愛時，李小琴是積極主動地帶領著楊緒國；而發展到最後，楊緒國則在李小琴的「調教」下，由被動轉為主動。以下是小說中最後一次做愛的一幕——

> 他笑了，將她抱起來放倒，兩人很長久地吻著，撫摸著，使之每一寸身體都無比地活躍起來，精力飽滿，靈敏無比。他們互相摸索著，探詢著，各自都有無窮的秘密和好奇。激情如同潮水一般有節奏地在他們體內激蕩，他們雙方的節奏正好合拍，真正是天衣無縫。他們從來不會有錯了節拍的時候，他們無須努力與用心，便可到達和諧統一的境界。激情持續得是那樣長久，永不衰退，永遠一浪高過一浪。他們就像兩個從不失守的弄潮兒，盡情盡心地嬉浪。他們從容而不懈，如歌般推向高潮。在那洶湧澎湃的一剎那間，他們開創了一個極樂的世紀。[137]

---

[137] 陳思和、楊斌華編選：《禁果難嘗》，（台北：業強出版社，民

站在女性主義的立場來看，表面上是楊緒國利用了李小琴，其實，李小琴不也同樣利用了楊緒國。李小琴在楊緒國身上得到了一種對男人的「征服」——「她的身子千變萬化詭計多端，或者曲意奉承，或者橫行逆馳，忽是神出鬼沒，忽是坦誠無遺，他止不住地嘆道：多聰明的身子啊！」[138]同時她也在楊緒國身上獲得了「滿足」——「她又驚又喜地任憑他擺布，心裡想著：他這就像換了一個人似的，真如猛虎下山啊！」[139]在他們兩人的性愛聯繫中，李小琴總是能夠在每一次做愛中得到新的性趣。所以，他們可說是一個願打，一個願捱，各取所需，誰也不欠誰。

再者，他們從相遇到相交，原本就是有目的的，你情我願地各取所需，迂迴曲折之後，他們才發現性愛是快樂生命的力量來源，以及它真正的意義和價值所在。我們不可否認當初他們的接觸是「因性而性」的，但兩人的關係，發展到最後卻是「因性而愛」，甚或是「因愛而性」，我們可從小說裡的一個小細節看出——

在受到李小琴的強烈暗示和挑逗下，兩人對望，距離近得可覺到對方的呼息，這時：

他想：這女人吃的什麼糧，怎麼滿口的香啊！
她卻想：這男人大約是不刷牙，真難聞！[140]

請注意，在這裡作者用的是「想」這個字；到了小說結尾，

國七十九年四月），頁二三二~~二三三。
138 前引書，頁二〇六。
139 同註一三七，頁二〇六。
140 同註一三七，頁一五四。

雙方的情結有了新的改變，兩人面對對方則是「有話直說」，在楊緒國要離開前，他們最後一次做愛，他看著李小琴潔白無瑕的身體，讚嘆道：

「你眞好看，妮子！」
「這樣好看的身子，怎麼來的呢？我就不明白了，妮子！」[141]

而李小琴面對楊緒國脫衣服時，露出一根一根的肋骨，兩條又瘦又長的腿，錐子似的扎在地裡，她則說：

「你好醜啊！」她無可奈何地說，然後又安慰道：「不中看可中用。」[142]

這是兩性在交往過程中的正常進展，當男女雙方還在摸索階段，總是將自己最好的一面呈現，對對方有什麼意見或看法，往往只是放在心上；直到和雙方熟到能夠互揭瘡疤，暢所欲言地表達己見，那表示他們的關係又更進了一層。

此外，值得一提的是大陸學者戴翊在《新時期的上海小說》中評論說：「王安憶寫〈崗上的世紀〉似乎有意識地把情與欲對立起來，在對主人公的性衝動和性結合的描寫中造成了靈與肉的割裂與衝突。男女主人公的性結合固然是如火如荼、捨生忘死，可當他們不處於性狀態時，彼此的情感卻是對立甚至是仇恨的，

[141] 同註一三七，頁二三二。
[142] 同註一三七，頁二三二。

他們的性結合竟然是建築在仇恨的沙土上。」[143]戴翊覺得十分不可思議。他舉例說：李小琴出賣貞操給楊緒國，但楊緒國並未履約，李小琴憤怒地告到五七辦公室，她既是對他恨得咬牙切齒，但當他來找她，卻又和他熱情地做愛。

其實戴翊的說法大可商榷：

一、 當李小琴得知她沒能上調時，她跑到楊緒國家門口大吵大鬧，楊緒國不敢出來面對她，她向楊緒國的父親揚言要告發楊緒國姦污女知青。楊緒國的父親要媳婦帶著兩個孩子向她下跪，請她可憐他們母子高抬貴手放過楊緒國。可是她經過猶豫掙扎還是去告發了他：有錢有勢，糟蹋女學生。此時，她心中的怨氣，已得到發洩；後來面對四處找尋她的楊緒國，她親口告訴他，她去告發他，他自知理虧，對她沒有絲毫的怨言或解釋；這時想必李小琴的心又有點軟化了。

二、 人在絕望無助時，有時會希望利用「性」的發洩來求得暫時的解脫，此時，男女主人公正是處於這樣的狀態。

三、 小說前面就已提過「自從他們暗底下往來，她的身子就好像睡醒了……她的血液流動，就好像在唱歌」[144]因此，可以肯定她原是要利用身體達到目的，但後來發現也能在其中享受魚水之歡的。

四、 對於這一次楊緒國的第一次主動出擊——耐不住性子地用手把她的衣服扯著撕開；強而有力的把她壓

[143] 同註一二，頁六五。
[144] 同註一三七，頁一七五。

倒——她根本不想作任何抵抗，反而是驚喜地任憑他擺佈。小說描述說：她看見「他猶如一條大魚在歡暢而神奇地游動。她頃刻間化作了一條小小的鰻魚，與他嬉耍起來。她是那樣無憂無慮，似乎從來不曾發生過什麼，將來也不會再發生什麼。她的生命變成了沒有過去也沒有將來的一個瞬間。我寧願死！她高叫道，被他挾裹了，帶往不明白的地方。」[145]性除了給人帶來愉悅，還包含著情感的肯定。當然小說中的女主人公起初對「性」是建築在利益交換之上，但是我們不要忽略了女性其實一意追求的是靈肉一致的戀愛，也許女主人公在潛意識裡以為只圖肉慾的滿足，其實她的性愛更多是屬於靈魂的，因為女性在面對性愛時，其實承受的比男人要來得多，因此，她的慾望是蘊含著「情」的。

五、 他們兩人大概也意識到這也許是在楊緒國被抓走前的最後一次做愛了。他們既是能在性愛中找到快樂，當然不太可能錯過這個機會，而且相信這時他們的性關係已加入了一些感情成分，而不僅僅是前面純粹的具有利害關係的性愛，否則楊緒國是不可能再到處去找她的。

因此，戴翊所說的「在作者心目中，人的情與欲可以如此絕對地衝突，靈與肉可以如此地割裂，從而完全破壞了性描寫中應該產生的美感，而只使人感覺到癲狂和噁心。」[146]這段話說得可

[145] 同註一三七，頁二〇七。
[146] 同註一二，頁六五~~六六。

能過於決斷。作者在進行描寫時，實在也是顧及到了情慾與靈肉的協調，並非僅僅專注於愛情的肉慾部分，可能戴翊並未能看出作者所要展現的全面。

人不可能不受本能的牽制，性是人的本能需要之一，是屬於低層次的本能慾望，但是人的本質可以決定是否能夠超越低層次的本能慾望，而實現高層次的自我價值。王安憶認為，愛情乃是「一種人性發揮的舞台」，「人性的很多奧妙可以在這裡得到解釋」。因此，作為一個整體的文學，在其藝術殿堂裡「應該有性的一席之地」。所以，她從生命本體價值的高度上來看待「性」，以審美意識來描寫「性」。[147]這篇小說透過小說人物低層次的性需求，到後來從性愛中昇華，感悟到生命的意義與美好，也算是張揚了人性和生命力。

女作家張抗抗曾說過女性文學有一個重要的內涵，就是：「不能忽略或無視女性的性心理，如果女性文學不敢正視或涉及這點，就說明社會尚未具備『女性文學』產生的客觀條件，女作家未認識到女性性心理在美學和人文意義上的價值。假若女作家不能徹底拋棄封建倫理觀念殘留於意識中的"性=醜"說，我們便永遠無法走出女人在高喊解放的同時又緊閉閨門，追求愛情卻否認性愛的怪圈。」[148]結合以上幾篇小說的分析，我們可以看到大陸女作家在小說中對於性愛描寫的觀念的進步。

傳統的女性被性的禁令緊緊綑綁，壓迫女性的封建社會文化結構，安排了她們的位置，那時她們的生命只是生物學意義上

---

[147] 同註四四，頁九一。

[148] 張兵娟：〈論新時期女性文學創作中女性意識的演變〉，（北京《中國現代、當代文學研究》，一九九七年，第二期）頁三六。

的——男人的性對象和傳宗接代的工具。隨著近代社會思想運動的啟蒙，揭示了女性命運的獨特性，女性發現了自己生命本體的意義，有了現代性愛意識的覺醒，有了精神與肉體一致的渴望。當然我們並不排除「五四」小說中的女性在面對性愛交纏時，對於掌握身體自主權時，仍有些迷惘。但隨著時代的遽變，新時期小說中的女性對自己有了成熟的認識，所以她們有勇氣和能力通過性愛的視角去審視自己的靈魂和肉體，她們以其自尊自衛的天性和精神上的自信與氣度，打破了過去兩性性愛關係中，男性成功地駕馭和控制女性的舊有觀念，這無疑是繼「五四」以來，對扼殺女性性愛自由的一個更大的反動，代表著女性已開始意識到自己的性需要並非罪惡，她們在靈與肉的搏擊中，正視這份來自生命深處的原始衝動，並肯定其合理性，進而提升自己。她們明白兩性關係既是人生中無往不在且無法避免的基本現象，那麼就必須學習在衝動強烈的肉體愛和深厚持久的精神愛兩者之間尋求中庸之點。在這個不再囿於刻板禮教守忠，而著重於追求個人性愛意識自由的年代中，我們的確見識到了女性的成長。

七、母愛

女性作家由於出自天然的母性，其筆下總是充滿了對人類與孩童的關愛，這是女性文學的特點之一。

西蒙•波娃說：「如果作妻子不是一個完整的人，那麼作母親卻是的；孩子是她的快樂，是她的生活意義。從小孩那兒，她在性和社會上才得到了自我實現；在養育子女之中，婚姻制度才有了意義和目的。」[149]

在「五四」新思潮的衝擊下，傳統的女性角色受到了質疑，但唯一肯定的是傳統女性的母性精神和美德，女作家們藉著「母親」的名義來張揚新女性與新女性觀，而「父親」角色的隱沒更加凸顯了母性的真情呼喚。冰心和蘇雪林筆下的愛是母親的愛；馮沅君筆下的愛是母親與情人相衝突的愛；陳衡哲、廬隱和凌叔華也都從自己的創作角度禮讚母親的角色，她們視母親為施予、犧牲與溫柔的象徵，作品中滿溢著對母親的熱愛與眷戀。「五四」女作家的「母親」本文有冰心的〈南歸〉、馮沅君的〈慈母〉、凌叔華的〈楊媽〉和丁玲的〈母親〉等，但在這裡我們要分析的是婚戀小說中的母性意識。

陳衡哲〈洛綺思的問題〉裡的洛綺思年輕時為了事業放棄愛情，在四十歲時她已是一所女子大學的哲學系主任了，在國際上享有其學術地位，終於成就了自己年少時的夢想。但她往後的日子卻被一場「甜蜜的家」的美夢所煩擾——夢中的她是過去未婚夫的妻，有兩個可愛的孩子，過著和樂的家居生活——夢醒後她忽然感到現在生活的孤寂。

這篇小說雖然主要是在揭示婦女面對事業與愛情的兩難處境，但卻從另一個角度表達了女性具有潛在的母性的欲望。陳衡哲的另一篇小說〈一支扣針的故事〉更是具體地把母親的形象提昇了較高的位置。

為了兒女前途犧牲自己幸福的第二春的寡婦西克夫人，說：「她願把她的家庭，作為教育一般青年的工具；她又說，她為了這個母愛，這個從她的兒女推廣到他人的兒女的母愛，可以犧牲

[149] 同註二一，頁七九。

其餘一切的一切，雖然有許多犧牲也是十分痛苦的。」[150]

母愛常常與犧牲奉獻劃上等號，尤其是失婚的女性在考慮再婚時，兒女往往是使得她們跨不出那一步的絆腳石。

廬隱〈女人的心〉裡的素璞因為包辦婚姻的丈夫在國外有了婚外戀，她也開始接受她的自由戀愛。但是，她心中一直因為女兒而掙扎著，她覺得孩子應該享受雙親的愛，她不應該給孩子不幸的環境。

就在她毅然和丈夫提出離婚時，她對丈夫討論女兒的撫養權：「我覺得你將來既是要同德國人結婚，這個孩子在你們之間，是不太合適了，還是我來負責教養她，而且從她生下來，實際上都是我一個人在教養她，你如果願意負擔一些教育費更好，如不願意呢，也沒有什麼關係，我總盡力量栽培她！」[151]

素璞恢復單身後，準備和她所愛慕的純士結婚，但當她見到她的女兒，她又決定要放棄幸福。女性的愛有著純然的母性，她們往往不計回報地把自己奉獻給她所愛的人。

凌叔華的〈女人〉中，身為三個孩子的母親，機智地搬出小孩，讓丈夫的外遇對象知難而退。為什麼她要挽救這段無愛的婚姻呢？因為她是女人，是母親，這個角色的約束是有著強制性的。

到了新時期的女性小說，作家在涉及母性意識時，不僅著重了女性從人妻升格為人母的精神昇華與成長，還特別強調了重視女性的「母職」，尤其是那些為人母的女作家，更是極盡地頌揚母愛，凸顯了母性的奉獻精神。

張潔〈祖母綠〉裡的曾令兒在離開悔婚的左葳後離開家鄉，

---

[150] 同註一〇，頁一〇一。
[151] 同註四，頁七五二。

她發現自己懷孕了，她是那樣地欣喜若狂「好像發現了一個金礦。一夜之間，她從一個窮光蛋，變成了百萬富翁。」[152]她期待肚子裡的是個和左葳一模一樣的男孩。然而，不難想像當時大腹便便的她處於勞動改造時期，那樣的處境是如何的艱難：

「你必須交待自己的錯誤，檢查犯錯誤的政治根源、思想根源、歷史根源、社會根源。這是和誰發生的？在哪兒？是初犯，還是屢教不改？這樣做的動機和目的？」

「政策我們已經向你交待清楚了，如果你拒不交待和檢查，只會加重對你的處分，延長你的改造時間。你現在的罪行是雙重的。右派份子加壞份子。地、富、反、壞、右，你一個人就占了兩項。」[153]

不論上頭的人怎樣輪番找她談話，要她交待，她只是用雙手護著肚子，不發一語。她對肚子裡的孩子說，她願他父親前程遠大，她會永遠保護他和他父親。

孩子是她活下去的希望，為了他，她忍辱負重地承受肉體和精神的慘痛折磨，忍受他人輕視的目光、侮辱的言語和羞恥的指點。她反擊食堂師傅對她的騷擾，卻招來一頓毒打和訓斥，自此，食堂師傅從不按量給夠她所買的飯菜，還把剩的、餿的賣給她。她就這樣度過了餓得頭昏眼花的每一天，一直到兒子落地，在醫

---

[152] 張潔：《張潔》，（北京：人民文學出版社，一九九三年五月），頁二四六。

[153] 前引書，頁二七四。

院還受到醫護人員的羞辱。

然而，女性在生育的過程中能夠讓自己尋回另一個自己，尤其還能透過母親的角色來肯定並實現自我。我們可以肯定的是，當一個女人升格成為母親，她的處境便有所改變了。

好幾次，她望著吃不飽的兒子，總有衝動想寫封信向左葳求救，不過還是沒寫出一封信；只有一次，兒子病危，她急得沒了主意，便打了一通長途電話，不過她還是沒有出聲。等到兒子退燒後，她喃喃地對他說：「你看，我沒有對他說。我們還是撐過來了，對麼？等你長大了，你就知道，頂好的辦法是誰也不靠，而是靠自己。」[154]曾令兒說這話時，是多麼地語重心長啊！「靠自己」三個字傳達了兩性平等的訊息，身為母親的她更堅強了，她知道一切只能依賴自己，唯有充分的自信和自強不息的奮鬥，才有資格繼續往前。

兒子是那樣的貼心懂事，因為沒有父親，在學校受欺負也不說，說了只是讓她擔心；他在名為「我的爸爸」的作文裡讚揚她的偉大，說：「媽媽是條好漢，不管遇見什麼倒霉的事，她從來不哭……」作文拿了個「優」，老師親自上門誇她是忍辱負重，苦盡甘來了。的確，從孕育生命的九個月的艱辛；生產當天，羊水破了才往醫院走，半夜叫不到車，忍著子宮收縮的陣痛，爬到了醫院；養育孩子長大，她不靠任何人，也沒有任何人可以依靠，在那樣的生活處境下，她的確稱得上是勞苦功高。

女性，因為成為母親而愈見偉大；因為成為母親才算得上是真正的女人。曾令兒在兒子身上找到了情感的寄託，她的愛情雖已遠離，但她能在兒子身上傾注她的親情。誰知兒子還來不及長

---

[154] 同註一五二，頁二五二。

大，就喪生在一個小池塘裡，這對曾令兒來說又是一場劫難，沒有了這個和她相依為命的兒子，她的生命失去了意義。

性愛力發生在男女身上是有所差異的。梅羅洛在《愛與意志》中說：「……當一個女人初度享受了魚水之歡時，她本人跟以前便前後判若兩人……。男人初嚐男女之歡後仍照舊保存他原來的樣子。但是女人則變成另外一個人。這種新的改變有時持續終生而不變。男人跟女人過了一夜之後便走了。他的生活及身體一如往昔。但是女人卻會懷孕，她在體內把愛的結晶滋養了九個月。愛的結晶在她體內慢慢滋長，這結晶不僅涉入她的生活，而且終生不離。她成為一個母親，即使她的孩子不幸死亡，她仍然是一個母親。當她的孩子涉入她的心靈時，這孩子便永遠不會離開她。即使孩子不幸死亡亦然。這一切是男人所不知道的……男人不知道『愛』前與『愛』後的區別，不曉得做母親之前與做母親之後的差別。只有女人才知道它……在愛前，她是一個處女，在愛後，她便永遠是一個母親。」[155]兩性由於性別分工的不同，女性相較於男性，因為肚子孕育著的一條小生命而顯得無私，雖然那是一種被動的天性的驅迫，但該「義務」卻使得女性自身的人格在無形中得以提升與成長；隨著新生命的降臨，母體的痛苦獲得解脫，但隨之而來的是哺育與教養的現實問題，這又激發女性以積極進取的信心和欲望去面對這個神聖的使命，而這個神聖的使命，是絕大多數的男性所無法取代與體會的。

在航鷹的〈東方女性〉中呈現了兩個不同的母親的心情。

原本想自殺的婚姻第三者方我素乞求林清芬的原諒，並哀求

---

[155] 梅羅洛著，蔡伸章譯：《愛與意志》（台北：志文出版社，一九七六年八月），頁一五三。

著林清芬說是她崇拜她丈夫的學問，喜歡他藝術家一般的氣質，是她主動獻上自己的感情，當時並沒有想到後果，可是生活很快地就懲罰她了，她在河邊猶豫時，不是留戀自己的生命，只是想到了孩子，她不能帶著無辜的孩子去死。她請求身為醫師的林清芬，希望林清芬站在也是作母親的立場，救救孩子，把他送給沒有孩子的人家。

這是方我素的母愛流露，我們接著來看林清芬。

林清芬為方我素接生後，把自己躲起來兩天兩夜。當她得知方我素還是沒有打消自殺的念頭時，她理性地擔心事情萬一爆發，丈夫在醫學界成為眾矢之的，那麼他們為兒女的前程所進行的努力必然前功盡棄。於是，林清芬便盡早為方我素辦理出院，接她回家，以保證她生命的安全。

這是兩個不同的母親，相同保護小孩的心情。

池莉〈太陽出世〉裡的李小蘭也表現了一個母親的擔當。李小蘭和趙勝天準備搭飛機去度蜜月，卻發現自己懷孕了，因為經濟考量，決定拿掉小孩，就在重要關頭，她反悔了。她「邁著母親的穩重步態走出了人流室。全世界困難重重可嬰兒仍雨後春筍般冒出來。困難算什麼！」[156]

趙勝天細心地照料李小蘭的生活起居，並搶著做家事，趙勝天不再是那個年輕力盛，粗俗無禮的毛頭小伙子了——結婚當天與另一個迎娶隊伍，一言不合，拳頭相向。

瘦了一圈的李小蘭不但承受害喜的痛苦，而且工作的職位也被人頂替，心情惡劣，常找趙勝天發洩，這一回趙勝天忍無可忍

---

[156] 池莉：《一冬無雪/池莉文集2》，(江蘇：江蘇文藝出版社，一九九九年四月)，頁一二五。

奪門而出。後來，李小蘭被肚子的胎動所牽引，決心重新調整自己，趙勝天得到了他夢寐以求的溫柔的妻子。

李小蘭沒有達成婆婆的期望，她生了個女孩。按習俗，婆婆應該為她坐月子，但婆婆找藉口推掉了。趙勝天擔起了照顧妻女的責任。隨著女兒的成長，他們夫妻也跟著成長了，在現實平凡生活的磨練中愈見成熟，心靈同時也受到淨化了。

趙勝天決定報考成人大學，他要努力成為一名工程師，改善家裡的經濟，他相信自己會有所作為。李小蘭的轉變更是大，她的精神因為當了母親而得到了昇華——「懷孕真是一種奇特的經歷，女人既造就了一個新生命又造就了一個新自己」[157]

當了媽媽的李小蘭有了不同以往的大轉變。過去李小蘭對於頂替她職位的同事，老是罵她「婊子」，現在見了面則會含笑打招呼；當她在坐月子時，婆婆為彌補其虧欠送錢來，李小蘭很有骨氣地說：「別弄髒了我的女兒。我們不需要錢。」後來，婆婆住院無人看護，李小蘭主動讓趙勝天送飯去——

> 「她畢竟是你的媽媽，她不懂事我們不能不懂事。將來我們也會有老的一天的。」
>
> 趙勝天十分意外。
>
> 「我還以為你巴不得她死呢。」趙勝天逗她。
>
> 李小蘭卻認眞得很。
>
> 「過去曾經有這種願望，後來沒有了。看開了，其實她如果幫我們帶孩子，我也不會讓她累著，我同樣要請保姆。只是讓她

[157] 池莉：《眞實的日子／池莉文集 4》，（江蘇：江蘇文藝出版社，一九九九年四月），頁二六三。

看著點兒。那朝氣蓬勃的小生命對老人的風燭殘年是很好的補充。可惜她不懂。只知道搓麻將，盲目地重男輕女，她不是個有福氣的人。」[158]

唐師翼明在評介池莉的〈太陽出世〉時說：「『新寫實小說』一般給人以低調、冷色、較沉重、壓抑之感，而這篇作品則不然，僅就題目而言，〈太陽出世〉和〈一地雞毛〉相比，就是兩個不同境界。總體上說，池莉雖然也以人生的煩惱、窘困和無奈為主題，卻也很注重在展示生活本相時，讓生活自身顯示生存的價值和意義，表現出一種對現實人生的執著和親和的傾向。〈太陽出世〉的積極態度正是這種傾向的合乎邏輯的發展。」[159]池莉的女性意識，在小說創作中，主要體現為一股母性的溫情，而這裡所說的「生存的價值和意義」，尤其蘊含了她利用母性意識注入積極往前的力量的精神。這可能是池莉不同於其他新寫實作家的特點之一。

然而，儘管女性因為生育而更加肯定成就其母性，但這卻也成了女性主義者爭論的重點。

女性主義理論者因其所採的主要研究路徑的不同，而分有自由主義、馬克思主義、激進、精神分析、社會主義、存在主義與後現代等等的學派。其中激進女性主義學派最關注的是女性生理與心理狀態的壓迫，尤其在女性生理上格外重視「生殖能力」的問題。[160]

---

[158] 同註一五六，頁一七八。

[159] 唐師翼明：《大陸「新寫實小說」》，(台北：東大圖書股份有限公司，民國八十五年九月)，頁九二~~九三。

[160] 羅絲瑪莉・佟恩著、刁筱華譯：《女性主義思潮》，(台北：時

一九七〇年初期，法爾史東(Shulamith Firestone)提倡要求女性解放，女性應該放棄自然生殖，而以人工生殖取代。在她的著作《性別的辯證》(The Dialectics of Sex) 中指稱：父權體制（patriarchy）是將女性次等化、卑屈化的體系，女性所以被次等、被卑屈主要是根植於兩性的「生理差異」，這裡所謂的「生理差異」，指的就是女性具有生殖的能力。[161]

法爾史東認為要探究男尊女卑的原因，不是從經濟層面上，而是要從生理層面上去找——兩性之間的不平等就在於生殖角色所扮演的不同，以生殖功能為基礎的「生物家庭」(biological family)，造成了長久不平等權力分配。[162]

法爾史東歸結促使男女權力的不平等有以下四點：一、由於女人生育時身體最衰弱，必須依賴男人。二、嬰孩長期的依賴母親。三、母子相互依賴的心理效果。四、由於兩性在生殖能力有絕然的自然差異，衍生了性別分工。[163]

女性十月懷胎經過害喜、頻尿、貧血、水腫、行動不便、陣痛，期間隨著身體的變化，情緒相當不穩定，最需要男性的撫慰與幫助，而女性的這些經驗都是男性所無法經受的。父親因為沒有懷胎十月的經驗，所以與孩子「血肉相連」的感覺當然不似母親強烈，而母親對於從己而出的嬰孩，很自然地流露出母愛溫柔的一面，嬰孩便開始認定依賴著母親；母親從懷孕起，產後的哺乳，幼兒的生活學習，課業的指導，到生活教育的養成，母親和

報文化出版有限公司，民國八十五年十一月），頁一~~四。

[161] 前引書，頁一二五。

[162] 同註一六〇，頁一二七。

[163] 藍佩嘉：〈母職——消滅女人的制度〉，（台北《當代》，民國八〇年六月，第六十二期），頁八四。

孩子幾乎朝夕相處，產生了互相依賴的心理效果；即使父母親皆為上班族，下班後母親還是得為孩子打點一切，所以，孩子對於母親的依賴當然遠遠勝過父親，這就是因為生殖能力的差異，所造成的性別分工。

在王安憶的〈小城之戀〉裡女主人公經歷了性愛本能的期待與亢奮後，她發現她懷孕了。對女人而言，一旦有愛，就永遠不會止息。她在他身上找不到愛情，所以，當她在醞釀小生命，獲得了骨血相連的親情時，便無法停止她的愛了。受到母性意識昇華的女主人公，不敢讓孩子的父親知道，怕他粗暴的蹂躪會扼殺這條小生命。她不願回答他的疑惑，只說不干他的事。肚子裡的小生命喚起了她的母性意識，以往浮躁騷動的慾火似乎被這個小生命給撲滅了。她發現自已又重新活了過來，也深刻體會對於新生命有著不可推卸的責任。

> 那生命發生在她的身上，不能給他一點啓迪，那生命裡新鮮的血液無法與他的交流，他無法感受到生命的萌發與成熟，無法去感受生命交予的不可推卸的責任與愛。[164]

正是基於這樣一份「不可推卸的責任與愛」，一九七〇年中期，瑞奇(Adrienne Rich)宣揚女性應重視男性所沒有的生殖能力，以其特殊性去開創不同於男性的思考方式和世界觀。正視母職的經驗，因為這經驗是創造力和喜悅的可能來源。

瑞奇在她的著作《女人所生》(Of Woman Born) 中區分母職的概念為兩個不同的層次：

---

[164] 同註一〇四，頁一八三。

（一）制度（institution）：瑞奇同樣反對母職成為一種強制的制度。

（二）經驗（experience）：瑞奇認為法爾史東對懷孕、生殖的看法是男性傾向的，並未能探究母職作為一種經驗的內涵；瑞奇以為，女性所以被奴役，並不是因為她具有生殖能力，而是因為她具有生殖能力的這個事實，被整合入男性控制政治與經濟權力的模式所導致的結果。[165]

瑞奇相信男性對於女性所擁有的生殖能力，始終抱著一種既妒羨又畏懼的情緒。妒羨的是：男性瞭解到——「地球所有人類都是由女性所生」的事實；畏懼的是：女性既然能創造生命，那麼是否也具有剝奪生命的能力？[166]

瑞奇認為男性醫師，包括心理醫師，所以不斷為女性懷孕、生產訂立規則——不但是想操控女性的懷孕過程，甚至也想規範女性分娩時的感受，這都是為了要節制、收束女性為人母的權力，以求父權體制能永世其昌。[167]

正因為女性是如此地偉大，所以瑞奇認為女性萬萬不可輕易放棄自然生殖而進行人工生殖。瑞奇認為女性在觀念上首先要做修正，應該把懷孕、分娩視為是令人振奮的喜事，要主動積極地控制自己特有的權力；消極被動地等待接受宰割，只會感到更不被重視。[168]

我們應該有正確的觀念，將女性生理視為正常現象，而不要在精神層面上，又去加深女性的負擔，唯有以正常而自然的心態

[165] 同註一六三，頁八七。
[166] 同註一六〇，頁一三六。
[167] 同註一六〇，頁一三七。
[168] 同註一六〇，頁一三八。

去迎接女性生理的種種變化，才是明智之舉。誠如瑞奇所言——

> 那能在女體內發生的生命醞釀及瓜果漸熟——自有其相當激進的意涵，有待我們多作理解、體察。父權思想業已將女性生理收束到它自身狹隘的內容中去。女性主義受了這樣的影響，亦迄今一直未多把視野投注到女性生理上去。但我相信，女性主義終將要改變觀點，不再要視女性生理為無奈運命，而能逐漸視其為可引生創造的泉源。[169]

就法爾史東和瑞奇二家的說法，筆者十分贊同她們二家對母職成為一種強制的制度的反對，因為她們皆能正視女性長久以來被欺壓於父權體制之下的悲慘命運，進而對女性的生殖問題提出關懷。

但筆者與瑞奇一樣反對法爾史東的主張——以人工生殖取代自然生殖。法爾史東的看法，實在過於激進與尖銳，完全忽略了女性原本與生俱來的特質，所強調的只是負面的層面；妊娠期除了生理不適、情緒起落之外，還有一種孕育生命的喜悅與期待，這是屬於正面的層面，也是法爾史東所忽略的。在《海蒂報告：婚戀滄桑》第十三章〈結婚的目的——已婚女性的說法〉的問卷調查中：有百分之十四的女人，雖對婚姻有著複雜的感受，或覺得婚姻不美滿，但卻仍很高興自己終於有了孩子。[170]所以，雖是僅有百分之十四的女人對自然生殖持正面的看法，我們還是不能忽略其意義，例如池莉〈不談愛情〉和〈太陽出世〉裡的兩

[169] 同註一六〇，頁一五一。
[170] 同註一一二，頁七一五、七一八。

位女主人公為人母的經驗。

雖然筆者贊成瑞奇對自然生殖的正面肯定；但較不苟同瑞奇對於男性醫師對女性妊娠期種種生活作息的「提示」，而將它視為是一種「規範」，是一種「意圖奪權」的證明。舉例來說，筆者認為女性透過婦產科醫師（大部分是男性醫師）的著作，可以瞭解在妊娠期間，各個階段所要特別注意的事項，它可以提供女性相關的知識，如此未雨綢繆，共同的目的只為產下健康的寶寶。所以，女性大可放開胸懷，接受男性好意的關懷，不必心胸狹隘地擔憂男性不懷好意，其實女性特有的生殖能力與權力是誰也帶不走的。

在激進女性主義為生殖問題爭論不休，各執己見時，她們絕對想像不到隨著今日所謂的「人工受精」、「試管嬰兒」、「胚胎移植」和「代理孕母」的產生，以及以「剖腹生產」、「無痛分娩」的方式，已經替代了「自然生產」及其危險與疼痛。兩性在生殖過程中所扮演的角色已經可以算是相當接近的了。

隨著文明的發展，社會的進步，改變了女性在社會、政治和經濟上的地位，但卻怎麼也沒有辦法更改女性為人母的角色與本性，女性應該為此更感到驕傲與自豪，進而更散發出母性真善美的光輝。

八、成熟

女性意識由覺醒到成熟的全面發展，可看出文化制約的程度，也代表著女性自我成長的程度。所謂的「成長」，我們可從生理和心理兩個層面來看，生理層面指的是，生命生長發育的自然過程；而心理層面則是精神層次上的，指的是「個體存在的趨向成熟，有較明確的自我意識，能協調個人意願與社會規範之間的衝突從而在一定程度上實現自我價值」。[171]而女性從女兒、妻子到母親，是最能展現其成長的，尤其當她們在面對或處理婚姻問題時，是最能反映其女性意識的覺醒程度的。

五四時期的廬隱其女性意識比起冰心、馮沅君、凌叔華都還要激進，在她的很多小說中都融進了自我的切身體驗，可以說是五四時期將女性強烈的自我意識寫進小說中較有成就的女作家，這顯然也有受到西方婦女運動思潮的強烈影響，她曾於一九二四年和一九三〇年發表〈中國的婦女運動問題〉和〈今後婦女的出路〉，提出反對「男主內，女主外」的觀念，頗具有成熟的女性主義的觀點。她強烈地表達包辦婚姻對女性的禁錮，而且客觀成熟地提出屬於女性自己的看法，這無疑是從理論上實踐了「五四」新文化運動反封建倫理文化的更進一層的一大勝利，由此，我們見到了女性在歷史的舞台上扮演著她們前所未有的角色。

廬隱〈海濱故人〉裡的露沙因為梓青的包辦婚姻，使得他們無法結合。梓青曾向露沙表示要和妻子離婚，但是露沙卻站在客觀的立場，成熟地勸說：

> 身為女子，已經不幸！若再被人離棄，還有生路嗎？況且因為我的緣故，我更何心？所謂我雖不殺伯仁，伯仁由我而死，不但我自己的良心無以自容，就是你也有些過不去，......不過我

---

[171] 潘延：〈對"成長"的傾注——近年來女性寫作的一種描述〉，（北京《中國現代、當代文學研究》第十一期，一九九七年），頁一〇五。

> 們相知相諒，到這步田地；申言絕交，自然是矯情。好在我生平主張精神生活，我們雖無形式的結合，而兩心相印，已可得到不少安慰。況且我是劫後餘灰，絕無心情，因結婚而委身他人，若果天不絕我們，我們能因相愛之故，在人類海裡，翻起一堆巨浪，也就足以自豪了！[172]

露沙設身處地地站在同為女人的角度，設想梓青的妻子其實也是包辦婚姻下的悲劇人物，她怎麼忍心再去打擊她。

再來看看露沙並不會為了愛情而去束縛梓青的發展。梓青猶豫著要到南邊去發展，因為他放不下露沙，露沙對他說：「我覺得這個機會，很可以施展你生平的抱負，……至於我們暫時的分別，很算不了什麼。況我們的愛情也當有所寄託，若徒徒相守，不但日久生厭，而且也不是我們的夙心。」[173]

女性文學發展至此雖然還看得到女性受控於感情的悲戚，但卻加入了對人生的自覺探索，這是另類的成熟的女性意識。

新時期的女性文學所以比五四時期的女性文學更上一層樓，是因為它不僅反映女性自身的生活，而且還以女性的眼光觀照人生，面向整個社會生活，揭露社會問題，同時也揭示女性豐富的精神狀態和複雜的內心世界。

于青說：「女性意識經歷了對社會的外部探索和剖析，又深入於女性意識的內部審視與反思，內外社會意識與個性意識的雙層探索達到一定程度，便使女性意識終於在恢復歷史的基礎上超越了歷史。女性意識在漫長的探索道路上終於成熟了。成熟的女

---

[172] 同註四，頁一〇〇。
[173] 同註四，頁一〇五。

性意識即是科學的趨於客觀的女性的自我意識。」[174]韋君宜〈飛灰〉裡的嚴芬即是個以客觀的態度面對外部環境的女性。

作者安排嚴芬幾十年來獨自堅守這一段不為人知的戀情，似乎有意宣揚「女性解放」。可能有人會疑惑：嚴芬自始至終並沒有因為這段戀情而出走婚姻，怎麼算得上是「女性解放」？其實，從另一個角度來看，嚴芬這樣一個情感熱烈的女子，若不是陳植提出保持朋友關係的要求，也許她會付諸行動；然而，為了成全陳植的意願，在晚年她獨自飲下暗戀的苦酒，這種犧牲在精神上是極大的摧折，而她就這樣抱持著對他的愛度過餘生。雖然在嚴芬的觀念裡是愛情至上，但她卻不會為了愛情什麼都不顧，至少她要顧及陳植的立場，那是一種成熟的愛情的表現。因此，嚴芬在精神上的自我解放，其實是比實際行動上的解放，需要更大的勇氣。而就這一點來說，女性的犧牲或成全的精神，也是男性所比不上的。

雖然女性往往給人小心眼、小家子氣的刻板印象，但有時真正遇上問題時，她們卻又會比男性更能洞悉自我的缺失，而設身處地地為他人設想。

在問彬〈心祭〉裡的「我」，不但客觀地描述了她們這群女兒是如何扼殺了母親第二春的愛情，造成母親終生的遺憾外，還「展示了當代女性敢於正視自身弱點，進而否定自身，尋求現代生活價值的悲愴和莊嚴。」[175]敘述者「我」在母親過世後，試著揣想母親的心，她想母親一定多次想過：「作為有知識、懂得生

---

[174] 同註一三。

[175] 任孚先、王光東：《山東新時期小說論稿》，（濟南：山東教育出版社，一九九一年十二月），頁二六六。

活價值的後輩們，準會支持和讚許她的希望與追求。」[176]「我」懷著深沈的負罪感「勇於反省和自責，自覺地清理自己頭腦中存在的各種錯誤思想」[177]

> 做母親的人，願意犧牲自己，把全部的愛和感情傾注在兒女們身上，而將悲哀深深壓在心底。可是，後輩們——自認為比母親有知識的新的一代人，對自身的可悲的思想和行為，將作出怎樣的評判呢？[178]

在這裡我們隱約看出作者提示了尊重人的個性和權利的重要性，以及左傾封建流毒的畸形病態心理的必須剷除。同時，在小說中我們也見到一個成熟的女性其氣質在社會實現的過程中不斷地趨於完善，她知道自己的弱點，積極地承認過去的錯誤，並加以糾正。她以中性的眼光來觀照現實，從過去的「小我」向現在的「大我」開放，打通了女性文學的第一和第二世界原本各自封閉的系統。黃蓓佳〈在那個炎熱的夏天〉裡的女主人公又是一例。

身為第三者的「她」雖陷在自私的愛情裡，但是卻以理性的態度去看待另一個女人，去分析自己的感情——

> 「她不恨怡月，不知道為什麼。以前她竭力要認定是這個女人擋在她和他之間，使他們相愛卻不能結合。可是後來她不這麼

---

[176] 同註三二，頁八一。

[177] 賀興安：〈婦女解放的一聲深長的呼吁〉，（北京《作品與爭鳴》，一九八二年九月，第九期），頁二〇。

[178] 同註三二，頁八二。

想了。怡月並沒有特別地要他怎麼樣，如果他不是為自己而是為她多考慮一點，他和怡月完全可以斷開的。但是他能這樣做嗎？當初她有沒有看錯了人？當你發覺你所鍾愛的對方是個自私、軟弱、不肯為別人犧牲一點的人的時候，你心裡是否會有一種失望、鬱悶、惆悵、恨其不爭的感覺？」[179]

在同樣身為女人的「同理心」中，為對方還存著「厚道」——當他要離開時，向「她」承諾他很快就會離婚；「她」大口大口吸氣，終於沒有讓自己說出什麼令人吃驚的話來。

「我等你。」這三個字已經擠到唇邊了，可是她終於噎了回去。不，這會把怡月毀了的，她想。[180]

而怡月卻是很勇敢地站出來向「她」揭開前夫的真面目——「在大多數的情況下，女人只能透過他人認識自己：她的『為了別人』甚至和自己本身相混淆，愛情對她不是她自己和自己之間的媒介，因為她沒有主觀的存在；她仍然是那個捲入愛情漩渦的女人。」[181]「她」透過怡月認識了自己；而怡月也透過了「她」認識了自己。怡月的揭發男人惡行的作法，代表著不容欺侮的一種成熟的女性意識。儘管在婚姻的過程中，也許怡月恪守小女人的本分，面對丈夫的欺壓忍辱吞聲，不敢有所行動，但是當她從婚姻覺醒後，能夠有這樣的體認就可算是一種自我的成長了。

---

[179] 同註三二，頁一一六。
[180] 同註三二，頁一二四。
[181] 同註四八，頁七三。

男性往往急於鞏固自己的特權，他們不曾用心去了解女性的處境，因此，總是無法衡量女性的真正實力。也許在他們的潛意識裡有著懼怕女性的成功，所以，不敢正視、甚至去逃避這樣的問題。針對女性的潛力問題在劉西鴻的小說中，則有了更深入的探討。

〈月亮搖晃著前進〉裡的若愚雖然很清楚長久以來女性被壓抑、被鄙視的社會地位，但是當她的男朋友要她放棄她對事業的熱衷、放棄她的理想追求時；她並沒有大吵大鬧或激憤抗爭，而是對所處的現實環境冷靜地分析：

> 她是女人，她可以做妻子，可以生養孩子，可以烹飪，可以編結，可以裁剪，但在她能前進的時候她理應先前進，她首先要前進。
>
> 錢、財、丈夫都是身外之物，不是自己的。只有事業，自己的事業，才和自己同在。[182]

若愚要「魚」與「熊掌」兼得——她要作「人」，也要作「女人」——作為「人」，她要擁有追求自我價值與事業成功的權利；作為「女人」，她要享有女性與生俱來的作妻子、作母親的自然本性。

要求「女性解放」必先「自我解放」，我們可以說若愚是做到了。她以其成熟的意志和觀念，首先冷靜客觀地認識自我，再去盡女性的職責，她不懾服於傳統的強權，有著隨時準備扛起十

---

[182] 同註一三，頁一一一。

字架的堅毅勇氣，突顯出新女性的灑脫性格。

〈你不可改變我〉中有兩個具有成熟的女性意識的女性。

敘述者「我」是一個「已經完全能夠駕馭自己，冷靜地觀照自己，成熟地尋找自己」[183]的配藥師。「我」是個用心做自己生命中的主人，認真在過生活的女人。

「我」有一個打零工的男朋友——亦東，他是個以自我為軸心，意志上不受任何方面支配的男人。

「我」出去進修一段時間，亦東沒有寫任何一封信；「我」回去時亦東也沒有去接。「我」有些傷心，但另一方面卻感到自豪，至少他們不會為了對方而改變自己的本我，「我」反而感到釋懷。

對於亦東對他們感情的態度，有時「我」會想：

> 倘若有一天他提出要離開我，我保證微笑著放手。我明白一個道理，心是拴不住的。……我要他六十歲開始天天綣縮在戲院的角落頭裡想念我，想念他後生時代的那個女朋友，那個獨立、溫柔、寬容和謙遜的女朋友，我要他從骨子裡承認我是他眾多的男朋友和女朋友當中，給予了他最多的理解和信任的一個。[184]

透過「我」的這段內心獨白，我們可以很確定她是一個相當有自信的獨立的現代新女性，她不會要去強求或挽留一段不合適

---

[183] 張子樟：《試論大陸新時期小說》，（台北：行政院文化建設委員會，民國八十五年六月），頁六一。

[184] 劉西鴻：〈你不可以改變我〉，（北京《人民文學》，一九八六年九月），頁十一。

的愛情。

儘管「我」現在很喜歡亦東，但是「我」並沒有被感性沖昏頭，她會去衡量兩人的現實狀況。我們來看看「我」對於亦東和自己的未來，是抱持著怎樣的想法和打算：

> 即使啤酒牛奶當白開水喝，肚子一點點也長不起來，我對他是否能發達毫無信心。況且我早打算一生一世靠自己，靠自己這雙手。我是個有為的藥劑師，現在我熱衷於藥架，我這輩子可以在藥書裡奮發圖強。[185]

小說中的另一個女主人公——令凱，她不以外人所認定的考大學才有前途的陳舊觀念，去約束和限制自我的發展，而是認真地衡量自我的興趣與理想，她不像過去的女子般瞻前顧後，而是堅定地對想要改變她的觀念的好朋友——「我」說：「你不可以改變我。」

她中斷了求學之路，毅然選擇了一條在外人看來是低下次等的時裝模特兒工作。她尊重自己所選擇的，在她眼中這條路是高尚而有前途的道路。

令凱在演出隊裡表現非凡，被認為是最具有潛質的。別的公司在安排她跳槽，原公司也自認無法滿足令凱的某些條件。

「我」見到在伸展台上氣壓群芳，充分展現自己的令凱，她不得不佩服令凱的選擇，說：「人應該及時展示並且發揮自己的長處。」[186]

---

[185] 前引書，頁十一。
[186] 同註一八四，頁十三。

女性應該要有自己的一片天，劉西鴻試圖以此觀念要打破傳統以來，女性依附男性，男性的價值實現也就等於女性的價值實現的錯誤觀念。女性不再以男權文化意義上的尺度和標準，來辨識自己。劉西鴻告訴我們，除了婚姻愛情外，女性還要追求自我的價值實現。這是在「申訴一種被看作『不合理的』權利的『合理性』」[187]這代表著女性的個體意識已逐漸走向成熟。

張子樟論及小說中的兩位女主人公時說：「她們不再僅僅滿足於對理想愛情的憧憬與追尋，她們明顯地轉向尋找女性的『自我』追求女性為社會所承認的『社會人』的價值。」[188]的確，在她們身上我們見到了女性意識的自信，她們不再排斥男權文化，不再被現實環境或陳舊觀念所左右，只是冷靜客觀地要求自我，這顯示她們已走出了自我的探索之路。

在劉西鴻的另一篇小說〈黑森林〉裡也有兩位勇於和傳統挑戰的女性。

阿媛不願苟且地維繫一場錯誤的婚姻，她在婚姻中大膽抉擇，對傳統觀念提出反叛，主動堅持離婚，並進而展開她新的人生價值的探求，瀟灑而執著。

阿媛的小姑——惟美，面對即將離婚的兄嫂，並沒有偏私地袒護自己的哥哥，而是冷靜地分析哥哥婚姻之所以失敗的原因，她的理性告訴她：一段出問題的婚姻，夫妻兩人都要負責任，所以，她非常客觀地把哥哥的婚姻問題擺到社會背景的人情世故上去考量，同時也理智地站在嫂嫂的立場去為她設想。

張子樟評說：「這兩個形象呈現出凌駕個人情感之上的理性

---

[187] 同註一八，頁八〇。
[188] 同註一八三，頁六一。

超越。」[189]人們常說，女人是感性的，但是在劉西鴻的筆下，女人不再只是純粹的感情動物，她們會在理性的狀況下，去散發她們的感性，進而活出自我。

獨立、自尊和自信是成熟的女性意識所表現的基本特徵，而這些特徵將在女性人格價值社會化的過程中全面實現。在黃蓓佳和劉西鴻筆下的女性已懂得審視自己，她們不再依賴男人、挑剔男人，而是擺脫了過去對男人的那種崇拜和神話，她們表現出堅毅，卻又不失女性的溫柔。她們對人生有了正確的理解，懂得去追求自己理想中的生活，她們已經能夠培養在自己的抉擇中，具有面對困難、承受生活重負、解決事情的能力以及面對痛苦的容忍力，尤其當她們正面與惡勢力衝突時，她們也有著勇於抗辯的強硬作風。所以，她們已經有辦法以堅定的信念去容納和消解她們心中的痛苦。在這種情形之下，她們的心理和人格，隨著其意識在環境的磨練下，將更加堅強和健全。

在女性文學發展的初級階段，其作品集中在宣洩女性的悲苦與哀怨，抨擊男性的霸權與獨裁，但當女性文學的發展深入漸趨成熟階段時，其作品則集中在女性對自我的檢討與要求，她們有了正確的人生觀與世界觀，因此，當她們遭遇失敗時，她們會進一步檢查自己的過失加以反省改進，所以，我們再也見不到丁玲〈莎菲女士的日記〉裡懦弱無能的葦弟，虛有其表的凌吉士或張潔〈方舟〉裡銅臭邪惡、卑鄙無恥的三位女主人公的丈夫的反男性傾向的描寫；有的只是從全面的女權視角觀察世界，致力於消除長久滲透在她們心中的男權意識；矯正被父權社會所壓抑的幾近變形的女性意識，以跳出女性的侷限。這標誌著新時期的女性

[189] 同註一八三，頁六二。

文學發展到後來已達到了成熟的階段，至此，女性意識在漫長的探索道路上終於成熟了，女性意識的歷史進程算是邁入了歷史的第二級台階。

美國女評論家瑪格麗特•富勒說：「婦女所需要的，不是作為女人去行動、去主宰什麼，而是作為一種本性在發展，作為一種理智在辯解，作為一種靈魂在自由自在的生活中無拘無束地發揮她天生的能力。」[190]的確如此，女性的勁敵不是男性，而是女性自己。成熟的女性意識，不再只是男性能做的，女性也能做；而是充分發揮女性不同於男性的特質，正確地看待自己、解析自己，以生為女人而自豪，適度保持自我，充分發揮志趣，以求積極的自我實現。

五四時期與新時期女性文學中女性意識的發展軌跡，充分體現了當時的時代意義。女性在尋求解放的歷程是艱苦的——女性的桎梏，除了來自性別，還有封建、經濟和社會因素。當她們瞭解到父權制度是壓迫女性的根源，意識到社會把她們建構塑造成屬於女性的社會角色時，她們不再為了造就過去的妻母神話，而被「賢妻良母」的光環淹沒自我。

這些跨越了兩個時期，在性別意識上有了廣泛自覺的女作家們，把那些生活在不同角落的女性，透過其女性意識的展現，替她們發出了掌握自己命運的呼聲，由此，我們也見到了女性為實現自我價值所付出的萬般艱辛與巨大代價。此外，值得一提的是，大抵在女作家所設置的愛情、婚姻與家庭的關係中，我們見到了貪生怕死、懦弱自私、病態閉塞的「大」男人；而女人反而成了支撐風雨的臂膀，她們不但善良、堅強有責任感、充滿希望

---

[190] 同註六四，頁二四八。

還有著忍辱負重的自我犧牲精神。

透過女作家表現女性意識作品中從原有的傷感、困惑、激憤的情緒基調，到後來的堅毅、冷靜、客觀，我們見到了在強化的女性意識下的進步中的女性的生存體驗和生命存在的真實，以及女作家所著力探索的女性的生存方式與位置。

女性文學在歷經半個多世紀的曲折前進後，終於得到了真正意義上的突破，同時開創了女性文學世界的新歷史。

第二節 意義

五四時期的女兒們的處境可說是四面楚歌的——傳統的舊的適應方式受到嚴重的挑戰，而現代的新的適應方式又尚未形成，她們有心叛逆，但對於所要追求與爭取的前途又充滿憂心，雖說無法完全解放，但她們還是勇往直前，並不去遮掩自己內心高漲的需求，在認識到自己所扮演的附庸角色後，她們意識到要作主自己的事情，要掌握自我的生命；文化大革命結束後，大陸上的每一個中國人有了重新整理自己的機會，女作家們從女性的立場審視外部世界，重新發現被埋沒的自己，她們不再是五四時期處於女兒到女人的過程當中的中間位置的女性，她們勇敢披露內心的熱情與想望，確定自己在社會中的地位以及其生命意義。

本節將兩時期女性婚戀小說之女性意識所呈現的意義分為：正視女性自我的內心想法，並付諸於行；肯定女性自我存在價值，進而追求兩性平等；表現女性的含蓄多情與溫柔敦厚；確定女性的韌性果斷和勇於擔當的氣度；發掘女性深藏的潛能五項，加以分析說明，其間不但展現了小說中作者加強對女性生命特色的理解和掌握，同時也展現了女性思想的跨越。

一、忠於自我

女性為了要在生活中找到應有的地位，不願再陷入萬劫不復的沈淪——父權傳統所帶給她們的心理上的折磨，精神上的茫然失措的失衡——她們決心要擺脫自身心理上的依附感，要戰勝客觀世界所給予女性的困境，大聲為自己叫屈，並關注自己的需要，進而採取行動。

廬隱意識到當時的女性受到有別於男性不平等的對待，為了要打破長久以來深中人心的「婦女識字多誨淫」和「女子無才便是德」的傳統錯誤觀念，廬隱積極地在其作品中表達了知識女性要求自我覺醒與個性解放的心聲。

〈一個情婦的日記〉寫的是女主人公美娟對有了包辦婚姻的仲謙的愛戀。「五四」高唱女性解放，女性已知愛我所愛；恨我所恨，她們開始正視自我的內心感覺，七情六慾的表達不再是一種大膽與罪惡。

美娟不聽朋友苦口婆心的勸告，她忠於自己的感覺決定去找她所心愛的仲謙。

昨夜我坐在仲謙的身旁，雖然他是那樣矜持，但是當我將溫軟的身軀，投向他懷裡時，我偷眼望他有一種不平常的眼波在漾溢著。他不會像別的男人一樣魯莽，然而他是靜默地在忍受愛情的宰割。[191]

美娟主動地投懷送抱，被動不再是女人的職責，女人也可以像男人一樣爭取主動。而當仲謙要美娟理智些，他不願因一時的衝動不負責任地破壞她處女的貞操時，美娟卻表示：

> 不，絕不是一時的情感，你知道你在我心頭整整供養了三年了，起初我是極力的克制著，緘默著，但是有什麼益處呢？只把我的生趣消沈了，一切的希望摧毀了，我想能救我的只有這一條路。[192]

經過百轉千折在得到仲謙的回應後，為了不讓所愛左右為難，她退出了自我糾纏的情網，在一次因緣際會，決心改變自己的生活，為國家服務，投身到前線去工作。廬隱的另一篇〈女人的心〉裡的素璞也和美娟一樣是個把握自己生命的女人。

當素璞發現包辦婚姻的丈夫賀士有了婚外戀，她自問：「心裡既不愛賀士，為什麼要敷衍下去呢，青春是不常久的，人生是有限的，在活著的時候不能捉住生活的核心，不能毅然決然切實的生活，人生還有什麼意義呢？」[193]

素璞覺得賀士的心既然變了，強留住他的軀殼又有何用，於是她勇敢地向賀士提出離婚，素璞覺得自己是個不平凡的女人，因為她到底還是掙脫了重重的壓迫。

---

[191] 同註四，頁四一四。
[192] 同註四，頁四一四。
[193] 同註四，頁七二八。

從以上兩篇小說來看，顯然包辦婚姻是問題重重的，但是我們很高興見到了從傳統中甦醒的女子，不再怨天尤人，自怨自哀，他們有著屬於自己的想法和行動。

馮沅君〈旅行〉裡已經有了父母包辦的婚約的　華和年少已成婚的士軫墜入情網後，綉華有了這樣的想法——

我素來是十二萬分反對男子們為了同別一個女子發生戀愛，就把她的妻子棄之如遺……但是現在我覺得那人是我的情敵，雖然我明知道他們中間只有舊禮教習慣造成的關係。我覺得我們現在已經到了不可分離的程度，而要減少他在法律上的罪名與我們在社會上得來的不好的批評，只有把他們中間名義上的關係取消掉。怎麼我的心會這樣險！怎麼這樣不同情我們女子啊，我明知道是不應該的，但我不能否認我心裡眞希望他們……[194]

大多數的女人面對愛情時，比起男人是格外勇敢的，她們或許對於其他事情往往過不了自己那一關，但當她們站在愛情面前時，她們的熱情是超乎尋常的。

新時期的黃蓓佳〈在那個炎熱的夏天〉裡的「她」面對愛情的來臨，主動表達，不做作——在第一次和他約會時，「她」對他說：

「你不覺得我有點迫不及待了嗎？」她幸福而又慌亂地對他說。「一接到電話，我就來了，好像這兩天一直一直在等這個

[194] 同註六，頁二六五~~二六六。

電話似的。可是以前人家一直告訴我，跟男人約會，姑娘應該矜持點兒。」[195]

這些女性雖然自然地迎接愛情，但卻不盲目，面對瑕疵的愛情，寧願割捨。在黃蓓佳的另一篇〈請與我同行〉裡的向松濤要修莎放棄修「中國古典園林建築」和他選同樣的「城市建設規劃」，說是將來較有出息；可是，修莎是個有主見的女孩——

「可是我喜歡這個，濤，我眞心喜歡，你難道不知道嗎？」
「需要和喜歡是兩碼事。」
「那麼，誰也不要勉強誰吧。」她相當強硬地說。[196]

在熱戀中的修莎並沒有為了成全向松濤的心意而妥協，她並沒有被愛情給沖昏頭，她仍然清清楚楚知道自己要的是什麼。

在陸星兒〈美的結構〉裡的林楠也是這樣的一個女孩——「她自信，對待生活，對待感情，她並不輕浮、草率，她是嚴肅的，她是認真思索過的……」[197]她認為：「真正地愛上一個人，並無私地願意把一切奉獻給對方，這是一件多麼美好，多麼了不起的事啊！」[198]所以，當她得知鄭濤聲已是有婦之夫及其家庭生活的種種後，雖然她不免有些遺憾，但她理解到——

---

[195] 同註三二，頁一一四。
[196] 黃蓓佳：《雨巷同行》，（江蘇：江蘇文藝出版社，一九九八年八月），頁四〇五。
[197] 陸星兒：〈美的結構〉，（北京《作品與爭鳴》，一九八二年四月，第四期），頁二。
[198] 前引書，頁一五。

「愛情。」雖然人人都會接觸，但並不是所有的人都能眞正體會到它的含義。有時，你自以為愛上了一個人，其實並不是愛，有時，愛情早已悄悄地來到了你的心上，你還不知不覺或不敢承認。有些夫妻，廝守了一輩子，但並沒有愛情；而有人，僅僅相識幾小時，幾天，兩顆心就似相碰的火石，會撞擊出火花。林楠覺得自己的感情，就是在這樣的撞擊中爆發的。[199]

鄭濤聲理性地克制對林楠的感情，不再與她見面；林楠也理性地思索她的方向，於是她採取了行動——

她愛他，因此，她眞誠地希望他幸福、愉快，希望他能夠從愛情與家庭中得到精神上的滿足與心靈上的撫慰，從而能情緒飽滿地去工作。但是鄭濤聲沒有完全得到這一切，她又不能完全地給予他這一切。「難道眞的愛莫能助嗎？」林楠想了很多，「我是不是應該找他的妻子談談，把他的心願，把他對生活寄予的理想，把他對事業強烈的追求告訴她，促使她能眞正地去理解他的一切，使他們的心接近、相通。」當這樣的想法，閃電般地在她腦海中劃過時，她感到自己擺脫了一些痛苦。她相信，用自己的一片眞心與眞情，能多少喚起對方的醒悟。幸福，這不是一件容易得到的東西，不能隨便糟蹋了它呀！[200]

林楠的話觸動了鄭濤聲的妻子婷蘭，婷蘭感到汗顏：林楠只

---

[199] 同註一九七，頁一五。
[200] 同註一九七，頁一八。

是個年輕的普通工人，但講到鄭濤聲的設計方案時，卻像個行家般興致勃勃；而她這個建築系畢業的大學生，倒從未問過鄭濤聲的設計。

當婷蘭無意中發現林楠暗中為在辦公室趕工的鄭濤聲送宵夜時，她有所警覺並開始自我檢討，努力挽回他們之間的感情危機，彌合生活中的裂縫。

就在鄭濤聲的設計方案得獎的同時，林楠默默退出，自願前往支援工廠的擴建，她留下了一封信給鄭濤聲祝福他成功——「我想，要是人們之間也能按照一種美的結構建立友誼、建立感情，那麼，世界一定會變得更加美好。人們的生活也一定會更加幸福。我走了，沒有同任何人商量，——因為這是生活對我的要求。我走了，因為我很想在這幢新型的大樓的建設中融進我的汗水，這也是生活對我的要求。」[201]林楠把對鄭濤聲的愛，轉化為對他事業的愛，在道德戰勝性愛的過程必定是痛苦的，正如同鄭濤聲遲遲不敢把他已婚的事實告訴林楠；同樣地，也遲遲不敢把「我愛你」對林楠說出口。

從正面意義來看，林楠的出現挽回了鄭濤聲和婷蘭的婚姻，不管婷蘭會有多大的改變，但至少她有所意識，也努力去做了。

不僅是像修莎、林楠這樣受過教育的現代女性有自我的看法，像鐵凝〈麥稭垛〉裡的傳統婦女 ——大芝娘，在大環境的影響下也有自己的主見。

大芝娘先是成全了丈夫所謂「有感情」的婚姻，接著又為著對方能好好替她照顧丈夫，而感到放心，之後才開始想到自己，於是她在離婚的丈夫離家後，也前往省城，當她出現在丈夫眼

---

[201] 同註一九七，頁二二。

前，丈夫驚呆了——

「可不能翻悔。離了的事可不能再變！」他斜坐在宿舍的床鋪上，像接待一個普通老百姓一樣警告著她。

「我不翻悔。」大芝娘說。[202]

「我不翻悔」這話說得多麼果決，同樣面對逆境，女性總是較男性有強大的決策力和適應力去迎接困難和考驗。說這話時，她一定是已經經過了深思熟慮的。

「那你又來作什麼？」

「我不能白作一回媳婦，我得生個孩子。」大芝娘站在離丈夫不近的地方，只覺高大的身軀縮小了許多。

「這怎麼可能？目前咱倆已經辦了手續。」丈夫有點慌張。

「也不過剛一天的事。」大芝娘說。

「一天也成為歷史了。」

大芝娘不懂歷史，截斷歷史只說：「孩子生下來我養著，永遠不連累你，用不著你結記。」[203]

大芝娘舟車勞頓地來到丈夫的面前，很清楚自己要的是什麼，她已經把事情考慮得很周詳。這個在丈夫眼中是個沒見過世面的女人，遇事的態度卻比自認為見過世面的丈夫來得鎮定自然、從容不迫。

---

[202] 同註五〇，頁一九六。

[203] 同註五〇，頁一九六~一九七。

「我就住一天。」她畢竟靠近了他。

丈夫站起來只是說著「不」。但年輕的大芝娘不知怎麼生出一種力量，拉住了丈夫的手腕，腦袋還抵住了他的肩膀。她那茁壯的身體散發出的氣息使丈夫感到陌生，然而迷醉；那時她的胸脯不像口袋，那裡飽滿，堅挺，像要迸裂，那裡使他生畏而又慌亂。他沒有擺脫它們的襲擊。[204]

在鐵凝的女性視野中，她讓大芝娘透過母性的行為去成就她自我的實現和價值認定，那麼，在讀者面前的大芝娘則顯得更為崇高了。她是那樣的勇敢，抱定了不再嫁人的決心，所以向離婚的丈夫要一個屬於她自己的孩子，她要靠自己的力量去把孩子撫養成人。

而另一位女主人公沈小鳳也想學大芝娘，留下一個所愛的人的種。沈小鳳不同於大芝娘的是：她是受過教育的年輕知識女性，但是，同樣面對愛情，其女性意識的呈現就無關教育程度或時代背景了。

當沈小鳳到端村插隊時，陸野明和楊青就是一對了。

陸野明和楊青戀愛後，她開始駕馭他，使他對她不敢有非份的要求或舉動，這使得他更愛她了，她能使他激動，也能使他安靜。

沈小鳳也很愛陸野明，可陸野明卻很厭煩她。但所謂「女追男，隔層紗」，有一種默契在陸野明和沈小鳳的心中翻騰，他們似乎無法逃脫那深淵的誘惑。

---

[204] 同註五〇，頁一九七。

終於，他倆發生關係的事爆發了，被審問時，沈小鳳承認說是她一人的錯。

沈小鳳執著大方地勇於追求所愛，這是她「現代」的一面，可是她又有「超現代」的一面，就在她和陸野明發生關係被詢問後——

有一次割麥收工後，沈小鳳截住了陸野明，陸野明想繞過去，沈小鳳又換了個地方擋住他的去路，追問他是否愛她？以後是不是還是他的人？陸野明給了她無情的否定的答案後，準備疾步逃開，沈小鳳馬上撲到他的腳下，用胳膊死死抱住他的雙腿，哆嗦著只是抽泣。陸野明沒有立即從她的胳膊裡掙扎出去，他問她還有什麼話說？

「我想……得跟你生個孩子。」
「那怎麼可能！」陸野明渾身一激靈。
「可能。我要你再跟我好一回，哪怕一回也行。」
「你！」陸野明又開始在沈小鳳胳膊裡掙扎，但沈小鳳將他抱得更死。
「我願意自作自受。到時候我不連累你，孩子也不用你管。」沈小鳳使勁朝陸野明仰著頭。[205]

沈小鳳當然遭到陸野明的堅決拒絕。

這是沈小鳳超越傳統的一面——她想，既然得不到陸野明，又和他有了夫妻之實，那麼不如向他要一個孩子，留下和他有牽連的一點「關係」，至少，她是曾經愛過的了。

---

[205] 同註五〇，頁二六一。

這可說是另類的「守貞」，應該也是作者所要表達的女性意識。

張抗抗對於女性解放一直有她獨到的見解，她認為女性文學真正的責任在於提高女性，而提高女性的自我意識是長期而艱鉅的。她在〈我們需要兩個世界〉這篇文章中，提出了中肯而客觀的呼籲——

> 如果我們眞心希望喚起婦女改變自己生活的熱情，那麼我們在作品中一味譴責男人是無濟於事的。我們應當有勇氣，正視自己，把視線轉向婦女本身，去啓發和提高她們（包括我們女作家自己）的素質，克服虛榮、依賴、嫉妒、狹隘、軟弱等根深柢固的弱點。只有當我們用自己的勞動證明了我們的價值，才能有力地批判男性中大量存在的大男子主義、自私、狂妄、粗暴、冷酷等痼疾，也才能眞正贏得男人們的尊敬。[206]

我們來看看王安憶〈雨，沙沙沙〉裡的兩個對比人物。雯雯的哥哥對未來也曾有過美好的幻想，後來因夢想幻滅，而「現實」起來，他懇切地要雯雯別因白日夢的幻想，而耽誤生活。可雯雯完全不認同——

> 生活中是有很多樂趣，一定也包括著夢想的那一份。雯雯別的都不要，只要它。儘管她為它痛苦過，可她還是要，執意地要。如果沒有它，生活會是怎麼樣的……而她隱隱地但卻始終地相

---

[206] 張抗抗：《女人的極地》，（台北：業強出版社，民國八十七年四月），頁一〇二~~一〇三。

> 信，夢會實現。……假如沒有它，世界會成什麼樣？假如沒有那些對事業的追求，對愛情的夢想，對人與人友愛相幫的嚮往，生活又會成什麼樣？[207]

人生因為有夢想，而踏實，而全面，而成長，而偉大。在經過了十年動亂後，雯雯還能擁有對生活的熱情，在沙沙沙的春雨中還能有遐想，還能期待與男子不期而遇，這種「認真」在當時是相當難能可貴的。

王安憶有意地安排哥哥這個對比人物，來襯托雯雯的「理想主義」，意寓年輕人若因生活上的一點挫折，便萬念俱灰，便妥協於命運的安排，豈不辜負青春活力。在這裡作者把女性抬到了較高的位置。

其實不僅是未婚的女性能正視其內心的想法，在新時期的女性小說中也有幾個已婚的女性勇於面對婚姻的缺陷的。

王安憶的〈錦繡谷之戀〉裡的女主人公儘管在那樣一個教她窒息的婚姻中，她一直是一個懷有夢想的女子——她會幻想自己去參加廬山的筆會，是怎樣的一番情景，而微微地心跳起來；在廬山的十天，她告訴自己要好好地度過，不要留下遺憾。基本上，她是一個「愛自己」的女人，在這篇小說中她兩次透過影子見到自己柔美的身影，而有所感動。那專注地凝視自己的身體的小小舉動，卻有著相當重大的意義，那代表著她自主地發現自己，決心認識自己，以確認其自身的內在意義。

也許我們會覺得這樣一個愛自己的人卻不夠勇敢，既然婚姻亮起了紅燈，就應該面對現實去解決；既然鍾情於男作家，何必

---

[207] 同註二八，頁一七。

被動地等待他的來信，她大可就他所留下的地址，寫信問候。她既沒有重建婚姻的勇氣，也沒有棄之出走的決心，但是，在傳統觀念的壓抑下，這似乎是可以讓人理解且同情的。

雖然小說結局女主人公還是回到婚姻的樊籠中，並且為著那場婚外戀留下深深的嘆息——

> 日常生活已經形成了一套機械的系統，她猶如進入軌道的一個小小的行星，只有隨著軌道運行了，她是想停也停不了，想墮落也墮落不了，她只有這麼身不由己地向前進了。[208]

不過，她還是比一般傳統女子要勇敢得多，撇開婚外戀有違禮教不談，她會去正視自我的感覺：

> 在這個再一次更新了的生命裡，她再清楚不過地意識到，自己是個女人，一個女人，她多麼幸運地身為女人，可以愛一個男人，又為一個男人所愛。她以為她時到今日才有了性別的自我意識，豈不知這意識於她是再清楚不過了……她是太知道自己是女人了，沒有一個女人比她更知道這一點，更要求知道這一點，更需要以不斷的更新來證明這知覺，更深的恐懼喪失這知覺。[209]

作者似乎有意塑造女主人公的成熟度——她很清楚地為這段感情定位——

---

[208] 同註一〇四，頁九九。
[209] 同註一〇四，頁六九。

他們牢記著一句古訓，便是「月滿則虧」。他們深知愛情只有保留著距離，才不會消亡。[210]

透過這篇小說我們見到了已婚女性的情感與精神狀態，也見到了女主人公在這場夢幻的愛情裡，正視其內心對目前婚姻困境的疑惑，而更新了自己。相信也許這場婚外戀給了她教訓，也給了她思索未來對婚姻努力的方向——當男女進入婚姻生活的既定模式，一不注意就會喪失以往的耐性和精神上的交流——這一點是她必須努力經營的。再者，如果女主人公無法理性地面對愛情，將會在婚外戀中受傷更深，這應該也是作者在這篇小說中所要揭示的重點。

而航鷹的〈東方女性〉則寫出了女性對自身價值理想的自省。

林清芬在聽了婚外出軌的丈夫老余的表白後，她才發現自己在感情上對老余的粗心；而在老余離去後，她有了更多的時間去反省自己，因此，當她和老余別後重逢時，她想著：

我同時作為妻子、母親和醫生，作為母親的我和作為醫生的我一直是清醒著的、狂熱的；而作為妻子的我，卻似乎早已麻木、冷漠了。而他卻始終是熱情洋溢的……這就是我們之間的差異！想到這裡，我心中不由得隱隱泛起一股追悔之意…… 飛流躍動的水才能常流常新，而我的愛情卻早已變成了一潭靜水，儘管永恆，但卻已失去了飛流之美。他坐在一潭靜水旁邊，無疑是寂寞的。……這種追悔之意，使我激起了一種強烈的慾

---

[210] 同註一〇四，頁七一。

> 望——我們應該重新開始！為了這復甦的愛，我們應該付出努力。這時，我才明白了自己為什麼能夠那樣對待他的她，和他倆的孩子。我是那樣地愛著他，愛著孩子和這個家，唯恐失去這一切……在我們之間還有那麼多的感情維繫，我要竭盡全力去織補，去修復我們的裂痕……[211]

林清芬自我檢討她的婚姻，她的女性意識始終佔著主導的地位，她理性地去面對問題，解決問題，表現了中國女性寬容賢淑的妻性與母性理想。

韋君宜〈洗禮〉裡的劉麗文骨子裡也是具有強烈的妻性與母性的，不過她的妻性和母性是在逆境中展現的。

劉麗文能自覺婚姻亮起了紅燈，並正視心中的感覺。對於和志同道合祁原所產生的愛情，劉麗文並不因為她已為人婦的身份，而逃避心中的感覺，反而任其意志自由發展——

> 見了他就愉快，不見他就整天焦灼的感情就是戀愛。由於與王輝凡越來越談不到一起，她的心靈正在乾渴中。每當坐在燈前看見祁原那輪廓顯得嚴峻的臉，一面聽一面看他說話時，她就產生一種強烈的願望，極想撲上去吻一吻那弧線柔韌正在高談雄辯的嘴唇。[212]

五四時期的女作家凌叔華有一篇〈酒後〉，寫的是一對夫妻

[211] 同註三二，頁一七八~~一七九。

[212] 韋君宜：《韋君宜》，（北京：人民文學出版社，一九九五年十二月），頁六一。

在一次家庭宴席後，女主人公的心在醉臥客廳的友人身上，她大膽地向丈夫提出想要吻一下她心儀已久的友人的要求。這篇作品在當時算是相當難得，其難得之處，在於女性自我意識的勇敢表達，代表著女性意識探索的起步；而到了新時期，韋君宜的這篇〈洗禮〉，也設計了這樣的一個情節，然而這個情節只是為女主人公改變她一生的重要決定做一個鋪墊。

> 她已經進入中年，不再像小姑娘時代那樣經不起男性感情的吸引，碰見第一個順眼的男子就會被對方俘虜。她深知自己的愛情是一半理性一半感情的，感情跟著思想一起上來，因而十分深刻和堅牢，她已經確實地無可更改地愛上了祁原！她認為這是正大光明的，她已經不愛王輝凡了，何必再拖下去呢？[213]

終於劉麗文因為與丈夫政見不合、思想分歧而提出離婚，此果敢的叛逆行動強烈衝擊著傳統道德與禮教規範。

劉麗文和祁原結婚時，幾乎沒有人不罵她——人家說她太傻，丟下首長夫人，嫁給一個普通記者，但她並不在乎，她在乎的是愛的感覺。她把整個心都獻給了祁原「為了他而挨罵、受氣、挨整，她都毫不在乎。感到對她說來，他比一切都更重要。她奇怪那些為了丈夫遭遇不好就丟掉丈夫的女人，難道不懂得為心愛的人犧牲是幸福的嗎？」[214]

祁原出事後，她強迫自己冷靜下來，一個人照常過日子，就像是祁原正在外地出差。

---

[213] 前引書，頁六一。
[214] 同註二一二，頁六五。

王輝凡再婚的妻子賈漪，在文化大革命時，與王輝凡劃清界線；而劉麗文忠於自我的良知，擔負起照顧王輝凡的孩子的責任；文化大革命後，當賈漪得知王輝凡即將回城時，她打著夫人的頭銜，要和王輝凡復合，但她知道王輝凡和劉麗文又重修舊好，為了得到王輝凡，她向劉麗文造謠說祁原沒有死，劉麗文在懊悔中離開王輝凡，到祁原出差的城市去打聽消息，後來，才知道是一場騙局。

在劉麗文確定祁原離開人世後，她從正面反面重新整理思緒，勇敢地說服自己接受與王輝凡的再度結合，她排除萬難，重新站起來，在經過歷史洗禮的成長後，接受從迷惘中覺醒了的王輝凡。

劉麗文與王輝凡的破鏡重圓，有兩個重要的因素：一、是劉麗文有著獨立自主的婚戀觀，她總是處於中心位置和主動地位去掌控自己的愛情。二、是夫妻之間的情分不是說斷就斷的，就像諶容〈懶得離婚〉裡的那對夫妻，雖然彼此對對方都有抱怨，但還是關心著對方，還是離不開彼此。

自古以來，女子處於以男權為中心的封建社會，她們總是被壓迫、踐踏的一群，她們不能有自我的想法，於是漸而喪失了所謂愛的權利。五四時期的女作家開始重視女性對愛情的追求與婚姻自主，不少女作家如廬隱、馮沅君、丁玲在小說中以女性自白敘述，去抨擊父權社會，將女性的內心世界，作抽絲剝繭的剖析；新時期的女作家則繼承了「五四」的精神，正視這個和人類文明史的發展成正比的愛情的人生永恆的主題，從各個敘事觀點全面體現女性主義的視點，直指女性的內心世界。

二、追求兩性平等

女性的欲求在以往是被壓抑得很嚴重的，女性要成就自己，就必須付出比男性更大的犧牲和代價。女性的性別意識在其權利受到擠壓中，浮到了意識的表層，角色選擇的兩難，造成了女性的人格危機，然而在其多重角色的衝突中，女性仍然發出了光彩，同時也朝著去找尋自己身為人的存在價值的目標前進，這在女性意識的發展進程中是具有相當大的意義的。

在五四時期的小說中就有不少女性通過已經根深蒂固在歷史中的女性形象，重新發現自己，並企圖廢除男女的性別界限。

盧隱〈一個情婦的日記〉裡的美娟愛上了有婦之夫。仲謙回到包辦婚姻的妻子身邊後，寫信勸慰美娟另尋幸福；而美娟則在日記上寫下：

> 我也不能怪他太薄情！原是我愛他，他並不曾起意愛我，就是有些愛也是太可憐。他不願背著這艱辛的愛的擔子自是人情，但我呢，既具絕大的決心愛他，我就當愛他到底，縱然愛能使我死，我也不當皺眉啊！最可恨的「愛」這個東西是這樣複雜，靈魂不夠，還要肉體，不然我就愛他一輩子。[215]

「原是我愛他，他並不曾起意愛我」這話正是表達了兩性立場的平等。女性不再是消極被動地等待被愛；而是可以積極主動的追求所愛，在她們的觀念裡，愛情是你情我願的，誰也不需對誰負責，只要對自己負責，忠於自己便可。

美娟並沒有因為自己獻身給仲謙，而利用此一弱點要仲謙

---

[215] 同註四，頁四二三。

對她負責，這個想法在當時確是一大進步，我們甚至可以不諱言地說：在二十一世紀的今日，仍有不少女性藉著肉體的給予而要男性負責任的。

再來看看丁玲〈莎菲女士的日記〉裡那個要設法得到凌吉士平等的傾慕的莎菲。莎菲在危機中掙扎，不畏艱難，就算死也要死得有尊嚴，她所極力追求的是自我存在的價值與生命意義的肯定，在她的人生觀中，堅持肯定女性「人」的價值和男性是一樣的。

莎菲代表的是在五四時期部分新女性的精神狀態和感情結構，而小說中性愛的表達只是一種形式，實質裡所表現的是知識女性對於女性存在的價值和尊嚴的一種追求的執著。

在凌叔華筆下也出現了懂得正視兩性平等問題的女性。小說反映出新時代女性的精神終於跨出了一大步，她們明白舊家庭生活的弊病，瞭解傳統封建觀念理應淘汰的重要性，她們開始重視自我的存在與想法。

〈花之寺〉寫的是一位妻子對丈夫對她的愛情的試驗。小說反映了資產階級的女性對夫妻感情忠實而平等的渴求。

小說中詩人幽泉雖有美嬌妻燕倩在家相伴，然而面對陽春的美好風光，總希望能覓得旅伴出遊；於是燕倩寫了一封匿名信給幽泉，假稱是一位仰慕他的女子，並約他第二天到花之寺的碧桃樹下約會，幽泉心中小鹿亂撞，不可自拔，抱著作一個「奇美的夢」的熱情前往赴約，才發現赴約的女子竟是他的妻子。

徐志超先生賞析這篇小說時說：「燕倩的內心世界也並不是那樣單純的，體貼關心之外，還有年輕少婦的促狹，知識女性的佻皮風趣，在某種意義上還有對丈夫與自己愛情堅貞程度的試探。因此通過這封書信，作者不僅很好地展現了燕倩複雜細膩的心理狀態，而且很好地刻畫了她的基本性格。她的聰明機智也主要是通過這封匿名信來體現的。」[216]

燕倩冒名仰慕者在寫給幽泉的信中說她是一棵枯瘁的小草，而幽泉是園丁，因其詩文的潤澤，讓小草得以重生。真相揭露後，幽泉見到燕倩，臉上熱了起來，深知上了燕倩的當，笑了起來。燕倩說，她不明白男人，為什麼和外面的女子談戀愛就有意思，對妻子講就沒意思；幽泉笑說，他也不明白女人，為什麼總信不過自己的丈夫，總要想法子試探他。燕倩辯解說：那不叫試探，並撒嬌地搬出匿名信中的句子對幽泉說：「難道我就不配做那個出來讚美大自然和讚美給我美麗靈魂的人嗎？」

從一個人的愛情生活，往往可以見到他最濃縮而集中的性格反映，所以，經過長期的壓抑，在文化大革命的浩劫後，新時期的愛情小說在「長期遭受禁錮，缺乏經驗累積，同時又是在思想解放迅猛發展的背景下匯為潮湧的」[217]隨著新時期的改革開放，多數女作家在其小說中，將女性的愛情生活，從側面作多層次的剖析刻劃，似乎提出了一種反思，強調愛情的美，是一種健康的人性，不管男或女，都有追求的權利，傳統迂腐的道德貞操觀是需要革除的。今試舉韋君宜的〈飛灰〉為例，加以說明。

守寡的嚴芬在無法扭轉現實的情況下，發出了這樣的感慨：

在一般人的心目裡，六十幾歲的男子死了老婆還可以再娶，五十幾歲女子如果再嫁就成了笑話。同理，六十幾歲的男子，尤

---

[216] 同註六，頁二〇六。

[217] 胡若定：《新時期小說論評》，（南京：南京大學出版社，一九九〇年六月），頁八三。

其是知識份子，有的仍能顯得風度不凡。即會有人愛慕。至於六十歲的女子，則無例外都是又醜又討厭的老祖母。即使不說別的荒唐話，只要自己去想想昔日的愛情，都是犯罪。不遵守這一條就不能維持自己的尊嚴，甚至將喪失社會地位。[218]

然而，嚴芬的這段話，我們可從嚴芬的大兒子身上得到印證。

嚴芬在病危時，手指一直指著枕頭，後來搞文學期刊的大媳婦想起家中婆婆的枕頭，她趕回家去，果然發現有一封嚴芬要給陳植的信。

陳植進了病房，就在嚴芬即將永訣時，這位晚輩眼中的陳叔叔「突然在眾目睽睽之下，伏下身去，把自己的臉貼著那即將死去的老婦人的臉，親了一親」[219]此時，嚴芬已經閉合的眼睛至此又突然睜開，眼中流出兩滴淚，眼睛又閉上了。

大媳婦氣喘吁吁地跑回醫院，說婆婆留了一封遺書要給陳植。陳植接過信。我們且看嚴芬的大兒子的反應，他原本臉上還滿滿是淚，此時卻板了臉，嚴正地說：

「陳叔叔！您是怎麼了？我們不能敗壞媽媽生前的名譽啊！」[220]

陳植並沒有敗壞嚴芬的名譽，當他決定要結束這段婚外戀後，便全然身退，展開其他的戀情；而嚴芬則是摯情地守著那份

---

[218] 同註二一二，頁二九〇。
[219] 同註二一二，頁二八七。
[220] 同註二一二，頁二八七。

愛。

作者有意設計嚴芬的大兒子愚昧的貞操觀，去提示女性平等觀，以及陳植對嚴芬不對等的付出，去提示女性的存在價值。男性常常是決定女性愛情或婚姻，成功或失敗的重要關鍵，我們從這裡又可以得到證明。

在鐵凝〈麥稭垛〉中關於那段三角戀情，事實上，陸野明該負的責任是最大的。他明明知道沈小鳳對他有意思，而他也並不喜歡她，但是他卻不避開她，還在第一次看完電影後，讓她有機會接近他；而且我們不要忘了，第二次電影的放映，還是陸野明主動去提醒沈小鳳的，這根本就是陸野明的蓄意安排，而非一時衝動或受沈小鳳色誘。但是，兩人發生關係東窗事發後，沈小鳳主動坦誠；而羞愧的陸野明，不敢面對現實，把責任全部推給了沈小鳳去承擔。我們試想，如果他們在坑上野合的事沒有被發現，陸野明是不是會繼續利用沈小鳳的身體去滿足他的需要？

作者似乎有意藉此提高女性的地位與男性等同，甚至更為高尚。

黃蓓佳〈冬之旅〉裡的卉則是個聰明的女孩子，她知道詩人對「她」的興趣遠遠大於對她的「作品」的興趣；尤其之前詩人在聊天時親了她，卉應該有了心理準備，也清楚詩人是怎麼樣的人，可是，幾天後，卉接到詩人從另一個城市打來的長途電話，他要卉去找他，他要帶她去面見一家刊物的編輯。她受不了這般誘惑，還是去了——

> 去了會有怎樣的結果，她其實心裡是有數的。卉不是不懂事的小女孩子，做那種事情自然說不上是被逼迫或者被欺瞞。詩人充其量不過是引誘了她，啓發了她，或者說是喚起了她的什麼

什麼。愉悅是雙方的。[221]

雖然表面上看來，她是用她的肉體去換取她想要的東西，但其實她很明白，她同時是被詩人的魅力所吸引的，這一點可以從兩處得到證明：一是：就在她懷了詩人的孩子，向男朋友求助時。她坦承不諱地向男朋友敘述她和詩人之間的種種，而她的敘述，竟讓男朋友覺得她仍沈醉其中；二是：婚後與詩人偶遇，又寧願像飛蛾撲火地和他再續前緣。「愛」與「恨」僅僅只是一線之隔，由這兩點可以證明，她對詩人的「恨」已完完全全被「愛」所取代了。愛情來襲時，往往是狂烈的，當女性面對狂烈的愛情時常常無法和常規或理智進行對抗，熱情使她完全放棄了所有的理性，她自愚而肯定地假設男性具有和她一樣的感情與慾望。卉無法否定自己身為女人的血肉之軀，所以，面對這種無法解釋的執迷不悔時，她願意不計代價地付出，那是一種心甘情願的付出。

值得一提的是，在卉的意識裡，「性」的發生是你情我願的，誠如她所說的「愉悅是雙方的」，就這六個字肯定了兩性的平等，表面上看來她似乎是把「性」作為利益交換手段，其實並不然。

然而，卉的悲劇在於對「性」與「愛」的認知不清，當然我們不否認性慾是驅使兩性尋求愛情的原始的基本動力，但是，「愛」如果不是建築在「性愛合一」之上，那不但如海市蜃樓，也無法開花結果。另一個造成悲劇的原因，也可能是性別使然，女人一旦愛上了，就算明知道只是單方面的付出，還是執迷不

---

[221] 黃蓓佳：《午夜雞尾酒》，（江蘇：江蘇文藝出版社，一九九八年八月），頁一三。

悔，義無反顧，所以最後卉才會犯下錯誤，死於非命。在卉的身上我們見到了女人為愛無關是非對錯的執著意識。

隨著女性外部世界所給予她們的磨練，女性漸漸懂得從舊社會的成見、習俗和價值系統中脫掉鐐銬，並掌控扭轉自己的命運，進而改變男性。

以池莉〈不談愛情〉為例。吉玲和醫師莊建非因為家世背景懸殊，結婚後，得不到婆家的認同，加上婚後莊建非漸而冷淡，在一次爭吵後，吉玲回娘家。吉玲不願和莊建非回家。此時，醫院提供到美國觀摩手術的名額，必須是家庭穩定者，才有可能被選中。吉玲懷孕了，她要利用這個時機，肯定她的地位。她提出離婚。婆家為了莊建非的前途，最終還是妥協了，親自上娘家登門謝罪。

吉玲是一個勇於爭取權利與幸福的女性。且看回到娘家，確定懷孕後的她，並沒有亂了方寸，她在心裡有了打算，要她回家：一、莊家必須認可她。二、莊建非必須把她當回事。

> 結婚只給了一千塊，這是她這輩子的奇恥大辱，莊建非還捨不得撕掉那存款單，若是給她，她就會毫不猶豫地撕掉。金錢並不庸俗，它有時是人的一種價值表現。四姐下嫁老虧本的個體户，婆家給了她一萬元辦婚事。三年前的一萬元可是一筆不小的數目。婆婆用紅紙包了那一萬元的存單，親自塞到四姐手心裡。這細節至今還在花樓街傳為美談。[222]

尤其莊家至今還沒來看望過親家，不理睬媳婦是他們的權

---

[222] 同註一五六，頁九〇。

利，但他們沒權利小看老一輩人，這教母親的顏面往哪兒掛，鄰居都瞪眼看著呢！

吉玲為了實現她的人生設計，她負起全部的家務擔子，但莊建非卻不把她當一回事。吉玲自有主意，「不把她當一回事的男人，即便是皇親國戚、海外富翁她也不稀罕」[223]吉玲趕走了想要故計重施的莊建非——從前他們吵架，只要莊建非主動示親，尤其是上了床，一切問題都解決了。可是這次不靈了。

吉玲為了爭取她應得的幸福，不妥協於現狀，展現了身處於困境的女性，掙扎圖存的勇氣。

又如王小鷹〈她不是灰姑娘〉裡的菜市場的賣魚女工，並不因為身處物欲橫流的環境，而敗倒在物質與金錢之下。她斷然拒絕高幹子弟的求愛，那原因誠如她所言：

> 你不瞭解我，也沒有向我表示過你的感情，你甚至不屑問問我的姓名、年齡。你以為一個小小菜場上賣魚的丫頭能夠得到出身高貴的你的愛慕，那將會受寵若驚，感激涕零的，哪還有拒絕的資格呢？不，我不希罕這種恩賜的愛情！[224]

再來看看王安憶以性愛為主題的小說——〈崗上的世紀〉，在這篇小說中王安憶體驗了本真的女性。小說寫的是女知青李小琴為了能上調，以資色賄賂已有妻小小隊長楊緒國，兩人維持著性愛的關係，說是山盟海誓永不分離，然而，楊緒國卻因故未能推薦她，李小琴到上頭告了楊緒國一狀，後因楊緒國是初犯，又

---

[223] 同註一五六，頁九三。

[224] 同註一二，頁七〇。

是貧下中農出身，押了一冬就被釋放了。楊緒國在小崗上找到他朝思暮想的李小琴，他們再度沈浸於久別重逢的高潮中，她勸他離開，卻又依依難捨，又整整纏綿了七天，在最後一次的魚水之歡中，一起開創了極樂的世紀。

在這篇小說中王安憶塑造了楊緒國的妻子任勞任怨的小媳婦形象，與李小琴形成對比，實在是她有意賦予李小琴極強烈的女性意識。在陶然和常晶《當代中國文學名作鑑賞辭典》中評說：「這部小說還被認為是王安憶富于強烈女權主義意識的體現。在這部作品中王安憶把女性的經歷作為敘事重心，特別是她敘事角度的一致——自始至終運用第三人稱寫作，完全是用理智操作完成她的製作。她的創作主體完全是傾向於女性的，她開始意識到了婦女自身價值的可貴，她對女性自身人格力量的認識是深刻的，對女性自我形象認識也是清楚的。她已不再像以往那樣猶豫徬徨，而真正發現並展示了人的生命存在的本質意義。」[225]我們可以見到小說中李小琴一直處於主動積極的地位去主宰、去牽動楊緒國的心思、行蹤和生活種種。她去告發楊緒國一舉，不但說明了女性不是弱者，也表明了兩性等同的價值位置。她掌握自己的命運，決定自己要走的路，並肯定了自我存在的價值。

然而，在肯定女性的存在價值前，兩性的代溝問題也是必須要設法瞭解的。

在當代文學中張潔在〈方舟〉中首先直截了當地提出了「性溝」這個名詞：「也許她們全會孤獨到死。這是為什麼？好像她們和男人之間有一道永遠不可互相理喻的鴻溝，如同上一代人和

[225] 陶然、常晶：《當代中國文學名作鑑賞辭典》，（瀋陽：遼寧人民出版社，一九九二年八月），頁六六二。

下一代人之間有一道『代溝』，莫非男人和女人之間也存在著一道性別的溝壑？可以稱它作『性溝』麼？那麼在歷史發展的這一進程中，是否女人比男人更進步了，抑或是男人比女人更進步了，以致他們喪失了在同一基點上進行對話的可能？」[226]

李小江進一步解釋「性溝」：指的是男女兩性在精神情感上互不理解、難以溝通的現象。她還追溯到在女性意識尚未充分覺醒時，男性思想家羅曼•羅蘭就公允地指出：「性溝」的出現是因為婦女前進了，而男子還沒有跟上她們前進的步伐。[227]

張潔在〈方舟〉中指出：女人要面對的是兩個世界，能夠有所作為的女人，一定得比男人更強大才行。為什麼呢？因為要想在事業上闖出一番成就的女性，不但要面對傳統角色——妻子和母親的問題，而且在扮演現代角色時，不僅「要像男人一樣獨立奮鬥，還要向傳統作戰，而傳統勢力的代表往往就是男人，因此她還要向男人作戰。」[228]

對於在工作上面對男人的性歧視，張潔〈方舟〉裡的梁倩大聲斥責：「婦女不是性而是人！然而有些人的認識還沒有達到這個水平。更不幸的是有些女人也以取悅男性為自己生存的目的，這全是一種舊意識。」[229]

現代女性為了追求自身存在價值，她們不願承受在婚姻中所受到的屈辱、痛苦和憤怒，而成為絕對的悲劇角色，她們從挫敗的婚姻中理性的自我反省，進而在她們的「方舟」裡，努力實現

---

[226] 同註六一，頁九八~~九九。
[227] 李小江：《夏娃的探索——婦女研究論稿》，（鄭州：河南人民出版社，一九八八年五月），頁二九九。
[228] 前引書，頁三〇〇。
[229] 同註六一，頁一六五。

「在同一地平線上」的兩性價值平等觀。

張辛欣在〈在同一地平線上〉中大膽地宣告了女性自我實現的強烈要求。女主人公的丈夫並沒有用心經營他們的婚姻，他只想到要女主人公愛他，卻沒有想到等同付出，所以，逼得她有了這樣的體認：

> 在生活的競爭中，是從來不存在紳士口號：女性第一的。我們彼此一樣。我還能再退到哪兒去呢？難道把我的一點點追求也放棄？生個孩子，從此被圈住，他就會滿意我了？不，等到我自己什麼也沒有了，無法和他在事業上、精神上對話，我仍然會失去他！[230]

女主人公的這段內心話正面觸及了女性的愛情和婚姻，還有婚姻和事業的矛盾，由於她對婚姻的危機意識，使得她在不自覺中提昇了自我的認知，而這種覺醒正代表著她的處境即將改變。

張抗抗在〈我們需要兩個世界〉中有這樣一段話：

> 大量的知識婦女正日益要求得到更多的學術發言權、國家和企業的管理權，希望人們首先把她們作為一個有用的人而不是傳統意義上的女人看待。她們不願意通過丈夫體現自己的價值，而希望自己的個性在工作及與人的交往中充分展現，希望自由地發表自己的獨立見解，按自己願望去做事情，成為豐富的、全面發展的人。於是，她們對於夫婦之間的感情生活，有了更高的要求，希望丈夫對自己的個性有更多的尊重，也願意擴大

---

[230] 同註二二，頁二四八。

社交，同更多的男人建立友誼來提高、充實自己，她們在過去與未來之間不斷調整焦距，尋求自己新的位置……由於這一切從女人的自我出發產生的行動，便帶來了一系列的新問題。離異、分居、獨身等新興的多種生活方式，破壞了以往穩固平和的家庭結構，又一次向實際上依然是男子為中心的社會提出了挑戰和反抗，引起了社會的恐慌。這恐怕也是世界性的潮流。她們賦予愛情新的生命、新的內涵、新的樂趣。傳統家庭模式不斷受到衝擊，而愛情卻在生長和強化。中國婦女在過去可以忍受無愛的婚姻，而現在卻走向不受婚姻和傳統輿論束縛的愛情……[231]

夫妻感情生活的滿意與否決定於兩性婚姻關係的平等獨立及和諧，針對這一點法律也起了很大的作用——「兩性平等的制度變遷得益於新民主主義革命的勝利。新中國成立後頒佈的第一個法律就是《中華人民共和國婚姻法》，確立了婚姻自由、一夫一妻和男女平等的婚姻制度，隨之頒佈的憲法等一系列法律也規定了女性在政治、經濟、文化、社會和家庭生活等方面享有男女平等的權利。更重要的是國家採取了一系列有效的行政措施，如用傾斜政策保障女性的就業和參政，實行男女同工同酬，以福利形式保證職工子女進幼托機構以及推行優惠的勞保待遇，使女性在婚後不至於因懷孕、生育或哺乳中斷工作。由於妻子在婚後能連續就業，這就最大限度地縮小了兩性間的文化水平、職業層次、經濟收入和勞保待遇等方面的差距，也有助於改變『夫主妻

[231] 同註六四，頁一八五。

輔』的家庭贍養方式和『男主女從』的家庭權力模式。」[232]針對以上所述，我們再回頭看新時期的女性婚戀小說，的確證實了兩性的權力間縮小了差距。

在兩性關係的發展中，當女性為維護愛情關係中的權利而獨自奮鬥時，男性其實不應置身事外的。在大陸這本《世紀之交中國人的愛情和婚姻》對愛情的系統調查的書中提到：半世紀以來中國大陸城市家庭的兩性平等程度已可與舉世公認的夫妻平權國家瑞典相媲美：「兩性平等的文化變遷得益於舉國上下規模宏大的群眾性的啟蒙教育運動。無論是五四時期的新文化運動，還是五〇年代初的宣傳貫徹《婚姻法》的全民教育運動以及動員婦女走出家門參加生產勞動的高潮，從某種意義上講都是向公眾灌輸兩性平等意識、為婦女爭取合法權益的性別解放運動……不僅喚起了女性自我意識的新覺醒，而且滌蕩了長期積淀在社會心理深層的夫權意識，為兩性在家庭中實現地位平等奠定了思想觀念基礎。」[233]兩性關係發展至此，就可說是已努力朝更大程度往「在同一地平線上」前進了。

三、表現女性的柔情

含蓄多情與溫柔敦厚是女性最美的飾物。展現該特質的女性，多是深明大義。她們總是默默地在男性身後守候，不會主動地爭取權益和福利，只是任勞任怨地付出，無怨無悔地等待，其

---

[232] 徐安琪主編：《世紀之交中國人的愛情和婚姻》，（北京：中國社會科學出版社，一九九七年九月），頁六一。
[233] 前引書，頁六〇~~六一。

女性意識或者透過相思情亂的表現，反映了刻骨銘心的癡情；或者透過患難情深的表現，反映了篤厚的情義。這些女性看似喪失了主體性，利用對方來滿足自己，生命有著不完整感，但在她們的精神領域中卻有著豐盈的一面。

凌叔華〈病〉裡的玉如為了替她患了初期肺病的丈夫——芷青——籌款治病療養，每天四處奔波，卻引起丈夫誤會——

> 腦中有時幻出玉如在別人懷抱裡，她的媚眼作出那嬌態向著別人，他的心比插進一把匕首還痛得難過。[234]

芷青決定把事情和玉如談開，讓她早些享受自由戀愛；玉如在芷青的冷嘲熱諷下終於道出了真象：近日來，她都在張小姐家畫畫，她假造了一本仇十洲的美女畫冊，賣得了九百塊錢，雖然她知道如此作假是不正當的，但是她對芷青說，為了讓他能到西山去養病，她再也管不得什麼良心和道義的譴責了。

凌叔華在小說的後半部採芷青的見事觀點來敘事，讓讀者隨著芷青的疑慮而起伏，最後，由玉如自己道出真象，如此更見玉如忠於傳統的賢妻婦德以及對其婚姻無怨無悔的執著。

在凌叔華的〈寫信〉中我們也見到了一位在傳統禮教教化下所產生的節義婦女。

一位文盲的小軍官太太拜託伍小姐替她寫信給在河南的丈夫。太太原本有三件事要在信中提的：一是她聽人說「什麼叫做丈夫，只好叫尺夫，離開一尺就不是你的夫了。」;「愈是老實人

---

[234] 凌叔華：《凌叔華小說集 I II》（台北：洪範書店，民國七十三年十一月），頁一七四 。

愈容易做出風流事來。」所以她想提醒丈夫不要受到河南壞風氣的影響，跟著別人交女朋友；再者最近有個親戚要去河南，她也想跟著去。二是上回丈夫捎來一件衣料，並沒說明要做給誰，她想當然是先做給婆婆，希望若有衣料再捎件回來。三是丈夫要她抱孩子去拍照，把照片寄給他。她一問要三塊錢，盤算著三塊錢就可以給孩子做新衣服過節了，她想問丈夫的意見如何？

結果這三件她一件也沒要伍小姐寫進信裡，一方面若她隨親戚去河南找他，怕他心裡不知會怎麼想；再者若向他捎衣料，怕別人見了要笑話她向他討衣服；至於第三件事，一提定會惹他不高興，他向來不許她向他提到錢的，雖然家裡窮，也不願讓他人看笑話。

這樣一個刻苦耐勞的女子，在父權傳統的陰影下努力經營自己的婚姻，一切以丈夫為主，在艱苦的環境中，侍奉婆婆，撫養幼兒，不畏窮苦，在她傳統的婚姻觀念裡，有著性別角色的刻板認知，完全抹殺了自我，丈夫永遠是天。

每個人，若不分性別來說，對於愛情的價值定位，因為成長過程的經驗與所受的教育，其看法是有所差異的，更何況女性天生就比男性敏感柔軟而多情。

新時期同五四時期一樣，不約而同地對情愛的自由提出呼喚和渴求。在這樣的文學主題中，更能輕易的見到女性纖柔易感的一面，然而，也正因為女性對情愛的較男性的執著，往往她們總是傷痕斑斑的一方。

舉例來說，在韋君宜〈飛灰〉這篇小說中，我們看到了男女主人公對這段感情的認定程度的差異，其實應該說是兩性對愛情認知上的差異，透過這個差異，我們可以見到女性的含蓄多情。

從嚴芬給陳植的遺書中，我們見到嚴芬為了陳植和幾位中年女性交往而產生的嫉妒、敏感、憂慮和痛苦。

經過文化大革命重逢後，嚴芬聽到了陳植和幾個比他年輕二十歲的婦女之間的傳言。有一次，陳植也向嚴芬提過，其實並不愛那年輕女子，真摸不清那年輕女子怎麼會愛上他這個老頭子。嚴芬勸他與年輕女子斷絕，他卻說不忍心。

> 我看出你對她的留戀，立即想起當年你對待我那一幕來。心裡酸苦辣鹼都來了，我說：「你其實是能夠很殘酷的。」你卻淡淡地說了一句：「那不同。」然後你就詳細講了她對你的一切細節，讓我幫你分析。還開玩笑說：「現在的你，當然不會再有什麼嫉妒心了。」我說：「對。我們是道義之交呀。」我看出來了，你已經把我當作一個「中性人」的朋友。我不應再有難捨的心情，再有痛苦。[235]

陳植把嚴芬當「中性人」看待，把他所關心的女友介紹給她，要她這個老教授照顧她們。有一次，陳植約了那位他並不愛的女子出遊，為了怕別人閒言閒語，竟同時約了嚴芬。嚴芬不得不常常單獨走開，好讓他們兩人有單獨談話的機會。但那一次著實刺傷了嚴芬，陳植似乎忘了嚴芬也是個女人，而且是個他曾經愛過的女人。

這不禁教人懷疑陳植是否真值得嚴芬這樣付出？

陳植向嚴芬解釋：「同她實在並沒有什麼」，「這完全無所謂」。那既然「沒什麼」又「無所謂」，為什麼還要和人家出遊，玩弄人家呢？這可能是一般女性直覺的疑惑。

---

[235] 同註二一二，頁二九〇。

男性與女性由於性別角色的差異，專注於愛情的程度也有所不同。一般說來，愛情是男性生命中的一部份，卻可能是女性生命的全部；男性在他的生命中可能可以同時發展好幾場戀情，但女性卻往往只專情於一，而且如果那正好是她所要的愛情，就算是荒謬的錯誤，也是執著到底，她忠心地將整個身體和靈魂毫無保留、毫無顧慮地奉獻。誠如西蒙•波娃所說的：「女人要求他感激地接受她加諸於他身上的負擔。她的專制永不滿足。愛情中的男人也是專制的：但是一旦他獲得他想要的東西，他就感到滿足，女人苛求的奉獻就永無止境。」[236]由此，可看出男女兩性的代溝問題，兩性在心靈上的互不相通，確實造成了不少悲劇，張潔〈方舟〉裡吃盡了做女人苦頭的柳泉，認知到這樣的代溝問題，雖然企圖把自己化身為和男性一樣的堅強，但其內心深處還是希望能夠做一個被人疼愛，也疼愛別人的女人。

每個女人都希望自己所付出的真感情能夠得到回應，但並不是都能一切如願，然而就算是無法得到等同的回應，她們也能以男人無法辦到，甚至想像不到的包容去諒解他們。

鐵凝〈麥稭垛〉裡的大芝娘並不記恨她那離棄她的丈夫，反而寬容地在飢荒的日子，幫助丈夫新組的家庭，接他們過來一起生活，度過難關。這種氣度和雅量，簡直不是一般人可以做到的。

在大芝娘的傳統觀念裡，丈夫是她生命中唯一的一個男人，是他的天，就算離婚了，她仍然生是她們家的人，死是他們家的鬼，所以，她能愛其所愛，因此，和丈夫所組的新家庭也有了休戚與共的使命感。她不會自私地想為自己往後的生活做打算，也沒有因為丈夫離棄她，而斷絕關係，反而是在雪中送炭的關愛

---

[236] 同註四九，頁五六。

中，反映了她堅毅又不失溫柔的女性特質。

大芝娘的丈夫在小小的功成名就時，嫌棄他的糟糠之妻，另結新歡；而在窮途潦倒時，卻厚顏無恥地接受前妻的幫助，完全忘了當初他對她的鄙視。而當初他所鄙視的結髮之妻，不但能獨力撫養女兒長大，還能在他落魄時對他伸出援手。作者似乎有意塑造丈夫的薄悻現實，來襯托大芝娘可貴的女性氣質。

航鷹〈明姑娘〉裡受到盲人明姑娘的鼓舞而重見光明的趙燦，深深感謝明姑娘對他的付出，真誠地希望能和她一起過日子，但明姑娘卻要他安心完成大學的學業。明姑娘語重心長地對趙燦說：

> 請不要把諾言當作束縛自己的繩索……如果你在學校學習成績優異，不要為我放棄深造的機會。如果有個姑娘愛上你，對你的事業有所幫助，我將會……快樂。[237]

為了不成為趙燦未來事業發展的牽絆，明姑娘痛苦地壓抑自己的感情，悄悄地離開了他，無私地以自己的生命，點燃別人的生命。

航鷹曾提到她寫〈明姑娘〉的宗旨，是針對十年動亂以後，一些青年人前途悲觀失望的現象，歌頌人向命運的挑戰。「我想把明姑娘面前的黑暗，作為一種象徵意義，泛指生活中的一切挫折、失敗、厄運、落榜、待業、失戀、疾病……如果青年讀者和觀眾能從男女主人公的奮鬥中汲取精神力量，以積極的態度看待

---

[237] 同註一一，頁二一三。

社會與思考人生，我將感到欣慰。」[238]

〈明姑娘〉寫的雖然是殘障的故事，但是小說中全無哀音。航鷹成功地利用了明姑娘的形象，展現中國傳統女性犧牲奉獻的精神。

大抵上說來，女性某些無私的、不求回報的犧牲奉獻是男人絕對無法做到的；愛的真諦之於兩性，在認知程度上有著不同的差異，西蒙•波娃說，對於男人而言「當他們的愛情最激動時，他們永遠不會完全自我放棄，甚至於跪在他們的情婦前面，他們所希望的仍然是擁有她，把她歸為己有。在他們的生命中，他們依然是自己的主人；他們所愛的女人僅是有價值的東西之一；他們希望把她納入他們的生命中，而不是把他們整個生命浪費在她身上。女人的態度則與此相反，為了愛一個人她寧願完全拋棄一切。」[239]由此可見出女性不同於男性的偉大之處。

四、展現女性的韌性

「愛情」就女性而言是所有感情中最脆弱的一環，但從另一方面來說，女性面對愛情卻又是比男性還要堅持果決，尤其是在女性被壓抑的個性意識逐漸得到恢復和弘揚後，她們更具有勇於擔當的道德勇氣。隨著時代的發展，她們比起傳統女性有較高的女性自覺和自我認同，在她們反思其生命歷程，洞曉自己的社會責任後，更能理解在社會型態變遷下女性的角色變化。

在五四時期的女性小說裡，女性便不再扮演緘默的角色，尤

---

[238] 同註一一，頁二一三。
[239] 同註五〇，頁三四~~三五。

其是當她們站在愛情面前時，嬌小的身軀變得巨大了。廬隱〈一個情婦的日記〉裡的美娟，是個投入高度感情的女性，她在日記中表示：她深切地愛著仲謙，儘管他和他太太的感情很好，儘管他並不知道她對他的愛慕，但這「並不影響我對他的愛，我是一個正在青春的少女，天賦給我熱烈的情緒，而我向任何人身上傾注那是我的自由，他有沒有反應那也是另外的問題。」[240]美娟「理智」地表示她並不希望仲謙和他太太離婚，也不希望他和她結婚。她說：「我是這樣一個熱情的固執的女孩兒，我愛了他，我永遠只愛他，在我這一生裡我只追求這一件事，一切的困苦羞辱！我願服貼的愛，我只要能占有他，——心和身，我便粉身碎骨都情願。」[241]在這裡我們見到性愛是一種表達愛戀的心理行為的高級層次，完全突破了純粹的生理需要。她甘願忍受他人的譏笑與批評，甘願作一個忠心的情婦，面對這樣只求付出、不求回報的高情操的第三者，我們似乎無法以道德的標準來責難她。

相對於美娟的「提得起，放得下」仲謙就顯得遜色很多。

仲謙既不能拒絕美娟的愛戀，又覺得對不起妻子。在占有了美娟回鄉之後，面對終日照顧老小的妻子又深感罪惡，於是寫信向美娟表達歉意，並要她另尋對象，而美娟面對這樣的結局也沒有怨怪仲謙的意思。

經過友人對美娟的勸說，再加上許多平日和仲謙意見不合的人紛紛談論著她和仲謙的戀情，她漸漸從病中清醒，正好一位從東北歸來的同志訴說起敵人殘暴的種種以及在槍林彈雨中苦苦掙扎的同胞。她終於決定轉變她的生活方式，於是，她寫了一封

---

[240] 同註四，頁四〇九。
[241] 同註四，頁四一三。

信給仲謙，做了一個果斷的決定——

> 仲謙——
>
> 我的信仰者。在冷漠陰沈的人間，你正如冬天的太陽，又如火海裡的燈塔，你是深深誘惑了我！從那時起我虔誠地作你的俘虜。這當然得不到一切人的諒解，可是我仍然什麼都不顧忌，闖開了禮教的藩籬，打破人間的成見，來完成我所信仰的愛，這能不算是稀有的奇蹟嗎？但是，仲謙，古人說得好，「好夢由來最易醒」這一段美麗的幻夢已成了生命史上的一頁了！現在我才曉得我還不夠偉大，為了個人的幸福而出血，未免太自私太卑陋。所以我不能再隱忍下去，我要找光明的路走，當然你想得出我將往何處去的。——好，仲謙，我們彼此被釋放了，好自為國家努力吧！[242]

在這篇小說中廬隱選擇以「日記體的表現方式，讓我們清楚地看到美娟內心最底層的一面，讓讀者能輕易瞭解其意識並清楚地見到美娟的成長，她快刀斬情絲地將「小我」的兒女私情轉化為「大我」的國家民族之情，充分地表現了女性的韌性與果斷，作者把握了女性生命的特質，並以其意識的理解，將女性的愛、恨、嗔、癡表現得淋漓盡致，她站在身為女性的立場去審視外在的父權環境，以女性的眼光去洞悉自我，進而確定生命的意義以及立足於社會的價值與地位。

廬隱在〈今後婦女的出路〉中提到婦女「回到家裡去」後失

---

[242] 同註四，頁四二四~~四二五。

掉了獨立的人格，失掉了社會的地位也埋沒了個性，所以，她對於今後婦女的出路就是「打破家庭的藩籬到社會上去，逃出傀儡家庭，去過人類應過的生活，不僅僅作女人，還要作人」[243]我們在這篇小說裡也能看出盧隱對女性的期許。

馮沅君〈旅行〉裡的已有包辦婚約的　華和士軫在校園裡迸出了愛情的火花，雖然士軫早已在父母安排下娶妻，但她仍勇敢地和士軫奔赴一場愛之旅。

在旅行途中雖然他人的異樣眼光與輿論，使　華的心中有了陰影，她也擔心當別人知道士軫是有婦之夫的批評，將對母親造成傷害，但是她還是要向舊禮教做一場義無反顧的對峙——

> 在新舊交替的時期，與其作已經宣告破產的禮法的降服者，不如作個方生的主義眞理的犧牲者。

> 人生原是要自由的，原是要藝術化的，天下最光榮的事，還有過於殉愛的使命嗎？[244]

她意識到要做自己生命中的主人，用生命去完成愛情的使命，在她認為那是理想，也是信仰。

新時期的女作家因為生活發生過巨大變革，相對地思想觀念也得到了更新，不難想像她們筆下的女性比起「五四」，其形象又更為豐滿了。

---

[243] 盧隱：《東京小品——盧隱》，（河北：河北教育出版社，一九九四年五月），頁一五九~~一六一。

[244] 同註六，頁二六八。

韋君宜的〈洗禮〉中，作者極力集中描繪劉麗文這個具有深度的知識女性，她有是非道德觀，富有正義感，能言人所不敢言。

在文化大革命之前，對中央號召無不響應的省計委主任王輝凡，將妻子劉麗文派到鄉下蹲點。當劉麗文把在基層發現的弄虛作假和大量浪費，忿忿不平地告訴王輝凡時，王輝凡居然不動聲色，見怪不怪，還要劉麗文往大方向看，他認為上級的命令就是真理。

在這裡我們見到了王輝凡的無知與逃避和劉麗文形成強烈的反襯。

劉麗文是一個行為果敢，能夠獨立思考的女性——她不要貌合神離的婚姻，所以她毅然離開身居高官的王輝凡，和志同道合的真愛祁原結合；她不畏強權，在祁原出事喪生後，仍獨守著對他的感情；她不怕艱難，在王輝凡最落魄時，助他一臂之力，給他最大的精神支持。文化大革命後，當她確定王輝凡的改變和感情，她在掙扎的情緒中調適自我，不管別人罵她是水性楊花也好，風流寡婦也罷，她再度排除萬難，勇敢接受王輝凡的感情。

當劉麗文在猶豫是否接受王輝凡時，她的思想裡有兩股力量在搏鬥——反面的力量告訴她：憑什麼從賈漪的手裡搶回王輝凡；若和王輝凡在一起，對得起祁原嗎？但是，正面的力量鼓舞著她：

> 他不愛她，他愛我，他們已經離了婚。而且原來感情就沒有基礎，她一點也不瞭解他，她不能給他幸福，我能。而且原來他就是我的丈夫，是她奪了我的，我倆恢復是合理的。

> 過去我不要他是因為他思想呆滯，高高在上，對同志對人民都

毫無感情，他自己就製造假報告。現在他完全不是那樣了，而且他眞的認識了錯誤。他是沒有祁原那麼純潔，他是從污泥裡爬出來的。但污泥把他洗乾淨了。過去我不愛他的因素已經消失了，所以我依然愛他。他品質好，將來如果受苦，需要一個同甘共苦的人。如果復職，更需要有人支持他做一些對人民有利的事。這些，賈漪都不行。[245]

劉麗文深知她和前夫並不是破鏡重圓或再續前緣，他們的重新結合是因為曾經迷惘的前夫的覺醒，使得她再度審視他們的感情，而結合在新的思想基礎上，那思想除了男女情愛外，還包括了真理與正義的信仰和追求，她從未淪陷在婚姻與自我的衝突當中，她一直很果斷地掌握著自己生命中的每一個決定。

陸星兒〈美的結構〉裡也有這樣一個執著地安排自己生活道路的女子。

喜歡下棋的林楠，在無意的觀棋中捲進了一老一少的戰局，而認識了少者鄭濤聲。

鄭濤聲在大學的建築系以優異的成績畢業，不幸遇上文化大革命，被分配到建築公司搞材料分發。他從小的夢想就是成為一位優秀的建築設計師，但工作十多年來他一直得不到從事專業的機會，而他所執著的理想也得不到妻子的認同。

此時，在建築工地開吊車的林楠出現在他的生命中，她鼓勵他去參加設計院的比賽，兩人產生了志同道合的愛情。

鄭濤聲的設計方案得到了設計院的認可，他們希望他盡快修改，以參加競賽的評議。但是這個通知被鄭濤聲所在的單位給攔

---

[245] 同註二一二，頁一二五。

截下來，領導向設計院反映說：他在生活上犯了錯誤，不宜參加評選。林楠沒想到自己真誠的熱情反倒給鄭濤聲添麻煩。但是她是那樣一個有擔當的女性，我們來看看當上級領導盤問她和鄭濤聲的關係時，她的表現是——

> 「你們不用問了，」林楠「霍」地站直了身。她不能忍受這種審訊式的盤問，更不能忍受那帶侮辱的眼光，她認為自己的心底是坦蕩的，可以直抒胸懷，不需要別人拐彎抹角的刺探與查問，她的情緒激動了起來：「我可以告訴你們，我愛他。」

> 「請原諒，我沒有義務談。」林楠馬上拒絕了。她不願意隨隨便便地向人談及珍藏在自己心底的感情，她又堅決地重複了一句：「我不談。」[246]

她這種驚人的坦率、直言不諱的談吐，以及那沒有一絲羞赧的表情，簡直令政工科的人員感到不可思議。他們處理過不少類似的生活問題，但還沒見過像她這樣坦白的。

她主動去設計院為鄭濤聲申辯，爭取參賽的機會——

> 「因為……」林楠咬咬牙：「因為就是我……我愛他！如果這就算錯誤，那是我的錯，和他沒關係，與參加設計方案的競賽毫不相干。為什麼要剝奪他的權利？」[247]

---

[246] 同註一九七，頁二。
[247] 同註一九七，頁二〇。

女人常常有一股為所愛之人挺身而出的意想不到的勇氣。

張潔〈祖母綠〉裡的曾令兒也是個敢愛敢恨的女子。

當曾令兒為左葳頂罪時，她站在台上接受批判，還微微地笑著，如果她那個態度是在文化大革命時，絕對讓人給打死。為什麼她會如此「從容就義」？因為，為了所愛而犧牲，她覺得值得，所以站在台上的她就像一株被狂風暴雨肆意搓揉的小草，卻拼命地用她柔嫩的細莖，為左葳遮風擋雨——

> 她帶著一種超凡入聖的快樂，看著低垂著腦袋，坐在會場一角的左葳。什麼批判？什麼交待？她心裡只有這個低頭坐在角落裡的人，和對這個人的愛。她願為他獻出自己的一切：政治前途，功名事業，平等自由，人的尊嚴……[248]

可是左葳又是怎樣回報曾令兒的呢？為了報答她的救命之恩，他去領登記結婚的介紹信，身旁的人勸他要考慮後果——會被開除黨籍；和她一起分配到邊疆；默默無聞地度過餘生。他有所動搖，在接過介紹信的同時，他突然發現他和她的愛情消逝了。所以，當他拿著介紹信去找她，她問他是否愛他時，他並沒有直接回答。於是，她打定主意不要這種「道德性」的婚姻。當天晚上，她決定留下來過夜，用一個夜晚，完成了一個婦人的一生。隔天一早，她要他將介紹信交給她，在陽台上她迅速地將那封介紹信撕成碎片，並頑強地笑著說：「你看，像雪花一樣，很快就會融化了。」「我們已經結過婚了，你已經還盡了我的債，

---

[248] 同註一五二，頁二三三。

我們可以心安理得地分手了。」[249]

在這裡我們似乎見到了曾令兒這樣一個有擔當的女子，堅強地猶如古小說中〈杜十娘怒沉百寶箱〉裡的杜十娘站在我們的面前，那樣地果決，拿得起、放得下。

左葳這樣一個大男人，相較於曾令兒，實在遜色太多。左葳敢寫激烈的言論，卻不敢承認，就在風雲變色時，他驚惶失措，曾令兒二話不說為他挺身而出，一點也沒有顧念到自己的面子尊嚴、政治前途或功名事業。而曾令兒的義無反顧正凸顯了左葳的貪生怕死，他原要娶曾令兒答謝她，卻又害怕未來可能發生在他身上的一連串不幸；曾令兒不想為難他，也不想要一段虛有的婚姻，便主動提出分手，讓他有重新選擇生活自由的機會。甚至在他們的性愛關係中，曾令兒都是主動出擊的，她一直清楚地知道自己在做什麼、自己要的是什麼；而同時男性的自私、薄情與懦弱也在此展露無遺。

女人不知是否因為厚積層累了傳統的價值信念或者是源於天生的秉賦，一旦認定了所愛，便執迷不悔，昂首挺胸地往前走。

另外一個例證是諶容〈永遠是春天〉裡的韓臘梅，當「造反派」批鬥她的前夫時，她並不因為前夫迫於大環境的變心而記恨，反而挺身而出，為他辯解澄清。西蒙・波娃說女人「事事委曲求全的態度，產生了時常受到佩服的品性——『女人的耐性』。她們比男人更經得起肉體的痛楚；當被環境所迫時，她們能夠具備苦行者的勇氣；雖然缺乏男性進取的膽識，許多婦女確實以能夠鎮靜和不屈不撓的消極抵抗而出色。她們往往比丈夫更能勇敢地面對危急、貧窮和不幸；她們尊重耐性，匆忙有時解決不了問

[249] 同註一五二，頁二四一~~二四二。

題，她們不受時間限制。當她們運用鎮靜的堅毅力從事一樁事業時，她們有時是異常成功的。」[250]的確如此，女人的韌性總是在艱困的環境中呈現。

在王安憶的〈流逝〉中最能表現出端麗的女性意識和堅韌果斷的性格的是她與工宣隊師傅和老師據理陳詞時。

原本只知享樂的少奶奶端麗，經過文化大革命的歷練，她已經懂得據理力爭。當女兒要被分配時，端麗為女兒向上門的工宣隊師傅和老師據理陳詞——

> 「多多年齡很小。參軍年齡，工作年齡都是十八歲，她不到十五，不去。」
>
> 「李鐵梅也很小……」那工人師傅說。
>
> 「多多比李鐵梅還小三歲呢！」
>
> 「早點革命，早點鍛鍊有什麼不好？」工人師傅皺皺眉頭，那老師只是低頭不語。
>
> 「在上海也可以革命，也可以鍛鍊嘛！再說她是老大，弟弟妹妹都小，她不能走。等她弟弟到了十八歲，我自己送到鄉下去。」也許精神準備過了頭，她說話就像吵架一樣。
>
> 工宣隊師傅和老師相視了一眼，說不出話來了，轉臉對著文耀說：「多多的父親是怎麼想的呢？」
>
> 文耀摸著下巴，支吾道：「上山下鄉，我支持。不過，多多還小……」
>
> 「多多的出身不太好，她思想改造比別人更有必要。」
>
> 端麗火了，一下子從板凳上跳下來：「多多的出身不好，是她

250 同註二一，頁二二九。

爺爺的事，就算她父親有責任，也輪不到她孫囝輩。黨的政策不是重在表現嗎？你們今天是來動員的，上山下鄉要自願，就不要用成份壓人。如果你們認為多多這樣的出身非去不可，你們又何必來動員，馬上把她户口銷掉好了。」

這一席話說得他們無言以對，端麗自己都覺得痛快，而且奇怪自己居然能義正辭嚴，說出這麼多道理，她興奮得臉都紅了。[251]

由以上的對話，我們可看出端麗和文耀夫妻兩人的不同性格，而文耀的懦弱無能也在此展現。端麗在逆境的磨練下，讓她變得具有勇於擔當的道德勇氣，可說是擺脫弱者意識的開始。

漸之病重的小姑在端麗的安排下住進了精神病院。七三年下來了一個文件，小姑有資格可以辦理病退。端麗到處奔波，不過，最後還須去一趟江西。

「讓二弟去吧！他在家橫豎沒事，並且又是出過門的人，總有數些。」文耀提議。

「我？不行！江西話我聽不懂，如何打交道。」文光很客氣，似乎除他以外，其他人都懂江西話似的。「還是哥哥去。哥哥年齡大，有社會經驗。」

「我要上班呢！」

「請假嘛。你們研究所是事業單位，請事假又不扣工資。」

「扣工資倒好辦了。正因為不扣才要自覺呢！」文耀頓時有了覺悟，「弟弟去嘛！你沒事，譬如去旅遊。」

---

[251] 同註二八，頁九九~~一〇〇。

「我和鄉下人打不來交道，弄不好就把事辦糟了。」

兄弟倆推來推去，婆婆火了：

「反正，這是你們兩個哥哥的事，總不成讓你們六十多歲的爹爹跑到荒山野地去。」

「哥哥去，去嘛算了！」

「弟弟去，弟弟去，弟弟去了！」

端麗又好氣又好笑，看不下去了，說：「看來，只有我去了。」

「你一個女人家，跑外碼頭，能行嗎？」婆婆猶豫著。

端麗苦笑了一下：「事到如今，顧不得許多了。總要有個人去吧！」[252]

兩個大男人在這裡一時被重重地比了下去。

從小家裡便對小叔照顧得無微不至，要什麼有什麼。文革剛開始的時候，他站出來和父親劃清界線，將被子鋪蓋一捲，上學校去住了。可兩個月不到，卻又灰溜溜地回了家。後來，又報名參加戰鬥隊。批准後，端麗一改羞澀，為小叔下鄉爭取補助；又陪小叔上街買東西，那是要「憑上山下鄉通知購買」的。小叔在擁擠的人群面前很怯懦，不敢擠，擠了幾下就退下去，最後還是端麗為他「挺身而出」；不僅僅是小叔如此，連身為長子的丈夫依然悠哉悠哉地活著，一點也沒有男子漢該有的擔當，他把家裡的重擔不知不覺地丟給了端麗。

文耀以前在學校以瀟灑出名，風度翩翩吸引了不少女孩子。功課平平，參加各項活動都很積極，端麗和他在一起很快活。這是高傲而美麗的端麗委身於他的一大因素；而今到了這個沒得玩

---

[252] 同註二八，頁一〇九~~一一〇。

了的日子，端麗才發覺他——只會玩。

端麗當家後才知道錢是最不經用的；而文耀不知民間疾苦，從不分擔著為家裡的用度作打算，只會嘆氣。端麗突然發現自已的丈夫是這麼無能。過去，她很依賴他。任何要求，任何困難，到了他跟前，都會圓滿地得到解決。其實，他所有的能力，就是公公那些用不完的錢。沒了錢，他便成了草包一個，反過來倒要依賴端麗了。

端麗不禁感嘆，要是文耀的能力強一點，可以減少她很多疲勞。比如：有一次，文耀對端麗說：「妹妹學校來通知，晚上要召開家長會。媽媽耳朵不好，叫我去。我想恐怕是要動員上山下鄉的事。我不大會應付這些事，你去吧，啊？」端麗深覺是公公的鈔票害了文耀，她實在不知道他到底會做什麼？又如：端麗在工場間工作，中午有一小時午飯時間，他不像別人可以帶便當吃，吃完還有時間打個盹；因為，她還得匆忙地趕回家去弄飯給文耀和孩子吃，文耀是一點忙也幫不上的。

在艱困的環境中，女性的適應能力，大抵說來是較男性更有彈性，更能屈能伸的。文耀因為有端麗可以倚靠，所以，他可以仍然安逸地活在他過去的生活裡；相對地，端麗沒有人可以倚靠，被迫在困阨的環境中不得不成長，表現了兩性的差異以及女性堅忍的韌性，而這也就是李小江所提到的當代所有已婚職業女性面臨的共同問題——「性別角色緊張」，她說，女性角色緊張的根源，在於「女性角色發生變化，而男性角色和社會結構並沒有隨之發生相應的變化：婦女參加了社會生產，而社會還沒有把婦女所必須擔負的生育活動和家務勞動當作社會生產的一部份；加上傳統的倫理規範對女子人格價值的苛求，使得當代婦女生活呈現出多元化性質。」[253]這一點也可以在諶容〈人到中年〉裡的陸文婷身上得到印證，在小說裡我們見到陸文婷對其事業與家庭要圓滿兼顧的辛勞，她期望能全面發展她的雙重追求，而不捨棄任何一方，就在那樣被現實的艱難環境——孩子、住房、工資、調動、升職所拖累的窘境下奮鬥往前，並且從生存環境中找到了人生與處世的哲學。

〈月兒好〉裡的月好也是在艱難的環境中，最大限度地投入自己對外部世界的逆來順受。月好五歲便來到尚賓家做小媳婦，她遵從母親的指示細心服侍尚賓。身為獨子的尚賓從離家到上海念大學後便沒有回家，連父母雙雙病逝，他也因為正處於畢業分配還有和一個上海姑娘確定終身大事的關鍵時刻，狠下心沒有回家。月好是在辦完了父母的喪事，聽到了尚賓結婚的消息後才嫁人。出嫁一年，丈夫得暴病去世。她生下一對雙胞胎遺腹子，守寡至今。

月好的有情有義和尚賓的無情無義形成了強烈的對比。

當月好知道尚賓家為彌補對她的虧欠，要分一份財產給她時，她對尚賓說：「你們的情我領了。錢，我是堅決不要的。不是我該得的錢，我得了，良心往哪兒擱？我的收入是不多，可我過得不錯……」[254]這話說得多麼有骨氣。是的，月好的形象凸顯了女性的堅毅樸實。面對生活的層層打擊，她並沒有被打垮。回鄉處理遺產的尚賓，以為月好應該是瘦如黃花、心灰意冷、終日

---

[253] 同註二二七，頁二九一。

[254] 池莉：《細腰/池莉文集3》，（江蘇：江蘇文藝出版社，一九九九年四月），頁三七六。

嘆息的苦命寡婦；可是堅強的月好卻上了廣播和報紙，介紹她科學培養兒童的方法。

月好對於尚賓這個負心漢她沒有半句的怨言，反而以開放的心態，讓尚賓對自己釋懷，這種作風反映了女性的可貴氣質。

女性因為身體上的限制，常被視為柔弱的象徵，但是當她們面對愛情時，卻有著勇於擔當的氣度。

鐵凝〈麥稭垛〉裡的沈小鳳喜歡已有女朋友——楊青的陸野明，她再三主動地追求。陸野明似乎也開始期待了。

這一天，村里又放映電影了，散場後陸野明與沈小鳳又走到一起，這次沒有楊青。沈小鳳獻身給陸野明。

第二天，在麥稭垛下有一個無霜的、紛亂的新坑。一個老漢在坑裡發現了半截領子和一個鉤針。老漢並沒有聲張，但消息不脛而走，大隊幹部召集女知青開會，問到楊青時，楊青說出這件東西是沈小鳳的。婦聯會主任找到沈小鳳，她一切都不否認，還供出了陸野明。甚至慶幸有人給了她這個聲張的機會。

「是我主動的。」沈小鳳說，「是我主動叫的他，是我主動親的他，是我主動讓他跟我那個……」

「好啦，情節我都清楚了，你不要再重複了。現在是你好好地認識錯誤的時候。」小王在「認識」二字上加重著語氣。

「我沒有錯誤。」沈小鳳說。

「亂搞還不是錯誤？」

「我不是亂搞。」

「這不叫亂搞叫什麼？你和他什麼關係？」

「我們是戀愛關係。」

「這和正當戀愛不是一碼事。」

「是一碼事。」

「怎麼是一碼事？」

「什麼事還沒個發展。」

「你……你太沒有自尊了。」

「我有。我就和他一個人好。」

「好，可以，但是要正當。」

「是正當的，我喜歡他。」

「喜歡也要有分寸。」

「我想……我想先佔住他。」

「那……他有這想法嗎？」

「他？他……我不知道。」[255]

從這段對話，我們很清楚地知道沈小鳳對愛的認知的錯誤，她以為有「性」就會有「愛」，有「性」就能佔有；但是，她是那麼地勇敢，能去主動追求所愛，她不像傳統的女性——在閨閣之中等愛情進來，若等不到她所要的愛情，便認命地勉強地終其一生——沈小鳳不是這樣，她大膽地向心儀的對象示愛，為自己製造機會，所以在別人看起來是沒有自尊的，她卻不以為然，她覺得她就是喜歡他，而且只跟他一個人好，因此，她不覺得那是一種錯誤。也許她的方法不對，但是在女性意識進展的歷史軌跡中，這卻是值得注意的一大進步。

相較於沈小鳳的敢作敢當，陸野明就顯得畏畏縮縮，拿得起，放不下。陸野明在審訊時支吾其詞，後來不合邏輯地表示是因「膩味」沈小鳳才和她發生關係的。

---

[255] 同註五〇，頁二三七~~二三八。

在王安憶的另一篇小說〈崗上的世紀〉裡的男女主人公也是相同的對比。相較於楊緒國這樣一個大男人，遇到事情，李小琴反而比他更具有擔當的道德勇氣。舉例來說：當上頭體諒楊緒國是初犯，革了他的黨員和幹部放他回家後，楊緒國並沒有回家看妻兒，反而是到處打聽李小琴的下落，當他捨生忘死地找到李小琴後，對她訴說對他的思念和掛心，這哭泣的兩個人在互相埋怨的情話中又再度陷溺於性愛中。

在一個雨天，他們躺在床上，隨著廣播流洩出來的音樂做愛。當他們喘息著小憩時，聽見廣播播送一條新聞：縣裡開了公審大會，有三個罪犯遭了槍決，罪行均是姦污下鄉的學生。她見他面如死灰，喊著說他犯的是死罪，要去自首，要去投案，求他們饒他一條狗命。她氣得罵他「窩囊廢」，又惡毒地嚇唬他：「吉普車來了！銬子來了！槍來了！」

身體的接觸又使他們燃起了希望。他們緩緩的，掙扎地動起手來。他們緊緊地摟著，十個指頭深深陷進對方的肉裡。

「我害怕呀！」他啜泣著說。

「我和你一起去死！」她也啜泣地說。

「我想活啊！」他說。

「我和你一起活。」她說。[256]

男人在性愛面前總容易迷失；女人則是較為冷靜清醒，她們較男人清楚這個屬於人的內在的問題，是要以更嚴肅的態度面對的。

---

[256] 同註一三七，頁二二五~~二二六。

王安憶〈小城之戀〉裡的「她」迷失在性愛中，當她懷孕後，因為那在肚子裡所孕育的小生命，她發現自己也重新活過來了。

領導強迫她去動手術，她不願意，產下一對雙胞胎後，上面更不忍將她開除，反而安排她去看門；一份工資要養活三口人，頗為艱難，有人勸她送掉一個孩子，她死也不肯，她覺得甘之如飴，「多年來折磨她的那團烈焰終於熄滅，在那慾念的熊熊燃燒裡，她居然生還了。」[257]她那屬於母性意識的理性從沈睡中甦醒了。

在這場克制慾望與超脫罪惡的競賽中，顯然她是贏過了他。孩子長得越來越像他，他越是害怕，他墮落於賭博、喝酒之中。新婚的妻子講起他便落淚，說受不了；重獲新生的她，雖然不排斥別人為她介紹對象，可是終究沒有人願意接收人家的二手貨，她雖然自卑，可也不怨恨，因為經過情慾狂暴的洗滌，她比以往任何時候都還要乾淨純潔。

透過以上小說男女主人公遇事時的強烈對比，不難見出女作家們企圖在小說中所反映的女性的可貴特質，尤其是新時期的女作家受到社會因素與文化背景的影響，在其作品中或多或少都會流露出其性別意識。她們並不刻意宣揚女權主義，但其對女性的關注卻自然地展現在其作品當中。

五、發掘女性的潛能

女性在婚姻中最容易受到男性的傷害，因為她們是真正用心

---

[257] 同註一〇四，頁一〇八。

在經營婚姻，付出所有的，在她們的內心深處總渴望來自另一半的呼應，但如果兩性之間不同步，有些臨危不亂的女性會走出渾沌，不被突如其來的驚濤駭浪給弄亂方寸，她們一旦膨脹起渴望高飛的雄心，決意要闖蕩世界，追尋新的生活方式時，她們的擁抱事業的表現，絕對會讓男性刮目相看的。

張潔〈祖母綠〉裡的曾令兒不被愛情的逆境所打倒，仍努力發掘自我的潛能。

曾令兒的數學成績一直很出色，就算是在被下放的二十多年中，她仍然始終不渝地持續這方面的研究工作。

在小有成就的今日，她想起以前背著兒子夜讀的情景；想起常常被兒子尿濕的背；想起為了這一天的到來，為了把自己含辛茹苦，奮鬥、積蓄了二十多年的能量和才智獻給社會，她多少次拒絕了兒子「和媽媽小玩一會兒。」的要求；兒子有一次留給她的字條寫著:「我恨你的演算題。」她原答應帶他去春遊，而她未能如約，兒子留下那張字條，一個人去了……現在她已永遠無法補償兒子。假如以後，她能對這個社會有所貢獻，她想，這貢獻裡，必也包含著兒子的一份努力和犧牲。

從這裡我們看出了一個女人要獨自撫養一個孩子長大成人是多麼地不容易。

堅強地走過喪子之痛，曾令兒在事業上找到出口。她的一種計算機乘法過程的演算方法在國際上引起反響。她在事業上的成就，我們可從盧北河對她的重視程度看出。

盧北河、曾令兒和左葳原是大學同學，盧北河喜歡左葳很久了，就在曾令兒為左葳頂罪，左葳原為報恩娶她，後來又悔婚，曾令兒被下放後，盧北河得到了左葳。得到左葳後，她才更看出他的無能。當混亂的局面停止後，盧北河已經是一個研究所的黨委副書記兼副所長，而左葳只是研究所的科研人員，盧北河一直在幫助左葳穩住他的職位。學術界重現曾令兒的名字後，在盧北河的深思熟慮下，她決定以研究所名義邀請曾令兒來參加超微型電子計算機微碼編制工作。這項工作的主持人是左葳，不過有一些閒言閒語傳說左葳根本不稱職，如果不是盧北河，他那能有今天。盧北河希望能得到曾令兒的幫助，只要曾令兒進了微碼編制組，以她的工作能力和專業認知，微碼組一定會有一番成績的，有了成績，左葳穩當地做到退休應該不是問題才是。

盧北河邀請曾令兒共進晚餐，談起他們的婚姻生活：從未拌嘴、吵架。幸福得如同一個隨心所欲的主人，和一個唯命是從的奴隸。盧北河感慨地對曾令兒說：「你已經超脫了，因為你不再愛了。一個人只要不再愛，他便勝利了。因此，我想說幾句不怕你不高興的話，多少年來，我們爭奪著同一個男人的愛，英勇地為他做出一切犧牲，到頭來發現，那並不值得。而他對我們的犧牲，全然不覺，或是他認為我們理應如此。」[258]盧北河很羨慕曾令兒能有機會獨立發展自己的事業，而她卻要為無實質才幹的丈夫找門路、撐場面。在這裡我們見到了另一個為愛情犧牲奉獻的女子。

作者安排了一個小說情節，讓曾令兒明白地確定她對左葳的愛情已經全然過去。

曾令兒回E市參加會議，在火車上偶遇一對新婚夫婦，又正巧住同一間旅館，新婚夫婦要去海邊游泳，曾令兒警告他們不要去，因為那裡有漩渦。但他們還是去了。當天晚上，盧北河向曾令兒商量留下來幫助左葳，曾令兒答應考慮。就在與盧北河分

---

[258] 同註一五二，頁二八〇。

手，曾令兒開始思索這個難題時，傳來新郎游泳出事的消息，曾令兒抱著新娘安慰著她，想起以前：她和左葳曾在那兒游泳，左葳差點溺斃，他緊抓著曾令兒，後來曾令兒硬是撐著救起了他。經過了這件事，曾令兒覺得「她已越過了人生的另一高度。她會去和左葳合作。既不是為了對左葳的愛或恨，也不是為了對盧北河的怜憫。而是為了這個社會，做一些有意義的事情。」[259]她尊重自己，清楚自己的行事，所以對於所承載的苦難，從未後悔過。這代表著曾令兒思想層次的提升以及對自我存在價值的肯定。

在這篇小說中，我們見到堅毅的曾令兒的精神不斷地超越自我的高度，在超越的過程中，儘管考驗重重，但因為她執著地懷抱著「無窮思愛」，使得她不斷地擴大其「愛」的母題，把「小我」的兒女私情之愛，擴大到「大我」的社會的民胞物與之愛。由於她的女性經驗，讓讀者有了獨特的認識價值。

諶容〈永遠是春天〉裡的韓臘梅也是在婚變後，找到屬於自己的一片天。韓臘梅經過十多年的等待，終於等回她的丈夫，可惜他已另結新歡；韓臘梅走出兒女私情，壓抑住想見李夢雨的長期心願，把全部心力轉移到事業上，為她的理想奮鬥。

解放後，她選擇水利工作，修了不少水庫。她為了與修泉縣人民盼望已久的水庫，深入調查研究，做報告，提建議，執著地追求她的理想，她語重心長地說過：不把水庫建成，她是死也不瞑目的。

喬雪竹〈北國紅豆也相思〉裡的魯曉芝掙脫包辦婚姻後，為了實現理想，離開貧瘠的農村到大森林，艱辛地為她的事業奮鬥，詠出了頑強生命的謳歌，有著廣博的女性意識。

---

[259] 同註一五二，頁二八五。

池莉〈月兒好〉裡的月好也是一樣具有韌性。她並沒有因為感情受創或丈夫早逝而屈服於命運的安排，她不但把她那對雙胞胎遺腹子教養得人見人誇，而且還努力為幼兒教育事業奮鬥，並且辦得有聲有色，報紙廣播大為宣傳她的教育方法。

再者又如諶容〈人到中年〉裡的陸文婷、王安憶〈流逝〉裡的端麗，她們都是在遭受挫折的環境中，發現自己除了賢妻良母的角色外，還擁有追求事業理想的潛能。

提到女性發展自我的潛能，追逐成就，不免就想到「女強人」的問題。凡是走出家庭，和男人一樣在事業上有所成就的女性，幾乎都被冠上了「女強人」的頭銜，這些女性形象的男性化的雄化的女性，顯現於外的是剛強潑辣的性格——「改革、開放的浪潮，猛烈衝擊了傳統觀念對婦女的歧視，這在觀念上就為女性充分實現自己的潛能和價值，創造了良好的心理前提。」[260]我們見到張潔〈方舟〉裡的梁倩、荊華和柳泉，當她們在遭受丈夫精神或肉體上的摧殘後，她們不再沈默，反倒在充滿男性價值觀念的社會中，努力超越自己的性別角色，並仿造、襲用男性的行為模式，以求得到社會的認同和接受，這些「雄化」的女性的確開創了自我的潛能，因此，我們可以說「『女性雄化』既是女性超越傳統範疇、改變、主宰自己命運的結果，又是改革的社會的大潮，所重塑的女性形象。」[261]

在尋求女性發揮自我潛能的解放過程，除了在外部世界要解除社會習俗、傳統觀念的根源外，女性本身的努力更為重要，想要追求獨立的人格，不依賴男人，唯有自愛自重，自尊自強才能

---

[260] 同註六七，頁九五。
[261] 同註六七，頁九五。

活出自我，這應該是新時期女作家在小說中所帶給讀者的啟示。

經由以上的從愛情、婚姻、家庭、事業、性愛、外遇等更多地帶有女性色彩的角度，剖視女性的自我所受到的影響，我們見到在五四時期和新時期的女性婚戀小說之女性意識所呈現的意義，是很能展現女性特色與本質的，女性因為所扮演的多重角色，才得以開展其本質，並充分地體驗且實現其人生意義。

當代女性新人格的形成，是在瞬息萬變的外部世界的影響下所造就的，這樣新人格一旦養成，她們便無法再漠視自我的存在，她們關心自己的情與欲、痛苦與掙扎、報復與希望。此外，在這一節的分析中，我們從女作家的小說經營中見到了她們真切和細微的女性體驗和洞察；透過小說中的女性，我們瞭解到女性越是覺醒，生活的越是艱辛，付出的代價也越大。

五四時期與新時期的女性文學為召喚女性真、善、美的象徵而相互接通。五四時期的女性文學，在揭露女性的不幸，並提出控訴，進而找尋出路；隨著新時期女作家自身文化素質的加厚，女性處境和命運在兩性關係中充分開展而深化，女作家以呈現女性生命與價值為重任，因而此時，關於女性的自我、人生、兩性問題的題材才被開掘出來，其思考逐漸充溢著女權思想。

五四時期的女作家們創造出個性化的女性文學，點燃了其女性意識之火，努力改變社會對女性角色的陳腐觀念，消除傳統對女性的偏見，並朝重建現代合理的兩性實質平等的價值觀念前進；「四人幫」垮台後，新時期的女性文學在改革開放、現代化建設事業的發展下，日趨成熟，經過反思，女作家們薪火相傳地接下了女性文學發展的火炬，讓火焰熊熊燃燒，她們自覺到使女性特質的正常發育的重要性，因此也瞭解到把男性當作對手的女權運動，其實是一種危機。她們把女人的自覺統一在人的自覺之中，這不但對於促進女性文學的提升和拓展，做出了極大的貢獻。此外，也從封建社會性別定型的箝制下，對於促使兩性社會的繁榮與和諧盡了一份力。

盛英曾在《中國女性文學新探》中提到新時期女作家的女性觀。宗璞說，女人首先「要獲得做為人的一切」當「女人不能做人」時，當「女人為了做人而忘記了自己是女人」時，都「沈痛得很」；方方率真地為「女性性徵」作解釋，大家氣的女人「個性鮮明，平等意識強烈，在社會中嚮往特立而獨行，追求女性的自我」。她們「雖不討男人喜歡，但她們卻是真正的女人」，「是女人的方向」。而「小女人」氣，「雖能討得男人們的喜歡和憐愛，但畢竟無法顯示女性的進步。」她預測，「隨著世界的進步，女人發展個性空間擴大，小女人將自然減員」；張抗抗在堅持女性自尊自信的同時，坦誠地進行自我剖析：「我像所有平常女性一樣，有怯懦、虛榮、狹隘、依賴的習性，我常陷入魚與熊掌的矛盾之中，還有內心深處良知和利益的衝突」，她認為「女性解放的道路上最頑固的障礙，是女人自己」；陸星兒希望女人不要「太把自己看作女人」，以致被嵌入某種「既定的角色之中」；王安憶覺得女人倘若過於「擴大自我意識」，「陷入內部世界拼命創造幻想」的話，那麼「創造出來的自我是謬誤的」她希望女性走出誤區，理性地提高自我，而「真實的自我與提高的自我之間」，又應保持「一個理性的距離，這是一種審美的距離、批判的距離」，「觀照的自我站得越高，本性的自我便更真實、更清晰。」[262]從這些女作家的女性觀，可以想見她們的自我成長，以及她們超越

---

[262] 盛英：《中國女性文學新探》，（北京：中國文聯出版社，一九九九年九月），頁一一一~~一一二。

自我、邁向自我實現的付出。

這兩個時期的女性小說家在婚姻愛情的題材中，充分發揮了自己身為女性作家的優勢，隨著其女性意識的逐漸萌醒與發展，她們為不同階段的女性，追求與提升女性的自身價值，做出了貢獻。透過其作品所呈現的女性意識，我們肯定了女性存在的價值意義與本質特色，在這有史以來中國女性作家湧現最多也最活躍的兩個時期，我們的的確確見識到了女性文學的充分開展。

第七章　結論

北京大學教授謝冕曾以「女性文學的大收穫」為題說:「中國女性文學在中國新文學歷史中，大體走過了如下的歷史性進程：一、女性覺醒並爭取女權的時代。表現女性爭取自身權利，如戀愛自由、婚姻自主、以及爭取與男性同樣的勞動、教育、工作的權利等，這一時期的女性寫作匯入了五四新文化運動個性解放的時代大潮流之中；二、投身社會運動的時代。此即所謂『男女都一樣』的消弭女性的性別意識的時代；三、突出特徵，女性反歸自身的時代。這一階段是中國社會開放的產物，女性文學呈現出與世界同步的狀態。也是女性文學最接近本真的性別寫作的階段。」[1]這段話有助於在總結這部論文時，概括地為現、當代女性文學的發展再做一個整體的回顧。

現代知識女性的出現以及她們作為「人」的女性意識的覺醒，是女性文學出現的歷史條件。女性文學與時代的關係是整體的，無論是女性的情感或生命體驗，實際上都不可能完全脫離現實生活而獨自存在。本書所討論的小說，可以說大約是反映了女作家所處身的社會。這一群屬於她們自己的時代和歷史的小說家，在創作初期，反觀並審視自我，因此，她們的小說大抵說來有一種精神上的自傳性質，而隨著她們的感覺及其意識的推進，隨著她們的敘事方式所顯示的獨特的女性視角，我們可以看出不同時期的女性文學確實為整個現、當代文學史增添了不同的光

---

[1] 譚湘:〈"兩性對話"——中國女性文學發展前景〉,(北京《中國現、當代文學研究》一九九九年，第三期)，頁五一。

彩。

女作家在作品中所呈現的女性經驗與男作家所表達的是不同的，經由女作家對兩性關係的表現手法與處理方式，我們不但瞭解到女性的處境，也學習可以從女性的角度來審視女性。

女作家用她們自己的心理體驗和文學創作，塑造小說中的女性形象，透過女性人物的時代特徵、精神風貌與希冀追求，表達出自己的社會價值和生命意義。

她們的創作是自我意識成長的產物，從小說中所蘊含的豐富的歷史意義和複雜的文化性質，我們見到她們不同的女性意識及其超越性別意識的拘囿，她們清醒地認識人生，在認識中使自己的小說從真、善、美的角度進行開掘，以求不斷地得到昇華。

我們從這兩個時期的女作家的小說中，可以見到女性在反父權、反傳統之餘，進而展現女性特質，以其女性意識關懷女性解放、女性命運、兩性關係等問題，並透過愛情與婚姻的題材，記錄女性的心理、情感、生命歷程與自我追求。

一、顛覆父權傳統：

「五四」的女作家以自己的經驗當出發點，勇敢地衝破數千年的被動心理，並改變過去等待的姿勢，揭露社會上許多不平等的待遇，極力倡導女性要在經濟上和精神上樹立「人」的觀念，充分提出了女性擺脫父權文化傳統角色的希望與理想，例如：廬隱的〈何處是歸程〉和馮沅君的〈隔絕〉。

當然，新時期女性文學的昌盛，不是從天而降的，而是經過前人所付出的努力的。

在張辛欣〈在同一地平線上〉和張潔〈方舟〉這兩篇小說中，

作者對女性的自我進行剖析，把現代女性在婚姻中的不幸和艱辛的事業奮鬥的矛盾和痛苦，真實地展現其心靈世界於讀者面前，她們努力保有獨立尊嚴，期待在愛情與事業中尋求統一，以完成其人格理想。

獨立、自尊和自信是成熟的女性意識所表現的基本特徵，在黃蓓佳和劉西鴻筆下的女性已懂得審視自己，她們不再依賴男人，而是擺脫了過去對男人的那種崇拜和神話，她們懂得去追求自己所想要的生活，她們已經能夠培養在自己的抉擇中，具有面對困難、解決事情的能力以及面對痛苦的容忍力。

所以說「痛苦在她們心裡已到了可以被容納和消解的地步」[2]在這種情形之下，她們的心理和人格，隨著其意識在環境的磨練下，將更加堅強和健全。她們的愈挫愈勇，在在對傳統父權提出挑戰。千百年來的封建傳統勢力和道德觀念，雖然仍相當程度地約束著她們的社會生活，但是身為那一代的女子，她們有幸接受教育，因為受過教育，她們不需依附男人，她們擁有工作的能力，能夠維繫自己的生活，事業對於她們來說，有如生命中的方舟。

二、反傳統世俗禁忌：

「性」在中國一直以來是最不被公開提及的話題，自「五四」女性文學馮沅君在〈旅行〉中提出男女同遊，共處一室，丁玲前所未有地將女性自我情感與慾望藉著「莎菲」大膽披露，無疑是對傳統世俗的禁忌提出挑戰；到了新時期女性文學，以性愛為主題的小說，「早已不再停留於突破創作禁忌，對歷史與現實進行粗淺的揭露，並且逐漸脫出肯定與張揚人性意識，對文化傳統進

[2] 殷國明、陳志紅：《中國現當代小說中的知識女性》，（廣東：廣東高等教育出版社，一九九〇年八月）， 頁二四〇。

行反思與批判的角度，也不再僅僅從道德價值觀的評判著眼來探討性愛意識，而更為注重從人類性文化的宏闊層面上展開超越歷史的哲學與人性的思考」[3]，女作家們大膽地藉著筆下的女性，講述她們的精神需求，那些感官形象看似肉感的性行為的明喻或暗喻的描寫，實際上是潛入了女性生命本體，在深層結構上直接表現了女人物質與精神上的兩面，真實展示了女性的性心理，釋放了女性的性能量，站在女性本位的立場提示並伸張了女性應有的性權利，無疑對中國女性的傳統文化性心理的結構，形成一股強大的衝擊，例如：鐵凝的〈麥稭垛〉、王安憶的「三戀」和〈崗上的世紀〉。

三、女性特質的展現：

呂秀蓮在《兩性問題女性觀》一書中就因應時代潮流提出她的看法：「平等並不意味著相同，不同亦非即不平等，上帝既造亞當，且造夏娃，這世界理所當然就是一個兩性社會，牡丹的豔紅需要綠葉陪襯，男人的英俊瀟灑，若沒有女人的嬌柔嫵媚，亦顯不出光采來……」[4]這段話實是肯定了女性不同於男性的特質。

「五四」的小說在反傳統女性角色之餘，其實也還算順應自然地保持女性的固有特質，以顯示女性的存在價值。例如：凌叔華〈女人〉裡的女主人公巧妙地利用女性柔軟的一面，不動聲色地挽回了自己的婚姻，不但保持了女性的特性，也顯示了女性的智慧。

至於新時期女性小說對女性特質的展現，又更進一層了。例

---

[3] 陳思和、楊斌華編選：《禁果難嘗》，（台北：業強出版社，民國七十九年四月），頁三~~四。

[4] 呂秀蓮：《兩性問題女性觀》，（台北：前衛出版社，民國七十九

如：諶容的小說不僅是〈人到中年〉裡的陸文婷呈現了中國婦女堅忍的形象；〈永遠是春天〉裡的對愛情終身執著的韓臘梅，也是充分集中體現了中國傳統婦女的勤勞勇敢、堅貞剛強的美德；而〈懶得離婚〉裡的張鳳蘭雖然對丈夫多有抱怨，但仍舊甘願為他做牛做馬，為整個家庭犧牲奉獻，傳統地要抓住她的婚姻。〈錯，錯，錯！〉裡永遠活在愛情中，執迷不悔的惠蓮，願意為了愛情玉石俱焚；至於〈懶得離婚〉裡女記者方芳和〈褪色的信〉裡的童小娟，則較有主見，也許是未婚，還未有束縛的緣故，方芳會對小說主人公的婚姻生活產生疑問，進而思索自己的擇偶標準和對愛情的看法；而童小娟則勇敢地慧劍斬情絲，拿出女性剛毅果決的一面，去替代內心的纖弱猶豫，進而找出未來該走的路。

而航鷹以女性特有的細膩的筆觸，以感同身受的方式，接近心靈地呈現女性特殊的風格和氣質，充分展現了女性文學裡的女性特徵；新生代的女作家黃蓓佳和劉西鴻她們的小說沒有過去女性文學的剛強的桀驁不馴，反而有著女性平穩而自信的特質。

「母性」也是女性特質的重要展現，是上天所賦予女性絕無僅有的寶藏。二十年代茅盾引進美國紀爾曼和瑞典愛倫凱這兩位女權理論家的理論——紀爾曼主張填平由歷史所形成的兩性之間的性溝，消解性別差異，因此，她提出女人經濟獨立論，提倡應以公育培養兒童；而愛倫凱則主張要突出女性的性別特徵，強調使母性和母職更為鮮明，她認為母職是女人的天職，除了繁衍後代，更是培養人才的根本。

筆者也認為女人的母性若無法充分發展，實在稱不上是完整的女人，這也就是文學作品中當女作家以不同的方式謳歌母愛的

年五月），頁三三。

偉大，總能引起廣大共鳴之處。

四、女性意識的逐漸加強

隨著整個社會對女性的認同度的發展，其女性意識也在無形中深化。女性自審意識的覺醒，使得女性意識的內部探索大功告成。女性告別了以愛獨尊的封閉世界，關注自己在社會中的位置與所扮演的角色，而其女性意識在外部世界的探索，同時融入了時代與社會賦予女性等同於男性的使命與任務，這是她們給予自己的期許，儘管在男性世界中仍對女性多少有著有形與無形的阻礙。

女性意識的內涵除了女性壓抑、女性危機外，還有女性角色意識、女性的主體意識等。從認識父權制下男女不平等的歷史基礎上的困惑，到女性意識的覺醒、女性的自我發現，我們見到女性意識由朦朧渾沌到覺醒後的自尊、自主、自強再到成熟的發展脈絡。

我們試舉單一作家女性意識的自我成長來看，從鐵凝的〈麥秸垛〉和她早期的小說來看，可以很明顯地看出鐵凝的女性意識在逐漸加強中。例如在〈哦，香雪〉裡的鳳嬌對列車員渴望接近他的愛慕心理，代表著少女情懷的青春覺醒；〈沒有鈕釦的紅襯衫〉則「讓安然用女中學生的反抗世俗的目光和行為，傳達女性覺醒之後的激憤。」[5]至於〈麥秸垛〉呢？在大芝娘的身上，我們見到了女人的韌性和母性；在沈小鳳身上，我們見到了女人為了所愛一廂情願的癡狂；在楊青身上，我們見到了女人征服的慾望。如此貼近女性生命本身的描寫，直是張揚了女性意識，因此，

---

[5] 陳素琰：〈文學廣角中的一個世界——新時期女性文學論綱〉，（瀋陽《藝術廣角》，一九八七年三月），頁一五二。

〈麥稭垛〉所呈現的女性意識，比起鐵凝早期的小說確是更進一步了。

以此類推，整體的女性文學的女性意識的進展，當然是可想而知了。

五、女性解放與命運的關注

女性文學關注女性的解放命運，表達了女性對傳統道德和倫理觀念的質疑，其意義在於建設一個新的女性的尊嚴和人格，以期女性人格的價值得以全面實現，這無疑為女性文學提供了一條走向成熟與繁榮的道路。

女性的解放首先取決於女性自身的解放，唯有女性自我發現和自我實現，才有所謂的解放可言。五四時期，隨著人的解放潮流興起，女性從封建社會中甦醒，對傳統角色進行反叛，決心要擺脫長久以來「利」他的附庸角色，追求自由、平等，其女性解放首先便是從「認識」、「發洩」自我的方式來體現的。

我們見到馮沅君、盧隱和石評梅筆下的女性在拋卻沈重的道德包袱時的勇氣，也見到她們在追求人格統一的婚姻中，所揭示的新舊婚姻觀的衝突。

「五四」的新文化運動對女性問題的重視和研究，達到中國文化史上前所未有的水平。

女性只有獲得外部環境的充分自由，才有可能實現在文學上的內在自由的解放，因此，女性的解放會顯現在女性的社會存在中。

隨著時代的進步與社會的發展，新時期的女性文學在繼承「五四」的女性文學的同時又超越了它，女性的自我認同，已漸漸和整個社會的認同相統一。女性解放還顯現在女性的精神存在中，尤其是在女性對自由精神的嚮往和尋求，最明顯的例子是張潔的小說。

張潔是新時期特別把寫作的焦點擺在關注女性命運的問題上面的女作家之一。在她的小說中我們見到在新舊交替的時代裡女性艱難的覺醒，她塑造了幾個不屈服於命運安排，不妥協於環境壓力，在生活的磨練中，愈挫愈勇的女性形象——〈愛，是不能忘記的〉裡的鍾雨執著地守著一段真摯的、理想中的愛情，無怨無悔；〈方舟〉裡的三位女主人公毅然決然走出失敗的婚姻，把精神寄託在事業上，在不斷地追求與幻滅中，奮發向上，當然，同時張潔也向社會訴說了：女性所以隱藏其特徵，是為求能適應生存，有著無奈的心情；而〈祖母綠〉裡的女主人公又是一個不幸的女子，不過張潔同樣安排她在承受愛情婚姻、傳統道德和社會生活的種種壓力下，活出自我，找到自己事業的一片天。

六、婚戀觀的進步

不分中外古今，許多優秀的文藝作品，往往和愛情描寫幾乎分不開，從描寫愛情的悲歡離合中，我們可看出時代的脈搏和社會的矛盾。「永恆的人性」是優秀的愛情作品所闡揚的重點，透過愛情的描寫，我們可以透視一個人的靈魂，可以瞭解他的性格和思想；再者，經由人物面對愛情的態度，還可以揭示他的內心世界。

婚戀題材小說可說是兩性關係的縮影，尤其女性的自覺更容易在婚戀題材中突出。

「五四」的女作家在小說中表達她們的愛恨嗔癡，有被背叛、被玩弄的怨恨，例如：凌叔華的〈繡枕〉、廬隱的〈藍田的懺悔錄〉和丁玲的〈夢珂〉；也有在被對方珍愛的情況下，不顧一切阻礙的勇氣，例如：馮沅君的〈隔絕〉與〈隔絕之後〉。

隨著時代的變遷，新時期的女作家對愛情的理解較「五四」

具有豐厚的深度，她們尤其關切的是女性意識的覺醒和自我的認同，因此，我們見到當代女作家筆下的女性的精神成長，以及她們在愛情中對人生目標追逐的價值觀，她們從對愛情、婚姻的希望到失望，進而以自省意識努力活出自己，例如：宗璞的〈紅豆〉和王安憶的〈錦繡谷之戀〉；我們還見到她們努力要在浪漫的愛情和現實的婚姻中找尋一個平衡點，例如：張辛欣的〈我們這個年紀的夢〉；也見到她們在婚姻與事業中的強烈衝突的矛盾與困惑，例如：黃蓓佳的〈請與我同行〉和張辛欣的〈在同一地平線上〉。

此外，女作家把愛情題材放到文學的恰當位置上，讓小說人物能夠在愛情中流露自然的本性，同時也證明了那和純粹的動物性是不同的，誠如韋君宜的〈飛灰〉、航鷹的〈楓林晚〉和問彬的〈心祭〉裡的三對黃昏愛侶，他們的愛悅，已超越了外貌和形體上的相互吸引的因素，這無疑呈現了人類所獨有的高尚而美好的感情。

在本書的小說分析中，我們還可以有四個發現：

一是，在第一章曾提過女性生活的三大基本且重要的支柱是愛情, 婚姻和家庭；但寫完本書，我覺得現代女性基本且重要的生活支柱，除了上述的三者外，還有很重要的一點就是工作, 女性有了工作才能夠自主經濟，擁有了經濟獨立權, 才能忠於自我的發言權與成長空間，因此，經濟若無法先自主，關於女性權利，一切免談。

這也是自「五四」以來，多少出走的〈娜拉〉所遭受到的嚴重問題，李昂〈殺夫〉裡的女主角，她意識到了經濟的重要，若她真有辦法不被父權宰制，也許命運就大有改變。

二是，雖說隨著時代的進步，現代女性比起傳統女性自主很多，但其對家庭與社會的責任，並沒有因此而減少，反而是相對地加重。以前的女性，不必出外工作，只要把家庭照顧好；現代的女性，走出了廚房，在事業上的自我要求，企圖闖出一片天，但廚房的工作還是在家等著她們，也許有的丈夫已經懂得分擔，但繁瑣的家務與小孩的教養，基本上，感覺還是女性的責任，所以，不難想像，據統計現代女性的壓力指數有逐年增加的趨勢。這是在關心女性議題時所不可忽略的。

三是，女作家在不同程度下提示了兩性問題，「五四」的陳衡哲的〈洛綺思的問題〉，提到兩性婚後的分工問題，廬隱的〈女人的心〉，提到兩性對愛情的不同認知；新時期的航鷹和黃蓓佳在其小說中同時揭露了兩性因缺乏溝通，所造成的疏離與隔膜的問題。在這些小說中或深或淺地提示了兩性應該對彼此「差異性」的尊重，且應勇敢地正視兩性共同面對的生存世界而達成共識，以實現各自的人生價值，達成兩性彼此欣賞、相互尊重的並存關係。

現代女性要獲得全新的生活意義與生命意義，所付出的代價是越來越大的，因為女性越是覺醒，在尋求解放的過程，就越是艱辛。在兩性平等相互關係的新秩序中，女人最重要得學習的是，自我信心的隨時再建。以愛情來說，當女人意圖在愛情中實現自我時，一味地對男人奉獻，其實那是她最大的弱點，如果有那麼一天，女人有能力不去逃避自己、放棄自己，而是真實面對自我、肯定自我，那麼愛情再也無法對她造成傷害。

兩性社會的繁榮與和諧，應以男女的實質平等為基礎，為促成男女真平等的社會實現，男性應該在女性甦醒的過程中，更加清醒，唯有兩性同時獲得自省的冷靜，才能縮短性別代溝的距離。

四是，從另一個側面來看新時期的婚戀小說，有些作品以隱

喻的方式提示了文化大革命所帶來的傷害，同時也暗示了作者對暴政的反抗與側面的申訴----

比如在宗璞〈三生石〉這一偏傷痕文學中，我們隱約見到作者藉由梅菩提的悲慘遭遇和內心創傷去揭發四人幫的罪惡；在反思文學中，諶容在她的〈人到中年〉裡，作者為了展現陸文婷的內心矛盾，設計了她昏迷的一段，讓她把潛意識的內心傷痛得以告白；而韋君宜的〈洗禮〉和張潔的〈愛，是不能忘記的〉也是提示了階級身分對愛情的嚴重傷害；又如王安憶〈崗上的世紀〉，作者可能是要控訴文革時期幹部們對知青的欺壓，有意要暴露他們的貪財好色，所以要透過性愛的描寫來作偽裝，暗寫幹部的腐化以及對百姓的迫害。

在當時，「文化大革命」其實還是一個禁區，只要一提及，勢必會扯出共產黨的罪惡，毛澤東的罪行，所以許多大陸作家根本是不敢暢所欲言的，他們在寫作時要拿捏得很好，才不會惹禍上身，既然無法直言不諱，又想將文革時所積壓的不平發洩出來，所能做的便是以暗喻的方式表現出來。

此外特別需要提出來的是，中國女性文學不同於西方女權主義文學，兩者的最大的不同點在於西方的女性作家曾接受女權主義的洗禮，並對男性世界展開性別抨擊；而中國的女性文學不但不崇尚女權主義，而且還與一些關注女性命運的男性作家結盟，一起為長期受壓迫的女性高呼不平。

其二者的差異應該還在於對女性解放的認知。在中國當時提倡女性解放之初，一些先進人士對於女性解放的共同認識，便是女性要和男性一樣走出家庭的牢籠，和男性一樣擔負起對國家社會的義務與責任，這就大大有別於西方女權主義者所強調的兩性的平等與自由的權利以及對於男性中心秩序的顛覆。

中國女性文學的女性意識雖然不似西方女權主義文學，性別特徵較為敏感，且一直處於高漲期，其女性意識長期以來一直掩沒在社會民族意識的高漲之中，相對地也就較西方女權主義文學具有其時代性與社會性。其實中國女性文學的女性意識並未曾有過空窗期，它只是在強調性別特徵和淡化性別特徵的拉鋸戰的衝突中成長而臻於成熟。

至於女性解放方面，不同的文化背景，對女性也產生不同的解放——「西方女權文學為了女權，不斷擴展社會空間向外擴張；而中國女性文學為了克服無性化（或雄性）趨勢，回過頭來優化自身的內質。」[6] 但中西方女性文學的對女性尊嚴的提高、對女性存在價值的肯定、對爭取女性真正解放的努力與期待，卻使它們二者有了彼此聯繫溝通的橋樑。

由本書的研究可呈現出五四時期與新時期女性婚戀小說的女性意識及其意義，代表著女性文學相當重要的兩個發展階段及其演進，提供研究中國現、當代女性文學的重要參考。

英國女作家維吉尼亞•伍爾芙(Virgina Woolf)在其傑出的女權主義著作《自己的房間》(A Room of One's Own)裡以自己在牛津大學無法自由來去，甚至連上圖書館都遭到阻攔的經驗為例，說明女性所遭受不平等待遇，她問道:為何在早期的文學史裡，找不到可與男性作家相互較勁的女性作家?為什麼女性會那麼窮，生活經驗那麼貧乏?何以要活在柴米油鹽及丈夫孩子之間，把自己折磨得生命了無樂趣?為什麼女性沒有自己的小天地?伍爾芙假設莎士比亞有個和他具有一樣才華的妹妹，是否會有同樣

---

[6] 盛英：《中國女性文學新探》，（北京：中國文聯出版社，一九九九年九月）頁三四七。

的機會，在劇界揚名?答案是否定的。除非想成為小說家的女性能擁有一年五百英鎊的收入及屬於自己的房間。[7]

我們相信伍爾芙在一九二八年發表這篇演講稿時，絕對想像不到在二十世紀的今日，女性作家不僅擁有屬於自己的房間，也有了可觀的收入，而女性文學為了滿足市場商機，滿足讀者群不同的精神需求，也被炒作的如火如荼。

早期的女性文學作品，女作家主要取材於親身見聞，從她們最易投入的主題切入愛情、婚姻和家庭；而隨著歐美女權主義思潮的影響，女作家眼界的擴大，中國的女性文化產生了越來越強烈的本位要求，已走向要求兩性平等對話的年代。

女作家們通過寫作，尋找女性自身，她們不再僅僅著眼於展現女性的痛苦心靈與對現實生活的種種不平，而是學習從生命角度認真地進行整體的把握，無庸置疑地，女性文學這一概念的提出，肯定了女性寫作的獨特價值和意義。誠如李昂所說的：「女性主義文學並非只探討『女性』，而不探討『人性』。」[8]

法國社會學家安德蕾•米歇爾（Andr”ee　Michel）在其《女權主義》一書中期許說：「當全世界的婦女都真正瞭解，女性並不低於男性，而且和男性一樣具有人的尊嚴，那時她們將不再讓男人來決定她們的命運和世界的前途，而會挺身而出，加以改善，使女性的命運和世界的前途都更為美好。」[9]女作家正視屬於

---

[7] 廖炳惠：〈女性主義與文學批評〉，(台北《當代》一九八六年九月，第五期)，頁三六。

[8] 李昂：〈我的創作觀〉，《暗夜》(香港：博益出版公司，一九八五年十月)，頁一八六。

[9]安德蕾•米歇爾(Andr”ee　Michel)著，張南星譯：《女權主義》，(台北：遠流出版公司，民國八十六年一月)，序頁二。

女性自身的問題，而非只是針對男性提出挑戰，這才能達到女性解放的真正目的。

參考書目

壹、 專書部分

一、作家作品

丁玲著 晨光選編	《丁玲女性小說金作》（上、下）	湖南：湖南文藝出版社	一九九五年十二月
方方著	《埋伏》	江蘇：江蘇文藝出版社	一九九五年十二月
方方著	《風景》	江蘇：江蘇文藝出版社	一九九五年十二月
王安憶著	《雨，沙沙沙》	台北：新地出版社	民國七十七年二月
王安憶著	《小城之戀》	台北：林白出版社	民國七十七年二月
冰心著	《冰心文集》	上海：文藝出版社	一九八二年十一月
冰心著	《冰心選集》	香港：香港文學研究社	一九五五年八月
池莉著	《池莉文集》1~~4	江蘇：江蘇文藝出版社	一九五五年八月
沈暉編	《蘇雪林文集》（一至四卷）	合肥：安徽文藝出版社	一九九六年四月
宗璞著	《弦上的夢》	台北：新地出版社	民國七十九年三月
凌叔華著 計蕾編選	《中國現代文學百家——凌淑華》	北京：華夏出版社	一九九六年十二月
韋君宜著	《中國當代作家選集叢書——韋君宜》	北京：人民文學出版社	一九九五年十二月
凌叔華著	《凌叔華小說集Ⅰ》	台北：洪範書店	民國七十三年十一月
凌叔華著	《凌叔華小說集Ⅱ》	台北：洪範書店	民國七十五年四月
廬隱著 殷慧選編	《廬隱　人生小說》	上海：上海文藝出版社	一九九四年五月
航鷹著	《東方女性》	台北：新未來出版社	民國八〇年二月
張辛欣著	《我們這個年紀的夢》	台北：新地出版社	民國七十七年二月
張潔	《張潔》	北京：人民文學出版社	一九九三年五月
張潔等著	《愛，是不能忘記的》	台北：新地出版社	民國七十八年三月
張潔著	《方舟》	台北：新地出版社	民國七十九年四月
陳衡哲著	《小雨點》	台北：成文出版社	民國六十九年七月
程乃珊著	《藍屋》	台北：新地出版社	民國七十七年二月
黃蓓佳著	《午夜雞尾酒》	江蘇：江蘇文藝出版社	一九九八年八月
黃蓓佳著	《雨巷同行》	江蘇：江蘇文藝出版社	一九九八年八月
劉索拉著	《你別無選擇》	台北：新地出版社	民國七十七年二月
諶容著	《諶容》	北京：人民文學出版社	一九九三年五月
諶容著	《諶容集》	福州：海峽文藝出版社	一九八六年十月
諶容著	《懶得離婚》	北京：華藝出版社	一九九三年三月

盧隱著	《盧隱小說全集》(上)	長春：時代文藝出版社	一九九七年三月
盧隱著	《東京小品——盧隱》	河北：河北教育出版社	一九九四年五月
鐵凝著	《沒有鈕釦的紅襯衫》	台北：新地出版社	民國七十七年二月

二、研究專著

W • C • 布斯著華明等譯	《小說修辭學》	北京：北京大學出版社	一九八七年十月
丁柏銓 周曉揚 合著	《新時期小說思潮與小說流變》	南京：南京大學出版社	一九九一年三月
丁玲著	《丁玲自傳》	江蘇：江蘇文藝出版社	一九九六年七月
二十所高等院校《中國當代文學作品選評》編委會編	《中國當代文學作品選評》	河北：河北人民出版社	一九八五年十二月
上海文藝出版社編輯	《中國新文學大系 1927—1937・小說集一~~三》	上海：上海文藝出版社	一九八四年五月
中國丁玲研究會編	《丁玲研究》	湖南：湖南師範大學出版社	一九九二年八月
中國大百科全書出版社編輯部編	《中國大百科全書——中國文學》	北京 • 上海：中國大百科全書出版社	一九八六年十一月
中國文學家辭典編委會	《中國文學家辭典》現代第一分冊	成都：四川文藝出版社	一九七九年十二月
中國文學家辭典編委會	《中國文學家辭典》現代第三分冊	成都：四川文藝出版社	一九八五年三月
中國文學家辭典編委會	《中國文學家辭典》現代第四分冊	成都：四川文藝出版社	一九八五年八月
中國作家協會創研室	《棉花垛》	長春：時代文藝出版社	一九九二年二月
中國作家協會創研室編	《公開的“內參”》	長春：時代文藝出版社	一九八九年三月
中國作家協會創研室編	《小城之戀》	長春：時代文藝出版社	一九八九年三月

中國現代文學研究會、中國現代文學館合編	《中國現代文學研究叢刊3》	北京：作家出版社	一九九一年八月
中國現代文學研究會、中國現代文學館合編	《中國現代文學研究叢刊4》	北京：作家出版社	一九九三年十一月
中國現代文學研究會、中國現代文學館合編	《中國現代文學研究叢刊3》	北京：作家出版社	一九九三年八月
尹雪曼著	《五四時代的小說作家與作品》	台北：成文出版社	民國六十九年五月
尹雪曼著	《鼎盛時期的新小說》	台北：成文出版社	民國六十九年六月
天津人民出版社編	《中國文學大辭典》	台北：百川書局	民國八十三年十二月
文訊雜誌社編	《苦難與超越——當前大陸文學二輯》	台北：文訊雜誌社出版	民國八〇年十二月
方錫德著	《中國現代小說與文學傳統》	北京：北京大學出版社	一九九二年六月
王才路、蔣秀英、臧恩鈺主編	《中國現代文學人物畫廊》	瀋陽：遼寧大學出版社	一九八八年九月
王安憶著	《心靈世界——王安憶小說講稿》	上海：復旦大學出版社	一九九七年十二月
王炳根著	《冰心新傳》	台北：新潮文化事業有限公司	民國八十五年十一月
王緋著	《女性與閱讀期待》	西安：陝西人民教育出版社	一九九八年九月
王覺源著	《近代中國人物漫譚》	台北：東大圖書公司	民國七十八年十月
王覺源著	《近代中國人物漫譚續集》	台北：東大圖書公司	民國八〇年一月
皮師述民、邱燮友、馬森楊昌年　合著	《二十世紀中國新文學史》	台北：駱駝出版社	民國八十六年八月
司馬長風著劉紹唐校訂	《中國新文學史》（上下冊）	台北：傳記文學出版社	民國八〇年十二月
玉谷直實、戶田忠雄	《解讀女人》	台北：學臣氏出版社	民國八十七年二月

白燁主編	《新時期文學六年》	北京：中國社會科學出版社	一九八七年一月
任一鳴著	《中國女性文學的現代衍進》	香港：青文書屋	一九九七年六月
任平安、趙豔屏 合著	《婦女心理學》	瀋陽：遼寧大學出版社	一九八八年五月
任孚先、王光東 合著	《山東新時期小說論稿》	濟南：山東教育出版社	一九九一年十二月
西蒙•波娃著 歐陽子譯	《第二性》	台北：志文出版社	民國八十一年九月
成令方著	《抓起頭髮要飛天——嘻笑怒罵的女性主義論述》	台北：時報文化出版事業有限公司	民國八十二年九月
托里莫伊著 陳潔詩譯	《性別/文本政治：女性主義文學理論》	台北：駱駝出版社	民國八十四年六月
米歇爾著 張南星譯	《女權主義》	台北：遠流出版公司	民國七十三年二月
佛斯特著 李文彬譯	《小說面面觀》	台北：志文出版社	民國六十二年九月
何滿子著	《中國愛情與兩性關係》	台北：台灣商務印書館	民國八十四年一月
余德慧著	《情話色語》	台北：張老師文化事業股份有限公司	民國八十四年三月
余樹森 牛運清主編	《中國當代文學作品辭典》	北京：北京大學出版社	一九九二年十月
吳丹青著	《情愛論》	瀋陽：瀋陽出版社	一九九七年七月
吳宗蕙著	《女作家筆下的女性世界》	北京：首都師範大學出版社	一九九五年十一月
吳達芸著	《女性閱讀與小說評論》	台南：台南市立文化中心	民國八十五年五月
呂正惠著	《文學經典與文化認同》	台北：九歌出版社	民國八十四年四月
呂秀蓮著	《兩性問題女性觀》	台北：前衛出版社	民國七十九年五月
呂秀蓮著	《新女性主義》	台北：前衛出版社	民國七十九年五月
呂晴飛主編	《當代青年女作家評傳》	河北：中國婦女出版社	一九九〇年六月
李又寧 張玉法編	《中國婦女史論文集》（第一輯）	台北：商務印書館	民國七〇年七月

李又寧 張玉法編	《中國婦女史論文集》（第二輯）	台北：商務印書館	民國七十七年五月
李又寧 張玉法編	《近代中國女權運動史料》	台北：傳記文學社	民國六十四年十月
李小江著	《夏娃的探索》	鄭州：河南人民出版社	一九八八年五月
李今著	《個人主義與五四新文學》	哈爾濱：北方文藝出版社	一九九二年六月
李少群著	《追尋與創建——現代女性文學研究》	濟南：山東教育出版社	一九九七年十二月
李仕芬著	《台灣當代女作家小說研究》	台北：文史哲出版社	民國八十五年五月
李美枝著	《女性心理學》	台北：大洋出版社	民國七十三年四月
李澤厚 林毓生等著	《五四：多元的反思》	台北：風雲時代出版社	民國七十八年五月
李澤厚著	《中國近代思想史論》	台北：風雲時代出版社	民國七十九年八月
沈振煜 李守仍　等著 吳建波	《中國現代文學采英》	湖北：湖北教育出版社	一九八八年三月
沈從文著	《記丁玲》	長沙：岳麓書院	一九九二年十二月
汪丹編	《女性潮汐》	天津：天津人民出版社	一九九八年二月
狄奧多•芮克著 孟祥森譯	《感情世界的性別差異》	台北：圓神出版社	民國八十七年十月
肖鳳著	《冰心傳》	北京：北京十月文藝出版社	一九九六年十一月
肖鳳著	《廬隱　李唯建》	北京：中國青年出版社	一九九四年十二月
邢時忠著	《新時期小說與西方文學思潮》	成都：四川大學出版社	一九九八年九月
亞菁著	《現代文學評論》	台北：東大圖書公司	民國七十二年二月
卓如編	《冰心》	台北：書林出版有限公司	民國八十一年十二月
叔本華著	《情愛與性愛》	北京：大眾文藝出版社	一九九九年四月
周玉山著	《大陸文藝新探》	台北：東大圖書公司	民國七十三年四月
周玉山著	《大陸文藝論衡》	台北：東大圖書公司	民國七十九年三月
周伯乃著	《情愛與文學》	台北：東大圖書公司	民國七十三年八月
周伯乃著	《現代小說論》	台北：三民書局	民國六〇年五月
周良沛著	《丁玲傳》	北京：北京十月文藝出版社	一九九四年七月
周昌龍著	《新思潮與傳統：五四思想論集》	台北：時報文化出版企業有限公司	民國八十四年二月
周芬娜著	《丁玲與中共文學》	台北：成文出版社	民國六十九年七月

周策縱原著 楊默夫編譯	《五四運動史》	台北：龍田出版社	民國七〇年一月
周策縱等著	《五四與中國》	台北：時報文化出版事業有限公司	民國六十八年五月
周策縱著	《五四運動史（上）》	台北：桂冠圖書股份有限公司	民國七十八年四月
周裕新主編	《現代女性心理》	上海：上海社會科學院出版社	一九九八年一月
孟悅 戴錦華著	《浮出歷史的地表——中國現代女性文學研究》	台北：時報文化出版事業有限公司	民國八十二年九月
宗城著	《風雨人生——丁玲傳》	北京：中國文聯出版公司	一九九七年十一月
於可訓著	《中國當代文學概論》	武漢：武漢大學出版社	一九九九年二月
林丹婭著	《當代中國女性文學史論》	福建：廈門大學出版社	一九九五年八月
林海音編	《中國近代作家與作品》	台北：夏林含笑出版	民國六十九年三月
金一虹 張錫金　合著 胡發貴	《女性意識新論甦醒中的女性》	南京：南京大學出版社	一九九一年九月
俞汝捷著	《人心可測——小說人物心理類型》	北京：中國青年出版社	一九九三年十二月
姚鶴鳴著	《理性的追蹤——新時期文學批評論綱》	江蘇：江蘇教育出版社	一九九八年三月
施叔青著	《對談錄——面對當代大陸文學心靈》	台北：時報文化出版企業有限公司	民國七十八年五月
施淑著	《大陸新時期文學概觀》	台北：行政院文化建設委員會	民國八十五年六月
洪子誠著	《中國當代文學概說》	香港：青文書屋	一九九七年六月
禹燕著	《女性人類學》	北京：東方出版社	一九八八年六月
胡若定著	《新時期小說論評》	南京：南京大學出版社	一九九〇年六月
胡適著	《貞操問題（胡適文存/第一集・第四卷》	台北：遠流出版社	民國七十五年三月
胡適編	《五四新文學論戰集續編》	台北：長歌出版社	民國六十五年四月
郁瑢 酈邦洪　主編	《中國當代文學作品選》	北京：人民文學出版社	一九八九年五月

郗瑢編	《新時期短篇小說探微》	北京：北京師範學院出版社	一九八八年二月
唐金海 陳子善　主編 張曉雲	《新文學里程碑——小說（下）》	上海：文匯出版社	一九九七年十二月
唐師翼明著	《大陸新時期文學（1977—1989）理論與批評》	台北：東大圖書公司	民國七十四年四月
唐師翼明著	《大陸「新寫實小說」》	台北：東大圖書公司	民國八十五年九月
夏志清著	《夏志清文學評論集》	台北：聯合文學雜誌社	民國七十六年六月
夏志清著	《新文學的傳統》	台北：時報文化出版事業有限公司	民國六十八年十月
夏志清著	《中國現代小說史》	台北：傳記文學出版社	民國八〇年十一月
孫乃修著	《佛洛伊德與中國現代作家》	台北：業強出版社	民國八十四年五月
徐安琪主編	《世紀之交中國人的愛情和婚姻》	北京：中國社會科學出版社	一九九七年九月
格蕾・格林 考比里亞・庫恩合編 陳引馳譯	《女性主義與文學批評》	台北：駱駝出版社	民國八十四年七月
殷國明 陳志紅　合著	《中國現當代小說中的知識女性》	廣東：廣東高等教育出版社	一九九〇年八月
荒林著	《新潮女性文學導引》	長沙：湖南文藝出版社	一九九五年五月
馬畏安著	《新時期文學的思考》	廣西：. 漓江出版社	一九八七年九月
馬漢茂編	《掙不斷的紅絲線——中國大陸的婚姻・愛情與性 》	台北：敦理出版社	民國七十六年十月
崔西璐著	《中國當代文學研究概論》	天津：天津教育出版社	一九九〇年十月
張子樟著	《試論大陸新時期小說》	台北：行政院文化建設委員會	民國八十五年六月
張子樟著	《走出傷痕——大陸新時期小說探論》	台北：東大圖書公司	民國八〇年二月
張妙清 葉漢明 郭佩蘭合編	《性別學與婦女研究——華人社會的探索》	香港：中文大學出版社	一九九五年
張抗抗著	《女人的極地》	台北：業強出版社	民國八十七年四月

張京媛主編	《當代女性主義文學批評》	北京：北京大學出版社	一九九二年一月
張京援主編	《當代女性主義文學批評》	北京：北京大學出版社	一九九二年一月
張放著	《大陸新時期小說論》	台北：東大圖書公司	民國八十三年三月
張放著	《大陸作家評傳》	台北：台灣商務印書館	民國七十八年七月
張炯著	《新時期文學格局》	西安：陝西人民教育出版社	一九九八年九月
張炯著	《新時期文學論評》	福州：海峽文藝出版社	一九八六年五月
張素貞著	《細讀現代小說》	台北：東大圖書公司	民國七十五年十月
張素貞著	《續讀現代小說》	台北：東大圖書公司	民國八十二年三月
張堂錡	《現代文學名家的第二代》	台北：業強出版社	民國八十七年八月
張韌著	《新時期文學現象》	北京：文化藝術出版社	一九九八年二月
張鍾 洪子誠 余樹森　合著 趙祖謨 汪景壽	《中國當代文學》	北京：北京大學出版社	一九九二年四月
張寶琴 邵玉銘　主編 啞弦	《四十年來中國文學》	台北：聯合文學出版社	民國八十四年六月
淡江大學中國文學系主編	《中國女性書寫——國際學術研討會論文集》	台北：台灣學生書局	民國八十八年九月
梅羅洛（Dr. Rollo May）著 蔡伸章譯	《愛與意志》	台北：志文出版社	民國六十五年八月
盛子潮著	《小說形態學》	福州：海峽文藝出版社	一九九三年六月
盛英著	《中國女性文學新探》	北京：中國文聯出版社	一九九九年九月
盛英主編	《二十世紀中國女性文學史》	天津：天津人民出版社	一九九五年六月
郭成 陳宗敏合編	《中國新文學大師名作賞析——丁玲》	台北：海風出版社	民國八十二年二月
郭志剛著	《中國現代文學書目匯要》	北京：書目文獻出版社	一九九四年十二月
陳仲庚 張雨新 編著	《人格心理學》	台北：五南圖書出版公司	民國七十八年八月
陳東原著	《中國婦女生活史》	台北：商務印書館	民國二十六年五月

陳信元著 欒梅健編選	《大陸新時期文學概論》	嘉義：南華管理學院	民國八十八年六月
陳信元著	《從台灣看大陸當代文學》	台北：業強出版社	民國七十八年七月
陳思和 楊斌華　編選	《禁果難嘗》	台北：業強出版社	民國七十九年四月
陳思和著	《中國新文學整體觀》	台北：業強出版社	民國七十九年三月
陳炳良編	《中國現代文學新貌》	台北：台灣學生書局	民國七十九年十月
陳炳良編	《中國現當代文學探研》	北京：三聯書店	一九九二年三月
陳順馨著	《中國當代文學的敘事與性別》	北京：北京大學出版社	一九九五年四月
陳敬之著	《現代文學早期的女作家》	台北：成文出版社	民國六十九年六月
陸耀東 孫黨伯　主編 唐達暉	《中國現代文學大辭典》	北京：高等教育出版社	一九九八年八月
陶然　常晶等編	《當代中國文學名作鑑賞辭典》	瀋陽：遼寧人民出版社	一九九二年八月
雪兒・海蒂著 林淑貞譯	《海蒂報告：女性坦言》	台北：張老師文化事業股份有限公司	民國八十三年十一月
雪兒・海蒂著 林淑貞譯	《海蒂報告：婚戀滄桑》	台北：張老師文化事業股份有限公司	民國八十三年十一月
喬以鋼著	《中國女性的文學世界》	武漢：湖北教育出版社	一九九三年十月
喬吉亞・薇特金著 王佳煌譯	《兩性壓力》	台北：希代出版社	民國八十六年七月
復旦大學中國語言文學研究所編	《中國新文學研究》	江蘇：復旦大學出版社	一九八六年八月
黑格爾著 范揚・張企泰譯	《法哲學原理》	台北：里仁書局	民國七十四年四月
湯學智著	《新時期文學熱門話題》	西安：陝西人民教育出版社	一九九八年九月
舒蕪編錄	《女性的發現——知堂婦女論類抄》	北京：文化藝術出版社	一九九〇年二月

馮光廉、劉增人著	《中國新文學發展史》	北京：人民文學出版社	一九九一年八月
馮夏熊著	《丁玲作品評論集》	北京：中國文聯出版公司	一九八四年十月
黃人影編	《當代中國女作家論》	上海：光華書局	一九三三年
黃中天、洪英正合著	《心理學》	台北：桂冠圖書股份有限公司	民國八十一年十月
黃政樞著	《新時期小說的美學特徵》	南京：南京大學出版社	一九九一年二月
黃重添、莊明萱、闕豐齡、徐學、朱雙一合著	《台灣新文學概觀》	台北：稻禾出版社	民國八十一年三月
黃蓓佳著	《午夜雞尾酒》	江蘇：江蘇文藝出版社	一九九八年八月
黃蓓佳著	《雨巷同行》	江蘇：江蘇文藝出版社	一九九八年八月
新華文摘編輯部	《文藝理論論點選（1978 年底——1987 年初）》	北京：中國人民大學出版社	一九八七年十一月
楊匡漢主編	《揚子江與阿里山的對話——海峽兩岸文學比較》	上海：上海文藝出版社	一九九五年十二月
楊桂欣編	《丁玲》	台北：書林出版有限公司	民國八十一年十二月
楊義著	《中國現代文學流派》	北京：人民出版社	一九九八年十一月
楊義著	《中國現代小說史》	北京：新華書店	一九九八年三月
楊義著	《二十世紀中國小說與文化》	台北：業強出版社	民國八十二年一年
楊澤主編	《從四〇年代到九〇年代：兩岸三邊華文小說研討會論文集》	台北：時報文化出版企業有限公司	民國八十三年十一月
愛莉絲·史瓦澤（Alice Schwarzer）著 羅麗君譯	《女性的屈辱與勳章》	台北：台灣商務印書館	民國八十七年四月
葉稚英著	《大陸當代文學掃描》	台北：東大圖書公司	民國七十九年五月
葉維廉著	《中國現代小說的風貌》	台北：晨鐘出版社	民國五十九年十月
葛浩文著	《漫談中國新文學》	香港：香港文學研究社	一九九一年六月
鄒午蓉著	《現代作家作品評傳》	江蘇：江蘇教育出版社	一九九四年十月

鄒午蓉著	《丁玲創作論》	江蘇：江蘇教育出版社	一九九四年十月
鄒平著	《閱讀女人》	上海：學林出版社	一九九一年一月
榮格著 馮川蘇克譯	《心理學與文學》	北京：三聯書店	一九八七年十一月
裘伊・瑪姬西絲（Joy Magezis）何穎怡	《女性研究自學讀本》	台北：女書文化事業有限公司	民國八十九年三月
趙聰著	《新文學作家列傳》	台北：時報文化出版事業 有限公司	民國六十九年六月
劉心武等著	《中國大陸現代小說選》〈輯一〉	台北：圓神出版社	民國七十六年九月
劉再復著	《性格組合論》	台北：新地出版社	民國七十七年九月
劉秀娟著	《兩性關係與教育》	台北：揚智文化事業股份有限公司	民國八十六年五月
劉俐俐著	《新時期小說人物論》	蘭州：敦煌文藝出版社	一九九三年四月
劉思謙著	《“娜拉”言說中國現代女作家心路紀程》	上海：上海文藝出版社	一九九三年十二月
劉納著	《嬗變——辛亥革命時期至五四時期的中國文學》	北京：中國社會科學出版社	一九九八年九月
劉惠琴著	《從心理學看女人》	台北：張老師出版社	民國八十一年七月
滕云主編	《新時期小說百篇評析》	天津：南開大學出版社	一九八五年十月
蔡源煌著	《海峽兩岸小說的風貌》	台北：雅典出版社	民國七十八年四月
鄧公玄著	《人性論》	台北：中國文化大學出版部	民國七〇年十月
黎風著	《新時期爭鳴小說縱橫談》	成都：四川大學出版社	一九九五年九月
盧君著	《廬隱新傳》	台北：新潮社文化事業有限公司	民國八十五年八月
盧啟元 徐志超編	《中國新文學大師名作賞析——蘇雪林、廬隱、凌叔華、馮沅君》	台北：海風出版社	民國八十一年三月
盧啟元編	《冰心》	台北：海風出版社	民國八十三年六月

諾曼•L•保羅、貝蒂•B•保羅 著 孫曉梅、李關蓬 、胡久紅譯	《婚姻的困惑》	北京：中國社會科學出版社	一九九八年一月
諾曼•古德曼（Norman Goodman）著 陽琪、陽琬譯	《婚姻與家庭》	台北：桂冠圖書股份有限公司	民國八十四年九月
錢理群 吳福輝 溫儒敏 王超冰　合著	《中國現代文學三十年》	上海：上海文藝出版社	一九九八年十月
閻晶明著	《十年流變——新時期文學側面觀》	西安：陝西人民教育出版社	一九九二年九月
閻綱主編	《當代文學研究叢刊》第六輯	北京：中國社會科學出版社	一九八五年五月
閻綱等著	《新時期小說論——評論家十日談》	西安：陝西人民出版社	一九八七年八月
鮑昌主編	《中國當代文學作品選評》	浙江：浙江大學出版社	一九八八年七月
鮑家麟編著	《中國婦女史論集　三集》	台北：稻鄉出版社	民國八十二年三月
鮑家麟編著	《中國婦女史論集　四集》	台北：稻鄉出版社	民國八十四年十月
鮑家麟編著	《中國婦女史論集續集》	台北：稻鄉出版社	民國八〇年四月
戴翊著	《文學的發現》	上海：學林出版社	一九九五年五月
戴翊著	《新時期的上海小說》	上海：社會科學院出版社	一九九二年六月
謝冕 洪子誠主編	《中國當代文學史料選（一九四八——一九七五）》	北京：北京大學出版社	一九九五年十二月
鍾玲著	《文學評論集》	台北：時報文化出版事業有限公司	民國七十三年二月
鍾慧玲主編	《女性主義與中國文學》	台北：里仁書局	民國八十六年四月

羅思瑪莉·佟恩著 刁筱華譯	《女性主義思潮》	台北：時報文化出版事業有限公司	民國八十五年十一月
羅鋼著	《歷史匯流中的抉擇——中國現代文藝思想家與西方文學理論》	北京：中國社會科學出版社	一九九三年六月
嚴家炎著	《論中國現代文學及其他》	台北：新學識文教出版中心	民國七十八年四月
蘇珊•布朗米勒著 陳蒼多譯	《女性奇論》	台北：森大圖書有限公司	民國八〇年二月
蘇雪林著	《蘇雪林自傳》	江蘇：江蘇文藝出版社	一九九六年十二月
蘇雪林著	《二三十年代的作家與作品》	台北：廣東出版社	民國六十八年十二月
蘇雪林著	《中國二三十年代作家》	台北：純文學出版社	民國七十二年十月
顧燕翎主編	《女性主義理論與流派》	台北：女書文化事業有限公司	民國八十五年九月

貳、期刊部分

Rorty ,Richard 作 蔡秀枝譯	〈女性主義與實用主義〉	《中外文學》第二十二卷第七期	民國八十二年十二月 頁六二~~九一
Susan Weisskopf	〈性——母性性欲與母職〉	《當代》第六十二期	民國八〇年六月 頁八八~~九四
丁爾綱	〈丁玲的莎菲和茅盾的「時代女性」群〉	《山西大學學報》第四期	一九八四年十月 頁四七~~五三
于河生 鄭建臨	〈試談丁玲早期小說中的知識女性形象〉	《西北師大學報》第三期	一九八〇年 頁五二~~五七
王干、戴錦華	〈女性文學與個人寫作〉	《中國現代、當代文學研究》第九期	一九九六年 頁六一~~七一
王才路	〈凌叔華小說創作簡論〉	《遼寧教育學院學報》第一期	一九九四年 頁八五~~八八
王友琴	〈中國現代女作家的小說和婦女問題〉	《北京大學學報》第三期	一九八五年 頁三三~~三九
王向陽	〈作家筆下的女人	《瀋陽師範學院學報•社	一九九七年

	們——女性意識的解讀〉	會科學版》第二一卷第一期	頁二五~~二八
王光明	〈女性文學：告別1995（中國第三階段的女性主義文學）〉	《中國現代、當代文學研究》第二期	一九九七年 頁二七~~三二
王光明	〈談談華文世界的女性主義寫作〉	《二十一世紀》第三十七期	一九九六年十月 頁七七~~八四
王光明、荒林	〈兩性對話：中國女性文學十五年〉	《中國現代、當代文學研究》第十一期	一九九七年 頁八一~~八八
王安憶	〈金燦燦的落葉〉	《作品與爭鳴》第六期	一九八二年六月 頁二七~~二九
王宏圖	〈私人經驗與公共話語（陳染、林白小說論略）〉	《中國現代、當代文學研究》第八期	一九九七年 頁一三一~~一三七
王侃	〈當代二十世紀中國女性文學研究批判〉	《中國現代、當代文學研究》第七期	一九九七年 頁一○~~一七
王周生	〈丁玲創作中女權思想的衰變〉	《上海社會科學學院學術季刊》第三期	一九九三年三月 頁一七七~~一八四
王宜文	〈誘惑與追求（文學中性愛描寫的轉變及其誤區）〉	《中國現代、當代文學研究》第五期	一九九六年 頁六一~~六二
王春元	〈人性論和創作思想〉	《作品與爭鳴》第八期	一九八三年八月 頁六二~~六三
王映霞	〈記丁玲——三十年代作家印象記之一〉	《傳記文學》第六十二卷第四期	民國八十二年四月 頁一五~~二○
王家倫	〈廬隱簡論〉	《楊州師院學報》第一期	一九八九年 頁二八~~三二
王雪瑛	〈農村：影響了我的審美方式（王安憶談知青文學）〉	《中國現代、當代文學研究》第十期	一九九八年 頁九二
王琳	〈走出女性心靈的藩籬（新時期女性文學若干心理癥結的梳理）〉	《中國現代、當代文學研究》第四期	一九九七年 頁二四~~三○
王琳	〈女性經驗與女性敘事（解讀《長恨歌》、《游行》、《守望空心歲月》）〉	《中國現代、當代文學研究》第七期	一九九六年 頁七三~~七七
王雅各	〈婦女研究對社會學的影響〉	《近代中國婦女史研究》第四期	民國八十五年八月 頁二○一~~二三九

王聚堂	〈淩叔華小說中的女性世界〉	《齊魯學刊》第四期	一九九四年 頁三四~~三八
王蒙	〈漫話幾個青年作者和他們的作品〉	《作品與爭鳴》第八期	一九八三年八月 頁五九~~六〇
王緋	〈張辛欣小說的內心視境與外在視界——兼論當代女性文學的兩個世界〉	《文學評論》第三期	一九八六年 頁四四~~五二
王學富	〈冰心與基督教——析冰心"愛的哲學"的建立〉	《中國現代文學研究叢刊》第三期	一九九四年八月 頁 一七一~~一八九
王曉玉	〈簡論二十年代女作家群〉	《華東師範大學學報》第二期	一九八六年 頁四七~~五四
王曉玉	〈簡論二十年代女作家群〉	《華東師範大學學報》第二期	一九八六年 頁四七~~五四
冉然	〈中國現代文學與心理分析小說〉	《中外文學》 第二十四卷第二期	民國八十四年七月 頁一六三~~一八二
史書美	〈林徽因、淩叔華和汪曾祺（京派作家的現代性）〉	《中國現代、當代文學研究》第三期	一九九六年 頁 一二一~~一二七
史書美	〈中國現代文學中的女性自白小說〉	《當代》第九十五期	民國八十三年三月 頁一〇八~~一二七
田心季	〈師法•凸現•超越（鐵凝創作的影響透視）〉	《中國現代、當代文學研究》第七期	一九九六年 頁二〇九~~二一三
皮述民	〈文化革命前的大陸現代小說（一九四九至一九六六）〉	《中國現代文學理論》第三期	民國八十五年九月 頁三二四~~三三四
伊莉莎白・艾德著 劉植強編譯	〈易卜生的娜拉與中國的婦女解放〉	《中國現代文學研究叢刊》第二期	一九八六年 頁二三一~~二三五
伍世昭	〈論"五四"新文學觀念及其相互關係〉	《中國現代、當代文學研究》第一期	一九九七年 頁三四~~四三
任一鳴	〈台灣女性文學的現代衍進（從女性文學到"新女性主義"文學）〉	《中國現代、當代文學研究》第二期	一九九六年 頁二一四~~二一八
任偉光	〈丁玲小說創作的獨性——兼與同時代女小說家的作品比較〉	《廈門大學學報》（哲社版）第四期	一九八八年十月 頁一〇五~~一一〇

冰心	〈從"五四"到"四五"〉	《文藝研究》第一期	一九七九年 頁二三~~二六
朱青	〈論程乃珊小說創作的女性風格〉	《中國現代、當代文學研究》第十期	一九九六年 頁二〇三~~二〇八
朱雙一	〈台灣文學中的"新女性"角色設計〉	《中國現代、當代文學研究》第五期	一九九六年 頁二二六~~二三三
羽中	〈關於愛情描寫中一個值得注意的問題〉	《作品與爭鳴》第四期	一九八二年四月 頁五六~~五八
艾湘	〈關於中篇小說《在同一地平線上》的爭論〉	《作品與爭鳴》第十一期	一九八二年十一月 頁六二~~六五
艾維	〈張抗抗就《北極光》的反批評〉	《作品與爭鳴》第九期	一九八二年九月 頁六七
艾曉明	〈香港"女性主義文學國際研討會"述評〉	《中國現代、當代文學研究》第五期	一九九七年 頁二三二~~二三四
仵從巨	〈灰色幽默:方方小說的個性與評價〉	《中國現代、當代文學研究》第十期	一九九七年 頁一四五~~一四九
何元智	〈談世界文學中三位現代作家對中國新時期文學的影響〉	《中國現代、當代文學研究》第十二期	一九九七年 頁一四~~一九
何金蘭	〈女性意識在詩中起舞〉	《中國時報》第四十三版	民國八十八年六月十七日
何笑梅	〈從小說看台灣女性價值的嬗變〉	《中國現代、當代文學研究》第九期	一九九六年 頁二二六~~二三一
何錫章	〈五四抒情小說與時代精神〉	《中國現代文學研究叢刊》第四期	一九九二年 頁一一一~~一三二
余斌	〈論中國女性文學縱深意識的演進〉	《中國現代、當代文學研究》第二期	一九九六年二月 頁六~~一四
吳虞	〈家庭制度為專制主義之根據論〉	《新青年》第二卷第六號	民國六年二月一日 頁五六七~~五七〇
吳達芸	〈步履惟艱的知識份子——談諶容的《人到中年》〉	《文星》第一一一期	民國七十六年九月 頁八五~~九〇
呂正惠	〈「虛假」的女性主義小說——張潔的「方舟」與「祖母綠」〉	《文星》第一一一期	民國七十六年九月 頁八〇~~八五
呂玉瑕	〈社會學與性別研究〉	《近代中國婦女史研究》第三期	民國八十四年八月 頁一七七~~一九二
呂芳上	〈娜拉出走以後——五四到北伐青年婦女的	《近代中國》第九十二期	民國八十一年十二月 頁一〇三~~一二八

	活動〉		
宋永毅著	〈當代小說中的性心理學〉	《文學評論》第五期	一九八五年 頁三四~~四二
宋美	〈資本主義與女權意識——性別差異和權力抗爭〉	《聯合文學》第四卷第十二期	民國七十七年十月 頁三〇~~三五
宋清	〈丁玲的生平與創作〉	《西北師大學報》第三期	一九八〇年 頁四四~~五一
宋瑜	〈特別的聲音(對海外大陸女作家的文本透析)〉	《中國現代、當代文學研究》第一期	一九九八年 頁二三八~~二四七
宋德明	〈吳爾芙作品中的女性意識〉	《中外文學》第十四卷第十期	民國七十五年三月 頁五〇~~六五
宋曉萍	〈倔強的靈魂——談丁玲小說中幾個女性形象的塑造〉	《中國現代文學研究叢刊》第二期	一九八三年 頁一九一~~二〇三
李小江	〈背負著傳統的反抗(新時期婦女文學創作中的權利要求)〉	《中國現代、當代文學研究》第八期	一九九六年八月 頁七九~~八二
李奇志	〈凌叔華小說"溫婉淡雅"的藝術風格〉	《中國現代文學研究叢刊》第二期	一九九三年 頁九五~~一〇八
李金榮	〈二十世紀中國女性文學的發展〉	《安徽大學學報》第二期	一九九五年 頁九一~~九六
李玲	〈新文學曙光初露時的一顆新星(陳衡哲創作論)〉	《中國現代、當代文學研究》第十二期	一九九七年十二月 頁一六六~~一七二
李英敏	〈從人民生活中挖掘愛情的美——關於文藝作品中愛情描寫的一點意見〉	《作品與爭鳴》第二期	一九八二年二月 頁二~~三
李倩	〈評丁玲早期小說中的女性形象〉	《晉陽學刊》第三期	一九八六年 頁八九、一〇九~~一一二
李復威	〈新時期以來愛情文學的遭遇〉	《中國現代、當代文學研究》第九期	一九九六年 頁 81~~86
李進	〈論五四小說中的生與死〉	《中國現代文學研究叢刊》第一期	一九九一年 頁一二五~~一四二
李運摶	〈新時期小說的變形藝術〉	《中國現代、當代文學研究》第十期	一九九六年 頁四二~~五九
李毅萍	〈婚姻的故事——凌叔	《中國現代文學研究叢刊》	一九九〇年

	華小說世界散論〉	第四期	頁 一二七~~四〇
李潔非	〈“她們”的小說〉	《中國現代、當代文學研究》第十一期	一九九七年 頁八九~~一〇四
李興民	〈五四以來女作家群的女性文學〉	《中國現代、當代文學研究》第四期	一九九三年 頁 一一二~~一一八
李繼凱	〈論張愛玲小說中的女性異化〉	《中國現代文學研究叢刊》第四期	一九九四年十月 頁一〇八~~一一九
杜書瀛	〈呼吁對人的尊重(“新時期文學與道德”)〉	《中國現代、當代文學研究》第三期	一九九八年 頁一八~~三〇
沈愛明	〈女性：朱自清文學創作的母題〉	《中國現代、當代文學研究》第一期	一九九六年 頁一三二~~一三七
汪樂春	〈“五四”戀愛小說試論〉	《文藝論叢》第二十三輯	頁三八九~~四〇九
周文彬	〈大陸現當代女作家塑造的女性形象〉	《文化雜誌》第二十四期	民國八十四年 頁一二一~~一三二
周水濤	〈方方筆下的兩種人生〉	《中國現代、當代文學研究》第十二期	一九九七年 頁一二二~~一二八
周玉山	〈五四的歷史與文學〉	《聯合文學》第十二卷第一	民國八十五年五月 頁五五~~五七
周玉寧	〈由愛情向性本能的滑落:歷史理性的匱乏〉	《中國現代、當代文學研究》第五期	一九九六年 頁五九~~六〇
周芳芸	〈掙扎在畸形生存空間的女人〉	《中國現代、當代文學研究》第一期	一九九八年 頁三三~~三九
周海波	〈城市語境中的女性感情世界（張欣小說論)〉	《中國現代、當代文學研究》第一期	一九九八年 頁二〇三~~二二〇
周曉揚	〈女人與“家”（論當代女性文學的漂流身份)〉	《中國現代、當代文學研究》第八期	一九九八年 頁四四~~五六
周豔芳	〈世紀末：女性文學話語的復歸與重建〉	《中國現代、當代文學研究》第五期	一九九七年五月 頁五四~~六〇
孟悅	〈視角問題與“五四”小說的現代化 〉	《文學評論》第五期	一九八五年 頁七六~~八九
孟真	〈萬惡之源〉	《新潮》第一卷第一期	民國八年一月一日 頁一二四~~一二八
季紅真	〈甦醒的夏娃——新時期女作家的創作傾向〉	《二十一世紀》第二期	一九九〇年十二月 頁一一七~~一二五

於可訓	〈池莉的創作及其文化特色〉	《中國現代、當代文學研究》第十期	一九九六年 頁一二〇~~一二四
林丹婭	〈一種敘事：關於異性愛與同性愛〉	《中國現代、當代文學研究》第二期	一九九九年 頁八四~~九七
林偉民	〈左翼文學:「五四」現實主義傳統的背離與超越〉	《華東師範大學學報》（哲社版）第一期	一九九二年 頁六六~~七三
林基成	〈不安定的靈魂——五四時期的浪漫主義小說〉	《中國社會科學》第二期	一九八五年 頁一七五~~一九〇
林榮松	〈五四性愛小說的道德審視〉	《中州學刊》第三期	一九九〇年 頁七一~~七六
林燿德	〈當代大陸文學中的女性意識——以五〇年代出生的女作家為例〉	《中國論壇》第三十一卷第六期	民國八〇年三月 頁七七~~八三
林麗珊	〈女性主義的發展與意義〉	《學生輔導通訊》第二十七期	民國八十二年七月 頁八六~~八九
邵中義	〈一個不真實的藝術形象——淺析〈金燦燦的落葉〉中的莫愁〉	《作品與爭鳴》第六期	一九八二年六月 頁六四~~六五
金兆	〈大陸文學札記〉	《中國時報》人間副刊	民國七十三年二月十三日
金兆	〈大陸文壇話接班〉	《中國時報》人間副刊	民國七十三年四月十六
金梅	〈論《東方女性》的得失〉	《作品與爭鳴》第二期	一九八四年二月 頁三五~~三八
金燕玉	〈從女性的發現到女性的認識——九十年代女性文學的起步〉	《小說評論》第一期	一九九三年 頁一一~~一五
姚虹	〈從《愛，是不能忘記的》到《美的結構》〉	《作品與爭鳴》第四期	一九八二年四月 頁二三~~二四
柯慶明	〈二十世紀的文學回顧——由新文學到現代文學〉	《聯合文學》第十五卷第七期	民國八十八年五月 頁九二~~一〇一
柳易江	〈簡論廬隱的女性主義文學〉	《江西社會科學》第九期	一九九三年 頁四一~~四四
洪峻峰	〈五四後啟蒙運動的兩種走向〉	《廈門大學學報》第二期	一九九三年 頁二五~~三一
秋水	〈丁玲的小說〉	《中國現代文學研究叢	一九九四年二月

		刊》第一期	頁三一四
秋水	〈中篇小說《祖母綠》的得失〉	《作品與爭鳴》第八期	一九八五年八月 頁六七~~六八
秋泉	〈《關於北極光》的討論綜述〉	《作品與爭鳴》第四期	一九八二年四月 頁六四~~六五
胡彥	〈睡眠、死亡、同性戀——對丁玲早期作品中新女性生存狀況的探討〉	《中國現代文學研究叢刊》第二期	一九九四年 頁一〇一~~一〇六
胡德培	〈宗璞〉	《作品與爭鳴》第五期	一九八三年五月 頁八〇~~八一
胡德培	〈新人寫新人〉	《作品與爭鳴》第十一期	一九八二年十一月 頁二三
胡適	〈貞操問題〉	《新青年》第五卷第一號	民國七年七月十五日 頁九~~一三
胡穎峰	〈著力探視女性的心靈（評胡辛的三部人物傳記）〉	《中國現代、當代文學研究》第十二期	一九九六年 頁二一一~~二一四
韋惠蘭 楊琰	〈婦女地位評價指標體系研究〉	《蘭州大學學報》（社會科版）第二七卷第二期	一九九九年 頁九七~~一〇三
倪婷婷	〈論"五四"文學中性愛意識的局限〉	《中國現代文學研究叢刊》第一期	一九九二年 頁四三~~五七
倪婷婷	〈論“五四”文學中的性愛意識的局限〉	《中國現代、當代文學研究》第二期	一九九三年 頁二九~~四〇
夏中華	〈廬隱小說創作論略〉	《錦州師院學報》（哲學社會學版）第三期	一九八四年 頁七九~~八五
夏中義	〈從祥林嫂、莎菲女士到《方舟》〉	《當代文藝思潮》第五期	一九八三年 頁五八~~六三
夏崇德	〈發端期的中國現代小說漫談〉	《中國現代、當代文學研究》第一期	一九九七年 頁二〇~~三三
孫瑞穗	〈婦女研究及其反抗〉	《中國論壇》第三十二卷第七期	民國八十一年四月 頁 七七~~八〇
徐元度	〈關於莎菲的藝術形象及其原型〉	《廈門大學學報》（哲社版）第三期	一九八四年 頁六~~一六、二六
徐成淼	〈女性主義和女性文學〉	《貴州社會科學》第二期	一九九五年 頁八二~~八四
徐霞村	〈關於莎菲的原型問題〉	《新文學史料》第四期	一九八四年五月 頁一三三~~一三六

秦弓	〈丁玲前期創作的女性主文闡釋〉	《中國現代、當代文學研究》第十期	一九九七年 頁 一三二~~一三九
袁國興	〈引發模式的文化變革與五四文學的總體特徵〉	《北方論叢》第二期	一九八六年三月 頁六二~~六八、七六
馬立誠	〈略談愛情婚姻與道德的關係〉	《作品與爭鳴》第三期	一九八三年三月 頁六五
康林	〈論"五四"時期知識分子題材小說的中心衝突〉	《中國社會科學》第六期	一九八五年 頁 一二七~~一四八
張大雷	〈論丁玲的創作個性〉	《蘭州大學學報》(社科版)第一期	一九九一年一月 頁九六~~一〇二
張子樟	〈大陸小說何去何從〉	《國文天地》 第十二卷第六期	民國八十五年十一月 頁六~~七
張永泉	〈莎菲與丁玲的悲劇〉	《中國現代文學研究叢刊》第四期	一九九四年十月 頁一〇一~~一〇七
張永泉	〈在黑暗中尋求光明的女性——莎菲形象的再評價〉	《中國現代文學研究叢刊》第一期	一九八三年 頁一四七~~一六四
張永勝	〈1917——1927:個人本位主義在中國現代小說中的震蕩〉	《中州學刊》第一期	一九九三年 頁八九~~九二
張全之	〈五四文學的"二次革命"(重評前期創造社在五四文壇上的地位)〉	《中國現代、當代文學研究》第十期	一九九八年 頁一四~~一九
張兵娟	〈論新時期女性文學創作中女性意識的演變〉	《中國現代、當代文學研究》第二期	一九九七年 頁三三~~三八
張志忠	〈文化沙灘上的拾貝者(張抗抗 90 年代創作漫評)〉	《中國現代、當代文學研究》第六期	一九九八年 頁二二五~~ 二三一
張志忠	〈半邊風景:女性文學的散點掃瞄(下)〉	《中國現代、當代文學研究》第五期	一九九七年 頁七〇~~七七
張秀亞	〈關於廬隱〉	《純文學》第一卷第五期	民國五十六年五月 頁一二〇~~一三一
張辛欣	〈必要的回答〉	《作品與爭鳴》第八期	一九八三年八月 頁六四
張衍芸	〈馮沅君《卷葹》論〉	《中國現代、當代文學研	一九九七年

		究》第一期	頁一三四~~一三九
張娟芬	〈女性與母職——一個嚴肅的女性思考〉	《當代》第六十二期	民國八〇年六月 頁九四~~九八
張裕方	〈"紅顏薄命"能否概括"母親"的一生？〉	《作品與爭鳴》第九期	一九八二年九月 頁二一
張福貴 劉中樹	〈晚明文學與五四文學的時差與異質〉	《中國現代、當代文學研究》第一期	一九九七年 頁四四~~五五
張學敏	〈《東方女性》贊〉	《作品與爭鳴》第二期	一九八四年二月 頁三九~~四一
張遼民	〈中國現代女性覺醒的序曲——試論丁玲的長篇小說《母親》〉	《中國現代文學研究叢刊》第三期	一九八八年 頁三九~~五三
張靜二	〈女權運動與女性主義文學〉	《中外文學》第十四卷第十期	民國七十五年三月 頁四~~七
張頤武	〈"後新時期"中國女性小說的發展〉	《文藝研究》第六期	一九九五年 頁九六~~一〇一
曹惠民	〈廬隱小說風格隨想〉	《中國現代文學研究叢刊》第二期	一九八一年 頁二六五~~二七五
梅蕙蘭	〈尋找女人（周大新小說創作的潛在精神向度)〉	《中國現代、當代文學研究》第一期	一九九六年 頁六〇~~六三
盛英	〈王安憶筆下的人物形象〉	《青春叢刊》第一期	一九八四年 頁一七一~~一七七
許文郁	〈情人•慈父•理想人性——論張潔小說中的性心理〉	《江海學刊》第六期	一九八六年
許覺民	〈對於張潔創作的探討〉	《 文學評論》	一九八二年五月 頁五七~~六〇
連佩珍	〈論方方的悲劇小說世界〉	《中國現代、當代文學研究》第十一期	一九九六年 頁一二三~~一二七
郭春林	〈廬隱小評——兼論研究歷史人物的一種方法〉	《中國現代文學研究叢刊》第三期	一九九二年 頁一八八~~一九六
陳一輝	〈試論馮沅君的創作〉	《中國現代文學研究叢刊》第二期	一九八四年 頁三〇八~~ 三二五
陳玉玲	〈台灣女性主義思潮的發展〉	《文訊月刊》第八十九期	民國八十五年五月 頁三五~~三七
陳改玲	〈女性的天空並不	《中國現代文學研究叢	一九九八年八月

張石榴	低——陳衡哲小說研究〉	刊》第八期	頁一一五~~一一八
陳坪	〈被遺棄與被斷送的—— 評《小城之戀》、《荒山之戀》〉	《批評家》第三卷第六期	一九八七年十一月十日 頁二八~~三二
陳映真	〈想起王安憶〉	《文季》第二卷第三期	民國七十三年九月 頁一〇一~~一〇三
陳若曦	〈大陸上的女作家〉	《聯合文學》第一期	民國七十三年十一月 頁二〇六~~二〇九
陳堅 魏維	〈從新時期小說看婦女觀念的變化〉	《江漢論壇》	一九八八年十二月頁四四~~四六
陳淑珍	〈她往何處去——文學作品中的女性形象及地位〉	《傳習》第十一期	民國八十二年六月 頁二四一~~二五四
陳惠芬	〈丁玲小說的心理描寫〉	《蘭州大學學報》第四期	一九八二年 頁二八~~三六
陳漱渝	〈關於丁玲文學中女權主義的評析〉	《中國現代、當代文學研究》第九期	一九九七年 頁一一〇~~一一三
陳德智	〈"五四"退潮後的系統女性形象（兼談對莎菲的精神分析）〉	《中國現代、當代文學研究》第六期	一九九七年 頁一〇二~~一〇五
陳　澤	〈陳衡哲傳略〉	《中國現代文學研究叢刊》第四期	一九九〇年 頁二八〇~~二八八
陸文采	〈冰心、丁玲、蕭紅與女性文學〉	《中國現代、當代文學研究》第十一期	一九九一年 頁九五~~一〇二
陸侃如	〈憶沅君——沉痛悼念馮沅君同志逝世四週年〉	《新文學史料》第三期	一九七九年 頁一一三~~一一六
陸星兒	〈美的結構〉	《作品與爭鳴》第四期	一九八二年四月 頁二~~二二
傅國棟	〈女人眼中的丈夫們〉	《作品與爭鳴》第十二期	一九九二年十二月 頁三九~~四七
單榮	〈個性·危機·憂患——從女性意識角度談現代女作家的創作選擇〉	《齊齊哈爾師範學院學報》第五期	一九九二年 頁五二~~五七
喬以鋼	〈20世紀中國女性文學研究的回顧與思考〉	《中國現代、當代文學研究》第五期	一九九八年 頁二六~~三三

喬以鋼	〈“五四”時代的“傷痕文學”——論女作家廬隱的創作〉	《天津師大學報》第六期	一九九三年 頁六二~~六七
彭小妍	〈五四的「新性道德」——女性情慾論述與建構民族國家〉	《近代中國婦女史研究》第三期	民國八十四年八月 頁七七~~九六
曾冬水	〈現代中國女性尋求真正解放的印記——試談丁玲小說對女性解放道路的探索〉	《江西師範大學學報》第三期	一九八五年 頁三三~~三九
游友基	〈女性文學的嬗變與發展〉	《中國現代文學研究叢刊》第四期	一九九四年十月 頁三三~~五六
游友基	〈新文學最早的女性拓荒者——陳衡哲〉	《中國現代文學研究叢刊》第四期	一九八八年 頁二八七
湯學智	〈十年辛苦不尋常——新時期文學研究評略〉	《中國現代文學研究叢刊》第十一期	一九九六年十一月 頁三八~~四四
程俊英	〈回憶廬隱二三事〉	《新文學史料》第二期	一九八七年 頁 七六~一〇二
賀興安	〈婦女解放的一聲深長的呼吁〉	《作品與爭鳴》第九期	一九八二年九月 頁一九~~二〇
黃子平 陳平原　合著 錢理群	〈論“二十世紀中國文學”〉	《文學評論》第五期	一九八五年 頁三四~~四二
黃紅娟	〈海外華人女性文學綜論〉	《中國現代、當代文學研究》第九期	一九九六年 頁二四二~~二四八
黃端旭	〈也談“愛情的位置”〉	《作品與爭鳴》第四期	一九八二年四月 頁五四~~五五
稂詩曳	〈再論冰心與“問題小說”〉	《中國現代、當代文學研究》第十期	一九九八年 頁一七七~~一八二
奧德治作 韋宏譯	〈烏托邦思想與女性主義〉	《中外文學》第十八卷第十期	民國七十九年三月 頁九三~~九七
楊玉峰	〈廬隱集外遺文掇拾〉	《中國現代文學研究叢刊》第四期	一九九〇年 頁二八〇~~二八八
楊美惠	〈英美婦女問題與性革命〉	《當代》第五期	民國七十五年九月 頁一四~~二三
楊美惠	〈「女性主義」一詞的誕生〉	《女性人》	民國八十七年五月 頁二二~~三〇
萬同林	〈從文學革命到革命文	《學術研究》第一期	民國七十八年

	學的裂變——中國文學現代化進程反思〉		頁三九~~四五
萬直純	〈女性尋找：自我世界・男性世界・整個世界——從丁玲創作看現代中國女性的精神歷程〉	《山東師大學報》第二期	一九九二年 頁六六~~七〇
葉昌前	〈從丁玲的「女性形象」看 丁玲的婦女觀〉	《西北大學學報》（哲社版第四期	一九八九年十一月 頁一〇九~~一一四
葉洪生	〈十年生死兩茫茫總評十四篇大陸小說〉	《聯合文學》第三〇期	民國七十六年四月 頁二〇〇~~二〇三
董之林	〈輝映世紀的女性寫真（論當代女性小說的歷史嬗變）〉	《中國現代、當代文學研究》第七期	一九九七年 頁一八~~二五
董炳月	〈男權與丁玲早期小說創作〉	《中國現代文學研究叢刊》第四期	一九九三年十一月 頁六六~~八二
鄒玉陽	〈從無情到濫情——大陸文藝的愛情題材〉	《聯合文學》第十二期	民國七十四年十月 頁一八〇~~一八三
廖炳惠	〈女性主義與文學批評〉	《當代》第五期	民國七十五年九月 頁三五~~四八
瑪奇・洪姆著 成令方譯	〈女性主義文學批評〉	《聯合文學》第四卷第十二期	民國七十七年十月 頁二四~~二九
翟耀	〈現代女性自我意識的張揚和迷惘（《蝕》中時代女性的文化內涵）〉	《中國現代、當代文學研究》第二期	一九九六年 頁一六一~~一六六
臧健	〈中國大陸近代中國婦女史研究之概況〉	《近代中國婦女史研究》第三期	民國八十四年八月 頁二三七~~二四八
趙文勝	〈"五四"女作家筆下的知識女性〉	《南京師大學報》第一期	一九九二年 頁八〇~~八五
趙文勝	〈論五四女作家筆下的知識女性形象〉	《南京師大學報》第一期	一九九二年 頁 八〇~~八五
趙勇	〈懷疑與追問：中國的女性主義文學能否成為可能〉	《中國現代、當代文學研究》第十一期	一九九七年 頁七四~~八〇
趙圓	〈五四時期小說中的婚姻愛情問題〉	《中國社會科學》第四期	一九八三年 頁 一六三~~一八二
蒯瑞峰	〈冰心和廬隱創作比較觀〉	《雲南師範大學學報》第三期	一九八七年 頁四九~~五二

劉西鴻	〈你不可改變我〉	《人民文學》第九期	一九八六年 頁四~~一四
劉明華	〈乍暖還寒的大陸文藝〉	《聯合文學》第三0期	民國七十六年四月 頁二一三~~二二一
劉亮雅	〈圖解女性主義——評「女性主義」〉	《中外文學》第二十四卷第七期	民國八十四年十二月 頁一〇九~~一一三
劉思謙	〈女性•婦女•女性主義•女性文學批評〉	《中國現代文學研究叢刊》第七期	一九九八年七月 頁六二~~六四
劉思謙	〈關於中國女性文學〉	《文學評論》第二期	一九九三年 頁六一~~七〇
劉納	〈"五四"小說創作方法的發展 〉	《文學評論》第五期	一九八二年 頁 三~~一七
劉緒源	〈《雨巷》深處存疑端〉	《作品與爭鳴》第三期	一九八三年三月 頁三五~~三六
劉慧英	〈揭示被隱埋的女性歷史的主題〉	《中國現代文學研究叢刊》第四期	一九九四年十月 頁九一~~一〇〇
樊洛平	〈台灣新女性主義文學現象研究〉	《中國現代、當代文學研究》第三期	一九九六年 頁二四〇~~二五〇
樂鑠	〈跛足者的跋涉（關於現代女作家倚重愛情主題的一種思考）〉	《中國現代、當代文學研究》第七期	一九九六年 頁一五五~~一五九
毅真	〈幾位當代中國女小說家〉	《婦女雜誌》 第十六卷第七號	民國一九年 頁七~~二〇
潔敏	〈平凡中的奇異——評《沒有鈕釦的紅襯衫》〉	《作品與爭鳴》第七期	一九八三年七月 頁二九~~三一
潘延	〈對"成長"的傾注（近年來女性寫作的一種描述）〉	《中國現代、當代文學研究》第十一期	一九九七年 頁七四~~八〇
滕明瑜	〈五四運動之研析〉	《海軍軍官學校學報》 第五期	民國八十四年十月 頁一四一~~一五一
箭鳴	〈苦悶的莎菲與莎菲的苦悶——兼評莎菲形象的"再評價" 〉	《中國現代文學研究叢刊》第二期	一九九四年五月 頁八七~~一〇〇
蔡美麗	〈女性主義哲學〉	《當代》第五期	民國七十五年九月 頁二四~~三四
蔡毅	〈作家傳：諶容〉	《作品與爭鳴》第九期	一九八二年九月 頁六五~~六六
蔡震	〈一個關於女性的神話	《中國現代、當代文學研	一九九八年

	（論郭沫若的女性觀及其對創作的影響）〉	究》第一期	頁二〇八~~二一四
鄭大群	〈新時期女性角色意識的衍變〉	《中國現代、當代文學研究》第十一期	一九九八年 頁一〇〇~~一〇三
鄭春風	〈試論十七年文學女性意識的自我消解〉	《中國現代、當代文學研究》第六期	一九九六年 頁七九~~八二
鄭彬	〈作品評論中一個值得注意的問題——《"大蓬車"上》及其評論〉	《作品與爭鳴》第十一期	一九八二年十一月 頁二四
蕭成	〈新時期文學中的"女性方式"雛形〉	《福建論壇》第六期	一九九七年 頁二四~~二七
蕭函	〈徘徊在這棵文明大樹之下——海峽兩岸女性文學中女性意識的比較考察〉	《中國現代、當代文學研究》第一期	一九九六年 頁二五二~~二五六
錢虹	〈當代台灣女性文學的發韌及其主題〉	《中國現代、當代文學研究》第九期	一九九七年 頁二四六~~二五一
錢虹	〈覺醒•苦悶•危機——論五四時期女作家的愛情觀念及其描寫〉	《文學評論》第二期	一九八七年 頁九六~~一〇六
錢虹	〈論廬隱作品憂鬱情愫和感傷色調〉	《華東師範大學學報》第二期	一九八六年 頁四一~~四六
錢虹	〈論廬隱的後期創作〉	《華東師範大學學報》第一期	一九八四年 頁三七~~四一
錢蔭愉	〈丁玲小說的心理描寫試析〉	《貴州社會科學》第五期	一九八三年 頁八七~~九四
閻晶明	〈略論五四小說中的"母愛"〉	《中國現代文學研究叢刊》第三期	一九八六年 頁一八九~~一九七
閻晶明	〈論"五四"小說的主情特徵〉	《陝西師大學報》第二期	一九八七年 頁五〇~~五八
戴劍平	〈一種道德觀念與一種文學模式——對現、當代文學中兩類女性形象系列的考察〉	《中國現代、當代文學研究》第五期	一九八七年 頁四一~~四八
謝海泉	〈"我喜歡把筆觸深進人的心靈"——訪青年女作家王安憶〉	《小說林》第二期	一九八三年二月 頁七〇~~七二
鍾金龍	〈為敗壞道德鳴鑼開	《作品與爭鳴》第六期	一九八二年六月

	道——評小說〈金燦燦的落葉〉〉		頁三二~~三三
簡成熙	〈女性主義的發展路線與教育哲學之反省〉	《國教天地》第一一八期	民國八十五年十月 頁二七~~三一
簡瑛瑛	〈叛逆女性的絕叫——從《傀儡家庭》到《莎菲女士的日記》〉	《中外文學》第十八卷第十期	民國七十九年三月 頁五一~~七四
簡瑛瑛	〈女性主義的文學表現〉	《聯合文學》第四卷第十二期	民國七十七年十月 頁一〇~~二三
藍佩嘉	〈母職——消滅女人的制度〉	《當代》第六十二期	民國八〇年六月 頁八四~~八八
羅守讓	〈丁玲在新文學史上的意義和地位〉	《中國現代、當代文學研究》第四期	一九九〇年 頁一〇〇~~一一〇
羅成琰	〈論現代中國文學中的浪漫思潮〉	《中國現代文學研究叢刊》第四期	一九八九年 頁一一七~~一三七
譚湘	〈"兩性對話"——中國女性文學發展前景〉	《中國現代、當代文學研究》第三期	一九九九年 頁五一~~六一
譚湘	〈理性與激情(對近年中國女性文學的幾點思考)〉	《中國現代、當代文學研究》第十期	一九九八年 頁一〇七~~一一〇
譚雲明	〈丁玲人格與文本關係的嬗變〉	《中國現代、當代文學研究》第一期	一九九九年 頁九二~~九五
蘇冰	〈模式、策略和效應:現代文學的婚姻自決主題〉	《中國現代、當代文學研究》第一期	一九九三年 頁三四~~四二
蘇雪林	〈其人其文凌叔華〉	《純文學》第一卷第四期	民國五十六年四月 頁一四二~~一四八
蘇麗明	〈冰心與廬隱的問題小說比較〉	《輔大中研所學刊》第四期	民國八十四年三年 頁三二一~~三三三
蘭志翔	〈從《海濱故人》看黃廬隱早期代表作的社會意義〉	《西南民族學院學報》第三期	一九八五年 頁八五~~九一
顧燕翎	〈女性意識與婦女運動的發展〉	《中國論壇雜誌》	民國七十八年 頁 一二五~~一二七
龔旭初	〈丁玲的叛逆性與文學作品〉	《國立台北商專學報》第四十六期	民國八十五年六月 頁三〇三~~ 三二四
龔鵬程	〈重讀五四〉	《聯合文學》第十二卷第七期	民國八十五年五月 頁五二~~五四

參 、學位論文

吳婉茹	《八十年代台灣女作家小說中女性意識之研究》	台北：淡江大學中國文學研究所	民國八十三年一月
李圭嬉	《「五四」小說中所反映的女性意識》	台北：中國文化大學中國文學研究所	民國八十四年六月
宋如珊	《文革後十年（1976~~1985）大陸文學之研究》	台北：中國文化大學中國文學研究所	民國八十六年六月
張三郎	《五四時期的女權運動（一九一五年~~一九二三年）》	台北：師範大學歷史研究所	民國七十五年六月
喻蓉蓉	《五四時期之中國知識婦女》	台北：政治大學歷史研究所	民國七十六年六月
閔惠貞	《丁玲及其作品中女性意識之研究》	台北：中國文化大學中國文學研究所	民國八十六年六月
黃千芳	《台灣當代女性小說中的女性處境》	台北：清華大學中國文學研究所	民國八十五年七月
黃麗琴	《性別角色與社會意識型態——論變遷中婦女問題》	台北：台灣大學三民主義研究所	民國七十五年五月
楊淑雯著	《蕭紅小說研究》	台北：輔仁大學中國文學研究所	民國八十二年六月
楊蘭儀著	《女性主義與心理分析——Chodorow論母職再造》	台北：政治大學歷史研究所	民國八十二年六月
董恕明著	《大陸新時期（1979—1989）小說中知識分子的處境與抉擇》	台北：東海大學中國文學研究所	民國八十六年五月
鄭宜芬著	《五四時期的女性小說研究（1917—1927）》	台北：政治大學中國文學研究所	民國八十五年七月
藍承菊著	《五四新思潮衝擊下的婚姻（1915—1923）》	台北：師範大學歷史研究所	民國八十二年六月
蘇麗明著	《盧隱及其小說研究》	台北：輔仁大學中國文學研究所	民國八十四年十二月

國家圖書館出版品預行編目

大陸女性婚戀小說：五四時期與新時期的女性意識書寫 / 陳碧月著.
臺北市：秀威資訊科技, 2002[民 91]
面； 公分. -- 參考書目：473-502 面
ISBN 978-957-30429-4-5(平裝)
1. 中國小說 評論
2. 婦女文學 評論

827.88 91006871

語言文學類 AG0002

大陸女性婚戀小說

五四時期與新時期的女性意識書寫

作　　者 / 陳碧月
發 行 人 / 宋政坤
執行編輯 / 林秉慧
圖文排版 / 劉醇忠
封面設計 / 黃偉志
數位轉譯 / 徐真玉 沈裕閔
圖書銷售 / 林怡君
網路服務 / 徐國晉
出版印製 / 秀威資訊科技股份有限公司
台北市內湖區瑞光路 583 巷 25 號 1 樓
電話：02-2657-9211 傳真：02-2657-9106
E-mail：service@showwe.com.tw
經 銷 商 / 紅螞蟻圖書有限公司
台北市內湖區舊宗路二段 121 巷 28、32 號 4 樓
電話：02-2795-3656 傳真：02-2795-4100
http://www.e-redant.com

2006 年 7 月 BOD 再刷
定價：500 元

讀　者　回　函　卡

感謝您購買本書，為提升服務品質，煩請填寫以下問卷，收到您的寶貴意見後，我們會仔細收藏記錄並回贈紀念品，謝謝！

1.您購買的書名：______________________________

2.您從何得知本書的消息？

☐網路書店　☐部落格　☐資料庫搜尋　☐書訊　☐電子報　☐書店

☐平面媒體　☐ 朋友推薦　☐網站推薦　☐其他__________

3.您對本書的評價：(請填代號　1.非常滿意 2.滿意 3.尚可 4.再改進)

封面設計____　版面編排____　內容____　文/譯筆____　價格____

4.讀完書後您覺得：

☐很有收獲　☐有收獲　☐收獲不多　☐沒收獲

5.您會推薦本書給朋友嗎？

☐會　☐不會，為什麼？______________________________

6.其他寶貴的意見：______________________________

____

____

____

讀者基本資料

姓名：____________________　年齡：______　性別：☐女　☐男

聯絡電話：________________　E-mail：____________________

地址：______________________________

學歷：☐高中(含)以下　☐高中　☐專科學校　☐大學

☐研究所(含)以上　☐其他______________

職業：☐製造業　☐金融業　☐資訊業　☐軍警　☐傳播業　☐自由業

☐服務業　☐公務員　☐教職　☐學生　☐其他__________

請貼
郵票

To：114

台北市內湖區瑞光路 583 巷 25 號 1 樓

秀威資訊科技股份有限公司　　　收

寄件人姓名：

寄件人地址：□□□

(請沿線對摺寄回,謝謝!)